O Diamante

J. COURTNEY
SULLIVAN

O Diamante

Tradução:
Ivar Panazzolo Junior
Robson Paulin

Novo Conceito

Título original: *The Engagements*
Publicado sob acordo com o autor c/o Baror International, Inc., Armonk, New York, USA

Esta é uma obra de ficção. Nomes, personagens, lugares e acontecimentos descritos são produto da imaginação do autor. Qualquer semelhança com nomes, datas e acontecimentos reais é mera coincidência.

1ª Impressão — 2014

Produção Editorial:
Equipe Novo Conceito
Impressão e Acabamento Mark Press 160414

Este livro segue as regras da Nova Ortografia da Língua Portuguesa.

Dados Internacionais de Catalogação na Publicação (CIP)
(Câmara Brasileira do Livro, SP, Brasil)

Sullivan, J. Courtney
O diamante / J. Courtney Sullivan ; tradução Ivar Panazzolo Junior e Robson Paulin. -- Ribeirão Preto, SP : Novo Conceito Editora, 2014.

Título original: The engagements.
ISBN 978-85-8163-445-6

1. Ficção norte-americana I. Título.

14-02860 CDD-813.5

Índices para catálogo sistemático:
1. Ficção : Literatura norte-americana 813.5

Novo Conceito

Rua Dr. Hugo Fortes, 1885 — Parque Industrial Lagoinha
14095-260 — Ribeirão Preto — SP
www.grupoeditorialnovoconceito.com.br

Para Kevin

E o que realmente dá aos diamantes toda a beleza rija e livre de remorsos? Mesmo que surjam da morte de uma estrela ou da vida de um plâncton, não faz diferença alguma, pois essas pequenas lascas vindas da terra não são nada mais do que uma cela vazia para os nossos sonhos – superfícies de cor pálida sobre as quais os desejos volúveis do coração poderiam ser escritos.

Tom Zoellner, *The Heartless Stone*

Nós propagamos a fama dos diamantes usados pelas estrelas das telas e dos palcos, pelas esposas e filhas de líderes políticos, por qualquer mulher que possa fazer a esposa do dono da mercearia e a namorada do mecânico dizerem "Queria tanto ter o que ela tem..."

Documento de estratégia de 1948, *N. W. Ayer and Son*

1947

Frances despejou o restante do café amargo da cafeteira na xícara. A pequena mesa da cozinha estava coberta de papel: layouts, cópias de relatórios confidenciais, ideias ruins que ela havia rabiscado horas antes, e também as boas, publicadas na *Look*, na *Vogue*, na *Life*, no *The Saturday Evening Post* e na *Harper's Bazaar*, para que se lembrasse de que, se já havia feito antes, poderia fazer de novo.

Pela primeira vez, o prédio de apartamentos estava silencioso. Normalmente, em algum canto distante, ela ouvia um bebê chorando, um casal discutindo, a descarga de um banheiro. Mas já passava das três da manhã. Os barulhentos todos já deviam estar dormindo havia muito tempo, e os entregadores de leite nem tinham acordado ainda.

Sua companheira de quarto fora dormir por volta das dez – ali, parada, de camisola e bobes no cabelo, Frances se sentia tomada por uma inveja aguda, embora Ann fosse apenas uma secretária que trabalhava em um escritório de advocacia e que teria de passar o dia seguinte da mesma forma que passava todos os dias: buscando café e anotando o que os advogados ditavam.

Frances tinha acabado de escrever as ideias da campanha para a De Beers, uma série voltada para a lua de mel, com fotos de lindos lugares aonde os recém-casados poderiam ir – a costa rochosa de Maine, Arizona, Paris e algo mais genérico, para pessoas sem muito poder aquisitivo, que ela rotulou de "Às margens do rio".

De certa forma, esse rótulo era o mais importante de todos, já que eles estavam querendo atingir a classe média. Na década anterior, quando a De Beers se apresentou como cliente, a agência havia feito várias pesquisas para descobrir a força – ou mesmo a fraqueza – da tradição de dar diamantes para simbolizar o compromisso entre os casais. Naquela época não havia muitas mulheres que desejassem ter um. Elas consideravam que era dinheiro jogado fora, e preferiam comprar uma máquina de lavar ou um carro novo, qualquer coisa que não fosse um anel caro de diamante. E ela ajudou a mudar isso.

Os anúncios de lua de mel diziam: "Que sua felicidade dure tanto quanto um diamante". Uma bela frase, ela pensou.

– Hora de dormir, Frank – ela sussurrou para si mesma, com as mesmas palavras que sua mãe sussurrava para ela toda noite, quando era criança.

Estava para apagar a luz quando avistou a linha que teria sua assinatura, o slogan da campanha, que o diretor de arte havia criado nos layouts, o que ela teria de preencher pela manhã.

– Ratos.

Frances se sentou, acendeu um cigarro e pegou um lápis.

Um dia antes, Gerry Lauck, diretor do escritório de Nova York, havia telefonado para ela.

– Acho que deveríamos ter algo que identificasse isso como uma propaganda de diamantes – dissera. – Uma "assinatura" mesmo. O que acha?

Quando Gerry Lauck pedia sua opinião, entendia-se que, na verdade, ele não estava perguntando nada. Para ela, o cara era um gênio. Ele era imprevisível e sombrio às vezes, mas talvez todos os gênios fossem assim.

– Claro, perfeito – ela respondera.

Gerry se parecia com Winston Churchill, agia como Winston Churchill e de vez em quando Frances achava que ele pensava ser Winston Churchill. Ele tinha até mesmo crises de depressão. A primeira vez que ela teve de ir a Nova York para lhe mostrar suas ideias, estava simplesmente apavorada. Gerry olhava para ela de cima, seu semblante não entregava o que estava pensando. Após longos minutos de tortura, ele sorrira e dissera:

– Frances, você escreve de muito bem. E, o mais importante, você sabe vender.

A partir daí, um simpatizara com o outro. Metade dos funcionários da N.W. Ayer tinha medo de Gerry Lauck ou não o suportava. A outra metade achava que ele era maravilhoso, e Frances era uma dessas pessoas.

– Não seria bom citar nada sobre a De Beers, é claro – Gerry continuara, pelo telefone.

– Certamente.

Ao longo de nove anos, a De Beers gastara milhões com propagandas que mal mencionavam a empresa. Até mesmo citá-la como distribuidora era contra as regras. Então, os anúncios só falavam de diamantes, e eram muito bonitos. A Ayer fizera de tudo para ter sucesso. Não poderiam mostrar fotos de joias com diamantes nos anúncios, o que deixava o departamento de arte em apuros. Teoricamente, Gerry não tinha nada a ver com a criação. Era um típico homem de negócios que delegava funções. Mas, como amante das artes, ele vendera uma série de pinturas originais de Lucioni, Berman, Lamotte e Dame Laura Knight. Adquirira trabalhos preexistentes de algumas das melhores galerias da Europa para a coleção da De Beers – de Dali, Picasso e Edzard.

Os anúncios em quatro cores resultantes disso exibiam paisagens, cidades e catedrais deslumbrantes. Impresso na página, bem abaixo da criação do artista, havia um espaço exibindo ilustrações de pedras preciosas que variavam de meio quilate até três, juntamente com os preços de cada uma. Gerry fora a primeira pessoa a criar uma campanha publicitária com o tema das belas artes. Um ou dois anos depois, todo o segmento o estava copiando.

– Vou precisar do slogan até amanhã – Gerry dissera. – Estarei na Filadélfia pela manhã e partirei para a África do Sul no final da tarde.

– Pois não – Frances respondera, mas logo depois se esquecera de tudo. Até este momento, no meio da noite.

Ela suspirou. Se não tivesse passado a vida toda tentando se livrar do título de Maior Procrastinadora do Mundo, talvez dormisse um pouco um dia desses. Sabia que teria de trabalhar esta noite, mas, mesmo assim, tinha ficado fora de casa com Dorothy Dignam, sua colega, até a hora em que ela, Dorothy, teve de pegar o trem das nove horas de volta para a Penn Station.

Dorothy começara como redatora da Ayer no escritório da Filadélfia em 1930, mas, logo que Frances entrara na agência, quatro anos antes, fora transferida para o escritório de Nova York, no número 30 do Rockefeller Center, para chefiar o departamento de relações públicas. Assim como era para Frances, a De Beers era prioridade para ela. Eles tinham publicitários em Miami, Hollywood e Paris exclusivamente para esse cliente. Dorothy tinha até providenciado a criação de um curta-metragem em conjunto com a Columbia Pictures, "A Pedra Mágica: Os Diamantes ao Longo dos Séculos". O filme começou a passar nos cinemas em setembro de 1945 e, durante o período em que ficou em cartaz, foi visto por mais de quinze milhões de pessoas.

Sua amiga nunca entregava a idade, mas Frances imaginava que Dorothy era pelo menos uns quinze anos mais velha que ela. Talvez tivesse por volta de cinquenta anos. Ela trabalhara com propaganda em Chicago no último ano da Primeira Guerra Mundial. Fora repórter de coluna social no Chicago Herald's aos dezessete anos e lá ficara até o dia em que o Sr. Hearst chegara e a dispensara. De lá, fora para o escritório da Contented Cow, uma empresa de leite, como redatora, e, mais tarde, chegara à Ayer.

Dorothy era muito popular. Era um modelo para Frances. Viajara o mundo todo pela Ayers na década de 1930; trabalhara em Londres, Paris e Genova para a Ford; fizera viagens marítimas até a Noruega e a Suécia para estudar sobre o avanço dos eletrodomésticos. Fizera até mesmo visitas frequentes a Hollywood, onde jantara no Trocadero e vira todas as estrelas do cinema. Chegara a encontrar Joan Crawford por acaso em Bullocks Wilshire. Dorothy comprara o tamanho 46 do mesmo vestido que Joan havia comprado no tamanho 44. "Apenas um pretinho básico, muito útil para ambas, com certeza", foi como descreveu o fato em um cartão postal que enviou.

O jantar das amigas começara como uma reunião de negócios, mas, depois de cada uma tomar dois martínis, começaram as gargalhadas em uma mesa da Bookbinder's, comendo ostras e fazendo piadas sobre os colegas de trabalho. Estavam se divertindo muito, pensando em todas as coisas que se esperava que elas soubessem como mulheres em um escritório. Alguns anos antes, Dorothy começara a guardar uma folha de papel em uma gaveta vazia, debaixo da máquina de escrever; cada pergunta que lhe faziam, ela datilografava na folha.

Essa noite ela lera para Frances algumas das perguntas mais recentes:

Como deveria ser a aparência de uma mulher quando seu filho tiver dezessete anos? Um chapéu de inverno deveria vir com um ninho de passarinho? Macy's é singular ou plural? As mulheres cantam quando estão no banho? Qual a diferença entre a camurça e o couro? A rainha Mary tem um corpo bonito? Quantas vezes por dia você tem que dar comida a um bebê? Isso aqui é um plissado invertido?

Elas se divertiram muito, mas agora Frances teria de pagar o preço.

Olhou de relance para uma folha de papel, um plano de estratégia recente, e leu:

"Estamos lidando, basicamente, com um problema que envolve psicologia de massa. Procuramos manter e fortalecer a ideia da tradição do anel de noivado de diamantes para fazer disso uma necessidade psicológica. Público-alvo: por volta de setenta milhões de pessoas a partir de quinze anos de idade sobre cuja opinião esperamos ter algum tipo de influência para alcançarmos nossos objetivos."

Bem, isso resumia tudo muito bem.

Em 1938, um representante do Sir Ernest Oppenheimer, presidente da De Beers Consolidated Mines, escrevera para a Ayer indagando se, como ele mesmo dissera, "o uso da propaganda de várias formas" poderia impulsionar a venda de diamantes na América.

A Grande Depressão fizera o valor do diamante despencar no mundo todo. O interesse do consumidor praticamente desaparecera. Apenas metade da quantidade de diamantes fora vendida nos Estados Unidos, se comparado ao período pré-guerra, e os poucos anéis de diamante que ainda eram comprados tinham valor baixo e eram pequenos. A De Beers tinha um estoque que possivelmente não conseguiria comercializar. Oppenheimer estava determinado a trazer à tona o anel de noivado de diamante nos Estados Unidos e sabia, por fontes seguras, que a Ayer era a melhor empresa do ramo, a única agência que daria conta do recado. Ele propusera uma campanha de quinhentos mil dólares anuais para os três primeiros anos.

O que a Ayer fizera para a De Beers fora um verdadeiro testamento do poder da publicidade. Em 1941, as vendas de diamantes já haviam crescido 55%. Após a Segunda Guerra Mundial, o número de casamentos na América disparara assim como as vendas de diamantes. O preço do diamante subira também: Em 1947, um diamante de dois quilates tinha um valor que variava de 1.500 a 3.300 dólares. Em 1939, ficaria entre 900 e 1.750 dólares.

Eles criaram uma nova gama de tipos de propaganda para a campanha, e outras agências acabaram copiando a ideia desde então. Na ausência da venda direta ou de uma marca a ser introduzida, havia um só pensamento: a "moeda" afetiva que está ligada aos diamantes.

A De Beers produzia menos do que podia para manter o estoque baixo e os preços altos. A propaganda que fizeram não apenas impulsionara as vendas como assegurara que, uma vez vendido, um diamante nunca mais voltaria para o mercado. Depois que Frances tocava seus corações profundamente, viúvas ou até mesmo divorciadas não queriam se desfazer de seus anéis.

De vez em quando, com o passar dos anos, ela ficava imaginando como os Oppenheimer deviam ser. As particularidades da relação entre eles alimentavam sua imaginação, fazendo com que ela se perguntasse como teriam ficado seus semblantes quando viram suas novas ideias. Ergueram as sobrancelhas em espanto? Leves sorrisos? Exclamações?

Não era comum para ela a ideia de não conhecer o cliente, mas a De Beers fora proibida de entrar nos Estados Unidos por causa de um acordo. A empresa controlava o suprimento mundial de diamantes brutos, um monopólio de tal força que a mera presença de seus representantes na América violaria a lei. Eles operavam fora de Johanesburgo e Londres. Uma vez por ano, Gerry Lauck levava os anúncios que ela escrevia para a África do Sul, em um livro grosso de capa de couro, para que aprovassem. Ele mantinha um conjunto de tacos de golfe naquele país, já que era mais fácil do que arrastá-los de Nova York para cá o tempo todo.

Na primeira vez que Gerry fora a Johanesburgo apresentar a pesquisa de mercado aos Oppenheimer, o pequeno hidroavião no qual estava fez um pouso forçado, aterrissando próximo à ilha de Moçambique. Ele usara os mapas enormes que estavam montados e também os gráficos que trazia consigo como equipamentos de flutuação para conseguir chegar até a costa. Duas outras pessoas a bordo morreram, e o *The New York Times* soltara a manchete: "Avião naufraga no sudeste da África: americano escapa ileso". Gerry sentira que a apresentação, literalmente, salvara sua vida. Talvez por isso, ele se sentia disposto a fazer o que pudesse para a De Beers.

Sua companheira de quarto roncou alto no cômodo ao lado, interrompendo os pensamentos de Frances.

Ann esperava por um pedido de casamento por parte de um tolo contador que namorava havia um tempo. Quando isso acontecesse, Frances teria de correr atrás de outra companheira de quarto, como era de costume alguns meses depois do fim da guerra. Rose, Myrtle, Hildy: ela perdera uma a uma para o matrimônio. Mas estava prestes a receber uma promoção na empresa, então, talvez quando Ann fosse embora ela pudesse, finalmente, ter condições de viver sozinha.

Quando Frances começara a trabalhar na Ayer, quatro anos antes, com vinte e oito anos, já havia convencido seus pais de que era hora de sair de casa e ir para a cidade. Mas seu salário exigia que arrumasse uma companheira de quarto para ajudar com o aluguel. Ela queria sua própria casa na Main Line. Só assim nunca mais teria de se preocupar se conseguiria tomar banho suficientemente quente nas manhãs de inverno ou aguentar a voz soprano anasalada de Ann tentando cantar junto com Dinah Shore no rádio, à noite.

Ela saboreava seu sonho com a perspectiva de morar sozinha da mesma forma que a maioria das garotas solteiras sonhava ter uma vida conjugal.

Frances deslizou um dedo sobre um de seus anúncios de lua de mel. As outras mulheres pareciam nunca pensar no que viria a seguir, ávidas que estavam por viver com seu par, como se o casamento tivesse a tradição de ser algo esplendoroso. Frances era o oposto: não conseguia parar de pensar nisso. Poderia sair para jantar ou dançar com alguém que acabara de conhecer e se divertir bastante. Mas, quando chegava em casa e se deitava em sua cama, estava com o coração disparado de medo. Se saísse com ele de novo, eles poderiam continuar saindo depois. Por fim, ela teria de levá-lo para casa para ser avaliado pelos seus pais e vice-versa. Aí, então, ele pediria sua mão em casamento. E ela, como todas as outras garotas trabalhadoras que se casaram antes dela, simplesmente se perderia em uma vida de maternidade e isolamento.

Dorothy lhe contara uma vez que seu namorado, George, voltara para casa da Primeira Guerra Mundial e se casara com a filha de um açougueiro. Ela dissera sábias palavras, as quais Frances presumira também ter dito antes: "O corte feito – tão preciso quanto o de uma faca afiada para cortar carne – foi consideravelmente suavizado pelo pensamento de que o Clube de Propaganda das Mulheres ainda me amava".

Frances não conseguia imaginar Dorothy com o coração partido. Ela era tão independente, forte demais, para encarar tudo aquilo. Digamos que o tal George tivesse retornado e pedido sua mão em casamento e depois a deixado isolada em uma bela casa por aí. Ela não ficaria entediada em questão de semanas?

O pai de Dorothy era J.B. Dignam, um pioneiro da propaganda e jornalista que morrera quando ela tinha vinte anos. Desde então, ela teve de sustentar a si mesma e a sua querida mãe. Elas moraram em Swarthmore, na Pensilvânia, por um tempo, e agora viviam no Hotel Parkside, um alojamento na região de Gramercy, em Manhattan. Frances não sabia ao certo como Dorothy se virava.

Após cinco anos na Ayer, você recebia uma medalha que trazia o lema da empresa: "Somente se perpetuando é que se chega ao sucesso". Sempre que Frances avistava a medalha na mesa de alguém, pensava consigo mesma: "Que sentimento bonito. Isso e também algum dinheiro seria muito bom".

Os funcionários da Ayer tinham um ditado: "É um ótimo lugar para trabalhar se sua família tiver condição de mantê-lo".

Frances crescera, sobretudo, na Filadélfia, com conforto, sem extravagância. A família tinha uma criada, uma garota de nome Alberta, que a ensinara a fazer tortas e também tranças no cabelo. O pai de Frances, filho de imigrantes irlandeses, trabalhava como superintendente de um pátio de carvão. A família de sua mãe era oriunda da Irlanda também, mas se fixara no Canadá, onde se dera muito bem no ramo da construção, erguendo arranha-céus por toda Ontário. Os Pigott eram muito conhecidos, mas nos Estados Unidos ninguém tinha ouvido falar deles. A mãe de Frances gostava de dizer que, para os americanos, o Canadá provavelmente era como Zanzibar, pela falta de conhecimento que tinham a respeito do que acontecia do outro lado da fronteira.

Seu pai ficara desempregado quando a Grande Depressão teve início. Tiveram de dispensar Alberta. Por fim, mudaram-se para o norte, para Hamilton, cidade natal de sua mãe. Frances tinha quinze anos quando chegaram à cidade. Lá ela ficaria até os vinte, quando dias melhores vieram, trazendo os três de volta para casa. De volta à Pensilvânia, seus pais compraram a Longview Farm, uma longa extensão de terra em Media, onde começaram a criar cabras e cavalos.

Na adolescência, fora muito difícil deixar os amigos para trás para tentar se encaixar no estilo de vida dos primos da família Piggot; eles eram acostumados com toda a sorte de luxo. Mas, com o tempo, Frances acabara gostando da vida que levava no Canadá.

Foi lá que ela e o pai se aproximaram como nunca antes, os dois "estranhos". Frances era filha única, e, se seu pai, como a maioria dos homens, queria ter tido um filho, nunca demonstrara. Ele não a tratava como um filho ou uma filha, apenas como sua primeira e única e querida cria. Qualquer coisa que Frances quisesse fazer, ele achava que tudo bem. Se ela não gostasse de algo e rejeitasse, ele também achava que tudo bem. Seu pai a salvara de todos os bailes e eventos sociais em geral, fora as aulas de dança, que eram o destino de todas as suas primas.

Como qualquer garota, Frances gostava de escrever contos. Ele lia cada um eles, dando sua opinião crítica.

– Você não é um editor – sua mãe o repreendera certa vez. – Você é pai dela. Deveria só dizer que as histórias são maravilhosas e pronto.

Mas Frances vibrava com as críticas do pai. Elas faziam com que seus elogios soassem ainda mais encantadores aos seus ouvidos. E faziam com que se sentisse uma verdadeira escritora.

Aos dezesseis anos, ainda no segundo grau, ela conseguira emprego em uma publicação comunitária em Ontário, assinando uma coluna de compras. Fora para a rua vender propaganda e criava os anúncios, conseguindo ganhar quarenta e cinco dólares por semana, em meio à Grande Depressão. Aquilo tudo abrira sua mente – ela adorava escrever e vender. Acima de tudo, adorava ganhar seu próprio dinheiro. Seu pai ficara orgulhoso.

Frances achava que o tempo que vivera no Canadá a havia preparado para trabalhar na Ayer. O presidente da empresa, Harry Batten, era um homem que conseguira tudo na vida sozinho, e que gostava de contratar funcionários do tipo abastado, que haviam estudado em faculdades da Ivy League, com uma forte tendência a Yale, especificamente. Eles tinham diversos clientes no mesmo perfil. Homens de nomes como Du Pont e Rockefeller. Frances era a única pessoa do departamento de redação que não tinha diploma universitário, mas carregava consigo a mesma confiança de todos os outros funcionários; ninguém parecia notar a diferença.

Batten gostava de se vangloriar do fato de a Ayer ter um funcionário de cada um dos quarenta e oito Estados americanos.

"Um protestante nórdico de cada Estado!", Frances pensava. "Bom trabalho!" A agência não simpatizava com católicos, e judeus estavam fora de questão. Bem, mas toda agência era assim mesmo. Ela guardara o catolicismo para si mesma. Só ligava avisando que não iria trabalhar uma vez por ano, na Quarta-Feira de Cinzas.

Quatro anos trabalhando na agência passaram em um piscar de olhos, e sua mãe se perguntava a cada Natal que chegava, com cada vez mais urgência, quando Frances planejaria se estabelecer na vida e formar sua própria família. Seus pais já eram mais velhos do que de costume quando se casaram, em 1911, após se conhecerem, por acaso, de férias, em Thousand Islands. Sua mãe tinha vinte e oito anos; seu pai, trinta. Mais quatro anos se passaram até Frances nascer. Sua mãe ainda se lembrava de todas as dúvidas e preocupações que seus parentes mais velhos jogavam na sua cara – que havia se casado tarde demais, diziam. Que esperara muito tempo para engravidar. Essas queixas a magoaram profundamente. Então, por muito tempo, ela se recusara a aborrecer Frances com o mesmo tipo de coisa. Quando se sentiu no direito de cobrar algo, já era um pouco tarde, pois Frances logo completaria trinta e dois anos, aparentemente a idade em que se perdiam as esperanças. Dessa forma simples, ela fora, em pouco tempo, de uma desprezível e tardia *baby boomer* (designação dos americanos nascidos entre 1945 e 1955) até uma dama solteira madura. Fora um verdadeiro alívio se livrar de toda a pressão.

Ela trabalhava para a agência de publicidade mais poderosa do mundo. Achava seu trabalho muito mais excitante do que qualquer homem que havia conhecido em muito tempo. Mesmo isto – ficar acordada até tarde da noite, ansiosa e com medo de não conseguir fazer o que era preciso –, até mesmo isto, a excitava.

A ironia de sua situação não a afetava em nada; era uma mulher solteira cujo maior dom até o momento era convencer casais a firmarem compromisso.

Quando Frances começara a trabalhar na Ayer, em 1943, 103 funcionários estavam servindo na guerra – 10% da agência. Os únicos clientes que eles aceitavam na época eram a Boeing e o exército americano. Propagandas de artigos de luxo eram vistas como vulgares. De junho de 1942 a setembro de 1943, a propaganda da De Beers ficara limitada a espalhar a notícia sobre a contribuição da empresa para a industrialização de diamantes para a guerra. Após isso, as propagandas de joias retornaram, mas eles tiveram de saber lidar com isso. Em 1945, Frances criara uma nova campanha, bem diferente do que já se tinha visto nas revistas americanas até então. Os anúncios celebravam os casamentos dos soldados que retornavam para suas casas com as garotas que haviam deixado para trás, mostrando ilustrações com cerimônias reais e histórias relativas aos casais. Ao mesmo tempo, eram passadas informações importantes sobre os diamantes.

Durante a guerra, a Ayer tivera um aumento na participação das mulheres. Por necessidade, contratavam garotas, não apenas para trabalho burocrático e na estenografia, mas também para cargos executivos ou semiexecutivos. Dolores estava na produção de negócios e Sally no departamento de mídia. Duas mulheres na contabilidade e Dorothy nas relações públicas, é claro.

No setor de redação, havia agora um total de treze homens e três mulheres. As mulheres ficavam encarregadas de fornecer seu ponto de vista quando o assunto era a criação de campanhas para produtos de uso feminino ou, no mínimo, induzir o público feminino a comprá-los.

Para a De Beers, os desejos de Frances para sua vida não tinham valia alguma. Em vez disso, ela analisara suas colegas de trabalho, amigas e companheiras de quarto. O que elas mais queriam? Bem, essa era fácil – elas queriam se casar. Do que elas tinham medo? De ficar sozinhas. A guerra só veio a intensificar as duas coisas. Ela fora na direção contrária, defendendo seu lado, tentando dizer que o diamante, propriamente dito, poderia impedir um desfecho trágico:

"O diamante de noivado em seu dedo brilha como uma lágrima – mas não de tristeza. Como seus olhos, ele carrega uma promessa – de um novo alvorecer juntos, cheio de uma vida rica, plena e serena. A adorável segurança que ele traz reluz por entre as horas de espera para iluminar de prazer e dar um sentido pleno ao começo de uma nova vida que os aguarda de braços abertos."

Na maior parte do tempo, os anúncios eram dirigidos aos homens, já que seriam eles que comprariam os anéis. Eles criaram diversos anúncios bastante sofisticados para os homens – falando sobre bom gosto e realização e de como ambos os pensamentos poderiam ser carregados com o anel que era dado a sua amada, mesmo que, na verdade, você não possuísse nenhum dos dois atributos.

Uma amiga a lembrara, em uma noite, durante a guerra, que seu namorado escrevera dizendo que estava preocupado com o que poderia acontecer com ela se ele não voltasse para casa. Ele estava com o pensamento na mortalidade, e Frances raciocinara que os outros pudessem estar pensando da mesma forma. Então, escreveu:

"São raros os homens que conseguem edificar uma cidade, dar nome a uma nova estrela, partir um átomo. Raros são os que erguem um monumento para si mesmos, tão altos que as futuras gerações poderão apontar o dedo de longe, dizendo: Olhe, aquele era nosso pai. Lá está seu nome. Aquela é sua obra. Diamantes são a mais imortal das lembranças que um homem pode deixar de sua vida pessoal."

Tudo parecia bem sombrio, pesado. Mas Gerry Lauck achava brilhante.

Frances fechou os olhos por um instante. Ela deveria dormir um pouco ou pareceria um espantalho na reunião pela manhã. Mas o que fazer com o slogan que deveria criar? Colocou no chão, em forma de leque, um punhado de revistas já abertas onde se encontravam os anúncios criados por ela mesma.

Na *Vogue*: "Seus diamantes brilham lindamente a cada vez que você os usa. Existe um charme atemporal que transcende qualquer mudança na moda".

Na *Collier's*: "Vista seus diamantes como a noite se veste de suas estrelas, para todo o sempre... pois a beleza deles é tão eterna quanto".

Na *Life*: "No diamante de noivado em seu dedo, as lembranças irão brilhar para sempre".

Ela estava sempre com o pensamento fixo na ideia da continuidade das coisas. Fechou os olhos e disse:

– Meu querido Deus, me mande uma frase.

Frances rabiscou algo em um pedaço de papel, levou-o consigo para a cama e o colocou em cima do criado-mudo. Deitou-se inteiramente vestida, sem se cobrir, e mergulhou em um sono profundo e livre de sonhos.

Três horas depois, acordou com o som do despertador, e a primeira coisa que fez foi olhar para o que havia escrito: "Os diamantes são eternos".

Achou que estava perfeito assim.

Enquanto seus pés tocavam o chão gelado de madeira, ouviu Ann no corredor, indo ao banheiro. No caso de sua companheira de quarto, o noivado não poderia chegar cedo o suficiente.

Frances rapidamente tomou seu café da manhã e foi para o banho. Depois, colocou um vestido marrom de mangas longas, sem se preocupar em checar sua imagem no espelho. De qualquer forma, normalmente ficava desapontada com o que via: suas bochechas chatas e grandes e seu sorriso largo e patético. Ela já tinha saído com homens que diziam que era bonita, mas conhecia os fatos. Ela era mais alta do que metade dos caras que trabalhavam com ela. Estava toda errada para uma mulher da época e da idade que tinha, pois o sexo frágil supostamente deveria ser acanhado, silencioso e de compleição pequena.

Pegou o trem até o centro da cidade, segurando o pedaço de papel da noite anterior. Quando chegou à Washington Square, apressou-se até o edifício da Ayer. Estava correndo o risco de estar atrasada.

Em 1934, quando o resto do mundo estava quebrado, a N.W. Ayer and Son teve dinheiro suficiente para construir sua matriz de treze andares, bem em frente à velha Assembleia Legislativa. Era de uma estrutura magnífica, feita de pedra calcária vinda de Indiana, no estilo Art Déco.

Ela ficara muito orgulhosa na primeira vez em que seu pai a visitou para almoçarem juntos, e ele assobiara baixinho:

– Nossa, Mary Frances. Que maravilha! – Quando queria enfatizar um argumento, ele a chamava assim.

Então, ela abriu a enorme porta de bronze do edifício, tão pesada que, com uma leve brisa, mal se conseguia abri-la. As paredes do lobby eram revestidas de mármore. Clássico, mas não espalhafatoso ou ostentoso. Bem como a Ayer, na verdade.

A recepcionista de meia-idade estava sentada a uma mesa feita de madeira de carvalho, junto das portas.

– Bom dia, senhorita – ela disse.

– Bom dia.

Frances esperou ansiosa pelo elevador.

Finalmente, as portas se abriram e lá estava a ascensorista loira com seu uniforme impecável e luvas brancas.

– Décimo andar? – perguntou, como fazia todas as manhãs.

Frances balançou a cabeça positivamente.

Uma sensação estranha de orgulho tomava conta dela em breves momentos como esse – uma pessoa da qual você não tem conhecimento algum sabia algo específico sobre você. O fato de ela pedir a qualquer taxista na Filadélfia para levá-la ao edifício da Ayer e ele saber exatamente aonde ir ainda a deixava arrepiada.

Ela saiu do elevador e parou na seção dos datilógrafos, que ficava bem no meio do pavimento. A "caixa" de madeira em que a estenógrafa, Alice Fairweather, e seus quatro subordinados trabalhavam dava a impressão de que eram animais de uma fazenda que precisavam ser confinados no curral. Frances sempre se sentiu meio tola por ter de conversar com eles olhando por cima da parede baixa.

– Bom dia, Senhorita Gerety – saudou Alice. – O que tem para nós hoje?

Frances lhe entregou a cópia referente à lua de mel.

– Vou precisar disso antes da reunião.

– Certamente.

Seria devolvida a ela em perfeito estado antes de ser entregue ao departamento de arte, no andar de baixo. O redator-chefe, Sr. George Cecil, era um defensor ferrenho do inglês normativo. Um funcionário de dez anos de empresa que trabalhava no departamento deixara uma vez um anúncio sair com um erro ortográfico. Cecil o demitira no dia seguinte.

Francis chegou a sua mesa às nove e cinco.

A reunião da manhã começaria às dez. O Sr. Cecil daria uma olhada nas novas criações e atribuiria mais tarefas. Ele era ultrapassado, conservador, mas os executivos o adoravam. Era considerado o maior redator vivo, tendo criado o slogan: "Direto do Canadá chegam histórias de uma bebida maravilhosa para os que têm sede, e eles riram quando me sentei ao piano, mas, quando comecei a tocar...!" – para Steinway, e centenas de outros.

Nora Allen, a duas salas dali, estava aos gritos no telefone. Os escritórios eram separados por paredes altas e marrons, mas eram abertos do lado de cima. Se você fechasse sua porta, não conseguiria ver ninguém, mas certamente poderia ouvir os demais.

Frances tentou ler um memorando na sua mesa. Estava cansada. Um dia ela teria de começar a manter um horário normal, mas costumava acordar muito durante a noite. Ela deveria mesmo era trabalhar no turno da noite de um jornal.

Um pouco de café poderia resolver isso, mas Harry Batten os proibira de fazer isso no edifício após um diretor de arte ter derramado uma xícara inteira em uma foto original já pronta para ser publicada. A punição fora particularmente dolorosa, já que Hills Bros. era um dos maiores clientes; havia latas e mais latas de café por toda parte, apenas esperando para serem preparadas. O Sr. Cecil havia até cunhado o termo *coffee break* na década de vinte, como parte da propaganda da empresa. Ironicamente, nunca haveria o tal *coffee break* no edifício de Ayer enquanto Batten estivesse vivo.

Frances ouviu duas vozes no corredor, uma delas sendo o inegável tom do Sr. Cecil de mau humor.

– Quem é essa? – ele pergunta, irritado.

– Nora Allen, creio eu – sua secretária respondeu.

– Que diabos ela está fazendo?

– Acho que está falando com Nova York, senhor.

Ele zombou.

– Por que ela não usa o telefone?

Frances riu discretamente, mas, na reunião, descobriu que a irritabilidade do Sr. Cecil acabava de chegar até ela. Quando apresentou seu slogan, ele se levantou da cadeira e começou a andar, um nítido sinal de que iria rasgar sua ideia de cima a baixo.

– Por que frequentamos a escola para aprender gramática se vocês simplesmente a desprezam? – disse. – Está faltando um adjetivo aqui. Se você dissesse: "Os diamantes são caros" ou "Os diamantes são duros" ou "Os diamantes podem cortar uma pedra", isso sim poderia funcionar. Mas isto aqui?

Frances já ia responder quando ele continuou:

– Que acha, Chuck?

Ela encarou Chuck McCoy. Era um redator bastante resistente, bom na sua área, mas certamente não era dos mais enérgicos.

Chuck engoliu seco.

– Toda relação amorosa começa com a frase: "Te amarei para sempre". É essa a intenção do casamento, durar para sempre, certo? Acho que gostei.

Frances lhe agradeceu, balançando a cabeça, bem na hora em que ele se voltou para o Sr. Cecil e disse, com firmeza:

– Mas a gramática não está mesmo correta, o senhor tem razão.

Ela balançou a cabeça, em desaprovação. Puxa-saco estúpido.

Frances se defendeu, dizendo em voz alta.

– Até onde eu sei, a palavra "são" tem o sentido de "existem". É sinônimo de "existem". Se quiser mudar algo, tudo bem. Mas essa ideia não casou.

– Sem trocadilhos... – Chuck disse.

Frances virou os olhos.

– Se discutirmos mais o assunto, tenho certeza de que poderemos chegar a algo similar para atingir nosso objetivo.

Ela pensou em acrescentar: *Só trabalhei nisso por uns três minutos, e de madrugada*, mas se segurou.

– Sim, vamos conversar – o Sr. Cecil respondeu.

Eles discutiram ideias por três horas. O cinzeiro no centro da mesa ficou cheio. Frances sentiu o estômago roncar. A essa altura, aceitaria qualquer coisa que o Sr. Cecil quisesse se isso significasse que poderia cair fora e ir ao Automat comer um sanduíche de queijo.

Finalmente, Gerry Lauck apareceu e interveio:

– Preciso ir para o aeroporto agora, George. O que me diz da frase para a De Beers?

O Sr. Cecil explicou:

– Frances apareceu aqui com "Os diamantes são eternos" – o tom de voz era quase de fofoca.

Gerry olhou para o teto, pensativo.

– Vamos tentar – disse. – Mostraremos ao cliente para ver o que ele acha.

– Mas o inglês não está adequado – retrucou o Sr. Cecil.

Gerry deu de ombros.

– Não se preocupe, George. Não é bem assim. É apenas uma forma de dar uma assinatura para a propaganda, por enquanto.

Parte 1

1972

Em cima da mesa, no hall de entrada, havia uma pilha de cinquenta envelopes carimbados, selados e endereçados a uma caixa postal em Nova Jersey. Evelyn pegou todos de uma vez.

– Querido, estou saindo – gritou para Gerald, que estava no escritório, nos fundos da casa.

– Boa viagem! – seu marido respondeu.

– Vou enviar suas fichas de inscrição!

– Você é uma santa!

Enquanto fechava a porta, ele gritou algo que ela não conseguiu entender.

Evelyn suspirou e voltou para dentro.

– O que disse?

Não era nada. Ela ainda não tinha se habituado à presença dele às nove horas em uma terça-feira. Caminhou até seu escritório – passando pela sala de estar e a de jantar toda formal, onde ela já havia arrumado a mesa para três com uma toalha de linho e os finos talheres de sua mãe. Havia um vaso grande de cristal no centro da mesa, que ela encheria de flores mais tarde. Ela mesma não entendia por que estava fazendo de tudo por seu filho. Depois do que ele fez, deveria simplesmente lhe servir um sanduíche de atum em um pratinho de papel e fazê-lo sair comendo. Ela sempre levou em conta sua falta de capacidade de ser rude com as pessoas, uma de suas piores qualidades.

No escritório, Gerald estava sentado à mesa com a máquina de escrever à sua frente e uma caixa de envelopes encostada na xícara de café.

– Mais? – ela perguntou, franzindo a testa.

– Estes são para um concurso diferente. Um passeio de bicicleta de uma semana em Tuscany, patrocinado pelo Príncipe Espaguete! – Seus olhos brilhavam. Ele parecia um retrato de si mesmo, como uma criança que ficava na sala junto com a mãe.

Seu marido, aos sessenta e seis anos, não se emocionava com mulheres bonitas ou carros velozes, mas sim com sorteios e concursos de todos os tipos. Evelyn sempre teve pena das jovens e impacientes secretárias designadas para trabalhar com ele na seguradora, que, provavelmente, pensavam que o auxiliariam em negócios importantes, mas que, em vez disso, passavam horas a fio preenchendo envelopes selados.

Desde que se aposentou, seu hobby se transformara em obsessão. Geralmente ele não ganhava, mas, nas raras vezes em que conseguira, fizeram-no ter trabalho dobrado na vez seguinte. Gerald alegava que as probabilidades de ganhar estavam a seu favor, mesmo porque a maioria das pessoas participava de concursos uma vez ou outra (ou NUNCA, ela pensou), quando algo que queriam muito estava em jogo. Mas Gerald participava de todos. Nos vinte e tantos anos em que fizera isso, ganhara poucas coisas, e nenhuma delas muito empolgante: um par de ingressos para ver o Red Sox jogar, um caiaque, uma geladeira marrom horrível que agora residia na garagem, óleo de motor, um quadro com cães em cima de um barco a vela e um estoque de cereal matinal Kaboom que nenhum dos dois comeu.

"Você pode ser mais um vencedor..." Quantas vezes ela já vira essas palavras estampadas em uma página? A maioria dos sorteios já estava longe da vista havia alguns anos, quando a comissão federal do comércio emitira um relatório revelando o que ela já suspeitava fazia tempo: os maiores prêmios raramente eram dados. Na época, os poucos jogos que restavam eram feitos pelos mercados e postos de gasolina como estratégia de divulgação.

Havia um chamado "Vamos Apostar nas Corridas", no qual você pegava um bilhete de apostas já impresso na Stop and Shop e depois assistia a uma corrida de cavalos semanal na TV. Se o cavalo do seu bilhete ganhasse, o grande prêmio era seu. Seu marido se sentava à frente da TV toda sexta-feira, segurando o bilhete, cheio de esperança. Evelyn não podia nem mencionar que tais corridas já haviam sido filmadas muito tempo antes e que quem quer que tivesse colocado aqueles bilhetes no mercado sabia exatamente quantos vencedores haveria.

A situação toda a constrangia. Eles não precisavam de nada, afinal. Mas ela acabara percebendo que precisar e vencer eram duas coisas completamente diferentes.

– Um passeio de bicicleta? – ela perguntou. – Quando foi a última vez que você andou de bicicleta?

– Tenho certeza de que eu era uma criança de calças curtas, Evie, mas essa é a questão. Estou aposentado! Tudo é possível.

– Sim. Mas, por outro lado, agora você tem que preencher todas as fichas de inscrição.

– É verdade – ele respondeu. – Ah, se minha esposa se interessasse em fazer isso...

Ela apontou um dedo na direção dele.

– Sem chance. Enfim, o que estava dizendo aquela hora? Não consegui ouvir.

– Só perguntei se queria que eu fizesse algo quando você saísse.

Evelyn sorriu. A aposentadoria fez de Gerald um novo homem, talvez mais na teoria do que na prática. Ele nunca havia se oferecido para ajudar com as tarefas domésticas. Mas, nas poucas vezes em que ela o ocupara, nas últimas semanas, dera tudo errado: os pratos haviam sido lavados e guardados cheios de espuma, os canteiros haviam sido aparados de forma que ficaram como uma matilha de poodles tristes.

– Acho que não, mas você foi muito gentil em perguntar – ela disse.

– Todas as camas do andar de cima foram arrumadas? – ele perguntou. – Onde ele vai ficar esta noite?

Evelyn se sentiu inteiramente tensa.

– Ele não vai ficar.

– Não?

– Não.

Ela disse ao filho para ficar para o almoço e não para o jantar, por isso mesmo.

– Nós estamos com seis quartos vazios – Gerald lembrou.

Evelyn o encarou. Ela já havia concedido muitos pontos em batalhas, mas nesta, especificamente, queria continuar firme em seu propósito. A visita de Teddy era um bom sinal. Esperava que ele tivesse se conscientizado das coisas. Mas, quando Evelyn pensava em sua esposa e nas crianças lá na casa, do outro lado da cidade, e no fato de ele os ter abandonado pelos últimos cinco anos, era como se alguém estivesse retorcendo seu próprio coração como um pano de prato.

Teddy não disse se planejava dormir em sua própria casa esta noite. Se não fosse, que ficasse em um hotel.

– Me desculpe. Eu não deveria... – Gerald começou.

– Não... Tudo bem.

Pelo telefone, na semana anterior, Teddy dissera que queria vê-los.

– Precisamos conversar sobre algumas coisas – ele continuara. – E nunca tivemos a oportunidade de comemorar a aposentadoria do papai.

Ela ficara triste ao perceber o quanto isso agradava Gerald. Não importava que a empresa tivesse feito uma festa glamourosa para comemorar a aposentadoria do pai dois meses antes e Teddy não tivesse se preocupado em vir da Flórida participar. Seu marido sempre pensara o melhor do filho deles, apesar de qualquer prova em contrário.

Gerald acreditava que Teddy estava em casa para consertar seu casamento. Evelyn esperava que isso fosse verdade, mas tinha suas dúvidas. Por que Teddy dissera que preferia vir sozinho quando ela sugerira que convidasse Julie e as meninas para o almoço? Gerald dissera que era provável que ele quisesse conversar com os dois antes de falar com sua esposa.

– Talvez até nos pedir desculpas – Gerald observara.

Evelyn apenas balançara a cabeça positivamente quando ele dissera isso. Ela se preocupava muito em manter um ambiente de paz, principalmente dentro de casa. Ela e Gerald raramente discutiam, e, quando isso ocorria, ela cortava o mal pela raiz rapidamente, recitando, em silêncio, um poema de Ogden Nash intitulado "Uma Palavra aos Maridos", apesar de pensar que se aplicava às esposas da mesma forma:

Para manter seu casamento transbordando
De amor no seu copo de carinho,
Sempre que estiver errado, admita;
Sempre que estiver certo, cale-se.

Mas os últimos meses com Teddy tinham deixado tudo mais tenso entre eles. Gerald deixara claro que eles deveriam apoiá-lo a todo custo e que, se assim o fizessem, ele perceberia o que havia feito de errado. Evelyn nunca interferira na vida amorosa do filho quando ele era jovem. Ela reprimira seus sentimentos várias vezes quanto a isso. Sua primeira namorada bebia demais, e, juntos, eles foram expulsos de quase todos os bares de Boston, geralmente por estarem discutindo aos gritos. A namorada seguinte fora presa por ter agredido a própria mãe. Teddy teve de pedir dinheiro a Gerald para pagar a fiança dela. Depois, ele se casara com Julie, uma garota maravilhosa, e tiveram duas lindas filhas.

Até aquele momento, o maior arrependimento de Evelyn era ter tido um único filho. Ela teria adotado mais cinco se Gerald tivesse deixado. Mas, quando Julie surgira na sua vida, ela sentira que finalmente tinha uma filha. Elas riam muito quando estavam juntas e trocavam livros e revistas. Julie lhe pedia receitas e Evelyn as copiava para ela, e lhe dera todas de presente de Natal uma vez. Os dez anos após o casamento de seu filho foram dos mais felizes de sua vida. Pela primeira vez a casa estava cheia. Faziam as refeições juntos como uma família uma ou duas vezes por semana. Aos domingos, após a missa, as crianças alimentavam, com pedacinhos de pão amanhecido, os patos que se sacudiam às margens rasas da lagoa, enquanto ela e Julie ficavam sentadas no pátio, tomando limonada e batendo papo. Uma vez por ano, os quatro se vestiam elegantemente para ir tomar chá no Ritz. As meninas levavam suas bonecas preferidas e as faziam saborear um Earl Grey em xícaras finas de porcelana.

Evelyn e Julie se conheceram quando eram professoras na mesma escola de segundo grau. No começo, ela só observava Julie de longe. Alta e esbelta, com lindos cabelos loiros, ela parecia tão à vontade com os alunos, tão encantada com eles. Na sala dos professores, os membros do corpo docente do sexo masculino se atropelavam para poderem se sentar ao lado dela na hora do almoço. Evelyn pensara em Teddy na hora. Era o tipo de garota com a qual ele deveria estar – alguém que amava crianças, alguém estabilizado e de bom coração.

Após algumas semanas, Evelyn tomara coragem para conversar com ela. Seu estômago revirava de tão nervosa, como se fosse ela que estivesse apaixonada. Ficara sabendo que Julie havia se mudado do Oregon havia três meses, e conhecia pouca gente na região. Ela era a mais velha de quatro irmãos. Seus pais eram de família tradicional e se estabeleceram na exploração de cereja nos anos de 1950.

Evelyn contara seu plano a sua melhor amiga. Ruth Dykema dava aulas de Matemática para calouros e sempre dizia o que pensava.

– Cuidado – dissera Ruth. – Esse negócio de cupido às vezes pode produzir efeitos negativos em uma garota.

Evelyn tentara não ficar magoada ou mesmo pensar se o alerta de sua amiga teria a ver com a falta de idoneidade de seu filho. Mas Ruthie era tão próxima de seu próprio e dedicado filho que isso a ferira ainda mais.

Evelyn estava verdadeiramente pensando no maior interesse de Julie também. Na época, se uma mulher não se casasse até seus vinte e cinco anos, provavelmente não iria se casar mais. Julie tinha vinte e três.

– Você tem que ir a uma reuniãozinha que estou planejando para a semana que vem – Evelyn dissera a ela no dia seguinte, na hora do almoço. Ela poderia apresentar um ao outro. Sabia que esse tipo de coisa não se força, mas certamente poderia dar um empurrãozinho.

Evelyn ficava acordada a noite toda até o dia do grande encontro, pensando na melhor forma de fazer com que conversassem. Se Teddy percebesse que o encontro fora premeditado, não iria querer nada. Para sua surpresa e alegria, eles mesmos abriram o caminho para se conhecer, e fora no alpendre, no instante em que ambos chegaram ao mesmo tempo. Quando Evelyn abrira a porta, lá estavam eles; Teddy estava radiante de uma forma que ela não via havia séculos.

Eles começaram a sair e, seis meses depois, ficaram noivos. Às vezes ela se perguntava se Teddy havia contado a Julie sobre seu passado ou se ela mesma teria essa obrigação. Mas, por fim, ela decidira não se preocupar com isso. Julie parecia tê-lo reabilitado. Evelyn então pensara que talvez ele pudesse ser apenas um pouco lento para amadurecer. Ela se sentira aliviada, imaginando que Teddy pudesse se tornar o tipo de homem que Gerald se tornara com o tempo. As meninas nasceram, e ela acabara admitindo que seria o fim da história, então. Não precisaria se preocupar mais. Ela deveria ter se lembrado antes de que, na vida, você não tem como prever o que virá a seguir.

Sua neta mais velha, Melody, fora a primeira a lhe contar que o pai as tinha abandonado na última primavera.

– Papai foi para Nápoles a negócios e se apaixonou por alguém por lá – ela dissera, claramente, quando Evelyn parara perto das tulipas no jardim e avistara sua nora chorando na mesa da cozinha.

Evelyn alisara o cabelo de Julie e preparara dois copos de conhaque. Ela nunca bebia durante o dia, mas a situação pedia. Garantira a Julie que era um erro estúpido pelo qual Teddy acabaria se lamentando e inevitavelmente se arrependendo.

– Ele ligou e disse que ficaria um tempo na Flórida – Julie contara, atordoada. – Disse que nunca ninguém havia feito ele se sentir como essa mulher está fazendo. Quando perguntei o que isso significa, ele falou que ela o faz se sentir homem. Que ela o faz se sentir livre. Ele parecia tão entusiasmado. Quase como se pensasse que eu ficaria feliz por ele.

– Ele perdeu a cabeça – Evelyn comentara.

Ela preparara o jantar para as duas naquela noite e ficara com ela até as meninas irem dormir.

– Ele vai ligar pedindo desculpas amanhã de manhã. Sei que vai – ela garantira. Ela pensara que ele pudesse estar bebendo muito de novo. Sentira vontade de pedir desculpas em nome dele, ficar de joelhos e suplicar a Julie que o perdoasse, embora soubesse que isso não fazia sentido.

Quando Evelyn chegara em casa e contara tudo a Gerald, ele apenas falara:

– Mas que confusão.

– Como ele pôde fazer isso, Gerald? O que deveríamos fazer? Você não deveria pegar um avião para a Flórida e botar um pouco de juízo na cabeça dele?

Ela esperava que o marido ficasse do seu lado, mas Gerald balançara a cabeça com olhar de tristeza.

– Não podemos nos meter nisso, Evie. Não é certo ficar combinando com Julie o que fazer. Ele é nosso filho.

Por um tempo, ela ignorara o conselho do marido. Conversava com Julie todas as noites tentando criar formas de trazer Teddy de volta para casa. Mas, por fim, Julie parecia vê-la apenas como uma extensão do filho, na verdade. Então, ela via suas netas cada vez menos. Julie não queria nem mesmo falar mais com ela.

Evelyn olhou para o relógio na mesa de Gerald. Teddy chegaria à uma hora. Isso lhe daria menos de quatro horas para pegar a carne assada, as flores, o bolo, colocar o almoço no forno e se vestir.

– Preciso ir, querido – ela avisou. – Te vejo daqui a pouco.

Gerald caminhou até onde ela estava. Colocou as mãos em seu ombro.

– Nós vamos conseguir lidar com tudo o que acontecer hoje.

Ela lhe deu um sorriso acolhedor.

– Eu sei.

Alguns minutos depois, ela ligou o carro, se sentindo esperançosa. Tentaria focar no lado positivo. Não era de seu feitio arrumar problemas. Na semana anterior, antes de Teddy ligar, ela acreditava que ele nunca mais voltaria. Mas logo ele chegaria. Um dia, eles olhariam para trás e tudo isso seria apenas um capítulo negro em suas vidas, nada mais. Os homens cometiam erros, e, quando pediam perdão, suas mulheres aceitavam. Isso acontecia diariamente.

Ela gastou um instante apreciando aquela típica manhã de outono. As folhas estavam reviradas, e as árvores irrompiam em um tom laranja, vermelho e dourado brilhante. Evelyn tinha de ficar atenta para não se distrair por muito tempo quando estivesse ao volante, a fim de não se desviar da estrada.

Eles foram abençoados com três acres bastante arborizados em Belmont Hill, uma casa localizada bem longe da rua e uma lagoa cintilante a distância. Sua propriedade inteira deu boas-vindas ao outono – as folhas amareladas estavam encantadoras, imponentes ao contato dos tijolos; as tempestades recentes deixaram a grama com um tom vivo de verde, e os garotos da O'Malley's Landscaping a tinham aparado dois dias antes. As altas árvores floridas e os arbustos de rododendro já haviam florescido fazia tempo, mas ainda estavam verdes o suficiente para se exibir. Havia anos, ela cultivava plantas e uma horta de legumes, e tinha também suas rosas, nos fundos da casa. Adorava cuidar do jardim. Era voluntária no Jardim Botânico Arnold uma vez por semana, trabalhando como guia escolar e arrecadando fundos para fazer passeios a casas históricas em Massachusetts, inclusive a sua.

Evelyn colocou os envelopes no banco do passageiro, junto com sua lista de afazeres e a bolsa, e abriu a janela para deixar entrar um pouco de ar. Reconheceu uma canção de que gostava muito tocando na estação de rádio de música clássica – a sinfonia de Dvorák, "From the New World". Aumentou o volume enquanto saía pelo longo caminho da garagem.

Primeiro, parou na agência de correio e jogou os envelopes de Gerald na caixa. Esses eram para concorrer a um toca-discos. Com o dinheiro gasto na postagem, ele quase poderia comprar um, mas tudo bem...

No centro da cidade, encontrou uma vaga para estacionar, em frente à livraria. Pegou tudo, atravessou a rua Leonard e caminhou até o mercado Sage's, a alguns metros dali. Quando chegou, passou por Bernadette Hopkins, que estava de mãos dadas com uma garotinha de tranças. Dez anos se passaram. Bernadette ganhara alguns quilos nesse meio-tempo, e usava o cabelo bem alto, estilo bufante, mas sua feição de bebê não havia mudado em nada. Evelyn nunca se esquecia dos alunos. Muitos deles eram gentis em ainda manter contato. Mesmo anos depois, costumavam convidá-la para seus casamentos e enviavam fotos de seus bebês dentro de dúzias de cartões de Natal, os quais ela guardava em uma caixa no sótão.

– Senhora Pearsall! – disse Bernadette. Ela se voltou para a garotinha. – Rose, esta é a Senhora Pearsall. Ela era minha professora preferida no segundo grau.

– Pode me chamar de Evelyn agora – Evelyn respondeu, sorrindo.

– Ah, não. Nunca. Não conseguiria.

Evelyn riu. Era uma resposta recorrente.

– Veio visitar alguém? – perguntou.

Bernadette assentiu com a cabeça.

– Uma prima minha em Newton teve bebê.

– Onde está morando?

– Estamos em Connecticut. Darien. Meu marido é de lá. Nos conhecemos na faculdade. Ele era do Notre Dame. E eu estava na St. Mary's, claro. – Ela se voltou para a menina de novo. – A Senhora Pearsall escreveu minha carta de recomendação.

Evelyn apertou os lábios. Não parecia que a garota pudesse se importar com isso. Talvez Bernadette quisesse apenas que Evelyn soubesse que ela se lembrava disso.

– Ah, mas a senhora era a preferida de todos – continuou. – A senhora se lembra da minha amiga, Marjorie Price? Está trabalhando na redação do *Ladie's Home Journal* em Nova York. Ela diz a todo mundo que você é a responsável por ela ter se tornado redatora.

– Fico honrada – Evelyn disse. – Mande lembranças minhas, por favor. Você tem contato com as garotas da sua classe?

Ela se recordou que Bernadette era membro do conselho estudantil; talvez não fosse a garota mais inteligente da classe, mas certamente era uma das mais entusiasmadas. Era popular e tratava bem a todos, uma combinação rara.

– Mas é claro – Bernadette respondeu. – Wendy Rhodes e Joanne Moore são donas de casa como eu. Nós três temos filhos de dois e quatro anos. Joyce Douglas é higienista dental, o que é engraçado quando você pensa que os irmãos dela jogaram hóquei todos aqueles anos. E presumo que ficou sabendo o que aconteceu com a pobre Nancy...

Evelyn balançou a cabeça, embora pressentisse o que poderia ser.

– Há um ano e meio, seu marido, Roy, estava em casa de licença do Vietnã. Disse a ela que seu comandante garantiu que todos os americanos seriam liberados de vez da guerra em seis meses. Ele retornou para a guerra e, algumas semanas depois, estava morto.

Evelyn sentiu o peso da situação. Pobre Nancy, tão jovem ainda.

– Como ela está? – perguntou.

– Ela está acabada. Tem um garotinho agora. Descobriu que estava grávida uma semana antes de Roy morrer.

Evelyn ficou chocada por um instante. A idade a havia deixado ultrapassada: quando era jovem, ninguém dizia a palavra "grávida" em voz alta.

Guardou na memória o nome, Nancy, para ver se havia algo que poderia fazer para ajudar.

A voz de Bernadette assumiu um tom jovial.

– Quando ouvi falar que tinha se mudado de Belmont High, me senti tão triste pelas minhas sobrinhas, que nunca teriam aula com a senhora – comentou. – Minha irmã ainda está morando aqui. No mesmo quarteirão dos meus pais.

Por um momento, Evelyn pensou em perguntar se ela conhecia Julie – devia ter a mesma idade –, mas Bernadette continuava a falar, parecia que nem respirava.

– A propósito, a senhora está ótima. Sempre foi tão bonita. Eu me lembro bem que os garotos davam em cima da senhora, mesmo sendo tão...

– Velha? – Evelyn sugeriu.

– Mais velha do que nós – Bernadette respondeu. – Mas, sinceramente, a senhora não mudou nada.

Todos diziam isso, embora não fosse verdade. Evelyn vestia as mesmas saias longas com blusas de colarinho alto desde que saíra da faculdade, e geralmente deixava o cabelo puxado para cima, formando um coque frouxo. Fora loira quase a vida toda, como Julie e as garotas, mas recentemente acabara ficando com os cabelos meio prateados, o que não era de todo desagradável aos olhos. Para uma mulher, era alta: tinha 1,75m e era magra, mas nunca em exagero. Era nadadora, e até mesmo participava de competições quando estudava na Wellesley.

Ela se aposentara nove anos antes, quando sua primeira neta nascera, para poder ficar à disposição de Julie quando ela precisasse. Evelyn ficava feliz em ajudar, mas sentia saudade das aulas. Seu dia preferido do ano era 1º de setembro, quando terminavam as férias de verão e ela retornava à escola. Ainda se recordava do puro prazer que sentia com o cheiro de giz, a visão das citações literárias escritas em cartolina, as quais ela pendurava no quadro de avisos todo ano, e do boletim de notas em branco com o nome de cada um dos novos alunos correndo pelo canto da página, cheios de promessas.

Ela dava aula de Inglês para alunos do primeiro e segundo anos. Os outros professores que conhecia fariam qualquer coisa para evitar crianças dessa idade, mas ela as adorava. Até a mais agitada ou irritante entre elas tinha algo a oferecer se você prestasse mais atenção. Alguns professores não se envolviam, mas ela era apaixonada pelo que fazia.

A única criança com a qual ela nunca conseguira esse intento era seu filho. Fora a sua maior falha. Esperava-se que ela desistisse de seu trabalho ao se casar, como a maioria das mulheres fazia, e ela realmente o fizera, por um tempo, para ficar com Teddy e abrir vaga para outra pessoa durante os últimos anos da Grande Depressão. Havia um clima ruim no ar em relação às garotas que trabalhavam na época, especialmente as casadas. A maior parte das escolas do país não contrataria mais mulheres.

Mas ela ansiava voltar para a sala de aula, e, após Gerald retornar da guerra, começara a lecionar de novo pela primeira vez em mais de uma década. Não era comum para um homem na posição de seu marido ter uma esposa que trabalhasse. Mas Gerald a entendia melhor do que qualquer pessoa e sabia o que isso significava para ela.

As crianças mudaram com o passar dos anos. Fora estranho e esclarecedor ser o ponto de parada para todos os adolescentes de quinze e dezesseis anos da cidade. Os pais também mudaram ao longo do tempo, e para melhor. Ela entendia que uma má criação provinha de uma infância ruim. Era um círculo vicioso. Mesmo assim, ela abominava os pais que agiam com crueldade, que mandavam suas crianças para a escola com hematomas nos braços e nas pernas sem sentir um pingo de vergonha por isso. Ela nunca havia batido em seu filho ou permitido que Gerald fizesse isso, mesmo que fosse comum na época.

Sua amiga Ruthie ainda estava dando aulas e a mantinha a par das mudanças mais recentes. Havia pouco tempo, fora parada na rua para pegar um panfleto que a Associação de Pais e Mestres estava distribuindo, no qual se lia: "Como Descobrir se Sua Criança é um Hippie em Potencial e o Que Você Pode Fazer Com Relação a Isso".

Evelyn dera uma folheada nas páginas dos sinais de alerta:

1. *Interesse repentino por algum tipo de culto, em vez de uma religião reconhecida.*
2. *Incapacidade de manter uma relação individual de amor – mais voltado para experiências em "grupo".*
3. *Tendência a falar usando termos filosóficos vagos, nunca chegando a ponto algum.*
4. *Atitude exigente com relação ao dinheiro, mas relutância a trabalhar para consegui-lo.*
5. *Extremo interesse por poesia e artes em geral.*
6. *Ridicularização constante em relação a qualquer forma organizada de governo.*
7. *Atitude sempre evasiva, nunca admitindo ter culpa.*
8. *Histórico crescente de faltas na escola.*
9. *Tendência a se relacionar apenas com membros de diferentes raças e credos.*

A página do panfleto era longa e continha a observação de um psiquiatra, a qual Ruthie lera em voz alta com um sotaque falso, meio malfeito: "Naturalmente, alguns desses sinais podem ser observados em adolescentes perfeitamente normais. Mas é quando a maior parte das características está presente que a criança está no caminho de se tornar um hippie, na verdade. Existem também os sinais bastante óbvios, como cabelos desgrenhados e roupas modernas demais. Mas só isso não faz um hippie. Às vezes é apenas um modismo. Deve-se ter muito diálogo – que às vezes pode ser doloroso – para conseguir estabelecer um novo tipo de crença para esses jovens. Eles negarão que são hostis até morrer. Até que tal profunda hostilidade chegue a nós, essas crianças serão consideradas rebeldes. Procurem entender e sejam mais tolerantes. A adolescência é, na melhor das hipóteses, uma fase extremamente inquietante".

Ruthie sorrira, mas Evelyn pensara em sua neta mais velha, Melody, e em como ela enfrentaria tudo isso dali a apenas alguns anos. Receava que estivesse lidando com a pior época da história para quem era adolescente.

A filha de Bernadette estava ficando impaciente, saltando nas pontas dos pés.

– Vamos, mamãe.

Bernadette continuou sorrindo, grande e firme como uma abóbora de Halloween. Ela ignorou a criança.

– Tem feito muita coisa? – perguntou.

– Ah, sim – Evelyn respondeu. – Tenho duas netas.

Na verdade, ela não tinha muito o que fazer. Antes de Teddy sair de casa, ela buscava as meninas na escola duas vezes por semana e, geralmente, ficava com elas aos sábados à noite para que ele e Julie pudessem sair. Ela sempre tinha algo planejado – mexer com papel machê no quintal ou fazer cookies na cozinha. Adorava ler para elas os mesmos livros que lera quando menina. Criava histórias e ficava contente quando gostavam de alguma e pediam sempre para contar. Mas já fazia dois meses que Julie não pedia mais para ela ficar com as meninas. Quando Evelyn as convidara para visitá-la, Julie dissera que estavam ocupadas, não teriam tempo.

Evelyn dispensara a faxineira, já que era um absurdo pedir a outra pessoa que limpasse o banheiro e arrumasse as camas quando ela teria todo o tempo do mundo para fazer isso. A mãe de Gerald, que Deus a tenha, ficaria horrorizada. Ela sempre achara que Gerald e Evelyn agiam como pessoas muito simples. Apesar da condição deles, Evelyn nunca tivera interesse algum em ser voluntária da Junior League ou coisas assim, enquanto Gerald gostava de jogar uma partida de golfe eventualmente; ambos preferiam o conforto do lar ao tédio dos eventos sociais. Ela só saía se fosse para ir a suas instituições de caridade preferidas ou com um seleto grupo de pessoas do círculo deles cuja companhia lhes agradava, e também um domingo por mês, para almoçar com Ruthie.

Desde que Julie começara a afastar as crianças dela, Evelyn ficava sozinha a maior parte do tempo, uma sensação de tristeza que a fazia se lembrar de sua infância em Nova York. Ela fora criada, de certa forma, por governantas. A mais nova de quatro filhos, separada do segundo mais novo por quinze anos. Uma reflexão tardia, talvez, ou, mais provavelmente, um erro. Seu pai estava sempre trabalhando. Evelyn o via por meia hora toda noite, enquanto ele bebia seu vinho espanhol de xerez; tão rápido era convidada a ficar na sala com ele, já teria de sair.

Sua mãe parecia um pouco irritada com sua existência. Ela tinha esperança de seguir seu próprio caminho a essa altura. Evelyn ainda podia vislumbrá-la agora, alta e atraente, pronta para o sufrágio de uma palestra com seu vestido longo e escuro e suas luvas brancas, uma capa de cor negra drapeada nos ombros e botas pretas. Na cabeça, um chapéu preto com uma pluma negra de avestruz. Talvez seus pais já tivessem sido apaixonados um pelo outro, mas as únicas vezes em que os via interagir era quando estavam discutindo.

Ainda criança, Evelyn encontrara consolo e amigos nas páginas dos livros que amava – a maior parte, romances sobre heroínas destemidas que possuíam grande imaginação. Seu favorito era *Little Women*. Deve ter lido umas cinquenta vezes. Ela fingia que as irmãs March eram suas irmãs, na verdade.

Na época, ela geralmente conseguia ler dois livros por semana. Adorava os vitorianos, principalmente Dickens e Eliot. Adorava Jane Austen. Sua maior satisfação era passar uma tarde sentada à beira da lagoa lendo a poesia de W.B. Yeats ou de Elizabeth Barrett Browning.

Quando estava grávida de Teddy, tinha receio de dar à luz a uma criança que não gostasse de ler. Seria como dar à luz a um ser de outro mundo. Bem, esse era um dos pontos altos de Teddy. Ele gostava muito de ler; pelo menos, quando garoto. Seu livro preferido fora *O Jardim Secreto*, um sinal, ela pensara na época, de sua natureza sensível e compreensiva. E ele carregava para todo lado aquele carneirinho de pelúcia que chamava de Torta de Carneiro. Ele não entendia quando ela não o deixava levar à escola. E chorava. Ele tinha cabelos cacheados, caracóis loiros, que ela não parava de cortar. Quando foi que ele se tornara tão frio?

Evelyn já não ouvia mais Bernadette.

– Quantos anos? – Bernadette perguntou, claramente pela segunda ou talvez até pela terceira vez.

– Perdão? – Evelyn perguntou.

– Qual a idade dos seus netos?

– Nove e sete. Duas garotas. Elas moram aqui na cidade.

Antes de se despedirem, jogaram conversa fora por mais algum tempo. Evelyn se protegeu do sol dentro do mercado lotado e foi até o balcão do açougue, onde quatro moças estavam na fila. Uma senhora mais velha estava na frente, sem pressa alguma, pedindo para que lhe mostrassem cada peça de carne.

– Meio quilo de rosbife por oitenta e nove centavos? – perguntara. – Mas é bom?

Evelyn sorriu discretamente para a garota que estava no final da fila e ficou logo atrás dela. Gus, o açougueiro, acenou para ela, e ela retribuiu. Ela olhou para o relógio. O voo de Teddy devia ter chegado ao Logan agora. Apesar de tudo, rezou em silêncio para que ele chegasse bem.

Ela começou a girar o anel de noivado no dedo para a frente e para trás, um hábito nervoso que tinha. Evelyn já usava o anel havia tanto tempo que existia uma faixa permanente de pele branca e lisa por baixo dele, como se o anel fornecesse um escudo contra a idade e o tempo seco, o sol e enrugamento e tudo o mais.

Ela nunca fora do tipo que usava muitas joias, mas seu anel era uma exceção. Ela o adorava. Mesmo depois de quatro décadas casada, se pegava às vezes com o olhar fixo nele. Era uma peça única, com dois diamantes antigos europeus lapidados, redondos e grandes, montada no que era chamado de estilo *bypass*. Os dois lados do anel se deslocavam até a ponta do seu dedo, mas, em vez de se encontrarem para formar um círculo, eles se enrolavam em torno das pedras, como trepadeiras feitas de minúsculos diamantes. Havia três pequenos diamantes marquesa de cada lado, os quais, para olhos atentos, lembravam folhas. A maioria dos anéis de compromisso continha um diamante grande ou possivelmente três. Mas dois era raridade, e, para ela, fez todo o sentido – os dois, ela e Gerald, gravados na pedra para a eternidade. O amor deles era forte e sólido como um diamante.

Alguns anos antes, ela deixara o anel para Julie em seu testamento.

Ele havia sido feito por um joalheiro em Londres em 1901 e viera da coleção pessoal da Sra. Pearsall. Ela queria que fosse de Evelyn. Os diamantes, propriamente ditos, eram ainda mais antigos; no mínimo da bisavó de Gerald. Ele dissera a Evelyn que ela poderia escolher seu próprio anel na Tiffany, mas, querendo agradar sua nova sogra, Evelyn acabara aceitando o presente. Os Pearsall eram do tipo que tinha a tradição de manter joias, móveis e coisas artísticas no seio da família, e ela gostou desse lado deles.

– Combina com você – Gerald dissera no dia em que lhe dera. – A intenção é que seja uma flor, não é? Olha só, isso o torna verdadeiramente seu.

Ele apontara para o lado interno da faixa de platina do anel. Havia mandado gravar o apelido que lhe dera: EVIE.

Houve momentos em que o anel a fez se sentir desconfortável. Era lindo, mas tão opulento que tinha receio de usá-lo na escola ou na frente dos pais de seus alunos. Não queria causar má impressão. Claro, um anel daquele só poderia dar um tipo de impressão: que ela e Gerald tinham muito dinheiro. Fora feito para uma mulher muito mais delicada que ela, do tipo que teria várias empregadas e que nunca arrumaria a cama ou escreveria na lousa. As pedras ficavam tão altas no anel que ela estava sempre esbarrando em alguma coisa e acumulando pedaços de linha do suéter ou algum fio de cabelo que ficava preso na junção.

Por anos, depois que se casara com Gerald, o anel de noivado do primeiro casamento ficava preso a um colar em seu pescoço. Mas, em uma viagem que fizeram às Ilhas Gregas quando Teddy era garoto, ela tirara o colar para nadar. Quando voltara para pegar a toalha, ele tinha desaparecido. Naquele momento ela sentira como se seu primeiro marido, Nathaniel, tivesse morrido novamente. As pessoas são engraçadas com alguns de seus pertences. Era um simples anel de ouro com uma esmeralda minúscula – a pedra da sorte de seu dia de nascimento –, mas ela era apegada a ele como se valesse um milhão de dólares.

Finalmente, sua hora na fila chegou e ela pagou pela costela de três quilos que já havia encomendado alguns dias antes. Gus embrulhou a carne e a colocou em um saquinho de papel marrom.

– Esse tipo de compra é mais comum aos domingos – ele disse, lhe dando o troco. – Alguma ocasião especial?

– Somos aposentados agora. Domingo, terça-feira, é tudo igual para nós! – Evelyn estava tentando parecer alegre, mas suas próprias palavras soaram tão tristes para ela.

Na floricultura, ela tentou ficar mais animada ao comprar dálias, orquídeas e rosas com ramos saltando pelo ramalhete tão grande que não conseguia segurar com apenas uma mão. Teria de deixar as coisas no carro antes de seguir até a padaria. Ela tinha encomendado um bolo de coco na Ohlin's. Normalmente ela mesma o prepararia, mas estava tão conflitante ultimamente com relação a esse almoço que, toda vez que pensava em fazer, acabava decidindo por algo muito mais urgente – as roupas de verão precisavam ser guardadas e as de inverno precisavam ser colocadas no lugar delas. As janelas precisariam de uma bela limpeza.

Ela foi até o carro e colocou as flores e o assado no banco traseiro. No assoalho do carro, avistou um pequeno objeto arqueado cor-de-rosa e brilhante, o mesmo que via sua avó, June, usar no cabelo inúmeras vezes. Evelyn suspirou e o pegou, deslizando os dedos pelo tecido e trazendo-o para perto do nariz para ver se conseguia sentir algum traço do doce aroma de June. Após um instante, jogou o objeto dentro da bolsa. Melhor não ficar pensando muito nisso agora.

Planejou fazer frapê de abacate para tomar antes do almoço, já que era o que os jovens pareciam gostar na época. E serviria bolinhas de queijo e aipo recheado, e uma salada waldorf. Estava relembrando os ingredientes quando passou pela livraria e virou o rosto na direção da vitrine para dar uma olhada rápida enquanto pensava.

Bem ali, do outro lado da vitrine, estava Julie. Elas se encararam. Evelyn sorriu e se encaminhou até a porta.

Julie se virou e foi para os fundos da livraria.

Evelyn se sentiu atingida, mas se manteve firme, aproximando-se de Julie por trás e colocando a mão em seu ombro.

– Oi.

– Por favor, Evelyn, vá embora – ela falou baixo.

– Julie, querida.

Então, Julie se virou e a encarou. Evelyn pôde perceber que esteve chorando.

– Sabia que ele está vindo para cá? – Julie perguntou, enfática.

Evelyn balançou a cabeça positivamente.

– E sabe o que ele me pediu?

Evelyn se assustou.

– Não.

– Ele quer o divórcio.

Evelyn sentiu seu coração se partir como gelo.

– Mas falou que é preciso haver um motivo para isso – Julie continuou. – Um de nós precisa ter cometido adultério ou ter abandonado o outro ou ser impotente ou estar sempre embriagado ou ser cruel e abusivo.

Adultério, Evelyn pensou, mas Julie continuou:

– Ele não vê suas filhas nem telefona para elas há cinco meses, e, quando finalmente liga, é para dizer que seu advogado sugeriu o enfoque de abuso. Aparentemente, é a maneira mais fácil de provar, porque, seja o que for que escolher, tem de haver uma testemunha. Ele disse que fariam o favor de não me fazer dizer que o peguei na cama com alguém. Que favor! Ele quer que eu diga na justiça que ele me deixou com o olho roxo por causa de um soco e me jogou contra a parede. Eu precisaria ter um amigo ou vizinho para confirmar que viu tudo acontecer. Ele até sugeriu que você pudesse fazer isso.

– Seria falso testemunho – Evelyn replicou.

– Ele disse que é comum as pessoas fazerem isso.

Evelyn se sentiu envergonhada, como se ela mesma fosse culpada pelo que ele havia pedido. Como é que seu filho poderia fazer sua própria esposa mentir sobre algo tão terrível? Será que Evelyn realmente acreditou que ele estava voltando para fazer as pazes? Ele a havia furtado de sua própria família. Roubara suas crianças e sua esposa. Evelyn estava horrorizada com o egoísmo dele. Com quase quarenta anos, Teddy não estava percebendo que sua decisão dizia respeito a todos e não apenas a ele.

– Julie, isso é uma loucura completa. Teddy perdeu a cabeça...

– Vou levar as meninas para Eugene, para ficarem perto de meus pais – Julie contou.

Evelyn acenou com a cabeça, compreendendo.

– Acho que essa visita seria maravilhosa para todos vocês. Enquanto resolvemos tudo.

Sua nora a encarou. Ela conseguiu perceber um leve toque de carinho no semblante de Julie.

– Estamos indo embora para sempre, Evelyn.

Evelyn ficou chocada.

– Não vão embora – pediu. – Ainda há tempo. Você pode dizer a ele que não vai aceitar o divórcio. Ele não pode ditar as regras.

– Sei que sua intenção é boa, mas, por favor. Eu imploro. Vá embora.

– Julie...

– Por favor – Julie pediu novamente. – Há advogados envolvidos nisso. Eu não poderia estar falando com você.

Evelyn queria dizer que testemunharia a favor de Julie se as coisas chegassem a certo ponto. Queria dizer que naquela tarde convenceria seu filho a voltar para casa em definitivo, que faria tudo o que fosse possível para isso.

Em vez disso, apenas fez um aceno positivo com a cabeça e caminhou na direção da porta. Pegou o bolo na padaria e saiu com o carro de volta para casa, mas, assim que começou a dirigir a uma distância suficientemente segura, começou a chorar. Evelyn chorava e soluçava longamente, o que fez com que chorasse ainda mais. Ela se deixou levar até chegar em casa.

1987

O termômetro na porta dos fundos indicava dez graus negativos.

Eram cinco horas da manhã, véspera de Natal, estava um breu no jardim. James acendeu a luz do alpendre, mas mal conseguia enxergar algo. A escuridão lhe deu um nó no peito, um medo que ele sabia ser infantil, mas era assim que se sentia ultimamente – ansioso, hiperalerta. Ele passou pela porta e a trancou, algo que não se importava em fazer pela manhã até recentemente. No andar de cima, Sheila e as crianças ainda dormiam.

A calçada estava toda lisa, como um lençol fresco feito de gelo. Dois dias antes, ele havia jogado sal em tudo e também na casa de sua mãe, mas já podia dizer que precisariam de mais.

O cão puxou e ele segurou firme a coleira, já que cair sentado no chão parecia um modo nada ideal de começar o dia.

– Devagar, meu amigo – disse. – Meu Deus, Rocky, vai com calma.

O basset hound de nove anos resmungou, mas fez como James pediu, e caminhou lentamente até o meio-fio. Lá chegando, urinou sem parar no arbusto de azevinho que ficava no final da propriedade. O brilho alaranjado dos postes de iluminação trouxe a vizinhança de novo à vista.

Eles moravam no final de uma rua residencial com casas bem coladas umas às outras, como se fossem dentes. A deles ficava em um terreno de esquina, de frente para um cruzamento bastante movimentado. A luminosidade dos faróis dos carros atravessava as janelas do andar de baixo ao escurecer, fazendo com que fosse impossível assistir à TV na hora do noticiário da noite, e Johnny Carson. Então, assistiam no quarto, em uma TV em branco e preto de treze polegadas.

James voltou seu olhar na direção do céu, virando o pescoço. Suas costas doíam. Ele massageou a parte mais baixa com os dedos, dentro do casaco. Estava ficando velho demais para ficar erguendo macas o dia todo.

A neve de uma semana cobriu a grama da frente da casa. O meteorologista previu que mais trinta centímetros de neve iriam cair de novo até a noite. Provavelmente seria um dia tranquilo de trabalho, mas quando voltasse para casa, na manhã seguinte, teria de retirar a neve dos degraus com a pá. Um velho amigo, Dave Connelly, trabalhava para a cidade e sempre fazia isso para ele durante as tempestades. Ajudou também na entrada da casa de sua mãe. James lhe comprava um fardo com meia dúzia de Budweisers para pagar pelo favor todas as vezes; ele o deixava no alpendre de Dave sem aviso.

Nesse instante, ele observava um cara dirigindo uma van, que estava cruzando o sinal vermelho até a ladeira da estação North Quincy T.

– Babaca – James resmungou para o cachorro. E começaram a caminhar.

Havia um posto de gasolina a um quarteirão dali e, em frente, uma concessionária de veículos, um McDonald's e um Dunkin' Donuts. Sempre havia lixo pelo chão, que ele passava quase as manhãs inteiras de domingo recolhendo enquanto limpava ou cortava a grama. Pacotes de batatas chips, latas de refrigerante e embalagens de chocolate e, ocasionalmente, para seu desgosto, um preservativo. Eles moravam a três quarteirões da escola de segundo grau North Quincy e, às vezes, James pensava que isso pudesse ser uma penitência por toda a porcaria que ele deve ter jogado nas ruas ou mesmo das janelas dos carros quando adolescente.

Sheila nunca deixou seus filhos brincarem em frente à casa. Tinha receio de que um deles pudesse ser levado por alguém ou atropelado. Em vez disso, eles brincavam no pequeno quintal, rodeado por uma cerca de arame, que só tinha lugar para um balanço de metal pintado, uma caixa de areia de plástico no formato de tartaruga e uma imagem azul e branca da Virgem Santíssima, à qual o bebê se referia como a "bonequinha da mamãe".

Em outubro, uma criança no Texas havia caído em um poço. Por dois dias, fora o único assunto do lugar. Pacientes no fundo de sua ambulância, que estavam em pior situação do que o bebê Jéssica, expressavam sua preocupação, perguntando se ele tinha ouvido mais notícias no rádio. Agora, Sheila havia adicionado mais uma preocupação com relação às crianças a sua longa lista. James tentava destacar que seus dois filhos nasceram tão grandes quanto dois perus bem gordos, e não poderia caber nem uma perna deles sequer dentro de uma abertura daquele tamanho.

A casa propriamente dita era pequena, metade do tamanho da casa do outro lado da cidade em que Sheila crescera. Com revestimento de vinil cinza. Dois quartos e um banheiro antigo no andar de cima. No andar de baixo, uma cozinha bem pequena com armarinhos de cor de carvalho silvestre escuro da década de sessenta que não fechavam direito; uma sala de TV e outra sala, de jantar, onde nunca faziam suas refeições. A mesa de jantar servia principalmente como transição para as roupas limpas, trazidas do porão para cima, mas que ainda não estavam dobradas e guardadas, pilhas de cartas, guias de TV e edições especiais do jornal que ele tinha intenção de reler um dia.

A casa não tinha muita luminosidade. Mesmo ao meio-dia, com o sol a pino, ficava escuro em todos os cômodos. Mas Sheila era uma grande decoradora e dava seus toques em todos os lugares da casa – adesivos com patinhos de borracha nas paredes do banheiro, papel de parede com navio pirata no quarto dos meninos. Ele poderia viver sem suas premiadas bonecas bebês da Cabbage Patch. Ela tinha seis, dispostas no aparador da sala de jantar. Sheila queria muito ter uma menina, mas ele estava bastante convencido de que duas crianças já bastavam.

Ele tivera sorte quando a convencera a pegar Rocky na época. Ela não o deixaria pegar um cão para criar depois que as crianças nasceram. James levava Rocky para caminhar todas as manhãs e nas noites em que não trabalhava. Mesmo quando estava extremamente frio, como agora, ele gostava muito dessa hora do dia, mais do que qualquer outra. Com o tempo bom, nos dias de folga, levava o cão para a praia, em Wollaston, e o deixava correr à vontade. Mas, no inverno, ambos ficavam satisfeitos em caminhar por alguns quarteirões e voltar logo para dentro de casa.

Eles viraram na rua Holmes. Havia luzes de Natal em algumas das casas de duas famílias – Sheila achava as brancas as mais tradicionais, então foi as que ele pendurara na casa. Seus vizinhos de um lado tinham luzes da cor do arco-íris, e os do outro lado, azuis. Azul era a cor mais brega, de acordo com Sheila. Em quatorze anos de casamento, ele nunca contara a ela que, quando menino, sonhara morar em uma casa que tivesse luzes de Natal azuis.

Ele fora criado a um quilômetro e meio dali, em uma região um pouco melhor, em um pequeno bangalô onde sua mãe ainda morava. Seu sogro e sua sogra, Tom e Linda, também ainda moravam na casa em que Sheila passara sua infância, uma casa grande e antiga, ao lado do mar, em Squantum. Linda e Tom ajudavam bastante a cuidar das crianças. Eram dez anos mais velhos que sua mãe, mas pareciam ser décadas mais novos que ela. Eles passeavam em seu barco a vela todo sábado no verão e recebiam os amigos para um coquetel ao entardecer no pátio da casa. Às vezes, ao vê-los assim, James pensava em sua própria mãe enfiada em casa, sozinha, fumando em frente à TV, e tinha vontade de dar um soco na parede.

Ele sabia que seus sogros imaginavam que Sheila poderia ter seguido um caminho melhor. E talvez isso o incomodasse mais se ele mesmo não concordasse. Uma vez ouvira, por acaso, Tom dizendo a ela:

– Você deveria ter se casado com o advogado quando teve a chance.

– Ele está brincando! – Só isso, é claro, Sheila dissera depois, quando ele a confrontara.

Em geral, eram boas pessoas. Mas Tom, que tinha seu próprio negócio, estava sempre tentando dizer a ele o que fazer – ao longo dos anos, oferecera trabalho e dinheiro a James. Um mês antes, quando avistara um pedaço remendado do teto na cozinha de James, comentara:

– Isso não é nada bonito, Jimmy, mas não só. É um vazamento vindo lá de cima, do banheiro. Melhor não o deixar aí por muito tempo.

Como se James não soubesse que era uma droga de vazamento. Como se estivesse esperando que alguém contasse isso a ele para poder ligar para o encanador na hora e gastar mais do que ganha em uma semana.

Na semana passada, Tom perguntara:

– Precisa de ajuda com os presentes de Natal das crianças? – James se sentira ofendido e dissera que não, mas, na verdade, estava duro. Eles tiveram de pagar metade dos presentes com o cartão de crédito que talvez nunca conseguissem liquidar e a outra metade a prestação.

Sheila achava que os garotos podiam aprender a não ter tudo o que quisessem às vezes, mas ele dissera que não, principalmente no Natal. James ainda se lembrava de quando tinha oito anos e avistara uma bicicleta J.C. Higgins em promoção na Sears quando sua mãe o levara para comprar roupas para a volta às aulas. Ele queria muito aquilo, ficara sonhando por meses, mas custava quase quarenta dólares e ele sabia que sua mãe não tinha como comprar, então, nunca tocou no assunto. Contou a um Papai Noel de alguma loja de departamentos em Boston sobre o desejo, mas sabia que a bicicleta não estaria lá na manhã de Natal. Em vez disso, ganhou um trator de brinquedo que acendia, feito para meninos bem mais novos. James fingira ter adorado por amor à mãe, sempre elogiando o brinquedo e até mesmo o levando para cama com ele à noite. Quando pensou nisso agora, não era o fato de não ter ganhado a bicicleta que o deixou chateado. Foi sua consciência em saber que não poderia nem desejar um presente como aquele. Ele queria que seus filhos desejassem. Não tinham culpa de que ele administrasse tão mal seu dinheiro que parecia que estava fazendo um esforço enorme para ficar endividado.

Eles compraram a casa no pior momento possível, bem depois de Parker nascer. Alguns anos antes, teria custado metade do valor, mas, quando tiveram o dinheiro em mãos para o adiantamento, a inflação estava na sua pior fase, os preços das casas haviam disparado por todo o país e a melhor taxa de juros que conseguiram foi de 14%. No primeiro ano morando na casa, quando o dinheiro estava tão curto que estavam comendo cereal no jantar, descobriram fungos no porão inteiro. James agia como um menino idiota com relação a essas coisas – eles solicitaram a inspeção do lugar, fizeram tudo certo, e então ele ficara chocado por saber que era sua responsabilidade resolver isso.

O sonho era: ter sua casa própria, enchê-la de móveis e pintar as venezianas com a cor que escolhesse. Mas uma casa bonita poderia ocultar coisas terríveis. Parece que passaram metade de suas vidas apenas tentando se manter unidos. Desde o incidente dos fungos, havia um novo problema sempre que se passavam alguns meses: as calhas tinham de ser reparadas. A chaminé entupia. Parker rachou a pia de porcelana da cozinha e o balcão inteiro precisara ser trocado. Uma árvore caíra no meio do telhado da garagem durante o furacão Glória.

Os pais de Sheila emprestaram dinheiro a eles para a remoção dos fungos. Ela dissera que eles talvez não esperassem ser pagos, mas James não suportava a ideia de ficar em dívida com seu sogro. Guardara dinheiro suficiente para pagar Tom, usando o cartão de crédito para comprar outras coisas – mercado, móveis, gasolina e roupas para o bebê, tudo o que era possível. Depois de uma vida inteira de restrições, a mesma que sua mãe tivera, fora estimulante encontrar essa nova abordagem para seus gastos. Eles não saíam totalmente do controle; não viajavam para a Flórida pagando com o cartão ou compravam uma mesa de bilhar para colocar no porão, como muitos de seus amigos. Só usavam o cartão quando precisavam. Mas, cada vez mais, parecia ser o tempo todo.

Em 1984, quando ele perdera seu emprego no corpo de bombeiros em Lynn e ficara desempregado por um ano, eles continuaram gastando o de sempre, colocando tudo no cartão. Refinanciaram a casa. Ele tentara compensar deixando Dave Connely convencê-lo a apostar o pouco que tinha em corridas e em alguns jogos dos Patriots. Dave lhe garantira que seria dinheiro ganho fácil, e, por um momento, eles conseguiram se dar bem. Mas, no fim, James perdera tudo. Quando sua mãe ficara doente, suas economias foram para o espaço em seis meses. Eles tiveram de cobrir algumas despesas médicas dela. Eles ainda a ajudavam por vezes, mesmo não podendo. Ele sabia que toda a dívida que acumularam era culpa sua. Decisões mal tomadas, combinadas com uma tremenda falta de sorte. A princípio, só fizeram isso por sobrevivência, para ajudá-los a sair do buraco em que se encontravam. Ele só compreendera que estava cavando mais fundo ainda quando já era tarde demais.

Eles pararam de atender ao telefone à noite. Geralmente era um credor. Sentiam toda a pressão no ar à sua volta, sabendo o quanto ainda deviam e que era improvável que pudessem pagar pelo que deviam em pouco tempo. Por duas vezes, naquele outono, a energia elétrica fora cortada. Disseram às crianças que estavam brincando no meio da selva – velas na mesa de jantar, histórias na hora de dormir, contadas com uma lanterna. Claro que, depois disso, Parker queria que vivessem no escuro toda noite.

Quando brigavam, era normalmente por causa de dinheiro. Sheila fizera tudo certo; a falta de enfermeiras significava que os hospitais de Boston estavam pagando uma fortuna, recrutando mulheres de lugares tão distantes quanto a Irlanda. Mas o salário dele era uma piada. Ele daria tudo para que fosse o contrário, apesar de que acabariam com o mesmo montante de dinheiro.

Eles disseram coisas terríveis um para o outro, coisas imperdoáveis, mas que sempre perdoaram. Ele sentia como se a conhecesse por completo, melhor do que ninguém, mas, uma vez ou outra, ela dizia algo que o fazia pensar se ele tinha, de alguma forma, mal interpretado sua própria vida. Ela dizia que ele não era mais o homem com o qual se casara, que estava sempre triste e muito nervoso. Ela o chamara de violento, embora ele não entrasse em uma briga havia dezesseis anos. Ela dissera que isso não importava, que uma pessoa poderia ser violenta sem nunca ter dado um soco.

Ele ficava destruído quando discutiam, e ela também. Mas qualquer coisinha já os fazia começar de novo. Seu sogro e sua sogra se orgulhavam de nunca terem ficado nervosos um com o outro – eles escreveram isso sob o título do cartão que deram a Sheila no dia de seu casamento: "Regra de Ouro do Matrimônio!" Mas como, meu Deus, poderiam duas pessoas fazer uma promessa dessas? O que fizera James se perguntar se Tom e Linda nunca encararam um tipo de dificuldade ou se eles simplesmente não se importavam muito um com o outro, para começo de conversa.

Eles tentavam não discutir na frente dos meninos. Todos diziam que era a pior coisa que os pais podiam fazer. Mas não tinha, exatamente, como planejar suas brigas com antecipação – toda quarta-feira às sete vamos arrancar as entranhas um do outro enquanto as crianças estiverem na Little League! Suas piores brigas normalmente o pegavam de surpresa, frequentemente começando após um momento de calma: um grande jantar em família ou um passeio ao cinema.

Ela ficara irritada por semanas pelo fato de ele ter concordado em trabalhar na véspera de Natal, mas ele pensara que ambos já soubessem que isso já estivesse resolvido. Seu patrão oferecera o dobro e ele não poderia recusar.

Então, alguns dias antes, estavam tendo um café da manhã de domingo muito agradável. Ela havia feito bacon e ovos e eles estavam rindo de uma coisa ou outra quando, de repente, do nada, ela trouxera o assunto à tona novamente. Ela ficara nervosa por ele ter de deixá-los sozinhos em uma data como aquela. Ele não podia acreditar como é que ela não entendia o porquê de ele precisar fazer isso ou o quanto ele não queria fazer.

– Espera-se que esses sejam os anos felizes de um casal – ela dissera. – Por que estão sendo tão horríveis?

– Eu não sei, querida, por que você não me diz? Tenho certeza de que é tudo culpa minha.

– Ah, claro, vá em frente e faça o papel de vítima. Você faz isso muito bem.

– Aprendi com a melhor professora.

James não percebera que estavam gritando um com o outro até que Parker colocara as mãos nos ouvidos:

– Vocês aí, por favor. Eu não sei de que lado eu tenho que ficar.

Isso simplesmente minara os dois.

Se ele pudesse começar tudo de novo, se manteria firme na hora em que deram o nome ao garoto. James queria que ele se chamasse Bird, que foi o maior cestinha do Celtic em 1980, ano em que seu primeiro filho nasceu. Sheila disse que a mera sugestão com relação a isso já seria motivo para o divórcio, de acordo com um livro voltado para as mulheres. Ele deixara que ela fizesse como queria, já que tinha sofrido muito tentando engravidar. Sheila abortara seis vezes antes de Parker chegar. Na época já eram casados havia sete anos, e todos começavam a encará-los de maneira estranha, como se não houvesse razão alguma para estar casado se você não tivesse filhos.

Agora, inexplicavelmente, de um minuto para o outro, Parker já tinha sete anos. O bebê, Danny, já tinha dois.

James parou do lado de fora da casa de Pat Flaherty enquanto seu cão cheirava um pedaço da grama por entre a neve. Não havia luzes de Natal nos arbustos nem carros estacionados em frente. A esposa de Pat o abandonara em um domingo, após o jantar, contando a ele sobre seu caso com o pároco local enquanto servia a torta de maçã. Dave Connely dissera que ela levara o pobre bastardo para o "bom caminho".

– Ela teria mesmo, agora vivendo de salário de pastor – James brincara, mas estava pensando em Sheila, se algum dia ela poderia acordar e ir embora também. Quando tinha dezoito anos, ele tatuara o nome dela no braço direito. Eles se casaram com vinte e um anos. Às vezes, ultimamente, ele se perguntava se ela faria a mesma escolha hoje.

Havia uma nova placa sobre a grama de Pat Flaherty: "À venda. Falar com o proprietário". James não sabia aonde ele tinha ido. Pat estaria na casa de sua mãe em Wollaston? Trinta e quatro anos de idade e tendo de começar do zero? Esse pensamento era triste demais.

Logo ele saberia de todos os detalhes. Seus amigos do segundo grau eram tão fofoqueiros quanto um bando de velhinhas. Connely, O'Neil e Big Boy eram todos casados e tinham filhos. James assistia aos jogos dos Patriots na casa de algum deles quase toda semana ou às vezes no bar do Dee Dee, enquanto sua mãe ficava com os meninos. Havia poucos caras da sua época que ele evitava: encrenqueiros, bêbados, que ainda infringiam as leis e se metiam em brigas como se tivessem dezessete anos. E havia os que fizeram faculdade, os que ele só via uma vez por ano, na noite anterior ao Dia de Ação de Graças, quando todos do colégio North Quincy iam ao Dee Dee e enchiam a cara. Ele ficava vermelho de vergonha quando tinha de contar de novo a mais um deles que sim, ainda estava morando na cidade. Ele sempre se gabava de falar de seus planos antes.

James ouviu um som estridente atrás dele e, quando se virou, viu Dóris Mulcahey arrastando dois latões de lixo de metal até o meio-fio.

– Deixe-me ajudá-la – ele disse, atravessando a rua em sua direção.

– Pode deixar – ela respondeu, cautelosa, e forçou os olhos para tentar enxergar no meio da penumbra da manhã. – Jimmy McKeen?

Ele odiava o som do próprio nome. Na escola, o chamavam de Jimmy. Quando começara a trabalhar, tentara passar por James. Algumas pessoas respeitavam isso – seu parceiro, Maurice e Sheila, quando se lembrava. Mas sua mãe, seu irmão, seus amigos e qualquer outra pessoa continuavam a chamá-lo de Jimmy, e não havia nada que ele pudesse fazer para impedi-los.

– Olá, Senhora Mulcahey.

Ela fizera parte da equipe de boliche de sua mãe por muitos anos. Quase nenhuma daquelas vadias a visitaram desde que ficara doente, e isso o fazia odiar cada uma delas.

– Como está sua mãe? – ela perguntou.

Ele acenou com a cabeça.

– Muito bem.

– Ela é durona. Diga que desejo um feliz Natal. Quero ir visitá-la.

– Pode deixar que digo, sim.

– E os seus meninos? Estão animados para amanhã?

– Estão contando os dias desde o Halloween – ele respondeu. Ele cravou o dedo do pé na calçada. Sentiu-se como uma criança, ansioso para escapar dela.

Mas então ela sussurrou, como se alguém mais estivesse por perto, ouvindo:

– Como está a pobre Sheila?

Então ela sabia. Toda North Quincy provavelmente soubesse.

– Ela está bem – ele replicou, fazendo cada palavra soar o mais rápido que pudesse, como que deixando claro que a conversa não continuaria.

– Pronto para voltar, amigão? – ele perguntou ao seu cão. Rocky o encarou com aqueles olhos grandes e castanhos que poderiam fazer qualquer um se derreter. – Sim, você quer seu café da manhã. Eu também. Tudo de bom, Senhora Mulcahey.

– Feliz Natal, Jimmy.

Eles caminharam juntos os cinco minutos que os levavam de volta para casa, em silêncio. James podia sentir sua respiração. Sempre que pensava no que aconteceu, sentia que estava tão ferido por dentro que parecia estar a um passo de cometer um ato de violência – como se alguém que, por acidente, esbarrasse nele ou o chamasse de algo que poderia não gostar pudesse ter a cabeça arrancada por ele e depois ele se sentasse e ficasse assistindo até que a pessoa morresse...

Um mês antes, Sheila fora assaltada ao voltar do mercado. Algum covarde desgraçado com uma faca levara tudo que ela tinha: relógio, aliança de casamento e anel de noivado, um livro de bolso e até mesmo o maldito pacote de fraldas. Quando chegara em casa, uma hora depois, James a encontrara aos prantos, sentada à mesa da cozinha, enquanto os meninos estavam na sala assistindo à TV em altíssimo volume. Ele tinha ouvido a TV primeiro e brincara com o fato, antes de ter visto seu semblante.

O bebê vira tudo. Dois anos de idade e tivera de assistir a um desgraçado apontar uma faca para a garganta de sua mãe. O cara apertara o pescoço dela.

Dois dias depois, começaram a aparecer alguns hematomas escuros por todo o pescoço. Quando vira isso, James entrara no banheiro, colocara as mãos no rosto e começara a chorar.

A culpa era sua. O carro dela estava na oficina, e ele chegaria em casa às oito em ponto para ir até o mercado antes que ela saísse para trabalhar, às nove. Mas ele se atrasara. Seu companheiro, Maurice, se sentira mal, então, James o levara para casa, dizendo que se encarregaria da limpeza aquele dia. Levara o dobro do tempo – tinha ocorrido um acidente em uma obra em Kendall Square e havia respingos de sangue na traseira inteira da ambulância. Se deixasse para lá, poderia lhe custar caro, e ele não tinha condição para isso. Então, começara a limpar o mais rápido que pôde, sentindo cada minuto que passava no relógio, sabendo, por experiência própria, que ela já estaria bastante irritada a essa altura.

Sheila esperara até as oito e quinze e então decidira que desistiria. Precisava arrumar algo para o almoço de Parker e comprar leite para Danny. Levara o bebê consigo e deixara Parker sozinho em casa pela primeira vez. Preocupada com ele, fizera as compras com pressa e pegara um atalho, saindo em um beco no fim da rua Hancock, e fora aí que o canalha veio por trás e a agarrou tão forte que quase a sufocou.

James ligara para o irmão de um amigo seu que trabalhava na polícia. O cara mandara dois policiais à sua casa para colher informações, mas ele sabia que seria mesmo apenas uma formalidade, uma tentativa de fazê-los sentir como se estivessem com a situação sob controle. Quando os policiais foram embora, ele tivera um acesso de raiva, dizendo a Sheila exatamente o que faria com o moleque se o encontrasse – torturá-lo não seria suficiente. Teria de acertar o cara no lugar certo; amarrá-lo a uma cadeira e depois esfaquear sua avó, sua mãe e seus filhos até a morte, bem na sua frente. Deixar que ele os visse sofrer, deixar que ele conhecesse o medo real. Depois, deixar que ele vivesse com isso pelo resto da vida.

Sheila o encarara por entre as lágrimas.

– De que adianta dizer todas essas bobagens? Você não estava lá.

Desde então, ele não conseguira mais dormir. Para começar, ele não dormia bem mesmo, e agora, embora estivesse geralmente muito cansado quando ia para a cama, assim que deitava a cabeça no travesseiro, seu coração começava a bater forte e ele ficava acordado. James fazia força para fechar os olhos. Nas horas seguintes, ficava ali, revirando na cama, tentando encontrar uma posição. De manhã, era impossível saber se havia mesmo dormido. Nunca se sentia descansado. Passava o dia todo pensando em dormir. Sentia-se tonto, desligado. E depois, enfim, se encontrava com sua cama e o ciclo recomeçava.

Sheila estava tendo pesadelos. Insistia que ele checasse se as portas estavam trancadas duas ou três vezes por noite. Ela queria se mudar dali. Estava preocupada com as crianças e com a mãe de James, que morava sozinha em um bairro que Sheila agora havia concluído ser um lugar ruim. Ele defendia a rua em que havia sido criado, mesmo sabendo que sua esposa tinha vindo de um lugar melhor. Sua mãe morara com eles por um tempo depois de ter tido um derrame, dois anos antes. Sheila tinha um recém-nascido para criar, mas cuidara de sua mãe até que ela voltasse a ter uma vida normal; ela fazia os exercícios de leitura e fisioterapia com ela, praticando a forma correta de segurar uma escova de cabelo e de descer a escada. Ela lhe dava banho de esponja e pintava suas unhas dos pés, sem reclamar nenhuma vez sequer.

James gostaria de arrumar uma forma de começar tudo de novo. O assalto havia quebrado alguma coisa dentro dele, algum lugar que já estava quase partido, que não estava firme. Tudo o que suspeitava de si mesmo se provou ser verdadeiro. Ele falhara em proteger a própria família. Agora que isso estava claro, não havia nada mais que pudesse fazer. Ele não tinha condição de se mudar com todos para um lugar mais seguro, com um quintal grande e uma piscina. Estava preso, e eles estavam presos com ele.

No segundo grau, todas o achavam um dos rapazes mais bonitos da classe, mesmo sem nunca ter sido tão alto quanto seu irmão. Sheila dizia a ele o tempo todo o quanto se sentia uma garota de sorte por ter sido escolhida por alguém de tão boa aparência. Ele se lembrou da energia com a qual eles dançavam no grupo de jovens; as freiras os separando e mandando que deixassem o Espírito Santo entrar em seus corações ou suas mães seriam notificadas daquilo tudo. James sentia agora como se tivesse a iludido. Suas amigas, em relação às quais ela se sentia tão superior naquele tempo, viram seus maridos de aparência comum se transformando em homens ricos e poderosos, o tipo de homem que as levava para as Bahamas para comemorar o aniversário de casamento ou para jantar na cidade toda sexta-feira à noite. E o que Sheila tinha? O ex-adolescente bonito que não conseguiu fazer jus ao seu potencial.

Alguns meses antes, eles foram ao Papa Gino's comer pizza uma noite, um raro jantar fora de casa. Enquanto os meninos mexiam na jukebox, James a vira deslizar um cupom pelo balcão para a garota do caixa – duas tortas médias pelo preço de uma. Quando a garota se virara para atender o telefone, Sheila rapidamente pegara o cupom de volta e colocara na bolsa. Ela olhara discretamente para ele e dera uma piscada, como se tivessem feito um assalto a um banco. Sua esposa ficara orgulhosa de si mesma, e isso o fizera se sentir o maior babaca que já caminhou na face da Terra.

Qualquer cego "enxergaria" que ele era um fracassado, mas, em vez de tentar compensar agindo como um príncipe, às vezes tudo o que ele fazia era atacá-la. Seu temperamento irlandês, sua mãe dizia. Ele nunca machucaria Sheila ou as crianças mas, frustrado e revoltado, já tinha quebrado coisas – um abajur, vidros, um buraco na parede. Uma vez dera um soco no próprio rosto durante uma briga com Sheila, e ficara com um olho roxo por sua própria culpa. Ela ficara zombando dele por isso por séculos. A verdade é que ela era tudo para ele. Se a perdesse, seria o fim.

Dentro de casa, ele tirou a coleira do cão e começou a fazer café. Caminhou até o armário da esquerda na cozinha e pegou a garrafa grande de ibuprofeno. Engoliu três deles com água.

Quando inclinou a cabeça ao tomar, viu que a pintura estava rachando. O que tinha começado do tamanho de uma panqueca agora estava tão grande quanto um bambolê. Dentro do círculo marrom escuro, o teto já tinha começado a ceder, ameaçando-o. James desviou o olhar. Jurou para si mesmo não olhar de novo até passar o Natal.

Sentiu-se cansado, olhando fixamente para o prospecto de seu terceiro turno de vinte e quatro horas nesta semana. Ele daria tudo para voltar para a cama – rastejando nela ao lado de Sheila e depois a envolvendo em seus braços para passar o dia todo dormindo. Havia séculos que não faziam isso, desde que as crianças nasceram. Sheila trabalhava no centro de ortopedia do hospital de Brigham, três turnos de dezoito horas toda semana, nos dias de folga dele. Eles haviam combinado assim por causa dos meninos, e dificilmente se viam, a não ser aos domingos.

Ele nunca quis que ela continuasse trabalhando depois que tiveram filhos. Sua mãe não precisara e sua irmã também não. Sheila nunca mencionara, mas ele podia sentir o peso disso toda vez que a irmã dela falava em passar uma terça-feira na ACM com os filhos ou no fato de Sheila dever se envolver mais com o trabalho voluntário.

Debbie era a desgraça da sua vida. Ela se casara com um safado chamado Drew que fizera faculdade na UMass Amherst e agora tinha uma vida boa e sem preocupações em uma ótima casa em Milton. Na década de 1970, Drew e Debbie eram viciados em discotecas. Uma coisa era uma mulher participar daquilo tudo, mas, para um homem, que respeito próprio haveria? Ainda hoje James se referia a Drew quase que exclusivamente como John Travolta. Ele era um daqueles suspeitos que anunciavam na TV: "Seu marido morreu por conta de amianto? Ligue agora! Seu filho tomou tinta? Ligue agora! Um pitbull mastigou sua avó inteirinha?...".

James provavelmente odiava Drew por causa da forma como ele e Debbie se conheceram: depois da escola, quando James e Sheila se separaram por quase um ano, Sheila acabara namorando um idiota que fazia Direito. Drew era o melhor amigo do idiota.

Toda vez que iam à casa de Debbie e Drew para jantar, James podia sentir que eles estavam se vangloriando: a situação deles era bem melhor, estavam para comprar uma casa de verão em breve. Sheila e Debby eram próximas, então, infelizmente, sabiam muita coisa uma da outra. Na opinião dele, Debbie se aproveitara de cada chance que tivera para fazer fofoca com Sheila, embora sua esposa tenha dito que irmãs são assim mesmo.

Sheila engordara um pouco por conta dos meninos, principalmente na linha da cintura, e tinha consciência disso, embora ainda fosse tão bonita quanto no dia em que ele a vira pela primeira vez. Ela comprara vídeos com exercícios para fazer em casa e zombava de si mesma, dizendo às crianças:

– Olhem para a mamãe. Estou com um bumbum a mais na parte da frente.

Debbie, por outro lado, se exercitava como uma louca para ficar magra. Era como uma profissão para ela – aula de aeróbica toda manhã, corrida à tarde, algo chamado *jazzercise* duas vezes por semana, quando ela usava polainas cor-de-rosa bem sexy e um collant preto; depois, ela se deitava em uma câmara de bronzeamento por meia hora. Mesmo assim, ela reclamava com Sheila de seu peso, o que fazia sua irmã se sentir ainda pior. No verão anterior, Debby havia retornado de uma viagem a Hyannis com um presente para Sheila: uma decoração de parede de madeira com a figura de um hipopótamo de maiô impressa, rebolando acima das frase: "Quando mergulho, não fico magrinho, fico gostosinho e molhadinho".

– Não é engraçado? – Debbie perguntara. – Comprei uma para mim também!

Percebendo o semblante ferido de sua esposa, James ficara com vontade de meter um tapa na irmã dela ou – já que ele nunca batia em mulher – talvez em John Travolta.

James esperou a água ferver, depois encheu uma xícara com café preto. Puxou uma toalha de um monte que estava na mesa da sala de jantar e olhou de relance para a sala, onde a árvore de Natal estava, levemente inclinada, no canto. Sheila adorava o Natal. Passara o último mês pendurando guirlandas por toda a casa e entoando canções natalinas. James comprara a árvore na primeira manhã em que o viveiro de árvores começara a vender. Era pequena, e eles a haviam lotado de lantejoulas douradas que ele acabara encontrando depois no cabelo dos meninos, nos seus bolsos, grudadas no fundo do sapato. No ano passado, esperaram até a véspera do Natal para comprar uma, quando todas as árvores estavam pela metade do preço mas, neste ano, ele estava determinado a fazer com que fosse especial para ela, a qualquer custo.

Subiu a escada para ir tomar banho, parando na porta do quarto dos meninos. E os espreitou. Seus peitos se erguiam e depois caíam no ritmo de sua respiração; o cheiro do sono deles pairava no ar. Parker tinha quatro Tartarugas Ninja dispostas em linha reta ao lado de sua cabeça. Ele sempre orientava James a dar boa-noite a cada uma delas.

– Bons sonhos, Raphael – James dizia, erguendo o boneco de plástico até o abajur antes de metê-lo debaixo do lençol e pegar outro.

– Michelangelo, sei que você é festeiro, mas é hora de dormir.

Parker ria histericamente todas as vezes. Era tão fácil fazê-lo rir.

Nas noites em que ficava em casa sozinho, James alimentava os garotos com palitos de peixe congelado ou nuggets de frango de micro-ondas com ketchup e os colocava na cama por volta das sete. Ele contava histórias e cantava para eles "Blackbird", "Norwegian Wood", todos os tipos de canções tristes e sombrias que eram inapropriadas para crianças, se você pensar bem, mas eles pareciam nem notar a letra. Logo depois, ele os observava dormindo, às vezes por meia hora.

Agora, pela porta aberta, do outro lado do corredor, ele podia ver Sheila revirando debaixo das cobertas. Deu um passo e o assoalho rangeu sob seus pés.

Sheila ergueu a cabeça de uma vez.

– Sou eu – ele disse.

– Oi, querido. Não ouvi você subir.

Ele se aproximou dela e se sentou na beira da cama.

– Desculpe. Não queria te assustar.

– Você não me assustou. Que horas são?

– Quase cinco e meia.

– A calça do seu uniforme está na secadora – ela avisou. – E a sua camisa está pendurada no porão.

– Obrigado. A previsão do tempo está anunciando mais trinta centímetros de neve para hoje.

Ela suspirou.

– Jesus...

– Complicado.

Parker atravessou o corredor de mansinho e entrou no quarto, piscando várias vezes, se esforçando para abrir os olhos.

– Só falta um dia para o Natal, mamãe! – ele disse. – Quantas horas?

– Vinte e quatro. Volte para a cama, querido – Sheila mandou. – É muito cedo ainda.

– Não é cedo para mim – Parker respondeu em voz alta.

– Bem, é muito cedo para mim – ela retrucou. – Fale baixo, ok? Vai acordar o bebê.

– Não é tão cedo para o papai. Vai ler para mim as tirinhas engraçadas antes de sair, papai? Eu sei que você tem que ir embora, mas só duas... – O tom de voz de Parker era de uma esperança inacreditável, como se tivesse pedido a lua de presente.

– Você vai se atrasar – Sheila advertiu. – Parker, volte para a cama.

Ela sempre dissera que James a transformara no tira mau, colocando-se no papel do divertido. Mas como negar ao garoto um pedido tão doce e tão simples?

– Só uma? – Parker implorou. – Family Circus? Ou Garfield?

– Só uma – James concordou, embora ambos soubessem que ele leria todas. Ele caminhou até o filho e juntos, de mãos dadas, saíram do quarto até o corredor, na direção da escada.

– Você vai imitar as vozes, papai?

– Pode apostar que sim.

Parker sorriu.

– A mamãe não é boa para fazer vozes.

As palavras de Sheila saíram pela porta do quarto:

– Eu ouvi isso!

Ele quase podia ouvi-la sorrir.

– É claro que ouviu – James sussurrou.

Parker ergueu a cabeça, como fazia quando estava com os primos mais velhos. Balançou a cabeça e concluiu, com ar de conhecimento de causa:

– É claro.

Depois, perguntou:

– Papai, você acha que o Papai Noel vai trazer o Rolly Robô para mim?

Era o brinquedo mais difícil de achar na face da Terra. Todas as lojas de brinquedos de Massachusetts disseram que receberiam uma nova remessa no dia 3 de janeiro. Faria um bem danado para os pais. James e Sheila ficaram obcecados na metade do mês. Juntos ou em separado, chegaram ao ponto de ir de carro até Worcester e pararam em cada loja pelo caminho, até mesmo em lojas de ferramentas, o que não fazia sentido. Finalmente, ele encontrara um entalado atrás de uma exposição de massagem para as costas na loja Radio Shack, que ficava no shopping South Shore Plaza. Talvez alguém o tivesse escondido ali ou talvez Deus finalmente houvesse decidido lhe dar uma chance. Independentemente do que tivesse sido, ele não conseguia explicar o puro prazer que tomara conta dele na hora. Sentira que nada o deteria. Como se tivesse acabado de inventar a penicilina ou algo assim.

Parker estava no quarto quando chegara em casa naquela noite e contara a novidade a Sheila.

– Ele apareceu – dissera.

– Hã?

– Eu consegui. – Se ele tivesse dito isso vinte anos antes, ela presumiria que ele estivesse se referindo a cerveja ou talvez um cigarro de maconha, mas percebera o que ele queria falar:

– Ah, nossa. Você é meu herói.

Nesse momento, ele se virara para Parker e avisara:

– Acho que vai depender de você obedecer ou não sua mãe hoje enquanto eu estiver trabalhando.

– Eu vou obedecer – Parker prometera, sério.

– Então, acho que a possibilidade é grande.

– Oba! – Parker gritara o mais alto que seus pulmões aguentaram.

Na hora certa, o choro de Danny eclodiu pela casa. Rocky correu escada acima e começou a uivar em solidariedade.

– E lá vamos nós! – Sheila disse. Ela surgiu no corredor após um instante, parecendo um anjo, vestindo seu robe.

2003

O vestido era de sua mãe, do tipo vintage: azul-escuro, com flores azul-claras bem pequenas ao redor da saia e do corpete. Tinha um cinto fino de couro da cor de um céu sem nuvens. Delphine podia se lembrar de sua mãe usando esse vestido, embora, como todas as lembranças de sua mãe, pudesse ser apenas sua imaginação falando.

Naquela manhã, ela dobrou o vestido com cuidado e o embrulhou em papel de seda antes de colocá-lo na mala junto com as outras coisas. Mas acabou resolvendo vesti-lo. Tinha emagrecido nas duas últimas semanas. Mesmo quando apertou o cinto até o fim, ficou folgado na cintura.

Ela acrescentou os sapatos Chanel de salto alto que havia comprado em uma butique na "rue de Passy" quando frequentava a universidade, vinte anos antes. Tivera de trocar as solas deles meia dúzia de vezes desde então.

Usara esse mesmo conjunto na noite em que viajaram de Paris para Nova York pela primeira vez; sua mão apertava a de P.J. da hora da decolagem até a aterrissagem. Ela se lembrara de olhar para os edifícios abaixo, que piscavam como se fossem de brinquedo, e pareciam tão banais se comparados ao homem ao seu lado. O anel de diamante que ele lhe dera brilhava em seu dedo. E servira perfeitamente, como se houvesse sido feito para ela, embora tivesse provavelmente uns cem anos.

Quando se levantaram para deixar o avião naquela noite, a comissária de bordo colocara a mão em seu ombro, segurando um suéter, e perguntando:

– Isto é do seu marido?

Delphine não a corrigira dizendo que eram apenas noivos. Mas ela adorara ouvir aquilo. "Seu marido". Suas vidas inteiras diante de seus olhos. P.J. estava ajudando uma senhora a puxar uma sacola de compras lotada do compartimento acima – ele tinha 1,85m, ombros largos e costas musculosas. Seu cabelo escuro ainda não tinha um fio grisalho sequer. Todas as vezes que o via, ficava sem fôlego.

Delphine nunca havia sentido nada igual. Para ele, ela havia, com prazer, deixado sua vida para trás – empresa, casa, casamento com Henri.

Só tinha passado um ano desde aquela noite. Tinha algo sobre isso que deixava a situação ainda mais dolorosa; era muito pouco tempo. Ela seguira seu desejo trilhando um caminho que o tempo provara que a levaria a um desastre. Mesmo assim, fora suficientemente egoísta para acreditar que, no seu caso, tudo poderia ser diferente.

Ela saiu do táxi na rua 74 direto para o contato com o tardio sol de agosto. Segurava sua mala com uma mão e equilibrava um saquinho marrom de papel do mercado no quadril oposto. O prédio de seu apartamento se agigantou acima dela, deixando uma sombra enorme na calçada. O prédio tinha um nome, Wilfred, o que a fazia imaginar um velhinho com pouco cabelo, segurando um charuto. Nova York a arrebatava como uma cidade masculina, repleta de edifícios altos e arestas afiadas, desprovida de delicadeza.

– Bom dia – o porteiro russo disse ao abrir a porta de vidro. – Precisa de ajuda com os embrulhos?

Ela fitou sua mão com a luva branca, segurando a maçaneta de bronze.

– Não, obrigada.

– P.J. já saiu para trabalhar – ele avisou.

Todos os porteiros o chamavam pelo primeiro nome. P.J. insistia que fosse assim. Ela ficava sempre surpresa, toda vez que ouvia. Era muito íntimo; parecia forçado.

– Eu sei. – Ela sorriu. – Tenho uma cópia da chave.

Ele olhou para Delphine com ar de desconfiança. Ela pensou se P.J. contou tudo a ele. Podia imaginá-lo voltando para casa de algum bar, cheio de pose, bêbado, botando o braço no ombro do porteiro.

– Ei, amigão, tenho uma boa para te contar.

Ou talvez o porteiro tenha apenas notado a ausência dela. Não estava trabalhando na noite em que ela fora embora, duas semanas antes. Era seu colega mais velho, o irlandês, que fizera um aceno com a cabeça enquanto ela se dirigia à saída chorando, arrastando suas coisas. Mas os dois deviam conversar e saber tudo da vida de cada inquilino. Quando morara no prédio, eles viram seu noivo entrar e sair com outra mulher por quantas vezes? Mesmo assim, sempre sorriram para Delphine, guardando seu segredo.

Nos últimos meses, mesmo antes de tudo dar errado, ela perdera sua propriedade em Paris, no quarto andar de um típico prédio de apartamentos Haussmannian no sétimo distrito. O prédio, que datava de 1894, ficava na rua Grenelle, saindo da rua Cler, em um bairro que ela sempre achara ser tremendamente burguês. Seu marido herdara o apartamento quando seus pais se aposentaram e foram morar no campo. Era grande – quatro quartos, um salão, sala de jantar, sala de estar e escritório. Delphine nunca gostara do lugar. Mesmo depois de substituir a maior parte da mobília à Luís XVI da mãe dele por outra mais clean, com peças modernas em branco e cinza, e ter amontoado seus livros na estante ao lado dos de Henri, uma parte dela se sentia como uma hóspede. Mas agora ela tinha essa estranha vontade de voltar para lá. Entrar naquela banheira mais uma vez, pegar o elevador com suas grades pretas de metal, as quais você tinha de puxar com força para o lado para poder entrar.

Era estranho que você pudesse ter vontade de ficar em um lugar com o qual nunca se importara muito. Às vezes sentia saudade de um cruzamento ou uma loja de perfume, os velhinhos jogando bocha na esplanada des Invalides. Às vezes, do nada, ela suspirava só de lembrar que ficava em um balcão de um certo café-restaurante onde tomava café em algumas manhãs nos seus vinte e poucos anos ou da visão das crianças tomando sorvetes de massa com formato de flores, que haviam se tornado populares antes de ela partir.

Agora, ela acabava de entrar no lobby de mármore do Wilfred, que estava muito gelado, como de costume. Mesmo depois de tanto tempo, ainda não havia se habituado com a obsessão americana pelo ar-condicionado. Existia em todas as lojas e no metrô – um desastre ecológico, mas uma aparente necessidade de conforto para os americanos. Nos apartamentos, as pessoas deixavam empoleirados verdadeiros cubos de metal gigantescos nos parapeitos das janelas, os quais consumiam uma quantidade de energia elétrica incrível para compelir o ar frio para dentro. As partes traseiras deles ficavam penduradas em milhares de janelas por toda a cidade; durante o verão, a condensação escorria dos aparelhos e caía direto na sua testa enquanto você caminhava pela calçada. Ela não havia mesmo se acostumado a isso também.

E ela nem havia se acostumado também com as porções de comida que serviam nos restaurantes, suficientes para uma família inteira, mas que eram apenas para uma pessoa. Sempre tinha de embrulhar o que sobrava para levar para casa. A forma como os garçons tentavam limpar seu prato enquanto você ainda estava segurando o garfo ou como o apressavam para ir embora tão logo você pagasse a conta, sem se importar se já havia tomado seu café.

Mas o café era outra coisa! A onipresença da Starbucks. As mulheres usando calça de ioga, pedindo seus cafés com leite pela manhã, sem maquiagem alguma e com seus coques desarrumados como se tivessem sido acordadas de um sono profundo e forçadas a sair de casa com uma arma apontada para a cabeça. Os homens eram ainda piores, com seus cortes de cabelo como se fossem capacetes e suas barrigas de cerveja, e os sapatos... Na França, os sapatos masculinos eram feitos do couro mais macio que existia, embrulhados com papel de seda, e as solas eram elegantes e tinham formato de cone na ponta. Aqui, eles me lembravam barcos.

Havia coisas pequenas e grandes: água servida com gelo. Em vez de em cubos, o açúcar vinha em grãos na tigela. O falso convívio entre estranhos aqui, a forma como alguém com quem você possa ter tido um bate-papo agradável em uma festa pudesse dizer que vocês dois poderiam sair uma hora dessas para fazer compras juntos ou jantar; ela ligaria para você e depois você nunca mais a veria.

Claro que Nova York tinha seu charme, como todo lugar. Ela não se esqueceria logo da beleza do edifício Chrysler. Da forma como o sol refletia no vidro dos arranha-céus ao meio-dia. A sensação de escolher a qual espetáculo na Broadway você assistiria em determinada noite. Ela detestava a tendência do americano ao otimismo, contudo admirava a ideia que eles tinham de que qualquer um poderia realizar seus sonhos, não importando que tipo de infância pudesse ter tido. P.J. era prova disso. Não, ela não devia odiar Nova York.

Mas mesmo os nova-iorquinos reclamavam. Eles pareciam ter prazer em detalhar todas as piores partes da vida urbana: o fedor do lixo no verão, a multidão se acotovelando na Times Square. O custo de vida, o ritmo, a pressão, os apartamentos pequenos, o anonimato. Em Paris, eles tinham orgulho da cidade. "Eu amo Paris a cada instante, a cada instante do ano", dizia a canção favorita de seu pai, de Cole Porter.

Chegando aos elevadores, ela apertou o botão de cima e a luz acendeu. Um instante depois, as portas prateadas à sua direita se abriram e ela foi sugada por elas. As paredes eram espelhadas – ela não tinha como desviar o olhar. As pessoas em Nova York frequentemente lhe diziam que ela lembrava Jacqueline Kennedy. P.J. lhe dissera uma vez, todo orgulhoso, que esse era o melhor elogio que se pode receber no país, e ela se lembrara do quanto os franceses admiravam Jackie, pois ela parecia um deles e nunca uma americana.

Agora, ela percebeu como seus olhos estavam escuros e inchados, os lábios, enrugados. Ela tinha quarenta e um anos e, pela primeira vez na vida, aparentava a idade que tinha, talvez até mais velha. Seu pai uma vez lhe dissera, quando era menina, que havia muitas coisas que faziam uma mulher ficar bonita, mas nenhuma tão grande quanto estar apaixonada.

Logo que descobrira a verdade, Delphine sentira um desespero tomar conta de seu corpo como um líquido, rastejando por entre cada cavidade, preenchendo-a de modo que tudo o que podia fazer era se deitar em uma cama de hotel com as cortinas fechadas. Ela chorara toda a sua dor. Não dormira nem comera. Em vez disso, desenterrara as lembranças de cada momento de sua relação, procurando pelo momento em que tudo dera errado. Tudo ficara muito tenso por alguns meses, percebera. Mas nunca esperara por uma traição dessas. Ela quase não tinha mais dinheiro, não tinha emprego nem amigos mais. Ela visualizara em um instante que havia feito de P.J. o seu mundo.

Após uma semana e meia no hotel, Delphine acordara durante a tarde e fora até a janela. Abrira as cortinas e avistara a cidade feia lá embaixo. Ainda estava com o coração partido, mas se sentira mais forte, de alguma maneira, mais lúcida, da mesma forma como se costuma sentir na primeira manhã de cura após uma doença. Ela sabia o que precisava fazer.

Sairia de Nova York – não havia motivo para ficar na cidade sem ele –, mas não iria apenas fugir discretamente, a mulher patética desprezada. Ela o faria se lembrar.

Ela ignorara as ligações de P.J., o que o deixara carrancudo – ele deixava mensagens na caixa postal a todo momento, exigindo que ela lhe dissesse onde estava, e com um tom de voz que o fazia soar como um moleque teimoso que se recusava a comer legumes e que jurava prender a respiração até que sua mãe tirasse o prato da frente dele.

P.J. era uma criança. Ela deveria ter percebido desde o começo. Talvez tivesse, mas depois ela enlouquecera. Sim, ele era jovem. Só tinha vinte e quatro anos e não havia dúvida de que isso também contara. Mas ele também era americano e artista. Ninguém nunca lhe pedira para ser um homem, no verdadeiro sentido da palavra.

A forma mais rápida de perder o encanto por um artista é vivendo com ele. As pessoas o viam como um virtuoso, e o tratavam como se fosse o número um de qualquer segmento da existência humana. A verdade é que ele só tinha uma coisa: tocava violino melhor do que quase todos. Mas essa sua habilidade não era uma alusão a um grande gênio. Seu foco fora a sua música por tanto tempo que os outros lados dele ficaram inoperantes por falta de uso ou simplesmente nunca se desenvolveram. Ele não era particularmente brilhante ou culto, e não era sensível também.

Mesmo quando ela ficara na frente dele naquela noite, aos prantos, gritando que ele havia arruinado sua vida, ele colocara as mãos em seus ombros e dissera:

– Eu não posso conviver com a ideia de que você me odeia. Você tem que me dizer que vai encontrar uma forma de ser minha amiga.

Foram essas palavras, e não o que ele havia feito, que percorriam seus pensamentos, mantendo-a sempre acordada.

Ele destruíra a vida que eles tinham juntos, e agora tudo o que o preocupava era se ela não gostaria mais dele. Como ela pudera se apaixonar tanto por um covarde patético desses? Como pudera arriscar tanto?

O elevador deixou Delphine no décimo sexto andar. Ela sentiu o odor familiar de produto de limpeza e tapetes recém-aspirados enquanto caminhava até o apartamento, inserindo a chave na fechadura. Após a última discussão que tiveram, ele não pedira que a devolvesse e ela não pensara em propor isso. A chave e o anel. Ela guardara os dois. Mas deixaria a chave quando partisse hoje e enviaria o anel de volta para a mãe dele, assim que chegasse ao seu destino. Ela poderia ter enviado de Nova York, mas tinha pavor do correio americano, com seus funcionários grosseiros que agiam como se ela estivesse falando latim.

– Não estou te entendendo – eles diziam, ásperos, e ela se sentia corada de vergonha na frente de uma fila cheia de estranhos.

Dentro do apartamento estava tudo silencioso, a não ser o som que fazia o cachorro, Charlie, vindo do banheiro. Ele ergueu a cabeça, curioso, e voltou para o chão de piso frio. P.J. era obcecado por aquele animal. Dizia que o cão o fazia se lembrar de uma época mais simples, em que ele corria pelo quintal da casa dos pais em Ohio.

Ele deixava o cão dormir na cama. Uma vez, quando teve uma apresentação com a filarmônica de Los Angeles, eles foram de carro, e ficavam em hotéis sinistros pelo caminho porque ele se recusava a deixar Charlie no compartimento de carga de um avião e a única pessoa em que ele confiava para cuidar do cão estava fora da cidade. Delphine nunca gostara de cães ou, aliás, de pessoas que eram apaixonadas por eles. Cães eram carentes, faziam seus donos parecerem deuses. Agora ela sabia que P.J. era exatamente o tipo de pessoa que almejava isso.

Ela caminhou pelo hall de entrada, colocando sua mala no chão, antes de alcançar a sala. O Stradivarius tinha um lugar de destaque, em pé em seu suporte, em um canto, do outro lado da sala. Esta manhã ele estava dando aula para alunos avançados na Juilliard. Para tanto, ele devia ter levado algo menos expressivo, mas ainda assim muito bom: o Guadagnini, talvez.

Delphine se lembrava de ter visto essa aula anotada em vermelho no calendário dele, no meio de, o que era raro, um espaço vazio de outros dias. Ela se deleitava com aquele vazio, imaginando todas as coisas que fariam em uma rara semana de folga. Ele ficava fora com tanta frequência, cinquenta apresentações por ano. Ela sonhava com o dia em que a vida deles desaceleraria um pouco. Daqui a alguns anos, iriam lhe oferecer uma cadeira em algum conservatório de prestígio e então ele não iria para a estrada com muita frequência.

Esses eram os tipos de pensamentos que ela tinha havia duas semanas. É surpreendente como a vida podia mudar de uma hora para outra, e sem aviso algum. Ou talvez tivesse havido um aviso. Sim.

Delphine caminhou até onde estava o violino. O Stradivarius os aproximou. Ela já o conhecia bem antes de conhecer P.J. Era lindo. O mais fino que já tinha visto, feito pelo próprio Mestre em 1712. Quando P.J. o tocava, um único instrumento se tornava uma orquestra sinfônica.

Os críticos o elogiavam pela originalidade na forma de tocar, a qual diziam ser tecnicamente perfeita, contudo cheia de imaginação. Eles o chamavam de "O Trapaceiro", porque nenhum outro violinista de concerto vivo era exatamente como ele. Ele tocava com o corpo todo, movendo-se com o ritmo; seus cabelos caíam sobre os olhos cada vez que "atacava" o violino com o arco. Particularmente, em momentos de grande emoção, ele tendia a pressionar a bochecha lateralmente no queixo e fechar seus olhos, como um garoto se aconchegando em seu travesseiro. Ele sorria quando tocava. Na intimidade, podia reclamar – das viagens, da pressão –, mas, no palco, parecia longe de estar preocupado. Delphine uma vez chegou a pensar que isso era a prova de seu verdadeiro amor pelo ofício, mas agora viu que tinha mais a ver com seu poder de iludir.

Ela foi até a cozinha e colocou o pacote em cima do balcão. A cozinha estava limpa e arrumada, o que a surpreendeu. Então, sentiu um soco forte e vil no estômago. É claro. Ele estava deixando o apartamento agradável para ela.

Quando Delphine se mudara para lá, havia coisas que ela não conseguia saber sobre ele; eles ainda não tinham convivido o suficiente. P.J. costumava deixar a TV em um volume bem alto quando estava em casa e a deixava ligada para o cão quando saía. Ele fazia alguma bagunça sem perceber e deixava a pia cheia de pratos.

Na primeira vez que Delphine vira o apartamento, chegara quase a chorar – quando ele lhe contara que tinha um apartamento grande de um quarto em um edifício estilo Art Déco no Upper West Side, esquecera de acrescentar que era decorado como um dormitório de faculdade. Havia um colchão posicionado a um metro da maior televisão da face da Terra e caixas de leite dos dois lados dele. No quarto, um colchão jogado no chão ao lado de uma cômoda toda lascada e uma estante de livros que ele havia pegado do lixo de um estranho que estava de mudança, e um conjunto de assentos de van bem alaranjados pelos quais ele pagara quando sua banda de rock favorita viera à cidade e ele decidira ter um ônibus de excursão no lugar.

– Passo muito tempo na estrada – ele dissera na época, puxando-a para perto de si. – E moro sozinho aqui. Está precisando de um toque feminino.

Não era o tipo de comentário que a teria feito entrar em ação. Mas, como por mágica, Delphine transformara o lugar. Após anos competindo com a mãe de Henri pelo papel de especialista em interiores, agora tinha carta branca para fazer o que bem quisesse.

Ela passara o outono no Paraíso, de loja em loja pela avenida Madison, gastando incontáveis somas de dinheiro de ambos em tapetes orientais, milhares de lençóis e toalhas, objetos finos de porcelana, uma mesa de tampo de vidro com cadeiras estofadas e um colchão king size de molas com a cabeceira de tecido branco. A cama também era toda branca, coberta por um edredom também branco, tão luxuoso que parecia que você podia flutuar.

Em uma galeria, no centro da cidade, encontrara gravuras do Lincoln Center, as quais emoldurara e pendurara acima da lareira. Não sentia falta de seu trabalho em Paris nem pensava como a loja deveria estar sem ela. À noite, retornava para casa para ele com seus tesouros mais recentes e ele elogiava seu progresso. Eles acabavam fazendo amor, nus e abraçados, até de manhã.

Neste momento, Delphine pegou duas garrafas de cabernet do pacote e as abriu. Encheu um copo grande e tomou um gole, mesmo que ainda não fossem dez horas. Acendeu um cigarro, dando uma longa tragada, antes de encostá-lo em um pires de chá. Ele não permitia que ela fumasse no apartamento. Quando ele estava em casa, ela respeitosamente descia a escada e saía para a rua para fumar. Se ele saísse, ela, mesmo assim, receava que pudesse perceber, então fumava com a cabeça para fora da janela do quarto, como se fosse uma adolescente.

Ela começaria ali, no quarto. Entrou propositalmente, e tinha uma garrafa de vinho em cada mão. Subiu na cama e as segurou, uma de cada lado, e as balançou para cima e para baixo, como que enfeitando uma salada. Os primeiros respingos roxos na colcha fizeram seu coração disparar. Mas foi ficando mais fácil enquanto continuava, e logo ela estava esvaziando uma garrafa em cima do tapete azul claro e a outra dentro da fronha dele. E deu um passo atrás, avaliando seu trabalho.

Delphine havia pensado antes se talvez sentiria pena na hora, vendo o apartamento destruído. Mas ela se sentiu livre, como se o único benefício de assistir ao mundo dela desmoronar fosse o fato de que ela não tinha nada a temer. Ela havia feito deste um lugar perfeito para os dois, não para ele e outra pessoa.

Então, deixou as garrafas caírem na cama. A seguir, as camisas.

Delphine insistia com frequência que ele se vestisse melhor, mais como um homem de verdade. P.J. vestia-se formalmente quando estava se apresentando, pois era o que se esperava dele mas, no restante do tempo, parecia um adolescente desleixado. Fora do trabalho, ele insistia em usar camisetas multicoloridas e leves que ele tinha colecionado ao longo dos anos, que já estavam de uma cor cinza translúcida, devido ao uso excessivo. Se o visse na rua, nunca adivinharia quem era. Ela comprara para ele um terno preto fino da Dior e um par maravilhoso de sapatos de couro, mas ele nunca usara.

Então, agora, deixou o terno para lá; ele não se importaria mesmo. Mas ela pegou às camisetas da gaveta, uma a uma, erguendo uma pilha delas no seu braço direito. Ela as trouxe de volta ao balcão e abriu a gaveta de utensílios, onde encontrou a tesoura de cozinha que havia comprado na Williams-Sonoma por oitenta dólares.

Começou pela camiseta preta que trazia escrito "faculdade" na parte da frente e depois continuou com a alaranjada escura com as palavras "Texas Law" e, em seguida, uma camisa verde com marcas de suor cheia de cifrões de dólar e a afirmação chapada: "Os banqueiros fazem tudo por interesse". O som da tesoura de aço inoxidável partindo o algodão era agradável e preciso. Lembrou-se de folhas sendo pisadas no outono. Ofegante, ela retalhou continuamente umas duas dúzias de camisetas, até que não sobrou nada além de um amontoado de retalhos aos seus pés.

Ela olhou para seu relógio. Tinha planejado cada passo como um general indo para uma batalha. Até o momento, estava alguns minutos adiantada. Abriu o armário da cozinha e pegou um frasco de creme de amendoim, desenroscou a tampa e o colocou em cima do balcão. Então, ergueu uma pilha de pratos. Delphine arremessou o primeiro para baixo, mas sem convicção. Ele apenas girou no chão por um instante antes de parar, reto e intacto. Algo dentro dela a impediu de continuar. Ela se lembrou dos dois na seção de porcelana da Bloomingdale's, tentando resolver alegremente que tipo de prato deveriam escolher. Depois disso, ficaram na fila da Dean & DeLuca para pegar seus cappuccinos fumegantes; o braço dele envolvia com força sua cintura.

Delphine respirou fundo, sentindo seu pulmão se encher de ar. Ela tirou o próximo prato da pilha e, desta vez, arremessou com bastante força, assistindo-o se despedaçar quando atingiu o chão. Repetiu o mesmo gesto com cada um dos pratos, sentindo algo excitante com cada impacto. Em dado momento, como imaginava, o cão veio investigar o que estava acontecendo. Ela o agarrou pela coleira antes que pudesse chegar perto dos pedaços quebrados, pegando o creme de amendoim com a outra mão, e o conduzindo de volta ao banheiro, onde ele passaria os próximos trinta minutos se empanturrando com o creme direto do frasco, com o ventilador de teto zunindo. Era o que P.J. fazia sempre que discutiam, para que, como ele dizia, o cão não ficasse traumatizado.

De volta à cozinha, ela deu uma olhada na geladeira, que continha a maior parte do que já estava lá quando ela partiu: queijo camembert e queijo azul da Zabar's, e também picles e ovos. No balcão, próximo da geladeira, havia algo novo; uma garrafa verde de vidro de pastis quase cheia.

Delphine abriu mais a porta da geladeira e assim a deixou. Abriu o freezer também e depois o desconectou da tomada.

2012

Kate acordou com o sussurro de sua mãe, alarmada, na cozinha.

– Eles só têm leite de soja na geladeira. Imagine quando o pessoal estiver chegando...

Depois, sua irmã, May, se prontificando a fazer o resgate:

– Vou procurar uma loja de conveniência e comprar leite comum. Mas espere... Será que tem loja de conveniência por aqui?

Como o seu primo, Jeffrey, decidira se casar em Hudson River Valley no mês de abril, Kate tinha seis parentes – incluindo as três crianças – sob seu teto no final de semana. Acima de sua cabeça, a claraboia do quarto revelava uma forma quadrada de um azul perfeito, o primeiro domingo de sol da primavera. Ela poderia imaginar tantas coisas que adoraria fazer hoje: caminhar com sua irmã, escavar em torno do quintal, passar a tarde toda lá fora lendo um livro. Mas nada disso aconteceria.

– Detesto casamentos – disse.

Dan estava deitado ao seu lado com o edredom puxado até o queixo, como toda manhã. Ela podia jurar que ele estava acordado, mas, em vez de abrir os olhos, ele os fechava ainda mais apertado.

– Qual o motivo de sofrermos só porque eles estão apaixonados?

Kate resmungou:

– Eu me pergunto a mesma coisa.

Ela deveria ter se levantado mais cedo, antes de todos. Deveria ter tomado banho e se vestido na hora em que todos desceram a escada. Deveria ter preparado um café da manhã delicioso. Uma *strada* ou *frittata* ou algo assim. Normalmente Ava era seu despertador, mas hoje alguém deve ter entrado no quarto e a tirado da cama. Kate sabia que deveria se sentir grata, mas aquilo significava que agora eram mais de oito horas e sua mãe já estava julgando o conteúdo da sua geladeira. Como tia e madrinha de Jeffrey, ela faria uma leitura na cerimônia esta noite. Sem dúvida, isso a estava deixando ainda mais ansiosa do que de costume.

May e seu marido, Josh, trouxeram seus três filhos, de dez, oito e cinco anos, porque, como May mesma havia dito por telefone (a salvadora de relacionamentos):

– Isso não está exatamente dentro dos nossos princípios, mas um casamento gay é um momento de aprendizado. Acaba sendo bom levar as crianças.

Eles haviam vindo de Nova Jersey de carro na noite anterior, cruzando o campo tão discretamente quanto o carro esportivo de May quando adentrou a garagem. Kate saíra para recebê-los, suspirando forte, pedindo forças ao Deus em cuja existência não tinha certeza se acreditava.

Imediatamente, o filho mais velho de May, Leo, exibira um tubo verde de palha trançada que tirou do bolso, dizendo:

– Tia Kate, enfie os dedos aqui.

– Não! – seu irmão Max alertara, vindo por trás. – É uma armadilha de dedo chinesa.

Kate se lembrara do brinquedo do seu tempo de menina. Costumavam comprar aos montes na loja de 1,99.

– Cala a boca, Max! – Leo dissera. – Você estragou tudo.

– Leo. Olha o palavreado – repreendera a mãe de Kate, Mona, que era a próxima a sair do carro lotado, seguida de Olívia, a caçula de May, que usava um vestido azul de Cinderela.

– Olá, querida – Mona continuara. – Como está?

Ela dera um beijo no rosto de Kate.

– Vimos uma menina no shopping que teve que ter a mão cortada depois de ter ficado presa em uma armadilha dessas – Max contara. – Elas são muito perigosas.

– Fui eu que inventei isso, seu idiota – Leo rira discretamente. – Eu não sei por que ela não tinha uma mão, mas não era por causa da armadilha chinesa. Vamos lá, tia Kate. Tente!

– Tudo bem dizer isso? – Mona franzira as sobrancelhas, olhando para Kate. – Não deveria ser armadilha asiática agora?

– Ok, deixe ver isso – Kate pedira, deslizando seus dedos para dentro dos buracos dos dois lados do tubo. Ela fingira estar presa.

– Me deixe tentar com alguém – Max gritara.

– Não – Leo disparara de volta.

– Tenho uma coisa melhor – Max reclamara, emburrado. – Eu tenho uma armadilha de dedo da Mongólia.

– Isso não existe – Leo retrucara.

May descera do carro e voltara seu olhar para Kate.

– Por favor, não os incentive.

Como se Kate tivesse dado a eles a armadilha de dedo chinesa de presente de boas-vindas. Como se ela mesma tivesse oito anos de idade. "E lá vamos nós", pensara.

Conseguiram passar pela prova do jantar sem briga alguma, embora os meninos de May tivessem ficado inquietos e reclamado até terem permissão para jogar *video game* na mesa, o que Kate apostava, seu primo Jeffrey detestara. Ela nunca respeitara a forma como May criava seus filhos. May quase dissera a ela:

– Ei, calma. Quando você tiver filhos, vai entender.

Mas Kate já era mãe havia três anos e ainda se opunha ao estranho ciclo que subornava crianças para que fossem boas e imprimia medo quando fizessem algo ruim.

Agora, ela se voltou para Dan.

– Acho melhor eu ir para o andar de baixo.

Ele a puxou para perto dele, seu corpo quente por debaixo dos lençóis.

– Vamos ficar aqui o dia todo. Podemos dizer a eles que estamos doentes.

Ela deu um sorriso largo.

– Ok, está certo. E privar a garota da flor de ser admirada pelos olhares de seus pais?

– Podemos dizer a ela que vamos ver as fotos no Facebook mais tarde. Você sabe que sua irmã vai arrumar um jeito de postá-las antes mesmo de o casamento começar.

May havia documentado o que parecia ser cada momento da vida de suas crianças em tempo real, como se uma festa de aniversário ou um jogo de taco entre coleguinhas na rua não fossem reais até que ela os exibisse a 437 amigos e familiares mais próximos.

Kate e Dan ficaram em silêncio por um momento, o que permitiu que ouvissem, por acaso, o seguinte:

A primeira voz pertencia à mãe dela.

– O que é isso? Suco de maçã orgásmico?

– O quê? – May dissera. – Deixe ver! Mãe, está dizendo aqui que é orgânico.

Kate riu.

– Nossa, ela deve ter ficado desapontada – Dan comentou.

– Estou indo – Kate anunciou, já ficando em pé. – Me deseje sorte.

Na cozinha, os três filhos de May estavam sentados em volta da mesa comendo Pop-Tarts. May e Mona estavam encostadas no balcão, segurando suas xícaras de café. Kate não conseguia se lembrar da última vez que todos estiveram juntos de manhã dessa forma. Sua mãe e sua irmã sempre usavam maquiagem em público. Pareciam estranhas sem a maquiagem agora, como se alguma pequena, mas vital, parte de seus rostos estivesse faltando – uma sobrancelha ou uma pálpebra superior.

Ava, ainda de pijama, estava presa ao seu cadeirão, segurando um Pop-Tart. Com três anos de idade, já era bastante teimosa.

– Mamãe – ela disse. – Eu gostei. Quero mais.

Kate queria arrancar aquilo de suas mãos e atirar no lixo. Ela teria de decidir rapidamente se queria lutar nessa batalha. Só dava comida natural a Ava, nada processado ou com muito açúcar, embora ela e Dan ainda comessem a gordurosa comida chinesa uma noite por semana e um ocasional pacote de Doritos. Eles tentavam se alimentar com consciência, estavam cientes dos males da comida industrializada. Haviam cortado quase todo o consumo de carne. Mas ainda comiam muita porcaria. De certa forma, eram um caso perdido, mas Ava, a linda Ava, era pura. Kate pensou em perguntar à sua irmã por que ela sentiu necessidade de exibir sua autoridade com o dia ainda começando.

– Você trouxe os seus Pop-Tarts? – foi tudo o que ela disse.

May franziu a sobrancelha.

– Bom-dia pra você também, Luz do Dia! Desculpe, minhas crianças não comem nada além disso.

– São feitos com fruta natural – Leo salientou, tentando ser útil.

Kate sabia que eles pensavam que ela era uma tola por se preocupar tanto com o que Ava comia.

– Vocês foram criados comendo hot dog e macarrão com queijo, e ficou tudo bem, no fim das contas – sua mãe dizia em várias ocasiões quando o assunto vinha à tona.

Mona e May tratavam Kate e Dan como se eles fossem muito radicais, embora não houvesse nada particularmente anormal na vida deles. Qualquer escolha de Kate que contrariasse o que sua mãe pensava, de alguma forma, era vista como um tapa na cara. A mudança para o campo, a comida orgânica que dava à filha, a decisão de não se casar.

Kate acreditava que o nascimento de Ava aliviaria um pouco a pressão em relação ao casamento, mas fora um erro de cálculo de sua parte. Na agitação toda dos preparativos para o casamento de Jeff nos últimos meses, tudo viera à tona novamente: no dia em que anunciara que estava grávida, sua mãe lhe comprara um vestido branco ("me fez lembrar de você, só isso"). Na semana em que ficaram sabendo que seria uma menina, May fizera seu marido levar Dan para tomar cerveja e tentar convencê-lo a pedi-la em casamento.

– Sua filha será ilegítima. Não se importa com isso? – sua mãe dissera quando Kate estava no sétimo mês de gravidez; não havia mais tempo suficiente para nem mesmo fingir ser sutil assim.

– De que forma exatamente ela será ilegítima? – Kate perguntara.

– Os pais dela não são casados.

– Nem os meus – Kate respondera.

– Sim, mas... Bem, é diferente.

– Por quê?

– Porque já fomos casados um dia.

Kate tivera uma infância suburbana relativamente tradicional. Ela crescera em Montclair, Nova Jersey. Seu pai era editor de um jornal de Newark, o *Star--Ledger*, e sua mãe era professora em uma pequena faculdade nas proximidades.

Ela frequentara uma boa escola pública, jogara futebol e softbol, embora não muito bem, e fora escoteira até os oito anos. A casa de seus pais, de tamanho mediano e estilo colonial, estava sempre em estado de quase bagunça, o que poderia ser resolvido em trinta e cinco minutos ou menos, quando havia convidados. Ela tinha seu quarto e May, o dela.

A diferença de idade entre elas era de quatro anos. Bastante para que não brincassem juntas de forma alguma. Cada uma tinha suas próprias amigas, e as únicas vezes em que elas conviviam mais eram durante as chatíssimas festas de família ou quando viajavam de férias.

Elas se aproximaram mais, de alguma forma, durante o processo de divórcio dos pais. Kate era caloura no segundo grau e May estava no último ano. Nenhuma delas percebera o que estava para acontecer. Sim, seus pais brigavam muito e sua mãe fazia ameaças periodicamente. Certa manhã, quando as levava de carro para a escola, ela anunciara que estava finalmente pronta para deixar o pai delas, como se elas pudessem lhe dar os parabéns pela novidade. May começara a chorar. Kate ficara em silêncio, embora tenha ficado preocupada por meses. Mas dois anos se passaram e nada mudara.

Ela chorara quando seus pais fizeram o anúncio oficial. Em algum nível, ela entendera que seriam mais felizes separados. Mas que se danasse a felicidade deles: ela não queria ser filha de pais separados. Não poderiam ter esperado até que ela fosse fazer faculdade fora? Ela achava que decidir isso enquanto ela estava no segundo grau fora terrível. Sabia de pessoas cujos pais haviam se separado antes mesmo de a criança fazer um ano e considerava essas pessoas de uma sorte inacreditável. Afinal, essas pessoas nunca conheciam outro tipo de vida.

Quando seus pais se divorciaram, a justiça lhes concedera a guarda compartilhada. Eles então decidiram que ela e May poderiam ficar de domingo até quarta-feira com o pai na casa da família e de quinta a sábado com a mãe em um apartamento alugado que ela conseguira no campus da faculdade. Foi assim que Kate passou seus tempos de colégio, e detestou.

Após o divórcio, May tentara, mais do que nunca, ser perfeita – bonita, educada, bem-vestida, popular, sempre acompanhada de um namorado. Parecia que toda decisão que tomava era uma tentativa de apagar a mancha do lar destruído. Kate fora na direção contrária. Às sextas, ficava na rua até tarde com um grupo de colegas da faculdade que ela e sua amiga, Brandy, haviam conhecido em uma festa e com quem haviam rapidamente se enturmado. Elas se autoproclamavam as alunas da BU (uma referência à Boston University) e passavam muitas noites em dormitórios bebendo, fumando maconha, ouvindo Radiohead e Ani DiFranco, discutindo literatura, feminismo e a convivência com as mulheres do grupo, antes de transar por horas com os garotos de olhar sonolento que cheiravam a detergente e cigarro.

As diferenças entre as duas irmãs eram ainda mais enfatizadas pelo fato de se parecerem muito. May e Kate tinham 1,65 de altura, cabelos castanhos e pele morena. Tinham igualmente braços e pernas finos, o mesmo peito não avantajado, até mesmo uma pequena falha na sobrancelha, na qual May passava horas incontáveis e gastava muito para corrigir a imperfeição com cera e depilação a laser, enquanto Kate nem se lembrava disso. Ela podia olhar para sua irmã e ver exatamente como ela mesma se pareceria se passasse uma hora se maquiando todas as manhãs e cuidasse de suas roupas. Mas o estilo de Kate, se é que ela tinha um, poderia ser descrito apenas como acidental. Às vezes ela usava um pouco de gloss, e só. Nunca aprendera a usar o delineador; nas poucas vezes em que tentara, suas pálpebras ficaram grudadas com sete centímetros de lápis, fazendo-a pensar se havia sido cegada por um pedaço de pau em uma vida passada.

O pai delas se casara novamente quando Kate era caloura na faculdade. Sua esposa, Jean, parecia ser uma boa mulher, também era divorciada e tinha dois filhos. Kate ficara feliz por ele e aliviada – solidão do pai era uma coisa que ela poderia riscar da sua longa lista de preocupações. Mas ela achava estranho o fato de ele e Jean ainda morarem na casa em que Kate havia sido criada. Era como se ele tivesse substituído uma mulher por outra e deixado todo o resto do mesmo jeito. Até mesmo o sofá da sala era o mesmo, e também a cama de dossel de bronze na suíte principal. Os filhos do primeiro casamento de Jean cresceram com um pai malandro que quase nunca viam, então consideravam o pai de Kate, de certa forma, pai deles mesmo, embora tivessem já seus vinte e poucos anos. Era difícil aceitar.

– Ligue para o seu irmão e lhe dê os parabéns pelo novo emprego – seu pai dizia pelo telefone, e Kate levava um instante para imaginar que diabos ele estava dizendo. Irmão? Ela não tinha irmão.

Sua mãe nunca se casara novamente. Mona era casada com sua própria vida – seu trabalho e seus amigos. Ela dissera a Kate uma vez que as mulheres, após enfrentar casamentos horríveis, geralmente tinham o bom senso de se manter distantes de uma vez por todas da instituição. Enquanto os homens continuavam tentando se acertar porque eram incapazes de ficar sozinhos.

Apesar disso, Mona queria que suas filhas se casassem. Ela havia planejado o casamento de May de forma obsessiva, como se houvesse um prêmio a ser ganho. Assim como sua irmã, muitas amigas de Kate assistiram aos seus pais definharem em casamentos ruins ou enfrentarem divórcios dolorosos e já embarcarem em outra união como se pudessem arrumar toda a bagunça pelos antigos erros.

Desde sempre, mesmo na época do segundo grau, Kate tinha dúvidas quanto ao casamento. A percepção popular era tão triste e desanimadora, tão "Everybody Loves Raymond". Após o divórcio, seu pai começara a mencionar uma citação de Rita Rudner sempre que o assunto vinha à tona: "Os homens com a orelha furada são mais bem preparados para o casamento – já experimentaram a dor e já compraram joias". Cada vez que ele dizia isso rindo, Kate se sentia ligeiramente mal.

Quando estava no segundo ano da faculdade, ela tivera uma aula intitulada "A História do Casamento", na qual aprendera que, historicamente, casamento não tinha nada a ver com amor. Era, essencialmente, uma transação comercial.

Ao longo de séculos e diferentes culturas, as mulheres eram intimidadas e coagidas a se casar por meios horríveis – rapto, violência física, até mesmo estupro coletivo. No século 18, na Inglaterra, a doutrina da submissão ditava que uma mulher não tinha direitos legais dentro do casamento, a não ser os que seu marido permitisse. As primeiras leis americanas repetiam essa ideia e não mudaram até a década de 1960. Antes disso, a maioria dos Estados tinha leis machistas, dando aos maridos o direito de bater em suas esposas e de ter total controle sobre as decisões familiares e as finanças, incluindo a propriedade da própria mulher.

Cada informação nova, por menor que fosse, a fazia sentir náuseas. Era isso o casamento?

No mesmo ano, enquanto passava o Dia de Ação de Graças em casa, Kate deixara claros os seus sentimentos: ela queria ter uma família um dia, mas sabia em seu coração que nunca se casaria.

– O casamento é uma piada – ela dissera, enquanto despejava o molho sobre o peito de peru. – Ele tem sido vendido como uma forma de manter as mulheres seguras ou tornar a vida delas melhor, mas, na maioria dos casos, tem sido usado para reprimi-las. No Afeganistão de hoje, uma mulher pode ser induzida a se casar com seu estuprador.

– Aqui não é o Afeganistão – sua mãe replicara, parecendo constrangida.

– Bem, aqui na América, uma mulher não podia ter cartão de crédito nem fazer um empréstimo bancário sem a permissão escrita do marido até a década de setenta. E, até então, um homem podia forçar sua mulher a fazer sexo com ele. Não existia o crime de estupro dentro do casamento.

– Por favor, pare de falar "estupro" na mesa de jantar – sua mãe repreendera. – Vovô, pode me passar o molho de cranberry?

Todos pensavam que fosse apenas uma fase, incluindo seu namorado da faculdade, Todd. Eles estavam juntos havia cinco anos, tendo se mudado para Nova York após se formar e terminado no verão em que ambos fizeram vinte e cinco anos. Quando ele a pedira em casamento, durante uma viagem de final de semana para Burlington, Kate ficara chocada. Ela já havia dito a ele centenas de vezes por que não queria se casar, e ele parecia ter concordado. Por um bom tempo, ele agira como se tivesse tirado a sorte grande por ter encontrado uma mulher que não estava interessada naquilo tudo. Mas, alguns meses antes do pedido, era como se alguém tivesse aberto sua mente – ele começara a dizer que era infantil não se casar; o que as pessoas pensariam deles, de seus futuros filhos? Além do mais, o governo fizera ser impossível não se casar, ele dissera. Quando você era casado, tinha benefícios e incentivos fiscais. Ela respondera que não era bem assim:

– Apenas se tiver natureza tradicional, patriarcal, onde apenas o homem trabalha e a mulher fica em casa. Nosso sistema tributário pune os casais cujos membros possuem renda alta.

Ele balançara a cabeça.

– Que seja. Não quero me casar com você para fins de imposto, Kate. Isso acabaria com todo o romance envolvido.

Ela dissera que gostaria de estar com ele, mas não para casar. Ele argumentara que era besteira, que toda mulher queria se casar, no fundo. Eles terminaram. Seis meses depois, Todd estava noivo de outra mulher.

Àquela altura, a mãe de Kate começara a ficar em pânico.

– Sabe como é – ela dissera –, muitos de nós construímos ideias grandiosas na faculdade que mais tarde abandonamos. Não há vergonha alguma nisso.

Ela sugerira que fizessem terapia para tentar descobrir o quanto o divórcio havia afetado Kate.

Ela tentara dizer à mãe que não tinha nada a ver com o divórcio. Tinha a ver com o fato de que o casamento era algo antiquado e excludente e só funcionava em 50% das vezes. Mas nenhuma dessas lógicas fizera diferença. Em todos os outros aspectos, ela era a filha ideal: altamente realizada, dedicada. Mas o fato de não querer se casar a tornava suspeita aos olhos de sua mãe.

Os homens com quem namorara com seus vinte e tantos anos pareciam similarmente suspeitos. Quando ela dizia a eles que não queria se casar, deparava com a descrença ou alguma variação da palavra "feminazi" (termo pejorativo que misturava a ideia do feminismo com a do nazismo). Quando fizera vinte e oito anos, Kate tivera certeza de que nunca encontraria alguém com quem pudesse ficar por um longo tempo. Ela fizera as pazes com a ideia. Tinha uma quitinete em Brooklyn Heights. Era autossuficiente, tinha um trabalho que a satisfazia e amigos maravilhosos. Talvez isso fosse o suficiente.

Então, ela conhecera Dan – ironicamente, no casamento de uma amiga em comum, Tabitha. Ele era de Wisconsin, um web designer que, antes de se mudar para Nova York, havia passado oito anos trabalhando na Suécia. Lá, era perfeitamente normal não se casar. Muitos de seus amigos em Estocolmo compraram casas e tiveram filhos, mas não oficializaram a relação. Provavelmente ele teria se casado se tivesse encontrado alguém, mas gostava da ideia de duas pessoas terem a opção de se escolher todos os dias, em vez de se sentir presas uma à outra, como se tivessem falhado se não conseguissem viver juntas para sempre. Dan era levemente desconfiado em relação a autoridades em geral, e, pensando nisso, não vira motivo algum para que o governo fizesse parte da relação deles. O que era uma parede com todos os outros homens que ela namorara, de repente, não era mais grande coisa.

Eles combinavam bem, por conta disso e de outras centenas de razões. No casamento em que se conheceram, uma pastora vestida de túnica branca dissera algo de que Kate não queria se esquecer mais.

– Superem-se com amabilidade.

Ela e Dan tentavam. Se algo entre eles a irritava, ela tentava resolver sozinha ou conversar com ele de maneira calma e delicada.

Ela se lembrara dos inúmeros finais de semana arruinados pelas brigas de seus pais, quando era criança. Normalmente começava com uma alfinetada de sua mãe durante o café da manhã, a última gota no copo da paciência:

– Gary, achei que você tivesse dito que iria usar a máquina de lavar louça ontem à noite. Agora estamos sem nenhuma caneca em casa.

Talvez a maioria dos homens pedisse desculpas ou fizesse piada da situação, mas o pai de Kate ignorava sua esposa, voltando sua atenção para as crianças, seus escudos humanos.

– Bem, o que vamos fazer hoje? Querem ir ao aquário?

A passividade deixava sua mãe furiosa. Talvez fosse por isso que ele agia assim.

– Gary, eu estou falando com você. Gary!

– Eu ouvi, Mona. Mas eu posso pensar em mil maneiras melhores de passar meu sábado do que brigar com você por causa de uma estúpida máquina de lavar louça.

Kate se sentava entre eles, seu corpo tenso, disposta a fazer sua mãe recuar. Mona, porém, não sabia a força que tinha. Ela costumava entrar em uma conversa e, do nada, dizer algo como:

– Se você fosse capaz de aceitar um pouquinho de crítica construtiva, poderia ter conseguido uma promoção em algum momento na última década.

A partir daí, era uma bola de neve, e Kate sabia que logo seu pai se trancaria em seu galpão de madeira nos fundos da casa e sua mãe encolheria os ombros, perguntando qual era o problema dele.

Durante muito tempo, Kate tinha receio de que possuísse a mesma habilidade para ofender que sua mãe tinha. Quando Dan aparecera, ela o enxergara imediatamente pelo que ele era e jurara não estragar tudo. Dan era bom e correto, de fácil convivência e com um grande coração. O tipo de cara que deixaria uma moeda na calçada com o valor voltado pra cima para que a pessoa seguinte a achasse.

A família dela ficara esperançosa quando ele fora apresentado:

– E aí, vão se casar? – May perguntara, após estarem namorando por alguns meses.

– Acho que ele será o pai dos meus filhos – Kate respondera. Parecia certo e importante. Ela esperava que sua irmã a abraçasse.

May, porém, respondera com veemência:

– Se você não se imagina com um vestido de noiva, é mau sinal.

Deixando de lado o casamento, havia a questão das cerimônias. Esses dois conceitos totalmente contraditórios estavam para sempre entrelaçados na cabeça de sua irmã – se você estivesse apaixonado, May raciocinava, ficaria pensando em glacê e bandas tocando músicas dançantes e vestidos de dama de honra o tempo todo, e isso não era diferente de pensar em passar a vida inteira com alguém. Nada disso chamava a atenção de Kate. Ela sabia que uma mulher deveria ter vontade de se casar, mas tudo o que se relacionava a casamento lhe dava arrepios; nada mais do que isso; apenas noivas que queriam, de algum modo, ser diferentes. *Não sou como as outras noivas!*, Todas as suas amigas declaravam, imediatamente antes de agir como qualquer outra noiva na história. Ela estivera na festa de seis dígitos dos Hamptons, na festa realizada no caminhão de alimentos do Brooklyn, na festa descontraída de Kentucky, com direito a dança country, na festa no castelo irlandês. Foram todos casamentos iguais.

Kate comparecera a cada um deles com um sorriso no rosto. Levara bons presentes, dançara e brindara com as pessoas felizes. Ela não queria ser grosseira. Queria se sentir mais tolerante com tudo o que envolvia o assunto. Mas, no fundo, odiava as fotos de casamento dos outros. Ela odiava a forma como a noiva erguia seu buquê, vitoriosa, dizendo: *Sim, eu aceito*, como se tivesse acabado de realizar algo. Ela odiava o fato de que mulheres de compleição comum tivessem de fazer dieta para se casar até se parecerem com aquelas bonecas de corpo pequeno e cabeça enorme. Ela detestava todo o dinheiro jogado no lixo, que poderia ter sido bem aproveitado de um milhão de outras formas. Todas as suas amigas ficavam sobrecarregadas com o evento, como se estivessem planejando o desfile do Dia de Ação de Graças da Macy's. Agora, havia até mesmo blogs para a noiva estressada, a noiva relutante, a noiva indie... Mas ninguém que conhecia, além dela mesma, chegara a recuar e a se perguntar: "Por que, afinal, ser uma noiva?".

A pressão externa para se casar era intensa. Isso a surpreendera uma década antes, mas agora ela achava que entendia. As pessoas queriam que você validasse suas escolhas ao fazer o mesmo que elas. Ela se sentia abençoada – ou amaldiçoada, dependendo do ponto de vista – por ser o tipo de pessoa que não se importa com o que as outras pensam, contanto que ela mesma acreditasse que estava certa. Ela e Dan nunca tiveram uma conversa sequer sobre se deveriam se casar apenas para agradar a seus pais ou tirar a pressão de suas costas. Mesmo assim, Kate se sentia frustrada às vezes pelo fato de sua relação não ser tão levada a sério porque não era um casamento. Ela já estava vivendo com Dan por mais tempo do que algumas de suas amigas casadas pudessem conhecer seus maridos.

Algumas mulheres confidenciaram a ela que gostariam de ter tido coragem para resistir à tradição da mesma forma; tiveram de seguir em frente e fazer o que se esperava delas para deixar todos felizes. Outras não acreditavam que era isso que ela realmente queria. Quando Kate e Dan já estavam juntos por dois anos, saíram uma noite com um colega de trabalho dele e sua noiva.

– Vocês estão para ficar noivos? – a mulher perguntara.

– Não – Kate respondera.

A mulher afagara sua mão e dissera:

– Acho que ainda não choraram o bastante.

Dan brincava que deveriam dizer a todo mundo que eles eram divorciados. Se fizessem isso, as pessoas iriam deixá-los em paz. Isso explicava algo que era, de outra maneira, incomensurável: a razão pela qual duas pessoas apaixonadas não queriam se casar.

Por um tempo, Dan dizia a todo mundo que perguntava que eles estavam boicotando o casamento até que seus amigos gays pudessem participar. Era mentira, mas tinha a intenção de calar a boca das pessoas. Os reais motivos eram complicados demais e, de qualquer modo, ninguém nunca acreditava neles. Você poderia passar horas dizendo a alguém em detalhes que não achava que o Estado tinha alguma coisa a ver com sua relação mais íntima e com o fato de você ser cauteloso quanto ao complexo industrial do casamento, e eles ainda poderiam vir com esta: "Então, basicamente, você tem medo de compromisso".

Mas agora seus amigos gays podiam se casar. Kate se lembrou da noite em que Jeff e Toby lhes contaram que estavam noivos. Eles vieram da cidade para passar o fim de semana. Estavam todos sentados no deque observando o pôr do sol:

– Você me odeia? – Jeff perguntara, após ter contado a novidade.

– Sim – ela respondera.

– Eu vou ser o noivo do ano, você sabe.

Ela suspirara:

– Vai ser mais complicado que o da May, não é?

– Mais complicado, mas menos brega – ele dissera. – A notícia boa para você é que não faremos festa. Estamos meio velhos pra aguentar essas coisas. Mas queremos que Ava seja a daminha. Se não posso usar um vestido tradicional branco, meu Deus, ela vai ter que usar por mim. E queremos fazer tudo aqui, ao ar livre. Então, você vai ter que me ajudar a encontrar um *buffet* e uma florista e tal. Nós já reservamos o espaço.

– Onde vai ser? – Dan perguntara.

– No Fairmont – eles responderam. E se deram as mãos.

– Ah, meu Deus. Eles foram para o lado negro. Estão até falando em uníssono agora – Dan brincara. Ele se levantara da cadeira. – Acho que ainda temos uma garrafa de champanhe que sobrou do Ano-Novo. Já volto.

Enquanto Dan entrara, Jeff continuara:

– Reservamos o jardim para fazer a cerimônia ao pôr do sol e depois vamos oferecer um coquetel. Uma visão de trezentos e sessenta graus das montanhas e do Hudson.

Toby sorriu:

– Vai ser deslumbrante, Kate. Contanto que não chova, vai dar tudo certo.

– Vou lhes dizer uma coisa: tomara que a Mãe Natureza não estrague – Jeff dissera. – Esperei dez anos por isso.

Kate sorrira.

– Tenho certeza de que ela não ousaria sacanear vocês.

– O jantar será no Riverview Ballroom. Conseguir uma reserva lá em um sábado de abril é mais que um milagre, mas nós conseguimos – Jeff anunciara. Ele parecia mais orgulhoso disso do que quando passara no exame da ordem dos advogados ou vencera em sua primeira causa importante. – Imagine só: janelas que vão do chão ao teto. Uma cor neutra, creme, plantas impecáveis e a decoração que você preferir.

Dan retornara com o champanhe e quatro copos. Kate se segurara na ponta da camisa dele para evitar cair, embora estivesse sentada.

– Querido, pare. Estamos assustando Kate – Toby se preocupara.

– Não, não! Continuem. Estou achando tudo maravilhoso. E o que quer que tenha dito sobre cogumelos ou cor creme... me pareceu ótimo também.

Ela queria ficar feliz por eles. Eram seus melhores amigos. Ela e Jeffrey sempre foram próximos, os dois ovelhas-negras da família. Ele era gay e ela era Kate, simples assim. Mas agora ele queria ser como o restante deles. Queria ser casado. Kate não conseguia entender o porquê.

Na noite anterior, ela ficara ao lado de seu primo, avistando as montanhas a distância.

– Você está sendo durona – Jeff dissera. – Mesmo sabendo que você não vai conseguir o que quer.

Tirando Dan, ele era a única pessoa com a qual ela sempre conversava sobre essas coisas, a única que sempre parecia entender por que ela nunca quisera se casar. E, para ela, a coisa toda parecia uma pequena traição.

– Existem muitos países no mundo onde as pessoas nem se importam mais com o casamento – ela dissera.

– Mas não na América – ele retrucara.

– Não. Não na América.

– De onde você é, afinal?

– Não sei. Acho que May deve ter esgotado os nutrientes do útero, e só ela saiu normal.

– Me parece certo. O que foi mesmo que Fran Lebowitz disse? – Jeffrey perguntara. – "Por que os gays querem se casar e entrar para as forças armadas se são as duas piores coisas que os héteros fazem?" Algo assim. Só queremos que nossa relação seja aceita e reconhecida tanto quanto a de qualquer outra pessoa. Pode parecer tolice, mas é simples assim. Queremos ser iguais.

– É um dos motivos pelos quais eu não quero me casar – ela argumentara. – Porque eu não sinto que o que tenho com Dan é o mesmo que May e Josh têm, ou qualquer um de nossos amigos ou, Deus me livre, meus pais. Eu não acho que duas relações sejam iguais, então, por que padronizar todas elas?

– Não é o que eu estou querendo dizer quando me refiro a *a mesma coisa*. Estou falando de igualdade.

– Eu sei.

– No meu coração, nós sempre fomos casados. Mas agora vamos ter os mesmos direitos básicos dos héteros. Plano de saúde, herança e tudo mais. Você sabe que nós queremos adotar uma criança um dia. Eu tenho esse medo eterno de que, se algo acontecesse com Toby e nós não fôssemos casados, os pais dele poderiam tentar tirar o nosso filho de mim. – Ela o abraçara e entendera, o máximo que pudera.

Desde então, ela vinha sendo tolerante. Algumas semanas depois, eles vieram visitá-la de novo em um final de semana. Ela preparara um banquete; pão de abóbora e muffins, costelinha e batata gratinada, vagem e maçã crocante e caçambas de vinho tinto. Por dois dias, eles se sentaram à mesa da cozinha, empilhando revistas de casamento e notebooks e fazendo os preparativos. Dan chamara aquilo tudo de o Canto da Guerra.

No meio das revistas havia uma publicação nova chamada *Noivo & Noivo*. Se Kate tivesse suposto que seria mais complicado para a indústria ganhar dinheiro com casamentos entre dois homens, estaria errada: havia anúncios de clareamento de dentes, botox, cirurgia de miopia a laser, porque Deus proibira que você usasse óculos no seu casamento. Jeff ficara chateado com um artigo cujo título era "Lua de Mel Inesquecível: Dez Lugares Adequados para o Público Gay ao Redor do Mundo".

– Por favor, ele disse. Vou ter minha lua de mel onde eu bem entender, caramba.

Toby olhou para a página.

– É uma preocupação útil – ele disse. – Não nos sentiríamos à vontade em muitos lugares. Lugares onde as pessoas poderiam ser hostis. Você é da costa leste, não tem ideia disso.

– Ei! Eu estudei fora, em Madri – Jeff disse, e seu noivo logo virou os olhos. Jeff estava com um livro no colo e então fizera algumas anotações.

– O que é isso? – Kate perguntara após um instante.

– É meu livro de noivo – ele dissera.

– Perdão?

– "Organizador de Casamentos de Emily Post".

Ela olhara para Toby, que acabara de dar de ombros.

– Me dê isso – ela pediu. Ela folheara as páginas em tom pastel e, em cada nova tarefa, seu nível de ansiedade dobrava: havia flores para escolher, e um site sobre casamentos, uma banda para a festa e música para a cerimônia, cartões que ficam nas mesas reservadas, garfos e roupa de cama. Convites e dicas de auxílio para todos os seus convidados. Algo chamado "dicas para a decoração de mesas".

– Essa coisa me faz sentir como se seu fosse ter um ataque de pânico, e não é nem o meu casamento – ela comentou. E apontou para uma página: – Você tem que manter números de emergência para cada uma das damas de honra e documentar altura e peso delas, e quando exatamente a prova de seus vestidos vai ocorrer?

– Nós não vamos ter damas de honra, então podemos ignorar isso – Jeffrey respondeu.

– Ok. – Ela virara outra página. – Você tem que criar embalagens de presentes personalizadas para cada quarto do hotel onde ficarão os convidados e dizer a eles como podem se divertir na região?

– Mas é claro.

No domingo, eles pegaram o carro e checaram os cinco melhores lugares, só para ter certeza de que estavam certos ao escolher o local que já estava reservado. Fizeram uma degustação em um *buffet* cuja especialidade parecia ser comida recheada, algo assim – tomates recheados com shiso e wasabi, figos recheados com gorgonzola, pimenta vermelha recheada com frango e arroz. Tanto recheio parecia meio forte para Kate, mas ela não mencionara isso para Jeff, apenas para Toby, que dissera:

– Talvez o casamento a deixe furiosa.

Ela sabia que os casamentos haviam se tornado um grande negócio: toda vez que ligava a TV, havia um novo programa sobre como escolher o vestido perfeito, o tema perfeito, o bolo perfeito. Mesmo assim, ela estava boquiaberta com os gastos: um lugar vazio, cheio de luzinhas penduradas e nada mais, custava seis mil dólares por dia. Uma pousada cobrava duzentos dólares por cabeça pelo jantar.

Quando ela trabalhara para uma ONG em Nova York, tinha frequentemente a incumbência de criar comunicados de imprensa que pudessem expressar as necessidades do local em dólares e centavos. A probabilidade de as pessoas fazerem uma doação era maior se pudessem imaginar onde exatamente seu dinheiro seria aplicado. Agora, ela tinha o mau hábito de extrapolar isso na vida real. Pelo preço do jantar para duas pessoas nesse casamento, eles poderiam comprar uma bomba de poço que abasteceria com água limpa uma comunidade inteira ou financiar a educação por um ano inteiro de sessenta crianças em um campo de refugiados no Quênia. Com o dinheiro gasto nas flores, poderiam comprar mil mosquiteiros, que iriam proteger da malária cinco mil crianças cambojanas. Em uma viagem de pesquisa, Kate encontrara uma mãe com nove filhos que já havia perdido o marido e as duas crianças mais velhas, de quatorze e doze anos, para a doença. A família só tinha uma tela para a proteção, tamanho suficiente para proteger apenas cinco corpos, então, toda noite, a mulher tinha que escolher duas das crianças sobreviventes para dormir fora dela, incluindo ela mesma. Cinco dólares era tudo o que seria preciso para salvar suas vidas. Não podiam fazer isso, mas Kate esvaziara os bolsos e entregara seu conteúdo à mulher e seus vizinhos. Quando vira a alegria deles por receber uma soma em dinheiro tão pequena, se sentira envergonhada dos excessos da vida americana. Agora, ela estava tentando imaginar os dezoito ornamentos que Jeff planejava – rosas, peônias, hortênsias e gerânios aromatizados; tudo isso viraria lixo na manhã seguinte. Ela se sentira mal.

Kate percebera que as pessoas não pensavam no dinheiro dessa maneira. Jeff e Toby eram generosos; quando se pedia algo, eles davam. Então, ninguém poderia lhes desejar mal por gastarem setenta mil dólares em um casamento para duzentas pessoas. Era simplesmente o que se fazia mesmo.

Eles queriam algo mais intimista, talvez para oitenta pessoas. Mas, no exato segundo em que seus tios ficaram sabendo do noivado, prepararam uma lista com centenas de convidados.

– Você poderia imaginar que meus pais fariam esse alvoroço todo para convidar as pessoas para o casamento gay do filho deles? – Jeff comentara. – Meu pai já entrou para os vigilantes do peso. Ele quer perder mais de dez quilos. E minha mãe está em pé de guerra conosco porque não vamos fazer a recepção em Nova Jersey. Ela me disse que é tradição fazer o casamento na cidade natal da noiva e que as pessoas vão achar estranho que seja aqui. Eu disse a ela que não é exatamente uma noiva.

Toby erguera uma sobrancelha.

– Não mesmo?

Após aquele final de semana, uma verdadeira obsessão tomara conta de Jeffrey, como com todas as outras noivas que ela tinha conhecido. Quando ela conversava com ele sobre qualquer coisa que não fosse o casamento, percebia que não tinha sua atenção. Ele contara que ficara acordado no meio da noite pensando se queria que o *buffet* servisse vieiras como entrada durante o coquetel ou se teria mesmo de mudar para a próxima faixa de valores e escolher rolinhos de lagosta. Eles estariam sendo extravagantes demais? Ou patéticos ou deslocados já que estavam longe do mar? Ele passava horas consultando gráficos meteorológicos antigos e o site Farmers' Almanac para tentar deduzir se iria chover no grande dia. Uma vez, no meio de uma ligação sobre uma tia-avó que estava doente, ele dissera: – Os potes de conserva estão na moda agora. Já percebeu?

– Como? – Kate perguntara.

– As pessoas estão usando para tudo nos casamentos; velas, coquetéis, ornamentos. Tenho que admitir que gosto. Mas eles não estão muito batidos?

Ele estava sempre estressado. Contara a ela que seu cabelo tinha começado a cair, que às vezes acordava coberto de urticária. Ele ia para o escritório mas, em vez de trabalhar, se pegava, obsessivamente, procurando no Google fotos de casamento de pessoas que nem conhecia para roubar ideias de flores e iluminação. Passara dias inteiros no TheKnot.com. Tornara-se obcecado por Pinterest, que era, basicamente, "pornografia" online sobre casamentos: fotos de tendas e mesas maravilhosas, golden retrievers usando gravata-borboleta, portadoras de anel com sardas no rosto, uma tela de Norman Rockwell.

Jeff lia obsessivamente um blog chamado "Quase Casadas", sobre mulheres que haviam rompido o noivado. Ele lhe mostrara um site chamado Wedding Whine, onde começara a procurar dicas de fornecedores, mas ficara entediado com uma infinidade de postagens entre estranhos. As aspirantes a noiva tinham sua própria linguagem, cheias de siglas: DH (dama de honra), FM (futuro marido), DOC (dia do organizador do casamento), NFL (noivas ficando loucas) e RD (reserve a data).

Os perfis tinham nomes como "A Futura Sra. Johnston" e, abaixo disso, na tela, podiam ter algo escrito, como: "Faltam X dias para eu me casar com meu amor", com as palavras oscilando acima de uma linha com corações dançantes. (Ou, pior, uma fita métrica cor-de-rosa, flutuando como um laço, com os quilos perdidos e aqueles que ainda faltava perder antes do grande dia.)

– É tão trágico quando aparece *zero dia*. Te faz lembrar que, em algum momento, a cerimônia vai acabar – Jeff dissera, e ela sabia que ele era um caso perdido.

Kate começara também a ver os sites. Em meio a perguntas sobre sacerdotes ou calígrafos, elas escreviam sobre o fato de terem descoberto que seus noivos estavam fazendo sexo virtual com outras mulheres e também admitiam que a chama do casamento estava se esvaindo duas semanas após a cerimônia. Uma vez que começavam a compartilhar tudo, não conseguiam mais parar – algumas estavam casadas havia anos e agora só comentavam sobre questões relacionadas a fertilidade: "A Futura Sra. Johnson" mudando seu nome para "A Mamãe de Layla".

Havia algo fascinante na obsessão que elas tinham pela perfeição – *Vai chover? Qual vestido eu devo escolher? Como será que a comida vai estar?* –, com suas preocupações mais sombrias com o amor, a vida e a facilidade com que isso poderia ser revelado. Kate se perguntava se essa era a razão de os casamentos terem ficado fora de controle. Isso tudo teria sido criado para distraí-las, fazendo com que se esquecessem um pouco seus medos e incertezas?

– Seja boazinha com Jeff – sua irmã a instruíra por telefone uma noite. – O casamento é uma das coisas mais estressantes pelas quais uma pessoa pode passar na vida. Dizem que está em pé de igualdade com a perda do pai ou da mãe.

Kate tentara ser compreensiva, mas aquilo a irritava. Como uma pessoa normal podia se transformar em noiva zumbi de uma hora pra outra? O que fazia seres humanos antes sãos se importarem tanto com uma festa de cinco horas? Uma parte pequena, sombria e curiosa dela – a mesma que se perguntava como deve ser usar heroína ou gritar bem alto em um teatro lotado – desejava experimentar a sensação só por um instante, para conseguir entender.

"A cada ano, uma boa parte do nosso mercado é constituída de novos consumidores que estão entrando na faixa etária do casamento. As futuras vendas dependem de convencermos milhões de novos indivíduos de que um anel de diamante é essencial. Isso não é nada prático como objetivo de curto prazo, porque são necessários anos para que opiniões individuais se transformem em um curso definido de ação – especificamente, nesta instância, em uma demanda insistente por um anel de noivado de diamante."

N.W. Ayer and Son, relatório anual para a De Beers, 1952

"As pessoas mais velhas – pais, parentes e amigos – exercem uma influência sutil, mas importante, no mercado. Pois a expectativa deles que um compromisso será simbolizado com um anel de diamante tem grande influência na manutenção da tradição do diamante de noivado.

Para prevenir que os jovens rompam a tradição, precisamos do apoio dessas pessoas mais velhas.

Nosso objetivo publicitário é deixar a impressão nos jovens de que o diamante é o único símbolo significativo do amor inerente à promessa de compromisso. A propaganda deveria ter como alvo esses jovens, mas, de certa forma, isso irá encorajar a simpatia pela tradição do anel de noivado de diamante em todos."

N.W. Ayer and Son, relatório anual para a De Beers, 1966-67

1955

Frances dirigiu até os portões da Faculdade Haverford às nove horas. Um sol escaldante atravessava a neblina, prometendo uma manhã quente e seca. Lógico. Desde que fora contratada, doze anos antes, nunca havia chovido no passeio da empresa, para seu desgosto. O evento acontecia todo ano na segunda sexta-feira de junho. Os alunos da Haverford estavam no período de férias de verão, e os funcionários da N.W. Ayer and Son baixavam lá para jogar e confraternizar por horas. Geralmente, Frances acordava no dia com o peito apertado. Se pudesse escolher, preferiria estar trabalhando, mas a Ayer se orgulhava de seu ambiente familiar, e isso incluía presença obrigatória no evento de hoje.

A empresa tinha um time de basquete feminino, um grupo de teatro, um time de beisebol e um clube interdepartamental de jogos, todos sob o patrocínio do comitê de recreação. Havia um refeitório no subsolo do edifício da Ayer com janelas e cortinas pintadas nas paredes pelo departamento de arte. Para Frances, esses elementos faziam o lugar se parecer mais com uma escola secundária do que uma agência de propaganda, mas guardava sua opinião consigo.

Ela era relativamente discreta na convivência com seus colegas de trabalho, mais cautelosa do que muitos deles. Amigável, mas mantendo certa distância profissional. Se alguém a chamasse, ela almoçava junto, tomava dois martínis e contava algumas piadas. Além de Dorothy, ninguém sabia nada sobre ela, na verdade.

Mais à frente, ela podia ver o grande banner pendurado entre dois pinheiros e um aglomerado de mesas cobertas por toalhas xadrez nas cores vermelha e branca. Ela virou à direita, descendo a colina até adentrar o estacionamento onde Howard Davis e sua esposa, Hana, estavam colocando seus meninos em uma carroça vermelha. Eles acenaram e ela acenou de volta.

Howard era bonito – alto e magro como Jimmy Stewart e um flerte sem esperança, claramente apaixonado pela esposa.

Em uma extremidade do estacionamento, Mitch Duncan e sua esposa estavam atrás de uma cartolina pregada em uma árvore. Ele estava apontando para o campo de vôlei, e ela estava balançando a cabeça, fazendo questão de exibir o bebê gordo na barriga. Mitch era um redator sênior temperamental. Nunca deixava seus pensamentos escapulirem se achasse que fossem bons. Mas agora ele deu de ombros e seguiu sua esposa e as crianças até a tenda do artesanato, chutando a sujeira do chão, derrotado.

Tom Williams saiu de um Ford, cerrando os olhos enquanto acendia um cigarro ao vento. Enquanto isso, sua esposa, Judy, caminhou em torno do carro, lambeu a palma da mão e alisou o topete dele. Tom nem mesmo reagiu.

Frances levou a mão à boca. Estava acostumada a ver esses homens em um restaurante na hora do almoço, saboreando um uísque com as gravatas afrouxadas, fazendo piadas grosseiras sobre a parte traseira de vários membros da seção de datilografia. Ver como eles se comportavam com a família foi estranho. Divertido. Sóbrio. Era precisamente o motivo pelo qual ela nunca quis se casar, em primeiro lugar. Não tinha desejo algum de fazer o papel da esposa perfeita. Simplesmente queria ser ela mesma sempre.

Ela estacionou e saiu do carro, limpando a frente da saia preta e fina e ajeitando sua capa nos ombros. Não era exatamente um traje para um piquenique, mas ela e Dorothy programaram um encontro à tarde com um editor da Motion Picture Magazine que, por sorte, estava na cidade, vindo da Califórnia. Elas disseram a Gerry Lauck que a reunião não teria como ser em outra data e que estavam com a esperança de garantir um artigo intitulado "O Dia em que Ganhei Meu Diamante: Seis Atrizes às Voltas com o Amor". Shirley McLaine e Jayne Mansfield já tinham concordado em fazer parte. Como redatora, não era tecnicamente função de Frances participar desse tipo de reunião, mas, felizmente, Gerry não protestou.

– Bom dia, Frances! – Tom gritou do outro lado do estacionamento.

– Olá! – ela retribuiu. – Oi, Judy!

Sua esposa acenou, mas estava sisuda.

"Era Judy, não é mesmo?" Ela teve certeza absoluta de que era Judy.

Todos os anos, no passeio, Frances tentava agir como se estivesse alegre perto das esposas de seus colegas, elogiando seus vestidos e suas crianças adoráveis e bem comportadas, incentivando os moleques quando participavam do arremesso de ovos e minimizando a importância do aborrecimento daqueles que inevitavelmente chegavam em último lugar na corrida de três pernas.

A maioria das esposas era agradável o bastante, embora Frances soubesse que algumas delas sentiam pena dela e ela sentisse delas também. Outras a tratavam como um animal de estimação exótico – uma mulher de quarenta anos que trabalhava ao lado de seus maridos com nenhum interesse aparente em ter um marido ou filhos. Faziam perguntas bobas a ela: para quem ela ligava quando se deparava com um rato ou uma aranha muito grande no porão ou se os homens que ela havia namorado achavam que uma mulher com uma carreira fosse algo que os intimidasse (ela não saía com ninguém havia anos, mas guardava isso consigo). Elas a convidavam para uma visita para uma refeição caseira, como se uma mulher solteira fosse incapaz de acender um fogão.

Algumas eram terríveis com ela.

"Elas acham que você vai roubar os maridos delas", Dorothy sussurrara em seu ouvido da última vez. Ou, pior: "que os maridos delas querem ficar com você".

Frances achara cômico. Já tinha ouvido por acaso esses mesmos homens descrevendo-a como uma mulher de aparência comum, por centenas de vezes. Uma vez, Randolph Spears a chamara de "a bela da fronteira", o que se supunha ser um elogio. Ela não fizera nada para tentar fazer com que mudassem de opinião. Ela se vestia com cores escuras e densas e blusas de gola rolê, e não usava maquiagem. Podia beber bem mais do que todos eles e eles sabiam disso. Aos olhos de seus colegas de trabalho, Frances era praticamente um homem. Uma mulher nessa área tinha de ser, ou seria engolida viva.

Ela nem deveria pensar que tivesse motivo para qualquer das esposas se preocupar; mesmo assim, esse tipo de mulher realmente existia. Jane Welch era uma delas – uma coisinha insignificante de cabelos e sobrancelhas loiro--claros e quatro mechas pequenas platinadas para combinar. Parecia acreditar que seria apenas uma questão de tempo até que Frances se tornasse vítima dos poderes de sedução de seu marido, Ralph, um colega de peso nos negócios que ficava segurando desesperadamente seus quatro fios de cabelo restantes como se eles o estivessem mantendo vivo.

– Não é normal para uma mulher de certa idade querer trabalhar dentro de um escritório abafado com homens o dia todo, se me perguntar – Janey dissera em junho do ano passado, quando soubera muito bem que Frances estava ao alcance de sua voz. – Há algo repugnante nisso, não acha?

Dois meses depois, Frances não sentira pena alguma quando vira Ralph Welch abraçado com sua secretária em uma mesa em um lugar discreto da Shoyer's.

A verdade era que ela nunca quisera se casar ou ter filhos. Como uma garota, nunca vislumbrara uma maneira de fazer isso. Quando era menina, tinha uma tia-avó chamada Doreen. Todos agiam como se achassem a tia Doreen uma louca por ter escolhido o celibato cheio de romances para ler e seus cães ao longo de uma vida de prazeres domésticos. As únicas mulheres da família autorizadas a permanecer solteiras sem levantar suspeitas eram as freiras.

– Quem vai levar a Doreen para casa no Natal? – ela ouvira sua mãe perguntar uma vez. E, incontáveis vezes: – Pobre Doreen. O que vai ser dela?

Por um longo tempo, Frances simplesmente acreditara no que eles diziam, mas, como adolescente, lhe parecia que a tia Doreen estava totalmente satisfeita. Os outros é que não conseguiam entender. No momento em que percebera isso, Frances se sentira livre.

Quando ela e os pais se mudaram de volta para a Pensilvânia, após ela terminar o segundo grau, Frances encontrara trabalho em um jornal local e ia à escola à noite na Charles Morris Price e à Universidade da Pensilvânia aos sábados pela manhã, onde fazia todos os cursos de Inglês que eram oferecidos. Como todo mundo, ela estava planejando escrever o grande romance americano. Foi através do Charles Morris Price que conseguira seu primeiro emprego de verdade, como gerente de propaganda da Steiger Walking Shoes. Ela se cansara e acabara depois conseguindo um cargo em uma pequena agência em Wilmington, que lidava com todos os tipos de contas de varejo.

Seu objetivo era trabalhar na Filadélfia, mas não na Ayer. Era grande e imponente demais. Frances sempre tivera a intenção de trabalhar em uma agência pequena, onde pudesse fazer de tudo. Mas, em 1943, ela fora a um determinado escritório e o homem ficara tão impressionado com o trabalho dela que dissera:

– Bem, não acho que você seja daqui, mas, antes que eu lhe dê uma resposta, quero que vá até a Ayer. – Ele lhe pediu para falar com George Cecil, chefe da redação, ou então o próprio Harry Batten. Então, ela fizera uma ligação do telefone público em Wilmington e conversara com um homem de nome Pierce Cummins, braço direito de Cecil. Ele dissera que o Sr. Cecil estava em casa, adoentado, mas que ficaria feliz em conversar com ela. Mas o homem tinha dito a ela para conversar com Cecil ou Batten, então ela desligara, colocara outra moeda no telefone e ligara para o Sr. Batten. Ele dissera:

– Bem, na verdade, só perdemos uma redatora. Estamos interessados. Ligue para Pierce Cummins.

Ela fora falar com Cummins em uma sexta-feira de julho, mas, quando chegara, ele não estava lá. Cecil, sim. Àquela altura, Frances já estava farta daquele estúpido vaivém. Ela não tinha juízo suficiente para ter medo daqueles homens. Não tinha medo de ninguém.

Caminhara com firmeza até o escritório de Cecil e se apresentara:

– Eu sou sua nova redatora. – Ela não tinha intenção alguma de conseguir o emprego, na verdade, mas eles ficaram tão estáticos com o que ela havia trazido para apresentar que lhe ofereceram um cargo interno onde ela ganharia cento e quarenta dólares por semana.

Ela trabalhava sob a supervisão de uma senhora de cabelos brancos de nome Betty Kidd. Frances gostava dela, mas esperava o dia em que Betty se aposentasse e todas as suas contas fossem passadas para ela. E esse dia chegara apenas um ano depois. Frances sentira então que sua carreira tinha acabado de começar.

Desde então, um mundo inteiro se abrira à sua volta. Ela tinha um grupo adorável de amigas solteiras. Juntas, fizeram viagens para esquiar em Vermont e Quebec e visitaram as praias do México. Ela tinha um cronograma de trabalho apertado: depois de doze anos na Ayer, era redatora sênior, o cargo mais alto que uma mulher poderia ter na área da criação. Era muito ativa na igreja. Morava sozinha em um apartamento na Drexel Hill. Um ano antes, ela ganhara um cão da raça great dane de um criador amigo de sua mãe. Nos finais de semana, ela o levava à fazenda de seus pais e o deixava correr à vontade enquanto andava a cavalo, fazia tarefas domésticas e ajudava sua mãe com a ninhada mais recente de cabritos. Seus pais agora estavam com seus setenta e poucos anos. Ela ficava triste por vê-los envelhecer. Mas, essencialmente, se sentia bastante satisfeita com a vida que tinha.

Durante a guerra, ela enviara presentes para todos de sua família, então aumentada, em Hamilton: itens de racionamento que custavam alto na Filadélfia e que eram impossíveis de serem encontrados no Canadá. Meias de nylon do número certo para as tias, bolsa de água quente para a prima que estava grávida e doces para as crianças. Sentia-se orgulhosa por gastar seu dinheiro e não ter necessidade de perguntar a ninguém como tinha ou não de gastá-lo.

Frances só se lembrava de que as pessoas a achavam estranha de vez em quando: nas férias, visitando seus primos em Toronto, observando-os brincar com as crianças. Ou aqui mesmo, no passeio da empresa, quando se sentiu sendo silenciosamente julgada, observada, pelas outras mulheres.

Esse ano, ela não se importou. O passeio da empresa não seria de meras horas para tentar aguentar, mas sim o meio para alcançar um objetivo importante. Ela não dormira na noite anterior, praticando exatamente o que diria a Ham Patterson quando ficasse sozinha com ele.

Frances caminhou lentamente colina acima, sentindo a doçura e o perfume no ar, procurando ao redor por Ham. Ela se dirigiu aonde estavam as mesas, sobre o gramado, em frente a um dormitório grande de pedra. Caixas de donuts e garrafas térmicas de café estavam passando de mão em mão. Em apenas algumas horas, foram substituídas por hambúrguer e salsicha. Os homens davam uns tragos, discretamente, nas suas garrafinhas de uísque, e ela desejou ter trazido uma também.

Pegou cappuccino da Hills Bros. French Roast em um copinho de papel, de uma das esposas que estavam servindo. E se sentou em um banco de madeira. Era uma das poucas vezes, todos os anos, em que ela sentia como sua situação era incomum. No trabalho, estavam todos sozinhos, cada um como um indivíduo – sim, ela sabia que todos iam para casa e ficavam com suas famílias no fim do dia. Mas nunca tinha se tocado disso até que estivesse bem envolvida. Ela era solitária? Não, não exatamente. Estar sozinha era uma arte que ela já dominava. Mas às vezes é legal fazer parte de um grupo. Ela balançou a cabeça quando pensou nisso: "Parte de um grupo. Mas que romântico, Frances!".

Ela observou uma garotinha de quatro ou cinco anos concentrada no que estava fazendo em um canto do campo de beisebol, inexplicavelmente usando uma pazinha para jogar areia no cabelo de seu irmãozinho de colo. Frances olhou à sua volta sem muita vontade, procurando um adulto para quem pudesse contar, mas depois desviou o olhar e saboreou seu café.

Acendeu um cigarro e fumou lentamente para acalmar seus nervos.

– Olha quem está aí – alguém disse.

Frances ergueu os olhos e viu Paul Darrow à sua frente. Era um homem encantador, reconhecido como o melhor diretor de arte do país. Era ele quem fazia a arte para os anúncios da De Beers que ela escrevia, embora ambos nunca tivessem interagido muito no trabalho. Paul era de estatura baixa e tinha um tique grave: piscava o tempo todo. Às vezes era difícil para ela se concentrar no que ele estava dizendo e o fato também de ele sempre fumar seu charuto quase que o engolindo.

– Belo dia, hein? – perguntou.

– Muito bom.

Eles conversaram por alguns minutos até ele resolver ir até as quadras de tênis.

Algum tempo depois, finalmente, Ham apareceu. Sua esposa, Meg, vinha logo atrás, carregando um prato de caçarola, vestindo uma calça capri de cintura alta e um lenço na cabeça. Frances adorou os dois. Ham era um sujeito amável de vinte e nove anos e um sorriso gigantesco. Sua esposa era muito divertida e também gostou de Frances. Eles já se conheciam da festa de Natal da empresa e de diversos e longos jantares para clientes.

Os dois eram claramente loucos um pelo outro, mas não tinham filhos, o que não era comum para um casal que estava junto havia alguns anos.

Frances ficou em pé.

– Estava procurando por vocês!

Meg lhe deu um beijo no rosto.

– Que bom te ver, Frances. Você está linda.

– Está um pouco espalhafatosa, no caso, não é? – Ham perguntou.

– Sinceramente – sua esposa disse, acertando-o com a luva. – Isso são modos de falar com uma dama?

Frances sorriu.

– Tenho negócios esta tarde. Uma reunião.

– No dia do passeio da empresa? – Ham perguntou. – Mas isso é sacrilégio.

– Sim, a equipe de golfe terá que se virar sem mim.

Ham se animou.

– Vai ter golfe este ano?

– Bem, não, suponho que não. Mas, falando em...

Agora era sua chance! Mas Ham interrompeu:

– Frances, eu estava contando a Meg sobre quando você conheceu Marilyn Monroe.

– É verdade? – Meg perguntou, irradiando seu lindo sorriso.

– Sim – Frances respondeu, embora elas nunca tivessem se encontrado. Mas já estiveram no mesmo ambiente, e isso é bem próximo. – Para o nosso cliente dos diamantes.

– De Beers – disse Ham.

Frances assentiu.

– Você sabe a canção do filme "Os Homens Preferem as Loiras", "Diamonds are a Girl's Best Friend"?

– Mas é lógico! – Meg disse. – Foi você quem escreveu?

– Não, querida, sou redatora, não letrista. Vimos Carol Channing escrevendo-a na Broadway há alguns anos, é isso – Frances disse. – Dorothy Dignam e eu estávamos na noite de estreia. Desde o começo do show, Dorothy começou a ter ideias com relação à música. Quando todos os editores de moda foram a Nova York, naquele verão, para ver as novidades para o outono, nós o levamos a uma apresentação à noite e ficamos com ele após um jantar, onde eles conseguiram fotos com Carol Channing. Ela usava a tiara de diamantes original da imperatriz Josephine. O evento foi um enorme sucesso.

– Que divertido!

– Sim. E ouvimos dizer que uma grande versão da Technicolor da peça estava chegando; então, convencemos o pessoal da Fox a mostrar Marilyn Monroe usando diamantes reais no filme. Os créditos não eram meus. Foi Dorothy quem arquitetou tudo. Enfim, fomos à Califórnia depois e nos divertimos muito.

– Ah, não sabia que você fazia essas coisas.

– Nunca tínhamos feito.

Frances se recordou de estar sentada em uma mesa lotada de homens, com ela em uma ponta e Dorothy na outra, tentando explicar por que fez mais sentido fazer isso do que ficar exibindo peças. A fumaça tomou conta do ambiente, e os martínis eram derramados no carpete escuro, enquanto ela se perguntava se o plano delas funcionaria.

Dorothy ainda estava muito bonita, mesmo com seus, Frances supunha, cinquenta e tantos anos. Ela se vestia bem. Usava um chapéu de abas largas e uma pena, mesmo no escritório. Dava sempre o mesmo tipo de conselho às garotas:

– As mulheres que trabalham com propaganda precisam sempre estar com batom nos lábios.

Ela também gostava de lembrá-las de que, se a Ayer quisesse apenas um redator, teria contratado um homem. Eles contratavam mulheres para escrever para mulheres. Porque as mulheres sabiam o que as outras mulheres queriam; pelo menos na teoria.

– Agora fazemos isso o tempo todo – Frances disse. – Emprestamos diamantes para as atrizes usarem no Oscar, no Kentucky Derby, onde for. Às vezes o cliente paga por eles para aparecer em um filme ou no pescoço de Elizabeth Taylor.

– Mas como isso ajuda o cliente se não se menciona o nome deles? – Meg perguntou. – Lembro bem daquela parte do filme onde Marilyn está cantando e diz – ela faz uma pose e sua voz fica rouca: – "Tiffany. Cartier. Fale comigo, Harry Winston, me conte tudo". Ela não diz De Beers.

Ham sorriu.

– O que é isso? Devo admitir que gostei, seja lá o que for.

– A De Beers é dona de quase todos os diamantes do mundo – Frances respondeu. – Qualquer crédito que seja dado a diamantes é crédito para eles. São eles que fornecem para a Tifanny e a Harry Winston.

– Nossa! – Meg exclamou. – Como são bons.

Ela parecia realmente interessada. Era uma garota inteligente. Frances se perguntava o que será que ela fazia em casa sozinha o dia todo enquanto Ham estava trabalhando. Meg era uma mulher tradicional, mas, antes de se casar, trabalhava como comissária de bordo. Uma vez dissera a Frances que gostaria de ter continuado pelo menos até que tivessem filhos, mas a empresa tinha uma política rigorosa contra a contratação de mulheres casadas.

– Eu costumava voar a nove mil metros de altura e agora Ham não me deixa nem mesmo dirigir o carro – ela dissera, mas sorrira, ao mesmo tempo, para mostrar que não a aborrecia.

– Como era a Marilyn? – perguntou.

Frances pensou por um instante.

– Deslumbrante, é claro. Tímida.

– Tímida? Marilyn Monroe?

– Sim. Jane Russel tinha que ir com ela ao set de filmagem toda manhã. Ela morria de medo das câmeras.

– Coitada.

Elas foram convidadas por um produtor que era amigo de Dorothy para entrar no set a fim de assistir à cena. Ambas ficaram no escuro com suas pranchetas, rodeadas pelos membros da equipe, todos observando. Era sensacional! Mulheres vestidas com collants pretos penduradas em candelabros. Garotas bonitas com vestidos de baile rosa-claro girando nos braços de jovens bonitões. E Marilyn no centro de tudo, com seu vestido rosa de seda e luvas, carregada de diamantes, subindo uma escada vermelha, rodeada por garotos de smoking, dizendo não, não, não, não com sua voz de bebê, depois mudando para uma melodia mais cadenciada, passando por uma fila de pretendentes em potencial com seu leque, um por um, até todos simularem um tiro nas próprias cabeças e caírem no chão.

Mais tarde, entre as tomadas, Frances vira Monroe e Russel sentadas naquela mesma escada, Monroe tomando uma garrafa de Coca, Russel checando o pó compacto. Suas pernas longas pareciam crescer por entre suas saias cintilantes de show girls.

Quando Frances fora ver o filme na estreia, ficara na sua poltrona por um bom tempo depois que acenderam as luzes. Ela estivera lá. Vira tudo acontecer. Quantas pessoas podiam dizer isso?

– Frances escreveu o lema da empresa, "Os diamantes são eternos" – Ham disse. – É uma boa frase. Você escreveu isso quando, há uns cinco anos?

– Oito.

– Oito! E ainda estão usando.

Meg parecia impressionada.

– Suponho que isso a tenha transformado na estrela do departamento de redação.

– Você nem pode imaginar.

Frances ganhara um pequeno bônus pelo slogan e a notícia de que Sir Ernest ficou satisfeito, e fora tudo. Ninguém, em momento algum, fizera alarido com relação a isso. Era apenas parte do trabalho.

Ao assistir a Marilyn Monroe cantando no cinema aquele dia, Frances notara uma parte da letra que soava como algo que ela poderia escrever, apenas um pouco mais gritante: "O tempo passa, a juventude se vai, e você não consegue se erguer quando se curva. Mas, com as costas doendo e os joelhos também, não importa, você está sempre de pé na Tiffany... Os diamantes são os melhores amigos da uma mulher".

Sim, essa era a ideia – que o diamante perduraria, mesmo que o amor não perdurasse. Mesmo que a juventude também não perdurasse.

Meg estava usando um grande anel de diamantes redondo no dedo anular. Quase todas as mulheres usavam, na época. Oito entre dez noivas americanas. Quando Frances o avistava – no mercado ou nos bancos da igreja –, sentia uma ponta de orgulho. Elas não sabiam por que queriam diamantes, mas queriam mesmo assim. Não havia mesmo tradição alguma. Mas ela convencera a todos do contrário.

Fazia apenas dois anos que ela vinha observando que as vendas de diamantes não cresciam: o número de casamentos atingira o pico em 1946, mas começara a cair em 1948, e isso, somado ao medo da recessão, acabara desacelerando um pouco as vendas. Eles precisavam ser criativos. Percebendo que o mercado de noivados só poderia ter o mesmo tamanho do número de garotas propensas a se casar em um único ano, eles voltaram sua atenção para algo mais abrangente, o qual chamaram de diamantes "Mais Adiante na Vida". Estes se enquadravam em duas categorias: joias para aniversário de casamento e outras ocasiões e anéis de noivados para pessoas já casadas que nunca compraram um diamante ou que pudessem querer trocar uma pedra pequena por uma maior.

Em 1950, quando começaram a despachar à Coreia, as vendas de anéis de noivado aumentaram e continuam crescendo todo ano desde então. Um número maior de joalherias estava vendendo anéis de dois quilates e mais – 70% mais do que havia alguns anos. E as alianças de casamento de diamante eram populares agora também. Trinta por cento das noivas na América usavam, e junto com o anel de noivado, não em vez dele.

A Ayer logo começaria sua primeira campanha internacional para a De Beers, tentando expandir a tradição do anel de noivado de diamante pelo mundo todo.

Eles continuaram a impulsionar a ideia dos diamantes como presente e anéis destinados a diversos tipos de compromissos, já que o mercado era composto, em sua maioria, de casais nos seus quarenta anos ou mais e com um poder aquisitivo maior do que os recém-casados em geral. Adicionaram revistas às publicações com as quais já trabalhavam, lidas por pessoas afluentes, como *Town & Country*, *The New Yorker*, *Newsweek* e *Time*.

Gerry Lauck estava lendo *A Teoria da Classe Ociosa* e dissera que havia se inspirado no livro para ter diversas ideias.

– É o chamado consumo excessivo – ele dissera. – Nós deveríamos promover o diamante como o objeto essencial através do qual um homem pode carregar seu sucesso.

Gerry lhe entregara um memorando com os detalhes. Frances olhara de relance e vira a descrição do tom que ele queria que ela usasse: "Deveria ter o aroma da lã, do couro envelhecido e de madeira envernizada, o que é característico de um bom taco de golfe".

Assim, eles recorreram a uma série de fotografias de homens com aparência de bem-sucedidos, com ternos finos, e um texto como: "Nenhum outro presente o exprime tão bem. Seu gosto exigente... Sua relação afetuosa... Seu senso de discernimento de valores... Seu lugar no mundo".

E: "Um diamante, a pedra mais valiosa de todas, decididamente, sugere a medida real de sua devoção".

Frances não tinha certeza se o diamante era mais valioso do que qualquer outra pedra preciosa, mas, uma vez que começara a escrever, isso se tornara fato.

Eles queriam que um homem comum e sua namorada vissem diamantes em todos os lugares onde valesse a pena. Dorothy era formidável em fazer os diamantes terem espaço na imprensa. Pelo menos uma vez por mês ela enviava um release para todos os jornais com circulação de mais de cinquenta mil exemplares que usavam fotos em páginas relacionadas à moda. Eles continham figuras de diamantes incorporados às novas tendências da moda, frequentemente acompanhados por uma notícia. Ela enviava com regularidade boatos sobre estrelas do cinema e seus diamantes para os sindicatos de imprensa. Eram colocados junto com publicações pelo país inteiro, e toda semana eles publicavam suas histórias como se fossem notícias mesmo.

Todo ano, na época do Natal, ela costumava aparecer como colunista convidada no *Women's Pages*, escrevendo sob a alcunha de "Diamante.Dignam". No fundo, eram artigos sobre a ideia básica de que mais anéis de noivado de diamante eram vendidos em dezembro do que em qualquer outro mês. Mas Dorothy logo ia, aos poucos, transferindo essa mesma ideia para o campo das celebridades: "Bens preciosos vêm em embalagens pequenas e, às vezes, bem peculiares. Frank Sinatra, no rubor do início do amor romântico, deu a Nancy um relógio de pulso dentro de um pacote de balas de dez centavos. Ellen Lehman McCluskey, decoradora da alta sociedade nova-iorquina, uma vez projetou um pequeno abeto para incluir na bandeja de café da manhã de Natal da esposa de um cliente. Apenas um enfeite na árvore – um laço com um diamante no meio".

Dorothy estava disposta a tentar qualquer coisa, o que tornara a campanha extremamente divertida. Ela era a pessoa que havia decidido vender Fords para mulheres em desfiles de moda parisienses nos quais as modelos se apresentavam penduradas nos automóveis. Ela agora organizava desfiles com diamantes em Nova York e Paris a cada ano também. Colocara os diamantes nas capas das revistas e noticiários ao vivo na TV. Ela convencera outros publicitários de ponta a exibir diamantes em seus anúncios para que se tornassem sinônimos de artigos de luxo.

Dorothy até mesmo se aproximara da família real britânica, já que tinha um interesse efetivo em promover a maior exportação da África do Sul. Escrevera dúzias de releases sobre o amor da família pelos diamantes. Durante a visita que a rainha Elizabeth II faria em breve à America, em 1952, Dorothy era a única pessoa que tinha fotos antecipadas de todas as joias que ela traria, cortesia da De Beers. Dorothy viajara no trem real e fizera despachos diários para a Associated Press. Pouco tempo depois, fizera uma proposta ao Coronation com foco nos diamantes das joias da Coroa Britânica. Mais de trezentos pedidos levaram a lenda a milhões de leitores. A estreia mordaz de Dorothy fizera Frances rir: "A história conta que a primeira vez que o príncipe Charles, ainda bebê, viu sua mãe, a jovem rainha Elizabeth, posando para um fotógrafo com sua tiara de diamantes deu uma gargalhada, apontou para ela e perguntou: Que chapéu engraçado é esse, mamãe?".

O crescimento da vida suburbana havia criado uma tendência que apontava na direção de roupas mais casuais e menos oportunidades para as pessoas usarem e verem diamantes diariamente na vida real. Era tarefa deles se certificar de que todo mundo via os diamantes nas mulheres que elas aspiravam ser ou com as quais queriam estar. Quando o assunto eram diamantes, Dorothy sempre dizia: os grandes ajudam a vender os pequenos.

Frances criara uma campanha inteira sobre as socialites para estipular talvez a maior dor de cabeça de sua carreira. Internamente, eles as chamavam de "os modelos de comportamento" para a classe média, mas ela podia pensar em alguns outros nomes para elas. Todas tinham opiniões a respeito de como deveriam se vestir e quanto à postura. Cada propaganda da série mostrava o retrato de uma noiva, exibindo o anel em seu dedo com ela segurando um leque ou um cigarro ou algo assim. Então, seu nome, solteira e casada, ao longo da escrita: "Senhora Washington Irving, ex-Senhorita Frances Schmidlapp, de Nova York, pintada por Gerald Brockhurst".

Brockhurst era um artista de algum renome entre as pessoas típicas de alta sociedade. Ele havia retratado pessoas como Marlene Dietrich e a duquesa de Windsor, então as garotas queriam que ele as pintasse também. Após um anúncio ter sido preparado e aprovado, Frances recebera um telefonema histérico da protagonista, dizendo que havia rompido o noivado.

– Por favor, não cancelem o anúncio – ela choramingara. – Por favor. Estarei noiva novamente quando ele for publicado.

Abaixo de cada retrato estariam as palavras esperançosas, mas também instrutivas, de Frances: "Na luz da lealdade que um diamante de noivado irradia, a alegria e a beleza do compromisso mais importante da vida estão eternamente refletidas. Porque a tradição o dota de um significado todo especial apenas para você; seu diamante, embora possa ser modesto no custo, deve ser escolhido com zelo. Você precisa da orientação de um joalheiro de confiança".

Toda joalheria do país se beneficiava dos anúncios da De Beers, da Tifanny, até alguns pequenos negócios de família no Arkansas. A Ayer desenvolvera o Serviço de Promoção do Diamante, para mantê-los interessados em vender diamantes com todos os tipos de truque.

Uma série de palestras fora parte essencial disso. Uma mulher de nome Gladys Hannaford estava ministrando palestras para grupos de jovens, colégios e faculdades e clubes de mulheres desde 1944. Ela tinha um alcance de dez mil estudantes por semana. Junto com Dorothy, havia escrito palestras em sala de aula para vários cursos: Geologia, Gemologia, Economia, Geografia, Moda, Vendas, Comércio e Design. Qualquer que fosse o curso, Gladys sempre focava a palestra no diamante de noivado, no final.

Com temas do tipo: "Quem Determina a Moda com Diamantes", "Histórias de Diamantes Famosos", "Segredos dos Especialistas em Diamantes" e "Diamantes com História", ela trazia consigo amostras da formação rochosa na qual os diamantes eram encontrados, pedras em estado bruto e, o mais importante de tudo, uma seleção de anéis de noivado modernos para as garotas experimentarem.

Estavam na expectativa de que houvesse uma onda de casamentos na década de 1960 por causa da geração baby boom, que nasceu na década de 1940, e nunca era tão cedo para começar a mirar nesses futuros noivos.

Meg Patterson colocou a mão em seu ombro.

– Vai jogar críquete conosco?

– Hã? Ah, claro, adoraria.

Os três caminharam pelo gramado e Frances deu sua primeira cartada.

– Então, Ham, Meg. Vocês fazem parte da Merion, certo?

Mas eles foram interrompidos agora pela cobra da Janey Welch e suas terríveis crianças, que queriam jogar também. Frances passou as duas horas seguintes sorrindo com os dentes cerrados.

Durante o almoço, Harry Batten se dirigiu à multidão reunida e fez o discurso habitual.

– Eu não poderia estar mais orgulhoso por ser o líder desta grande empresa. A inventora da publicidade, aliás. Sediada na melhor cidade do planeta: Filadélfia.

Muitos gritaram e aplaudiram, mas Frances viu alguns caras do escritório de Nova York virarem os olhos.

Batten se tornara presidente em 1937 e fora promovido à cadeira principal da empresa alguns anos depois. Começara como aprendiz de tipografia e, com o tempo, ascendera a chefe de redação. Era obcecado pela Filadélfia. Passava o tempo todo gastando seu dinheiro comprando casas na cidade em torno da Washington Square e dando seu apoio aos políticos locais mais populares.

Batten não se importava nem um pouco com o que estava acontecendo em Nova York. A área da propaganda havia se deslocado a ponto de alguns acharem que estar lá seria quase essencial. Mas ele não vira razão alguma para que a Ayer se mudasse. Eles eram os melhores naquilo e sempre foram.

Ele se orgulhava de não ter uma atitude de cidade grande, como acontecia em algumas agências de Nova York. A Ayer tinha como base apenas o lado empresarial. Se você usasse a palavra "Manhattan" na presença de Batten, ele começaria falando de todos os palhaços da J. Walter Thompson que estavam sem contato com a América.

– Você precisa entrar na cabeça do consumidor! Querer o que ele quer, e saber por que ele quer. Você acha que esses publicitários da Madison Avenue já foram alguma vez a Coney Island? Eles não são americanos de verdade, só isso. Como acha que conseguimos uma empresa como a Bell System? Porque somos os únicos não socialistas da área!

Para Frances, parecia que eles estavam tentando eternamente provar que, de alguma forma, a Filadélfia era mais próxima dos clientes de Nova York do que as próprias agências de lá. Ela prestara serviço à Lever Brothers no ano anterior. Tinha de ir a Nova York pela manhã, apresentar a propaganda e ouvir o vendedor, e retornar à tarde, chegando depois da meia-noite. Estaria em Nova York na manhã seguinte para tomar o café da manhã.

Batten continuou: – A N.W. Ayer foi fundada em 1869 por Francis Wayland Ayer. Ele deu à agência o nome de seu pai, um professor da zona rural. Em 1892, a Ayer contratou um redator em tempo integral, e começava assim o primeiro departamento de redação da agência. Os mais jovens aqui presentes talvez não saibam que, antes da virada do século, os anunciantes escreviam suas próprias propagandas; o papel da agência era apenas o de intermediar a relação entre o editor e o cliente. A Ayer mudou isso. E nosso departamento de redação foi o primeiro de uma longa série de inovações. A Ayer foi a primeira agência a organizar um programa de rádio para um cliente, em 1924, e a primeira agência a trabalhar com televisão. Há uma década, começamos a produzir transmissões televisivas para as empresas: Atlantic Gasoline, Goodyear Tire & Rubber Company, AT&T, United Air Lines, para os serviços de recrutamento do exército e da aeronáutica e outros.

Frances suspirou. Todos já tinham ouvido isso antes. Ela tinha de ir embora em meia hora e ainda não havia tido a chance de falar com Ham.

– Nosso sucesso todo não significaria nada se não fosse por nossa integridade – Batten continuou. – Nós sempre nos abstemos de apelar para celebridades ou de brincar com a insegurança das pessoas. Outros no nosso ramo podem nos chamar de ultrapassados, mas, na realidade, estamos apenas tentando evitar os abusos da propaganda e ser verdadeiros.

Uma grande salva de palmas seguiu. Frances duvidava que alguém estivesse tão tocado pelo que tinha ouvido; só queriam que ele calasse a boca para poder aproveitar o almoço. Mas ela pensava ser verdade que todos ali nutriam um sentimento de orgulho por trabalhar na Ayer, sabendo que era onde tudo começou, a agência que permaneceu no topo. Reclamações eram inevitáveis, da mesma forma que você reclama da própria família. Na verdade, nunca estavam falando tão sério assim.

Ela sentiu que alguém colocou a mão em suas costas, se virou e viu Dorothy, segurando um daqueles ovos recheados, com seu chapéu tradicional e uma saia longa rodada, bem apertada na cintura.

– Ultrapassados? Nossos companheiros? Nunca!

Ela piscou e botou o ovo na boca.

– Concordo. Quer saber o que os caras do escritório de Nova York têm me perguntado ultimamente? Só para passar o tempo?

– É claro.

Dorothy pegou uma folha de papel do bolso e a desdobrou dramaticamente, engolindo seco.

– As mulheres fazem capas para automóveis? Qual a diferença entre um telefonema para convidar para uma festa e uma ligação entre duas ou mais pessoas? Uma mulher sabe quando tem de trocar o óleo do carro? O que você dá de presente a uma garota que se forma em um convento? Qual a altura de um salto plataforma? Os homens teriam como usar talco da cor da pele? O que vocês sentiriam se vissem um cavalo em uma propaganda de lençol?

Elas riram. Ninguém entendia o dia a dia de Frances tão bem quanto Dorothy.

Dorothy fora a única pessoa que contara a ela a respeito das finanças da empresa. Ninguém na Ayer alguma vez falara sobre o quanto a empresa faturava, e Frances nunca havia pensado nisso também. Mas, durante um coquetel em Nova York, uma noite dessas, algumas semanas antes, Dorothy contara a ela.

– Sabia que faturamos para a empresa o mesmo que os homens? E somos privadas dos negócios mais importantes. Todas as reuniões mais importantes nesta empresa acontecem em um campo de golfe no Merion.

– Merion?

– Bem, sim. O que define você como membro da linhagem principal da sociedade é a adesão ao Clube de Golfe Merion ou então ao Clube de Críquete Merion, e mais sorte ainda terá quem fizer parte dos dois. É o caso da maioria dos seniores da Ayer.

Frances pensara na questão do pagamento aquela noite. O consenso geral do ramo era que as mulheres vinham depois dos homens. Elas só estavam ali para lidar com a parte dos produtos voltados às mulheres, que, portanto, estavam fora do alcance de entendimento dos homens, e, assim, recebiam menos. Ela concluíra que não tinha muito o que fazer. Mas continuara pensando no que Dorothy havia dito sobre Merion.

No dia seguinte, ela fora direto para o clube de campo.

Era um lugar ostentoso, para dizer o mínimo. Havia sediado o US Open de 1950. O edifício grandioso tinha a indicação "privado". Mas Frances não se intimidara. Pensara em seus parentes do Canadá – essas pessoas não eram maiores do que nenhum deles. Ela atravessara a sala de refeições principal com seu tapete oriental e cadeiras de luxo. Havia uma lareira em uma parede e uma estante de troféus bem do outro lado da sala.

No andar de cima do escritório, pedira para falar com o gerente. Um homem bem magro de óculos abrira uma porta e a cumprimentara calorosamente.

– Eu gostaria de me tornar sócia – ela dissera.

– Tudo bem. Você é nova na área?

– Não, senhor. Vivi aqui a maior parte da minha vida.

– Esplêndido. – Ele pegara uma caneta de um estojo, como que querendo anotar algo. – E qual é o nome do seu marido, senhora?

– Não tenho marido. Sou sozinha.

O homem empinara o nariz.

– Desculpe, senhora, mas todos os membros aqui são homens.

– Eu conheço muitas mulheres que também são. Rose Jackson. Meg Patterson.

– Bem, sim. Mas os maridos delas são sócios também. Nunca tivemos aqui uma mulher solteira.

– Como meu pai costuma dizer, "para tudo existe a primeira vez".

Ele sorrira discretamente.

– As coisas não mudam muito por aqui. Isso é um dos detalhes que os sócios mais prezam.

– É assim, então? – Com suas luvas brancas, ela deslizara um dedo pelo balcão. – Como eu deveria proceder se quisesse tentar?

– Precisaria de um padrinho, e duvido que possa encontrar alguém disposto a aceitar.

Ela pensou em Ham na hora.

– Veremos – ela dissera. – Obrigado, Senhor...

– Adams – ele respondera. – Floyd Adams.

– Entrarei em contato, Senhor Adams.

Quando ela se virara para ir embora, ele balbuciara:

– Mesmo que encontrasse alguém, o conselho teria de examinar o caso. Isso nunca foi feito aqui. E, ainda que aprovassem, as mulheres não podem, de maneira alguma, votar aqui. Isso é inegociável. Contra a nossa política.

Ela começara a ficar animada. Ele estava levando em consideração o que ela dissera!

– Muito bem.

– E você não poderia jogar com os homens, é claro. Isso é terminantemente proibido.

– É claro. Vocês me permitiriam respirar o mesmo ar que respiram ou isso também é contra as normas?

Ele sorrira com arrogância enquanto ela saía.

Ela decidira então que o passeio da empresa seria o lugar ideal para pedir que Ham e Meg a apadrinhassem. Mas tinha pouco tempo agora.

– Encontre-me no meu carro em dez minutos, ok? – ela disse a Dorothy.

– Pode deixar. Não vejo a hora de ir embora, Fran! Vou para o estacionamento agora e fico lá te esperando.

Frances encontrou os Patterson encostados em uma árvore, comendo hambúrguer em um pratinho de papel.

– Tenho que pedir um grande favor – ela disse.

Ham parecia preocupado.

– Sim?

– Bem, não tão grande assim. É que eu estava pensando. Eu adoro golfe, como você sabe, e sou uma pessoa que veste mesmo a camisa da Ayer. Talvez eu devesse me associar ao Merion.

Ham sorriu. Não era a reação que ela estava esperando. Frances seguiu em frente.

– Eles disseram que vou precisar de um padrinho e eu pensei em você.

Ela percebeu que o pobre Ham preferia estar em qualquer outro lugar na face da Terra que não fosse ali, naquele momento.

– Até onde eu sei, nenhuma mulher solteira é sócia do clube – ele disse.

– Eu sei.

– Você não se sentiria mal?

– Na verdade, não.

– E você conversou sobre isso lá no Merion? Eles permitiriam?

– Disseram que pensariam no assunto. Antes eu preciso de um padrinho.

– Hum. – Ele franziu as sobrancelhas, e ela viu então o tamanho de seu pedido: os homens do Merion não a desejavam por lá, e ele não iria querer ser o responsável pela sua presença.

– Posso pensar um pouco no assunto? – ele pediu.

– É claro.

Frances deu um beijo no rosto de Meg e caminhou até seu carro. Ela não chorava havia séculos. Anos, provavelmente. Mas agora ela sentia as lágrimas escorrerem e tentava piscar para afastá-las.

Ela sabia que uma mulher tinha de escolher um caminho ou outro, e escolhera o seu havia muito tempo. Mas, ocasionalmente, era doído ver do que havia desistido. Nem filhos nem mesmo amor, mas apenas as coisas normais que toda mulher comprometida tinha como certas em sua vida.

Enquanto Frances caminhava, ouviu passos rápidos atrás de si. Ela se virou e viu Meg.

– Espere! – ela disse. Pegou Frances pelo braço e baixou o tom de voz. – Eu não deveria estar dizendo isso. Mas há uma boa chance de Ham e eu nos mudarmos para Nova York.

– O quê? – Frances exclamou. – Quando?

– Ele recebeu uma proposta da Young & Rubicam. É muito dinheiro. Disseram que, com sua capacidade, seria mais bem aproveitado em Nova York. Ele disse que estão desenvolvendo algo muito mais sofisticado por lá e pagam melhor, então ele disse... Bem, não importa. Eu já falei muito.

– Não, me conte – Frances pediu. – O que ele disse?

– Ele disse que a Ayer está morrendo. Mas é claro que ele diria isso, certo? Ele trabalha na concorrente da Ayer!

Não foi a primeira vez que Frances ouviu isso. Alguns anos antes, começaram a comentar que Doyle Dane Bernbach tinha virado a empresa de cabeça para baixo.

Mas Frances concordava com Harry Batten: ela realmente não acreditava nisso. Enfim, não causou impacto nenhum sobre ela, mesmo que fosse verdade. Ela nunca sairia da Filadélfia. Não tinha o tipo de personalidade que faz com que as pessoas se mudem a cada seis meses ou o seja lá o que fizessem em Nova York. Podem pagar a você uma fortuna e depois você descobriria da pior maneira que, quando bem entendessem, você estaria na rua. Ela ficou sabendo que em Nova York era comum fazer com que cada empregado em potencial passasse por uma verdadeira avaliação psicológica. Eles poderiam levá-lo para almoçar e, se você acabasse usando o saleiro em demasia, não seria contratado.

Era uma bagunça. Coquetéis no café da manhã, restaurante a tarde inteira. Na Filadélfia, você tomava dois drinques no almoço e voltava para sua mesa. Era um lugar bem mais respeitável. Ela sempre quisera ter apenas um emprego e crescer nele. A Ayer era a agência perfeita para ela – ultrapassada no ponto certo, conservadora talvez, mas sólida e confiável.

– A razão pela qual estou contando tudo isso é só para dizer que não me importo com o que pensam no Merion, nem o Ham deveria – Meg continuou. – Em pouco tempo, não seremos mais membros do clube. Não se preocupe, Frances. Vou fazer com que ele seja seu padrinho.

Ela se sentiu imensamente grata.

– Mesmo?

– Claro! Vai ser divertido dar uma sacudida no velho e inflexível Merion para mudar um pouco as coisas. Fazemos parte do pessoal mais jovem de lá. Acho provável que esperem esse tipo de "travessura" de nossa parte.

– Ah, Meg, você é um doce.

Frances podia ver Dorothy a distância, encostada no lado do passageiro do carro, fumando. Após o encontro, provavelmente sairiam para tomar alguma coisa. Depois Frances iria para casa preparar o jantar e assistir TV com seu cão aos seus pés.

Simples assim, ela estava feliz em se sentir livre novamente. Estava tudo certo.

Parte 2

1972

Evelyn estava ao lado da pia da cozinha, arrumando as flores em um vaso de cristal. O assado estava no forno, e o cheiro acabava de tomar conta do lugar quando Gerald entrou.

– Que cheiro bom – ele disse.

Desde que voltara para casa, ela o deixara sozinho no escritório. Eles se cumprimentaram quando ela chegara, e só. Mas agora, enquanto ele estava ao seu lado para pegar um copo de água, ela disse:

– Eu vi a Julie.

– Onde?

– No centro. Na livraria.

– O que ela disse?

Evelyn engoliu seco.

– Disse que Teddy pediu o divórcio. Foi por isso que ele voltou.

Gerald coçou a cabeça.

– Era o que eu temia.

– Mas você disse que pensava que ele tivesse percebido o erro que cometeu.

– Era o que eu esperava.

– Ele quer que ela diga no tribunal que ele abusou dela. E eu devo dizer que testemunhei tudo.

– Jesus. Ele perdeu a cabeça?

– Sim! – ela gritou, tão alto que ambos se assustaram.

– O que é isso? – ele disse, abraçando-a. – Vai dar tudo certo.

– Como pode dizer isso? Quer ver o nosso filho divorciado?

– Claro que não. Isso me preocupa. Mas não há nada que possamos fazer.

Quando ela tinha a idade de Teddy, o divórcio era um assunto do qual se falava discretamente. Um escândalo. Um último e extremo recurso. Uma fuga terrível da insanidade ou do alcoolismo. Mas, nos últimos anos, parecia estar em todos os lugares. Havia até uma nova lei em alguns Estados, declarando "sem culpa" para que se evitasse a mesma situação em que a pobre Julie estava agora. Talvez fizesse sentido em um tribunal, mas, na prática, não se destrói um casamento sem razão. Alguém sempre tinha a culpa.

É assim que a América teria de ser agora, então? A qualquer momento você teria de abandonar uma vida toda e começar outra? Quais seriam as consequências disso para suas netas e todas as outras crianças na mesma situação? Evelyn teve sorte por estar com Gerald; era um homem maravilhoso, e tinham um casamento feliz. Mas ela pensava nos menos afortunados. Seus pais, por exemplo, nunca se deram bem. Mesmo assim, mantiveram os votos até o fim.

Desde que ela e Gerald eram jovens, o significado de ser americano havia mudado. Existia muita ênfase no próprio "eu" agora – acima do país, da família, e tudo o mais. Seu filho era um grande exemplo das consequências disso.

– Eu não quero vê-lo hoje – ela disse. – Mudei de ideia.

– Nós não podemos simplesmente nos afastar dele.

– Por que não?

É claro que ela sabia a resposta, e era por isso que estava ali, arrumando as flores, quando poderia estar chorando no travesseiro.

– Evie! Eles não foram ao tribunal ainda. Nada é definitivo. Talvez quando ele chegar à cidade e vir a nós e as meninas, pode ser que tenha uma mudança de atitude.

– Acha mesmo?

– Não sei mais o que pensar.

– Julie foi tão fria comigo – ela disse. – Como se eu fosse uma estranha. Ou algo ainda pior. Gerald, ela está levando as meninas embora. De volta para o oeste.

– Ela disse isso?

– Sim.

Ele respirou fundo.

– Você precisa se lembrar de que não é de você que ela está com raiva.

– Eu sei, mas só de pensar que ela está partindo para sempre já me dá saudade. E ela está bem aqui, do outro lado da cidade. Eu não sentia tanto a falta de alguém desde Nathaniel.

Gerald passou a mão em suas costas.

– Eu sei.

– E talvez seja até pior porque ela ainda está aqui. Eu posso ir vê-la, mas ela não vai me deixar entrar.

Gerald balançou a cabeça.

– Imagine o que Nathaniel diria de tudo isso.

– Ele diria que nosso filho precisa de um bom chute, você sabe onde, urgentemente.

Seu marido soltou uma gargalhada.

– Ele diria exatamente isso.

Ao longo dos anos, eles sempre se perguntavam o que Nathaniel faria com relação a uma nova tendência ou alguma notícia da TV ou mesmo alguma situação mais grave em suas vidas. Era uma forma de manter a sua memória viva, embora estivesse morto agora por mais tempo do que vivera.

Gerald era companheiro de quarto de Nathaniel em Harvard, e tinha sido um de somente dez convidados do primeiro casamento de Evelyn. Quem era de fora devia achar estranho, mas ela e Gerald tinham um perfeito entendimento com relação a Nathaniel. Ambos sempre o amaram demais e continuariam assim até o fim. Isso não os ameaçava. Não viam sentido algum em fingir que ele nunca havia existido. Na verdade, ela iria mais longe e diria que ambos acreditavam que fingir que ele nunca existira seria estranho e tremendamente impossível.

Evelyn conhecera os dois em uma prova de natação da faculdade em 1927, quando ela estava no último ano da Wellesley. O primo de Gerald estava na equipe de Radcliffe, e eles tinham ido para torcer por ela. Foi Gerald quem falara com Evelyn primeiro, bem depois de ela ter ganhado a competição de nado crawl.

– Que bela execução do nado "salva-vidas" – ele dissera, encarando-a, enquanto ela se enxugava na borda da piscina.

– Obrigada.

– Você é muito bonita também.

Então, Nathaniel se precipitara atrás dele com seu casaco de guaxinim, mais impetuoso do que qualquer homem que ela já tinha visto.

– Por favor, não ligue para o meu amigo. Ele não costuma sair muito de casa.

Evelyn rira.

– Sou Nathaniel Davis – ele dissera.

– Evelyn Green.

Quando chegara ao vestiário, ela já tinha garantido um encontro para o sábado à noite.

Até entrar para a faculdade, ela era extremamente tímida. Mas, na Wellesly, rodeada de garotas alegres e extrovertidas, começara a se abrir mais.

Ela tinha uma companheira de quarto chamada Midge, que comprava a revista *Liberty* toda semana, onde ambas aprendiam os passos mais recentes de dança, que praticavam, sem pudor algum, em frente ao espelho do banheiro, deslizando e batendo os pés nos pisos do chão. À noite, na cama, elas liam uma para a outra a coluna de conselhos de Dorothy Dix. DD, como a chamavam.

Foi Midge quem apresentara a Evelyn as saias mais curtas, os vestidos de renda e os chapéus em forma de sino nos quais elas amarravam broches que suas mães haviam lhes dado em casa para um propósito completamente diferente. Elas usavam sapatos Mary Jane com saltos altos e fivelas. Midge a ensinara sobre rouge, pó, batom, sombra e esmaltes, embora Evelyn nunca fizesse tanto uso disso tudo quanto as outras garotas. Evelyn sabia que seu pai ficaria envergonhado se descobrisse que ela havia sido vista em público usando maquiagem. Midge fazia seus próprios vestidos, com franjas esvoaçantes na bainha. A vida toda Evelyn soubera que mulheres adultas vestiam espartilhos, apertados ao máximo para fazer a cintura parecer bem fina e os seios elevados e cheios. Mas Midge insistia que elas deveriam ter liberdade em vez de ficar usando corpetes; deveriam criar um visual mais simples, mais verdadeiro.

Midge a ajudara a se arrumar para seu primeiro encontro com Nathaniel.

– Como ele é? – ela perguntara, enquanto passava a sombra nas pálpebras de Evelyn, que respondera:

– Bonito.

Na verdade, ela não sabia mais do que isso.

No jantar, ela descobrira que ele era também inteligente, divertido, amável e tinha bons modos. Fora criado em Pittsburgh com três irmãs, o único filho de um metalúrgico. Ele lia Hemingway e Faulkner e gostava de poesia. Estava estudando literatura e esperava ser advogado algum dia para depois talvez se tornar político. Após o jantar, foram a um clube de jazz e dançaram até o lugar fechar.

Quando saíram pela segunda vez, ficaram em terceiro lugar em uma maratona de dança, conseguindo ficar quatorze horas em pé. No dia seguinte, seus calcanhares sangravam, mas ela não se lembrava de ter se divertido tanto na vida.

Na quinta vez que saíram, ele contara que estava preocupado com seu companheiro de quarto. Estavam chegando a um ponto em que já deveriam estar procurando garotas com que pudessem se casar (ele dissera isso com um aceno positivo com a cabeça, o que a fizera se arrepiar toda), e Gerald ainda não havia namorado mulheres sérias ou mesmo apropriadas – somente uma série de coristas e garçonetes. Tentaram fazer com que ficasse com Midge, mas ela dissera que ele era tolo demais, não era do tipo intelectual como Nathaniel nem bonito o suficiente. Gerald contava piadas horríveis e daria em cima até de um porta-chapéus; uma mulher sensata dificilmente o levaria a sério. Aos vinte anos, já começara a perder os cabelos e era também mais baixo que Evelyn, embora, assumidamente, ela fosse alta para uma garota. Perto de Nathaniel, ele parecia pequeno. Gerald vinha de uma família absurdamente rica. A impressão que se tinha era que ele não teve de se esforçar muito por nada, então ele não fizera nada com relação a isso.

Para Nathaniel, ter condições de estudar em Harvard fora uma luta. Ele limpava privadas para pagar os estudos e sempre trabalhara para conseguir essa oportunidade. Para Gerald, Harvard era apenas o que se esperava de um Pearsall.

– Ele vai encontrar uma mulher adequada para ajudá-lo a gastar sua herança – Evelyn dissera a Nathaniel. Ela mesma tinha sido criada rodeada por esse tipo de pessoa – as esposas de homens ricos e poderosos, que entretinham a todos e mantinham a casa em pé. Sem dúvida, seu pai queria que sua mãe fosse desse tipo de esposa.

– Mas aí é que está o problema – Nathaniel dissera. – Quero que ele encontre o amor, apesar disso tudo e não por causa disso. Ele seria infeliz com uma socialite daquelas chatas.

Evelyn ficara tocada ao ver o quanto ele se importava com o amigo. Sinal de que era um bom homem. Ela pensara consigo mesma em incluir Gerald em seus passeios. Nos meses seguintes, o grupo de amigos – Gerald, Nathaniel, Evelyn, Midge e quem mais quisesse participar – passava as noites agitando pelas ruas de Boston no conversível de Gerald, com as garotas no banco de trás. Jantavam comida barata e iam dançar e beber em bares escondidos que os garotos, de alguma forma, sabiam como encontrar. Gerald sempre tentava pagar a conta. Quando os outros resistiam à ideia, ele dizia:

– O dinheiro não é meu, é do meu velho.

Ele sempre deixava uma gorjeta altíssima, pelo menos 30% do valor. O que fazia Evelyn pensar se ele era muito generoso mesmo ou apenas ruim de Matemática. Nathaniel dissera então que era a primeira opção.

Eles se formaram em 1928, no ano em que Herbert Hoover fora eleito presidente com o slogan "Um frango em cada panela, um carro em cada garagem". Ela se lembrava de Gerald dizendo, com alegria:

– Contanto que não haja uma galinha em cada garagem... Isso seria bem estranho.

E todos viraram os olhos com a piada.

O grupo feliz se separara, então: Midge recebera uma proposta de casamento de um estudante de medicina que conhecera em uma festa na universidade de Boston e fora morar com ele em sua pequena cidade natal, em Indiana.

Ela enviava cartas a Evelyn, dizendo que nunca havia passado tanto frio. O frio de New England não era nada, disse, se comparado ao de Indiana. Era um frio que rastejava dentro de você, sob sua pele, e dentro do nariz e dos ouvidos. Um casaco e um chapéu não davam conta.

Gerald fora para Chicago ajudar seu pai com uma nova filial da empresa. Nathaniel contara que Gerald descobrira que seus colegas de trabalho eram um bando de desanimados; eles nunca tinham vontade de sair após o expediente, talvez porque ele fosse o filho do dono.

– Estou me sentindo sozinho. Tenho saudade dos dias de bagunça em Cambridge – Gerald escrevera. Evelyn rira quando Nathaniel lera alto. Ela também sentia saudade daqueles dias.

Ela mesma decidira ficar em Boston, principalmente para estar perto de Nathaniel. Pouco antes de se formar, ela ouvira alguém de seu dormitório conversando sobre vagas para professores em uma escola pública. Era em um bairro perigoso, e ninguém queria trabalhar lá, a garota dissera. Evelyn se candidatara no dia seguinte. Agora tinha algo a fazer, algo significativo o suficiente para ter a aprovação de sua mãe sem ficar questionando sua decisão de continuar onde estava.

Ela morava com uma companheira de quarto em um apartamento alugado em Beacon Hill e começara a lecionar na terceira série. Evelyn adorava seus alunos; eles eram brilhantes e barulhentos e a faziam rir. Eles fizeram com que ela pensasse em ter filhos com uma intensidade que nunca havia experimentado antes. Ela e Nathaniel pretendiam se casar, embora ele lhe houvesse dito que não poderia propor casamento até que fosse digno dela:

– Se eu fosse a Nova York agora e pedisse permissão ao seu pai, ele gritaria comigo e me mandaria de volta a Massachusetts.

Apesar de sua mãe ter dito que o ensino era uma vocação nobre, seus pais ficaram chocados. Achavam que ela deveria voltar para casa e esperar até que aparecesse alguém adequado para se casar. E eles pensavam que, enquanto as moças de Boston tentam a vida em Manhattan, não havia motivo algum para uma nova-iorquina se estabelecer em Boston. A decisão dela de frequentar a Wellesly em vez da Barnard ou da Sarah Lawrence só tinha sido aceita porque dois de seus primos já estavam estudando lá e se presumia que pudessem ficar de olho nela.

Seu pai lhe enviava uma soma de dinheiro todos os meses, preocupado com a vida que ela estava levando. Mas Evelyn o guardava na gaveta, determinada a não gastá-lo. Ela sobreviveria com seus próprios méritos, como Nathaniel dizia.

O primeiro ano após a faculdade era estranho e, às vezes, assustador, mas ela estava satisfeita em continuar longe de casa e perto dele. Com o salário de Nathaniel, conseguiam sair duas ou três vezes por semana. Nada muito caro geralmente – talvez um filme ou um café durante a semana e um jantar e dança aos sábados. Ele dissera a ela uma vez que se preocupava em nunca ser capaz de lhe proporcionar o tipo de vida em que ela fora criada: com criados, motorista e tudo o mais. Ela dissera que não queria ter uma vida como aquela. Gostava de preparar o jantar para ele: carne assada com cenoura e batata, um bolo caseiro na sobremesa. Quando ela fazia isso, parecia quase ilegal: até onde sabia, sua mãe nunca preparara uma refeição. Seus pais diriam que era o tipo de coisa que estava abaixo dela. Mas Evelyn gostava da ideia de levar uma vida simples, como professora, mãe e esposa. Ela vira em Nathaniel todas as coisas que poderia desejar em um homem.

Ele lhe comprava pequenos presentes sempre que se encontravam: uma margarida ou uma pequena caixa de chocolates da doceria que ficava perto de seu escritório, em Faneuil Hall. Ele lia para ela à noite, antes de ir para casa, enquanto ela adormecia no sofá, após o jantar.

No outono, Nathaniel entrara para a faculdade de Direito de Harvard. Ela então imaginara que ele lhe pediria em casamento a qualquer momento.

Mas foi aí que a bolsa de valores despencara e todas as pessoas de seu convívio ficaram desempregadas de uma hora para outra. Ouviram falar de antigos colegas de faculdade que mal pagavam suas contas, e leram no jornal que ex-homens de negócios estavam vendendo maçãs nas ruas de Nova York. Os alunos de Evelyn eram pobres, mesmo em épocas de economia estável. Agora, metade de sua classe desaparecera, pois seus pais precisavam de cada membro da família em casa, procurando ganhar dinheiro de alguma forma. Os alunos que permaneceram estavam fazendo um grande esforço. A escola tinha sorte de estar sob a supervisão do Comitê Escolar de Boston, que recebia almoços da União Educacional e Industrial de Mulheres. Na maioria das escolas do país não havia refeições, e as crianças, com fome, se esforçavam para prestar atenção e ficar acordadas durante a aula. Mas, ao observar seus alunos, ela vira que dificilmente algum deles comia o que recebia. Em vez disso, embalavam a comida e guardavam nas mochilas. Quando ela perguntara o porquê disso, um dos garotos mais falantes dissera:

– Vai ser o jantar das nossas famílias, senhorita.

Após ouvir isso, ela começara a usar o dinheiro que seu pai enviava toda semana para garantir que suas crianças estivessem alimentadas durante o dia. Ela comprava produtos que pudessem durar mais – creme de amendoim, mortadela, maçãs e pão. De vez em quando assava um frango, algo com mais sustância.

Durante todo o outono, ela e Nathaniel agradeciam muito a Deus pelo fato de o problema não ter afetado a vida deles. No Dia de Ação de Graças, Gerald viera a Boston visitar seus pais e ela cozinhara no seu apartamento no sábado à noite. Os três deram risada e conversaram muito, como nos velhos tempos. Mas, uma noite, na semana seguinte, o pai de Nathaniel não voltara para casa do trabalho. Dias depois, ficaram sabendo que ele havia sido despedido após ter trabalhado por trinta anos na siderúrgica. Ele então se jogara de uma ponte e caíra nas águas geladas do rio.

Nathaniel decidira deixar o curso de Direito até que sua mãe e suas irmãs pudessem se recuperar. Gerald emprestara o que Nathaniel chamara de uma constrangedora soma em dinheiro sem ele ter pedido, mas Nathaniel era orgulhoso demais para aceitar e enviara de volta na hora.

Ele voltara para casa, na Pensilvânia, onde ficara por dois meses. Evelyn fora com ele ao funeral de seu pai e depois retornara a Boston sozinha. Fora o período mais triste da vida dela, e ela entendera claramente que nunca mais poderia passar um dia sequer longe dele de novo. Ele lhe enviava cartas de amor e ela adormecia à noite com elas nas mãos. Os meses que seguiram foram cruéis. Para que conseguissem passar por tudo isso, um frequentemente fazia o outro se lembrar de que essa seria a coisa mais difícil que teriam de aguentar.

Finalmente, ficaram noivos no Natal de 1931, planejando se casar em frente a cem pessoas na casa de seus pais em Nova York, em março próximo. Evelyn estava exultante com o pensamento de ser a Sra. Nathaniel Davis, enfim. Ela sabia que a maioria das moças devia se sentir assim quando ficava noiva, mas se perguntara se talvez estivesse sendo mais forte ainda para ela, já que tiveram de passar por tantas coisas ruins juntos nos últimos anos. Agora, finalmente, chegaria a hora de ser feliz.

Para comemorar, encontraram-se com Gerald nas Olimpíadas de Inverno em Lake Placid, na primeira semana de fevereiro. Ele parecia dez anos mais velho, embora fizesse apenas dois anos que Evelyn o tinha visto. Trouxera consigo uma moça vulgar com quem estava saindo, de nome Fran, que tinha cabelos curtos e ruivos e usava roupas apertadas. Evelyn perguntara a Nathaniel se ele achava que Gerald estava levando a garota a sério e Nathaniel respondera:

– Quando foi que Gerald levou alguma coisa a sério?

Na primeira noite, ele fizera um brinde.

– Aos meus queridos amigos, Nat e Evie. Embarcando nessa de casamento, finalmente! Li recentemente que John Watson está prevendo que em cinquenta anos esse negócio chamado casamento não existirá mais.

– Quem é John Watson? – a garota perguntara.

– É um renomado psicólogo infantil e, aparentemente, um conhecedor de matrimônios que estão no início. Eu, pessoalmente, estou com ele. Vamos acabar logo com essa bagunça. Geralmente é uma decepção completa quando tudo é falado e feito.

Evelyn ficara incomodada, e se remexera na cadeira até Gerald concluir:

– Mas, se alguém pode ser uma exceção à regra, são vocês dois.

Eles ficaram em um lindo chalé com lareira em todos os quartos, o qual Gerald chamava de acampamento. Parecia um hotel, mas era uma residência particular de seus tios. Evelyn adorava aquele lugar. Ela poderia ter passado a semana inteira lendo na janela da grande sala, observando os pinheiros ao longe. Mas os caras não suportariam isso – eram as primeiras Olimpíadas de Inverno a acontecer nos Estados Unidos e eles queriam ter certeza de acompanhar cada detalhe.

Gerald parecia estar bebendo eternamente um frasco de uísque que mantinha preso à bota. Na faculdade, todos eles aproveitaram os coquetéis, mas não como agora. Gerald parecia estar bêbado desde a primeira vez que ela o via todas as manhãs até o minuto em que se separavam para ir dormir. Ele queria que todos ficassem na mesma situação que ele – ele virava o frasco de uísque em tudo que Fran tomava, toda vez que ela abria uma garrafa de refrigerante ou tomava uma xícara de café.

– Vamos lá, tome um pouco de champanhe. Fica mais divertido.

Nathaniel dissera que estava preocupado, mas não queria estragar a viagem. Escreveria para Gerald sobre isso depois de voltar para casa.

O clima estava excepcionalmente quente naquela semana, o que ameaçaria as chances do evento de trenó e também de patinação. Mas, no último dia, eles viram Sonja Henie deslizar pelo gelo com tanta graça que podia quase convencer qualquer um de que era fácil. Embora a patinação feminina não fosse considerada como competição, a arena estava lotada, e os ingressos para assistir em pé custavam cinco dólares. Gerald lhes comprara os assentos bem na primeira fila.

– É melhor para ver as pernas de Sonja – ele dissera, e depois, olhando para Fran, que parecia bastante irritada: – Ah, amor, você sabe que suas pernas são as únicas para mim.

Evelyn havia lido no jornal naquela manhã que a Organização das Donas de Casa Americanas tinha argumentado que as patinadoras deveriam usar as longas saias ultrapassadas "para que se evitasse um desgaste desnecessário com relação à moral dos homens que irão presenciar as apresentações de patinação artística". Mas as patinadoras declararam que não fariam isso, a menos que os velocistas do programa de verão concordassem em correr de botas e as nadadoras caíssem na piscina usando vestidos longos.

E a conclusão do artigo era: "Contudo, para beneficiar os maridos das senhoras da Organização das Donas de Casa Americanas que possam frequentar os jogos de inverno, deve-se destacar que existem ainda lojas de artigos para fazendeiros nas vilas de Adirondack onde se podem comprar arreios para cavalos".

Ela rira e apontara a página para Fran.

– Talvez devêssemos investir em alguns para o Senhor Maravilhoso.

Antes de eles se separarem, no final da viagem, enquanto os homens colocavam as coisas no carro, ela ouvira, por acaso, Nathaniel perguntar:

– Mas e aí, você acha que pode dar certo com ela?

– Que nada – Gerald dissera. – É só diversão.

– Mas você já não se divertiu muito até hoje? Já é um cara mais velho agora. Queria que encontrasse alguém que pudesse cuidar de você. Queria vê-lo estabelecido na vida.

– É fácil dizer quando você tem uma garota como a Evie – Gerald respondera. – Não acho que você perceba o quanto isso é raro.

Logo que voltaram a Boston, Nathaniel fora para a Pensilvânia para uma visita rápida. Ele queria que Evelyn fosse junto, mas ela não queria deixar seus alunos.

– Vamos nas minhas férias de verão e aí já ficamos o mês todo – ela argumentara. – Será nossa lua de mel.

Ele sorrira.

– Até lá, seremos marido e mulher.

– Sua mãe vai poder me ensinar a fazer tudo o que você gosta de comer.

– Qualquer coisa que você fizer eu vou gostar – ele dissera, e a beijara.

Ele ficara fora por menos de uma semana mas, como uma adolescente apaixonada, Evelyn contara os dias até seu retorno. Ela se ocupara comprando um vestido novo para quando se encontrassem de novo e cuidando do cabelo no salão de beleza. Era para ele voltar na terça-feira à noite e, naquele dia, depois da escola, ela comprara bifes e todos os ingredientes para um bolo de gengibre. Quando estava em sua pequena cozinha, preparando o jantar, Ozzie Nelson e sua orquestra tocavam "Dream a Little Dream of Me" na vitrola, e ela pensara em tudo o que viria pela frente: o casamento, no qual ela usaria o vestido de cetim de sua mãe; a casa que comprariam na Pensilvânia, com meia dúzia de crianças correndo atrás das borboletas no gramado. Ela tinha quase vinte e cinco anos. A maioria de seus amigos já tinha um ou dois filhos. Teriam de tentar imediatamente uma vez que estivessem casados. Seu coração estava tão cheio de esperança que quase doía. Ela mal conseguia esperar Nathaniel passar pela porta para que pudesse se jogar nos seus braços.

Ele não aparecera às sete, e ela começara a ficar tensa. Não estava acostumada com o atraso de Nathaniel. Mas se lembrara que poderia haver um congestionamento na estrada. Um ano antes, seu pai passara quase uma hora, na ceia de Natal, reclamando do fato de que Nova York havia instalado semáforos em cruzamentos movimentados. Eles retardaram tudo, ele dissera, fazendo com que fosse impossível chegar a qualquer lugar no horário. Ela fizera uma prece silenciosa pedindo que Nathaniel não tivesse tido problemas com o motor ou um pneu furado.

Às oito e meia, ela estava andando pela cozinha em pânico. Quando o telefone tocara, logo depois de o relógio marcar onze horas, ela estava na mesa tremendo, como se já soubesse o que viria a seguir.

Era a irmã mais velha de Nathaniel, do outro lado da linha. O acidente ocorrera em Framingham, a menos de uma hora de casa. Um bêbado ao volante atravessara a pista e batera de frente no carro dele. Uma ambulância conduzira Nathaniel para o Hospital Municipal de Boston. Ele estava inconsciente e com hemorragia interna. Ninguém poderia garantir se passaria daquela noite.

Depois que desligara o telefone, Evelyn se sentara e chorara por um instante. Mas, quando terminara, levantara, resoluta, secando as lágrimas do rosto. Sabia exatamente o que deveria fazer. Seu noivo corria risco, mas ela o salvaria. Ela saíra no meio da noite, no vento frio, e chamou um táxi, se esquecendo do casaco.

Embora tivesse se preparado para isso, a visão de Nathaniel deitado em uma cama de hospital era chocante – uma reação física, como se fosse um choque, tomara conta de seu corpo. Os olhos dele estavam fechados, seu rosto tinha sangue e um ferimento, a metade inferior dele estava envolta em gaze, como uma múmia. Na cama ao lado, um idoso de pele fina como papel estava gemendo. Ela tentara dizer algo a ele, mas ele estava fitando o nada, pela janela que dava para uma parede de tijolos.

Evelyn puxara uma cadeira até onde Nathaniel estava e conversara com ele alegremente, como se estivessem saído para um maravilhoso jantar. Contara a ele sobre o bolo que havia feito e mandara que acordasse para comer uma fatia, senão ela ficaria magoada. Ela tocara sua mão com carinho. Era a única parte dele que não havia sido afetada, e ela ficara observando seu corpo – os dedos longos e bonitos, as manchas secas na ponta deles, o acúmulo de sujeira sob as unhas – até o restante das pessoas ir embora dali.

A primeira coisa que fizera pela manhã fora ligar para Gerald. Ele dissera que viria imediatamente, e, embora tenha achado melhor que ele não viesse, logo pensara bem, sabendo que sua presença seria um bálsamo tanto para ela como para Nathaniel. Assim que ele chegara, Nathaniel fora transferido para um quarto individual com vista para a rua arborizada abaixo. Evelyn não sabia o que Gerald havia dito ou pago, mas estava muito grata a ele.

Somente dois dias depois ela pensara em ligar para seus pais e contar o que havia acontecido. Nenhum deles estava em casa quando ela ligara, e Evelyn ficara satisfeita por deixar o recado com a governanta, pois ela é que teria de ouvir o que diriam. Eles nunca foram de consolá-la. Ela aprendera a se virar sozinha e a buscar consolo em Nathaniel, é claro. Não conseguia sonhar com um mundo onde ele não existisse mais.

Quando a mãe e as irmãs de Nathaniel chegaram, Gerald insistira que ficassem na casa de seus pais em Wellesley. Ele os levava ao hospital todas as manhãs e, antes do jantar, os buscava. Ele frequentemente retornava mais tarde para ficar com Evelyn, que raramente voltava para seu apartamento. Ele lhe trazia comida quente, que o cozinheiro de seus pais preparava, e romances que sua mãe recomendava. Disse a ela para voltar para casa e descansar por uma tarde inteira, mas ela não se imaginava longe de Nathaniel. Queria estar lá no momento em que acordasse. Gerald ficava às vezes com ela a noite toda. Jogavam damas e montavam quebra-cabeças às três da manhã, e ambos incluíam Nathaniel no jogo, mesmo que ele ainda estivesse inconsciente:

– Sua mulher está prestes a perder feio de mim – Gerald dizia, e ela respondia:

– Ah, querido, não dê ouvidos a ele. Está falando besteira.

Ela ficara feliz por ele ter vindo. Os médicos não diziam muita coisa a ela ou à mãe de Nathaniel, receando que estivessem muito fragilizadas para ouvir o pior. Mas contavam a Gerald e ele repassava para ela o que ouvia deles sem hesitar.

Gerald lia todos os jornais para Nathaniel, contando a ele sobre a campanha de Roosevelt e sobre o novo filme de gângsters de Howard Hughes. Ele pensava que pudesse ter a atenção de Nathaniel de volta ao deixá-lo a par do que estava perdendo. Evelyn achava que podia funcionar.

Foi através das atualizações diárias de Gerald que ela ficara sabendo que o bebê de Charles Lindbergh havia sido roubado de seu berço na casa isolada no alto da montanha que a família tinha em Nova Jersey, enquanto Lindbergh e sua esposa estavam no andar de baixo, jantando. Felizmente, Lindy era o homem mais famoso do mundo. Na ocasião do nascimento de seu filho, dois anos antes, os jornais do mundo todo falaram sobre o assunto – nunca antes uma criança havia chamado tanto a atenção. Diziam que os Lindbergh receberam mais brinquedos dos simpatizantes do que poderiam guardar em sua mansão. A criança tinha agora um ano e oito meses, um anjo de bochechas rechonchudas e cabelos loiros encaracolados e uma covinha profunda no meio do queixo.

A enfermeira que cuidava dele vira que não estava no berço. Logo, alguns indícios preocupantes começaram a vir à tona: uma janela do quarto da criança deixada aberta. Uma escada improvisada fora encontrada abaixo dela e também pegadas na lama, ao longo de oitocentos metros. Na extremidade do bosque, elas se juntavam a um par menor de pegadas, que pertenciam a uma mulher. Onde as pegadas acabavam, acreditava-se que a mulher havia entrado em um carro. As estradas tiveram o trânsito paralisado, enquanto a polícia fazia buscas em todos os automóveis. O presidente Hoover se encontrara com o procurador-geral, e agências federais foram chamadas para atuar, assim como a polícia de Nova York e de Nova Jersey. Havia um pedido de resgate no quarto do bebê, e, no dia seguinte, um cartão-postal barato aparecera, com a mesma escrita, dizendo: "O bebê está seguro. Instruções mais tarde. Ajam conforme o combinado".

Os jornais exibiam fotos do lindo garoto deitado no berço de vime e nos braços da mãe quando tinha apenas um mês. Anne Morrow Lindbergh, linda e delicada, usando um vestido curto, com o cabelo acima da risca das orelhas, olhando com adoração para seu único filho. Evelyn se tornara obcecada com cada notícia que saía, cada atualização, cada rumor transmitido por uma das enfermeiras do hospital que conheciam alguém que conhecia outra pessoa que tinha ouvido algo interessante. A Sra. Lindbergh revelara à multidão de cinegrafistas e jornalistas que se amontoavam do lado de fora de sua casa que o bebê estava resfriado. Contara a eles exatamente o que ele tinha comido, na esperança de que os raptores pudessem cuidar bem dele. O coronel Lindbergh dissera que estava propenso a pagar o resgate, fosse qual fosse.

Fora relatado que, assim como Evelyn, eles não conseguiam dormir. Sentada em uma cadeira, ao lado da cama de Nathaniel, de madrugada, ela poderia imaginar Anne Morrow, uma moça que tinha por volta de sua idade, grávida pela segunda vez, caminhando pela sua casa, rezando para seu bebê retornar são e salvo. De alguma forma, as duas tragédias se ligaram em sua mente de tal forma que Evelyn estava convencida de que, se eles pudessem encontrar aquela criança feliz no colo de alguma avó, quem sabe talvez Nathaniel pudesse ficar bem também.

Em uma manhã ensolarada de maio, ela saíra do hospital para respirar um pouco de ar fresco e ouvira os vendedores de jornal gritando:

– O bebê está morto! – O tom de voz deles era de quase alegria, pois sabiam que a história lhes garantiria um bom dinheiro no fim do dia. Evelyn tinha quase decidido comprar cada jornal que restasse em Boston só para calar a boca deles. Em vez disso, comprara apenas um e o lera com as mãos trêmulas. A criança havia sido encontrada por um caminhoneiro, com o rosto virado para baixo e sobre um monte de folhas, a oito quilômetros de casa. Tinha um traumatismo craniano devido a uma contusão ou por ter sido jogada de um carro em movimento. A polícia especulara que os sequestradores provavelmente tiveram a intenção de devolvê-la, mas que o choro incessante do bebê os tinha deixado em pânico e então, rapidamente, decidiram matá-lo. Ele já estava morto fazia semanas, mesmo que eles continuassem alegando que estivesse vivo, ainda em busca do resgate, e aumentando a esperança de sua pobre família. Quando a criança fora descoberta, grande parte do rosto e do corpo já havia sido destruída por animais selvagens.

Evelyn começara a imaginar aquele bebê inocente, ali jogado, indefeso, sozinho, enquanto seu pai mandava aviões procurarem por ele em toda parte. Seu corpo inteiro começara a tremer. Sentia que não conseguia respirar. Ficara tão histérica que teve de voltar para dentro do hospital, onde fora sedada e colocada em uma cama por horas.

Três semanas depois, Nathaniel acordara. O médico os alertara de que não podiam ter certeza de nada ainda, e que não poderiam ficar muito animados. Mas, depois de tudo que haviam passado, Evelyn não entendia por que não.

Eles se casaram na capela do hospital, na tarde seguinte. Ela vestira um tailleur e sapatos nude, puxara o cabelo para trás e colocara sobre ele um véu voilette. Nathaniel estava sentado ao seu lado em uma cadeira de rodas, parecendo fraco, mas feliz, enquanto sua família, Gerald e um grupo de enfermeiras assistiam a tudo. As enfermeiras se interessaram bastante pela história deles e gostaram de Nathaniel, principalmente porque Gerald comprava doces para elas e lhes dizia o quanto estavam bonitas, mesmo após um turno longo de trabalho. Uma delas fizera um bolo e todas fizeram uma vaquinha para comprar flores, castiçais e uma linda travessa de porcelana para Evelyn.

Depois que se casaram, ela dormira ao lado dele na cama estreita do hospital à noite, com seu corpo junto ao dele. Por um breve momento, ela pensara que estivessem finalmente livres. Mas alguns dias se passaram e, em uma manhã de quinta-feira, os médicos descobriram uma infecção que tomara conta do sangue de Nathaniel. Quando o final de semana chegou, ele se foi.

Apesar de tudo o que sabia sobre suas chances de sobrevivência, sua morte a abalara muito. A maior parte do tempo ela se sentira imensamente grata por ele ter acordado: eles tiveram seus últimos dias juntos; estavam casados agora. Mas ela poderia facilmente se irritar ao se perguntar por que Deus lhe daria um presente tão grande apenas para depois levar embora.

Evelyn escolhera com cuidado a roupa com a qual ele seria enterrado. Com cada decisão tomada, sabia que teria de fechar mais uma porta perante ele, até que finalmente tudo terminasse.

Ela ficara sozinha em seu apartamento pequeno em Cambridge, e, embora tenha chorado, não queria sair dali. O lugar ainda tinha o cheiro dele. Ela pegara o terno azul-marinho que ele tinha usado quando a pedira em namoro, do lado de fora do restaurante onde tiveram seu primeiro encontro. No hospital, não passaram uma noite sequer juntos; agora, ela queria tanto que isso tivesse acontecido. Ela dormira sozinha na cama dele aquela noite, imaginando que os lençóis fossem seus braços envolvendo-a com força.

No enterro, procurara se ocupar de tudo o que fosse preciso. Não queria ficar parada. Era a esposa de Nathaniel, mas muitas pessoas ali não sabiam disso. Era estranho pensar nos outros lados de sua vida: as pessoas que se lembravam dele apenas como filho ou irmão ou um garotinho daquele bairro antigo. Com toda a razão, demonstraram compaixão à mãe e às irmãs, que tiveram de suportar uma tragédia que valia por uma vida toda.

Depois disso, ela começara a sentir uma dor de cabeça constante. Com frequência, ela ficava olhando para pessoas estranhas que não pareciam formidáveis – uma mãe que gritava com o filho em frente à escola, um homem cuspindo na rua – e se perguntava por que eles poderiam viver e Nathaniel, não. Evelyn ficava observando, quase chegando a acreditar que havia uma forma de trocar um deles por Nathaniel.

À noite, na cama, ela ficava acordada, pensando no momento em que bateram no seu carro. Ele estava sozinho na estrada. Nathaniel queria que ela fosse junto com ele. Ela deveria ter dito que iria, ela deveria ter estado lá quando a luz daqueles faróis de um estranho penetrara o para-brisa. Talvez ela pudesse ainda estar com ele agora, de um lado ou de outro.

1987

James pegou o retorno fora do estacionamento.

Eles haviam começado a trabalhar dez minutos mais cedo hoje e Maurice já estava com o pique todo, contando uma de suas histórias. Enquanto James fez a checagem usual, certificando-se de que os funcionários anteriores tinham deixado a ambulância totalmente abastecida e que tudo estava funcionando corretamente – desfibrilador, eletrocardiograma, sucção, intravenosa, kit para queimaduras, maca –, Maurice já tinha começado. Agora não pararia mais.

– Então eu digo ao cara: Não tem nada de errado com o alinhamento das rodas. Seu freio de mão deve estar emperrado – Maurice disse. – E, surpresa, eu tinha razão. Por minha causa, ele acabava de economizar noventa dólares e metade do dia no mecânico. E tem mais. Esse mecânico dele é desonesto pra caramba. É mexicano.

Maurice não confiava em mexicanos. James achava meio engraçado, visto que o próprio Maurice era negro. Quando James dissera isso a ele, Maurice respondera:

– Como assim? Você acha que os negros não têm o direito de ser tão preconceituosos quanto qualquer outra pessoa?

E continuou:

– Cindy diz que pareço um sabe-tudo. Tipo, ele achou que eu estivesse o julgando por não saber consertar o próprio carro. E eu posso jurar que, na festa de Natal do bairro, ele ficou meio que me analisando. Agora eu quero ficar cara a cara com ele. Quero dizer, somos dois adultos bem crescidos. Não vou ficar na frente da minha casa acenando para ele do outro lado da rua se, enquanto isso, ele ficar pensando que eu o desrespeitei. Eu devia ter deixado o cara patinando com o carro na rua sem saber o porquê.

James estacionou na vaga de sempre. As outras duas ambulâncias estavam estacionadas no meio-fio.

– Detesto ter que interromper esse eletrizante monólogo, mas... café?

Maurice assentiu.

– Eu pego – James disse. – Quer alguma coisa para comer? Ovo ou queijo?

– Quero um lanche – Maurice respondeu. – De peru. Nada, quero um cheeseburger.

– Você deve estar me zoando.

– O quê?

– Como assim o quê? São oito horas da manhã.

– E?

– Deixa para lá, seu selvagem. Faça os relatórios.

Maurice ergueu o fichário.

– Já vou fazer. Eu não estava brincando quanto ao cheesebúrguer.

– Sei que não estava. E é isso que me assusta.

James saiu da ambulância. Estava muito frio. Ele podia sentir o cheiro da neve no ar. Apertou forte o casaco de couro contra o peito.

Dentro da Elsie's, viu os caras de sempre sentados no balcão e acenou.

– Bom dia, senhores.

Ron Shanahan assentiu.

– Tenha um ótimo dia, Senhor McKeen – ele disse, a mesma coisa que dizia todos os dias.

Seu emprego era metade correria e metade calmaria. No plantão, eles passavam pelas mesmas ruas repetidas vezes. A cidade de Cambridge tinha quinze mil quilômetros quadrados, e James conhecia cada centímetro de cor. Em apenas uma hora, era provável que passasse pela Harvard Square três ou quatro vezes. Via os mesmos policiais, bombeiros e os mesmos enfermeiros todo dia. Ele se dava com a maioria deles. Os solteiros saíam para beber quase todas as noites no Ground Round ou no Ding Ho, na Inman Square, e ficavam animados ou não diziam nada, dependendo do dia.

Os caras mais jovens pensavam que fossem caubóis – tinham só dezoito, dezenove anos. Para iniciar um novato, poderiam algemá-lo a um poste e enchê-lo de pancadas ou apontar uma arma carregada para sua cabeça em plena luz do dia, enquanto curiosos gritavam, sabendo que quando os tiras chegassem iriam rir e continuar dirigindo seus carros. James mantinha distância do drama todo.

O trabalho propriamente dito era sempre diferente. Havia dias calmos e dias loucos. Em média, era provável que recebessem uma chamada por hora. Iria nevar hoje. As nevascas geralmente eram silenciosas, mas dependia. Você poderia estar tomando café da manhã em um minuto e rastejando por dentro de um carro que havia capotado na avenida Memorial no próximo.

Cathy estava no balcão, puxando seu cabelo para fazer um rabo de cavalo. Seus brincos de Natal balançavam para cima e para baixo. Ela tinha seus trinta e cinco anos, era bonita, embora usasse maquiagem demais. Seu jeans apertado sempre parecia ter sido pintado diretamente nas suas nádegas.

– Ei, James. Dois cafés?

– Sim, e um cheeseburger.

– Logo cedo?

Ele encolheu os ombros.

– Fale com o cara com a lombriga na barriga que está lá fora. Vão fechar cedo hoje?

– Por volta das quatro, aí vou poder ir à minha tia jantar e depois levar minha mãe à Missa do Galo.

– Legal.

– É, você não conhece minha mãe mesmo.

Ela se virou e gritou o pedido para Phil, o dono, que cuidava da grelha.

Os olhos de James doíam. Ele os fechou bem apertado e esfregou com os dedos. Não sabia como iria dar conta de seu turno hoje. Se tivesse sorte, teria umas folgas para tentar dormir um pouco. A cafeína não resolveria.

Era normal que um médico trabalhasse dois turnos de vinte e quatro horas por semana, mas, nos últimos seis meses, ele estava fazendo três. A economia ia de mal a pior, então estava acumulando horas agora, para garantir.

Quando a bolsa de valores caíra dramaticamente, alguns meses antes, James não se importara no começo, já que não tinha ação alguma. Ele estava mesmo é feliz por ver os ricos com receio do que poderia acontecer com seu dinheiro, pelo menos uma vez na vida. Sua nova piada favorita, que tinha ouvido de um paciente e repetido em casa centenas de vezes, era: "Qual a diferença entre um pombo e um banqueiro? O pombo ainda pode depositar em um Mercedes".

Maurice dissera que não se importava com o problema da bolsa de valores também, mas não gostava do quanto isso teria a ver com os computadores.

– Sabia que estão usando computadores agora para descobrir negociações comerciais? – ele dissera para quem quisesse ouvir. – Parece que estamos nas mãos de um robô e ninguém se importa com isso.

Mas agora parecia que James estava começando a se preocupar. Não com os robôs, mas com o dinheiro. No mês anterior, a fábrica da General Motors de Framinham havia fechado e seu amigo, Big Boy, estava desempregado. O que parecia ser apenas um problema dos ricos começara a parecer mais do que isso.

Seu supervisor gostava de dizer aos recém-contratados que o ramo deles era à prova de recessão:

– Enquanto houver drogas, álcool, idosos e carros, estaremos sempre ocupados.

Até certo ponto, era verdade – em tempos difíceis da economia, eles tendiam a ficar mais ocupados. O desemprego aumentava o consumo de drogas e o abuso de álcool, a depressão, os suicídios, coisas assim. Havia muita gente sem sorte, com doenças crônicas ignoradas por meses por ter perdido o seguro-saúde e não ter, portanto, condições de fazer uma consulta.

Então, sim, havia mais trabalho, mas menos pagamento. As empresas cobravam, mas os pacientes não tinham como pagar, e isso atingiria, no final, os funcionários.

Após ser despedido em Lynn, James levara um ano inteiro para conseguir outro emprego. Tivera sorte de ser contratado, diante do que acontecera, e estava determinado a não perder o emprego.

Ele se sentiu feliz por sair hoje com Maurice e não com aquele idiota do Andrews. Ele e Maurice já trabalhavam juntos em dois turnos por semana havia um ano e meio. Eles se davam bem; tinham um ritmo bom. Um ano e meio era mais tempo do que com qualquer outro com quem James tivesse trabalhado. A rotatividade era alta, principalmente em uma empresa particular como a deles. Não havia muita gente que quisesse trabalhar em turnos tão malucos a dez dólares por hora durante muito tempo. Ele sabia que Maurice sairia em breve. Era apenas um trampolim para ele. A maioria acabava se tornando supervisor, diretor de operações ou assistente de médico. Um deles havia até desistido da profissão para ser lixeiro – "um especialista em gestão de resíduos", dizia –, porque o salário era melhor. Muitos deles estavam esperando alguma vaga no corpo de bombeiros. Lá, um clínico tinha horários melhores e um salário mais alto. Ele poderia se aposentar aos cinquenta e cinco anos com 80% da pensão.

James era a única pessoa que conhecia que havia trabalhado no corpo de bombeiros. Ele acabara com todas as chances que poderia ter; era difícil imaginar como poderia melhorar daqui em diante. Ele se arrependia profundamente do que acontecera, mesmo agora, após três anos.

Por um ano, ele tentara um cargo em outro departamento, mas sua reputação o precedia em todo lugar que fosse. Um amigo dos tempos de Lynn fora quem o aconselhara a procurar uma empresa privada para trabalhar e nunca mencionar o que havia ocorrido. Então, foi o que ele fez. Foi contratado em Cambridge para trabalhar na Emergência e recuperara o tempo perdido tentando conseguir seu certificado de paramédico na Northeastern, no ano anterior. Sabia que isso poderia significar que teria mais valor para a empresa do que um funcionário normal da emergência e que o pagamento valeria a pena.

A maior parte de seus colegas de classe era formada por ex-paramédicos do exército que sabiam muito mais o que estavam fazendo do que ele. A carga horária era intensa, o tempo era dividido entre a sala de aula, a ambulância e o serviço de emergência. As provas escritas o fizeram se lembrar da época do segundo grau. Seus olhos embaçavam quando tentava estudar. Na primeira vez em que tivera sua prova corrigida, sua nota foa tão baixa que o instrutor grampeara junto à folha uma ficha de solicitação de emprego no Burger King. Mas, na ambulância ou no hospital, James se sentia empolgado de novo.

Eles eram a primeira classe dos paramédicos do Estado, e isso trazia certo prestígio – podiam fazer mais do que os outros. Eram chamados de "O Esquadrão de Deus". Se um paciente tivesse um choque por conta de diabetes, suas noções básicas de emergência só o fariam enfiar açúcar pela garganta dele. Mas um paramédico poderia aplicar uma injeção d50 e começaria uma intravenosa. Um atendente básico de emergência depararia com um cara que não estivesse respirando por conta de uma overdose de heroína e a única coisa que poderia fazer seria metê-lo em uma maca para conduzi-lo até o hospital. James dera Narcan a esse mesmo cara, e um minuto depois ele estava sentado na calçada dizendo: *Eu não sei do que vocês estão falando. Nunca mexi com drogas.*

Os paramédicos usavam crachá, e isso realmente fazia a diferença. Mesmo assim, alguns caras da empresa, de alguma forma, pareciam saber de seu passado. Era uma sombra, não importava o que fizesse. Ele podia apostar que o achavam um rejeitado, um fracassado. Era praticamente impossível ser demitido de um emprego público, mas ele encontrara uma maneira...

Uma vez, tarde da noite, enquanto as ambulâncias estavam estacionadas no lado de fora da 7-Eleven e Maurice tinha entrado para comprar um refrigerante duplo e um hot dog, James estava lá fora com um picareta de nome Tommy Benson. Tommy fora corajoso e disse simplesmente:

– Ouvi falar que você levou um pé na bunda no corpo de bombeiros em Lynn. Então, qual é a sua, McKeen? Você é viciado? Alcoólatra? Ou ladrãozinho mesmo? Ou os três?

James tivera vontade de bater nele, mas pensara em Sheila e nos meninos e entrara na ambulância.

O único na empresa que sabia a verdade era Maurice. James receava o que poderia acontecer se seu patrão descobrisse. Seria demitido no mesmo minuto. A licença dos paramédicos pode oferecer alguma proteção, mas não o bastante.

O novato, Andrews, com quem tinha de trabalhar um dia por semana, era um ex-militar. Havia chegado em Boston havia cinco meses de algum lugar do oeste. Em julho, quando Andrews começara, era quente demais dentro da ambulância. No verão, eles faziam o trajeto com as portas traseiras escancaradas, revezando-se em pé ali mesmo, onde dava para respirar melhor e ver as garotas passando de minissaia. Na primeira manhã em que trabalharam juntos, James encontrara Andrews já de prontidão no degrau.

– Ei, garoto – James dissera, apontando o dedão para o banco do motorista. – Cai fora.

Mas não durara muito tempo, porque, sempre que Andrews dirigia, James ficava apreensivo: o garoto não sabia o caminho, e isso era perigoso. Ele sempre virava para o lado errado em ruas de sentido único. Uma vez, quando iam para o centro médico do hospital Beth Israel, ele dissera:

– É só seguir na direção daquela coisa de neon em formato de triângulo, certo?

Ele não reconhecera o tradicional logotipo do posto CITGO. James lhe dera um tapa na nuca.

– Você é burro? Nunca assistiu a um jogo do Red Sox na TV?

Pela sua experiência, podia apostar que Andrews não duraria muito no emprego, talvez mais alguns meses. Ele rezava pelo dia em que o moleque não apareceria mais.

Alguns caras não aguentavam situações extremas. Mesmo tendo passado o tempo "remendando" soldados no campo de batalha, era diferente quando você entrava na casa das pessoas. Em outubro, encontraram o corpo de uma adolescente punk estrangulada e provavelmente estuprada, jogado dentro de um armário de guardar vassouras em um desses apartamentos malcuidados. James a vira pelos bares antes de morrer. Ela não parecia uma menina de rua, parecia mais do tipo suburbano excêntrico que queria ter experiências novas na vida antes de entrar para a faculdade e passar a vida de suéter de caxemira. Não parecia ter mais do que dezessete anos. Tinha uma argola de prata bem pequena no nariz e cabelo azul até os ombros. Andrews chorava quando deixaram a cena. Suas pernas falharam por um segundo.

Um mês depois, uma mulher ligara para a emergência reclamando de dor nas costas. Quando James e Maurice chegaram ao seu apartamento, ela parecia bem, mas levemente perturbada – andava sem parar, emitindo uma energia estranha. A primeira coisa que passara pela cabeça de James era que ela pudesse ser viciada em analgésicos, tentando melhorar da dor.

– A senhora precisava mesmo de uma ambulância? – Maurice perguntara.

– Sim. Minhas crianças vão passear comigo. Mas onde estão as jaquetas delas?

– Desculpe, minha senhora, não podemos transportar as crianças – Maurice dissera. – Pode deixá-las com um vizinho?

– Não, não – ela respondera.

James se sentira mal. O apartamento estava muito silencioso.

– Onde elas estão, senhora?

– No banheiro – ela dissera, com um brilho no olhar, apontando para uma porta de madeira rachada. Ele caminhara até lá, preparando-se para o pior, enquanto girava a maçaneta. Havia dois pequenos corpos boiando na banheira. Tinha água e sangue por todo o lugar. Tinha havido confronto. Ela abrira a garganta deles. Quando James tocara nos corpos, percebera que a pele estava gelada.

Ele e Maurice sabiam que aquelas crianças podiam já estar mortas. Mesmo assim, as levaram rapidamente para o Hospital das Crianças, como se cada segundo pudesse significar um milagre.

James gritava do fundo da ambulância.

– Meu Deus, corra!

Mais tarde, ele estava coberto de sangue. Mesmo depois de lavar as mãos, o sangue havia penetrado nas linhas da palma e sob as unhas, tomara conta de seu cabelo e se infiltrara na calça.

James dizia aos novatos para fazerem o que fosse possível para o paciente e depois seguir em frente. Não podiam se deixar abater. Mas esse caso o abalara demais. Em casa, na manhã seguinte, antes de entrar, chutara seu próprio carro na entrada da garagem. Sentira-se bem com isso, um pequeno alívio, então chutara de novo, e repetidas vezes, até que deixara um pedaço grande da porta do motorista amassado e seu dedão do pé quebrado. Já dentro de casa, acordara Parker, apertando seu filho contra o peito até que Parker sussurrasse:

– Papai, não consigo respirar.

James fora criado dentro dos preceitos católicos, e, se nunca exatamente acreditara em Deus, nunca tivera motivo para não acreditar também. Ele ainda se lembrava daquela terça-feira, após o assassinato de John F. Kennedy. Enquanto o corpo dele desfilava por Washington, durante o funeral, Boston lamentava. Sua mãe, usando chapéu com véu, sentada em um banco da igreja do Sagrado Coração, com James à sua esquerda e seu irmão à sua direita, apertando as mãos de ambos. Ela tinha uma moldura na parede com uma foto de Kennedy, junto com o porta-retrato de casamento e as fotos de seus filhos na escola. Ela estava chorando baixinho, como todos os outros paroquianos à sua volta. O lugar estava lotado. Quando o padre começara a falar, James percebera o semblante das pessoas –

elas queriam muito ser confortadas, fazer com que todos tivessem consciência de toda a loucura que acontecera. O padre dissera que Deus chamara o presidente aos céus e, embora nunca possamos saber o porquê, devemos nos lembrar que é parte de Seu plano divino. Todos balançaram a cabeça em concordância. James só tinha dez anos e, por algum tempo, carregara tal memória consigo, acreditando que a fé é essencial e que Deus trouxera consolo para amenizar a dor inimaginável.

Agora que ele já havia assistido a tantos estranhos darem seu suspiro final, teve a certeza de que não iriam a lugar algum. O coração parava, o cérebro parava e isso era a vida. Ponto final. Sua mãe acreditava que havia um breve momento após alguém morrer, mas antes de chegar aos céus, em que o espírito da pessoa preenchia o ambiente familiar. Quando sua própria mãe morrera, ela levara James até a casa em que passou sua infância e perguntara:

– Consegue senti-la, Jimmy? A Nanny ainda está aqui. – Naquele momento, ele achara que sim, e dissera a ela. Sua mãe parecera ficar satisfeita.

Agora, Cathy retornou e lhe entregou os cafés.

– Mais um minuto e o hambúrguer já sai.

James olhou para a TV, no alto de um canto da lanchonete, enquanto esperava. Os melhores momentos do jogo dos Celtics na noite anterior tomavam conta da tela inteira. Os Celts bateram os Bullets por 122 a 102. Larry Bird fizera vinte e sete pontos.

– Grande jogo – disse, a ninguém em particular.

Ele tinha ficado acordado assistindo até o fim. Mesmo estando exausto, sabia que não conseguiria dormir; qual era o sentido de se deitar e ficar revirando na cama? Bebera cinco cervejas durante o jogo.

Era um novo hábito seu: comprar um fardo com seis e tomar cinco. Era meio que como Sheila, que devorava a sobremesa, mas deixava um pedaço do bolo no prato para demonstrar que conseguia se conter.

Neste instante, por conta disso, se sentia muito mal, mas valia a pena. As únicas vezes em que realmente se sentia vivo eram quando estava assistindo aos jogos de basquete ou ouvindo seus discos da época do colégio ou quando colocava seu Ford Coupé antigo para fora da garagem de sua mãe pela primeira vez em cada primavera. Patético, talvez, mas verdadeiro.

Ele ainda adorava a música da época em que tocava com sua banda – Beatles, Rolling Stones, Doors, Aretha Franklin e Supremes. Quando ouvia aquelas canções, era transportado para um tempo em que parecia que tudo era possível. Cada canção o transportava de volta a um determinado momento de sua vida. A primeira vez em que ele e Sheila passaram uma noite juntos, quando seus pais estavam fora da cidade, estava tocando "Today", do Jefferson Airplane: "Estou tão cheio de amor que poderia explodir e começar a chorar".

No primeiro ano, quando ela dissera que era o fim, ele ficara ouvindo Diana Ross cantando "Reflections" o tempo todo por três dias, até que Sheila mudara de ideia.

James tinha um contrabaixo que era um lixo, que havia sido deixado para ele por um primo. Ele costumava ficar chapado em seu quarto, tocando junto com o Velvet Underground no toca-discos e então, no ápice da loucura e da inspiração, ele compunha suas próprias músicas e as colava com fita nas paredes. Dias depois, fazendo amor com Sheila na sua cama ou se masturbando com uma das *Playboys* do irmão mais velho por debaixo da colcha xadrez, ele ficava olhando para suas criações e se sentindo poderoso.

James olhou para o relógio. Sua mãe já estaria acordada, esperando sua ligação, como fazia todas as manhãs nessa hora. Ele caminhou até o telefone público.

Ela atendeu no primeiro toque.

– Jimmy?

– Mãe?

Ela fez uma pausa, ele não sabia bem por quê. Ela tivera uma recuperação quase completa após o derrame, exceto pela visão periférica, que a deixara com os olhos vermelhos. Mas às vezes ela conseguia falar por um tempo.

– Feliz Natal, Eve – ele disse.

– Como está o seu dia?

– Não posso reclamar. Eu vi sua amiga, Dóris, quando saí para passear com o cachorro esta manhã.

– Espero que a tenha cumprimentado.

– Nada. Eu só dei um empurrão nela para sair do meu caminho e continuei andando.

– Jimmy. Não seja descarado.

– Você dormiu bem? – ele perguntou. Ela havia contado que estava acordando com falta de ar ultimamente, seu coração disparando. Tal pensamento o fizera querer levá-la para sua casa para poder ficar de olho nela o tempo todo. Era aonde estavam querendo levá-la mesmo, no fim das contas, embora James não tivesse ideia alguma de onde ela ficaria.

No fundo, ele sabia que ela não viveria por muito tempo. Sempre que dizia isso a Sheila, ela respondia:

– Todas as manhãs, quando sua mãe acordar, ela terá seis meses para viver. Tem sido assim há dez anos, Jimmy. – Mas ele tinha certeza, e isso partia seu coração. Ali, nos cômodos pequenos e escuros da casa dela, James às vezes se sentia mal, pensando que, em breve, tudo o que teria dela seriam apenas objetos: panos de prato mofados e óculos com cordões finos de ouro e os móveis de tecido xadrez cheirando a cigarro.

– Dormi bem – ela disse.

– Bom. Está fazendo o quê agora?

– Só ouvindo o cardeal rezar a missa no rádio e cozinhando ovos para o café da manhã.

– Você sabe que vai nevar, certo? Não pense em sair de casa de carro pela estrada por muito tempo.

Ela riu. Não podia mais dirigir. Nunca foi a lugar algum sozinha. Eles a levavam para seus passeios semanais até o consultório médico, a igreja e o salão de beleza, onde ela ainda arrumava o cabelo toda sexta-feira, embora ele não conseguisse imaginar por quê e para quem fazia isso.

– Amanhã cedo passo aí para te ver. E depois volto por volta do meio-dia para levá-la à missa. Depois vamos jantar na casa de Tom e Linda, ok?

– Estarei pronta.

– Acho que vamos levar as crianças a Boston para ver as luzes de Natal no parque Common este final de semana. Podemos almoçar no Brigham's. Você gostaria?

– Ah, sim – ela disse. – Faz séculos que não vou à cidade.

Sua mãe era uma santa: uma mulher doce e paciente que fizera o seu melhor para criar dois moleques teimosos sozinha. Ele tinha a lembrança de uma das poucas vezes que tentara viajar com eles nas férias. Ficaram em um hotel em

Hampton Beach. Primeiro, seu irmão se metera em encrenca quando encontrara um cão de rua e o levara junto com ele para a piscina. Depois, James se metera em uma briga com um garoto em um passeio à beira-mar por causa de jogo de fliperama e acabara com um olho roxo. Sua mãe havia levado a fritadeira elétrica para que não tivessem de gastar comendo fora. Naquela noite ela tentara fazer espaguete no quarto deles, mas, quando ligara a panela, queimara um fusível e o lugar ficara sem energia elétrica. Foram expulsos do hotel. Ele podia se lembrar dela rindo e chorando ao mesmo tempo, no caminho de volta a Massachusetts.

– Nós somos uma gangue, não somos? – ela dissera, por entre as lágrimas. Estranhamente, James se sentira orgulhoso.

O rádio estava sempre ligado em casa – Nat King Cole, Frank Sinatra, o programa de música irlandesa, The Irish Hour, e a missa, todos os dias, às sete da manhã. *Para me fazer companhia*, sua mãe sempre dizia, e só agora ele percebia como ela era jovem. Tinha dezoito anos quando seu irmão nascera, vinte e dois quando James chegara. Ficara viúva aos vinte e três. Ele ainda podia ver seu rosto jovial e bonito, mas carrancudo, quando ele mentia.

– Jimmy McKeen, você acaba de confessar. É óbvio que está mentindo. Sua cara está parecendo a bandeira da Rússia.

Ela costumava ficar sentada no alpendre antes de trabalhar, fumando sem parar, vestindo seu roupão e com bobes no cabelo. Hoje ela tinha cinquenta e seis anos, mas parecia ter setenta. Até ter o derrame, trabalhara todos os dias de sua vida. Primeiro como recepcionista em um consultório dentário e depois como cozinheira no colégio em que ele estudara, o que o mortificava na época. Em alguns dias, James a ignorava quando a via no refeitório, fingindo que era uma estranha. Pensando nisso agora, ficava envergonhado. Trabalhara como garçonete à noite por alguns anos para fazer face às despesas. Mesmo assim, parecia não ter muito, no fim das contas.

Quando era jovem, provavelmente nunca havia imaginado que teria de trabalhar depois de se casar. Seu marido sustentaria a casa e ela cuidaria das crianças, e assim seria.

O pai de James bebera até morrer. Era assim que todo mundo sempre dizia. Agora James sabia que isso era apenas uma maneira decente de dizer que seu pai era um alcoólatra que conseguira o feito de destruir todas as células de seu fígado, que foram gradualmente substituídas por gordura acumulada, o que fizera sua pele ficar amarelada e sua barriga cheia de líquido inchar a tal ponto que, em suas únicas fotos que restaram, ele parecia um cara magrelo grávido de oito meses. Mas ele continuara bebendo e acabara desenvolvendo uma insuficiência hepática que levara seus rins a parar de funcionar também. Fora uma morte lenta, que o levara com apenas vinte e oito anos. Realmente, o cara era acima da média.

As pessoas pareciam querer confortar James pela perda do pai, mas como lamentar a morte de alguém de quem você não conseguia nem mesmo se lembrar? Imaginara que devia ter sido mais difícil para seu irmão mais velho, Bobby, que, na verdade, o conhecera bem, e talvez isso explicasse o fato de Bobby sempre ter sido um estúpido, aproveitando-se de cada oportunidade que tinha para humilhar James e fazê-lo se sentir pequeno.

Sheila dizia que ele escondia seus sentimentos. Uma vez, ela chegara até mesmo a sugerir que procurasse um psiquiatra. Mas, na verdade, ele não tinha nada a dizer. Ele queria que sua mãe não tivesse de morar sozinha, mas queria muitas outras coisas também. Verdade seja dita, ele se sentira mais triste na época em que estava no segundo grau e seu basset de quinze anos morrera. Na opinião de sua esposa, isso era importante, já que seu pai adorava a raça e tinha uma coleção de canecas com os cães e também estatuetas e colheres, entre outras coisas, todas as quais ficaram para James e Bobby.

Ela dizia que James adorava aquele Ford Coupé 1949 por ter pertencido ao seu velho. Sua mãe deixara o carro enferrujando na garagem e, naquele ano, quando saía da escola e não tinha nada melhor para fazer, James tratava de deixar o carro novinho. Ele instalara um câmbio da marca Hurst e os bancos de couro de um Mustang que achara abandonado em um ferro-velho. Mas não pensava em seu pai quando o dirigia. O carro parecia ser seu e de mais ninguém.

Na verdade, James era definido mais pela ausência do pai do que pelo pai, propriamente dito. Tendo crescido na década de 1950, eles acreditavam piamente que a maior parte das famílias fosse como a da série de TV "Ozzie and Harriet". Todos os seus amigos tinham pai e mãe – um pai que trabalhava no escritório e uma mãe que ficava em casa. James costumava sonhar que um homem pudesse chegar e resgatá-los daquela vida. Mas sua mãe nunca saíra com ninguém depois que seu pai morrera. Ela ainda se considerava a Sra. McKeen, embora seu marido já estivesse morto desde 1954. Não que ela fosse muito apegada a ele. Ela nunca falava nele. Para James, parecia que o comportamento da mãe tinha menos a ver com devoção e mais com aquele pensamento ultrapassado de que, quando o assunto era casamento, você só tinha uma oportunidade na vida, e pronto.

– Então, amanhã, depois do trabalho, passo por aí para limpar a neve – ele continuou. – Até lá, fique dentro de casa, ok? Não saia nem para pegar a correspondência.

– Jimmy, não se preocupe comigo – ela retrucou. – Estou preocupada com você. Tem trabalhado muito. Precisa descansar um pouco.

– É capaz de a Sheila ir ao mercado depois do almoço – ele contou. – Então, façam a lista juntas.

Eles cuidavam de sua mãe com muita atenção. Bobby não era de nenhuma ajuda. Ele voltara do Vietnã um pouco confuso. Sheila achava injusta a forma como ele se furtava às obrigações familiares, mas James estava querendo lhe dar um tempo, considerando sua situação. As crianças americanas absorviam o patriotismo sem enxergá-lo, como se seus próprios filhos tomassem fluoreto na água potável. O Vietnã tinha matado isso dentro de tantos deles. Ninguém sabia por que estava lutando.

Bobby ficara à deriva por um tempo após a guerra. Ele se envolvera com alguma coisa chamada "est", a qual ele descrevia como um curso de aperfeiçoamento pessoal, embora parecesse um culto voltado para James. Ele se casara com uma louca que conhecera por lá. Eles se mudaram para o Arizona, então James não vira mais seu irmão com frequência. Quando o nome da esposa dele vinha à tona, Sheila dizia:

– A mulher vende cosméticos em domicílio. Seu maior desejo na vida é vender batom suficiente para ganhar um carro conversível. Seu irmão é maluco de ter se casado com ela.

James ouviu o som do sino que ficava acima da porta de entrada da Elsie's. Uma brisa gelada entrou. Então, ouviu a voz de Maurice:

– McKeen, vamos embora.

– Estão me chamando – ele disse ao telefone. – Te vejo amanhã, certo?

– Te amo, Jimmy – ela disse.

– Te amo também, mãe. E, mãe: se agasalhe bem. Prometa.

Estava havendo uma explosão do número de casos de pessoas idosas que não podiam ou não queriam gastar dinheiro aquecendo suas casas; por isso, morriam congeladas em suas cadeiras de balanço. Uma semana antes, atenderam o chamado de uma mulher que não via sua vizinha idosa já fazia alguns dias. James sabia que era um daqueles prédios de apartamentos de aluguel, e a primeira coisa que viera à sua mente fora o aquecedor. Mas, quando entraram, o apartamento estava aquecido. Maurice checara o termostato.

– Está desligado – dissera.

Na cozinha, o forno estava ajustado para duzentos graus. Sua porta estava aberta. A um metro dali, uma senhora baixa de cabelos brancos, vestindo um moletom rosa, estava caída no chão da cozinha, morta por intoxicação de monóxido de carbono. Os vizinhos tiveram sorte por não terem morrido também.

Ele desligou o telefone e se virou.

– E aí, Cathy...

– Eu sei – ela disse, sorrindo. – Você tem que ir.

– Guarda esse lanche para mim, ok? – Maurice pediu, embora eles soubessem que ela faria outro quando eles retornassem. Todo o pessoal da emergência frequentava o local, então Cathy já estava acostumada e era muito simpática – às vezes, depois que a lanchonete fechava, ela levava os lanches que não eram buscados ao hospital Cambridge para entregar, sem cobrar por eles, ao pessoal da equipe que estivesse com fome. Eles, por sua vez, lhe davam ótimas gorjetas.

James colocou uma nota de cinco dólares no pote que ficava em cima do balcão antes de sair.

Ele se sentou no banco do motorista. Ele e Maurice se revezavam após algumas horas e era sempre ele quem começava.

– Albany, 240 – Maurice disse, apertando seu cinto.

Era um local aonde eles tinham de ir pelo menos uma vez por dia, o único abrigo da cidade. Qualquer outro abrigo exigia que a pessoa estivesse sóbria, mas, naquele, qualquer um teria uma cama para dormir mesmo que estivesse bêbado, contanto que se comportasse bem. Havia os que queriam ver o lugar fechado, juntamente com o Exército da Salvação, que ficava próximo. Havia toda uma discussão do tipo "quem nasceu primeiro: o ovo ou a galinha?" a respeito da população de rua dentro e nas imediações da Central Square – todas essas pessoas estavam lá porque era onde esse tipo de serviço estava? Ou os serviços surgiram naquele local porque era onde essas pessoas viviam? Daria para se livrar delas apenas acabando ou transferindo esses abrigos para outro lugar?

Tudo isso se devia ao fato de que, enquanto os típicos cidadãos de Cambridge gostavam de pensar que cultuavam a diversidade, no fundo não queriam que isso acontecesse em seu bairro. A cidade mudara nos últimos anos. O Instituto de Tecnologia de Massachusetts estava comprando todas as antigas fábricas de chocolate e as transformando em escritórios e apartamentos: Superior Nut, Tootsie Roll, a fábrica de chocolate, todas elas reaproveitadas. Estava erguendo edifícios altos na Kendall Square para abrigar a Biogen e outras novas empresas de tecnologia – de tal forma que a área ficava em plena atividade durante o dia e depois ficava inoperante à noite, exceto o hotel Marriott. A fuga em massa da classe média branca na década de 1970 tinha terminado, e agora os yuppies estavam voltando, empanturrando-se de velhos vitorianos, e reclamando sem parar dos bêbados e drogados da Central Square, que nunca tinham ido embora e que, na cabeça de James, eram por direito os donos do local.

Os bêbados eram os piores. Aqueles caras o deprimiam muito. Geralmente acabavam morrendo, e era triste, porque você poderia cruzar na rua com um deles uma vez ou outra, e era como se encontrar com uma pessoa totalmente diferente: apenas uma leve lembrança da pessoa que poderiam ter se tornado se tivessem conseguido largar a bebida.

Havia muito trânsito nas estradas. Sempre havia. Em Milwaukee, dois anos antes, começaram a colocar paramédicos em Harley Davidsons. James achou uma boa ideia, ao mesmo tempo em que agradecia a Deus por não ter precisado fazer isso. Se tentassem colocá-lo em uma moto dessas, seria ele que acabaria precisando de uma ambulância.

Ele ligou a sirene. A maioria dos carros à sua frente abria caminho à sua esquerda, mas uma mulher dirigindo uma caminhonete ficou ali, bem no meio da estrada, como se ele tivesse de passar por cima dela para prosseguir.

– Sai da frente, mulher! – Maurice gritou.

Por fim, ela saiu. James pegou um trecho livre da estrada à sua frente e pisou no acelerador.

– Estamos indo atrás de um maluco qualquer – Maurice disse. – Estava agindo de forma estranha e alguém ligou em nome dele. Está sangrando. Possivelmente violento.

– Isso não está me cheirando nada bem – James comentou.

– É... Feliz Natal para nós.

Quando chegaram, os bombeiros já haviam chegado. Eles estavam a alguns metros do paciente, mas não estavam interagindo com ele.

– Obrigado por vigiar para a gente, pessoal – Maurice disse em voz baixa.

As empresas privadas e o corpo de bombeiros estavam sempre em guerra.

A empresa deles tinha o contrato do 911 para toda Cambridge, o que significava que eles viam ação todos os dias. Sem o contrato, estariam fazendo transferências para hospitais, deixando o verdadeiro trabalho para o corpo de bombeiros. Mas eles sempre atendiam a todas as chamadas, mesmo assim. O corpo de bombeiros ansiava ganhar mais com o que os serviços de emergência ofereciam, mas a maioria dos bombeiros não tinha interesse algum em ajudar em um caso desses. Só queriam salvar pessoas quando era necessária uma equipe de mergulho e ou que usasse roupas especiais para salvamento. Qualquer outra coisa mais básica eles consideravam de um nível abaixo do deles. James sabia bem como era. Já tinha sido um deles. Ele se lembrou de quando os medidores de pressão arterial chegaram para a equipe de resgate de Lynn. Os caras ficaram irritados. *O que pensam que somos, um bando de enfermeiros?*, todos disseram. Mas, quando receberam um com leitura digital, ficaram quietos. Arrumavam qualquer desculpa para usar aquilo. Eram como Parker com seu Nintendo.

James e Maurice deixaram as luzes ligadas e saíram da ambulância. O homem devia ter seus quarenta e tantos anos, vestido com uma camisa de flanela e macacão manchado. Parecia estar bêbado ou drogado, ou ambos, agitando-se de um lado para o outro, e com a cabeça inclinada para trás. Tinha um corte profundo no lado direito do rosto, o sangue pingava no colarinho. Estivera no hospital recentemente – ainda estava usando a pulseira de plástico.

Eles conheciam pelo nome alguns dos usuários de drogas e desabrigados – os "chapados de plantão", como os chamavam. Conheciam o histórico médico de cada um deles, o número do seguro social de cor, pela frequência com que os viam. Mas James não reconhecia este.

Ele cheirava a bebida, urina e carne podre. Não foi difícil persuadi-lo a entrar na ambulância e ficar na maca. Maurice entrou e ficou na parte traseira, enquanto James retomou o volante.

O odor que o cara exalava era tão forte que ele teve de respirar por dentro da camisa.

James abriu as janelas e esperou para sair. Falou pelo rádio com o médico de plantão, pedindo permissão para aplicar uma intravenosa se Maurice precisasse fazê-lo. Sempre tinha de pedir ao médico, toda vez, mesmo que nunca tenham negado.

Depois, ele pegou a ficha no banco do passageiro e começou a fazer o relatório. Mas ficou com uma orelha em pé, certificando-se de que Maurice estivesse seguro.

– Você bebe com frequência? – Maurice perguntou.

– Sim.

– Quando foi a última vez que bebeu? – Ele fez uma pausa e depois respondeu sua própria pergunta. – Hoje, obviamente. Mexe com drogas? Pílulas? Cocaína?

– Não, nada disso. Já parei com essa porcaria toda.

– Hum... Quando foi a última vez que mexeu com isso?

– Estou tentando me lembrar.

– Certo.

– Tem alguma coisa diferente hoje – o cara disse. – Como se fosse uma coceira dentro da cabeça.

– Ok. Vamos tentar descobrir o que é. – A voz de Maurice era tão calma e reconfortante como se estivesse conversando com um de seus filhos. – Bem, esteve no hospital recentemente para quê?

Silêncio.

– Preciso saber quando foi a última vez que você usou drogas. – O tom de voz de Maurice ficou um pouco mais forte agora, como um pai repreendendo um filho pela primeira vez por ter chegado em casa após o horário combinado.

O tom de voz do homem foi desafiador.

– Eu nunca consumi drogas. De verdade.

Maurice balançou a cabeça.

– Já consumiu Valium? Alguma vez mexeu com crack?

– Claro.

Maurice começou a desabotoar a camisa do cara, conversando com ele o tempo todo. Puxou um estetoscópio do bolso da calça, checou seu batimento cardíaco e, como se estivesse batendo um papo amigável, perguntou:

– Quando foi a última vez? Você fez uso de drogas hoje?

– Não. – O homem falou mais alto agora e James se virou para ver. – Eu detesto drogas. E também detesto Ronald Reagan.

Ele pegou Maurice pelo pulso, mas Maurice conseguiu se soltar.

– Tente não se segurar em mim.

Seu parceiro estava extremamente calmo, mas James sentiu muita raiva.

– Você ia me acertar, não ia? – o cara disse, acusando.

– Não, acho que não.

– Ia sim, cara. Ia me bater. Tudo bem.

– Eu não ia fazer isso – Maurice disse.

As palavras do cara agora assumiram um tom de menosprezo.

– Como você se sente sendo um típico americano, só que afro-descendente?

Maurice fora criado no sul. Sua esposa era uma yankee, como dizia, uma garota negra de Roxbury. Ele gostava de dizer que Boston era bem mais racista do que a Geórgia já fora um dia.

– Ótimo – ele disse, escondendo suas emoções. – Quando você esteve no hospital?

O paciente ergueu a voz, ameaçando:

– Como você se sente sendo um típico americano, só que afro-descendente?

– Eu me sinto muito bem. Agora, responda à minha pergunta. Você tem problemas psicológicos?

– Você tem?

– Às vezes – Maurice respondeu. – O que você tem, cara? Esquizofrenia, depressão, ansiedade?

– Tudo, Georgetown.

– Parece que estou com uma intravenosa na mão agora.

– Já esteve na Universidade de Georgetown?

Maurice suspirou.

– Não, nunca.

– Eu fui lá. Quero ir para a ala psiquiátrica do Hospital de Cambridge.

– Tudo bem, mas vamos parar primeiro na sala de emergência – Maurice disse. – Agora vou medir sua pressão.

– Sabe qual é a verdade mesmo, cara? Eu te amo, amigão.

– Sei que sim.

O cara ergueu a cabeça.

– Como é o seu pênis?

– Ele é fantástico.

– Tá vendo? Eu te conheço. É a mais pura verdade, caramba. Você é o Rick!

– Sou o Rick. Vai me deixar aplicar essa intravenosa? Você injeta alguma coisa na veia?

– Não, eu nunca injetei.

– Você tem um monte de cicatrizes em volta das veias. São novas? Não se mexa, ok?

Maurice aplicou a injeção com cuidado. Não deveria ter doído, principalmente em um viciado que talvez estivesse acostumado com agulhas, mas ele gritou, com violência: – Se você entortar a droga da minha mão, vou entortar a droga da sua também!

James respirou fundo, fechando os punhos. Ele podia adivinhar que o idiota tentaria dar um soco em Maurice. Já se imaginou tendo de pular o banco e dar uma surra nele. Tinha receio de que, uma vez que começasse, pudesse não parar.

– Você está bem, não está acontecendo nada. Só estou erguendo sua mão – Maurice disse, com calma. – Só estou colocando seu cinto de segurança, relaxe.

O cara permitiu, e Maurice fez sinal com a cabeça para James seguir em frente. James engatou a marcha com a sirene ligada.

– Qual o seu nome mesmo? – Maurice perguntou. Só estava tentando acalmar as coisas.

– Qual o seu nome, Rick?

– Rick. Qual o seu?

– Me dê um aperto de mão.

James os viu pelo retrovisor. Por algum motivo, Maurice foi burro ou muito gentil para estender sua mão. James conseguiu ver o cara estender sua mão também, agarrar a de Maurice e apertá-la bem forte, erguendo a outra mão para tentar lhe dar um murro.

– McKeen, encoste – Maurice gritou, se esquivando.

– Sim, encoste a ambulância, McKeen – o cara disse sarcasticamente, já abaixando a mão.

James o fez, e tomou um gole de café.

Maurice se preocupou com o homem.

– Tudo bem entre nós? Eu preciso contê-lo?

– Tudo certo, África. Me dê um aperto de mão.

Alguns paramédicos teriam encostado a ambulância em um beco escuro e dado uma surra daquelas no imbecil. Mas Maurice não era assim. Alguns meses antes, um cara, no meio de uma briga, cuspiu sangue no rosto dele e disse:

– Olha aí. Agora você tem AIDS também.

Maurice apenas enxugou o sangue do rosto com a manga da camisa e foi em frente, como se nada tivesse acontecido.

Ele disse então:

– Já terminamos de nos cumprimentar. Vou ter que chamar a polícia?

– Tudo bem, Rick. Você é durão. Você venceu. Os médicos não me ajudam. Já tive convulsões e eles não me ajudam.

– Bem, vamos levar você para dentro e cuidar disso.

– É, mas é provável que eles não façam nada.

Maurice balançou a cabeça de novo para James, que ligou o motor. Ele se comunicou de novo pelo rádio, agora para avisar o setor de emergência de que o paciente era agressivo. Uma pequena parte dele se sentiu mal pelo cara. Era claramente louco e estava sozinho no Natal. James sabia que iriam fazer piada disso mais tarde. Eles faziam piadas de humor negro o tempo todo, principalmente quando presenciavam as piores coisas – assassinatos ou qualquer coisa relacionada a crianças. Pelo menos uma vez por mês eles pegavam uma criança que estava correndo com algo na boca que foi parar bem na garganta quando ela tropeçou – uma agulha de tricô, uma caneta, já tinham visto de tudo. No mês passado, um garoto de seis anos engasgou com um hot dog e estava até agora em coma. Eles brincaram até mesmo com isso:

– Como você transforma uma salsicha em vegetal?

Quando garoto, ele nunca se preocupara com o perigo. Quantas quartas-feiras ele passara nos fundos da casa arremessando garrafas de cerveja no quartinho dos fundos sem motivo algum e depois ficava tentando tirar os cacos de vidro dos braços e das pernas? Quantas vezes ele e seus colegas pediam carona para ir a Boston ou se jogavam do telhado da garagem do Big Boy para cair na piscina, logo abaixo? Agora é que ele pensava em todas as coisas que poderiam ter acontecido de ruim. Seus filhos não serão assim, sem vigilância, descuidados.

Dos fundos da ambulância, ele ouviu o desabrigado começar a falar de novo.

– De que lugar da África você é, camarada?

– Atlanta.

Cinco minutos depois, eles chegaram ao hospital. James estava bastante satisfeito por deixar o desgraçado nas mãos dos enfermeiros agora. Podia apostar que Maurice estava tenso.

Quando voltaram para a ambulância, ele perguntou:

– Quer ficar um pouco por aqui ou...

– Não, cara, quero aquele sanduíche.

James assentiu, e começou a dirigir até a Elsie's.

– Racista desgraçado, hein? – Maurice disse.

James deu de ombros.

– Já vimos piores.

Big Boy e O'Neil gostavam de repreendê-lo com relação a Cambridge tê-lo tornado do tipo meloso, sempre por aí com um bando de homossexuais e negros, seus pacientes. James dizia a eles:

– Irlandeses caipiras e homofóbicos radicais como vocês não dariam conta do que eu faço um dia sequer. Vocês são um verdadeiro preconceito ambulante.

Seu patrão chamava isso de competência cultural. Basicamente, significava que você tinha de saber o jeito de ser de todos os seus pacientes – em um minuto, você estaria perguntando a um viciado que vive nas ruas: *Você mexeu com o quê, cocaína?* No minuto seguinte, você estaria em uma mansão de um cara rico e ele poderia estar reclamando de dor no estômago, e você chegaria dizendo: *O senhor por acaso chegou a sentir alguma flatulência no dia de hoje?* Como se estivesse em algum daqueles comerciais chiques e ridículos da mostarda Grey Poupon. Você tinha de se sentir confortável com ricos, pobres, gays, héteros, brancos, negros, o que fosse...

Fora um moleque negro que apertara a garganta de sua esposa. James tentara não mencionar isso perto de Maurice, pois receava que ele pudesse dizer algo que o faria se arrepender.

Ele estava tranquilo porque, pelo menos, ela deixara o canalha levar o que queria. Sheila dissera que, se não estivesse com o bebê, teria se defendido; James não duvidava disso. Ele se lembrara de uma noite em um boteco em Charlestown. Eles estavam com um de seus primos mais velhos e nem precisaram usar suas identidades falsas. Três membros das Honey Bees entraram e o lugar ficara vazio na hora. Até mesmo os caras morriam de medo delas; aquelas garotas eram loucas. Uma vez, esfaquearam um garoto riquinho até a morte por causa de cerveja. Mas Sheila insistira em permanecer no bar e terminar sua bebida.

Ela não dera muita importância ao fato de que o assaltante era negro, mas os pais dela sempre diziam que, na região em que moravam, você não se deparava com esse tipo de elemento. Talvez soasse racista demais se ele contasse algo a Maurice, mas James às vezes se perguntava se Maurice já não tinha percebido.

Ele tinha seus vinte anos, ainda era bombeiro, quando a desegregação começara no sul de Boston. Tudo o que você sabia das pessoas que falavam sobre isso ultimamente era que os irlandeses da classe baixa do sul eram racistas e atiravam pedras nas crianças negras. Mas um primo dele, que era policial em Boston, fora chamado para a cena quando um branco inocente foi arrancado de seu carro e espancado, tendo ficado em coma irreversível, com um monte de negros à sua volta gritando: *Deixem que morra*.

Não era algo em que James gostasse muito de ficar pensando, mas, dadas as várias circunstâncias envolvidas, qualquer um poderia se tornar um selvagem.

Maurice disse:

– Já te falei do meu jantar comemorativo no Jimmy's?

Ele já havia contado a história a James centenas de vezes, mas, uma vez que começasse, não havia modo de fazê-lo parar. De qualquer forma, era boa mesmo.

Após o jantar, a esposa de Maurice fora pegar o carro com o valet enquanto ele estava no banheiro. Quando ele saíra do restaurante e a vira ali, a uns cinco metros, parada na calçada, um cara branco de terno se aproximara dele.

– Ele nem olhou na minha cara – Maurice disse agora. – Só jogou as chaves para mim e disse, "BMW azul". Supondo que, como eu era negro, seria o manobrista.

– E o que você disse? – James perguntou, feliz por levantar a bola para ele arrematar a piada.

– Eu disse "Só um momento, senhor". Então, eu caminhei por um quarteirão e joguei suas chaves na direção do porto.

Eles riram, enquanto James parava no sinal vermelho.

Suas pálpebras estavam pesadas; mantê-las erguidas requeria um grande esforço. James sabia, por experiência própria, que o sinal levaria um bom tempo para mudar, então manteve os olhos fechados só por um minuto, aliviando um pouco o peso.

Quando percebeu, Maurice estava sacudindo seus ombros.

– McKeen, você está bem? Você pegou no sono?

– O quê? Não.

– Quer que eu dirija?

– Não. Eu estou bem.

Eles voltaram para a Elsie's e ele estacionou para Maurice sair.

– Quer um sanduíche de metro? – Maurice perguntou.

James olhou para o relógio.

– Não são nem nove horas, cara. Vou tomar um refrigerante.

Ele tomava uma quantidade louca, talvez oito ou nove latas por dia. Deixava Parker tomar com pizza toda sexta-feira à noite, o que Sheila odiava.

James o ensinara a dizer:

– Mas, mãe, "é a escolha da nova geração".

Ela sempre respondia:

– É veneno, isso sim.

Afinal, James talvez acabasse cedendo e parando de beber. Ao longo dos anos, Sheila mudara muitos de seus hábitos. Ela conseguira que ele parasse de fumar maconha antes de Parker nascer e cigarro quando ela estava grávida de Danny. E, toda vez que ele tomava mais do que duas cervejas na sua frente, ela gostava de lembrá-lo de seu pai.

2003

Delphine acendeu a lareira a gás.

Era simples como usar o interruptor, um ato que não parecia natural. Fazer uma fogueira deveria ser um desafio, envolvendo um tipo viscoso de madeira e bolas de papel de jornal que deixassem manchas escuras nas palmas das mãos. Na casa em que passavam os finais de semana, no interior, assistia frequentemente ao seu marido, Henri, esforçando-se para acender a lareira com fluido de isqueiro e alguns pedaços de tora que eram úmidos demais para serem úteis. Quando uma chama finalmente surgia, ambos comemoravam e gritavam: *Chegou!*

Uma lareira a gás parecia uma enganação, embora P.J. tenha dito uma vez que comprara o apartamento, em parte, por conta desse recurso. E a aconselhara a não colocar nada dentro dela.

– Mesmo uma folha de papel poderia estragar o sistema dela, provocando um superaquecimento e quebrando o vidro – dissera.

Para onde olhava, percebia que o lugar estava agora uma verdadeira desordem: suas camisetas viraram trapos no chão da cozinha, junto de pedaços de pratos. Os quadros, arrancados das paredes. Os tapetes, recortados em tiras; o cão, no banheiro, todo sujo de creme de amendoim.

Ela segurava uma pilha de documentos importantes, do tipo que todo mundo tem guardado em um cofre ou em um arquivo em algum lugar, a história de uma vida contada em assinaturas e números. No caso de P.J., era uma pasta essencial que vivia em uma caixa de plástico debaixo da cama, espremida no meio de contas de telefone, cartas de amor e programas de concertos dos quais tinha participado com a English Chamber Orchestra, a Pasadena Symphony, a Warsaw Philharmonic.

Ela atirou a certidão de nascimento no fogo, a documentação bancária e uma folha de caderno azul lotada de letras e números. Ele nunca memorizara números de conta corrente ou senhas, preferindo consultar a lista sempre que precisasse.

O anel em seu dedo reluzia à luz das chamas: dois diamantes grandes e redondos que tinham a forma de um oito inclinado, com detalhes em diamante ao redor. O anel tinha um visual único, quase como se fosse uma flor. As pessoas estavam sempre lhe perguntando sobre ele – quando e onde fora feito. Mas Delphine não tinha ideia alguma quanto a sua origem. Sempre tivera vontade de o levar a um joalheiro que pudesse saber. Havia uma palavra gravada. Evie. Perguntara uma vez a P.J. o que significava, mas ele dissera não saber.

Delphine deixou sua imaginação fluir. Seria o nome de alguém ou representaria uma mensagem secreta entre dois namorados? O que teria acontecido para que vendessem? Simplesmente perderam o anel ou o deram a alguém? Seja o que for, não era mais deles. Depois de hoje, ela também seria apenas uma ex-dona do anel.

Ela fechou a porta de vidro da lareira, observando as chamas lamberem suavemente o papel.

O processo levava mais tempo do que imaginava. Uma lareira a gás jamais ficava com a chama tão alta. Era para representar algo selvagem e indomável, mas, na verdade, era apenas algo brando, uma pálida imitação da autêntica.

– Chegou – ela disse, e pensou na sua casa.

Delphine Moreau conhecera Henri Petit uma semana após o aniversário dela de trinta e três anos, em uma pequena loja na rua Constance, em Montmartre. A loja vendia instrumentos musicais raros e antigos, alguns datando do século 15. Ficava no andar térreo de um prédio de apartamentos de quatro andares, de quarenta e um anos de existência, bem no meio de um quarteirão estreito e silencioso, pavimentado com paralelepípedos, um verdadeiro tesouro escondido, adorado por colecionadores da Europa inteira pela originalidade de seu estoque, assim como pelo seu animado proprietário, François Dubray. Era um homem corpulento e bonito, com barba cerrada e escura e um riso que faria até uma estátua se virar e sorrir. Dubray tinha um conhecimento quase enciclopédico de música, e era também um renomado luthier. Na oficina que tinha nos fundos da loja, onde raramente alguém tinha permissão para entrar, ele reparava e afinava violinos para os intérpretes mais renomados do mundo. Eles vinham até ele uma vez por ano e ele deslizava uma ferramenta por dentro do orifício em formato de "f", fazendo um leve movimento para a esquerda ou a direita, alterando o som de acordo com a forma específica com que cada violinista tocava.

Dois meses antes, Dubray havia morrido de ataque cardíaco enquanto levava o lixo para fora, e agora seus três filhos procuravam alguém que comprasse a loja, alguém que jurasse preservar seu propósito original.

Quando menina, Delphine passara horas incontáveis com seu pai contemplando os instrumentos expostos por detrás da vitrine empoeirada da loja de Monsieur Dubray. No centro, uma gama de violinos pendurados por um fio bem fino, acima de um piano, parecendo, como por mágica, estar flutuando. Eram ladeados por dúzias de flautas e clarinetes e uma harpa que era mais alta que Delphine. Havia instrumentos que uma pessoa comum não reconheceria nunca, e seu pai sabia o nome de todos eles: o virginal, que lembrava um cravo encolhido; um lamelofone africano, cuja caixa de ressonância era feita de casco de tartaruga intacto.

Os filhos de Dubray, todos por volta dos vinte e poucos anos, estavam constituindo suas vidas em outro lugar, os dois mais velhos em Londres e o caçula na universidade, em Montreal. Eles retornaram a Paris para o enterro e para realizar um evento de amostra da loja, das duas às cinco horas daquele sábado, no qual pretendiam analisar minuciosamente todo e qualquer proprietário em potencial.

Apenas Delphine e Henri apareceram.

Ela se sentara em uma cadeira que ficava perto da porta enquanto os filhos do ex-proprietário questionavam Henri em uma mesa, a alguns metros dali. Delphine se lembrava deles correndo pela vizinhança quando ela era adolescente e eles eram bebês ainda. Estava claro que nenhum deles herdara a paixão do pai pela música. Suas perguntas eram simplistas, tendo mais a ver com sentimentos do que com dados específicos. *Que tipo de música você prefere?*, perguntavam. *Por que ser proprietário desta loja o faria um homem mais feliz?* Estava claro também que Henri era imensamente qualificado para a tarefa. Tinha aprendido a restaurar instrumentos com o próprio Dubray; sendo assim, acreditava que seria o herdeiro legítimo do lugar. Ele parecia se sentir quase ofendido por Dubray ter escolhido deixar a loja no testamento para seus filhos e não para ele. Henri contara a eles que trabalhava como consultor no Musée de la Musique, uma das maiores coleções do mundo. Quando era bem mais jovem, recém-graduado na universidade, gerenciara uma pequena loja no Place des Vosges que era especializada em instrumentos de cordas do século 17.

Delphine sentia que afundava na cadeira com cada palavra que ele proferia com muita confiança. Ela ensaiara o que iria dizer: tinha experiência com vendas após passar os últimos anos como corretora de imóveis e já tinha visitado aquela loja centenas de vezes, milhares talvez, pela admiração que tinha por ela. Queria ser proprietária do lugar desde sempre. Era o sonho de seu pai, de quem ela herdara suas pernas longas e finas e o nariz também fino. Ele a chamava por vários nomes: "ma tourterelle", "mon petit canard", escolhendo nomes de pássaros para descrevê-la. No fim, fora ele quem voara para longe...

Quando chegara sua vez de falar, Delphine se esquecera das poucas credenciais que tinha e contara que havia perdido o pai havia apenas um ano.

– Ah, não! – os filhos exclamaram, pois se lembravam do bom e bem apessoado... rentado Ludovic Moreau, que morava logo na esquina, na casa coberta por heras, na rua Cauchois. Era possível ver a casa da porta de entrada da loja se você inclinasse o pescoço para a direita.

– Você ainda mora lá? – a garota perguntara.

– "Oui" – ela respondera. – Seu pai era um homem muito bom. Sei que eu amaria cada centímetro desta loja como ele. É o meu lugar preferido de Paris. Quando criança, meu pai costumava me trazer aqui nas manhãs de sábado. Era pianista, sabe, e esta loja era seu local de culto. Significava mais para ele do que qualquer catedral na França. Quando morreu, eu vim aqui. Não esperava, mas comecei a chorar. Seu pai era tão bom comigo. Ele me disse que meu pai era um bom homem, um de seus fregueses favoritos, e que eu deveria vir quando quisesse também.

Depois disso, os filhos foram para a oficina. Nem mesmo eles tinham permissão para entrar quando seu pai era vivo, e ela imaginara o que sentiriam agora. Não se despediram nem prometeram retornar. Delphine não tinha como saber se voltariam em um instante para anunciar sua decisão ou se ligariam para ela mais tarde com o veredito.

– Temos que esperar? – perguntara a Henri, e deu de ombros, como se particularmente não se importasse, mas depois ele fora para fora e ela o vira caminhando na calçada em frente ao sapateiro por dez minutos. Não era um homem alto. Devia ter a altura dela. Esbelto, de cabelos ondulados e grisalhos. Parecia ter uns cinquenta anos. Estava usando óculos sofisticado de aro preto e um terno fino, mas parecia desconfortável com ele. Imaginava que ele fosse do tipo acadêmico a maior parte do tempo, do tipo que vivia de suéter em casa.

Por fim, os filhos de Dubray retornaram. A garota se voltara para Henri com um sorriso, de dentro da loja, e Delphine se sentira decepcionada mas também, de alguma forma, aliviada. A ideia toda, na verdade, devia ter sido terrível. Ela sabia muito pouco sobre instrumentos antigos e menos ainda sobre restauração. Talvez esse fosse apenas seu destino a salvando de si mesma. Mais uma vez, ela precisaria de algo novo, um desafio que pudesse preencher todos os seus espaços vazios. Não tinha mais interesse em se relacionar, não agora, embora tivesse sido sua distração preferida no passado.

O filho mais velho, provavelmente nos seus vinte e cinco anos, dissera:

– Monsieur Petit. Mademoiselle Moreau. Sentem-se, por favor.

Todos se sentaram em volta da mesa.

– Nós discutimos sobre o assunto e decidimos que existe uma solução perfeita – ele dissera, parecendo mais uma criança do que um homem. Tinha os olhos bondosos do pai, e Delphine sorrira para ele, sabendo o quanto esse tipo de decisão poderia ser pesado para qualquer um. A mãe deles era bem mais nova que o pai, mas também já havia morrido, de câncer, alguns anos antes. Eram órfãos agora, como a própria Delphine.

Ele continuara.

– O proprietário perfeito para a loja é...

– Na verdade, são ambos! – a irmã interrompera.

O irmão parecia ter desabado. Ela o furtara de seu grande momento, e ele não conseguia esconder o desalento.

– Perdão? – Henri dissera.

– Monsieur Petit conhece bem o ramo. Aprendeu com nosso pai – o mais velho dissera. – E Mademoiselle Moreau... Ela é repleta de luz e entusiasmo. É do mesmo bairro. Entende o valor sentimental do lugar. Vocês trabalharão bem juntos.

– Então você quer que eu compre a loja e a contrate? – Henri perguntara.

– Queremos que comprem juntos – a garota dissera.

– Não é assim que essas coisas funcionam – Henri gaguejara. – Não se compra uma propriedade junto com um estranho. O resultado pode ser terrível. Você tem que deixar que cada um faça sua oferta e aceitar a melhor. Seja sensato.

Delphine mordera o lábio inferior. Não teria como entrar em uma guerra de ofertas com aquele homem. Só tinha o suficiente para comprar a loja pelo preço mínimo indicado.

O filho mais velho balançara a cabeça.

– Não nos importamos muito com o dinheiro, no caso. Só queremos que seja feito como Papa desejaria que fosse. Se pudéssemos, ficaríamos com a loja para a família, mas não seria prático.

Henri zombara.

– Ah, e essa ideia é prática? Eu garanto que vão se arrepender disso depois.

– Não – a garota dissera. – Só vamos nos arrepender se voltarmos daqui a cinco anos e virmos que a loja já não existe mais. Nosso pai nos deu ordens estritas para que encontrássemos a melhor pessoa possível – ou pessoas – para comprar a loja se algo acontecesse a ele.

– E Papa era um romântico, então... – o filho caçula acrescentara, acenando na direção dos dois, e já saindo da conversa. Delphine não tinha ideia do que ele queria dizer com isso, não até que pensara nisso novamente algumas semanas depois e soltara uma gargalhada.

– Não posso aceitar – Henri dissera.

– Pense melhor no assunto – o mais velho recomendara, e foi só.

Após a conversa, ela e Henri foram embora. Delphine imaginara que ele fosse virar à direita, na direção do Metro Blanche, e, mesmo que o apartamento dela ficasse na mesma direção, pegara o caminho à esquerda. Mas então, ele também. Ela podia sentir sua presença por trás. Então, parara bruscamente para se virar e eles se chocaram, já na calçada.

– Você concorda que é um absurdo? – ele perguntara, como se só tivesse reparado nela agora.

Talvez sim, mas muitas coisas eram absurdas. Era um absurdo que ela tivesse tido um namorado sobre o qual contava para todas as amigas desde a universidade e que esse mesmo namorado hoje estivesse casado e tivesse dois filhos, morando agora em um vinhedo em Bordeaux, enquanto ela ainda continuava com o coração partido uma vez por ano; uma romântica incorrigível com tendência a se relacionar com homens rudes. Era um absurdo o fato de que tinha trinta e três anos e ainda não estava bem certa do que fazer da vida. Era um absurdo que seu pai, o melhor e mais forte dos homens que já existiram, agora estivesse morto e enterrado no Cimetière de Montmartre, em cujo túmulo gatos e turistas americanos costumavam subir. De certo modo, Delphine o culpava pelas suas inquietudes. Ele a tratava como se fosse a garota mais especial do mundo, e ela presumia que o mundo pudesse concordar. Contudo, tinha vivido sua vida até então sem nenhum plano claro, apenas levada pelas circunstâncias.

– É uma proposta estranha, sim – ela dissera. Ela se perguntava por quanto tempo Henri lutaria para ter a loja e se conseguiria.

Eles viraram na rua Lepic, repleta de cafés, lojas e pastelarias. Subiram pela rua até chegar ao topo e ser bloqueados por um guia turístico que falava com seu grupo em inglês de maneira bastante animada: Vincent van Gogh não tivera muito sucesso profissional. Fora aqui, na casa de seu irmão, Theo, que vivera nos anos que precederam a fatalidade que fora seu suicídio. Suas últimas palavras, de acordo com Theo, foram: "La tristesse durera toujours". Alguém aqui sabe o que isso quer dizer? Ninguém? Significa: "A tristeza durará para sempre".

Os americanos começaram a tirar fotos uns dos outros em frente à casa.

Henri erguera a sobrancelha.

– E o que supõe que irão fazer com essas fotos? Transformar em cartões de Natal?

– Paz e alegria para você nas festas natalinas. Foi aqui que Van Gogh morou antes de sua terrível morte!

Ele assentira.

– Observação: "A tristeza durará para sempre".

Ela sorrira.

– Detesto Montmartre – ele dissera. – Não tem nada além de turistas e artistas pretensiosos e burgueses boêmios. Onde você mora?

– Montmartre – ela dissera. – Fui criada aqui.

O fato já havia sido comentado na loja de Dubray. Ele estaria zombando dela?

– Ah! – Ele fechara os olhos e dera um tapa na testa. – Sou um idiota mesmo.

Ela percebera então que ele tinha mesmo se distraído, de alguma forma. E parecia genuinamente constrangido.

– Não, não. Está tudo bem. Montmartre não é para todos – ela dissera, embora, na verdade, não pudesse imaginar que alguém perambulasse por aquelas ruas sem se apaixonar.

A região havia mudado um pouco desde que era criança. Naquela época, havia uma panificadora em cada esquina, e agora a maioria delas tinha fechado. Duas das preferidas de seu pai ainda mantinham o visual antigo, mas foram transformadas – uma em pré-escola e a outra em escritório de advocacia. Muitas das tabacarias antigas eram agora mercados que ficavam abertos até tarde e que pertenciam a imigrantes do norte da África. Existia até mesmo uma loja de congelados, virando o quarteirão de sua casa.

Mas essas mudanças a agradaram. Paris era sempre envolvente – o original e o ousado no topo do que já estava por lá havia milhares de anos, o novo e o velho entrelaçados pacificamente. Nos últimos anos, ela fora com seu pai ver Red Hot Chili Peppers, David Bowie e Iggy Pop se apresentarem no La Cigale, o mesmo teatro onde seus avós uma vez viram Maurice Chevalier.

Em alguns aspectos, vir a Montmartre ainda parecia como adentrar outra época. Você podia ir a apresentações em Au Lapin Agile e se sentar nas cadeiras que uma vez foram ocupadas por Modigliani, Picasso, Renoir. Quando criança, sempre no mês de outubro, ela pisava nas uvas como uma boa garota do campo no Clos Montmartre, onde as freiras e os monges produziam trezentos litros de vinho por ano desde o século 12. Seu pai não se importava com os turistas que se amontoavam na catedral e no carrossel ao pé da escada, perguntando onde era o

Moulin Rouge, a entrada do teleférico, a estátua do sutiã de Dalida – Dalida, que trouxera tanta alegria com sua disco music e seus seios fartos, e que deparou com um fim trágico. Mas Delphine se sentia orgulhosa pelas pessoas de fora que queriam espreitar seu mundo. De qualquer forma, ela achava que as melhores partes eram as que os turistas nunca notavam – a visão impressionante de Paris das mesas ao ar livre na Chez Pommette, na direção do topo da colina. Os estúdios dos artistas eram montados no alto, nos sótãos das casas antigas.

Os turistas desapareciam lá embaixo, no final da colina, onde o aluguel era barato e, em anos passados, os boêmios se congregavam às dúzias. Ela morara lá, no quarto andar, acima de um café, na rua Martyrs, a maior parte de sua infância. Crescera sabendo os nomes do açogueiro e do queijeiro, a velha mulher que tinha a pastelaria e que lhe trazia chocolate todos os dias depois da escola, e do casal de Auvergne que tinha a tabacaria, todos pertencentes à única grande e barulhenta família que ela, a filha solitária de um viúvo, teria na vida.

Quando ela tinha dez anos, eles se mudaram para o alto da colina, para a casa de tijolos na rua Cauchois. Delphine sempre achara que fosse a casa mais bonita de Paris, com suas paredes cobertas por heras, gerânios bem vermelhos nos vasos, que contrastavam com as persianas brancas e altas que seu pai abria todas as manhãs cantando algo para os pássaros. Não se parecia com as outras casas da cidade – não era estilo Haussmannian ou mesmo Art Nouveau –, e isso a tornava especial. A proprietária, Madame Delecourt, morava no primeiro andar. Havia dois apartamentos no segundo andar e três no terceiro. Delphine e seu pai moravam em um desses. Ele vivera lá até alguns anos antes, quando se mudara com sua horrível namorada, e Delphine acabara indo morar sozinha. Madame Delecourt morrera nessa época. Seu sobrinho era o dono do lugar agora. Delphine sentia que ele queria que ela se mudasse – logo que isso acontecesse, ele poderia alugar o local por cinco vezes o que ela pagava. Mas ela não tinha intenção alguma de sair de lá.

– Gostaria de tomar um café? – Henri perguntara a ela.

Ela dissera que gostaria, embora não estivesse bem certa disso. Foram a um café na esquina. Ele pedira um café com leite e ela, um suco de limão, por não querer se submeter aos efeitos da cafeína no estado de tensão em que se encontrava. Eles acenderam seus cigarros e conversaram sobre música, o que parecia ser o único terreno comum para os dois. Concordaram com relação aos grandes mestres, é claro: Bach, Beethoven, Chopin, Mahler. Ele dissera que seus favoritos eram Ravel e Debussy.

Delphine sorrira. Seu pai também preferia os compositores franceses, tinha orgulho deles. Ela podia ouvi-lo tocando "Clair de Lune" no piano que ficava na sala de Madame Delecourt quando ela voltava da escola, na hora do almoço.

– Ultimamente, tenho ouvido muito Arvo Pärt – ela dissera. – Adoro sua música. Tem muita alma. É aparentemente simples, acho. Mas me parece que o mais simples pode às vezes ser o mais difícil.

– Ridículo! – Henri vociferara.

Ela se surpreendera com sua intensidade, e sabia que sua reação deixara isso bem claro.

– Desculpe – ele dissera. – Não sei o que está acontecendo comigo hoje. Está tudo tão estranho. – Ela supusera que tivesse a ver com o acordo na loja, mas ele então continuara.

– Não ligo para compositores contemporâneos – ele argumentara. – Pärt, quando comparado a Schubert ou Brahms ou Bruckner, se mostra sem nenhuma importância.

Seu pai sempre lhe dissera para ter cuidado com um admirador de Bruckner.

Henri continuara dizendo que era trágico saber que o melhor da música ficara em um passado distante. Tinha pouco respeito por qualquer compositor atual. A nova geração, ele os chamava com desdém, como se Pärt, Takemitsu e Philip Glass fossem uma gangue de arruaceiros.

– Como você conhece tanto sobre música clássica? – ele perguntara. – Os filhos de Dubray mencionaram seu pai. Ele era músico?

– Pianista – ela respondera. – Estudou no Conservatório de Paris.

Ela omitira o fato de que ele ganhou dinheiro tocando Gershwin e Cole Porter em um bar de hotel e economizava no aluguel dando aula e fazendo apresentações de improviso para a proprietária e seus amigos. Henri demonstrara, de forma veemente, ser encalhado, irritado e extremamente sério. Ela podia até imaginar o que ele diria sobre isso se lhe contasse.

Ele lhe dissera que seu pai estudou violino quando criança e o encaminhara para fazer o mesmo.

– Amo a música mais do que qualquer coisa – ele dissera. – Mas não tenho talento.

Ela balançara a cabeça, entendendo.

– Acontece a mesma coisa comigo.

– Meu pai era colecionador e eu o seguia sempre – Henri dissera. – Nos meus sete, oito, nove anos, eu visitava feiras, vendas do Estado e ações públicas por toda a Europa para montar a coleção que tenho hoje. Ela engloba desde o século 15 até o 19.

– Tem uma peça preferida? – ela perguntara.

– Tenho um arco perfeito François-Xavier Tourte – ele respondera.

– Ah, ok.

Seu pai lhe contara sobre Tourte, que destruía qualquer arco que não fosse perfeito, que aprimorara o próprio som do violino no final do século 18 e começo do século 19, e cujos arcos agora custavam aproximadamente o mesmo que uma Ferrari.

– Mas não é o meu preferido – Henri dissera, se gabando, ela notara.

– Não?

– Não.

– Qual é, então?

– No ano em que nasci, meu pai comprou um Stradivarius por bem pouco. Ele me deu de presente no meu aniversário de dez anos. Outro desses, feito no mesmo ano, foi vendido por dois milhões de dólares na América. Pertenceu a um general do exército de Napoleão. Após a venda, recebi muitas ofertas. Mas não vou me desfazer do meu, claro.

Ela recuara, surpresa.

– Onde você o guarda? – ela perguntara.

– Em casa, no meu escritório, em uma redoma de vidro.

Parecia terrível que o violino nunca tivesse sido usado. Um desperdício. Um pássaro engaiolado. E isso era ruim para um instrumento. Ele era um luthier, devia saber disso.

– Você o aluga?

– Ocasionalmente.

Henri tomara o último gole do café e depois dera uma mordida no tabletinho de chocolate que viera junto.

– Há vinte anos, sabendo do valor que o violino tinha, podia tê-lo vendido. Mas tenho certeza de que me arrependeria depois.

Ela assentira. Percebera que ele estava tentando chegar a algum lugar, mas não conseguia saber aonde.

– Os filhos de Dubray estão sendo precipitados. Estão vendo que há dinheiro a ser ganho. E querem ganhar.

– Talvez seja mais do que isso – ela comentara. – Talvez gostem muito do lugar, mas não tenham capacidade para cuidar de tudo.

Ela se lembrara de como se sentia quando limpava os armários de seu pai, querendo, ao mesmo tempo, segurar cada lenço empoeirado e cada folha amarelada de partitura e também estar em qualquer outro lugar, livre de tudo aquilo.

– Me preocupa saber que você pode não compreender onde está se metendo – ele dissera.

– Hã?

– Fui dono de uma loja semelhante à de Dubray, e é o tipo de negócio que oscila muito. Tem anos que você está bem e aí, sem aviso, fica tudo muito parado. Dubray tinha dívidas. Quem comprar a loja terá de assumi-las. Está ciente disso?

Ela podia perceber que ele não era um homem ruim, embora pudesse ser um tanto arrogante. Ele só queria a loja, provavelmente muito mais do que ela. De qualquer forma, ele estava certo. Ela não sabia nada sobre dívidas ou como se defender de uma possível queda nas vendas. Mas ela era maior que tudo isso.

Delphine estava para dizer a mesma coisa quando Henri falara:

– E se os filhos de Dubray mantivessem a loja com eles por um ano enquanto nós dois tentássemos tocá-la juntos? Seria um período experimental.

Ela estava surpresa, mas o lugar era sagrado para ele, exatamente como era para ela. Então, talvez ele não quisesse todo o peso de mantê-lo vivo somente nas suas costas.

Delphine concordara em tentar.

Uma vez que começaram, ela percebera que nunca poderia ter feito o que fizera sem ele. Os filhos do ex-dono, que pareciam ter agido por um capricho tolo e emocional, estavam certos. Henri conhecia cada distribuidor e cada maestro do mundo, e tinha um conhecimento com relação a instrumentos musicais que rivalizava com Dubray. Ele tinha habilidade para reparar um violino, avaliar seu valor, reconhecer um achado quando qualquer outra pessoa poderia ter perdido a chance. Era calmo, tão calmo que podia parecer lento. Ele vivia no seu próprio mundo.

Henri não tinha interesse algum em ficar batendo papo com os fregueses o dia todo. Fora aí que surgiu a figura de Delphine. Seu pai tinha de ser fluente em inglês para que pudesse se comunicar com clientes americanos bêbados que queriam conversar, se encostando no piano e perguntando sobre Paris, além de pedir alguma coisa do "West Side Story". Ele lhe ensinara tudo o que havia aprendido, todas as expressões as quais ela não teria outra forma de saber. Como fazer os turistas se sentirem à vontade, pois esperavam que os franceses fossem chatos e indelicados.

Agora, ela colocara seus ensinamentos em prática. Descobrira que poderia convencer um casal americano de férias a pagar dezoito mil francos por uma harpa, quando nenhum deles sequer pensara um dia em possuir uma. Ela podia ver um instrumento e entender a força de sua beleza, sua capacidade de trazer alegria a alguém, mesmo quando não sabia nada sobre o fabricante ou a qualidade da madeira. Dubray, assim como Henri, nunca se aborrecera com turistas; Delphine fizera com que eles fossem seu foco. Quando um diretor de cinema de Los Angeles entrava para dar uma olhada na loja com sua esposa, uma longa conversa levava a uma nova relação com as companhias cinematográficas da América que estavam procurando instrumentos para serem usados em musicais.

Com ambos à frente, a loja lucrara como nunca antes. No primeiro ano de aniversário de seu primeiro encontro, eles a compraram.

No seguinte um ano e meio de existência, Delphine se referia a Henri como seu parceiro de negócios. Era também um amigo, ela pensava às vezes, mas a maior interação ocorria no trabalho. É claro, estavam sempre trabalhando. Ela enxergava mais de Henri do que qualquer um. O negócio deles lhes proporcionara conhecidos mútuos e, juntos, os entretinham; a maior parte era de colecionadores e experts como Henri, que sabia dissecar os elementos da música de uma forma que ela achava enlouquecedora. Delphine gostava de discutir sobre as performances a que assistia, mas também achava que podiam discutir a respeito da beleza envolvida. Ficava irritada quando Henri perguntava *E então? O que achou?* imediatamente após um recital, querendo analisar antes mesmo de as luzes serem acesas.

Quando menina, todo ano seu pai a levava algumas vezes a um concerto na igreja, na Église de Saint-Germain-des-Prés. Costumava pedir a ela, antecipadamente, para ficar imóvel e em silêncio a fim de deixar a música tomar conta dela. Após isso, era possível que comessem mexilhões na praça onde ficava o Café Central ou apenas vagassem pelas ruas estreitas e até o rio sem dissecar o que tinham visto antes, sem discutir nada sobre isso.

Em algumas noites, ela preparava o jantar para Henri em seu apartamento após o trabalho, só para os dois, quando conversavam sobre suas famílias, a infância, seu gosto compartilhado por música. Ambos veneravam os músicos eruditos da mesma forma que outras pessoas veneravam os astros do rock.

Henri era um homem cerimonioso, e difamá-lo lhe trouxera um prazer estranho. Ela adorava, em segredo, substituir seus CDs de Bach pelos dos Bestie Boys na loja. Ele era quinze anos mais velho do que ela e parecia até mais do que isso – Delphine mexia com ele com relação à idade, e ele ficava vermelho de vergonha. Ela o via como um tio bondoso ou talvez um irmão bem mais velho.

Uma vez, depois de tomar muito vinho, ela lhe contara o quanto sentia falta de seu pai e confessara que nunca quisera ter filhos por causa de tudo o que havia ocorrido com sua mãe. Nunca contara isso a ninguém. Henri dissera que já quisera ter filhos mas agora parecia tarde demais. Ela não conseguia imaginá-lo brincando com um bebê ou jogando uma bola para uma criança mais velha. Quando tentara, dera uma gargalhada. Mas uma vez ela o vira ensinar um garoto da vizinhança a restaurar um violino que a criança havia encontrado no sótão da avó, adicionando um espelho e uma voluta, e polindo até que ficasse brilhando.

– O filete é muito bom. Há uma grande diferença entre as madeiras abeto e maple – ele dissera ao garoto, que assentira, sério, como se fosse um leiloeiro na Christie's.

Henri a beijara pela primera vez em uma terça-feira tranquila, quando a loja já estava vazia havia horas. Ela não teria ficado tão chocada se ele tivesse caminhado na sua direção e dado um tapa no seu rosto. Ele se afastara e, antes mesmo que ela pudesse dizer algo, fora ele quem dissera:

– Tenho uma reunião agora. Até amanhã.

No dia seguinte, ele a convidara para jantar. Comeram batata frita com carne e beberam uma garrafa de vinho. A testa de Henri estava úmida de suor. Ele quase só conversara sobre a loja o tempo todo – divagando sobre a necessidade de impulsionar as vendas na época do Natal e perguntando se ela pensava ser prudente publicar anúncios em jornais locais.

Delphine se sentira extremamente desconfortável e confusa. Pensara que seria um encontro, mas agora se perguntava se era mera apologia ao beijo. Henri pagara a conta, mas ele sempre fazia isso quando saíam. Ele a acompanhara até sua casa, mas ele sempre fazia isso também se já estivesse tarde.

Ainda do lado de fora, ela dissera:

– Bem, obrigada pelo jantar. Te vejo amanhã, sim?

Foi quando ele a agarrara pela cintura e a beijara com urgência. Ela o beijara de volta; pareceria indelicado de sua parte se não o fizesse. Mas mantivera os olhos abertos e pudera senti-los se abrindo ainda mais.

Não o convidara para subir.

Na manhã seguinte, ela entrara na loja pela porta dos fundos, sabendo que ele estaria na parte da frente. Na sua mesa da oficina, ele havia deixado um vaso com rosas e um cartão. Seu estômago revirara. O cartão dizia: "Como provavelmente já percebeu, estou completamente apaixonado por você".

Delphine quase dera um salto. Completamente apaixonado? Era difícil imaginar Henri entrando em um estado que mesmo vagamente lembrasse um estado de loucura. Ela chegara a pensar por um instante em sair correndo, mas ele entrara na oficina carregando um monte de papel. Quando a via, suas bochechas ficaram vermelhas.

– Não ouvi você chegar – ele dissera.

Ela percebera que estava nervoso. E apontara na direção das flores.

– São lindas.

Ele sorria.

– Que bom. Foi muito bom ontem à noite.

"Mesmo?" ela pensara. Mas respondera:

– Eu também achei.

Ele fizera uma pausa.

– Melhor eu voltar para loja.

Por um instante, ela pensara que, de repente, o floricultor pudesse ter simplesmente colocado o cartão errado. Talvez em algum lugar em Montmartre, uma mulher que tinha acabado de ficar noiva tivesse recebido um buquê com um recado que dizia: "Parabéns por ter atingido o recorde de venda de flautas em um único mês".

Naquela noite, na cama, Delphine refletira. Henri a amava. Ou pelo menos achava que sim. Como é que essa ideia nunca havia lhe ocorrido? Ela sabia que ele não iria fazer com que ela se apaixonasse também, mas isso nunca levara a acontecer algo positivo para ela mesmo. Henri era um homem bom e inteligente, e eles eram donos da loja, o que era o mais próximo que eles poderiam chegar um dia se quisessem ter um filho também.

Eles saíram para jantar mais vezes, o que fora melhorando com o tempo. Eles riam fácil. O sexo era bom, mesmo que não transbordasse de paixão. Ela conhecera Henri melhor com a convivência – ele comia muito pouco por iniciativa própria, como se sua cabeça estivesse ocupada demais para que tivesse tempo de pensar em algo trivial como comida. Embora parecesse o homem mais confiante da França, era propenso ao mau humor, assim como o pai dela; às vezes isso o levava para a cama por um dia, dois ou três.

E, como seu pai também, Henri se tornara seu autorrenomado cuidador, constantemente preocupado com sua segurança, saúde e felicidade. Quando um assaltante lhe arrancara a bolsa uma noite, enquanto estavam fechando a loja, Henri o perseguira até o topo da colina. Embora soubesse que não alcançaria o garoto, sua tentativa a tocara profundamente.

Henri havia herdado um apartamento enorme no sétimo distrito, enquanto ela apenas tinha alugado o seu. Por esse motivo, após cinco meses de namoro, ele sugerira que ela se mudasse para a casa dele, embora fosse longe da loja e do bairro no qual ela havia crescido – do outro lado do rio.

– Não posso deixar Montmartre – ela respondera. – Meu apartamento. Vou perdê-lo para sempre.

– Não seria grande o suficiente para nós dois – ele dissera, se esquecendo na hora que ela morara lá com o pai por dez anos.

– Como posso me mudar de Montmartre para aquele bairro rico que não tem nada de boêmio? Isso é ser totalmente burguês?

– Na verdade, você não vai ficar longe das multidões. Os burgueses boêmios – ele dissera. Quando ele percebera que ela não estava sorrindo, tocara seu queixo e continuara: – Ainda ficaremos por aqui o tempo todo que estivermos trabalhando. Por fim, podemos nos mudar se é o que realmente quiser.

Ela sabia que ele estava mentindo – detestava Montmartre, nunca escolheria viver lá. Mesmo assim, ela se permitira se consolar com suas palavras.

Henri não mudara um móvel sequer de seu apartamento depois que o ganhara de seus pais. Era uma mobília opressiva, da chamada velha França, estilo Luís XVI. Tudo muito reto, com linhas bruscas, coroas de louros esculpidas na madeira de carvalho e colunas de pregas douradas por toda parte, como se estivessem morando na Grécia antiga. Cortinas de veludo protegiam tudo do sol. Delphine insistira em retirá-las mas, na primeira visita de seus pais, após ela ter feito isso, a mãe de Henri gritara *Feche as persianas!* assim que adentrara a sala. Correra até a janela para respirar um pouco de ar fresco, como se as cortinas antigas pudessem se materializar. Percebendo que era inútil, ela resolvera fechar as persianas.

No mundo de Henri, a luz do sol parecia ser uma inimiga, cuja única missão era desbotar estofados e tapetes. Delphine pensara nos artistas de Montmartre, suando em seus estúdios cinco andares acima do dela, montados nos minúsculos quartos de empregada com o propósito único de receber os raios vindos do norte.

Em sua nova vida, na rua de Grenelle, ela às vezes nem mesmo se reconhecia. Só quando chegava à sua preciosa Montmartre todas as manhãs é que podia sentir que respirava de novo.

Alguns meses depois que se mudara, eles estavam noivos. Ela não via motivo para se casar. Muitas pessoas não o faziam também nos dias atuais. Diziam que metade das crianças da França eram nascidas de pais não casados agora. Mas Henri se importava com isso. Como mulher, ela havia sonhado com um homem que lhe pedisse em casamento de uma forma romântica – procurando pelo pai para pedir permissão, aparecendo com uma surpresa bem pensada. Mas seu pai estava morto, e Henri apenas a pedira em casamento em um jantar, em uma sexta-feira, no Le Florimond.

Na cerimônia, na casa de campo dos pais dele, todos dançaram até as seis da manhã e depois os convidados tomaram sopa de cebola enquanto ela e Henri se esconderam dentro de um armário, esperando que os encontrassem. Sua mãe insistira que fizessem a brincadeira para manter a tradição. Delphine achara divertido, principalmente depois de vários copos de champanhe. Ela presumira que a maioria dos casais se aproveitava da oportunidade para ficar próximos fisicamente pela primeira vez na vida de casados, talvez até furtivamente em algum ato ilícito. Mas Henri ficara de mau humor.

– Isso é ridículo – dissera. – Não consigo nem respirar direito.

Ele estava vestindo um terno preto e um chapéu ultrapassado.

Ela imaginara o que seu pai diria a ela se estivesse lá. Nem conseguia imaginar seu pai em um cenário desses. Henri parecia arrogante demais para o seu gosto, muito sério. Mas era também mais generoso do que qualquer outro homem que ela já tinha amado antes.

Pouco tempo depois do casamento, uma revista da cidade que era especializada em música enviou uma repórter para cobrir a história que revelava como a morte de François Dubray os levara a se conhecer. Delphine contara a ela:

– Eu me casei com meu melhor amigo. – Soava tão encantador, e era verdade, afinal de contas. Mas ela sabia que outras pessoas podem ter entendido isso como: "Eu me casei com minha alma gêmea", quando o que ela realmente quisera dizer fora: "Eu me casei com um homem bom e equilibrado, que nunca vai me tratar mal nem partir meu coração".

Seis anos se passaram. Seis anos acordando juntos às sete horas, ao som do despertador de Henri. Ele deixava de dizer "bom-dia" em favor de "quais são as novidades?", assim que ela abria seus olhos. Como se pudesse haver novidade entre duas pessoas que passavam cada momento do dia e da noite juntas. Eles comiam depois de se levantar e ele lia as notícias em voz alta. Depois, iam juntos de carro para o trabalho, conversando sobre a loja, passando o dia todo juntos, indo para casa de novo ou saindo para jantar no final do dia.

Eles compraram uma casa para passar os finais de semana, na Normandia, em uma vila chamada Muids. Contrataram uma mulher para cuidar da loja aos sábados e iam para o campo quase todas as sextas-feiras no trem das seis, de

Paris Saint-Lazare. A casa ficava bem às margens do rio Sena. Ela sempre via jovens casais passando com bicicletas, rindo, com uma cesta de piquenique pendurada no braço de um deles. Parecia divertido, mas Henri não gostaria nunca de passar um sábado daquela forma. Preferia ficar no alpendre e ler, embora concordasse em jogar tênis ou caminhar nas margens do rio se ela quisesse. Às vezes, à noite, ouviam Vivaldi, que ecoava pela janela da cozinha, enquanto ficavam sentados na grama, contemplando as estrelas.

Era uma vida feliz, agradável, mas, após seis anos, Delphine começara a ficar inquieta. Ela sentia como se fosse um zumbido lá no fundo de sua mente quando pensava no fato de que tudo o que tinha era isso, e assim é que sempre seria. Ela e Henri eram amigos ou, mais precisamente, uma família. Havia muita tranquilidade entre eles, mas mesmo isso a incomodava. Quando ele tocava seu braço ou pegava na sua mão, ela se sentia dormente.

Ela começara a pensar se as pessoas tinham filhos em parte para evitar essa sensação de quietude e apreensão – pelo menos os pais tinham alguma expectativa na vida ou com que se preocupar e para fazer planos etc. Às vezes ela se perguntava se deveria tentar arrumar um novo emprego. Talvez ficar menos tempo juntos poderia ajudar. Mas ela não conseguia se imaginar deixando a loja para trás, e sabia que uma das razões dos grandes negócios que ambos faziam juntos era as pessoas gostarem da ideia do trabalho em equipe de marido e mulher. Em seus momentos de desânimo, ela pensava se era por isso que ele queria se casar com ela, a princípio. A maior parte do tempo ela achava que Henri a teria escolhido simplesmente porque ela era a mulher certa que estava ali, bem debaixo de seu nariz. O casamento para ele era como um almoço de domingo – ele nunca iria correr atrás dele ou mesmo pensar nele até que alguém o apresentasse a ele em uma bandeja de prata.

Seu marido podia ser entediante, chato, em situações sociais. Às vezes ela receava que as pessoas vissem um casal casado como se fosse uma só pessoa, de modo que o jeito estranho e a necessidade de estar sempre certo dele refletisse pouco nela. Mas, enfim, ela percebia que aquelas pessoas os viam como duas partes distintas do todo; ela amenizava a impressão que tinham dele e ele lhe dava alguma importância. O que seria da vida de um sem o outro?

Eles se davam bem. Nunca brigavam. Delphine às vezes desejava que ele tivesse um caso, o que despertaria sua raiva e suspeita ou mais alguma coisa. Até mesmo o ciúme tinha de ser melhor do que a indiferença. Mas ela sabia que Henri seria incapaz de algo assim. E, por um bom tempo, acreditava que ela mesma também não seria.

2012

Em algum momento durante o inverno, Jeff e Toby compraram dois anéis de diamantes que combinavam, feitos artesanalmente por um joalheiro de Stockbridge. Uma das atribuições de Kate era pegá-los alguns dias antes do casamento. O tempo todo, enquanto ela ajudara a fazer o pedido das flores e analisara as opções de cardápio, e levara Ava a duas lojas de roupas em Manhattan, Kate tentou fingir que eles estavam planejando uma festa de aniversário elaborada. Mas, quando fora buscar os anéis, não pôde negar que era, na verdade, uma cerimônia de casamento. Ficara surpresa quando seu primo pedira a ela para fazê-lo quando ele sabia que ela tinha repulsa a diamantes, mas ela lembrou a si mesma que ele não era mais o Jeff que sempre conhecera, e não seria mesmo; pelo menos pelas próximas setenta e duas horas.

O joalheiro havia colocado duas caixas de veludo, lado a lado, sobre o balcão de vidro; estavam abertas, exibindo dois anéis idênticos, cada um com um diamante embutido em uma aliança lisa, grossa e de platina.

– Foi com pesar que fiquei sabendo que Toby e Jeff não puderam vir, mas sei que deve estar tudo muito corrido, principalmente porque eles moram em Nova York – ele disse. – É uma honra para nós confeccionar um anel para casais gays como seus amigos. E adorei o design que acabamos criando juntos. Não são deslumbrantes?

Parecia que ele esperava que ela fizesse algo, embora não estivesse bem certa do quê – aplaudir, talvez, desmaiar ou chorar.

– Estão ótimos – ela dissera, abaixando as tampas das caixas rapidamente. – Tem uma sacola?

Ele colocou as caixas dentro de um saquinho acetinado vermelho com uma alça dourada e lhe entregou, dando um largo sorriso.

Por um instante, ela se imaginara agitando a sacola na sua frente, dizendo:

– Você não percebe que essas coisas estúpidas aqui têm alimentado regimes brutais inteiros na África, hein? Não são mais do que duas pelotas pequenas e brilhantes, para falar a verdade.

Em vez disso, apenas dissera:

– Obrigada.

Kate sempre se preocupava em como fazer o bem em um mundo desonesto, onde o simples fato de jantar ou ligar um laptop fazia de cada um de nós cúmplice do sofrimento de alguém. Ela se esforçava para procurar uma maneira de dizer a verdade quando isso colocava os outros na defensiva e a fazia parecer a Mensageira do Infortúnio.

As coisas com as quais se preocupava diariamente incluíam, mas não se limitavam, à fome das crianças africanas apenas. Também diziam respeito aos produtos químicos na água e na comida de sua filha. À corrupção em Washington, em toda parte. Aos pobres, dos quais ninguém mais parecia se lembrar. Estupros no Congo, que, apesar de muita discussão, não pareciam acabar. Estupros nos colégios de elite americanos, que não desapareciam também. Óleo no Golfo. Propagandas de cerveja, em que os homens eram retratados como tolos que só pensavam em futebol e mulheres que só reclamavam da vida e só se importavam em fazer compras. Os males da internet. Os que são escravizados nas fábricas e, na mesma linha, de onde exatamente veio tudo o que faz parte da vida deles – carne, roupas, sapatos, celulares. Os ursos polares. As irmãs Kardashian. A China. Os efeitos venenosos de Howard Stern e Rush Limbaugh e a pornografia aparentemente ilimitada na internet. As leis referentes ao controle de armas, que pareciam nunca entrar em vigor, apesar dos cinco minutos que todo mundo passava exigindo-as sempre que uma criança ou um político levavam um tiro. O câncer que vários membros da família teriam no futuro por conta do fumo, micro-ondas, sol, desodorante e tantos outros vícios que faziam a vida mais conveniente e/ou suportável.

Ao longo de cada dia, todas as mazelas do mundo percorriam sua mente, regadas a pensamentos com relação ao que ela deveria fazer para o jantar e quando ela deveria fazer outra limpeza no dentista e quando eles deveriam ter outro bebê. Ela se perguntava se todo mundo era assim e se a maioria das pessoas conseguia se desligar de tudo isso, da mesma forma que sua irmã parecia fazer. Até mesmo Dan não se importava muito com as partes do mundo que eram invisíveis a ele. Mas Kate não conseguia se esquecer.

Ela sempre fora assim, e esse tipo de sentimento ficara ainda mais intenso quando fora trabalhar no Human Rights Now, após terminar o segundo grau. Era uma ONG com escritórios em quarenta e dois países. Eles elaboravam relatórios sobre atrocidades envolvendo crimes de guerra, violência contra as mulheres e os homossexuais, acesso à água, dentre outras questões. Kate começara como assistente da diretora executiva, Ellen Cary, e fora promovida por quatro vezes em dez anos. Viajara à África e à Ásia. Ela se encontrara com legisladores, doadores e jornalistas para revelar descobertas e sugerir estratégias. Amava seu trabalho, mas achava difícil conseguir se esquecer de tudo isso após o horário de expediente, algo que Ellen sempre a aconselhava a fazer.

O último relatório que ela ajudara a escrever para eles fora sobre diamantes. Estava grávida de três meses de Ava quando a equipe de pesquisadores estivera na República Centro-Africana e no Congo. Kate planejara acompanhá-los, mas seu médico a desaconselhara, e Dan se recusara totalmente a deixá-la ir. Ela percebia que era o começo de uma nova fase em sua vida, para a qual não estava totalmente certa se estava pronta.

Uma década atrás, as pessoas do Ocidente começaram a ouvir falar do diamante de sangue. Estimava-se que 14% dos diamantes vendidos na América vinham de guerras brutais na África, que haviam deixado milhões de mortos.

Embora tenha sido assim por um bom tempo, os ocidentais ficaram, de uma hora para outra, horrorizados. Não queriam pensar que crianças se passando por soldados, com suas mãos decepadas, tivessem ligação com seus preciosos anéis de diamante. Então, quarenta e cinco nações se reuniram e assinaram um acordo com a associação criada para o intento, chamada Kimberly Process. Os diamantes sob a tutela da Kimberly vinham com um certificado que garantia atestando que não haviam sido extraídos de um país em guerra. Na superfície, parecia uma boa solução. Mas o Human Rights Now e outros grupos como ele tinham suas dúvidas.

O pesquisador-chefe da viagem era um cara chamado Albert Foster. Tinha um rosto envelhecido que fazia com que parecesse mais velho do que seus cinquenta e três anos. Era do tipo de pessoa que tinha capacidade para lidar com essas coisas e, um dia, após retornar a Nova York, fornecera dados terríveis a Kate: falara das crianças nas ruas, morrendo de AIDS, com as mãos em suas partes íntimas quando ele passara por elas, assim como lhes foi ensinado – uma indicação de que fariam sexo em troca de comida.

Kate tomara nota de tudo o que ele dissera, se sentindo útil. Ela mesma deveria ter estado lá. Pensara em seu próprio bebê, ainda não nascido, já com muito mais garantias durante a vida.

– A Kimberly está agindo para valer? – ela perguntou.

Ele balançou a cabeça.

– Vamos colocar desta forma: a República Centro-Africana tem minas que talvez pudessem apenas produzir quinhentos mil quilates por ano. Mas, anualmente, quase um milhão de quilates que alegam vir da República Centro-Africana são certificados. Eles os conseguem no Congo, onde são considerados sujos. Depois, os levam para o outro lado da fronteira e, como por mágica, ficam limpos.

– E as pessoas compram, mesmo sabendo que é isso que acontece?

– Exatamente! Uma vez que as pedras chegam aonde quer que sejam cortadas e lapidadas, a De Beers, rapidamente, as mistura com diamantes de vários lugares.

– Então, ninguém nunca saberá se está comprando um diamante de sangue.

– Exato. E a maioria das pessoas gosta de pensar que não. Às vezes acho que a Kimberly é apenas uma ferramenta de mercado para ajudar a amenizar a culpa de todos.

Kate sabia, por conta de outros relatórios que haviam feito, que os minerais usados para fazer laptops e celulares eram tão ruins quanto, mas, de alguma forma, pareciam menos corruptos para ela – pelo menos não eram usados para simbolizar o amor. Após o encontro, seria mais difícil do que nunca tentar deixar pra lá o que ouviu. Ela lera tudo o que conseguira sobre o assunto. Quando via uma mulher usando diamantes nas ruas ou nos filmes, tinha vontade de chamá-la de lado e começar a detalhar todas as terríveis estatísticas.

Alguns meses depois, a HRN convocara uma entrevista coletiva para falar sobre o resultado do relatório, e sua chefe, Ellen, e as outras mulheres do escritório pareciam acanhadas, pela primeira vez, em vez de intolerantes como antes. Ellen virou seu anel de noivado para que a pedra ficasse voltada para a palma da mão, escondida...

Na manhã do casamento, May tomou duas xícaras de café preto em protesto ao fato de Kate só ter leite de soja; depois, foi tomar banho no andar de cima, deixando Kate na cozinha com sua mãe e as quatro crianças.

Kate deslizou a mão no cabelo de Ava.

– Está animada para o casamento de hoje à noite, linda? – ela perguntou.

– Sim! Até que horas eu posso ficar acordada?

Elas já tinham conversado sobre isso centenas de vezes, mas era a parte preferida de Ava:

– O quanto conseguir ficar com os olhos abertos.

Sua mãe deu uma olhada no jornal.

– Vai se arrepender disso.

– É uma ocasião especial.

– Quando eu vou colocar o meu vestido? – Ava perguntou.

– Vou pegar com o tio Jeff e o tio Toby daqui a pouco – Kate respondeu. – E tenho que levar os anéis para eles também.

– Ah, me deixe ver – sua mãe pediu. – São bonitos? Tenho certeza que sim. Jeff tem muito bom gosto.

Kate deu de ombros.

– Sabe como é – Mona filosofou, pronunciando bem as palavras, quase como se estivesse cantando. – Existem muitos empregos ruins por aí, piores ainda do que fazer extração em uma mina. Sem os diamantes, aquelas pessoas na África não teriam indústria alguma.

Kate balançou a cabeça, incrédula.

– Em primeiro lugar, a exploração mineral é uma das profissões mais perigosas de todos os tempos, com os riscos mais terríveis que podem existir para saúde. Em segundo lugar, você já percebeu que as políticas das minas de diamante na África do Sul basicamente criaram o Apartheid por lá? Os mineradores negros eram trancados à noite. Obrigados a ficar nus para ter cada centímetro de seus corpos examinado depois do trabalho, porque se presumia que pudessem roubar. Nada disso acontecia com os trabalhadores brancos. Uma pessoa negra tinha de carregar todos os tipos de identificação possíveis. Uma pessoa idosa branca poderia pedir para ver quando quisesse, e, se o trabalhador não as tivesse ali mesmo, seria levado para a prisão. Qualquer pessoa branca!

Sua mãe suspirou.

– Eu só queria ver os anéis de seus primos, Kate, e não ter uma aula de História. – E se voltou para seu jornal.

– Desculpe.

A sacola vermelha estava no parapeito da janela, acima da pia, onde Kate frequentemente ficava, descascando legumes enquanto observava Ava brincando no quintal. Ela empurrou a cortina de renda para o lado e tomou posse da sacola. Parecia mais leve do que antes.

Ela olhou dentro da sacola: havia apenas uma caixa onde antes tinha duas. Seu coração disparou.

Sem dizer uma palavra, ela saiu e checou o carro – nada. Foi até o closet do hall e enfiou a mão em todos os casacos ali, mesmo os que não vestia havia anos. Tinha quase certeza de que vira dois anéis antes de deixar a joalheria. Mas tinha fechado as caixas tão rápido. Teria sido uma ilusão de ótica? Não, não, estava certa de que havia dois.

Retornando à cozinha, pensou em quanto tempo havia se passado desde que sua mãe saíra de lá. Queria perguntar às crianças, mas fora do alcance dos adultos. Após quinze minutos, ninguém havia saído do lugar. Os três filhos de May estavam jogando com seus *video games* portáteis na mesa; sua mãe não tinha nem passado ainda da seção de artes e lazer no jornal, e Ava estava em seu cadeirão, desfrutando da presença da família inteira, que, na cabeça dela, estava lá para vê-la passar pelo corredor de vestido de festa rosa.

Kate estava curiosa. Finalmente, com toda a calma que conseguiu, perguntou:

– Crianças, algum de vocês mexeu nessa sacola?

Os quatro balançaram a cabeça, negando.

– Têm certeza? Não tem problema nenhum se fizeram isso. Só estou procurando uma coisa. Ava, você tem certeza?

– Tenho, mamãe.

– Droga – Kate resmungou. Ela foi até a janela, cerrou bem os olhos e ergueu a cortina mais uma vez. "Querido universo: se deixar o anel bem ali quando abrir meus olhos, serei eternamente grata. Verdade, sem perguntas. O fato de não estar ali há vinte minutos será totalmente irrelevante."

Ela abriu os olhos. A única coisa que estava no parapeito era um tomate amassado que ela deveria ter jogado fora dois dias antes.

– O quê? O que foi? – sua mãe perguntou.

– Os anéis de Toby e Jeff estavam dentro desta sacola – Kate disse. – Agora, só tem um.

Sua mãe colocou a mão na altura do coração.

– Você parece que está para fazer o Juramento de Fidelidade – Kate disse.

– Você perdeu um dos anéis?

– Não, eu não sei onde ele está, só isso. Me ajude a encontrar. Tenho que me encontrar com eles daqui a meia hora.

– Kate! Você fez isso de propósito.

– Ok, em que isso vai ajudar?

– Você estava agora mesmo dizendo o quanto detesta diamantes. Fora isso, todo mundo sabe que você não quer que Jeffrey se case.

– Seja como for, mãe, eu não perderia o seu anel de propósito para evitar que se casasse.

– Ah, do mesmo jeito que você não pintou seu cabelo de azul de propósito antes da entrevista na Lanebrook Academy?

– Eu tinha quatorze anos. Você não vai deixar esse assunto de lado nunca?

– Acontece que acho relevante.

Kate ficou em pânico. Seu corpo inteiro tremia de nervoso.

– Dan! – gritou. – Dan! Preciso de você!

O som de suas meias na escada já era reconfortante. Ele apareceu na cozinha um momento depois, com a calça do pijama e uma camiseta branca. Aos trinta e cinco anos, com cabelos castanhos desgrenhados e covinhas, Dan poderia ainda passar por um garoto de colégio. Às vezes ela pensava se um dia ele pararia de se parecer com um bebê ou se teria o mesmo semblante encantador quando tivessem noventa anos.

– O que está acontecendo?

– Não consigo encontrar um dos anéis de Toby e Jeff.

– Droga. De qual deles?

– São iguais.

– Ah, certo.

– O tio Dan disse a palavra! – Max gritou, ressuscitando de uma hora para outra. – Essa palavra vale cinco dólares!

– Põe na minha conta, amigão – Dan respondeu, referindo-se à brincadeira do garoto. – Então. Se eu fosse um anel de casamento, onde eu estaria? Verificou o bolso do seu casaco?

– Já.

– Eu não quero um anel de casamento, quero uma tiara de casamento – disse a única filha de May, Olívia. Tinha cinco anos e era obcecada por tudo que se relacionava a princesas.

– Você tem que ter um anel, sua boba – disse Max. – Todo mundo tem.

Quarenta minutos depois, Kate se sentou no banco do motorista e apertou o cinto, colocando o endereço do Birchland Inn em seu GPS. Ela era terrível para achar lugares. Até se mudarem para o interior, ela havia dirigido talvez duas vezes por ano, mas agora se tratava de uma ocorrência diária. Ela ainda não estava totalmente confortável, principalmente quando Ava estava no banco traseiro, perguntando a ela por que era preciso uma chave para ligar o motor, por que o carro era azul, por que o peixe vivia no mar, por que o céu ficava escuro à noite.

O rádio estava sintonizado nas emissoras pertencentes ao "Rádio Público Nacional". O que a fez desligá-lo, agradecida pelo silêncio. Eles procuraram pela casa inteira e em todos os carros – mesmo no de sua irmã –, mas ainda não haviam encontrado o anel. Ela o imaginou em todos os lugares, como se fosse uma miragem no deserto; podia vê-lo em um prato ou no criado-mudo onde Dan guardava seus trocados e na beirada da pia do banheiro, onde ela, às vezes, deixava seu relógio. Mas, quando verificou cada lugar, não encontrou nada fora do comum.

Ela tinha acabado de sair do estado de pânico para o estado de aceitação. Era isso e pronto. Se nunca encontrassem o anel, ela retiraria alguns milhares de dólares do fundo de reserva para a faculdade de Ava e compraria outro para Jeff. Ela riu em voz alta diante do absurdo da situação – havia mesmo alguns milhares de dólares no banco?

Haviam colocado cada centavo que tinham na casa. Ela pensava, sobretudo, que valia a pena, embora às vezes suspeitasse de que ter sua casa própria era apenas outra forma de uma sociedade capitalista tomar posse de sua vida e se recusar a soltar. O que significava possuir a casa? Eles poderiam plantar flores e derrubar armários sem consultar o proprietário. E daí? Eles poderiam se orgulhar de possuir alguma coisa. Por quê?

Eles moraram no Brooklyn até Ava fazer um ano, no quarto andar de um prédio de apartamentos onde já tinham morado drogados e invasores, a dois quarteirões do Gowanus Canal. À noite, passeavam pela rua Union, passando a estação Hess e a lanchonete e o mural dedicado a um garoto chamado Raul Vasquez, que fora baleado naquele local na metade dos anos noventa. Todo ano, no seu aniversário, alguém deixava flores encostadas na parede.

O bairro estava mais seguro na época que se mudaram para lá, embora ainda parecesse um pouco feio. O quarteirão entre a Third e a Nevins consistia em nada mais do que depósitos de caixão. Os homens que ali trabalhavam não poderiam ser mais legais e amigáveis, fato que Kate achou engraçado, de alguma forma. Talvez fosse a lembrança constante de que a vida é preciosa que os fazia tão alegres; independentemente do que fosse, eles sempre acenavam ou faziam uma brincadeira quando ela e Dan os cumprimentavam.

Dan uma vez os vira carregando um caixão de madeira que tiraram de um caminhão, que ainda não estava ornamentado com algum tipo de tecido ou acolchoamento. A palavra "cabeça" estava estampada em uma das extremidades.

– Então tudo se resume a isso – ele dissera, com um tom sombrio, quando chegara em casa.

A mãe de Kate dera uma olhada pela região e comentara que eles precisariam se mudar dali. Mas o aluguel era barato, e Kate gostava quando as famílias se reuniam nas calçadas nas noites de verão – diversas gerações comendo carne grelhada, bebendo cerveja e Coca-Cola mexicana, soltando fogos de artifício caseiros que se abriam no céu como se fossem flores douradas desabrochando, que eles viam da janela do quarto.

Havia um verdadeiro elenco de personagens ímpares no quarteirão deles, o que lhes proporcionava a sensação de morar em um lugar caloroso – um gigante de um homem de apenas um olho que a cumprimentava todas as manhãs do lado de fora da adega, na esquina. Uma italiana enrugada que caminhava com seis cachorros brancos bem pequenos e só falava três palavras em inglês, as quais ela usava constantemente: "Deus te abençoe". Uma avó porto-riquenha que não parecia muito velha, mas que não conseguia falar. Kate presumira que tivesse tido um derrame. A mulher falava apenas com gemidos, mas com tanto entusiasmo que parecia nem perceber que ninguém a entendia. E, de fato, parecia que alguns vizinhos podiam entendê-la.

Dan disse que queria que Ava tivesse um quintal para brincar. Ambos concordaram que morar no subúrbio era como esperar para morrer, então se mudaram e foram parar duas horas acima do rio Hudson, em uma vila chamada Stone Ridge, que, de alguma forma, parecia mais real, assim como a cidade havia sido antes também.

Ocasionalmente, ela se perguntava, no seu subconsciente, se ele quisera sair do Brooklyn em parte porque ela teria de desistir de seu trabalho. Sua posição na HRN era uma das poucas coisas sobre as quais eles haviam discutido até então. Kate tinha orgulho do trabalho que fazia; aquilo sempre fizera parte de sua identidade, talvez a maior parte dela. Mas, depois que Ava nascera, sentira que aquilo exigia demais dela. Algumas noites, quando estava acordada, amamentando seu bebê, ela pensava apenas nas crianças que estavam sofrendo em outros lugares naquele momento. Nas reuniões, estava ficando tão aborrecida com tudo que tinha de apertar a sua cadeira por baixo com as duas mãos para resistir a deixar o local.

Ela nunca enxergara as pessoas as quais eles serviam como algo abstrato, da forma como alguns de seus colegas de trabalho pareciam enxergar. Mas agora elas eram quase totalmente reais aos olhos dela. Ela tinha perdido o distanciamento profissional. Não podia, de forma sensata, debater com relação a garotas de cinco anos que estavam em um prostíbulo indiano ou garotas de oito anos forçadas a serem esposas no Iêmen, sem pensar nelas como pensava em sua própria filha.

Sabia que não podia salvá-las. As mudanças ocorriam tão lentamente, quando ocorriam. Fora uma das lições mais duras que ela aprendera.

Às vezes sentia que estava perdendo a cabeça. Mesmo quando o bebê dormia, ela não conseguia se controlar. Dan dizia que detestava vê-la desse jeito, que deveria procurar outro emprego que não a roubasse de sua família e de tanta felicidade que poderia ter. Kate concordara em parte, mas achara que talvez só precisasse de um tempo – quando o bebê estivesse maior, talvez seus pensamentos não fossem mais tão insuportáveis. Seu médico receitara uma pequena dose de Zoloft para ajudar com relação à ansiedade, mas ela sentia que não fazia efeito.

O aniversário de primeiro ano de Ava chegara e Dan preparara uma linda festinha com alguns amigos e familiares. Ele pendurara papel crepom pelo apartamento e comprara chapéus pontudos com as listras do arco-íris e elásticos que apertavam o queixo. As crianças comeram pizza e os adultos tomaram vinho.

Todos trouxeram presentes. Nada de livros ilustrados ou brinquedos mirabolantes, mas caixas embrulhadas de muito bom gosto que ocuparam a sala toda. May levara um conjunto de pauzinhos de madeira para comer sushi, pintados a mão, e Mona levara um conjuntinho de cozinha de madeira com fogão e geladeira. A vizinha do andar de baixo comprara uma saia de bailarina. Ela deixara a etiqueta, e, quando Kate tirara o vestido do papel de seda, vira que tinha custado duzentos dólares. Havia miniaturas de botas Ugg e lantejoulas da Mary Janes, um colete de pele ridículo que ela nunca colocaria em Ava e até mesmo o improvável: uma camiseta com um retrato de Frida Kahlo.

Enquanto Kate observava sua filha enfiando os dedos gordinhos dentro do embrulho de mais um presente, sentira um aperto no peito. Não conseguia respirar.

– Já volto – dissera, sorrindo, não querendo estragar aquele momento. Dan a encarara, preocupado, mas ela balançara a cabeça, como que dizendo que não precisava se preocupar.

Fora Toby quem a encontrara sentada na beirada da cama depois de alguns minutos, com o olhar fixo para fora da janela.

– O mundo é tão injusto – ela dissera, sabendo que estava falando como uma adolescente angustiada. – Todos aqueles presentes maravilhosos para uma criança de um ano que nem os quer. Não quero parecer ingrata. Só me sinto impotente. Não consigo entender como é que nós podemos ter tanto enquanto outros não têm nada.

– Ah, eu não sei. Se compararmos com os que moram em Upper East Side, não temos nada – Tobby replicara, tentando fazê-la sorrir. – Se visse este lugar, eles se reuniriam para levantar fundos para te ajudar.

Até aquele dia, ela era como qualquer outra pessoa; sabia precisamente o que estava errado na sua vida e o que poderia fazer para resolver finalmente, mas nunca tinha feito essas coisas. Depois que os convidados se foram, Kate saíra para caminhar e pensara que deveria ter tido um ano harmonioso e promissor. Percebera que Dan talvez estivesse certo.

A mudança de casa lhe proporcionara uma desculpa sensata para desistir. Ellen dissera que talvez pudessem fazer algo quanto a isso; Kate poderia se comunicar com eles via internet ou aparecer pessoalmente apenas duas vezes por semana. Mas ela recusara a proposta. Quando chegaram ao interior, dois anos antes, ela começara a fazer assessoria de imprensa e a levantar fundos para um depósito de alimentos local de segunda a quinta-feira, o que era importante também, Dan apontara, mais possível de lidar. Na cidade, ela tinha trabalhado em tempo integral e, embora Dan trabalhasse em casa, tinham uma babá três vezes por semana. Agora, estavam tentando cuidar da filha sozinhos; ela trabalhava em casa dois dos quatro dias e ele ficava em casa o tempo todo. De alguma forma, conseguiram seu intento.

Kate gostava do aconchego e da segurança do casulo que haviam criado para eles, mas às vezes se sentia sufocada por ele também. Seus vizinhos mais próximos moravam a quase um quilômetro dali. Ela não tinha feito amizade; todas as mulheres com as quais trabalhava eram sessentonas. Ocasionalmente, jantavam com os pais de uma coleguinha de Ava, mas, para falar a verdade, tudo o que tinham em comum eram as crianças, mais nada.

Ela sentia falta de Nova York e de seu trabalho. Sentia falta das multidões barulhentas de estranhos das quais, por anos, ela quisera escapar, cada um pensando que suas intenções eram as mais urgentes e essenciais. Ela ainda saía nos protestos na cidade e assinava todas as petições online, e fazia doações em dinheiro dentro de seu limite financeiro – às vezes, mais do que isso –, embora não fosse a mesma coisa de antes, quando botava a mão na massa mesmo.

Ela estava até mais aborrecida, insatisfeita, aflita, com relação ao estado atual do mundo do que já esteve antes, talvez porque agora ela não tivesse papel essencial algum na tentativa de mudar isso. A vida no campo era tranquila, mas havia tempo de sobra para ficar pensando nas coisas. À noite ela sonhava com as pessoas cujas causas ela havia abandonado. Uma coisa era não saber a respeito dos males do mundo. Outra coisa era ter a consciência de saber de tudo e não fazer nada.

Tentara lembrar a si mesma que adorava o campo, em alguns aspectos. O ritmo de vida era diferente; havia coisas que ela pretendia fazer no Brooklyn que agora realmente conseguia. Fazia o jantar, escrevia notas de agradecimento e cuidava do jardim. Lia muito e criava projetos de melhoramentos na casa que, no passado, teria pedido ao proprietário para resolver.

A casa de pedra fora construída em 1973 e ainda tinha as vigas originais do teto. Havia três quartos e um banheiro com uma banheira de cobre no andar de cima; no andar de baixo, uma sala de leitura aconchegante, uma sala de estar onde assistiam TV à noite e uma cozinha moderna com uma lareira. Tinha quatro acres e meio, rodeada por um riacho mais ao fundo, um galinheiro e um defumadouro que Dan usava como estúdio. Ele estava feliz como ela nunca tinha visto.

May dizia do lugar: "Mais parece um retiro para férias do que realmente a casa de alguém", o que, Kate sabia, não era um elogio.

Sua irmã morava no subúrbio. Fora dona de casa desde o nascimento do segundo filho. May ficava indignada com o fato de sua mãe ter trabalhado um dia. Parecia que ela queria fazer o oposto da maneira como foram criadas, em uma tentativa de terminar do lado contrário ao da vida de seus pais. Kate não estava certa de que funcionava assim. Agora, o único assunto de May eram coisas como seu carro, os brinquedos das crianças, seus novos eletrodomésticos...

Nos últimos anos, ela começara a assistir a Fox News com frequência. Em um jantar em família, bebera vários copos de vinho e fizera um verdadeiro discurso de trinta minutos a respeito do quanto o presidente Obama parecia suspeito ao se recusar a tornar públicos os detalhes de sua certidão de nascimento. A pior parte era que May não tinha mesmo nem desenvolvido seu sentido de ódio sozinha. Havia apenas adotado a política de seu marido, junto com seu interesse em esquiar e seu amor pelo time de futebol, o Miami Dolphins.

❦ ❦ ❦

Kate entrou no estacionamento do Birchland Inn, onde Jeff e Toby estavam, em uma suíte com lareira; Jeff mandara um SMS pela manhã dizendo que era a maior cama que já tinham visto. Escolheram ficar ali porque foi o primeiro lugar onde passaram férias juntos, dez anos antes.

Jeff havia trazido da cidade o vestido de Ava. Kate dissera que o pegaria antes das dez. Estava com vinte minutos de atraso, mas Toby e Jeff não pareciam incomodados com isso.

Estavam sentados nas cadeiras brancas de vime na ampla varanda do hotel quando ela chegou, tomando café e contemplando a vista do enorme gramado adiante. Jeff tinha trinta e cinco anos e 1,88m; tinha aspecto de astro de cinema e cabelos grisalhos. Toby era bem mais baixo, oito anos mais velho e careca, mas também bonito, do seu jeito. Eles se vestiam de forma parecida, usando suéteres caros e camisas. Ela achava que ambos dividiam o mesmo hidratante de grife, já que tinham a mesma pele perfeita. Hoje, estavam quase que brilhando. Havia um clima de animação e alegria entre eles.

– Vocês são os noivos mais calmos que já vi – ela disse, já os abraçando na chegada.

– Comemos salsicha defumada com maçã e panqueca de blueberry – Jeff contou. – E sorvete com granola e creme de leite. Estamos no paraíso.

– Além disso, temos mais duas horas até minha mãe chegar – Toby continuou. – Quando isso acontecer, começaremos a nos entupir de vodca.

Ela riu. Sua tia, Abigail, e o tio Dennis haviam sido pegos de surpresa quando Jeff saíra do armário, no primeiro ano estudando na Vanderbilt. Ele escrevera uma carta a Kate, contando a novidade. "Eles estão chateados. Sentem que eu os traí. Espero que isso não mude as coisas entre nós também. Espero que não sinta como se eu tivesse guardado um segredo de todos vocês esses anos todos. Conhecendo você, sei que talvez já suspeitasse..."

Kate sabia que seu primo era gay desde que ouvira falar da existência da homossexualidade. Ela lhe enviara um cartão-postal em resposta: "Eu te amo, Jeff. Tenho orgulho de você. E, sim, eu suspeitava".

Abigail (a irmã de sua mãe) e Dennis levaram um bom tempo para se adaptar à novidade. Jeff jogara beisebol no segundo grau. Levara a rainha da escola ao baile de formatura. Não conseguiam entender como seu típico garoto americano podia agora ser algo completamente diferente.

– Não tenho preconceito. Só me preocupo que isso possa tornar a vida dele bem mais difícil do que precisa ser – Abigail dissera, mais ou menos a mesma coisa que a própria mãe de Kate dissera quando ela saíra duas vezes com um cara negro da universidade.

Por muito tempo, Jeff nunca apresentava a ninguém quem ele estivesse namorando. Mas aí, aparecera Toby. Dennis chamava Toby para falar de esportes, e Abigail se referia a ambos como seus filhos. Surpreendia Kate o fato de que o coração humano pudesse ser destravado dessa forma, que a tolerância e mesmo o amor poderiam brotar onde parecia impossível.

Os pais de Toby eram evangélicos. Ele nunca havia lhes contado que era gay. Eles se depararam com Jeff muitas vezes, mas se referiam a ele como o colega de quarto de Toby.

– Por que eles pensavam que um executivo do cinema precisaria de um companheiro de quarto está além do meu entendimento, mas as pessoas acreditam no que querem – Jeffrey comentara uma vez.

O anúncio do casamento os chocara. Kate pensara que, em certo nível, eles deviam ter percebido que seu filho era gay. Mas talvez existisse uma diferença entre saber e ter de reconhecer. A mãe de Toby chorara. Seu pai se recusara a vir do Alabama para a cerimônia, então ela estava vindo sozinha.

– Gay ou hétero, o casamento se torna algo que pertence a todos, não apenas a quem está se casando – Jeff dissera.

– É isso o que escrevem por aí? – Kate o provocara, embora soubesse que ele estava certo. No casamento de May, seus pais se sentaram lado a lado na primeira fileira, como se o abençoado evento pudesse, temporariamente, anular todas as coisas ruins: seu ódio mútuo, seu amargo divórcio. Essa visão era incrivelmente estranha. Ela pensava em como sua madrasta poderia estar se sentindo, separada da primeira esposa de seu marido apenas por ele mesmo, no banco da igreja.

– E aí? Onde estão os anéis? – Jeff perguntou. – Mal posso esperar para ver o produto final.

– Hã? Você queria que eu os trouxesse aqui?

Ela era uma mentirosa terrível. Podia sentir seu coração disparar.

– Pensei que quisesse que os levasse direto para o Fairmont à noite.

Para sua grande surpresa, Jeff deu de ombros.

– Tudo bem.

– Quer tomar café? – Toby perguntou.

– Não, obrigada, vou deixá-los à vontade. Vim pegar o vestido.

Toby se levantou.

– Vou buscar. Conversem um pouco. Sente-se.

Kate se sentou.

– E aí, como são os anéis? – Jeff perguntou.

– São bonitos.

– Não ficou muito estilo chefão da máfia?

– Nada.

– Bom. Fiquei muito animado. Sei que é difícil acreditar.

– Só por curiosidade, quanto custaram? Desculpe... É uma pergunta grosseira?

– Sim, é – ele respondeu. – Quatorze mil.

– Quatorze mil dólares por dois anéis? – ela disse em voz alta. Não conseguiu se segurar.

– Não – Jeff replicou. Ele tomou um gole de café. – Quatorze mil cada um. Cada uma daquelas pedras tem mais do que um quilate. São anéis feitos a mão.

Kate pensou que fosse vomitar. Por que Jeff a havia envolvido nessa, em primeiro lugar, quando sabia que ela não seria a pessoa apropriada?

– É um lindo dia para se casar – ela comentou.

– Sim, graças a Deus. De acordo com o Weather.com, a mínima vai ficar na casa dos dezesseis graus e a chance de chuva é zero.

- Maravilha. E aí? Nervoso?

Ele sorriu.

– Tenho sido um noivo bipolar há meses, você sabe. Quando fiquei sabendo que conseguimos o fotógrafo dos nossos sonhos, sério... Me senti como se tivesse tomado ecstasy.

Eu me lembro bem.

– Mas às vezes eu pensava nos gastos e que tudo vai passar, e ficava meio abatido. Hoje estou muito animado. Acho que é a vantagem de se casar com mais idade. No dia do casamento, você não liga para as coisas pequenas que estão envolvidas.

– Você fala como se tivesse sessenta anos.

– Estamos esperando por isso faz tempo, e isso é tudo – ele disse. – Fico feliz que tenhamos esperado para que fosse no nosso Estado. Seria muito estranho se nos casássemos em qualquer lugar que não fosse Nova York.

Dez meses antes, o governador, Cuomo, finalmente legalizara o casamento entre pessoas do mesmo sexo em Nova York. Ouvindo as notícias em casa, sentados no sofá, Toby e Jeff se pediram em casamento. Um mês depois, em 24 de julho, os casamentos começaram. Cartórios de todo o Estado abriram para emitir as certidões, mesmo aos domingos. No Borough Hall, foram servidos bolo e champanhe de graça. Toda vez que dois recém-casados surgiam do lado de fora do prédio do cartório da região central, uma multidão aplaudia, soprava bolhas de sabão e jogava confetes para cima.

As pessoas queriam se casar o quanto antes porque a oportunidade poderia deixar de existir, como ocorrera em tantos outros Estados. Sete anos antes, diversos amigos próximos haviam conseguido sua certidão de casamento em São Francisco, e, cinco meses depois, a suprema corte estadual declarou que a união era ilegal.

Kate ficara do lado de seu primo e demonstrara isso por diversas vezes ao longo dos anos, lutando para que ele tivesse um direito que ela nem sabia se valeria a pena ter. Ela queria que as pessoas protestassem na direção contrária – para tentar acabar com o casamento de uma vez –, mas sabia que estava pedindo demais.

Toby retornou com o vestido, que parecia mais um pompom rosa-claro, com camadas sucessivas de tafetá na saia e botões de rosa de seda bem pequenos e brancos em volta da cintura.

– Seria bom que a menina não crescesse de uma hora para outra – Jeff disse. – Se não, vou a alguma loja no interior e agarro a primeira criança bonita que possa caber nesse vestido.

Kate se voltou para Toby.

– Tem certeza de que quer se casar com esse cara?

Toby deu um sorriso largo e ridículo.

– Que visão bonita – ele elogiou. – Tão serena.

– Anteontem, à noite, ocorreu um tumulto do lado de fora do nosso quarto quando um moleque bateu em um turista – Jeff contou. – Não dormimos nada.

– Em Chelsea? – ela perguntou.

– Não foi nada. Por conta daquilo tudo, enviaram quatro carros de bombeiros. Acredita?

– Vocês poderiam se mudar para cá – ela disse, embora soubesse que nunca fariam isso. Morar no campo não era para qualquer um. Não tinha certeza nem se era para ela.

– Eu adoro isto aqui, mas não para morar – Jeff respondeu. – É muito parado. À noite começo a achar que, cada vez que o piso estala, podem ser Dick e Perry querendo me matar.

Toby pegou a mão dele.

– Você nos conhece. Um coquetel no terraço é o máximo de tempo que conseguimos ficar sem um teto acima de nós.

Uma caminhonete azul adentrou a frente do hotel.

– É o ministro – Jeff disse. – Está passando para consagrar os nossos votos.

Kate quase fez um comentário a respeito do fato de que nunca tinha ouvido a palavra "ministro" ou qualquer outro termo religioso sendo proferida pelo seu primo em todos os anos em que o conhecia. Mas ela resistiu, sabendo que era apenas o outro lado do carnaval todo que envolve o casamento.

May também teve um ministro no seu casamento. A mãe delas era protestante e o pai, judeu, mas elas não tinham religião. Kate fora criada sem qualquer tipo de conversa sobre Deus dentro de casa. Quando estava no primeiro grau, ao perguntar a sua mãe se acreditava, Mona virara a cabeça para o lado e dissera:

– Não sei bem. Às vezes. Um pouco.

Seu pai simplesmente respondera que não.

Dan acreditava em Deus. Ela gostava disso nele. Com sorte, Ava herdara de seu pai os bons modos, a natureza tranquila e a fé de que as coisas, geralmente, faziam sentido, mesmo que você não tivesse certeza disso. Dan crescera em Kansas City. Ela achava que suas raízes do centro-oeste do país tinham muito a ver com sua visão sobre a vida, embora ele detestasse quando alguém generalizasse ao se referir a quem morasse em sua região de origem, o que era comum acontecer o tempo todo em Nova York. Quando ele dizia que era de Kansas City, as pessoas lhe perguntavam se havia sido criado em uma fazenda ou faziam referência ao "Mágico de Oz".

Kate se levantou.

– Vou deixar os pombinhos em paz. Me liguem se precisarem de algo.

Jeff se levantou para lhe dar um abraço.

– Obrigado por vir. Te vejo daqui a oito horas. No meu casamento.

Ele ergueu as sobrancelhas, alegre.

Ele merecia uma amiga melhor, alguém que gritasse e pulasse de alegria. Mas Kate estava fazendo o que podia. Ambos sabiam disso.

No caminho para casa, ela pensou no amor duradouro, do tipo que Jeff e Toby certamente tinham. Por muitos anos, após o divórcio dos pais, ela não tinha ideia do que era ser normal – mesmo depois que conhecera Dan, qualquer pequena discussão a aterrorizava, a fazendo pensar se isso seria suficiente para acabar com sua relação.

O mundo era tão cheio de gente alertando que o amor podia não durar – o tempo passando rápido, as relações ficando amargas –, mas os alertas eram como se fossem uma placa, no meio de tudo, daquelas que diziam: "Perigo de desmoronamento". E o que se faria agora: teria de parar de seguir em frente com a vida?

Kate uma vez perguntou a sua chefe, que era feliz na relação, o segredo de um bom casamento. Ellen e seu marido pareciam verdadeiramente se gostar após vinte anos juntos.

– Os homens ficam felizes se você lhes servir o jantar. Pode ser comida chinesa para viagem seis dias por semana, contanto que você coloque isso em um prato e lhe entregue – Ellen dissera. – Fazer a comida é totalmente irrelevante.

– Então é isso?

– Hum, sim, praticamente. Eu coloco ketchup ou molho de soja ou alguma outra coisa. Uso vários ramequins. Sabe o que são?

– Não.

– Sugiro que descubra.

"Os diamantes são um sinal evidente de realização, status e sucesso... Uma mulher pode facilmente perceber que eles são 'banais' e, mesmo assim, se sentir bastante felizes com a ideia de ganharem uma joia com diamantes."

Década de 1970, estudo encomendado pela De Beers

"Existem muitas razões pelas quais os homens decidem presentear suas esposas com joias de diamantes. Quando um homem está verdadeiramente motivado por um sentimento ardente, ele gosta de se sentir revigorado e cheio de coragem. Quando seus motivos são menos que sublimes, gosta de dar a si mesmo uma lógica imponente."

N.W. Ayer, Relatório Anual para a De Beers, 1966-67

1968

Na manhã de seu aniversário de cinquenta e três anos, Frances atendeu o telefone em seu escritório, no décimo andar do edifício da Ayer.

– Frances – ele disse quando ela atendeu. – É Paul Darrow.

– Paul? Está ligando do andar de baixo?

– Eu não queria subir aí e ver o pessoal. Só preciso falar com você.

– Tudo bem.

Por um instante, ela se perguntou se ele havia descoberto que era seu aniversário e estava ligando para lhe dar boas notícias. Dorothy Dignam tinha o costume de mandar flores amarelas todo ano, mas, desde sua aposentadoria, em 1960, Frances não esperava que alguém do trabalho se lembrasse.

Ela acendeu o cigarro e deu uma tragada.

– Você já viu os novos anúncios de diamantes que Warner Shelly está levando para a África do Sul? – Paul perguntou, murmurando.

– Não tem anúncios novos – ela disse.

– Tem sim. Estão tentando acabar com a gente, Frances.

– Mas que diabos você está dizendo?

– Venha ao meu escritório – ele disse, e desligou.

– Sinceramente... – ela resmungou, mas se levantou e pegou o elevador para o andar de baixo para ver do que se tratava a confusão toda.

Ambos sempre haviam sido parceiros nos anúncios da De Beers. Ele criava a arte e ela escrevia tudo. Mesmo assim, raramente interagiam. Ela esteve em seu escritório por algumas vezes só.

Paul estava em sua mesa, soltando fumaça de seu charuto, seus olhos piscando mais do que o normal.

Ele estava erguendo uma folha de papel entre o polegar e o dedo indicador, com nojo, como se fosse lixo.

– Encontrei isto.

Frances pegou da mão dele.

Era uma propaganda finalizada. A foto de um diamante em uma caixa de salgadinhos Cracker Jack. Casual, excêntrico, inconstante. A antítese de tudo o que ela já havia criado.

"Prêmio surpresa", ela leu. "Diamantes esculpidos para se adaptarem ao seu dedo e parecerem tudo, menos de uma socialite. Porque os diamantes não são mais uma fase, um estilo ou uma moda. Os diamantes não estão nem mesmo fora do alcance daqueles que não têm um orçamento grande. Eles são para qualquer mulher. Para serem usados quando ela quiser, para se sentir especial. Um diamante é para se usar agora, já."

– Mas que droga é essa? – ela disse.

– Não me pergunte.

Ela ficou apreensiva.

Tantas coisas haviam mudado nos últimos anos. Ela agora trabalhava diretamente com uma mulher de vinte e nove anos. Um jovem chamado Jeremy Pudney, casado com uma Oppenheimer, estava agora encarregado da equipe interna de marketing da De Beers, e ele estava sempre atrás de algo novo e moderno. Frances aceitara cada desdobramento com elegância, sempre disposta, e, mesmo assim, o resultado era esse.

Ela se voltou para a porta.

– Aonde está indo? – Paul perguntou.

– Ligar para Gerry Lauck.

O velho Gerry Lauck havia se aposentado um ano antes e fora substituído por seu filho, de mesmo nome. Ele era uma cópia do pai em alguns aspectos – jogara na equipe de golfe em Yale e tinha o mesmo sorriso triste. Era apenas alguns anos mais novo que Frances, mas, após ter trabalhado tanto tempo com seu pai, ela o via quase como uma criança. Naquele momento, ela ansiava pelo "original".

De volta ao seu escritório, ela discou para a secretária e pediu para fazer a ligação. Quando ele atendeu, ela disse, sem rodeios:

– Aqui é Frances Gerety. Poderia me dizer o que está acontecendo com a De Beers?

– Frances, tudo bem – ele gaguejou. – Tenho uma notícia boa. Acho que me esqueci de mencionar.

Não havia nada que se parecesse com uma notícia boa na Ayer há séculos. Estavam perdendo clientes o tempo todo, e ambos sabiam disso.

– Sim? – ela disse.

– Você conhece Deanne Leety, certo?

– É claro que conheço, Gerry. O que está acontecendo?

Deanne Leety era uma coisinha linda e jovem que estava trabalhando na redação havia três ou quatro anos. Todos faziam um grande alarido com relação a ela – tão inteligente, tão vibrante, tão criativa.

– Ela é a nova Frances Gerety! – Gerry pai disse uma vez, e Frances respondeu:

– Mas... O que aconteceu com a antiga?

Um ano antes, Deanne se divorciara. Ela fora trabalhar no escritório de Nova York. Frances nunca ficara pensando no que ela poderia estar trabalhando.

– Então – o filho disse agora. – Bem. Ela está te dando uma mão com a De Beers, já que você tem andado bastante ocupada.

– Não, não tenho – ela respondeu. – O de sempre.

– Certo. Bem.

De repente, ela sentiu um imenso calor. O edifício da Ayer devia ser o único na Filadélfia que não tinha ar-condicionado. Frances esticou o fio do telefone até o máximo e abriu a janela. Uma brisa fresca penetrou o escritório, fazendo com que os papéis de sua mesa voassem para todo lado.

– Quando você diz que ela vai me dar uma mão, quer dizer que ela vai assumir a minha conta?

Ele fez uma pausa. Ela percebeu que estava nervoso.

Frances se sentou.

– Vocês estão desistindo do slogan? – ela perguntou, calmamente.

– Não! Nós ainda adoramos "Os diamantes são eternos". Não é tão drástico assim. Sua aposentadoria está chegando, é isso. É uma hora boa para começar a transição.

– Falta mais de um ano para minha aposentadoria – ela retrucou.

– Não é tanto tempo assim, Frances.

– Não sei o quanto você sabe sobre essa conta, mas o anel de noivado de diamantes atingiu o ápice nos últimos anos. Algo entre seiscentos mil e setecentos mil quilates estão sendo vendidos anualmente no mercado dos casamentos. Uma média de meio quilate por anel.

– Sim, mas o que quero dizer tem a ver com as taxas de casamento, que já começaram a cair. E você sabe, assim como eu, que os tempos são outros. Hoje em dia, quem tem menos de vinte e cinco anos parece desdenhar tudo em que pessoas com mais de vinte e seis acreditam. Precisamos encontrar uma maneira de vender o mesmo velho produto para toda uma nova geração. O cliente queria explorar mais esse lado.

A verdade é que muitas revistas de ponta não falavam mais de diamantes em seus editoriais a cada ano mais ou mesmo a cada dois anos. O departamento de propaganda fizera seu trabalho quase muito bem, e a novidade quanto aos diamantes estava um pouco desgastada. Mas era propaganda. À medida que seu trabalho continuava, Frances sempre tentara manter tudo atualizado o quanto pôde.

– Já fiz isso centenas de vezes antes – ela disse. – Posso fazer de novo enquanto durmo.

Ela fora a única pessoa a escrever para a De Beers nos últimos vinte e quatro anos. Havia trabalhado com outras contas também: Yardley of London, Sealtest, Canon, a papelaria Crane. Tinham até lhe dado um bônus por uma coisa tola que ela escrevera sobre um telefoninho de princesa: "É pequeno! É gracioso! É iluminado!" Mas a De Beers foi o foco de toda a sua carreira.

– Há quanto tempo essa garota está com a minha conta? – ela perguntou, sentindo-se como uma esposa perguntando ao marido havia quanto tempo ele estava indo para a cama com a sua secretária.

– Ela e Jerry Siano, do departamento de arte, estão trabalhando juntos em algumas ideias faz alguns meses – ele respondeu, timidamente.

– Meses!

Ambos ficaram em silêncio. Ela presumiu que ele estivesse esperando que ela fizesse uma cena. Deus sabe que ela nunca teve medo de fazê-lo, no passado. Quatro anos antes, seu pai e o presidente da Ayer, Warner Shelly, foram a Johanesburgo comemorar o aniversário de cinquenta e cinco anos da Ayer e da De Beers. Ela se sentira atingida por um instante pelo fato de não ter sido convidada. Ninguém se lembrara dela. Frances não dissera nada, mas, quando voltaram, todos sorridentes, contando que nunca participaram de um jantar regado a vinho tão bom quanto aquele e que cada um deles ganhara um relógio de ouro, ela ficara furiosa. Era ela quem tinha feito todo o trabalho!

O medíocre do Gerry ficava rondando seu escritório para lhe mostrar o relógio, e Frances perguntara, irritada:

– Onde está o meu relógio de ouro?

Bem, ele ficara boquiaberto e com os olhos sobressaltados. Ninguém ousava falar com ele dessa forma. Ninguém, exceto ela. Ela sempre pensava nisso desde então: *Onde está o meu relógio de ouro? Ou, melhor ainda, o meu relógio de diamantes?*

Mas, nesse momento, ela se sentia chocada demais para criar confusão.

– Deixe-me pedir a Deanne para vir de trem amanhã cedo para lhe mostrar o que ela tem feito – ele disse.

Frances não respondeu. Era torturante demais ouvir aquilo, mas não teve escolha.

– E tem mais uma coisa – ele continuou.

– Meu Deus, o quê agora?

– Estamos levando parte do departamento de criação para Nova York. Incluindo a De Beers.

Todos já aguardavam que isso fosse acontecer desde a morte de Harry Batten, dois anos antes. Cada vez que perdiam uma conta, o motivo que o cliente dava era o mesmo – eles não estavam em Manhattan, ficando fora do alcance. Era exatamente o oposto disso quando ela foi contratada; o status de "forasteiros" que eles tinham os tornava mais americanos que todo o resto.

Mas eles estavam ficando para trás já havia um bom tempo. Eram a última das agências grandes que gastavam 50% do que arrecadavam em divulgação.

– A AT&T ameaçou deixá-los, e foi a gota d'água – Gerry disse agora. – Warner quer os departamentos de arte e redação em Nova York no mês que vem.

– Eu não posso me mudar para Nova York de uma hora para outra.

– Eu sei – ele disse. – Tudo bem. Muita gente vai ficar na Filadélfia ainda. Só vão para lá algumas contas grandes. Você vai ficar no mesmo lugar até se aposentar. Pode ficar tranquila.

– Eu não quero ficar tranquila – ela retrucou.

Ela sabia que a De Beers não precisava se mudar para lugar algum. Os Oppenheimer nunca tinham ido à América mesmo. Não saberiam a diferença entre anúncios escritos em Nova York e em Timbuktu, na África.

Ela ficou sem ar.

– Por fim – ele disse –, não é nada pessoal. Só o ciclo que as coisas seguem.

Ele estava certo. Era o tipo de negócio implacável. Sai o velho, entra o novo. Ela sempre soubera disso, só não tinha sido o "velho" antes. Pela primeira vez na vida, Frances imaginou como Betty Kidd deve ter se sentido quando ela mesma chegara, toda ansiosa e pronta para assumir. Pobre Betty.

Eles desligaram, e Frances se sentou, segurando o queixo, olhando fixamente para a parede. Não seria nada muito chocante. Ela ainda teria suas outras contas.

Ao meio-dia, ela pegou a bolsa e o chapéu e caminhou até o elevador. Se alguém perguntasse, diria que estava indo a uma reunião.

Dirigiu pela região da Main Line, onde os arranha-céus haviam sido substituídos por casarões imponentes e árvores exuberantes. Assim que chegou ao Merion, desceu até o refeitório revestido de madeira, não se preocupando em erguer a cabeça ao passar pelas senhoras que jogavam bridge no salão. Ela nunca tinha estado lá durante a semana.

A garçonete era uma universitária de nome Victoria.

– Olá, Senhorita Gerety – ela cumprimentou. – Um martíni, duas azeitonas?

– Sim, por favor, querida. E salada de frango.

– É para já.

Quando a bebida chegou, ela virou metade do copo com um gole só.

– Parabéns, Mary Frances – disse, em voz alta.

Ela se sentiu totalmente sozinha, pronta para a "festa da piedade", apesar de que duas de suas amigas a levariam para jantar mais tarde. Não estava sozinha, na realidade.

Ela queria ter uma gravação de toda a informação dessa manhã para que pudesse reproduzir e ouvir cada palavra agora, com mais atenção. Gerry dissera que os tempos mudaram e que precisavam de uma nova abordagem. A ideia de que ela não conseguiria dar conta do recado era grotesca. Fazia apenas alguns anos que havia salvado a De Beers da última vez. Será que todos se esqueceram disso?

Em 1960, o pessoal da De Beers decidira fazer uma sociedade com os soviéticos em vez de competir com eles, quando descobriram enormes depósitos de diamantes na Sibéria. Os diamantes eram pequenos, principalmente de dois e quatro quilates, e havia milhões deles. Esse tipo de pedra não tinha utilidade alguma para o mercado que a Ayer criara, no qual quanto maior, melhor, mas a De Beers pretendia ter o controle de todos os diamantes do mundo, independentemente do tamanho e de onde fossem encontrados.

Gerry entrara em parafuso.

– Passamos esse tempo todo dizendo às pessoas que um verdadeiro pedido de casamento só poderia ser expressado pela maior pedra de diamante possível. Agora querem que acabemos com isso e digamos: *Mil desculpas, pessoal. Agora o que vale é o diamante pequeno.* Vamos perder toda e qualquer credibilidade.

– Tudo bem – Frances dissera, sua cabeça cheia de ideias. – O que poderia tornar um diamante especial que não fosse seu tamanho?

Ele esperou meio segundo para responder.

– Não consigo pensar em coisa alguma.

– Vou trabalhar nisso – ela dissera. – Não se preocupe.

À noite, em casa, ela bebera alguma coisa e escrevera umas cinquenta ideias ou mais, todas terríveis. Receava que Gerry estivesse certo – não dava para passar três décadas dizendo para as mulheres quererem uma coisa e agora, do nada, exigir que desejassem o oposto.

No dia seguinte, na reunião da manhã, pela primeira vez Frances precisava admitir que não tinha conseguido pensar em nada útil. Eles lançaram outras ideias ruins – talvez as mulheres pudessem comparar um diamante grande e também um pequeno agora. Coisas absurdas assim.

Depois disso, ela fora ao seu escritório e pegara um livro que guardava de todos os anúncios que já havia escrito. Ficou um tanto emocionada ao virar aquelas páginas. Estava procurando algo que mexesse com sua imaginação, embora não soubesse o quê.

Por fim, pousara seu olhar em uma página da década de cinquenta, repleta de margaridas brancas. Eles tentaram, por um breve momento, ser um pouco mais científicos com relação aos anéis. Naquele anúncio, ela escrevera sobre cores, nitidez, corte e quilates[1]. A ideia não fora um grande sucesso, então a deixaram de lado e voltaram a adotar a visão sentimentalista.

Ela fora até o diretor de criação para lhe contar.

– Os 4 Cs, o termo usado para qualificar cada uma das quatro características que um bom diamante deve ter – ela dissera. – E se tornarmos isso um termo oficial? Algo que uma mulher pediria ao seu joalheiro. Dessa forma, você poderia comprar uma pedra bem pequena e sentir a confiança de que é bem mais perfeita do que uma joia que tenha três vezes o tamanho dela.

– Gosto da ideia, mas não consigo imaginar as mulheres se importando com a nitidez de uma pedra em um microscópio.

Ela dera de ombros.

– Se os anúncios forem convincentes, por que não? E se tivermos o apoio dos joalheiros também, pois eles deveriam fazer isso mesmo.

– Mas não funcionou da última vez – ele replicara.

– Bem, talvez não tenhamos dado nosso máximo na época.

Eles incluíram uma chamada em que se lia: "Como Comprar um Diamante" para todos os anúncios. "Pergunte sobre a cor, a nitidez e o corte – pois isso é que determina a qualidade de um diamante, contribui para sua beleza e seu valor. Escolha uma pedra fina e terá orgulho dela para sempre, não importa o tamanho."

Frances escrevera muita coisa sobre o tema – por quatro anos seguidos eles publicaram um anúncio de página inteira que não era nada mais do que um quadro dedicado a definir os 4 Cs. O departamento de propaganda trabalhara

[1] Em inglês: color, clarity, cutting e carats – os 4cs. (N.E.)

em cima da ideia com histórias para jornais e revistas voltadas para o público masculino sobre como adquirir o melhor diamante. Agora, apresentadores de televisão, a Tiffany e cada noiva nos Estados Unidos falavam a respeito dos 4 Cs, como se fosse um conceito tão antigo quanto o tempo.

Mais recentemente, Frances começara a trabalhar na ideia de desenvolver uma tradição do anel de noivado de diamante em países onde previamente isso não existia – países como Suécia e Alemanha, onde o costume de presentear com uma aliança de ouro estava firmemente enraizado – para ajudar a se livrar de um superávit de pedras pequenas.

Enquanto isso, a De Beers aparecera com um novo anel. Eles o chamaram de "a aliança da eternidade", visando ser um presente para datas comemorativas, e feita com vinte ou mais pequenos diamantes siberianos, que tomava todo o espaço em torno do dedo. Em 1964, Frances focara sua atenção nisso, e aparecera com o slogan: "Os diamantes são o presságio de um amor cada vez maior". A campanha fora um grande sucesso.

Mesmo assim, ali estava ela, quatro anos depois, sendo rejeitada pelos mesmos homens que a aplaudiram por um quarto de século.

Gerry Junior disse que não era pessoal. Teoricamente, talvez fosse verdade. Mas Frances fizera do trabalho a sua vida. Quem ela era sem ele?

Ela nunca pensara em aposentadoria antes, embora soubesse que estava chegando a hora... Talvez, em um vago pensamento, ela tivesse se imaginado se mudando para o subúrbio, acordando às dez horas e jogando golfe às terças-feiras. Pensou no que poderia fazer que não fosse o trabalho. Mas não tinha pensado em não trabalhar mais, nem no vazio que podia ficar.

Seus pais morreram em 1959, com uma diferença de tempo de seis meses. Sua mãe se fora primeiro e, depois, fora como se seu pai não conseguisse mais ter um único motivo para continuar vivo. Frances mantinha contato com seus primos, mas sua verdadeira família já não existia mais. Então, o que ela tinha? Outras pessoas poderiam passar o tempo com os netos ou reencontrar seus cônjuges, ou qualquer outra coisa assim. A relação mais longa que ela tivera na vida não fora com um homem, mas com uma empresa.

Gerry Lauck pai, certa vez, lhe mostrara uma carta escrita por Cecil Rhodes, que fundara a De Beers na década de 1880. Rhodes também nunca se casara. Nessa carta, ele escrevera a um amigo: "Espero que não se case. Detesto pessoas que se casam. Elas se tornam simplesmente máquinas e não têm mais ideias para nada a não ser pensar em seus cônjuges e sua prole".

Mesmo assim, ambos, ele e Frances, eram mais responsáveis do que qualquer outra pessoa no mundo pela tradição do anel de noivado de diamante.

– Com licença? Fran? – ela ouviu, pelas costas. Por um segundo, pensou que fosse a garçonete que tinha percebido que seu copo estava vazio, mas, é claro, ela não a chamaria dessa forma. Ela se virou e viu Meg Patterson à sua frente.

– Imaginei que fosse você. Eu estava no andar de cima jogando bridge quando você entrou. Já terminamos por hoje. Se importa se eu me sentar?

Frances sorriu.

– Não, por favor.

Ela devia a Ham e Meg o fato de estar ali. Eles se esforçaram bastante tentando fazer com que ela ficasse sócia do clube; vários velhotes do conselho ameaçaram deixar o clube se uma mulher solteira fosse admitida. Mas agora havia outras solteiras que também faziam parte dele. É claro que ainda não podiam votar, e era provável que nunca as permitiriam. Mas Frances não se importava com isso. Não queria votar. Queria jogar golfe e beber martíni no terraço, ao final da tarde.

Meg puxou um maço de Parliament da bolsa e ofereceu um a Frances antes de acender o seu.

– Você tem alguma reunião aqui hoje?

– Não. Tirei a tarde de folga. É meu aniversário.

– Ah! Me desculpe, eu não sabia.

– Não teria como.

A garçonete trouxe a salada e se ofereceu para encher seu copo novamente.

– Sim, por favor – Frances disse. – E você, querida, vai querer o quê?

– Um vinho russo branco está ótimo – Meg pediu. – Obrigada, Victoria. Por favor, coloque tudo na conta de Ham.

– Não! – Frances protestou, mas Meg ergueu uma mão para mostrar que não discutiria sobre isso.

– É o seu aniversário.

– Obrigada.

– Me conte. O que achou da grande novidade? – Meg perguntou. – Ayer agora em Nova York.

Frances se perguntou se todo mundo na face da Terra já sabia disso antes de ela mesma saber. Parecia que, em um único dia, tinha se tornado obsoleta. Ela se lembrou agora que, treze anos antes, bem antes de se tornar membro do Merion, Meg lhe dissera que estavam se mudando para Nova York. Mas isso não aconteceu. A Ayer era a família deles, e Ham era leal, assim como a própria Frances.

– Vou ficar por aqui mesmo – Frances disse. – Vou e volto, como faço agora. Para mim, não vai mudar nada.

Meg assentiu.

– Ham vai tentar fazer a mesma coisa. Não quero deixar nossa casa. Gosto demais dela. Nossos vizinhos são pessoas encantadoras. Há dez anos eu até poderia tentar a vida em Nova York, mas agora já criei raízes aqui.

Frances afagou sua mão.

– Eu também.

– Mas, depois que Ham se aposentar, eu gostaria de viajar – ela disse. – Nunca fui à Europa.

– Muito bom.

– Eu sempre te invejei um pouco, Frances.

Ela riu.

– Meu Deus, por quê?

– Você sempre parece ter total controle sobre o seu destino. Eu acabei me tornando algo que não esperava ser. Eu me imaginei como mãe desde menina. Mas parece que não era o nosso destino ter filhos. E isso faz de mim o quê? Uma dona de casa?

– Uma dona de casa das boas, tenho certeza – Frances disse.

Meg deu de ombros.

– Às vezes parece que não conseguimos entender bem do que foi que desistimos na vida, até que seja tarde demais.

Eram duas da madrugada e Frances ainda estava acordada. Ela deveria ter ligado para Dorothy para conversar sobre o que acontecera, ou ainda para sua prima, Margaret, mas agora já era tarde. Sabia que não conseguiria dormir.

Tentou se acalmar. Era assim que as coisas tinham de ser. Já lhe tinham tirado outras contas antes, e ela já tinha também pego contas que haviam sido tiradas de outra pessoa. "Nada pessoal."

Amanheceu, e ela colocou seu vestido mais fino, mas ainda lembrava uma professora de escola rural desgrenhada. Seu cabelo grisalho caído; ela não tinha escolha a não ser usar seus óculos de lentes grossas que ostentava havia anos. Não enxergava nada sem eles.

Quando Deanne Leety adentrou seu escritório de salto alto e em um terninho feito sob medida, Frances teve uma vontade enorme de rastejar por debaixo de sua mesa e morrer. Nunca tinha visto uma mulher de terninho que não fosse na capa da revista *Women's Wear Daily*.

– Olá, Frances – Deanne disse. – Ainda é uma boa hora?

– Claro. Sente-se.

Deanne estava segurando um arquivo grande sob seu braço inacreditavelmente magro.

– Trouxe minhas ideias.

Frances assentiu.

– Bom. Vejamos o que você tem aí.

Deanne abriu a pasta. Ela era um ser feminino por inteiro, bonita e elegante mas, de alguma forma, mais confiante do que qualquer outra mulher que Frances já havia conhecido na Ayer ou em qualquer outro edifício. Era assim que uma garota trabalhadora moderna se comportava. Ela não escondia sua feminilidade nem pedia desculpa por isso, como elas faziam no passado. Ela ostentava isso, e o fato de lhe ser dado mais do que a qualquer mulher antes dela exigia muito mais do que isso.

– Primeiro, deixe-me dizer o quanto admiro seu trabalho – Deanne disse. – Gosto do jeito como muitos de seus anúncios contam uma história.

Frances deu um sorriso forçado.

– Obrigada.

– Eu apenas fiz uma atualização, na verdade. Tentando apelar para os hippies e sonhadores. Desta forma aqui...

Deanne deslizou uma folha de papel pela mesa. A ilustração era uma explosão de alaranjado e azul: uma mulher de cabelos compridos, uma coroa de flores na sua cabeça, e seus braços descobertos estavam envolvendo a cintura do homem à sua frente. Havia um esboço de um leão agachado atrás do casal.

Deus do céu, ela precisava de uma bebida.

O texto dizia: "Um homem que é dono de si mesmo é o meu amor. Forte, orgulhoso e confiante. E agora ele vai compartilhar sua vida comigo. Os diamantes são eternos".

– Acho que eu deveria alertá-la de que a De Beers é um cliente conservador – Frances disse. – Eles têm normas rígidas. Nada de religião no anúncio. Homens e mulheres nunca podem – ou seja, nada pode sugerir – se tocar.

– Eu sei – Deanne argumentou. – Embora Jerry Siano diga que podemos forçar a barra só um pouco.

– Ele diz isso?

– Sim. Isso já foi aprovado.

– Entendo. – Ela tentou não demonstrar que estava surpresa. – Contudo, é importante se lembrar do objetivo. Neste caso, é manter a tradição do AND enquanto se convence os clientes de que um anel raro e de valor mais elevado é a forma mais expressiva de reconhecer amor e comprometimento. Aliás, AND significa "anel de noivado de diamante".

– Eu sei. Bem, aqui está, dê uma olhada neste. É para a *Seventeen*, a *Vogue* e a *Life*.

Frances ergueu a folha na direção da luz.

"O Príncipe ou o Caubói ou alguém que você nunca revelou a ninguém, de repente, é real. E ele quer se casar com você. Os diamantes são eternos."

Não era de todo ruim.

– Você tem talento – ela disse, mesmo que doesse fazê-lo.

– Obrigada. Agora, o meu favorito. É uma foto de Lucy Saroyan quando criança, misturada com outra foto dela adulta. Ambas foram tiradas por Richard Avedon. Ainda estou fazendo uns ajustes no texto, mas estou pensando em algo com estas frases: "Uma parte de cada mulher é aquela garotinha que sonhava com o dia em que alguém a encontraria e a amaria e lhe daria um anel de presente. Os diamantes são eternos".

– Quem é Lucy Saroyan? – Frances perguntou.

– A atriz – Deanne respondeu, como se fosse óbvio. – O pai dela ganhou o Prêmio Pulitzer. Sua mãe é casada com Walter Matthau. E seu irmão é poeta. Ele escreve poemas de uma palavra só.

Frances franziu as sobrancelhas.

– Minha querida, não existe poema de uma palavra.

– A última coisa que eu queria lhe mostrar é uma leve mudança no seu slogan. Algo para aquele grupo sempre crescente de mulheres que não querem se comprometer. Talvez comprem diamantes para elas mesmas. "Os diamantes são para o seu presente." O que acha?

– Já vi esse.

– Ah. Tudo bem, então.

– Você deveria se orgulhar – Frances disse, sem saber ao certo o porquê. – Como está se saindo por aqui? Tantas mudanças acontecendo.

– Estou muito animada por estar de volta a Nova York – Deanne comentou. – Quando vim para a Ayer Filadélfia pela primeira vez, me senti sendo transportada para a Idade Média.

– O que quer dizer com isso?

– A agência da butique para a qual eu trabalhava ficava do lado de fora da cobertura do Plaza Hotel – ela disse. – Depois, eu vim para a Ayer. É tão antiquado. O fato de não haver nenhuma conversa ou colaboração entre o departamento de arte e o de redação, por exemplo. Os dois nem estão no mesmo andar. Esse tipo de empresa onde você recebe um memorando de algum executivo explicando o que um anúncio exige: "Esta é sua autorização para criar um anúncio que transmita blá-blá-blá, para sair nessa ou aquela publicação". É tão rígido isso. Ninguém mais trabalha assim. Dunning diz que a empresa funciona como um reloginho, o que é abominável para o processo criativo.

Frances ergueu uma sobrancelha.

– Dunning?

– Robert Dunning. O chefe de criação de Nova York.

– Sim. Sei quem é.

Ela o chamava de Dunning. Frances pensou se eles eram um item qualquer ou se era apenas a forma como as pessoas diziam hoje em dia.

– E nem me faça falar sobre a forma como tratam as mulheres por aqui – Deanne continuou. – Vão me tornar vice-presidente. Não posso contar a ninguém ainda, mas vão anunciar em breve. Estamos em 1968 e eles estão dando voltas para anunciar sua primeira vice-presidente de criação.

Frances ficou abalada. Na sua época, não só não existiam mulheres nesse tipo de cargo como ela não podia nem mesmo sonhar com isso.

A garota não tinha remorso algum. É claro, Frances mesma poderia se sentir da mesma forma se algum dia tivesse tido a chance também.

– Não sei como você conseguiu sobreviver, considerando como eram as coisas no passado – Deanne concluiu. – Eu teria perdido a cabeça.

Parte 3

1972

O relógio de pêndulo atingiu as doze e trinta.

Teddy chegaria logo para almoçar, e Evelyn ainda tinha muito o que fazer.

Gerald deixara o televisor ligado no escritório quando subiu a escada para tomar banho. Pela porta da cozinha, Evelyn podia ouvir os aplausos de um game show, seguidos pelo tom mais sombrio do noticiário do meio-dia. Enquanto picava a salsa, distinguia as palavras, "Saigon, Capitol Building, frente fria chegando, desfile anual de Halloween".

Ela caminhou até o aparelho para desligá-lo, parando por um momento enquanto um repórter anunciava que, após semanas de comentários sobre o assunto, George McGovern acabava de vir a público dizer que acreditava que o presidente Nixon estivesse pessoalmente envolvido no caso Watergate.

– Porém – o apresentador disse –, o escândalo de Watergate é um assunto que não interessa muito à maioria das pessoas. Política, como de costume, dizem.

– Tem toda a razão – Evelyn respondeu. Havia coisas mais importantes com o que se preocupar.

Ela girou o botão até ouvir o clique e a imagem evaporou.

Nos últimos anos, havia tanta inquietação, tantas tentativas de alterar o status quo: direitos civis, direitos das mulheres, até mesmo direitos dos homossexuais. Era um mundo diferente, que fazia uma pessoa idosa se sentir ainda mais velha. Ela gostara quando as escolas foram desagregadas. Fora um passo muito importante. Mas agora era legal, em todo o país, que negros e brancos se casassem. Evelyn não tinha certeza do que achava disso.

Havia até uma negra se candidatando à presidência. Gerald dissera que não era sério, mas Evelyn achara que talvez fosse. Sua amiga, Ruthie, a convidara para uma reunião que trataria sobre como elevar a conscientização, onde conversariam sobre a campanha para Shirley Chisholm. As mulheres também discutiram lá sobre o novo best-seller chamado *Casamento Aberto*, que tinha um capítulo falando de como os casais poderiam escolher ter casos paralelos como parte de uma relação saudável. Eles criaram palavras como *chairperson* (significando que poderia ser homem ou mulher agora, em vez de *chairman* da empresa) e *Ms.* (termo que significava mulher solteira ou casada), o que, para a cabeça de Evelyn, era um sinal de uma nova ordem.

Ruthie assimilara tudo muito bem. Estava se mantendo atualizada com os jovens. Mas não sabia o que pensar sobre metade do que eles pregavam.

– Pelo menos temos algum assunto que não seja aquela guerra horrível – ela comentara.

Evelyn supunha que algumas das mudanças fossem boas. Mas nunca mais aparecera nas reuniões. Algo nelas a assustava.

Provavelmente o que mais a aborrecia era o livro.

– Casamento aberto – ela dissera a Gerald naquela noite. – Não me surpreende que nosso filho não tenha mais moral, já que esse é o mundo em que estamos vivendo.

Ela se lembrou disso de novo agora, mesmo sabendo que não deveria se deixar ficar assim. Se focasse nos traços negativos de Teddy, estaria a ponto de ficar louca na hora em que ele chegasse. Tentou pensar nele como bebê, envolto em um cobertorzinho azul, chegando em casa do hospital. Mas era inútil. Estava furiosa como nunca. Pensava no que Julie dissera: ele havia pedido o divórcio.

Evelyn se imaginou impedindo que ele entrasse em casa logo mais, mas sabia que nunca iria em frente com essa ideia.

Lembrou a si mesma que também nunca havia feito o que seus pais queriam que fizesse, e as coisas acabaram dando certo. Mas é claro que era diferente. Após a morte de Nathaniel, seus pais insistiram que ela voltasse para Nova York, mas Evelyn se recusara. Tudo o que lhe restava dele era Boston. Os restaurantes onde jantavam, os salões onde riam muito e suavam dançando nas noites de verão. Por fim, ela voltara ao trabalho, onde seus alunos a chamavam de Sra. Davis. Toda vez que isso acontecia, o som das palavras enchia seu coração com uma mistura de felicidade e tristeza. A presença das crianças lhe trazia muito prazer, mas servia também para lembrá-la de que nunca teria seus próprios filhos.

Gerald voltara a Chicago. Ela sentira saudade das conversas e da forma como a fazia rir, mesmo nos dias mais tristes. Quando ela falava com pessoas normais, era como se estivesse com atraso de tempo – não conseguia manter uma conversa, não se lembrava do que as pessoas haviam dito um minuto antes. Um grupo de mulheres solteiras dava aula na mesma escola que ela, a maioria um pouco mais nova. Elas saíam para jogar boliche às sextas-feiras e sempre convidavam Evelyn. Ela nunca aceitara. Era uma mulher casada, afinal. E era mais fácil ficar sozinha.

Alguns meses após o funeral, Gerald escrevera para dizer que estava voltando para Boston. Era sua cidade natal, então Evelyn não pensara muito nisso, a não ser pelo fato de estar feliz. A empresa do pai dele estava funcionando na Park Square, e ela presumira que Gerald trabalharia lá. Mas, quando saíram para jantar, na primeira noite dele na cidade, ele contara que havia pedido para seu pai o liberar do trabalho. Seu pai ficara furioso, mas Gerald dissera que não conseguia tirar Nathaniel da cabeça, falando sobre a importância de se virar sozinho. Então, em vez de continuar seguindo os passos de seu pai no mundo financeiro, Gerald arrumara emprego em uma seguradora. Ele teve de começar do zero, o que o animara, de certa forma. Esperava que agora conseguisse fazer amizade no trabalho. Claro que sua herança indicava que não era o tipo de pessoa que precisaria se virar sozinha, e ele sabia disso, mesmo assim parecia uma nobre busca para, pelo menos, tentar andar com as próprias pernas. Evelyn sabia que Nathaniel estaria orgulhoso por ter causado tamanho impacto na sua vida.

Ela pensara que talvez Gerald estivesse tentando melhorar em outros aspectos também. Ele parecia mais saudável agora, e só bebia um gin tônica à noite.

Assim como Evelyn, ele se preocupava com a mãe de Nathaniel. Havia mandado dinheiro suficiente, dissera, para ela se manter por um ano (ele continuara fazendo isso todos os anos, até ela morrer). Evelyn tentava visitar a sogra uma vez por mês em Pittsburgh, embora temesse aqueles finais de semana. A casa parecia pesada e sombria, e ninguém nunca mencionava o nome de Nathaniel. Ela não sabia dizer se era bem-vinda ou se não era nada além de uma lembrança dolorosa.

Com Gerald era diferente. Eles choravam, mas também falavam de Nathaniel com alegria e riam muito, contando um ao outro suas histórias preferidas, mesmo quando ambos sabiam como terminavam. Ela ficara sabendo de coisas de Nathaniel que nunca soubera. Havia histórias de momentos privados que existiam entre amigos íntimos, coisas que um homem não contaria nem à sua namorada. Mas agora Gerald estava contando a ela. Era um deleite saber que ainda havia lados de Nathaniel que ela descobriria com o tempo. Era como perceber que seu romance preferido tinha quatro capítulos extras, os quais você não havia percebido antes. Gerald percebia isso, e Evelyn não podia imaginar um presente mais valoroso.

Ela nunca tinha passado algum tempo sozinha com Gerald antes. Sem a presença de Nathaniel, ele parecia mais brando, mais sério. Ele lhe contara que era tímido quando garoto e, quando ela se recusara a acreditar, soltando uma gargalhada, ele dissera:

– Juro por Deus, é verdade. Eu compensei isso sendo o palhaço da sala de aula.

Apesar de sua origem, ele preferia os prazeres simples da vida. Adorava pratos tradicionais e jogos de beisebol. Detestava ballet. Não via sentido em romances. Só lia jornais, os quais ele dizia serem mais estranhos, tristes e engraçados do que a ficção.

Aos domingos à noite, ele às vezes a convidava para jantar na mansão de seus pais em Wellesley. Os pais de Evelyn eram relativamente ricos, mas muito pobres se comparados aos de Gerald. Ela se sentira um pouco intimidada, mas tentara não demonstrar. Gostava do fato de Gerald procurar ser ele mesmo por inteiro, fazendo piadas bobas, mesmo com sua mãe franzindo as sobrancelhas como se ele estivesse falando uma língua estrangeira, com um mordomo imóvel ao seu lado, oferecendo vinho suave.

Ninguém mais conseguia animá-la como ele. Era quase constrangedor quantas vezes Gerald a interrompia no meio de alguma reunião triste entre amigos, após alguma tragédia, em casa, chorando com um lenço na mão, ouvindo "Someone to Watch Over Me" no toca-discos.

– Vamos sair, garota – ele dizia, e eles iam.

Passavam juntos quase todo o tempo livre. Era diferente passar as noites com um homem que nunca precisara pensar em dinheiro. Gerald sugerira o restaurante Locke-Ober para irem jantar, quando Nathaniel a levaria ao Wursthaus. Evelyn sentia que era quase uma traição e, então, dissera a Gerald que preferia comer um hambúrguer a um filé mignon.

Em uma certa tarde de inverno, caminhavam pelo Public Garden na neve, conversando sobre o quanto Nathaniel ficaria feliz em ver Franklin Roosevelt eleito como presidente. Gerald mencionara que tinha visto Roosevelt fazer um discurso em Nova York na mesma época em que estava namorando Fran. Isso fizera Evelyn se lembrar de algo que povoava seus pensamentos de vez em quando; desde que Nathaniel morrera, ela não soubera que Gerald tenha saído com alguém. E ficara se perguntando se a culpa talvez seria dela.

– Acho que eu não teria conseguido chegar até aqui se não fosse pela sua amizade – ela dissera. – Obrigada, Gerald. Só espero que eu não esteja monopolizando seu tempo.

– Impossível.

– Mas, realmente. Você veio a Boston para iniciar uma nova carreira e fazer amigos e tentar encontrar uma pessoa maravilhosa para ficar. Eu não estaria te privando disso?

Ele parecera surpreso.

– Eu voltei por sua causa.

– O que quer dizer com isso? – ela perguntara.

– O que eu acabei de dizer.

– Pensei que tivesse voltado por causa do emprego.

– Eu poderia ter vários empregos em Chicago – ele respondera, encolhendo os ombros. – Mas eu prometi a Nathaniel que cuidaria de você.

– Ah...

– Eu gosto de você, garota.

Ela sorrira discretamente, sem saber o que dizer a seguir.

– Quer parar na rua Newbury para tomar um chocolate quente? – ele perguntara, livrando-a de ter de dizer algo.

Alguns meses depois, na primavera, foram ao Parker House jantar. Nathaniel já tinha morrido havia um ano, uma semana e dois dias – ela ainda contava o tempo todo dia ao acordar. Enquanto comiam, ela chorara ao saborear sua lagosta com molho thermidor. Ela contara a Gerald que não conseguia mais se lembrar do cheiro de Nathaniel ou do tom exato da voz dele quando ria. Gerald era compreensivo, dizendo a ela que sabia exatamente o que isso significava. Às vezes, ele se esquecia do nome de uma música ou de um restaurante de que eles gostavam na época da faculdade, e ele tendia a chamar Nathaniel lá de cima para ver se ele se lembrava.

Quando o garçom perguntara se queriam a sobremesa, Gerald sugerira que dividissem algo. Ela assentira.

– Sundae – Gerald pedira ao garçom, no mesmo instante em que Evelyn dissera:

– Torta de creme de Boston.

Eles riram.

– E então? – Gerald perguntara ao garçom. – Se importa em desempatar?

– Receio que terei que trazer o pedido de sua esposa – o garçom dissera. – A torta é nossa especialidade.

Quando o garçom se afastara, eles ficaram em silêncio por um momento.

– Ah, Jesus – Gerald suspirara.

– Foi um erro inocente. – Ela erguera a mão esquerda, onde sua pequena esmeralda cintilava. – Ainda estou usando. Suponho que sempre vá usar. Você acha que uma mulher pode ser considerada uma solteirona se seu marido está morto?

– Acho que seria impossível que alguém a confundisse com uma solteirona, em qualquer circunstância.

Ela sorrira.

– Eu me sinto egoísta dizendo isso, mas tenho inveja de outras mulheres. Aquelas que marcam encontros, aquelas que conseguem ter filhos e cerimônias de casamento. Me sinto viva pela metade, Gerald. Não faço mais parte disso tudo.

– Você fará – ele dissera. – Você verá.

Um ou dois meses antes, ela teria detestado o que ele dissera, mas ele provavelmente não teria dito isso na época. Como de costume, ela se sentia grata pela sua presença na vida dela.

Após a sobremesa, eles foram para a rua. Era uma noite quente, e Evelyn gostaria de ir a algum lugar tomar um último drinque. Perguntara a Gerald se ele queria, mas se detivera quando o vira a encarando com o semblante estranho.

– O que foi? – ela perguntara.

– Aquele garçom. Achou que fôssemos casados.

– Ah, Gerald, não se preocupe com isso.

– Não estou preocupado. Achei legal ele pensar assim.

– O que quer dizer?

Ele falara rápido:

– Não é óbvio, Evelyn? Sou louco por você.

– Não diga isso.

– Mas eu pensei...

– Pensou o quê? Só porque eu disse que estou me sentindo sozinha, você tem que se precipitar? Você disse a Nathaniel que cuidaria de mim, e isso quer dizer ter pena de mim?

Ele franzira as sobrancelhas.

– Pena? Evie, eu te amo em segredo desde o dia em que nos conhecemos.

– Pare com isso.

– Você estava usando um maiô vermelho e tinha uma mecha grande de cabelo molhado caída no rosto.

– Eu tinha?

– Era a garota mais bonita que eu já tinha visto. Eu queria te convidar para jantar, mas Nathaniel foi mais rápido. Fiquei furioso no começo, para dizer a verdade. Mas, quando te conheci melhor, percebi que você não combinava comigo. Você estava fora do meu alcance. Você estava na dele.

– Não seja tão derrotista.

– Mas é verdade, não é?

Evelyn não sabia o que dizer.

– Acho que era por isso que ele estava sempre tão preocupado que eu encontrasse a garota certa – Gerald dissera. – Ele se sentia culpado porque sabia que eu queria muito você, embora eu soubesse que nunca seria minha.

– Tenho que ir – ela respondera, quando o táxi já estava parando no meio-fio.

Eles não se encontraram nem se falaram por uma semana. Ela sentira saudade de Gerald. Ria quando se lembrava de uma piada que ele havia contado. Lia algo interessante e tinha vontade de contar a ele na mesma hora.

No domingo seguinte, quando voltava da igreja, ele estava sentado no alpendre da casa dela. Ela ficara muito alegre.

– Quer caminhar um pouco? – ele perguntara.

Ela sorrira.

– Claro.

Caminharam pelas ruas, trocando histórias sobre como passaram a semana. Nenhum deles mencionara o que ele havia dito, e ela se surpreendera consigo mesma quando sentira vontade que ele tivesse dito algo. E assim ficaram por mais alguns meses. Todas as vezes que Evelyn pensava na situação deles, ficava confusa. Queria que Gerald a beijasse, mas não sabia bem o porquê.

Finalmente, em uma noite de muito calor de julho, ela o beijara. Havia uma chama ali, na qual ela nunca teria acreditado se lhe contassem cinco anos ou mesmo cinco meses antes.

– Tem certeza? – Gerald perguntara.

– Sim.

Eles se casaram quatro meses depois, nos jardins da casa de verão dos pais dela em Berkshires. Quando Gerald a pedira em casamento, a presenteara com um cordão fino de ouro junto com o anel. Sem dizer uma palavra, ele retirara o anel de Nathaniel do dedo dela e enroscara o cordão no meio dele; depois, colocara o colar em seu pescoço e o fechara.

Eles nunca discutiram se Nathaniel teria aprovado, porque ambos sabiam a resposta. Perceberam que as pessoas viam a situação como o escândalo do ano. Na escola, certa manhã, quando pisara no hall de entrada do prédio, Evelyn ouvira uma das professoras dizer:

– E o noivo é o melhor amigo do primeiro marido! Se me perguntar, vou dizer que não é certo. – Quando Evelyn virou a esquina, a mulher ficou vermelha de vergonha.

Mas ela não se importava com o que dissessem. Ela e Gerald se apaixonaram, apesar das circunstâncias. E, se Nathaniel era uma terceira pessoa invisível no casamento deles, era no bom sentido – a lembrança dele e a brevidade da vida amenizavam qualquer tipo de competição ou discórdia.

Ela ficara grávida durante a lua de mel, como esperava. Deram o nome de Theodore Nathaniel a seu filho, e, a princípio, era quase como se ele tivesse o coração e a alma de Nathaniel dentro de si – Teddy era um bebê muito alegre, sempre rindo e se admirando com tudo o que via. Quando nasceu, Evelyn adorava passar aqueles primeiros momentos sozinha com ele. Era a primeira vez na sua vida que um "estranho" lhe parecia tão familiar. Depois, quando Gerald teve permissão para entrar no quarto, ela se lembrara que a última vez em que estiveram juntos em um hospital fora o pior momento de suas vidas, mas agora, finalmente, haveria felicidade.

Ela ainda via Teddy como uma criança, sentado debaixo de uma árvore no quintal, lendo suas revistas do Superman com óculos de raios X. Ela tentara lhe dar bastante atenção e muito afeto, estimulando seus interesses e suas esperanças. Como ele não tinha irmãos, ela e Gerald resolveram fazer as brincadeiras com ele – jogavam "detetive" ou brincavam com jogos de tabuleiro, na sala, tão diferente do jeito formal com que os pais dela a tratavam.

Mas, enquanto Teddy crescia, Evelyn o fora perdendo. Ele tinha um temperamento difícil e sempre se envolvia em brigas na escola. Na Harvard, era punido constantemente por conta de confusões, bebida e vandalismo. Por fim, ele fora expulso por ter sido pego colando na prova de História. Ele reagira com raiva, como se alguém o tivesse enganado. Depois disso, havia milhares de dívidas de jogo e mais brigas. Álcool em demasia, e Deus sabia o que mais. Ele nunca tivera um emprego normal; em vez disso, mudava de ideia a toda hora, sempre fazendo planos tolos, e Gerald era quem pagava a conta. Uma vez, ele roubara uma folha de cheque em branco da mesa de Gerald, emitindo um cheque para si mesmo de dez mil dólares. Depois, se desculpara e disse que pagaria. Ele nunca o fizera, mas eles o perdoaram mesmo assim. Seu doce garotinho havia se tornado um homem que ela não reconhecia e também não conseguia imaginar por quê.

Gerald dizia que não havia pé nem cabeça nisso tudo, mas ela acreditava que o amor de mãe era supremo quando o assunto era moldar uma criança. Mas o que foi que ela fizera para arruinar a vida de Teddy?

Um pediatra uma vez lhe dissera que talvez ela tivesse ficado tempo demais com ele nos braços quando era criança. Assim que ele nasceu, ela queria segurá-lo com urgência, e para sempre. Quando Teddy fora para a sexta série, a família de Gerald insistia que ele fosse estudar fora, em uma escola particular, mas Evelyn se recusara a deixá-lo. Talvez porque ela já tivesse perdido tanto na vida ou porque simplesmente era seu primeiro e único filho.

Às vezes ela se perguntava se Teddy se ressentia do fato de ela ter começado a dar aula de novo quando ele tinha doze anos. Ele teria ficado irritado com ela por ter dado seu amor a outras crianças? Havia alguns alunos, em especial, que ela guardava em seu coração. Um garoto que tinha um bêbado como pai, cuja mãe tinha morrido, estava cuidando de seus três irmãos sozinho. Seu nome era Adam e, em determinado verão, Evelyn os levara para sua casa até que a avó deles chegasse de Memphis para cuidar de todos. Havia uma garota, Sabrina, que não conseguia ler muito bem. Evelyn trabalhava isso com ela depois da aula, três vezes por semana. Elas faziam isso em casa porque a doce Sabrina estava muito preocupada se as outras crianças da escola poderiam descobrir seu segredo. Quando uma criança corria algum tipo de risco, Evelyn ficava de olho nela por algum tempo, depois que saísse da sala de aula, mesmo depois de se formar. Ela escrevia cartas para elas. Também as recebia em casa para jantar. Mas será que Teddy não percebia que ela o amava mais do que todas elas juntas?

Qualquer que fosse o motivo, as coisas ficaram confusas, e agora, ali estavam eles, com Teddy querendo o divórcio, quando sua esposa era a melhor coisa que tinha acontecido na vida dele. Evelyn amava seu filho, mas tinha algo que ela nunca havia dito em voz alta, nem mesmo a Gerald: embora fosse muito grata por isso, perguntava-se frequentemente o que é que tinha feito Julie se apaixonar por ele. Teddy não era um homem gentil ou mesmo do tipo charmoso. Ela sempre se preocupara que alguma garota pudesse aparecer com cifrões estampados na testa e se casar com ele só por causa de sua herança. Mas Julie vira algo nele.

Talvez o que ela tenha enxergado nele não fosse real; talvez todas as qualidades que ela imaginara que ele tivesse fossem simplesmente uma parte dela mesma refletindo de volta.

Quando a campainha tocou, à uma e quinze, Evelyn caminhou lentamente pelo hall de entrada como se estivesse se aproximando da guilhotina, com as mãos coladas ao corpo.

Não queria ouvir suas explicações. Em primeiro lugar, nunca deveria ter permitido que ele viesse.

Assim que sua mão tocou a maçaneta, sentiu que ela girou sozinha, pois Teddy abriu a porta pelo outro lado. Ele estava com a mesma aparência da última vez que ela o tinha visto, cinco meses antes, sem uma pitada de vergonha no semblante. Segurava um punhado de cravos rosa-escuros, embalados em um pedaço de papel.

– Mãe – ele disse, e a beijou no rosto. – Queria que conhecesse minha namorada, Nicole Standish.

Evelyn ficou paralisada.

Ele trouxera a outra.

1987

Enquanto Maurice esperava lá dentro pelo seu lanche, James caminhou até a traseira da ambulância e abriu as portas. Ainda podia sentir o mau cheiro do cara desabrigado. Os odores eram a pior parte do serviço, ainda mais no verão.

Com as pontas dos dedos, ele puxou para fora o lençol da maca, da mesma forma que fazia quando um de seus filhos urinava na cama. No ano passado, por duas vezes, ele pegara piolho do mesmo vagabundo na Central Square. Ele abriu uma garrafa de álcool e despejou um quarto em uma toalha grossa. Enquanto esfregava o assento, pensou em sua esposa, no jeito como ela gostava de provocá-lo quando ele lavava a louça, dizendo:

– Que tal mais um pouco de trabalho forçado, McKeen?

Eles namoraram por três anos no segundo grau. Depois disso, Sheila achara que ele deveria fazer faculdade, para ganhar tempo mesmo, mas, assim que pegara seu diploma, James só pensara em fazer sua banda decolar de vez. Eles se chamavam Ulterior Motive. James tocava contrabaixo e compunha todas as músicas. Por dezoito meses, se esforçaram bastante para ter o maior número de ensaios possível. James trabalhava no balcão de frios da Stop & Shop quatro dias por semana após a escola e aos sábados, o que lhe deixava apenas com as noites de sexta-feira e os domingos livres. Esse era o ponto de discórdia entre ele e o vocalista, Chip McIntyre. Chip não entendia como era ter uma mãe sozinha que precisava de ajuda para poder pagar as compras do mercado. Seu pai era um médico que tinha um casarão em

Hospital Hill e só morava em Quincy, em primeiro lugar, porque tinha sido criado lá e se sentia nostálgico com o lugar ou alguma bobeira assim. James o achava desprezível, mas ele havia sido colocado na banda depois que os outros três foram reunidos pelo baterista, Frank Rogers, e ele acabara gostando do som deles. Quando James se juntara a eles, estavam tocando covers, mas agora quase só tocavam suas próprias músicas. Parecia muito real. Importante.

James sabia que a faculdade não era para ele. Mesmo se tivesse condição financeira para isso, sempre detestaria estudar. Quantas horas ele tinha perdido observando os ponteiros do relógio se moverem tão lentamente que pareciam desafiar as leis do tempo e espaço? Quantas aulas de Matemática e Química ele ficava escrevendo músicas no caderno e fingindo prestar atenção? Ele fora pego uma vez, e a Sra. Pierce, professora de História Americana, ligara para sua mãe. Ela parecia decepcionada e cansada quando chegara em casa do trabalho aquela noite.

– Jimmy, por que você fica fazendo bagunça quando deveria estar estudando?

Ele queria lhe dizer que sabia, lá no fundo, que a música era o que o salvaria. A única coisa em que ele era bom mesmo. Que era impossível se imaginar envelhecendo gordo, atrás de uma mesa de escritório. Mas apenas dissera:

– Desculpe, mãe. Vou parar com isso.

Sua mãe ficara muito abalada quando Bobby fora enviado ao Vietnã. James sabia que ele era tudo que ela tinha, pelo menos naquele momento. Pensara que ela pudesse mudar de ideia quando a banda começasse a virar uma realidade. Quando ele lhe compraria uma casa grande e um carro novo e a levaria de férias para a Irlanda.

Ele então se formara, e aí puderam ensaiar com mais frequência, embora James agora trabalhasse em período integral na loja. Gravaram uma fita-demo com dinheiro emprestado do pai de Chip e deixaram as cópias em todos os lugares em que podiam pensar. Começaram a fazer shows. Tocaram em bares de verdade na cidade. Saíram nos jornais como "astros em ascensão da cena de rock local". Eles bebiam e também ficavam um pouco chapados, mas isso fazia parte.

Sheila se matriculara na faculdade de Enfermagem. Continuaram juntos depois da formatura, mas, no fim, ela o acabara dispensando, dizendo que ele não levava seu futuro a sério. Ela não entendia o que James estava tentando fazer. Achava tudo muito bobo e vazio. Ele achara que esse fosse o pensamento dos pais dela, e não dela mesma, mas parecia não poder fazê-la mudar de ideia. James detestava ficar longe de Sheila. Sabia que tinha de tê-la de volta, mesmo que conseguisse um contrato com uma gravadora ou escrevesse uma música sobre ela, atingindo o primeiro lugar na parada da Billboard.

Ele nunca mais saíra com ninguém. Transara com uma garota no banheiro do Dee Dee's, a única com quem tinha feito sexo além de Sheila. Naquela noite, depois de cinco doses de uísque e sabe Deus quantas cervejas, ele urinara no facão do pai de Dave Connelly e quebrara com um soco a janela do lado do passageiro do carro dele, tendo levado quatorze pontos na mão, e depois se submetido a uma ordem de ficar afastado da casa de Connelly, o que durara até seu primeiro filho nascer.

Sheila começara a namorar um cara de sua classe – um enfermeiro. Aquilo doía, mas não tanto quanto o próximo cara, um estudante de Direito da Faculdade de Boston.

Debby, irmã de Sheila, lhe contara tudo quando fora atendida por ele no balcão de frios, certa tarde.

– E aí, Jimmy? Meio quilo de presunto e 250 gramas de queijo. Ainda mora com a sua mãe? Ficou sabendo que a Sheila está namorando um advogado agora?

Em agosto, após a formatura, a banda Ulterior Motive fora abordada durante um show por um cara de nome Marty Klein. Ele tinha sido empresário da Snowmen e também da Negative Attention, bandas locais que acabaram assinando contrato com gravadoras e feito turnês nacionais. Ele dissera que queria trabalhar com eles, fazer sua música tocar nas rádios.

James largara o emprego e criara coragem para ir ao apartamento de Sheila fazer um apelo: ela tinha de voltar para ele ou ele morreria. Ele estava prestes a fazer sucesso. Mas não conseguiria fazer o que era preciso se ela não acreditasse nele. Ele nunca havia se sentido tão forte na vida ali, parado à sua frente, falando tudo o que tinha para falar. Principalmente quando Sheila o abraçara e disse que sim, que ela aceitaria dar esse salto na sua vida, pois ainda o amava.

Ela dispensara o advogado e eles foram morar juntos um mês depois, fato que conseguiram, de alguma forma, esconder de seus pais.

Mas a música nunca fora ao ar, a não ser em algumas estações de rádio de faculdade. O guitarrista fora preso por espancar um cara em uma briga de bar. Frank Rogers fora recrutado pelo exército. Sentindo que seria chamado também, Chip McIntyres fora forçado pelos pais a voltar para a escola. E James ficara sozinho. A coisa toda parecia estar a ponto de acontecer mas, de alguma forma, nunca acontecera.

Ele ficara quase um ano lamentando o ocorrido, fumando maconha no apartamento deles, fazendo a faxina e preparando o almoço para Sheila para que ela não enjoasse dele e o botasse para fora de casa. Então, um dia ela contara a ele que o namorado de uma amiga dela trabalhava no corpo de bombeiros de Lynn e que estavam contratando. Ela dissera que era o tipo de emprego muito procurado porque pagava muito bem e dava estabilidade. Tudo o que tinha a fazer era um teste de múltipla escolha.

Lynn era um buraco e ficava a pelo menos quarenta e cinco minutos de carro.

– Quer mesmo que eu trabalhe naquele lugar? – ele perguntara. – Sabe como é que dizem. "Lynn, Lynn, cidade do pecado; você nunca sai do jeito que entrou." Desculpe, mas não estou interessado.

Sheila dissera que, se ele não fosse lá e se candidatasse à vaga, estaria tudo acabado entre eles.

Então, James se tornara um bombeiro.

Os caras com os quais trabalhava eram ex-atletas do colégio, fortes como os caminhões da Mack. Na comparação, ele era esquelético. Um fracote. Ele começara a levantar pesos no quartel entre as chamadas. E ganhara cinco quilos.

Alguns deles estiveram no Vietnã. Todos conheciam alguém que havia morrido. Em casa, raramente falavam da guerra, mesmo que seu irmão tivesse participado, e também muitos de seus amigos do segundo grau. James se desesperava só de pensar que pudesse ser convocado. A única forma que ele tinha de lidar com isso era simplesmente ignorar. Havia um condomínio na avenida Storrow, em Boston, que anunciava em um outdoor: "Se você morasse aqui, estaria em casa agora". Em agosto de 1972, alguém o alterou para: "Se você morasse no Vietnã, estaria morto agora". James desviava mais de um quilômetro e meio de seu trajeto para não passar em frente.

Mas, em outubro, o primo de Sheila, Fred, fora atingido por uma bomba e morrera, em Quang Ngai. James chegara em casa do trabalho, à noite, e a encontrara encolhida, chorando no sofá, e vira uma garrafa de vinho sobre a mesa.

– Poderia ter sido você – ela dissera. – Poderia ainda ser você.

– Não – ele respondera. – Essa guerra estúpida está quase acabando. O governo não vai mais convocar ninguém.

– Foi o que Nixon disse há quatro anos, e olhe onde estamos agora.

– Foi horrível o que aconteceu com Fred, mas se preocupar com o que pode ou não acontecer não vai ajudar em nada. Não há nada que possamos fazer.

– Vamos nos casar – ela falara.

– Mesmo casado, posso ser convocado.

Sete anos antes, certo dia, sem aviso, Lyndon Johnson alterara a política que impedia que homens casados fossem chamados. Ele decretara que apenas homens que se casassem até a meia-noite daquele dia ou que tivessem filhos poderiam ser isentos de convocação. Dali em diante, todos os homens que fossem casados e não tivessem filhos seriam tratados como solteiros. Johnson anunciara seu plano às cinco horas (horário da costa leste), ou seja, tarde demais para quem morava do lado deles do país. O único lugar na costa oeste onde você poderia se casar sem um tempo de espera ou exame de sangue era em Las Vegas. Milhares de homens com suas garotas fizeram fila na noite anterior. James tinha um primo mais velho na Califórnia que viajara para se casar com uma garota que havia conhecido havia seis semanas. O casamento fora anulado depois, mas é provável que ela tenha salvado sua vida.

– Meus pais mentiram sobre suas idades para poderem se casar antes que meu pai pudesse ser enviado para a Segunda Guerra Mundial – Sheila dissera. – Agora entendo por quê. Isso tudo me fez perceber.

Ele balançara a cabeça.

– Você quer se casar?

– Por que não? Nós teríamos nos casado afinal, certo? Qual a diferença entre fazermos isso agora ou daqui a dois ou três anos?

Ele estaria mentindo se dissesse que pensara muito nisso antes. Mas seu coração batia forte de alegria. Ela queria se casar com ele.

– Você está bêbada – ele dissera, tentando lembrar os dois disso.

– Eu sei que estou, James. Mas não significa que eu não esteja falando sério. – Ela o puxara para cima dela. – E aí, o que acha?

Ele respondera com um beijo, se perguntando se poderia levá-la a sério, esperando que sim. De manhã, ela dissera novamente:

– Eu quero me casar. Se algo acontecesse a você, eu queria ter a consciência de que sou a sua esposa. Só pense nisso, ok?

Três semanas depois, James estava suando de nervoso quando fora conversar com o pai dela. Ele se sentara na mesa com Tom e Linda. A luminária escura acima deles poderia muito bem representar uma daquelas lâmpadas de interrogatório. Ele tomara três cervejas antes de chegar lá; mesmo assim, suas mãos estavam tremendo no seu colo.

– Tem certeza de que vocês dois estão preparados? – Tom perguntara. – Estou falando de maturidade, sem falar do lado financeiro.

– Sim, senhor – James dissera, embora soubesse que tinha soado como um garoto. Ele tinha apenas vinte anos.

– Minha mãe costumava dizer: Case-se às pressas, arrependa-se sem pressa – Linda acrescentara de onde estava, na pia, fingindo lavar a louça. – Por que não espera um pouco, Jimmy?

Ele apenas balançara a cabeça. Seria bom ter a bênção deles, mas ele não dava a mínima para o que pensavam, na verdade. Já tinha até o anel.

James gastara o máximo que pôde, mas, mesmo assim, o que dera a Sheila era insignificante; o diamante tinha apenas um quarto de quilate. Mas só o fato de tê-lo comprado o fizera se sentir adulto pela primeira vez na vida. Ele pedira ao joalheiro para colocar a pedra bem lisa dentro da aliança, já que ela era enfermeira e ele imaginara que qualquer coisa que pudesse ficar para fora talvez rasgasse suas luvas de borracha.

James ainda se lembrava de como se sentira ao carregar aquele anel no bolso. Tinha receio de que pudesse estragar o pedido, de alguma forma – Sheila só poderia ganhar isso uma vez na vida, e diziam que era o momento mais importante para uma mulher. Mas, independentemente de sua pobre encomenda, ele sabia que o diamante transmitiria algo que as palavras não poderiam. Uma mulher queria um diamante. Significava que você estava falando sério, comprometido para sempre. Ele fizera o pedido no passeio marítimo em Wollaston Beach, e Sheila gritara, surpresa, quando ele se ajoelhara, como se a ideia toda não tivesse sido dela.

Eles estavam noivos fazia apenas um mês quando a guerra, finalmente, acabara, em um sábado de janeiro. Eles se sentaram em silêncio na sala, assistindo na TV à assinatura do acordo de cessar-fogo. O telefone tocara. Do lado de fora do apartamento, ouviram os sinos da igreja. O quartel dos bombeiros, a dois quarteirões dali, soara seus alarmes.

– Uau – Sheila dissera. – Acho que acabou mesmo.

James cravou os dedos no braço do sofá. Sabia que deveria estar feliz, mas se sentiu tenso. Disparou a bater os pés no chão.

Ele olhara para Sheila, tentando decifrar se havia algo mais em seu semblante do que o alívio pelo fim da guerra. Ela queria se casar caso o pior acontecesse, mas esse perigo já não existia mais. Ele sabia que deveria perguntar a ela se ainda queria ir adiante com isso, pelo menos para lhe dar a chance de mudar de ideia. Mas não podia.

– O que foi? – ela perguntara.

– Nada – ele dissera. – A notícia é ótima. Só queria dizer isso.

Sheila, sua irmã e sua mãe passaram os sete meses seguintes falando sem parar sobre o casamento. Ele não sabia que havia tanto para conversar – a comida, o esquema de cores, pedir para esta ou aquela amiga ser a dama de honra. Ele quisera mais é cair fora de tudo isso, e, quando ela pedia sua opinião a respeito de algum detalhe, James só respondia: *O que você achar melhor*, o que a deixava irritada, mas, na verdade, que comentário mais esclarecedor ele poderia acrescentar com relação aos ornamentos que ficariam no teto?

Sua avó gostava de contar a história de como ela e seu avô se casaram por dez dólares. Eles haviam se conhecido em Castle Island três meses antes e ele fizera o pedido de casamento no quinto encontro. Após a cerimônia, foram à casa de um primo comer lanche e tomar cerveja e sorvete, e fora só, a única festa que sua avó tivera. Se ele se lembrava bem, ela só usava uma aliança de ouro no dedo anular.

Mas o casamento de James seria um evento. Os pais de Sheila fizeram uma grande festa no Florian Hall, com jantar, banda e duas horas de open bar, e depois as bebidas passaram a ser cobradas.

Todos os sábados, por dois meses antes de se casarem, eles iam à casa paroquial Maria Estrela do Mar para fazer o curso de noivos, no qual o monsenhor falava de perdão e resolução de conflitos e de como negociar o que cada cônjuge deveria fazer dentro de casa. As aulas eram obrigatórias se você quisesse se casar na igreja.

– Quem melhor para nos ensinar sobre o casamento do que um padre celibatário? – James dissera, no caminho para a aula, certa tarde. Sheila lhe pedira para ficar calado, mas rira.

Havia previsão de chuva para o dia do casamento. Na noite anterior, sua mãe pendurara rosários em todas as árvores da rua Willet para afastar a chuva. Quando acordaram, na manhã seguinte, o céu estava limpo. Ele se lembrou disso agora como uma imagem meio apagada de rostos conhecidos, champanhe e música. Sheila e seu pai dançaram ao som de "Daddy's Little Girl", e Big Boy fizera um discurso pelo qual James ainda não o havia perdoado completamente.

Naquela noite, na cama de um quarto de hotel que sua festa de casamento tinha abarrotado de pétalas de rosa e toalhas, eles se sentaram sobre as cobertas, ainda com as roupas da cerimônia, e abriram a pilha de envelopes que receberam, um por um. Ela fizera a abertura e eles contaram o dinheiro, colocando os cheques e as notas amassadas em duas pilhas organizadas. Seis mil dólares no total. Foram dormir naquela noite se sentindo ricos, como rei e rainha. Mas o dinheiro se foi até completarem o primeiro ano de casamento.

Sheila sempre dizia que amava o seu anel e o fato de ele ter sido atencioso o bastante para considerar a forma como ela, sendo enfermeira, poderia usá-lo. Mas, ao longo dos anos, sempre que ele via algum anel nos dedos de outras mulheres – a irmã dela, Debbie, todas as suas amigas –, tinha um sentimento profundo de vergonha. Deveria ter lhe dado algo extremamente bonito, algo que provasse para todo mundo que ela era amada por um homem digno de seu amor.

Após o assalto, ela dissera que a única coisa da qual realmente sentia falta era de seu diamante. Ficara no seu dedo por uma década e meia, e, como todos os objetos que uma vez pareciam incrivelmente importantes, também tinha se evaporado na história de suas vidas. Mas, no mês passado, ele ficava olhando para a mão dela com muito pesar. Não podia se lembrar de quando exatamente decidira comprar outro, não importava qual, mas foi o que fez.

Dois anos depois de se casarem, seu chefe viera até ele com uma proposta: eles precisavam de alguns caras para se deslocarem para o cargo de médico, e ele achara que James seria indicado. Até a guerra do Vietnã, era serviço da polícia e das funerárias conduzir pacientes para o setor de emergência do hospital, este último com o entendimento de que, quando você morria, eles conduziam seu corpo, o que explicava o porquê de aquelas ambulâncias velhas e assustadoras se parecerem com carros funerários – elas, na verdade, eram mesmo carros funerários. Eram os únicos veículos em que a pessoa poderia ficar deitada. Mas as pessoas começaram a perceber que, quanto mais rápido você levasse alguém ao hospital e quanto melhor o cuidado com essa pessoa durante o trajeto, melhores eram as chances de sobrevivência. Então, o corpo de bombeiros tinha assumido o controle agora e havia uma escola específica para esse novo ramo de trabalho. James tivera dez semanas de aula e fora de bombeiro a técnico de emergência de Lynn.

No começo ela gostara de ser membro da unidade de resgate. Sheila dizia que havia nascido para aquilo – ela ficara sabendo por umas das enfermeiras que conhecia da região o quanto ele era bom com os pacientes, quantas chamadas urgentes ele tinha conseguido resolver. Quando tudo ia bem, ele se sentia um herói. Mas havia muitos finais tristes também. Ele dizia que não eram culpa sua. Se isso era verdade, como então levar o crédito pelos finais felizes? Com o tempo, ele chegara a pensar que provavelmente em 90% das vezes não tinha nada a ver com ele. Tinha a ver com o que acontecia e com a rapidez com que alguém descobrisse o problema e em que momento, precisamente, a pessoa decidia ligar para a emergência. Tráfego, congestionamento das linhas telefônicas, elevadores velhos e sem segurança que levavam uma hora para fazer três viagens. Tudo isso tinha o mesmo peso do que ele podia ou não fazer.

Doze anos haviam se passado desde a primeira vez que ele trabalhara em uma ambulância, e agora, quando pensava nisso, James percebia que nunca havia feito uma escolha própria na vida: Sheila pedira a ele para se tornar um bombeiro, então ele o fizera. Ela quisera que ele a pedisse em casamento. Foi seu chefe quem decidira que ele seria paramédico. Ele não tinha planejado nada.

A única coisa pela qual ele era responsável era ter perdido o primeiro e único emprego bom que já tivera. Na época em que trabalhava no corpo de bombeiros, seu parceiro era um cara chamado Mac Kelly. Mac era carismático. Podia persuadir qualquer um. Eles eram grandes amigos, quase como irmãos, mas da forma que as pessoas imaginavam que dois irmãos fossem, não da forma como era na experiência que James tivera. Eles até mesmo se pareciam: baixos, do tipo irlandês pálido e de cabelo escuro.

Mac bebia muito. Era temperamental. Sua esposa estava sempre ameaçando deixá-lo e, uma vez, realmente fizera isso. Ela voltara um mês depois, mas parecia que aquele tempo em que ficaram separados destruíra algo dentro de Mac. Ele tinha um filho de nove anos com síndrome de down e falava do garoto constantemente – não sobre o fato de ter algo errado com relação a ele, apenas *Meu filho adora esse programa* e *Meu filho me disse algo muito engraçado*. Na visão de James, isso fazia dele um cara diferente. Em comparação, ele se sentia um cara de sorte. Parker tinha quatro anos e era saudável, e, apesar do que as pessoas diziam sobre a tensão que os filhos infligiam em um casamento, ele e Sheila estavam mais apaixonados do que nunca. James estava ganhando bem e finalmente sentia que talvez tudo estivesse entrando nos eixos.

Ele tentava ajudar Mac. Cobrira sua ausência em algumas ocasiões quando ele chegava ao trabalho totalmente bêbado. Mac estava sempre na condicional dentro do departamento, por conta de ter cometido uma violação ou outra. Era uma piada corrente, já que ninguém era mandado embora do corpo de bombeiros.

Alguns meses antes do fim, eles estavam parados no semáforo quando um desabrigado batera na janela do motorista. Mac abaixara o vidro.

– O que foi, amigo?

O cara apontara uma arma para o seu rosto e Mac partira mais rápido do que James poderia imaginar que aquela ambulância pudesse correr. O idiota atirara na direção deles; dava para ouvir as balas atingindo as portas traseiras. No lugar de Mac, James tinha certeza de que teria estragado tudo – teria ficado paralisado ou feito o caminho errado. Mas Mac se mantivera calmo e dirigira até a delegacia. Ele salvara a vida de ambos. Os tiras encontraram o cara bem rápido, um lunático procurando drogas, o que eles nem tinham permissão para carregar.

Coisas malucas assim aconteciam toda hora. Uma semana depois, um bêbado enorme dera um soco em James na traseira da ambulância, do nada. James caíra de costas e, quando levantara, o cara tinha um corte profundo no meio da testa – Mac o acertara com precisão com uma prancheta. O sangue pingava do nariz e de dentro dos olhos.

Havia um policial dentro da ambulância que testemunhara tudo.

– Aquele ferimento já estava lá quando ele chegou aqui, certo? – Mac dissera.

O policial assentira.

– Sim.

– Vai precisar levar uns pontos, eu diria – Mac declarara. – Agora, deite-se e cale essa boca.

A COISA, como James e Sheila chamavam, acontecera não muito depois disso. Certa vez, tarde da noite, ele e Mac foram enviados a um parque que ficava no limite da cidade, onde drogados haviam começado a se reunir alguns meses antes. Alguém tinha ligado para informar sobre uma tentativa de homicídio.

– Como foi que perceberam? Não estão ocupados tentando se matar por lá? – Mac dissera. Ele era de Lynn, um garoto da classe operária que vencera na vida, pelo menos se comparado aos vários caras com os quais ele crescera. Sua tolerância com viciados era zero.

E os drogados eram imprevisíveis. Se um deles resistisse, você normalmente acabaria no meio de uma briga. O drogado sempre te derrubaria – você precisaria de dois ou três caras para dominá-lo. Eles não tinham medo de nada.

James dirigia sem pressa, nem mesmo se importou em ligar a sirene.

Quando chegaram, o parque estava tão escuro que tiveram de caminhar até a traseira da ambulância e pegar as lâmpadas que eles prendiam na cabeça, antes de encontrar uma passagem, como se fossem dois mineiros. Frascos de pedra de crack eram triturados sob seus pés quando caminhavam. Tudo o que se ouvia, de um canto distante, era uma garota gemendo. Eles se moveram na direção do som, prestando atenção em agulhas perdidas, apesar de as pessoas envolvidas provavelmente não terem condição de comprar heroína. Alguns anos antes, um cara da equipe deles fora atingido por uma delas e contraíra hepatite C. Morrera em decorrência disso, dez meses depois.

Quando encontraram a garota, ela estava deitada sobre seu namorado; ambos estavam cobertos pelo sangue dele e extremamente chapados. O garoto – bem magro e branco, de quase um metro e noventa – havia aberto os pulsos. A princípio, se recusara a ir com eles. Finalmente, Mac o colocara de pé. O garoto começara a rir.

James se sentara no banco da frente enquanto Mac prendera o paciente na maca. Tudo estava correndo bem e, de repente, não mais. Quando Mac fora cuidar dos pulsos dele, o garoto começara a se debater e seu sangue espirrara para todo lado.

– Calma! – Mac gritara. – Pare com isso, cara.

O garoto obedeceu. Mas depois disse:

– Eu te conheço.

– Ah, é?

– Sim. Meu primo transou com a sua mulher no ano passado. Você tem um filho retardado, né?

A reação de Mac fora instantânea. Um soco na cabeça, que deixara o garoto inconsciente por três minutos. E um segundo soco, logo depois do primeiro, por nada. James entendera exatamente por que Mac fizera aquilo. Ele mesmo nunca havia batido em um paciente, mas já tinha chegado perto disso. Ficara se perguntando se o que o garoto dissera era verdade mas, em vez disso, não ficara pensando muito no incidente.

Alguns dias depois, quando foram chamados ao escritório do chefe, pensaram que talvez ele fosse dizer que ganhariam um aumento.

Em vez disso, ele dissera:

– A qual dos dois burros devo agradecer por isso? – Ele deslizara uma pequena pilha de fotos pela mesa. Pela claridade da lâmpada, se podia ver o garoto recuando, o punho erguido na altura de sua cabeça. E depois o soco sendo dado; a cabeça dele jogada para trás de uma vez. James notara o número da placa, bem nítido nas imagens.

Dava para vê-lo apenas de costas; mesmo assim, o chefe dissera:

– Kelly, presumo.

James vira uma gota de suor correr no rosto de Mac.

Mac gaguejara:

– Quem tirou essas fotos?

– Colocaram câmeras de vigilância naquele parque há algumas semanas.

James fizera um cálculo rápido; seu parceiro já estava em uma situação terrível, mas ele nunca tinha cometido uma infração sequer. E os infratores primários sempre começavam com uma advertência.

– Fui eu – ele dissera. – Desculpe, chefe.

O chefe erguera as sobrancelhas.

– Foi você mesmo?

– Deixe-me explicar...

– Não se preocupe com isso. Você está despedido, McKeen.

– O quê?

– Você está despedido. Aquele garoto que você acertou tem uma namorada rica. O pai dela está ameaçando enviar isso aqui para o jornal, o *Globe*, e adotar as medidas legais, a menos que alguém perca seu emprego por conta disso. E pode ter certeza de que não serei eu. Não deveria ter feito isso com a porta aberta, amigão. Foi muita burrice.

James estava sentado ali, chocado. Mac não interviera para salvá-lo. Deixara que ele sofresse as consequências.

Quando contara a Sheila o que havia acontecido, ela ficara furiosa.

– Eu estava tentando ajudar um amigo – ele argumentara.

– Ah. Mas você é um verdadeiro príncipe. E você, em algum momento, parou para pensar em nosso filho? O que vamos fazer agora, Jimmy?

Por dois dias ela não falara com ele, exceto para dizer, uma vez, no meio da noite, enquanto ainda estavam bem acordados na cama:

– Para falar a verdade, eu poderia ter demonstrado algum tipo de respeito se você tivesse acertado o cara. Mas o que você fez foi uma insanidade.

No ano em que ele ficara desempregado, James pensara constantemente na banda. Sonhava com seu baixo e acordava em pânico, pensando em como ele foi deixar tudo escapar.

Ele não tocava fora de casa havia séculos, mas, lá no fundo, ainda sonhava com o sucesso. Sabia que todos os caras com os quais tinha crescido fantasiavam se tornar um Ted Williams ou um Paul McCartney, mas, no seu caso, sentia que tinha o dom. Haveria uma forma de retomar isso?

Ele tinha ouvido bom para música, e tentara ficar sempre atualizado com o que estava acontecendo no mundo musical, embora fosse agora, em essência, ultrapassado. Assistia à MTV às vezes. Fora à gravadora Towers tentar conversar com os caras de piercing e cabelo colorido que trabalhavam lá. Eles o viram como um senhor. Quando perguntaram sobre Woodstock, James lhes dissera que o Monterey Pop humilhou Woodstock.

– Monterey foi o melhor – ele dissera. – Pré-corporativismo. O que importava era a música, cara. Otis Redding. Hendrix detonando. Grace Slick no começo da carreira, quando ainda era linda. Costumávamos chamá-la de "O rostinho lindo que provocaria até uma guerra".

– Você estava lá? – um deles perguntara.

– Não, cara, eu só tinha quatorze anos. Mas meu irmão foi.

James implorara que Bobby o levasse com ele. Ele vira o documentário no Cleveland Circle Theater um ano depois, no dia da estreia.

Em 1981, um dos garotos da Tower lhe dera um disco importado chamado "Boy", da banda U2. James adorou: o trabalho da guitarra, a voz do jovem e raivoso irlandês chamado Bono Vox. No começo do ano, o U2 havia feito um disco mais refinado (menos impactante, mas ainda assim ótimo, na opinião de James) com Brian Eno, e agora estavam para se tornar os maiores astros do rock do mundo.

– Mas eles precisam tomar cuidado – ele dissera ao garoto do balcão da loja quando comprara a cópia de "The Joshua Tree", no inverno anterior. – Atenção demais pode acabar com você em pouco tempo. Quero dizer, por exemplo, o The Clash. Eles desmoronaram muito rápido, em 1982, quando saíram em turnê com o The Who e, de repente, todo mundo começou a dizer que a onda do rock estava passando. O timing precisa ser exato.

Sentira que havia feito uma observação inteligente. Percebera que o garoto também achara. Quando chegara em casa, repetira o que dissera a Sheila, que apenas respondera:

– Você sabe que já é um cara de meia-idade, né?

– P-quatro – a expedidora disse pelo rádio. Eram eles.

Nona trabalhava em Cambridge desde sempre. James reconheceria sua voz mesmo se ficasse cinquenta anos sem ouvi-la – a voz rouca de fumante, o sotaque forte de Boston.

Ele estava cobrindo a maca com um lençol limpo. Correu para a frente da ambulância, pegou o rádio e apertou o botão do lado.

– P-quatro.

– Paciente desmaiou no Whitson Hall. A polícia do campus está a caminho.

– Não tem nenhum tiroteio ou suicídio para mim hoje? – ele perguntou. – Por favor, Nona. Qualquer lugar, menos Harvard.

– Desculpe.

Ele suspirou enquanto saía da ambulância. Cambridge era um lugar estranho, cheio de extremos. Em uma única rua, você tinha milionários morando em uma extremidade e nada mais do que policiais e caminhoneiros na outra. Trabalhar nesta cidade é lidar com todo tipo de gente, desde os vagabundos deitados em cima das próprias fezes até estudantes das maiores universidades do país.

Pessoalmente, ele preferia os vagabundos. Os jovens de Harvard eram todos um bando de riquinhos mimados que nem sabiam beber direito. Era uma exigência do trabalho deles tratar cada paciente de forma gentil e respeitosa. A maior parte do tempo você estava disposto a agir assim, mesmo porque estaria indo ao encontro de pessoas que estavam em uma situação difícil e muito fracas. James sempre dizia que a única coisa que seus pacientes tinham em comum era que nunca esperavam que o vissem naquele dia. Mas, com os tipinhos da Harvard, ele tinha de se esforçar para isso. Exigia realmente algum esforço para não lhes meter a mão na cara. Sheila às vezes dizia que queria que Parker frequentasse Harvard um dia, e James pensava consigo mesmo: "Só por cima do meu cadáver".

Nos fins de semana à noite, ele ia ao campus seis ou sete vezes. Quando jovens normais de faculdade ficavam bêbados, talvez seus companheiros de quarto lhes dessem uma aspirina e um copo com água e depois eles iam para a cama e dormiam até melhorar. Os jovens de Harvard ligavam para a emergência e depois vomitavam na ambulância toda, dizendo que o processariam se você tentasse fazer uma lavagem estomacal ou se isso acabasse, de alguma forma, no registro permanente deles.

No bairro em que James crescera, os adultos ameaçavam constantemente qualquer um, fazendo menção de seu registro permanente. As únicas coisas que constavam no dele eram um ato de embriaguez, seguido de briga de bar, certa vez, no verão, quando tinha dezessete anos, e um pequeno furto na mesma época, quando roubara bebida de um lugar em Dorchester. Alguns de seus amigos ainda estavam envolvidos em coisas ruins e, às vezes, era uma tentação – eles poderiam fazer com que ele ganhasse, em dois meses, o que ganhava atualmente em um ano inteiro só por entregar drogas por aí ou mesmo por roubar o dinheiro da aposentadoria de velhinhas. Mas sabia que não poderia fazer isso consigo mesmo. Não conseguiria olhar nos olhos de sua mãe depois.

Ele entrou na lanchonete e fez um sinal na direção de Maurice.

Seu parceiro estava encostado no balcão, conversando com Phil, o dono.

– Agora? Mas eu nem peguei meu cheeseburger ainda.

– Desculpe, cara.

Phil balançou a cabeça.

– Vai estar pronto quando voltar.

Quando chegaram às imediações do campus, James avistou a nova inclinação das calçadas que haviam feito no começo do inverno. Eles arrancaram o piso plano de antes para que os desabrigados não dormissem mais ali.

Passaram pelos jardins de Harvard. O lugar estava incrivelmente silencioso.

– Mas por que a tal garota ainda está aqui? – Maurice perguntou. – Não estamos nas férias de fim de ano?

James encolheu os ombros.

Em frente a um dormitório que lembrava vagamente a Casa Branca, eles retiraram a maca da ambulância. James sentiu um aperto nas costas, seguido de uma dor aguda e profunda. E fez uma careta.

– Você está bem? – Maurice perguntou.

– Sim, estou.

Um guarda do campus esperava na entrada do dormitório. James já o tinha visto algumas vezes, mas não se lembrava de seu nome.

– Como estão as coisas? – ele perguntou. – Sinto informar que ela está no quinto pavimento.

– É claro...

Começaram a subir. Quando atingiram o quarto andar, James sentiu como se seus pulmões fossem arrebentar. Quando chegaram à porta, havia três pedaços de cartolina rosa colados nela – um dizia "Sara", outro dizia "Jennifer", e mais um dizia "Adhira".

O guarda bateu na porta.

– Entre – ela disse.

A garota era indiana, ou algo assim. Estava sentada em um sofá em uma sala apertada que cheirava a incenso. Havia uma tapeçaria vermelha pendurada na parede e livros empilhados por todo o lugar. Ela estava de moletom e camiseta. Seus cabelos negros molhados cobriam seus ombros. Parecia ter uns doze anos.

– Acho que estou melhor agora – ela disse, falando com sotaque inglês. – Eu não deveria ter ligado para a emergência.

– O que aconteceu? – James perguntou.

– Eu estava tomando banho e, de repente, senti uma tontura, como se fosse desmaiar.

– E você desmaiou?

– Não. Eu saí do banheiro, me sentei no sofá e coloquei a cabeça entre as pernas, aí comecei a me sentir melhor.

– Bom – James disse. – Isso já tinha acontecido antes?

– Não, senhor.

Senhor? Quanto anos parecia que ele tinha?

– Já comeu alguma coisa hoje? – ele perguntou.

– Não.

– A água do chuveiro estava muito quente?

– Sim! – ela respondeu, como se ele fosse o MacGyver. – Estava na temperatura máxima.

James bateu o pé no piso de madeira. Olhou em volta e viu o sofá grande e confortável e a cadeira de couro em um canto. Esse dormitório era melhor que a sua casa.

– Acha que precisa ir ao hospital? – ele perguntou.

Ela balançou a cabeça.

– Já estou bem.

Eles lhe deram um papel para assinar. James disse a ela para se deitar, descansar, tomar um pouco de água e também comer um pouco.

– Quando suas colegas de quarto vão voltar? – ele perguntou.

– Foram passar as festas de fim de ano em casa.

Ele se perguntou por que é que nenhuma delas a convidara quando ela parecia claramente estar longe de casa. Era irracional, mas, por um instante, ele pensou em convidá-la para ficar em sua casa. Embora não fosse da sua conta, perguntou:

– Vai fazer alguma coisa no Natal?

Ela balançou a cabeça.

– Vou ficar com umas amigas amanhã.

Maurice, James e o guarda se dirigiram para fora. A neve começava a cair aos poucos. Já estava na grama e no para-brisa da ambulância.

– Então, basicamente, ela tomou um banho de mais de quarenta graus quando estava com baixo teor de açúcar no sangue e ficou surpresa quando sentiu tontura – o guarda disse. – Essa moçada de Harvard me mata.

James pensou que ela talvez estivesse se sentindo sozinha. Eles se deparavam com muitas pessoas assim no seu trabalho, embora a maioria fosse de idosos ou loucos.

– Sexta-feira passada, uma garota do mesmo dormitório teve que ser entubada porque bebeu tanto que suas vias respiratórias pararam de funcionar – o policial contou.

Maurice balançou a cabeça.

– Também conhecido como: "Mais uma noite de sexta-feira".

– Cara, eu detesto essa moçada – o guarda continuou. – Sabem o que eles cantam nos jogos de basquete contra a Universidade de Massachusetts? "Escola segura". É a ideia que eles têm de insulto. Bichas. – Ele balançou a cabeça. – Enfim, tenham um bom dia.

James se debruçou dentro da ambulância para abrir o porta-luvas. Pegou um frasco de analgésico e despejou três comprimidos na mão, fazendo as contas mentalmente: agora são seis hoje. Engoliu e dirigiu de volta para a Elsie's.

Um minuto depois, eles ouviram a voz familiar de Nona chamando:

– P-quatro.

– Droga – Maurice disse.

James foi pegar o rádio. Mas, antes que conseguisse, falou:

– Quando você conseguir pegar aquele cheeseburger, é provável que seja uma hora do dia em que não será tão repugnante comer um lanche desse.

Maurice ficou com o semblante extremamente sério.

– Meu Deus, espero que esteja errado.

2003

Delphine estava no meio da sala de estar, observando o que fizera. Havia derrubado a mesa de centro e a deixara sobre um dos lados, simplesmente porque sentira vontade de fazer aquilo. E riscara o tampo da mesa com as pontas afiadas da tesoura, com linhas que atravessavam a superfície em todas as direções.

Ela derrubara e quebrara uma bela luminária que encontrara em uma loja de antiguidades do Brooklyn. Ela e P.J. haviam brigado por causa daquela luminária. P.J. dissera que não tinha nada a ver com *ele*, como se alguma vez tivesse chegado a ter qualquer noção sobre estilo ou beleza. Já estavam brigando por tudo naquele momento.

Durante os seis anos do seu casamento, Delphine e o marido discordaram apenas em relação a duas coisas. Em primeiro lugar, logo depois do casamento, Henri decidira que queria ter filhos. Sonhava ter uma menina chamada Josephine. Era o nome da sua irmã mais velha, que morrera afogada quando ele tinha apenas três anos. Parecia estranho pensar em uma irmã mais velha que não chegara a completar quatro anos de vida. Delphine duvidava que os pais de Henri iriam gostar de ouvir o nome da menina tanto tempo depois da sua morte, mesmo se ela estivesse disposta a ter um bebê, o que não era verdade. Tinha quarenta anos e estava velha demais para isso. E, embora nunca tivesse expressado essa ideia, acreditava que o marido estava velho demais para ser pai. Aos cinquenta e cinco, ele não tinha qualquer direito de lhe pedir que tivesse filhos.

O outro motivo de briga fora o Stradivarius.

Aquele violino era o maior orgulho do marido. Sempre que convidavam alguém para jantar, ele o trazia à mesa, mesmo antes que ela servisse a tábua de queijos e frios. Aquilo o alegrava de uma maneira única, impossível de ser reproduzida por qualquer outra coisa. Sempre que tinha uma nova plateia, Henri era capaz de passar a noite inteira falando sobre os violinos Stradivarius. Dizia aos seus convidados que havia muitas teorias sobre o que dava a um Strad aquele som tão perfeito, mas, em sua opinião, a mais convincente estava relacionada a um fenômeno climático conhecido como Maunder Minimum, um período compreendido entre 1645 e 1715 aproximadamente, durante a pequena Era do Gelo da Europa. A escassez de luz do sol naqueles anos fizera com que as temperaturas ficassem mais baixas, o que servira para refrear o crescimento das árvores e resultara em árvores com uma madeira incrivelmente densa. Se você olhasse para os anéis de crescimento na madeira de qualquer Stradivarius, era possível perceber aquilo.

— A espessura é perfeita em todas as áreas — dizia Henri, empunhando o violino, virando-o de um lado para outro. — Se Stradivari houvesse removido um único milímetro de madeira a mais, o som ficaria desarmônico.

Seus convidados geralmente demonstravam interesse, mas seu querido marido nunca sabia a hora de parar.

— Este é o verniz original. Imagine só. E não está aqui apenas pela beleza. Não, ele influencia o som. Há uma leve mancha causada por uma infiltração de umidade na parte inferior, mas isso lhe dá mais personalidade. O Lady Blunt de 1721 é o Strad mais bem-conservado do mundo. Ainda tem cordas de tripa e não tem a ponte. Mas, claro, isso só aconteceu porque o Lady Blunt sempre esteve somente nas mãos de colecionadores, e raramente foi tocado, o que seria um crime.

Delphine sempre ficava impressionada com o quanto ele conhecia sobre o assunto, mesmo que às vezes achasse graça daquilo. Henri conhecia a localização de quase todos os cerca de quinhentos e quarenta Strads que existem no planeta, e adorava compartilhar aquela informação inútil com outras pessoas: havia quatro no Museu Metropolitano de Arte de Manhattan, oito na Real Academia de Música, mais de uma dúzia com a Fundação Nipônica de Música, três na Instituição Smithsonian, dois que pertenciam a Itzhak Perlman, e assim por diante.

Temendo que as pessoas pudessem cair no sono antes que ele terminasse, Delphine pedia que ele contasse apenas as histórias mais interessantes, aquelas que envolviam algum tipo de escândalo ou tragédia. Em meados da década de 1990, o Davidoff Stradivarius de 1727 fora roubado do apartamento da violinista virtuosa Erica Morini, poucos dias antes da sua morte, aos noventa e um anos. Ela estava hospitalizada naquela época, e sua família nunca mencionara que o violino havia desaparecido, querendo poupá-la de uma dor tão terrível.

Em 1936, durante uma pausa de quinze minutos na sua apresentação semanal no restaurante Russian Bear, em Nova York, um violinista sem muita fama chamado Julian Altman atravessara a rua para ir até o Carnegie Hall, onde o solista polonês Bronislaw Huberman estava se apresentando. Huberman viajava com um estojo para dois violinos, que guardavam dois dos melhores instrumentos do mundo: um Guarnieri e o Gibson Stradivarius. Após ler a respeito no jornal, a mãe de Altman sugerira que ele poderia tentar roubar o violino que Huberman não estivesse usando naquela noite.

Assim, Altman subornara um guarda na porta que levava ao palco com um belo charuto, conseguindo acesso ao camarim de Huberman. Ele afanara o Stradivarius e o escondera dentro do casaco enquanto Huberman estava no palco, sem desconfiar de nada, tocando uma sonata de Franck impecavelmente.

Altman cobrira o violino com graxa de sapato para disfarçar sua identidade. Ele o tocara em casamentos e bares durante quase cinquenta anos, e só revelara a verdade quando estava em seu leito de morte. Huberman recebera trinta mil dólares de indenização pelo roubo do instrumento na década de 1930. Quando a viúva de Altman levara o violino ao Lloyd's de Londres em 1987, a casa de leilões o avaliara em mais de um milhão.

O Strad de Henri era chamado de Salisbury. Ocasionalmente ele o emprestava para que fosse tocado durante seis meses ou um ano, mas sempre pedia que o devolvessem após um período de tempo. Não suportava ficar longe dele, e, quando o instrumento retornava, ele o colocava em seu mostruário de vidro e passava um bom tempo observando-o intensamente.

Vários colecionadores e músicos tentaram comprar o violino de Henri com o passar dos anos. Ele recusara todas as ofertas. Delphine só o vira considerar a ideia uma única vez, durante em um jantar em que um de seus amigos, um velho curador de Moscou, Peter Yefimov, lhe dissera:

— Você sabe que o Rebelde está interessado.

Por um breve momento os olhos do marido se iluminaram, como se fosse uma criança observando as velas do seu bolo de aniversário. O Rebelde era um dos artistas preferidos de Henri. Um jovem virtuoso de Nova York. Em geral, seu marido não se importava com solistas americanos, os tipos exibidos que gravavam álbuns com Sting e misturavam composições de Simon e Garfunkel com Bach. Mas, embora fosse jovem e vistoso, o Rebelde era essencialmente um tradicionalista, como o próprio Henri. Eles assistiram a um de seus espetáculos, onde ele apresentara o Concerto para Violino de Beethoven com a Filarmônica de Berlim, e, em seguida, Henri declarara que o rapaz era um gênio.

— Ele é uma pessoa bastante incomum — dissera Yefimov durante o jantar naquela noite. — Um garoto americano branco do meio-oeste que passou a vida inteira comendo milho, com todo esse talento!

— O que importa ser branco ou vir do meio-oeste? — perguntara outra convidada que estava à mesa, uma jovem americana que estava na cidade para conseguir contratos de compra para a Paramount Pictures. Delphine prendera a respiração. Os americanos eram sensíveis demais sobre qualquer tipo de conversa sobre raças, e ela precisava muito daquela conta.

— São talentos que existem em certos grupos e não em outros — dissera Yefimov. — Na primeira metade do século 20, os maiores solistas do mundo eram judeus da Rússia e do Leste Europeu. Jascha Heifetz, Nathan Milstein, Efrem Zimblist, Mischa Elman. O talento é o principal, mas o que transforma uma criança talentosa em prodígio? A prática. É isso. E qual criança escolheria trilhar esse caminho? É algo que surge a partir de uma necessidade dos pais. Quando os judeus não tinham nem mesmo o direito de viver nas capitais nacionais, em alguns casos os pais viam essas crianças como passaportes para o ocidente.

A garota da Paramount Pictures parecera ficar satisfeita com a resposta, já que o próprio Yefimov era um judeu russo, e os americanos acreditam que qualquer pessoa tem o direito de dizer o que quiser sobre seu próprio povo.

Mas, em seguida, ele continuara:

— Você vai perceber que, hoje em dia, a maioria dos violinistas mais talentosos vem da Ásia. Outra vez, são os pais que desejam ter essa aceitação ocidental. Todos nós sabemos que os asiáticos são as pessoas mais esforçadas do mundo, e que, de um ponto de vista puramente técnico, eles são os melhores. Mas eu sinto que a musicalidade não está ali. Acho que isso acontece porque o violino não está impregnado em seus corpos e sangue como está no nosso. Você escuta um chinês tocar um instrumento primitivo do seu povo, e é possível ouvir algo de uma beleza única, um som com um significado incrível. Mas, no violino? É algo completamente sem alma.

E agora a americana parecia estar escandalizada. Delphine decidia trazer os folhados um pouco antes do horário planejado.

Uma semana após o jantar, Henri recebera uma carta formal assinada pelo próprio Rebelde. Ele queria demonstrar oficialmente o seu interesse pelo instrumento. Estava disposto a pagar dois milhões de dólares americanos. Delphine fizera os cálculos mentalmente — era mais do que eles haviam pagado pela loja inteira cinco anos antes, mais do que o valor da casa em que moravam. Mas ela sabia que seu marido nunca o venderia.

— Você podia emprestar o Strad a ele — dissera Delphine. — Talvez você fique contente se ouvir o Rebelde tocá-lo.

— Sim — dissera Henri, mas ele não voltara a mencionar aquilo por mais de um ano. Acabara de recebê-lo de volta de um jovem solista francês e ainda não estava pronto para se separar do instrumento.

Numa quinta-feira da primavera de 2001, Delphine estava atendendo o único cliente na loja, um colecionador de Londres. Ele estava ali para examinar um violoncelo Tononi do século 18. Delphine pesquisara a respeito do cliente na internet; era o vice-presidente de uma grande agência de publicidade e ganhava um milhão de libras esterlinas por ano. Em seu tempo livre, como hobby, colecionava instrumentos musicais.

— E acho que você vai querer considerar um arco que acabamos de receber — dizia ela em inglês quando uma mulher que vestia um terno escuro entrou na loja.

Delphine pegara o arco do seu estojo e o colocara nas mãos do cliente.

— *Tourte père* — dissera ela, inspirando profundamente, como se o objeto estivesse coberto com um perfume fino. — A última pessoa que o tocou acabou causando uma pequena rachadura na ponta. Quase não se consegue ver o defeito, mas, é claro, ele tira um pouco do valor. Ainda assim, é uma bela peça.

A mulher estava sob o vão da porta. Olhava fixamente para Delphine.

— *Un moment, s'il vous plaît* — dissera ela ao cliente. Se conseguisse vender as duas peças, seria a melhor semana da loja em vários meses. Henri ficaria muito contente.

Delphine se aproximara da mulher e perguntara:

— Posso ajudá-la?

— Sou Helena Kaufman — dissera ela, como se o nome devesse significar alguma coisa. — Do Congresso Judaico Internacional.

Talvez ela tivesse percebido que Delphine não entendera, porque prosseguira:

— Gostaria de falar com o proprietário, por favor.

— Eu sou a proprietária — respondera ela.

Helena Kaufman parecia estar confusa.

— Henri Petit não é mais o proprietário?

— Ele é o meu marido. Está em Berlim neste momento, avaliando algumas peças. Do que se trata?

A mulher suspirara.

— Lamento. Não quero ser grosseira. Mas acabei de chegar de Bruxelas, via Eurostar, para conversar com ele.

— Ele sabia que você viria?

— Não. Mas ele nunca responde as minhas cartas, então tive que cuidar da questão pessoalmente — dissera ela. — Você provavelmente recebeu as minhas cartas, eu creio.

Delphine não sabia do que ela estava falando.

— Não recebi — respondera ela, finalmente. — Mas talvez Henri as tenha recebido.

— Podemos conversar um pouco? — perguntara a mulher, sussurrando, dando uma olhada para o comprador inglês. — Sei que isso talvez não seja muito agradável.

— Qual é o assunto? — perguntara Delphine.

— Estamos falando com tantos proprietários quanto podemos — dissera a mulher.

— Proprietários de...?

— Ah, então você realmente não viu as cartas. Proprietários de violinos — dissera ela. — Particularmente, certos violinos Stradivari, Guarnieri e Amati. Os melhores. Talvez você não saiba disso, Madame Petit, mas milhares dos melhores instrumentos do mundo pertenciam aos judeus que morreram ou fugiram durante a guerra. Os nazistas confiscaram esses instrumentos para usá-los em uma universidade planejada para ser construída na cidade natal de Hitler. Acreditamos que tenham matado muitas pessoas apenas para conseguir exatamente o tipo de violino que vocês têm aqui.

Delphine nunca ouvira nada a respeito daquilo. Perguntara a si mesma por que Henri nunca falara sobre as cartas.

Ela acompanhara a mulher até um par de poltronas confortáveis perto da porta. Fizera um gesto para que ela se sentasse onde a própria Delphine se acomodara anos antes, escutando enquanto os filhos de François Dubray entrevistavam o homem que se tornaria o seu marido.

— Por favor, espere — dissera ela. — Levarei apenas alguns minutos.

Ela voltara a se aproximar do inglês, que dissera:

— Você tem um Stradivarius nesta loja?

Ele parecia decepcionado. Se soubesse daquilo antes, provavelmente teria saído da loja com o violino meia hora antes.

— Não — dissera ela. — Faz parte da coleção do meu marido.

Sentia-se inquieta. Queria que ele fosse embora, e não se importava com o que ele levaria.

O inglês comprara o violoncelo e dissera que pensaria a respeito do arco. Assim que ele saíra, Delphine fora até a mulher que estava perto da porta e se sentara na poltrona diante da dela.

— Você disse que os nazistas roubaram Strads — comentara ela. — O que isso tem a ver com o meu marido?

— Quando foram roubados, os instrumentos não valiam muito — começara a mulher. — Nada além de valor sentimental. Muitos deles estavam com as mesmas famílias havia várias gerações. Aqueles que conseguiram sair dos campos de concentração perderam muitas coisas. Não estavam pensando em coisas tão pequenas quanto um violino. Mas essas peças, hoje em dia, valem milhões. Estamos fazendo esforços para devolvê-los às famílias dos seus verdadeiros donos.

Ao ouvir aquilo, Delphine entendera por que Henri ignorara as cartas. Ele não teria qualquer interesse em devolver o Stradivarius.

— Eu compreendo a questão — dissera Delphine. — Mas o meu marido herdou o violino do pai. É precioso para ele.

— E quando foi que o pai dele se tornou dono do violino? — perguntara a mulher.

— Na década de 1950, se não me engano.

Helena Kaufman assentira, como se já soubesse de toda a história, e olhara para Delphine indicando que ela deveria se sentir envergonhada disso.

— O Salisbury está entre os violinos que suspeitamos que tenham sido roubados — explicara ela. — Talvez você saiba que a documentação do instrumento antes que o seu sogro o comprasse nunca foi validada.

O pai de Delphine a levara, certa vez, até o Mémorial des Martyrs de La Déportation, um monumento às duzentas mil vítimas dos campos de concentração nazistas. Dos setenta e oito mil judeus deportados da França — dentre os quais onze mil eram crianças —, somente dois mil e quinhentos voltaram com vida. Ela ficara impressionada com o corredor escuro iluminado com um cristal para cada vítima e uma placa entalhada no chão: *Eles foram até o fim da Terra e não voltaram.*

Depois daquilo, ela tivera pesadelos por vários meses. Aproximara-se chorando do pai certa noite, perguntando por que ele a levara até ali. E seu pai lhe contara pela primeira vez como era viver em Paris sob a ocupação dos nazistas. Ele nunca se esquecera do início da ocupação, das pessoas e animais que saíam da cidade em filas intermináveis, embarcando em trens sem que tivessem qualquer destino específico em mente. Depois viera a marcha diária dos soldados alemães pelos Champs-Élysées. A bandeira com a suástica tremulando diante do Hôtel Le Meurice. Houvera um racionamento de gasolina que mantivera todos os carros fora das ruas, com exceção de algumas centenas. Quase todos passaram a andar de bicicleta.

Não havia calor ou comida em quantidade suficiente. Estavam todos famintos, com os ossos aparentes sob a pele em qualquer lugar para onde se olhasse. Os avós de Delphine e os vizinhos começaram a criar galinhas em seus apartamentos. Se soubessem que algum açougueiro tinha carne, as pessoas começavam a formar filas na porta da loja às quatro da manhã, mesmo que aquilo fosse ilegal.

Um primo mais velho do seu pai fora preso e morto por estar na rua depois do toque de recolher das nove da noite. Normalmente uma contravenção desse tipo não terminaria de maneira tão trágica, mas a Resistência havia matado um soldado alemão naquele dia. E sempre que isso acontecia os alemães faziam questão de matar vinte franceses em retaliação, independentemente dos seus crimes.

Muitas pessoas simplesmente desapareciam, dissera o seu pai, e as coisas que deixaram para trás eram a única evidência de que realmente estiveram por ali. Seus vizinhos judeus no Marais foram arrancados de sua casa durante uma daquelas noites. Algum tempo depois ele viera a saber que eles morreram em Auschwitz, o pai magro e tranquilo que sempre estava lendo algum livro, a mãe exuberante que cantava enquanto lavava roupas e os dois meninos gêmeos, com apenas oito anos de idade.

Ela pensara em tudo aquilo agora, mas preferira ser lacônica.

— Seria impossível nos desfazermos dele. E como você pode ter certeza de que este é um dos violinos em questão?

Delphine sabia que o mundo dos instrumentos raros era cercado por um sigilo enorme. Diferente de pinturas ou esculturas, alguns instrumentos tinham pouca documentação, de modo que nem sempre era possível saber onde eles viveram antes de chegar às mãos do dono atual.

— No passado, tivemos bastante sucesso ao recuperar coisas que os nazistas tiraram do nosso povo, como contas bancárias, pinturas e coisas do tipo. São informações mais fáceis de rastrear. Com os instrumentos as dificuldades são maiores, mas acreditamos que seja uma tarefa essencial. Talvez a mais importante. Um quadro é algo que ficaria simplesmente pendurado em uma parede. Mas um violino conta a história do ancestral que o tocou.

Delphine dissera a ela que conversaria com o marido. Depois que a mulher saíra, ela ficara abalada. Não conseguira dormir naquela noite, pensando no assunto. Em algum momento depois das três da manhã, fora até o escritório de Henri e destrancara o mostruário de vidro. Passara um bom tempo olhando para o violino, como se fosse capaz de arrancar a sua história da madeira.

Seu pai tinha apenas doze anos em 1940. Não fizera parte da Resistência Francesa. Mas admirava muito os membros daquela organização, mesmo aqueles que tiveram uma participação discreta.

Se alguém se atrevesse a se aliar ao movimento, essa pessoa era geralmente presa e morta dentro de seis meses. Estimava-se que, talvez, trinta mil pessoas tenham acabado morrendo assim. Mas até mesmo pessoas normais faziam sua declaração de resistência. Todas as manhãs. Todos os passageiros ficavam em pé quando o metrô parava na estação George V, e depois voltavam a se sentar quando o trem partia, numa saudação ao rei.

Seu pai gostava de lhe contar a história da viagem de Hitler até a Torre Eiffel. Hitler admirava Paris. Queria que fosse a segunda cidade do Reich, embora a houvesse visitado apenas uma vez. O tio do seu pai era um dos funcionários da Torre Eiffel, e, quando recebera a notícia de que Hitler queria subir até o alto da torre, ele e seus companheiros de trabalho rapidamente desativaram o elevador.

Ele sempre falava sobre os grandes heróis: Jean Moulin, Lucie Aubrac e sua favorita, Rose Valland. Certa vez ele dissera a Delphine que queria chamá-la de Rose, mas sua mãe recusara.

Valland era a supervisora na Galerie Nationale du Jeu de Paume durante a ocupação. Os alemães avisaram com antecedência que não perturbariam as coleções de arte e os museus, mas os franceses não confiavam neles. Quando as tropas chegaram, em 1940, metade do Louvre já estava vazia. O povo francês estava escondendo obras de arte havia dois anos — na cripta de Saint-Suplice, no interior do país, ou em qualquer lugar onde imaginavam que os trabalhos estariam a salvo. A *Mona Lisa* fora levada a Toulouse de ambulância.

Fora uma manobra muito inteligente dos franceses, porque todas as obras de arte que restavam foram roubadas. Os nazistas usaram o Jeu de Paume para organizar e guardar todas as obras de arte que roubaram dos grandes museus e coleções particulares de Paris, distribuindo-as para os figurões alemães e oficiais de alta patente. O que os nazistas não sabiam era que Rosa Valland falava alemão e estava registrando de onde cada peça de arte vinha e para onde ia. Depois da libertação de Paris, ela fora pessoalmente responsável por recuperar quarenta e cinco mil obras de arte. Delphine se perguntara por que ela decidira se transformar em heroína. Que qualidades uma pessoa assim teria?

Quando Henri voltara, ela lhe falara sobre a visitante.

— Acho que precisamos fazer algo a respeito — dissera ela.

Ele não dera muita importância ao comentário.

— Não seja boba.

— Suponha que seja verdade. Suponha que os nazistas roubaram o Salisbury do seu legítimo dono. Agora nós fazemos parte disso.

Henri suspirara.

— É uma suposição absurda pensar que, apenas porque os nazistas podem ter feito coisas terríveis como essa, nós somos obrigados a pagar pelos crimes deles. Nós nem mesmo havíamos nascido na época da guerra. Além disso, ninguém pode realmente ser o dono de um Stradivarius. Pode-se apenas protegê-lo por algum tempo, e depois passá-lo às mãos do seu próximo protetor.

Ela imaginara que estivesse ouvindo um toque de desespero na voz do marido, como se, talvez, ele estivesse tentando convencer a si mesmo da verdade.

Henri prosseguira.

— Não conhecemos a história dos instrumentos que vendemos ou colecionamos, realmente. Pode ter havido um passado muito feliz ou algo trágico por trás deles. Que importância isso tem hoje?

Ela imaginava que Henri tinha razão, mas, a partir daquele momento, toda vez que Delphine avistava o violino, sentia um leve calafrio. Quando Henri viajava, ela cobria o mostruário de vidro com um lençol. Sempre que alguém mencionava um possível comprador, fosse o Rebelde ou outra pessoa, ela ficava animada, anotando todas as informações e mencionando a possibilidade a Henri por dias e dias a fio.

Apenas cinco meses após a visita de Helena Kaufman, os terroristas jogaram aviões contra o World Trade Center em Nova York. Assistir às imagens pela televisão fora horrível, algo que Delphine nunca imaginara que veria na vida. Ela chorara, pensando em todas as famílias destruídas em um único instante.

— Vai ser terrível durante alguns anos — dissera Henri.

Ela ficara constrangida pelo tom egoísta da voz do marido, embora ninguém mais estivesse ouvindo a conversa.

— Não seja ridículo — dissera ela.

Mas Henri estava certo. A loja parara de dar lucro e ninguém mais se importava com a ideia de comprar instrumentos. O pior ano que tiveram veio a seguir.

Henri ficara deprimido. Ficara mais retraído e às vezes passava dias inteiros sem dizer uma palavra.

A loja passava grande parte do tempo vazia. Suas dívidas aumentaram. Já haviam passado por momentos como aquele que duraram um mês ou dois, mas que sempre terminavam com boas compras que acabavam aliviando as contas. Desta vez, entretanto, a queda nos negócios já durava dez meses e não dava sinais de que iria melhorar. Em junho, ele dissera com lágrimas nos olhos que estava disposto a vender o Salisbury para salvar a loja. O Rebelde agendara datas para gravar o Concerto Duplo de Bach com o principal violinista da Ópera de Paris no final de julho, e decidira que viria buscar o violino em pessoa na ocasião.

Antes da chegada do músico, Henri ficava sentado sozinho com o Stradivarius quase todas as noites após o jantar. Acariciava a sua lateral suavemente com a palma da mão, como se estivesse fazendo carinho em um cachorro velho que amava muito e que estava prestes a ser sacrificado. Delphine imaginava que ele poderia até mesmo querer trazê-lo para a cama na hora de dormir, se ela permitisse.

Ela ficara aliviada por se ver livre daquela coisa, e mesmo assim sofria por causa do marido. Na última noite, os dois ficaram acordados até tarde, olhando fixamente para o mostruário de vidro. Ela apertara a mão de Henri. Ele era muito sensível e ficava marcado com hematomas facilmente. Delphine não sabia quanto tempo demoraria até que ele se recuperasse.

— Quando nossos negócios começarem a se recuperar, vamos comprá-lo de volta dele — dissera ela, embora ambos soubessem que aquilo não aconteceria.

No dia seguinte eles esperaram em casa, e deixaram a loja fechada. O apartamento lhe parecia sepulcral, mas Delphine tentara fazer com que o ambiente ficasse mais festivo. Preparara vasilhas com amendoins salgados e azeitonas e uma bandeja de canapés.

Vinte minutos depois da hora marcada, o Rebelde ainda não havia aparecido.

— *M'a pose un lapin* — dissera Henri.

— Não, ele estará aqui.

Ele chegara meia hora atrasado, vestindo jeans escuro, camisa social com a barra para fora da calça e All Stars. Era tão bonito quanto ela se lembrava. De todas as maneiras, um homem grande — com um riso estrondoso, a voz, os ombros largos e uma cabeleira grossa e negra. Seu tamanho não parecia tão pronunciado quando eles o viram tocar em Berlim, mas, dentro do apartamento, de perto, ele parecia encher quase toda a sala.

Ele insistia que o chamassem de P.J., um nome que parecia levemente jocoso aos ouvidos de Delphine, e indiscutivelmente americano. Todos conversaram em inglês, sem uma única palavra em francês.

Ela ficara preocupada ao pensar em como Henri agiria, mas, assim que ele se vira na presença do Rebelde, parecera ficar feliz. Ele trouxera o Strad e lhe pedira que tocasse. Ela não sabia se isso seria pedir demais, pois lera um artigo de jornal que dizia que o Rebelde às vezes recebia mil dólares por minuto quando se apresentava. É claro, era importante que ele experimentasse o instrumento, e ele não parecera se importar que o casal o observasse.

Com o passar dos anos, houvera vários testes cegos nos quais os ouvintes não foram capazes de discernir qualquer diferença entre o som de um Stradivarius e o de um violino para crianças. Mas, quando P.J. sentara em seu sofá e tocara o Adágio de Albinioni, ela percebera que aquela era uma dupla extraordinária. Delphine ouvira cor na música dele. Tons de azul safira e vermelhos explosivos. O som era tão doce e belo, e ainda assim havia algo de melancólico nele. Quando ele tocara aquela música, toda a tristeza da sua vida retornara e se acumulara em sua garganta, escorrendo em lágrimas logo em seguida.

Eles o levaram para jantar no Le Florimond naquela noite.

Desta vez ele se atrasara quinze minutos.

— *Bonjour!* — dissera ele, arrastando o "r", quando passara pela porta do restaurante. — Eu me perdi. Todas as ruas desta parte da cidade parecem iguais.

Durante todo o jantar Henri agira como se estivesse conduzindo uma entrevista oficial.

— Quer dizer, então, que você vem do Estado de Ohio.

— Correto.

— Você fez a sua estreia profissional aos dezesseis anos com a Orquestra de Cleveland, certo? O seu primeiro álbum saiu no ano seguinte. Você concluiu seus estudos em Juilliard e depois recebeu uma verba da Avery Fisher Career Grant para músicos americanos promissores.

Delphine franzia as sobrancelhas. Henri parecia estar querendo educar P.J. sobre sua própria vida.

— Sim, é isso mesmo. Ganhei a verba quando tinha vinte e um anos. Foi emocionante — dissera ele, embora, pelo tom de voz que usara, aquilo não parecesse tão emocionante assim.

— *Formidable* — concluíra Henri. — Agora, conte-nos sobre essa gravação na qual está trabalhando enquanto está aqui. Eu e você somos entusiastas da obra de Bach.

P.J. abrira a boca para responder, mas Henri continuara a falar.

— É algo excepcionalmente difícil, já que Bach não incluiu nenhuma marcação sobre a dinâmica. Como é possível se manter fiel à intenção original quando nenhuma das partituras originais sobreviveu?

— Exceto pelos concertos para cravo — comentara Delphine.

— Sim, mas o que Bach diria se ouvisse aquelas peças tocadas em um piano? — perguntara Henri.

Ela rira.

— Se continuar assim, você vai dizer a P.J. que o concerto só pode ser tocado com cordas de tripa.

— É incrível pensar que essa música viveu durante quase trezentos anos — dissera P.J. — Às vezes fico imaginando o que Bach pensaria sobre isso. Passei mais horas do que consigo me lembrar estudando a dinâmica e a ornamentação. Talvez seja a minha peça favorita.

— E o que acha dos novos compositores? — perguntara Henri. — Você não toca muitas obras deles, certo?

— Não, e fico até um pouco constrangido por ter que admitir. Ainda estou aprendendo um concerto por ano, e sinto que mal consegui arranhar a superfície dos clássicos. Mas eu gosto deles — dissera P.J. — Sou fã de Arvo Pärt. Adoraria apresentar o *Spiegel im Spiegel* dele algum dia. Mas parece que as plateias querem obras mais tradicionais. Querem Brahms. É muito previsível.

Delphine ficara contente com aquela afirmação.

— Concordo totalmente — dissera ela.

— E o que acha dos nossos compositores franceses? Ravel? — perguntara Henri.

— Ah, eu adoro as músicas dele, é claro.

— Achei interessante que você tenha decidido gravar o Concerto Duplo com um francês — dissera Henri. — Há diferenças entre a maneira que tocamos em relação à dos americanos, em sua opinião?

Delphine suspirara, balançando a cabeça negativamente. A única resposta adequada seria dizer que os franceses eram superiores em tudo.

P.J. dera de ombros.

— Percebi que os franceses deixam o arco muito longe das cordas, com o braço direito mais alto. Isso faz com que o som seja ligeiramente mais vítreo.

Ela rira; era algo muito pequeno, até mesmo insignificante. Nenhum deles parecera notar.

— Decidi tocar o Salisbury na gravação que faremos amanhã — dissera ele. — Não achei que conseguiria me acostumar tão rápido a ele, mas sinto como se já estivéssemos juntos há uma eternidade. Trouxe o meu velho Guarnieri também, apenas como precaução, mas pretendo vendê-lo quando voltar a Nova York. Já tenho um comprador interessado.

— Há quanto tempo você toca o Guarnieri? — perguntara ela.

— Três anos. Eu o ganhei quando tinha vinte anos. Meu professor, o grande e saudoso George Sennett, deixou-o para mim no seu testamento.

— Que tipo de estojo você usa?

— Um estojo Bam em forma de mochila.

Henri sorrira, satisfeito. Era uma ótima companhia, e, mais importante do que tudo, era um estojo francês. Mas que pergunta mais enfadonha!

— O que despertou o seu interesse pelo Salisbury? — perguntara ela.

— Sempre sonhei ter um Stradivarius. A profundidade do som é inacreditável — dissera P.J.

— Um músico com o seu talento tem que tocar um instrumento tão bom quanto ele — dissera Henri.

— Até os vinte anos eu toquei num Strad, mas era emprestado.

Henri suspirara.

— Há cem anos, qualquer músico sério poderia colocar as mãos num Guarnieri ou um Stradivarius. Agora, a maioria tem que pegar instrumentos emprestados de alguma fundação ou patrocinador, e há todas essas limitações sobre como eles podem tocá-los. É ridículo.

P.J. assentira, mas Delphine ficara tensa. Queria que Henri parasse de agir como se fosse uma autoridade no assunto.

— Às vezes é muito frustrante ter que concordar com todas as exigências de um patrono — dissera P.J. — Você tem que tocar para eles sempre que lhe pedem.

Havia alguma coisa no rapaz que a fizera se lembrar do seu pai. Embora fosse ridículo comparar um ao outro, ela pensava em como seu pai tinha de agir de acordo com as vontades da Madame Delecourt, que morava no andar de baixo. Ela pedia que ele fosse ao seu apartamento e tocasse Chopin enquanto ela escrevia cartas durante a tarde, ou que tocasse as *Canções sem Palavras* de Mendelssohn enquanto os coquetéis eram servidos durante os jantares dançantes que a mulher oferecia. O pai de Delphine parecia não se incomodar com aquilo. Adorava tocar o belo piano de Madame Delecourt, e essas ocasiões lhe davam uma oportunidade de praticar os clássicos outra vez.

— É uma tristeza ter que devolver um instrumento emprestado — dissera P.J. — Não é certo. Outros músicos conseguem comprar seus próprios instrumentos. Mas um bom violino e um arco podem custar mais do que o teto que a pessoa tem sobre a cabeça.

— E quando você assina um contrato com um empresário, isso faz parte do acordo? — perguntara Henri. — Você tinha dezesseis anos quando fez isso pela primeira vez, não é?

— Correto — respondera P.J. — Meu professor conseguiu uma oportunidade para que eu tocasse no *The Tonight Show* de Johnny Carson quando eu tinha apenas doze anos, no mesmo ano em que entrei no Instituto de Cleveland. Carson era o maior de todos. Não consigo imaginar qualquer apresentador de talk show hoje em dia permitindo que crianças venham ao programa para apresentar movimentos inteiros das peças de Vivaldi. De qualquer forma, o interesse de alguns empresários começou a surgir a partir daquela ocasião, mas ainda demorou alguns anos até que eu assinasse um contrato. E eu tive sorte, porque a maioria dos jovens de hoje em dia tem que entrar em uma competição após a outra. Para mim, tudo foi bem mais fácil. Devo tudo a George Sennett, na realidade. Tive muita sorte em poder estudar com ele.

Os dois já a estavam aborrecendo agora. Ficara claro que P.J. estava acostumado a ser a estrela. Ele passara a noite inteira sem fazer uma única pergunta sobre o casal. Estava se desmanchando em elogios para um homem que eles nunca chegaram a conhecer, o dono do violino que ele ia vender pela melhor oferta.

Quando estavam se despedindo, no fim da noite, Henri dissera rapidamente:

— Permita-nos levá-lo para jantar outra vez amanhã, depois que terminar a sua gravação. Há um lugar que adoramos no Marais. Nove horas?

P.J. parecera ficar surpreso, mas dissera que sim. Delphine imaginara que, talvez, Henri estivesse tentando manter o seu amado Strad por perto ao manter o americano por perto. Pensou até mesmo que Henri pedisse a ela se poderiam adotá-lo como filho.

— Talvez eu deixe vocês dois saírem sozinhos amanhã — dissera ela enquanto os dois caminhavam para casa.

Ele concordara com um aceno de cabeça.

— Está bem, está bem.

Mas na manhã seguinte, quando Henri acordara, ele apalpara a barriga e dissera que estava passando mal. Delphine imaginara por um momento se ele estaria deprimido. Às vezes começava como uma dor de barriga. Acessos como aquele frequentemente surgiam sem qualquer aviso. Eles podiam ter ingressos para assistir a alguma sinfonia ou planos de ir à Bretanha passar o fim de semana, e tudo tinha de ser cancelado. Quando o marido ficava assim, não havia quase nada que ela pudesse fazer para que ele melhorasse. Tentava contar piadas e histórias, colocar seus CDs favoritos para tocar no aparelho de som, lingerie e jantares feitos em casa. Mas ele ficava acabrunhado por vários dias, sentindo-se miserável, e retornava para ela apenas quando o mal-estar decidia deixá-lo em paz. Delphine sentia que, algum dia, ele poderia acabar se enfurnando naquele lugar sombrio e nunca mais retornaria.

Mesmo assim, dessa vez, Henri realmente parecia estar doente. Ela o vira correr para o banheiro e ouvira quando ele vomitara por trás da porta fechada.

— Estou absolutamente ótimo! — dissera ele ao voltar para o quarto. Imediatamente, desabara sobre a cama. — *Merde!* Como isso pôde acontecer logo hoje, quando temos o jantar?

Delphine erguera uma sobrancelha. Em todos os anos que passaram juntos, ela raramente o ouvira dizer palavrões.

— Tenho certeza de que o Rebelde vai encontrar algo melhor para fazer do que jantar conosco — dissera ela.

— Não! — retrucara Henri. — Não podemos ser indelicados e deixá-lo sozinho. Você irá encontrá-lo.

— Eu? Por quê?

— Acho que ele não trouxe o celular. Não há maneira de entrar em contato com ele e dizer que não poderemos encontrá-lo.

— Podemos deixar uma mensagem no hotel dele.

— Basta fazer com que ele se divirta, querida. Sei que você não se importa muito com ele, mas seja educada. Isso é um negócio.

Ela sabia que era muito mais do que isso, mas não o contradissera.

Delphine chegara ao restaurante exatamente às nove. Vestia uma saia vermelha que ia até os joelhos, uma blusa de seda branca sem mangas, um lenço ao redor do pescoço e sapatos da cor da pele, os mesmos que usara para trabalhar naquele dia. Seu cabelo estava preso em um penteado não tão informal.

Ele chegara com um atraso de quinze minutos, assim como acontecera na noite anterior. — Uau, você está linda — dissera ele. — Onde está Henri?

Delphine se sentira lisonjeada, mesmo que percebesse que ele não se desculpara por deixá-la esperando. Quando se sentaram, ela lhe dissera que o marido estava em casa, de cama, após contrair uma gripe.

— Ah, eu lamento por isso — dissera ele. — Você não precisava vir me encontrar. Seria melhor ter ficado em casa para cuidar dele.

— Ele é capaz de cuidar de si mesmo — dissera ela.

— Tudo bem, então. Se você tem certeza. — Ele examinara o menu rapidamente. — O que há de bom para comer aqui?

O casal na mesa ao lado olhara para eles. O lugar era pequeno, com apenas dez mesas próximas umas das outras. A voz de P.J. era mais alta do que as outras, mas ele não parecia perceber. Ela baixara a própria voz até quase um sussurro, esperando que ele fizesse o mesmo.

— Tudo aqui é bom — dissera ela. Em seguida, acendera um cigarro e oferecera outro a ele. Ele recusara com um movimento de cabeça.

— E então, como foi a gravação?

— Foi ótima! Depois, fiz todos aqueles passeios turísticos que você provavelmente acharia que seriam como uma soneca.

— Uma soneca?

— Chatos.

— Ah.

— Subi ao topo da Torre Eiffel — dissera ele. — Demorou tanto para subirmos que eu achei que iria enlouquecer, mas a vista lá do alto é bonita. Você costuma ir?

— Não vou até lá desde que era criança.

Ele concordara com um aceno de cabeça.

— Acho que nunca subi até o topo do Empire State Building, e moro a quarenta quarteirões dele. Mesmo assim, eu subi até lá e caminhei nas margens do Sena, e tentei ir até o Louvre. Bem, tentei ir, mas... meu Deus, o lugar é enorme. Comprei isto aqui para a minha mãe. — Ele enfiara a mão numa pequena sacola de papel e tirara um globo plástico com uma miniatura da catedral de Notre Dame. Agitando o globo, ele fizera com que uma pequena tempestade de neve circulasse ao redor da catedral. — Minha mãe coleciona globos de neve. E sentei nas mesas que havia na calçada diante de uma cafeteria. Li em um guia de viagens, quando estava viajando para cá, que todos fazem isso aqui em Paris.

Ela rira, pensando que aquilo era algo tipicamente americano: sentar-se em uma cafeteria porque ele lera em um livro que aquilo era a coisa certa a fazer.

— E o que achou?

— Normal. Não é tão diferente de tomar café em Nova York. A diferença é que tem mais gente fumando. As mulheres são muito bonitas aqui. Sei que isso é um estereótipo, mas é verdade. A parte da linguagem é a mais difícil. Isso representa metade da minha vida hoje em dia, estar em um lugar onde não sei dizer nada com exceção de "olá". Mas aqui eu tenho a sensação de que há dez parisienses me julgando a cada vez que abro a boca. É meio incômodo.

Delphine sorrira. Não parecia tão incômodo, já que ele não se importara em aprender nada da língua francesa além de *bonjour* e *merci*. Mas talvez isso não fosse algo muito justo.

— O que mais eu deveria fazer antes de partir? — perguntara ele. — Há muitas coisas para ver. Às vezes acho que é demais. O amigo de um amigo me disse para ir ao Canal St.-Martin.

Ela assentira. Era um bairro jovem e boêmio que Henri nunca visitaria, nem mesmo em seus sonhos mais loucos. Ela não sabia muito a respeito do lugar.

— Quanto tempo você vai ficar em Paris?

— Mais duas semanas.

— Ah. Henri não disse nada a respeito.

— Não sei se cheguei a dizer a ele. Provavelmente não. Nunca fico mais do que uma noite ou duas em qualquer lugar, mas decidi que desta vez iria tirar férias de verdade. Minha agenda ficará praticamente vazia até setembro, o que é raro. Por favor, não entenda mal o que vou dizer. Vocês dois foram muito gentis. Mas eu não costumo socializar muito com pessoas envolvidas com música.

Ela não interpretara mal aquele comentário, pois sentia o mesmo na maior parte do tempo. Mas P.J. achava que a havia ofendido.

— A questão é que eu não me sinto muito confortável quando as pessoas falam sobre negócios — dissera ele. — Cresci em uma família com cinco filhos onde o assunto mais sério que já debatemos era decidir se iríamos assistir *Family Ties* ou *Hollywood Squares* na TV. Meus pais eram boas pessoas, inteligentes, mas não eram do tipo requintado. Às vezes eu sinto falta disso.

Ouvir aquilo fizera Delphine se sentir emocionada, inesperadamente. A maior parte dos jovens talentos em seu mundo queria frequentar todos os concertos e eventos sociais importantes em Paris. Falavam de suas famílias da alta sociedade como se houvessem conquistado o direito de fazer parte delas. Ela achara impressionante que esse tipo de vida não tivesse mudado o jeito de ser de P.J. E agora percebia que ele estava apenas sendo educado na noite anterior.

— Espero que meu marido não o tenha incomodado demais. Ele fica muito animado — dissera ela. — Minha família também não era rica. Nós adorávamos música, mas nem tudo que parece vir junto com a música para os outros. Às vezes eu acabo me distraindo quando Henri começa a falar sobre teoria musical. O meu pai só se importava com o som.

Ele fizera que sim com a cabeça.

— Comigo é a mesma coisa. Prefiro tocar a falar sobre tocar. Faço cerca de cinquenta concertos por ano. Praticamente um por semana. É difícil conseguir espaço para qualquer coisa na minha vida além do violino. Assinei um contrato com uma grande empresa focada na administração de carreiras há alguns anos. Há vários artistas importantes com eles. Até mesmo Yo-Yo Ma, pelo amor de Deus. Mas, na maior parte do tempo, é quase como se fosse um estacionamento, sabia? Tudo é muito impessoal, fajuto. Tenho uma empresária chamada Marcy. Ela é ótima, mas parece que cada coisa que eu faço é calculada. Toco em um concerto beneficente e gratuito de vez em quando, tudo planejado por ela. Mas apenas porque isso me dá uma boa visibilidade e divulgação. Meu Deus, isso me faz parecer um canalha.

— Não.

— O que eu quis dizer é que ela realmente se esforça para capitalizar essa ideia do menino pobre que nasceu em uma cidade pequena e conseguiu ter sucesso na vida. Assim, quando eu ofereço um concerto gratuito ou algo do tipo, é como se eu estivesse retribuindo o que a minha comunidade me deu. Parece que é algo meio forçado. Crianças pobres não querem solos de violino, elas querem iPods.

Delphine voltara a pensar naquela noite com Yefimov e sua surpresa ao perceber que esse garoto branco que viera do meio-oeste americano era capaz de tocar tão bem. Perguntara a si mesma se era a isso que P.J. se referia.

— Você gosta de todas essas viagens? — perguntara ela.

— Não muito. Nunca chego a conhecer os lugares para onde vou. Somente um monte de quartos de hotel. Geralmente eu toco às oito da noite, e consigo ouvir o meu estômago roncar enquanto estou no palco. Mas tenho que ir a uma festa ou recepção em seguida, agradecer aos doadores, fazer um discurso.

Nesse momento, já estou faminto. Os restaurantes estão fechados. Várias vezes eu tenho que me lembrar do nome da cidade onde estou antes de dormir para não ter um ataque de pânico ao acordar. E eu sempre confundo os nomes. Desde que eu era criança, sinto como se todo mundo soubesse o meu nome, mas eu não sei o nome de ninguém.

Novamente, Delphine se lembrara do seu pai, que lhe dissera em uma ocasião que o único aspecto difícil de ser o pianista de um hotel era conseguir aceitar o anonimato. Ninguém nunca se importava em saber o seu nome.

— Você é uma celebridade — dissera ela.

Ele rira.

— Nem tanto. Noventa e nove por cento das pessoas nas ruas não fazem a menor ideia de quem eu sou. Não quero parecer ingrato. Não costumo falar sobre isso para ninguém. Mas estou nessa vida há cinco anos. É algo bem solitário. Sinto saudades do meu cachorro.

Ela rira.

— Mas é verdade! Quando se é solista, todos acham que você tem uma liberdade enorme — dissera ele. — Mas, na verdade, isso significa chegar a um lugar sem conhecer ninguém na orquestra, participar de um ensaio coletivo e talvez mais um com o condutor, e pronto.

Ela assentira. Sempre pensara consigo mesma que não era muito justo que, no mundo da elite dos músicos, você tivesse de decidir sobre seu próprio futuro antes de conhecer os aspectos da vida.

— Você devia ir até a escadaria de Sacrè-Coeur com uma garrafa térmica de vinho ao pôr do sol — dissera ela. — Ou o Centre Pompidou, se gostar de arte moderna.

Ele torcera o nariz.

— Então, talvez o Musée d'Orsay — dissera ela. Ela sempre adorara Degas e suas belas bailarinas quando era menina, e, posteriormente, *L'absinthe*.

— Vá ao Museu de Rodin — continuara ela. — É magnífico. Toda a sua obra exposta na casa onde ele morou. E algumas das esculturas de Camille Claudel, também. Peças muito bonitas. Cheias de sentimento.

— Claudel — repetira ele. — Quem foi ele?

— Ela — corrigiu Delphine. — Foi a amante de Rodin.

— O que é que há com os franceses e suas amantes? — perguntara ele.

— É diferente se qualquer outro homem fizer o mesmo, em sua opinião?

— Sim. Os americanos, por exemplo.

— Bill Clinton? — dissera ela.

— Ah, não comece por ele. Estou falando sobre americanos de verdade. Astros do rock e políticos não contam.

— Artistas contam, então? — provocara ela. — Nunca entendi por que os americanos se importam tanto com a vida privada das suas figuras públicas. Como se as aventuras sexuais de um homem tivessem alguma influência em sua capacidade de governar.

— E não têm? — perguntara P.J. — Uma chupada no Escritório Oval durante o expediente, por exemplo.

— Bem, você culparia o homem se ele resolvesse sair para dar uma caminhada durante a tarde para aliviar o estresse?

Os olhos dele se arregalaram.

— Está dizendo que uma caminhada à tarde é igual a receber sexo oral de uma estagiária? Você é o tipo de mulher de que eu gosto.

— Considere o nosso Mitterrand — dissera ela. — O homem era casado e tinha filhos, e também teve uma filha com a sua amante. A amante e a filha ficaram ao lado do resto da família durante o funeral com honras de chefe de Estado. Ninguém se importou. Os franceses simplesmente não acreditam no direito do público de saber das coisas como acontece no seu país. Não que o façamos aqui mais do que vocês por lá, mas não se faz tanto escândalo quando isso acontece. Mesmo o Palácio Élysée, onde todos os presidentes franceses moram, foi construído para ser a residência da amante de Luís XV, a Madame Pompadour. Na América, a casa provavelmente seria queimada e demolida.

Quando o garçom chegara, P.J. observara Delphine fazer o pedido.

Eles tomaram uma garrafa de vinho com o jantar, e cada um tomara uma taça de champanhe com a sobremesa. Sem Henri por perto, a sensação entre eles era inteiramente diferente. Mal conversaram sobre trabalho. Ele tinha uma conversa melhor do que ela imaginara, falando sobre filmes a que os dois já haviam assistido ou que queriam ver, os astros do cinema que estavam agitando a América e o jeito como seu país havia mudado após os ataques terroristas. Quando a refeição terminara, ele insistira em pagar a conta.

— Fiquei muito feliz por você ter vindo me encontrar aqui hoje — dissera ele. — Obrigado.

Ela sentira que ele estava se despedindo, e ficara decepcionada. Imaginara-se voltando ao seu apartamento e ouvindo o zunzum suave do noticiário que vinha da TV da sala.

— Outro lugar que você deveria visitar enquanto está aqui é Versalhes — dissera ela. — O palácio e os jardins são muito bonitos. É um belo passeio de trem até lá. Você vai passar por várias cidadezinhas muito bonitas.

— Certo — respondeu ele. — Obrigado. Ei, seria grosseiro perguntar se você gostaria de tomar mais uma bebida?

O coração de Delphine saltara em seu peito.

— Claro que não. Eu conheço um bom lugar.

Alguns minutos depois, ela estava dizendo ao motorista para levá-los ao Hôtel de Crillon. No meio da escuridão do banco traseiro, P.J. buscara o cinto de segurança e sua mão roçou na dela.

— É melhor eu entrar em contato com Henri e dizer o que vamos fazer — dissera ela.

Aquelas palavras lhe pareceram estranhas, mas P.J. estava olhando atentamente pela janela e observando os prédios que passavam rapidamente.

— É uma bela cidade, não é? — comentara Delphine. — Não há nenhum outro lugar no mundo como este aqui.

Em seu celular, ela digitara uma mensagem de texto para o marido: *O americano quer tomar outra bebida. Chegarei logo, se tiver sorte.*

Henri respondera: *Coitada de você. Desculpe! Obrigada por cuidar de tudo.*

— O que é aquilo? — perguntara P.J., apontando.

Ela olhara para a roda-gigante contornada em neon que se erguia no meio dos Jardins de Tuileries.

— É só um parque de diversões que é montado no verão — explicara ela.

— É um bom lugar para irmos? — perguntara P.J.

— Agora?

— Claro.

Ele sorrira. Dissera ao motorista para estacionar perto do portão. Dentro da área do parque, uma banda de ciganos agitava pandeiros, e famílias estavam sentadas ao redor de mesas de piquenique, bebendo vinho, comendo crepes e algodão-doce. Crianças saltavam em camas elásticas e seus corpos esguios pareciam flutuar no ar. Eles caminharam pela trilha, passando por uma casa mal-assombrada perto de um conjunto de trilhos e mais de vinte estandes com jogos diferentes. Um homem estava usando uma mangueira para lavar um dos brinquedos que faziam as pessoas girar de um lado para outro.

— Parece que alguém botou seu jantar para fora — dissera P.J.

A cidade parecia estar totalmente viva a essa hora. Ela não conseguia se lembrar da última vez que estivera em outro lugar que não fosse um salão de concertos ou um restaurante depois das nove da noite.

Quando chegaram ao outro lado do parque, passaram pelo portão e atravessaram a Place de La Concorde. Ela cumprimentara o porteiro que estava diante do Crillon com um aceno de cabeça antes de acompanhar P.J. pela porta giratória, quase esperando que ele a conhecesse, mesmo que nunca houvessem se cruzado antes.

Quando entraram no saguão, com seu piso de mármore quadriculado, colunas brancas e candelabros de cristal folheados a ouro, P.J. olhara para as roupas que usava.

— Será que as minhas roupas estão adequadas para este lugar? — perguntara.

Ela assentira.

— Você está muito bem.

Ela o conduzira, passando diante da porta fechada da butique, das caixas de vidro iluminadas que mostravam os melhores produtos da Dior, Prada e Lancel. O saguão se alargara e depois se estreitara outra vez quando eles passaram por enormes vasos prateados transbordando com rosas brancas frescas, e depois viraram a esquerda para entrar no bar com suas cadeiras de veludo vermelhas, paredes forradas com painéis de madeira escura e janelas translúcidas. Era totalmente diferente da época em que ela era menina — naqueles dias, o bar ficava no subsolo e era bem menos elegante. Eles o chamavam de American Bar.

— Venha até aqui — dissera ela, indicando uma mesa que ficava perto do pianista. — Este é o meu lugar favorito.

Ainda era cedo, somente onze horas, e o salão do bar não estava cheio. Havia oito mesas pequenas e vinte e quatro cadeiras, mais oito banquetas diante do balcão do bar. Muito menos do que no tempo do seu pai.

Ela acendera um cigarro, inalando profundamente e observando a fumaça lhe escapar dos lábios em seguida. Fazia dez anos desde que ela estivera ali pela última vez, no mínimo.

— Você não fuma — dissera ela.

— Não. Só fiz isso algumas vezes durante o ensino médio. Mas a minha mãe me pegou fumando e me obrigou a comer um cigarro como castigo.

— Comer? — perguntara ela, imaginando que talvez não houvesse entendido direito o que ele dissera.

— Comer — repetira ele. E olhara ao redor. — É um belo lugar.

— Meu pai era o pianista aqui quando eu era criança — dissera ela.

— É mesmo?

Ela confirmara com um aceno de cabeça.

— Eu costumava ficar sentada em uma mesa no canto a noite inteira, observando-o enquanto ele tocava. O bartender preparava shirley temples para mim, e os garçons jogavam cinco-pedrinhas comigo quando não havia clientes. No dia seguinte, eu morria de sono na escola.

— Isso é bem... incomum — comentara ele. — Não praticar no violino de três a cinco horas por dia quando se tem nove anos é algo comum.

Delphine sorrira.

— Já desejou que sua infância pudesse ter sido mais normal?

— Sim. E você?

Ela dera de ombros.

— As coisas nunca foram muito diferentes para mim.

— Onde estava a sua mãe?

— Ela morreu quando eu tinha quatro anos.

Fora isso que seu pai lhe dissera durante a maior parte da sua vida. Quando ela fizera vinte e cinco anos, ele revelara que, na verdade, sua mãe os abandonara quando Delphine tinha quatro anos, desaparecendo certa noite sem qualquer aviso. Ele não tivera nenhuma notícia dela durante quatorze anos, até que o consultório de um legista em Saint-Mandé lhe enviara uma carta dizendo que ela havia morrido. Como era o parente mais próximo, ele deveria ir buscar o corpo.

Delphine ficara com aquela informação na cabeça durante várias semanas, abalada pelo conhecimento. Após algum tempo, resolvera desaprender aquilo. Não fazia diferença se sua mãe morrera quando Delphine tinha quatro ou dezoito anos. De qualquer maneira ela se fora, e, na verdade, sempre fora assim.

A única pessoa a quem ela contara a verdade fora Henri.

— Cara... — dissera P.J. — Isso é horrível. Lamento.

— Já faz muito tempo.

— Você deve ter se sentido sozinha — sugerira ele.

Ela sempre descrevera imagens bonitas da sua juventude para o marido e os outros negociadores com quem conversavam, e todos adoravam suas histórias sobre ficar até altas horas no Le Crillon com atores americanos ou empresários parisienses ricos e suas prostitutas. Se uma história fosse contada várias vezes, acabava se tornando quase verdade. Mas agora, sentada no bar do hotel com P.J., ela se lembrava. Houvera muitas noites em que seu pai bebeu até cair. Ela tivera de arrastá-lo de volta para casa, com medo, sempre com medo. Quando tinha apenas onze anos, um dos empresários a seguira até o banheiro. Depois disso, ela convencera o seu pai de que já tinha idade para ficar sozinha em casa. Delphine odiava o silêncio do apartamento e ficava observando o relógio o tempo todo, esperando que ele retornasse.

Ela contara um pouco daquilo a P.J., deixando de fora a parte do empresário no toilette.

— Meu velho gostava de encher a cara também — dissera ele. — Aprendi com ele várias palavras para indicar que alguém está bêbado. Pinguço, cachaceiro, pileque, de porre, de fogo, chapado...

Ela começara a se sentir culpada ao pensar no que ele estaria imaginando. Em seguida, acrescentara:

— Mas o meu pai faria qualquer coisa por mim. Era muito talentoso. Até a minha mãe morrer, ele viajava com um trio bastante conhecido. Ele só aceitou esse emprego para que não tivesse mais que viajar. Trabalhava durante o dia dando aulas de piano para que pudesse estar à minha espera quando eu voltava para casa. Ele me mandou para uma boa escola católica, mesmo sem ter condições de pagar. E fez tudo isso por mim.

As meninas no colégio Santa Ágata foram cruéis com Delphine. Ela nunca era convidada para festas de aniversário ou para ir às casas das outras meninas brincar. Aos quatorze anos, alguém começara a espalhar boatos de que Delphine havia seduzido um jovem padre, e, daquele ponto em diante, ninguém mais conversara com ela. Ela contava os segundos, todas as manhãs, para que chegasse o horário de voltar para casa e almoçar. Nunca falara sobre nada disso para o pai. Delphine queria que ele acreditasse que ela era a garota mais feliz do mundo. Às vezes ela fingia que estava fazendo fofoca com alguma amiga ao telefone quando ele entrava na cozinha, embora não houvesse ninguém do outro lado da linha.

— Quando eu penso nos sacrifícios que ele fez, sinto meu coração se partir — dissera ela.

Pela porta aberta que dava para o saguão, ela vira uma arrumadeira andar apressadamente, usando um vestido preto com um avental branco.

— Meu pai era igual — contara P.J. — Abriu mão de tudo por nós, seus filhos. É algo a respeitar, embora eu às vezes olhe para ele e me pergunte qual foi o sentido da sua vida. Pergunto-me também se ele se ressente por nós. O seu pai voltou a tocar músicas mais sérias depois que você cresceu?

— Não. Terminou no ramo de imóveis. A namorada dele o levou para essa área, e a mim também, por algum tempo. Não creio que ele gostasse. E eu também não. Sentia-me simplesmente... perdida. Mas ele ganhou muito dinheiro.

Ela usara o dinheiro dele para comprar a loja, que seu pai teria adorado. Delphine sempre pensara que estava fazendo isso por ele, mas talvez a escolha tenha acabado sendo mais egoísta do que ela imaginava. Talvez ela só estivesse tentando mantê-lo vivo no dia em que conhecera Henri. Seu pai morrera aos sessenta anos, ainda cheio de vida.

O garçom chegara, um senhor magricela com cabelos brancos em um terno preto impecável. Delphine não o reconhecera.

Pediram duas taças de champanhe.

— Este hotel é o melhor que há em Paris — dissera ela. — Eles dão um toque especial a tudo que fazem. Se uma mulher se hospeda sozinha aqui, eles colocam flores frescas no quarto todas as manhãs, junto com revistas femininas, um cardápio especial para dietas e um guia para as melhores lojas.

P.J. abrira um sorriso torto.

— Se um hotel fizesse isso na América, provavelmente o lugar seria processado.

— Por quê? — perguntara ela.

— Feminismo.

— E então — dissera ela. — Você tem uma namorada em Nova York?

— Não, madame. Várias garotas e muitos amigos, mas não tenho namorada.

— E por que não tem?

— Azar no amor, eu acho. Houve uma garota chamada Shannon. Já faz muito tempo.

— O que é muito tempo na vida de um homem de vinte e três? — perguntara ela. — Você é praticamente um bebê.

Ele rira.

— Nós terminamos o namoro há um ano.

— O que aconteceu?

— Bem, em primeiro lugar, eu não tenho tempo. Nós mal nos víamos. Mesmo assim, ela era especial. Inteligente, e vinha de uma família como a minha. Minha mãe a adorava. Achei até que iríamos nos casar. Mas tudo o que fazíamos eram brigar. Brigávamos, fazíamos as pazes e depois brigávamos outra vez. O de sempre.

— Deixe-me adivinhar — comentara ela. — Você se apaixona loucamente por muitas mulheres assim que as conhece. Depois, vocês saem uma ou duas vezes, passam a noite inteira conversando, você as leva para a cama e perde o interesse. Não é culpa de ninguém, mas essas mulheres começam a chorar por você, imploram para que as aceite de volta, e você não sente nada.

Ele inclinara a cabeça para o lado.

— Talvez.

— Você é um homem que mora na cidade grande, e há tantas opções que não consegue evitá-las. Precisa se empanturrar como se fosse um menino em uma loja de chocolates.

— Você parece conhecer bem o assunto.

— Talvez. Você é *un cavaleur*. Um especialista em conquistar corações.

— Prefiro pensar que sou um romântico — dissera ele.

Delphine rira.

— Você não está impressionada comigo, não é? — perguntara ele. Parecia estar se deliciando com a ideia.

— Você é bem jovem — dissera ela. — Faz parte da sua natureza.

Ela não conseguira se conter ao mencionar a idade dele, como se quisesse provar a si mesma que não estava flertando; estava apenas educando o garoto. Ela sempre gostara da segurança do flerte quando isso acontecia diante de Henri. Os homens agiam de forma diferente com ela agora que era casada. Mas essa situação parecia ser mais perigosa do que a restante.

— Bem, e o que me diz de Henri? Quantos anos ele tem, uns sessenta? — perguntara P.J. — Deve ter uns trinta anos a mais do que você, não é?

— Pare de tentar me lisonjear.

— Estou falando sério — dissera ele. — O que há com essas mulheres lindas que estão sempre acompanhadas de homens mais velhos? Você deveria dar uma chance a um cara mais novo, para variar um pouco.

As palavras de P.J. flutuaram no ar por um momento, até que o garçom chegara com o champanhe. Delphine sentia-se como se os dois fossem crianças que escaparam por pouco de serem apanhadas colando na prova. Ela tomara um gole curto da bebida para se acalmar. Essa conversa tinha de chegar ao fim. Não era justo com o pobre Henri.

— Henri tem somente cinquenta e cinco — sussurrara ela. — Temos uma diferença de quinze anos.

Sua idade não era algo que ela compartilhava com qualquer pessoa, mas esse americano, a noite toda, parecia não ser muito real.

— Vocês dois não aparentam a idade que têm — comentara ele. — Você é maravilhosa. As pessoas devem lhe dizer isso o tempo todo, não é? Devem parar você na rua para dizer isso.

Delphine rira.

— Acho que as bebidas subiram à sua cabeça.

— Não quero ofender o velho Henri, mas ele deve ficar de joelhos todos os dias e agradecer a Deus por ter conseguido uma mulher tão gostosa quanto você.

Na verdade, embora ela houvesse passado a vida inteira ouvindo os homens lhe dizendo que era bonita, Henri raramente fazia comentários sobre a sua beleza, de uma maneira ou de outra.

— Meu marido está mais preocupado com a beleza dos instrumentos do que com a beleza das mulheres — dissera ela.

Quando as palavras saíram pela sua boca, ela percebera que também estava muito bêbada. Era melhor ir para casa. Ela terminaria de tomar a bebida e iria embora. Enquanto isso, mudaria o assunto para algo mais neutro.

— Você gosta deste tipo de música? — perguntara ela. O pianista já estava chegando à metade de uma interpretação perfeita de "Night and Day", uma de suas favoritas.

— Muito. Adoro Cole Porter.

— Ah, eu também — dissera ela. — Há uma história interessante neste lugar em relação aos pianos. Maria Antonieta estudou piano aqui, quando este lugar era a residência privada do Duque de Crillon. Também há uma suíte onde Leonard Bernstein costumava se hospedar, e um dos seus belos pianos de madeira está no quarto. Eu nunca o vi, mas imagino que seja espetacular.

— Por que não subimos até lá para dar uma olhada? — sugerira ele.

Em seguida, ela o sentira: aquela mão quente na sua coxa. Delphine ficara surpresa ao perceber que aquela sensação não a deixava surpresa. Ele se aproximara e a beijara.

— Acho que você é a mulher mais fantástica que já conheci.

— E quantas vezes você já achou isso antes? — perguntara ela, embora quisesse que aquilo fosse verdade, mais do que ele poderia imaginar.

— Se eu fosse até a recepção e pedisse um quarto, você subiria comigo? — sussurrara ele.

Ela sentira os mamilos se intumescerem e as pernas formigarem.

— Acho que eu devia lhe dar um tapa por sugerir esse tipo de coisa.

Ele a beijara outra vez, passando as mãos pelos cabelos de Delphine, e depois se levantara da mesa.

— Volto em dois minutos.

Delphine acenara para o garçom e calmamente pagara a conta, como se fosse algo que ela fizesse todas as noites. Cada uma das bebidas custara vinte euros.

Ela sabia que os quartos ficavam na faixa de novecentos euros por noite. Mesmo com todo o tempo que ela passara neste hotel, nunca havia subido até os quartos.

Quando P.J. retornara, ele não mencionara o preço nem o fato de já ter um quarto perfeitamente adequado reservado em algum lugar do Quartier Latin. Simplesmente estendera a mão e dissera:

— Venha.

No elevador eles se abraçaram, as costas de Delphine contra a parede e as mãos dele deslizando-lhe por todo o corpo. Os beijos de P.J. eram tão fortes que quase chegavam a ser violentos. Caminharam pelo corredor enquanto ainda se beijavam, colados um ao outro, esbarrando nas paredes a cada poucos metros.

Ele destrancara a porta do quarto, e, antes que ela ouvisse a fechadura se trancar outra vez, P.J. a erguera pela parte de trás das coxas e a levara até a cama, como se ela não pesasse nada. Tirara a calcinha de Delphine e logo estava de joelhos no chão, afastando-lhe as pernas gentilmente.

Depois de fazerem amor, ela não queria voltar para casa. Parecia impossível o fato de ter de sair da cama de P.J. Mas já passava da meia-noite. O que ela iria dizer a Henri?

Delphine se levantara e pegara suas roupas. Ele ficara deitado, observando-a se vestir.

— Quer ir a Versalhes comigo? — perguntar ele.

Ela rira.

— Quando?

— Amanhã.

— Não creio que seja possível.

— Descubra uma maneira — dissera ele. — Por favor. Encontre-me aqui às dez.

No táxi, a caminho de casa, ela se sentia tão leve que tivera de apertar a palma com força contra o peito para não sair flutuando. Tentara advertir a si mesma, dizendo que ele era apenas um garotão americano que queria aproveitar ao máximo a sua estada em Paris — um bom vinho, a Torre Eiffel e uma mulher parisiense nua na cama do hotel. Mas tivera a sensação de que fora bem mais do que isso.

Henri estava dormindo quando ela chegara. O coração batia forte no peito quando ela se deitara ao lado do marido. Pensava que o som poderia estar alto o bastante para acordá-lo, mas ele nem se mexera. Pela manhã, quando o alarme tocara às sete horas, ela ainda não havia dormido. Ele se virara e olhara para ela.

— *Quelles nouvelles?* Como foram as coisas com o americano?

— Bem — dissera ela.

— Foi tão ruim assim?

— Foi normal. Simplesmente não estou me sentindo bem agora.

— Pobrezinha — dissera ele, falando-lhe como se estivesse se dirigindo a uma criança muito querida. — Precisa de um pouco do meu remédio especial?

O remédio especial, que ela frequentemente lhe trazia depois de um almoço muito longo, era apenas um bom scotch que ele deixava guardado na despensa.

— Não — respondera ela. — Acho que peguei a sua *grippe intestinale*.

Ela tinha certeza de que ele percebera a sua desonestidade, mas, em seguida Henri dissera:

— Por que não tira o dia de folga? Estou me sentindo melhor agora e não tenho nenhuma reunião marcada para hoje. Posso cuidar da loja sozinho.

E, dizendo isso, o destino dos dois começara a tomar forma.

Ela continuara deitada enquanto ele se preparava para o dia nos outros cômodos do apartamento. Ele lhe trouxera um *tartine beurrée* morno e café em uma bandeja antes de sair.

— Bem, nada de começar a organizar os closets ou de fazer qualquer tarefa extenuante do tipo — dissera ele. — Apenas descanse.

Assim que ele saíra, ela tomara um banho e se vestira, demorando-se para aplicar a maquiagem, o perfume e a lingerie. Na noite anterior, P.J. lhe dissera que as garotas em Nova York, até mesmo as mais novas, usavam calcinhas de algodão grandes e feias. Qual fora mesmo o nome que ele usara? *Calcinhas de vovó*, ou algo assim. Delphine escolhera um sutiã e uma tanga feitos com rendas delicadas em tons de preto e violeta.

Ela pegara o metrô que a levaria de volta a Le Crillon. A cada vez que o trem parava em uma das estações, ela dissera para não alimentar esperanças demais. Talvez o garoto nem estivesse ali. Mas quando ela chegara, P.J. estava diante da porta, e, quando seus olhos se encontraram, o rosto dele se abrira em um sorriso maravilhoso.

Em Versalhes, eles almoçaram em um café com cadeiras na calçada, beijando-se na mesa como se fossem adolescentes. Ela indicara a prefeitura pitoresca, que era um palácio em si mesma, e as confeitarias que vendiam frutas e legumes minúsculos e perfeitos feitos de marzipã. Passearam pelo vilarejo de mãos dadas, e depois foram até o palácio, onde se beijaram mais. Beijaram-se no Salão dos Espelhos, nos jardins e sob a sombra do carvalho de Maria Antonieta, o qual, de acordo com a placa informativa, a rainha salvara de ser arrancado do jardim em 1790, não muito tempo antes de ser degolada.

— Esta rua leva ao Cimetière des Gonards — ela lhe dissera quando caminharam de volta ao trem naquela tarde. — Edith Wharton foi enterrada lá.

Ele olhara para ela, sem compreender.

— A escritora — disse ela.

— Ah! — ele parecera constrangido. — Não conheço muita coisa sobre escritores franceses.

— Edith Wharton — repetira ela, tentando pronunciar o nome do jeito que um americano faria, imaginando que seu sotaque o confundira. — Ela era de Nova York.

Ele balançara a cabeça negativamente.

— Ah. Certo.

De volta a Paris, eles foram até o hotel de P.J., um prédio discreto que ficava em uma rua pouco movimentada. Ele dissera que o lugar já chegara a ser um convento. Ele a despira diante de uma janela estreita, com as venezianas de madeira abertas diante de um beco. Quando ele a levara para a cama, Delphine ouvira os pombos batendo as asas e risos dos idosos que vieram para a matinê do cineclube do outro lado da rua e que agora estavam fumando na calçada. Em seguida, não houvera mais nada além do som da sua própria respiração mesclada com a dele.

Eles ficaram deitados na cama depois, e ele dormira com a cabeça apoiada no peito de Delphine. Ela não conseguira dormir. Dera uma olhada no quarto e ali estava o Stradivarius, em pé, numa cadeira no canto do quarto. Sentira uma vontade súbita de dizer a Henri que P.J. simplesmente o deixara ali, jogado daquele jeito. Parecia uma atitude irresponsável, e ainda assim havia certo toque de perigo naquilo.

Era hora de voltar para casa. Henri voltaria às sete.

— Preciso ir embora — sussurrara ela, sentindo-se exposta agora, desejando que estivesse protegida no interior enquanto seu marido lia Zola ou o último livro de Jean Echenoz na sala ao lado.

— Ainda não — protestara P.J., mas ela já estava de pé.

Quando Henri entrara pela porta naquela noite, ela estava deitada no sofá, vestindo a sua camisola, fingindo que estava dormindo.

P.J. ligara para o seu celular por volta da meia-noite. Ela estava esperando, segurando o telefone na mão, com o corpo todo tomado pela ansiedade. Com a primeira vibração, ela correra até o banheiro do corredor para responder.

— Preciso ver você outra vez — dissera ele. — Pode vir agora?

Ela rira.

— Não!

— Bem, amanhã, então. Por favor.

A loja ficava fechada do meio-dia às três, todos os dias. Eles combinaram de se encontrar na Brasserie Élise ao meio-dia e meia.

Seu marido simplesmente concordara com um aceno de cabeça quando ela lhe dissera que iria almoçar com um velho amigo do seu pai, que viera de Toulouse a Paris.

— Tenho que voltar quase até a nossa casa — dissera ela. — Ele está hospedado perto da rue Cler.

Ela havia planejado aquelas palavras, caso algum dos vizinhos a visse e acabasse mencionando o fato a Henri. Pensara que havia falado de maneira rígida e ensaiada, mas Henri respondera:

— Pegue o carro, então. Tenho uma papelada enorme com a qual me ocupar aqui.

— Tudo bem.

A Brasserie ficava a quatro quarteirões do seu apartamento. Quando Delphine vira P.J. à sua espera ali, ela o tomara pela mão sem dizer qualquer palavra e o levara para casa. Cada detalhe de sua vida, mesmo os mais mundanos, subitamente ficaram eletrizados — abrir a porta pesada que dava para o pátio, girar a chave na fechadura, entrar no elevador e puxar a grade para fechá-lo, os lábios de P.J. nos seus enquanto eles subiam um andar e depois o seguinte. Depois que fizeram amor, ela ficara na cozinha e observara o rapaz sentado sem camisa à mesa, folheando a edição do *Le Monde* do dia anterior. Dava a impressão de que ele se encaixava muito bem nesse lugar. Ela era capaz de imaginar a mesma cena vários anos mais adiante, os dois sentados na mesma cozinha, desse mesmo jeito.

O dia seguinte era sexta-feira. Como de costume, ela e Henri iriam para a sua casa de campo naquela noite. Ela dissera a si mesma que não havia como escapar daquele compromisso, e talvez isso fosse bom, pois precisava conseguir respirar, desvencilhar-se desse affair tolo. Nunca havia feito sexo dessa maneira, nem com Henri nem com qualquer outro homem. Mas ela tinha de se lembrar que P.J. era um artista, e era ótimo no que fazia. Agia de forma bastante convincente em fazer amor com ela como se realmente estivesse apaixonado, mas isso não significava que aquilo era verdade. Delphine já havia cometido esse erro várias vezes no passado.

Ela lhe dissera que ficaria fora durante todo o fim de semana. Ele protestara, mas ela fizera questão de lembrá-lo de que os dois teriam uma semana inteira pela frente, e que poderiam voltar a se encontrar. Sentia-se orgulhosa da sua decisão, mas, às quatro da tarde, já sentia que a sua determinação começava a enfraquecer. Às cinco, seu estômago estava se retorcendo ao pensar que ficaria sem ele. Às seis, enquanto fechavam a loja, ela olhara para o marido e dissera:

— Não me sinto como se fosse eu mesma esta semana. Simplesmente não me sinto como deveria.

Ele concordara com um movimento de cabeça.

— O ar do campo vai lhe fazer bem. Estou muito animado com a próxima segunda-feira de manhã. Eu lhe disse que Seamus O'Malley virá de Galway?

Ela sentira enjoo. Não agira com tanta determinação assim.

— Ele é uma das únicas quatro pessoas do mundo que fabricam gaitas de fole irlandesas de alta qualidade.

As palavras começaram a brotar da sua boca como se outra pessoa as dissesse.

— Queria saber se você se importaria se eu não o acompanhasse desta vez.

Ele a olhara com a expressão preocupada.

— Não preciso ir até lá. Nós dois podemos ficar na cidade, se você preferir.

— Não, não — dissera ela. — Vá você. Eu sei que você está ansioso para ouvir a música de câmara no sábado. E eu espero que isso não ofenda os seus sentimentos, mas acho que ficar sozinha talvez me faça bem.

— Fiz algo de errado? — perguntara ele.

— É claro que não. De vez em quando uma mulher precisa de algum tempo para si, apenas isso.

— Tudo bem — dissera ele. — Se é isso que você quer.

Ela aparecera no hotel de P.J., imaginando que ele estaria à sua espera. Mas, é claro, ele estava fora, dando um passeio por Paris. Ela fora até o saguão, onde um bar self-service havia sido montado. Servira-se de uma taça de vinho branco e colocara uma nota de cinco euros na cesta. Em seguida, sentara-se diante de uma das mesas e observara o movimento durante quase uma hora conforme os turistas iam e vinham, trazendo consigo suas sacolas de compras e mapas das ruas. Imaginara o pior: ele poderia ter voltado a Nova York, ou entraria no hotel com outra mulher. Quando finalmente chegara e a vira ali, P.J. passara direto por ela, e tivera de se virar e olhar duas vezes até ter certeza.

— É você! — dissera ele, cheio de alegria. — Achei que havia imaginado que estava sentada aqui. A única coisa em que consegui pensar desde que você me deixou ontem foi o seu rosto.

Eles caminharam às margens do Sena, passando pelos *bouquinistes* que apregoavam livros usados e pôsteres. Os barcos turísticos passavam por ali, e seus ocupantes acenavam freneticamente nos conveses. Delphine e P.J. retribuíram os acenos, dois *flâneurs* sem qualquer plano ou obrigação. Embora fosse Paris a cidade de Delphine, parecia um lugar totalmente diferente na companhia dele. Até mesmo as árvores que margeavam o rio estavam subitamente mais vivas, os galhos terminando em profusões perfeitas e verdes.

Eles pararam em um café para jantar. Quando voltaram às ruas, ela ficara surpresa ao perceber que o sol havia se posto. Perguntou a ele que horas eram. Uma da manhã.

Dezenas de jovens foliões tomavam as margens do rio, cantando, dançando e quebrando garrafas vazias sobre o piso de pedra. P.J. rira, apoiando-se sobre o beiral da calçada.

— É uma boa ideia irmos até lá? — perguntara ele.

Ela começara a protestar, a dizer que estava velha demais para algo daquele tipo, e de repente percebera que sua vida havia se tornado muito estagnada, muito séria, e que ela não era velha. Ela o beijara, pegando em sua mão e levando-o até a escada mais próxima que descia até o nível da água.

Eles passaram o restante do fim de semana na cama de Delphine, conversando e fazendo amor durante várias horas, até que um ou o outro finalmente percebeu que não haviam comido nada durante o dia inteiro. No sábado, já bem tarde da noite, ela fora para a cozinha e preparara um filé malpassado para ele.

Na manhã de domingo ela acordara sozinha e o encontrara na sala de estar. P. J. abrira as janelas e estava olhando para fora. A luz entrava pelos vãos e refletia no chão.

Ela o levara até o movimentado mercado ao ar livre que ficava sob os trilhos elevados no boulevard de Grenelle, aonde costumava ir duas vezes por semana. Havia cem estandes ladeando a via, cada um deles preocupado com sua própria beleza e apresentação, assim como o bom gosto das mercadorias. Alguns vendiam frutas maduras e prontas para serem comidas: cerejas, amoras, ruibarbos, tomates gigantes, berinjelas, alcachofras, cogumelos que eram longos e delgados ou gordos e volumosos; outros ostentavam trinta espécies diferentes de azeitonas em caixas quadradas e praticamente qualquer erva ou castanha que se pudesse imaginar. P.J. tirara uma foto das *poissoneries*, com as cabeças prateadas de peixes, os mexilhões e as trutas, e o *poulpe* roxo e translúcido em um leito de folhas e gelo. Ela apontara para a *fromagerie*, que pertencia a uma família de pai e filha, com duas dúzias de fôrmas de queijo, as quais eles cortavam e embrulhavam cuidadosamente em papel azul-claro. A *charcuterie* tinha grandes cubas de carne bourguignon e paeja, e *petits poulets* em um espeto giratório. O dono do estande flertava com todas as senhoras idosas que passavam puxando seus carrinhos de feira, e seu avental branco estava respingado com sangue. As barracas de flores tinham rosas e lírios desabrochados. Uma infinidade de aromas celestiais se espalhava pela atmosfera, incrivelmente vívida com o prazer da boa comida e bebida.

Eles voltaram para casa, passando pela avenue de La Motte Picquet, comendo *fraises* vermelhas. Ela observara com prazer quando ele admirara a vista tranquila da Torre Eiffel, que era sua todos os dias.

— Não quero deixar Paris — dissera ele.

— Então fique — respondera ela. — Você é um artista. Pode morar onde quiser.

Fora naquele momento que ela acreditara que tudo era verdade. Talvez eles pudessem continuar assim para sempre. Pensar que ele teria de partir era algo inimaginável.

— Minha vida está em Nova York — dissera ele. — Não responda agora, apenas pense no caso. Você gostaria de ir para lá comigo?

— Você sabe que eu não posso — dissera ela.

Ele assentira.

— Sei que isso é totalmente inconveniente, mas eu me apaixonei por você.

— Não diga isso — reclamara ela, embora sentisse que estava se apaixonando também. Lembrara-se de que deveria ser forte; homens como esse faziam promessas que não eram capazes de cumprir.

— Pensei demais em nós, e tenho certeza de que isso é real. Não é porque estamos aqui em Paris, ou porque você não está disponível, ou mesmo porque você é bonita. Eu a amo. E isso é tudo.

Ela fizera que sim com a cabeça sem responder, temendo o que poderia prometer se dissesse alguma coisa.

— Eu me mudaria para Paris se você quisesse — dissera ele. — Mas não assim. Não enquanto você estiver casada com outro homem e tivermos que passar a vida toda nos escondendo.

Delphine pensara em Henri pela primeira vez naquele final de semana. Henri sozinho na casa de campo, onde nunca estivera sozinho antes. Ele provavelmente passara o fim de semana lendo tranquilamente e escutando música, e também se preocupando com sua esposa estranha, que passara a semana inteira agindo de forma esquisita. Ele não comia direito se ela não estivesse por perto para lembrá-lo. Quando era solteiro, chegara a viver um bom tempo comendo apenas sopas que comprava em potes.

— Você ainda ama o seu marido? — perguntara P.J. — Desculpe. Não é certo perguntar esse tipo de coisa.

— Eu nunca o amei, não deste jeito. Mas o casamento não se resume a amar.

Ela vira um pouco de esperança em P.J. naquele momento, embora ele não tivesse dito qualquer palavra.

Houve uma greve no metrô na segunda-feira. Ela pensara nele enquanto cuidava da papelada da manhã e mostrava a um garoto mais novo e sua mãe uma coleção de instrumentos africanos relativamente baratos: um *balafon* e uma clarineta dupla do Egito. Ao meio-dia, P.J. ligara, dizendo que tomaria um táxi para ir vê-la. Ela fechara a loja para o almoço, e os dois deram um longo passeio por Montmartre enquanto Henri dava uma palestra na Sorbonne. Ela lhe mostrara o prédio onde passara a infância, em uma rua estreita que, embora fosse modesta, ficava a apenas dois quarteirões de um bairro elegante, cheio de *voies privées*.

— Morávamos no quinto andar — dissera ela. — Sem elevador. Aqui em Paris, os ricos e os pobres moram nos mesmos prédios. Quanto mais pobre alguém é, menor é o apartamento e mais alto ele fica.

Ele rira.

Quando ela lhe mostrara a casa de tijolos onde vivera até que Henri a trouxesse para morar consigo, ele soltara um suspiro de admiração.

— Que bonita — dissera ele, e tirara uma foto. — Como o seu pai conseguia pagar o aluguel?

— A dona da casa gostava dele. Ele dava aulas de piano para ela e para todas as suas amigas. E tocava para ela sempre que ela queria.

— Deve ter sido muito chato para ele.

— Eu acho que ele imaginava que era uma troca justa — dissera ela.

— Eu diria que ele tinha razão.

Delphine sentia orgulho da casa, e estava contente pelo fato de P.J. reconhecê-la como a joia rara que era.

Ela tomara o seu braço e eles seguiram na direção do boulevard de Clichy, com suas inúmeras sex shops e certo ar de clandestinidade. Aqui e ali era possível ver uma loja de produtos naturais ou uma butique, sinais inconfundíveis de que a elevação do padrão de vida de Montmartre agora estava completa.

— Este lugar costumava ter um ar muito mais forte de *quartier populaire*. Havia uma prostituta travesti que morava na nossa esquina quando eu era pequena — dissera ela. — Meu pai dizia que isso era um bom sinal, porque significava que sempre havia alguém atento a tudo que acontecia.

Ela nunca mencionaria isso a Henri, mas sabia que P.J. acharia a história engraçada. E ele respondera:

— Uau. Com certeza é melhor do que os programas comunitários de vigilância do bairro.

Ele ficara em silêncio por um momento, e em seguida continuara:

— Esta é a minha parte preferida de Paris, sem comparação.

Na terça, eles fizeram amor no quarto de hotel de P.J. no horário em que ela dissera que passaria por uma consulta médica. Ele iria embora no sábado à noite, e saber disso saturava o ar ao redor deles. Na quarta-feira ela não conseguira escapar. Pensara nele o tempo inteiro, em seus lábios, em suas mãos e em cada palavra que trocaram na semana anterior.

Ela não mencionara a oferta que ele lhe fizera até a quinta-feira.

— Você sabe que, se eu for embora com você, estarei abrindo mão de tudo. Da minha vida inteira.

— Sei, sim — dissera ele.

— Não é muita pressão para um homem da sua idade?

— Você é a única mulher que existe para mim — respondera ele. — Eu sei disso.

— Mas e se isso mudar?

— Não vai mudar.

— E o pobre Henri? Como vou dizer isso a ele?

— Imaginei que todos os franceses tinham casos e que seus maridos ou mulheres nunca se importavam — dissera ele.

— Você andou vendo filmes demais. Além disso, o que estamos tendo não é somente um affair.

Ela começara a chorar. Quando ele perguntara o que estava acontecendo, Delphine dissera que não sabia. Mas a verdade era que ela estava apaixonada, e isso estava claro para ela agora. E havia acabado de perceber que podia pensar em partir com ele.

Delphine desejara ter uma amiga, pelo menos uma boa amiga, para quem pudesse ligar e pedir conselhos. Mas perdera contato com as poucas amigas que tinha na época da universidade quando elas se casaram e tiveram filhos. Quando conhecera Henri, estava sozinha no mundo, e todas as pessoas com quem entrara em contato desde então conheciam o seu marido quase tão bem quanto a conheciam. Queria conversar com seu pai, e chegara até mesmo a considerar uma visita ao seu túmulo, mas de que adiantaria? Quaisquer respostas que ele pudesse lhe dar pertenciam ao passado. Delphine teria de decidir por si mesma.

Na sexta-feira ela não fora trabalhar, e ficara em casa outra vez para pensar. Andara pelas ruas de Paris, tentando ser sua própria mãe sensata, ponderando todas as possibilidades. Ela poderia aproveitar a oportunidade e arriscar tudo — seu casamento, sua empresa, a única cidade que já havia chamado de lar. Ou poderia deixar P.J. voltar aos Estados Unidos no dia seguinte e voltar à sua vida normal, tão empolgante quanto a água que usava para lavar a louça.

Delphine e Henri habitualmente fechavam a loja no mês de agosto, todos os anos. Dali a uma semana eles partiriam para o interior e passariam três semanas lá. A casa estaria tão tranquila quanto sempre estivera. Ela não tinha certeza de que era capaz de suportar aquela ideia.

Se pensasse no caso em termos práticos, simplesmente não seria capaz de abandonar o marido. Além disso, estaria arriscando demais — iria virar sua vida de cabeça para baixo por causa de um homem que conhecia havia duas semanas. Mas, se pensasse em si mesma como uma partícula de poeira de estrelas em meio a bilhões de outras, quando considerava que a vida era incrivelmente curta e que nada disso significaria qualquer coisa dentro de cem anos, ela conseguia se convencer a tentar. Por que não? Sua própria mãe a abandonara e sobrevivera. Henri se recuperaria.

Ao voltar para casa, preparara um chá de *tilleul* e alfazema, que seu pai usava para acalmá-la nas ocasiões em que ela ficava irritada quando era criança. Mas precisava de algo mais forte agora, e servira-se do scotch de Henri.

Quando ele voltara do trabalho, ela já havia feito as malas e estava tremendo. Delphine lhe preparara um copo de scotch, entregando-o enquanto ele estava na sala de estar, olhando a correspondência. Ela precisava dizer tudo de uma vez só, antes que perdesse a coragem. Chegara a pensar em não mencionar P.J. e dizer apenas que precisava passar algum tempo sozinha. Mas, quando abrira a boca, a verdade transbordara.

— Preciso lhe contar uma coisa — dissera ela. — E, como não há maneira fácil de dizer isso, vou ser direta. Estou apaixonada por outra pessoa. *L'Américain*. O Rebelde. Passei os últimos dias com ele, e ele quer que eu vá com ele para Nova York. Eu disse sim. Talvez tudo isso seja um erro, mas não saberei até experimentar. Tenho que experimentar.

Henri parecera confuso por um momento, como se houvesse entrado no apartamento errado, mas logo o seu rosto se contorcera. Ele desabara na poltrona que estava atrás de si, como se não conseguisse mais confiar nas próprias pernas para sustentar o peso do corpo.

— Eu sabia que algo havia mudado — dissera ele. — Achei que você estivesse grávida.

Ao dizer isso, ele baixara a cabeça e a segurara com as mãos. E Delphine finalmente sentira o peso do seu crime.

— Perdoe-me — sussurrara ela, de maneira tola. — Por favor.

Uma hora terrível se seguira, talvez a pior de toda a sua vida. Henri não fizera nenhuma pergunta. Não pedira a ela que reconsiderasse. Simplesmente ficara sentado em sua poltrona enquanto ela chorava. Finalmente, Delphine lhe dera um beijo no alto da cabeça e saíra pela porta.

Assim que o ar fresco atingira o seu rosto, ela se enchera de alegria. Dera um pequeno rodopio pela rua e sorrira para um senhor idoso que passava por perto. Nunca havia sentido duas emoções tão fortes e divergentes ao mesmo tempo. Devia ser o aspecto mais imperdoável do egoísmo, e também o mais delicioso. Na Brasserie, P.J. estava à sua espera. Quando ela o cumprimentara, ele a erguera e a girara no ar.

— Vamos realmente fazer isso — dissera ele.

— Sim!

Ele voltara a colocá-la no chão e, por um instante, Delphine achara que P.J. estava caindo. Mas não fora isso. Ele apoiara o peso do corpo sobre um dos joelhos. E tirara um anel do bolso da camisa.

— Pertencia à minha mãe — dissera ele. — Quer se casar comigo?

Ela sussurrara que sim e os dois se abraçaram. Quando ele colocara o anel em seu dedo, ele tilintara contra a sua aliança de ouro, uma lembrança de que isso era meio absurdo. Como ela poderia estar aqui, prometendo se casar com ele, quando já era casada?

Delphine afastara aquele pensamento.

— Você sempre carrega o anel de noivado da sua mãe com você, caso sinta o desejo de pedir alguém em casamento?

— Não — dissera ele. — Liguei para um amigo em Nova York e pedi a ele que o mandasse para mim no fim de semana passado.

— No fim de semana passado? Mas eu não havia concordado em viajar com você no fim de semana passado.

Ele sorrira.

— Eu estava cheio de esperança.

A caminho de Nova York, na noite seguinte, ela se sentia cheia de algo que era selvagem e emocionante. *Vou me casar com este homem bonito e vibrante*, pensara ela, olhando fixamente para ele. *Vou começar uma vida totalmente nova.* Estava louca para contar a novidade a alguém, alguém que a amava e que ficaria feliz. Estranhamente, pensara em Henri.

Sabia que teria de pedir o divórcio. Isso iria devastá-lo. Ela se preocupava também com o fato de que as coisas poderiam ficar feias. Tivera vontade de colocar os braços ao redor dele e reconfortá-lo. Mas isso não estava mais entre as coisas que ela tinha a obrigação de fazer.

2012

Depois de deixar Toby e Jeff no hotel, Kate desejou ter outras coisas para fazer, algo para tirar o anel da cabeça. Do jeito que as coisas estavam, não havia nada a fazer a não ser continuar procurando.

Quando voltou para casa, seu cunhado, Josh, estava no quintal em companhia dos seus garotos, brincando com uma bola de futebol americano.

— E então? — perguntou ele. — O que eles disseram?

— Ainda não contei a eles — respondeu ela, um pouco irritada com a curiosidade dele.

Pela porta coberta com tela, ela conseguia ouvir o som de Dan cantando uma música de Marvin Gaye enquanto lavava a louça do café da manhã. O pai de Kate era um ótimo cozinheiro na época em que ela e a irmã eram pequenas. Seu trabalho tinha horários bem flexíveis, então ele ficava em casa com as meninas com mais frequência do que sua mãe e geralmente preparava o jantar. Kate era a responsável por cuidar da cozinha naquela casa agora, e Dan ficava encarregado da limpeza. Estavam tentando ter uma parceria igualitária, mas o fato de terem filhos a fez perceber que aquilo era realmente algo muito difícil de conseguir. Quando vestia Ava, Dan poderia acabar colocando meias de cores diferentes na menina. Quando ele lavava os cabelos dela, usava quatorze vezes mais xampu do que o necessário.

Ainda assim, ela não conseguia imaginar como seria cuidar dos filhos sem ele. Kate tinha duas amigas no Brooklyn que decidiram ter filhos de forma independente, sem marido — uma por meio de adoção e a outra com o auxílio de um banco de sêmen. Kate nunca conseguiria fazer algo do tipo.

Ela entrou na cozinha.

— E então? — perguntou ele, com uma expressão esperançosa no rosto.

— Não contei a eles.

— Certo. Bem, não há problema. Isso nos dá mais tempo.

Ela deu de ombros.

— Simplesmente não entendo como o anel poderia estar aqui em um minuto e desaparecer em seguida. Você não está achando que eu o escondi inconscientemente, não é?

Dan riu.

— Ah... não. Você fez isso?

— Não! Mas sei o que você sente em relação aos diamantes.

— Sim, e tenho boas razões para isso.

— Obrigada — disse ela, baixando a voz em seguida. — Você acha que uma das crianças o pegou?

— Olívia? — disse ele.

— Era o que eu estava pensando. Como vamos lidar com isso?

— Se ela o pegou, provavelmente vai ficar se sentindo culpada em algum momento e acabará por devolvê-lo.

— Espero que sim. Ei, adivinhe quanto os anéis deles custaram.

Ele deu de ombros.

— Quatorze mil cada um.

A expressão em seu rosto a deixou mais aterrorizada do que estava antes.

— Puta que pariu. Precisamos encontrar essa coisa.

Subitamente, cada guardanapo, cadarço e pote de massa de modelar Play-Doh parecia ter um único propósito: esconder o anel. Kate abriu a gaveta de miudezas e tirou velhas chaves de fenda e selos, uma caixa de clipes de papel e alguns ímãs em forma de letras que vieram direto da porta da geladeira.

— Acha que o anel está aí? — disse Dan, cético.

— Não sei.

Ele se serviu de uma xícara de café.

— Beba isto — disse ele, beijando-lhe o pescoço enquanto lhe entregava a bebida.

— Você parece estar bem mais falante do que o cara que acordou do meu lado hoje de manhã — disse ela.

— Bem, eu fico feliz por eles — disse Dan. — Estava pensando que a igualdade no casamento talvez seja o ponto mais positivo num milênio que, até o momento, foi incrivelmente negativo.

— Sim. Imagino que, já que a década passada foi marcada pelo terrorismo, genocídios, depressão econômica, um tsunami, furacões, terremotos, guerra e tortura, o casamento até parece legal quando comparado a essas coisas.

— Você esqueceu de mencionar o fechamento da loja de discos.

— Ah, sim. Isso também.

— Não que os anos noventa tenham sido tão bons também — disse ele. — Houve Rodney King, Columbine, Waco, a bomba em Oklahoma e O.J. Simpson.

— Sim. E todos parecem até prosaicos se comparados ao que houve na última década.

— É verdade. Ei, ninguém pode dizer que não somos um casal alegre.

Ela riu.

— Como dois raios de sol.

A correspondência do dia estava sobre a mesa. Ela olhou rapidamente para as cartas — uma conta de telefone celular, o convite para uma festa de aniversário de um dos amigos do playground onde Ava brincava e algumas cartas de mala-direta endereçadas à Sra. Daniel Westley. O fato de que eles não eram casados nunca impediu ninguém de chamá-la pelo sobrenome de Dan, ou de se referir a ele como seu marido. De maneira geral, ela não se importava tanto com aquilo.

Na primeira vez em que Ava ficou doente, quando ainda era bebê, Kate correu com ela para o pronto-socorro no Brooklyn. Depois de preencher os formulários necessários, a mulher atrás do balcão perguntou friamente:

— Importa-se de me dizer qual é a sua relação com a criança?

— Sou a mãe dela.

— Ela tem dois sobrenomes — disse a mulher. — Nosso sistema não pode processar isso. Você terá que escolher apenas um.

Parecia que ainda estavam em 1952. Como se milhares de mulheres casadas não houvessem decidido manter seus nomes de solteira e os combinassem com os dos filhos.

Acima de tudo, aquilo a irritava porque era o tipo de coisa que não deveria acontecer no Brooklyn. Talvez isso fosse mais comum na cidade onde May morava, um lugar onde todos se orgulhavam do quanto tudo era antiquado e retrógrado, onde a filha de pais que não eram realmente casados provavelmente seria alvo de chacota e onde todas as mulheres assumiam os nomes dos maridos, como se o movimento feminista nunca houvesse acontecido. *Era mais fácil assim*, diziam seus amigos. Queriam ser unidades familiares, e, em uma unidade familiar, todos têm o mesmo nome.

Ela era capaz de admitir que as palavras podem ser enganosas, mas isso não significa que uma pessoa tenha de desmantelar todo o seu sistema de crenças e valores apenas para que as coisas sejam mais fáceis. Era estranho quando as pessoas tinham de se esforçar para descobrir como deveriam se dirigir a Dan. Se fosse forçada a fazê-lo, diria que Dan era o seu companheiro, mas para a maioria das pessoas isso dava a impressão de que ela era lésbica ou algo do tipo. Ela não tentava usar nenhuma palavra especial para se referir a ele. Apenas "Dan".

Ela entrou na sala de estar. May estava sentada no sofá entre Ava e Olívia. As garotas estavam assistindo a um episódio de *Barney* na TV. May estava com o notebook ligado, mas estava olhando pela janela, provavelmente dormindo com os olhos abertos. Gostava de dizer que nunca conseguiu passar uma noite inteira dormindo na década anterior, desde que Leo nasceu, cheio de cólicas e aos gritos.

Olívia e Ava usavam tiaras plásticas cor-de-rosa com um medalhão no centro, cada uma com a imagem de uma princesa da Disney diferente. Olívia usava uma saia de bailarina por cima do pijama e Ava tinha um boá de penas cor-de-rosa jogado por cima dos ombros e sapatos de salto alto de plástico rosa nos pés. Os sapatos, especialmente, e todo aquele rosa deixavam Kate incomodada. Nunca chegou a ver nada daquilo antes. Talvez May tivesse trazido as peças consigo. Sem dúvida, depois que eles fossem embora, Ava iria começar a pedir que a mãe lhe comprasse aquelas porcarias com cor de algodão-doce e suas normas intrínsecas sobre a separação e identificação de gêneros.

Kate queria que o dia acabasse. Queria que sua família fosse embora e ficasse longe, deixando os três em paz.

— Oi — disse ela. — O que há de novo?

— Acabei de ver no Facebook que a minha amiga Rachel está grávida outra vez — disse May.

— Ah.

— Juro por Deus que, se ela chamar o bebê de Amélia, vou lhe cortar a garganta.

Kate deu uma rápida olhada na direção de Ava. As palavras que sua irmã escolheu pareciam meio violentas demais para combinar com a programação dos desenhos animados do sábado de manhã. Mas a atenção de Ava estava fixa na tela.

— Por que você se importa tanto com isso? — perguntou Kate. — Você não pretende ter mais filhos. Ou pretende?

— Talvez. Seria bom ter duas meninas e dois meninos.

Ela sabia que agora era considerado elegante que os casais da região de Upper East Side tivessem quatro, cinco ou seis filhos. Era uma maneira de dizer: *Olhem só o quanto nós somos ricos! Temos condições de criar todos esses filhos na cidade mais cara do planeta*. Agora, aparentemente, a moda já havia chegado a Nova Jersey.

— Alguma novidade em relação ao anel?

Kate fez que não com a cabeça.

— Meninas, escutem o que eu vou lhes dizer — a voz de May ficou mais séria. — Se alguma de vocês duas pegou aquele anel, é melhor nos dizerem, ou vão ficar encrencadas.

Ava parecia estar aterrorizada, pois nunca falavam com ela dessa maneira. *(Ou seria uma expressão de culpa?* Kate considerou essa hipótese.)

— Juro por Deus que não fui eu — disse Olívia, dramaticamente.

— Juro por Deus que não fui eu — repetiu Ava. Ela lançou um olhar de adoração na direção da prima, que, do alto dos seus cinco anos de idade, já se qualificava como uma mulher mais velha e sábia, conhecedora dos mistérios do mundo.

Na tela da televisão, Barney e as crianças com quem tinha amizade estavam começando a cantar uma música sobre a família. Ela odiava as crianças que apareciam no programa do Barney: pareciam membros em miniatura de uma seita religiosa, com as palavras exageradamente alegres e sem nenhum afeto.

Quantas pessoas tem na sua família? Perguntou Barney à sua plateia, em um tom exagerado e entusiasmado.

— Quantas? — perguntou May a Olívia, com um toque de tédio na voz.

— Cinco! — disse Olívia. — Ava, quantas pessoas tem na sua família?

— Cinco! — gritou Ava.

Olívia torceu o rosto, decepcionada.

— Não. Três, sua boba.

— Olívia! — esbravejou May. — Olhe essa linguagem. Este é o primeiro aviso.

Na tela, um garoto que vestia um macacão subiu em uma mesa de piquenique e declarou de maneira eloquente: *Conheço uma menina que mora com a sua mãe, e seu pai mora em outro lugar. Embora ela veja os seus pais um de cada vez, os dois a amam todos os dias, sem parar!*

— Por que ela só vê os pais um de cada vez? — perguntou Olívia. Em seguida, respondeu à sua própria pergunta: — Eles são divorciados como a vovó e o vovô.

— Provavelmente — disse May.

— Os pais da minha amiga Lily são divorciados — disse Olívia, falando quase como se tivesse orgulho por saber algo sobre o tópico em discussão. — E também Joe e Sarah, que moram na nossa rua, mas eu não gosto deles. Mas não é porque os pais deles são divorciados. É porque não gosto mesmo.

Kate e Mary fizeram parte da primeira grande onda de filhos de pais divorciados. Quando entrou na faculdade, Kate conhecia mais pessoas cujos pais haviam se separado do que filhos de casais que viviam juntos. Todos tinham histórias horríveis para contar — sua colega de quarto durante o primeiro ano, Taylor, engordou quatro quilos no ano em que seus pais se separaram, porque ela ia de uma casa à outra nas noites de segunda e quinta, e naquelas noites tanto o seu pai quanto a sua mãe lhe serviam o jantar. Não teve coragem de dizer isso a eles. Uma garota que morava em outro quarto no mesmo corredor voltou para casa doente na noite em que havia combinado de dormir na casa de uma amiga e deu de cara com a mãe fazendo sexo com um vizinho, enquanto seu pai estava viajando a negócios. Ela contou tudo para o pai imediatamente, e passou os dez anos seguintes se culpando pelo divórcio. A história mais estranha veio de um garoto chamado Ed, que dizia que seus pais eram motivo de inveja para todos os seus amigos, com uma bela casa, três filhos e uma casa de veraneio diante de um lago em New Hampshire. Seu pai chegava do trabalho todos os dias às seis da tarde, alegre e gentil. Beijava a esposa, levava o lixo até a calçada e recolhia os brinquedos espalhados pelo quintal para levá-los para dentro. Certa noite, ele se sentou para jantar como sempre fazia. Quando a esposa colocou a comida na mesa, sem qualquer motivo, ele gritou:

— Eu odeio frango! — Em seguida, saiu de casa e nunca mais voltou.

Para Kate, era uma questão de se ver envolvida em cada discussão, ou de perceber, em determinado momento, que sua própria mãe a estava usando. Mona perguntava casualmente o quanto seu pai gastara para comprar o carro novo ou se ele estava namorando ou saindo com alguém. Em seguida, usava todas aquelas informações contra ele no tribunal.

— Onde está a nossa mãe? — perguntou Kate agora.

— Saiu para dar uma volta — disse May. — Acho que ela está nervosa por causa da palestra que precisa dar.

— Eu não estou nervosa — disse Ava.

— Boa menina! — emendou May.

Kate sentiu um calafrio com aquela resposta. Não havia nada errado com o fato de sentir nervosismo, assim como não havia nada particularmente bom com o fato de *não* sentir nervosismo. Ela perguntou a si mesma se sua irmã teria o talento de desfazer três anos de uma criação cuidadosa em apenas dois dias.

— Não estou gostando muito disso, porque não tem nenhuma noiva — disse Olívia. — Quero ver uma princesa!

May lhe acariciou no ombro.

— Em abril, nós acordamos às quatro da manhã para assistir ao casamento real na TV. Fiz bolinhos e chantilly e nós duas usamos boinas com flores. Olívia adorou. E nunca mais conseguiu gostar de qualquer outro casamento.

— Você está brincando comigo — disse Kate.

— Foi um dia maravilhoso. Um evento único. Não se lembra de quando acordamos cedo para assistir a Lady Di andar pelo corredor da igreja? O quanto estávamos animadas?

— Eu tinha cinco anos. E veja o que aconteceu com ela.

May continuou.

— Olívia tem uma verdadeira obsessão por Kate Middleton.

Como se quisesse comprovar o que sua mãe dizia, Olívia disse:

— Ela tem um cachorrinho chamado Lupo. — Disse aquilo sem tirar os olhos da televisão.

May abriu um enorme sorriso, como se aquelas fossem as palavras mais preciosas já ditas por uma criança.

— Ela desenha a princesa Kate na escola enquanto as outras crianças estão desenhando ursos ou outras bobagens.

Kate franziu a testa.

— Não me parece muito saudável.

— Kate, estou apenas tentando conversar com você. Por que você insiste em fazer com que cada diálogo seja tão desagradável?

— Desculpe. Você tem razão.

May tinha um talento incrível para se lembrar de datas de acordo com o que estava acontecendo no mundo da cultura pop naquele momento. Não era surpresa que, no mês de abril, Kate estivesse com a Primavera Árabe em mente enquanto May pensava em uma princesa com o seu vestido de casamento. Sua irmã não era uma pessoa ruim, e também não era burra. Ela simplesmente acreditava, como muitas pessoas, que a vida era suficientemente complicada e que não havia motivo para se incomodar com os problemas de outras pessoas. Suas perspectivas sobre o sucesso eram fundamentalmente diferentes. May pensava que o sucesso se definia pela quantidade de coisas que uma pessoa poderia juntar no decorrer da vida, em vez de quantas pessoas alguém é capaz de ajudar.

Quando Kate viu a reportagem do casamento do príncipe William com Kate Middleton, ela observou que os dois dirigiam o carro pelas ruas de Londres desacompanhados e que fizeram questão de informar ao mundo que haviam convidado o dono do pub local e também o carteiro. Parecia algo feito sob medida para aplacar as massas, que não tinham empregos ou comida em quantidade suficiente, mas que ainda assim se sentiam contentes. Quando as pessoas estavam sofrendo, seus governos lhes davam casamentos ou guerras com as quais pudessem se distrair. Às vezes, ambos.

Kate lera que os casamentos entre pessoas do mesmo sexo resultariam em uma receita de trezentos milhões de dólares para o Estado de Nova York nos próximos três anos. Aquilo fez com que ela se perguntasse se o momento em que a legislação sobre esse tipo de união foi aprovada teria algo a ver com dinheiro. Ela apresentou a ideia para o seu pai e ele pensou que aquilo parecia ser um pouco extremo, a mesma opinião que tinha sobre a maioria das suas ideias. Ainda assim, ele disse que admirava sua tendência a questionar as coisas. May aceitava tudo que via como verdade, e seu pai via que isso era uma desvantagem. Era importante procurar a verdade, ele dizia às duas, mesmo que você a encontre apenas raramente.

Durante anos ele editou a seção de cartas do *Star-Ledger*. Embora fosse algo completamente antiético, de tempos em tempos, quando desenvolvia uma opinião forte sobre alguma coisa, ele escrevia cartas sob nomes falsos e as publicava. Tinha vontade de ser um colunista especializado em editoriais de opinião, e, em algum momento, percebeu que tomar atitudes como essa seria o mais próximo que ele conseguiria chegar do cargo desejado.

No ano passado, após de mais de três décadas no jornal, ele foi dispensado sem qualquer cerimônia — ou "recebeu uma oferta para fazer um acordo", como eles disseram, na tentativa de suavizar o golpe. Sua esposa perdeu o emprego imediatamente, já que o nascimento da internet representava a morte da biblioteca de referência para a redação que ela administrava, a qual, ironicamente, sempre teve o apelido de "necrotério". Agora eles passavam seus dias em casa, fazendo palavras cruzadas e procurando emprego sem muito ânimo, sabendo que provavelmente não iam encontrar trabalho em uma área que estava morrendo e com a idade que tinham, embora ainda não fossem tão velhos para pensar em se aposentar.

— Chegou a conversar com o nosso pai ultimamente? — perguntou Kate.

— Sim, eu o vi com Jean no fim de semana passado — disse May.

— Como ele estava?

May deu de ombros.

— Como sempre.

Kate ficou na sala por mais alguns momentos, e depois subiu as escadas. Sentiu algo ruim lhe corroer o estômago quando entrou no quarto de Ava. A bolsa de viagem cor-de-rosa da sua sobrinha estava aberta no chão. Kate olhou por cima do ombro uma vez antes de revistar a bolsa. Enfiou os dedos em cada um dos bolsos forrados de cetim, até mesmo nos mais minúsculos. Mas o anel não estava ali.

Pesquisas revelaram que as mulheres percebiam o noivado como "somente o início" do processo de casamento, sendo o anel de noivado de diamante "parte" do processo. Por conseguinte, o preço do anel de noivado de diamante competia com todas as outras despesas do casamento e da preparação do lar do casal. As mulheres, portanto, frequentemente exercem uma pressão decrescente sobre o preço do anel de noivado de diamante.

Em contraste, para os homens, o noivado era visto como uma ocasião extraordinária, indicando uma grande mudança na vida. Para eles, o anel de noivado de diamante era visto como o verdadeiro indicativo da idade adulta e toda a responsabilidade que ela mesma acarreta — família, lar, um emprego estável e um estilo de vida focado na permanência. Como os homens imbuem o anel de noivado de diamante com tamanha importância e significado, também é motivo de orgulho que ele tenha de ser suficientemente expressivo para a ocasião. Os homens estão dispostos a gastar mais e a fazer mais sacrifícios financeiros para mostrar a importância das suas intenções nisso, a primeira afirmação pública do seu comprometimento com o relacionamento. Mesmo assim, não tinham tanta convicção em relação a comprar um diamante, já que não tinham referências sobre expectativa de preços ou sobre a qualidade do diamante.

O equivalente a dois meses de salário é uma diretriz de preço que, ao mesmo tempo, respeita as diferenças de renda e estabelece uma meta de preço que pode ser alcançada.

Comunicado interno, histórico de casos, N.W. Ayer, 1990.

1988

Frances ficou acordada até tarde, ocupada. Segurava uma xícara de café na mão. A maioria das mulheres da sua idade evitava cafeína após o almoço, mas ela sofrera de insônia durante toda a vida, e percebera que não fazia diferença se tomasse café ou não. De qualquer maneira, não iria dormir.

A televisão fazia um zunzum ao fundo. Seu labrador preto, Blazer, estava deitado no tapete, com a cabeça sobre os dedos de Frances. Ela estava trabalhando em seus cartões de Natal, que acabara de receber da gráfica. Mostravam a imagem do cachorro com um par de chifres de cervo na cabeça. Ela assinara os cartões, um a um, mesmo que o pessoal da gráfica dissesse que ninguém mais se importava em fazer isso hoje em dia. Tinham uma fonte que parecia com a letra cursiva, dissera o homem. Pensar naquilo a deprimia enormemente.

Ela estava pensando em Howard Davis e sua proposta surpreendente. Ponderando se deveria aceitar ou não.

Alguns dias antes, quando o bom e velho Howard ligara para dizer que ele e sua esposa sairiam de Manhattan e viajariam de carro até Main Line para levá-la para almoçar, Frances sabia que devia ser algo importante. Ela não via Howard havia dezoito anos, desde o seu último dia na agência Ayer. Detestava pensar naquele dia, mesmo agora. Não houvera nenhuma comemoração, nenhuma festa de despedida. Ela saíra pela porta com uma caixa debaixo de cada braço, sem conseguir se forçar a desligar a luminária, como se, ao deixá-la ligada, isso significasse que ela voltaria no dia seguinte para fazer tudo outra vez.

O mundo havia mudado aos saltos e sobressaltos desde então; até mesmo o escritório da Filadélfia, que parecia ser eterno, já não existia mais. O primeiro prédio construído especialmente para abrigar uma agência de publicidade na América, o prédio onde ela entrara e de onde saíra cinco dias por semana durante vinte e sete anos, agora estava vazio.

No final das contas, a Ayer se juntara a todas as outras em Manhattan. Mas chegara tarde demais à festa, e agora era apenas uma sombra da grande potência que fora no passado. Ninguém se importava com o fato de que foram eles que começaram com tudo. A publicidade era algo focado no aqui e no agora, e às vezes no futuro, mas nunca no passado.

Quando Howard e sua esposa, Hama, chegaram a Wayne naquela tarde, Frances vira que eles também haviam envelhecido, embora fossem cerca de uma década mais novos do que ela. Disseram-lhe que seu filho mais velho agora era um escritor de quarenta anos, com seus próprios filhos, e Frances sentira uma descarga de energia lhe correr pelo corpo. Não deveria lhe causar surpresa, é claro, mas ela ficara chocada ao lembrar que envelhecer era algo tão inevitável.

Frances imaginara que eles elogiariam a sua casa, e talvez espiariam o filhote de cervo que passara a manhã inteira comendo no alimentador de pássaros. Ela se mudara para lá assim que se aposentara. A casa de pedra com três quartos ficava em uma colina no final de uma rua sem saída tranquila, escondida atrás de um grupo de ruas residenciais cheias de casas bonitas, flores e árvores. Tinha janelas pintadas de verde-escuro e molduras brancas ao redor da garagem. Enormes pinheiros enfeitavam o jardim. Ela achava que o lugar era impressionante, especialmente para uma mulher que morava sozinha.

Mas, quando abrira a porta, a primeira coisa que Howard dissera foi:

— Isso é cheiro de gás?

Hana apertara o nariz.

— O cheiro aí dentro está horrível, Frances!

Aparentemente a maldita luz-piloto havia se apagado. E, por algum motivo, ela não havia percebido. Não parecia muita coisa para ela, mas os dois estavam incrivelmente preocupados.

— Você podia ter morrido! — dissera Hana, correndo de um lado para outro, abrindo todas as janelas.

O pobre Howard deitara de bruços e começara a mexer no fogão.

Eles faziam com que Frances se lembrasse dos seus primos mais jovens no Canadá, que sempre lhe diziam que ela deveria vender a casa e ir morar em um daqueles asilos horríveis. Seu glaucoma havia piorado nos últimos anos, mas, com exceção disso, ela se sentia bem. Concordara em contratar uma cuidadora para lhe ajudar, que vinha até sua casa três vezes por semana organizar as contas e se certificar de que ela não havia morrido.

— Pronto, já acendi — dissera Howard, triunfante. E se levantara. — Bem, Frances. Como você está?

Ela estava bastante constrangida e os levara a um ótimo restaurante na cidade, onde esperava que a comida fizesse com que eles esquecessem do episódio do gás. Pedira um filé grelhado e o primeiro dos dois martínis que sempre tomava com o almoço.

— E então, qual é o motivo disso tudo, Howard? — perguntara ela quando devolveram os cardápios ao garçom.

Ele rira.

— Você não perde tempo, não é? Esqueci desse seu lado.

— Tenho setenta e três anos. Não tenho mais tempo a perder.

— Bem, Lou Hagopian é o diretor da Ayer agora — começara ele.

— Sim, eu sei.

— Ele decidiu que a Ayer deveria comemorar o quinquagésimo aniversário entre a agência e a De Beers de maneira grandiosa.

— É mesmo?

Ela tinha lembranças vívidas sobre o que acontecera quando ela esbravejara com Gerry Lauck após o vigésimo quinto aniversário. *Cadê o meu relógio de ouro?* Francis sentira uma pontada de culpa, mesmo que Gerry já estivesse morto havia um bom tempo.

— Estão planejando algo enorme — dissera Howard. — Uma semana inteira de celebrações em Londres, onde a empresa está sediada. Haverá almoços todos os dias e jantares e festas todas as noites.

— Ora, ora. Realmente parece algo imenso.

— Tudo vai culminar com um jantar enorme e elegante e o reconhecimento das suas contribuições, Frances. Vão querer que você faça alguns comentários. Que fale sobre como criou aquele slogan tão famoso.

Frances ficara atordoada.

— Eles querem que eu esteja lá?

— Sim! — dissera Howard. — Com todas as despesas pagas. Você será a estrela do show.

Havia muitas coisas nas quais ela deveria estar pensando: que isso era uma honraria tremenda. Que ela finalmente receberia o que lhe era devido. Mas a única coisa na qual conseguia se concentrar era o fato de que não tinha nada para vestir. Seu coração estava aos pulos. *Sete almoços e sete jantares com os Oppenheimer?* Ela imaginara que eles não ficariam muito impressionados com a saia social marrom que usava para ir à missa aos domingos.

— Está disposta a ir? — perguntara Howard.

— Eles vão mandar alguém para acompanhá-la — dissera a esposa dele. — Ela poderá lhe ajudar a se vestir e tudo mais. E vai ficar de olho em você.

Agora Frances entendia por que eles vieram pessoalmente. Hagopian provavelmente os enviara para avaliar se ela estava velha demais, frágil demais ou propensa demais a deixar que os coquetéis lhe subissem à cabeça e dizer algo escandaloso. Ela mesma não tinha certeza do que deveria responder. Fazia tempo que não ia a lugar nenhum, exceto à igreja e ao jogo de bridge, três vezes por semana. Não entrava em um avião desde que sua tia morrera, doze anos antes.

— Posso responder depois? — perguntara ela. — É uma oferta muito generosa, mas há muito a considerar.

— É claro — respondera Howard.

Agora, aqui estava ela, tentando dormir, ou perdendo o sono por causa da proposta, de acordo com o caso. Embora já fizesse quase vinte anos desde que ela deixara a Ayer, Frances ainda se sentia ligada ao lugar. Ela mantinha contato com uma boa quantidade dos seus velhos colegas e suas esposas, em sua maioria na ala leste do Merion. Pelo que lhe diziam, a nova Ayer de Nova York não tinha qualquer semelhança com a Ayer da Filadélfia.

Ela acompanhara o que fizeram com a De Beers. Dez anos antes, ela lera um artigo na revista *Ad Art Techniques* dizendo que a De Beers havia se transformado em uma conta de dez milhões de dólares por ano. E o cartel faturava dois bilhões anualmente.

Mas isso fora no final da década de 1970. Em anos recentes, houvera murmúrios sobre possíveis problemas. Alguns anos antes, Frances recortara um artigo do jornal sobre uma grande controvérsia que a De Beers causara na Austrália quando diamantes foram descobertos naquele país — os Oppenheimer se mexeram para comprá-los, sempre com a intenção de controlar a produção do mundo inteiro. No passado eles sempre conseguiram tudo o que quiseram com facilidade, mas certas pessoas no governo australiano estavam revidando, alegando que a De Beers não pagava suas contas de maneira justa e que, de algum modo, era a principal responsável pelo Apartheid.

Ela imaginou se todos os três — Ayer, De Beers e a própria Frances — haviam simplesmente envelhecido e deixado para trás o melhor momento de suas existências. Talvez fosse esse o verdadeiro motivo por trás daquela semana em Londres. Lembrá-los de épocas mais felizes.

Frances podia dizer com certeza que havia perdido completamente a noção sobre qual era o público que comprava diamantes hoje em dia, se os anúncios que a Ayer produzia fossem usados como referência.

Para o casamento real da princesa Diana e do príncipe Charles, alguns anos antes, ela soubera por meio de outras pessoas que a De Beers pagara algo em torno de meio milhão de dólares por cerca de dois minutos de espaço publicitário na televisão. Isso a deixara escandalizada, mas, novamente, quando a televisão começara a ficar popular, já era quase tarde demais para Frances. Ela era uma redatora especializada em textos para a mídia impressa desde que começara na carreira.

Até mesmo os anúncios em revistas e jornais eram horríveis hoje em dia. Tudo aquilo ficara casual demais durante algum tempo. Na revista *Life* ela vira uma fotografia de dois adultos dividindo um milk-shake como se fossem adolescentes, com a frase: *Com este diamante, prometemos ser amigos para sempre.*

Seria possível haver algo menos romântico do que isso? Bem, é claro que sim! Que tal a foto de um homem e uma mulher passeando de moto, com jaquetas de couro preto, com a seguinte frase: *Sei que ela adora rock n'roll. Assim, eu lhe dei uma pedra digna de uma estrela do rock.*

Eles ainda assinavam todos os anúncios com o slogan que Frances criara. Às vezes ela desejava que não fizessem mais aquilo.

Cerca de um mês antes, ela quase jogara o seu guia com a programação da TV do outro lado da sala quando vira uma página brilhante que perguntava o seguinte: *Será que dois meses de salário não é um preço baixo para pagar por algo que vai durar para sempre?*

O anúncio continuava: *Você tem um amor que o dinheiro não pode comparar. E você gostaria de ter um anel de noivado que é tão especial quanto esse amor. Mas qual seria um preço realista a pagar por ele? Hoje em dia, dois meses de salário é um bom valor para começar.* (E ali, no canto inferior direito da página, *Um Diamante É Para Sempre.*)

— Mas o que é isso? — dissera ela em voz alta.

Uma ou duas semanas depois, ela esbarrara em um dos diretores de criação, Teddy Regan, no salão de jantar do Merion.

— Ted! — chamara ela. — O que significam aqueles anúncios sobre os dois meses de salário?

Ele rira, levantando-se e vindo até a mesa dela.

— Não gostou deles?

— São cafonas demais — dissera ela.

— Diga-me o que realmente achou deles, Frances.

— Bem, foi isso que achei. Você sabe tão bem quanto eu. Pelo menos, espero que você saiba.

— A conta não é minha — dissera ele. — Acho que a equipe percebeu que os homens jovens que compram diamantes perguntaram aos seus pais quanto pagaram pelo anel da mamãe, e estão usando esse valor como referência. A percepção de custo não estava acompanhando a economia. Precisávamos de algo que pudesse ser adquirido por qualquer homem. *Dois meses de salário* acabou se mostrando uma boa diretriz. Além disso, digamos que um rapaz tenha um salário relativamente baixo. Bem, o anel vai refletir isso. E a campanha vai estimulá-los a fazer um esforço extra e maximizar o quanto podem gastar. Talvez consigam ir além. Porque o que ela usa no dedo diz muito sobre ele.

— Ainda acho que não é apropriado — dissera ela.

Ted dera de ombros.

— Concordo com você. Mas está funcionando.

Daquele ponto em diante, ela começara a perceber anúncios similares, que pareciam com coisas que ela podia ter escrito na década de 1950.

Mostre que ela é a razão pela qual o sucesso nunca é uma experiência solitária. Um quilate ou mais. Quando as conquistas de um homem se transformam na felicidade de uma mulher.

Aquilo quase a fizera ter saudade dos anúncios que Deanne criava na época dos hippies, com seus leões que pareciam ter saído de um desenho animado e a turma da paz-e-amor.

Howard dissera que eles queriam que Frances contasse a história das suas contribuições. Bem, em primeiro lugar, hoje em dia, todos fazem as coisas que sua equipe inventara para a De Beers — inserindo joias em filmes e emprestando-as para celebridades, para que os produtos pudessem ser ostentados em público.

E queriam ouvir como ela inventara o slogan. Como a maior parte dos momentos mais marcantes da vida, a frase não parecera tão marcante até muito tempo depois. Em 1981, quando Granville Toogood falecera, ela ficara surpresa ao ler uma menção no obituário que dizia que fora *ele* quem criara o slogan. Toogood era presença constante na alta sociedade da Filadélfia, membro dos clubes de golfe e críquete do Merion, e tinha seu próprio assento cativo na Orquestra da Filadélfia. Em 1930, ele escrevera um livro chamado *Huntsman in the sky*. Era um executivo da divisão de negócios da Ayer, sem influência no departamento de criação e redação, mas aparentemente Toogood passara a vida inteira dizendo aos seus filhos e netos que *Um Diamante É Para Sempre* era uma criação sua.

Warner Shelly, o presidente da Ayer na época, telefonara para Frances para dizer que estava indignado. Warner causara um rebuliço e ligara para o jornal, exigindo uma retratação. Nunca publicaram nada a respeito, e isso o deixara ainda mais irritado. Mas Frances se divertira com todo aquele episódio: um slogan que ela rabiscara nas altas horas da noite era tão bom que valia a pena ser roubado, mesmo que o ladrão já estivesse do outro lado.

Londres. Queriam que ela fosse a Londres.

Seria melhor se aquela oportunidade tivesse surgido dez anos antes. Ela a teria agarrado com unhas e dentes. Agora, não era muito mais do que uma velha. Sua visão já havia se deteriorado e, em alguns dias, sentia as pernas vacilarem. Ainda assim, era ótimo pensar que a vida poderia oferecer uma surpresa ocasional, mesmo na sua idade.

— Acho que vou — disse ela. — Por que não?

Já eram três da manhã. O cachorro nem se mexeu.

Assim que um horário decente surgiu no relógio, ela ligou para a casa de Howard.

— Diga ao Senhor Hagopian que eu irei — falou ela.

— Ah, que maravilha! — disse ele. — Lou vai ficar muito contente. Ele provavelmente vai querer ligar pessoalmente para você daqui a alguns dias para discutir os detalhes. E alguém do departamento de relações públicas talvez ligue para você ainda hoje, também.

— Ótimo, ótimo.

Às vezes se passavam várias semanas sem que o telefone tocasse. Mas, menos de vinte minutos após terminar a chamada com Howard, ele começou. Os garotos do departamento de relações públicas da Ayer se interessaram subitamente por saber quem ela era e no que pensava. Faziam perguntas e pediam fotografias. Frances lhes disse o que queriam saber sobre sua história e suas contas, especialmente a conta da De Beers. Era muito bom ter um pretexto para relembrar o tempo que passara na Ayer. Gostasse ou não, sua vida estava intrinsecamente ligada à agência.

Queriam saber o que ela fez depois que se aposentou. Ela disse que se mantinha ocupada jogando golfe e bridge no Merion e cuidando do seu cachorro. No último minuto da conversa, disse também que gostava de andar a cavalo, embora já não montasse havia quinze anos. Mas isso pareceu acrescentar um toque interessante.

Ela decidiu enviar uma fotografia recente onde aparecia vestida com um cardigã elegante e um colar de pérolas, sem óculos. Enviou-a com instruções de que a foto ficaria melhor em cores, com as sardas suavizadas. E acrescentou também uma segunda fotografia, aos trinta e cinco anos, sentada em sua mesa no prédio da Ayer. Nela, Frances usava um vestido de mangas curtas com a gola no estilo Peter Pan, que ela sempre adorara. Frances olhou para a foto por um bom tempo antes de colocá-la no envelope — seus cabelos grisalhos subitamente castanhos outra vez, e as rugas suavizadas nas bochechas brancas e gorduchas.

À uma da tarde, chegou a hora de ir buscar Meg para o jogo de bridge.

O pobre Ham morrera de ataque cardíaco havia três anos, mas sua esposa ainda não sabia dirigir e nunca iria aprender. Frances, por sua vez, provavelmente não deveria estar dirigindo, mas não conseguia deixar de fazer aquilo.

— Você não vai acreditar no que aconteceu — disse ela quando Meg se sentou no banco do carona.

— O quê?

— Lembra-se de quando eu lhe contei que Howard Davis queria falar comigo? Bem, ele veio à cidade ontem e nós almoçamos.

— E como está Howard? Ham gostava muito dele.

Frances guiou o carro até a estrada.

— Ele está ótimo. Mas escute só: a Ayer quer me enviar para Londres para participar de uma celebração enorme com as pessoas do mercado de diamantes.

Meg bateu as mãos uma contra a outra.

— Fran! Que maravilha!

Elas ainda estavam falando sobre a viagem quinze minutos depois, quando entraram no salão de jantar. Ao redor delas, várias mulheres estavam sentando em suas cadeiras e tirando seus cartões de pontuação das bolsas.

— Gente, temos uma novidade! — disse Meg. — Frances vai viajar para Londres.

Todas elas ergueram os olhos, surpresas e querendo saber mais.

Frances riu. Com o passar dos anos, essas senhoras se tornaram a sua família. Quando entrara para o clube de bridge, em 1973, ela imaginava que não teria nada em comum com elas além de Meg, que fora a responsável por arrastá-la até ali. A equipe era formada por golfistas ávidas e mulheres que não podiam mais jogar por causa de problemas nos joelhos ou outras dificuldades, mas que ainda queriam ter uma vida social.

Em sua maioria, eram as esposas de homens importantes. Frances era a única entre elas que nunca se casara, e uma das duas únicas que trabalharam além dos vinte e cinco anos de idade. Mesmo assim, conforme o tempo passara, ela começara a vê-las não somente como *as esposas*, mas como as pessoas que realmente eram. Receava que aquelas senhoras não teriam qualquer interesse em uma mulher como ela, mas todas ficavam fascinadas com as histórias que Frances contava sobre os seus dias na Ayer. Pareciam lhe conferir uma espécie de sofisticação que era diferente das que elas tinham. Nada de eventos sociais e bailes, mas reuniões com os clientes e jantares de negócios. Eles a viam como a única pessoa que poderia verdadeiramente responder a pergunta: *O que é que os nossos maridos ficavam fazendo durante o dia inteiro naqueles anos?*

Muitos daqueles maridos já haviam falecido. De certa maneira, isso servia para que Frances se lembrasse dos anos de guerra, quando havia muito poucos homens no país e as garotas começaram a ficar mais próximas. Elas podiam fazer isso sem culpa ou sem que as julgassem, porque não estavam rejeitando os homens. Estavam simplesmente esperando o momento de voltar a encontrá-los.

— Ah, Frances, você deve estar tão empolgada — disse Ruth Elder, sentada em sua cadeira diante da galeria de troféus.

— Sim — disse ela. — Estou sim. Mas... bem, é tolice dizer isso, mas, para falar a verdade, estou quase em pânico.

— Por quê? — perguntou Meg.

— Não tenho nada para vestir.

Todas elas gargalharam ao ouvir aquilo.

— Você veio ao lugar certo, querida — disse Ruth. — As mulheres neste salão têm montes e montes de roupas. E tantas joias que nem sabemos o que fazer com elas. Nós vamos ajudá-la.

— Sério? — perguntou Frances.

— É claro — interveio Miriam Tuttle. — Estou pensando em uns cinco vestidos que estão pendurados no meu armário juntando poeira, e que seriam perfeitos para você.

— Acabei de comprar um lindo vestido azul de noite para o nosso cruzeiro — disse Rose Thompson. — Vai combinar muito bem com a sua pele.

Elas chegaram à casa de Frances às seis horas da tarde, doze carros enfileirados no final da rua. Frances as observou subindo as escadas, com os braços arqueados pelo peso de vestidos, broches, sapatos e peles, praticamente um desfile de moda.

— Entrem, entrem! — disse ela, abrindo a porta da casa.

Elas marcharam até o seu quarto, onde uma bandeja de martínis as esperava sobre a cômoda.

— Experimente este aqui primeiro — disse Ruth, entregando-lhe um longo vestido de seda que ia até os pés.

Frances entrou no banheiro e o vestiu por cima da cabeça.

Em seguida, abriu a porta.

— Como está?

— Fantástico! — disse Meg.

— Você ainda tem uma bela silhueta, Frances — disse Marge Samuels. — Devia vestir roupas como essa com mais frequência.

Ela riu.

— Para quê? Para levar o cachorro para passear ou pendurar as roupas que acabei de lavar?

Marge deu de ombros.

— Nunca se sabe. Talvez você acabe encontrando um inglês encantador na viagem e não volte mais para cá.

— Duvido muito.

Ela experimentou os vestidos um a um enquanto suas amigas se ocupavam dando suas opiniões. Um era justo demais ao redor dos quadris, outro era curto demais, mas o terceiro seria perfeito para um evento noturno.

Elas trouxeram várias joias para combinar, também, e Frances experimentou todas ao mesmo tempo, apenas para rir um pouco: enormes brincos de rubi e dez colares diferentes, e meia dúzia de pulseiras e braceletes.

— Afinal de contas, o foco são as joias — disse Meg. — Diamantes, para ser mais específica. Devemos a você o fato de termos sido presenteadas com todos aqueles brilhantes. Se precisar pegar um emprestado, talvez este lhe caia bem. — Ela retirou o anel com o diamante solitário do seu dedo e jogou-o sobre a cama, como se não fosse o seu objeto mais precioso.

Frances começou a se perguntar se Meg não havia exagerado nos martínis.

— Tenho outro que você pode levar — disse Marge. Ela tirou o seu belo anel de noivado do dedo. — Ah, e este aqui também. — O anel que representava a eternidade.

— Mais um — disse Rose. Ela puxou o anel, mas ele não lhe saiu do dedo. — Espere.

Rose correu para o banheiro e colocou o dedo sob um jato de água fria até que o anel se soltou.

— Pronto! Aqui está — disse ela, brandindo o anel em triunfo.

Ela o acrescentou à pilha.

Uma a uma, elas tiraram seus anéis de diamantes. Era apenas uma brincadeira. Sabiam que Frances não os levaria. Mas ela nunca esqueceria a imagem daquela pilha de pedras preciosas brilhando à sua frente.

Parte 4

1972

Nas muitas ocasiões em que pensara no assunto, Evelyn presumira que a amante do seu filho seria uma mulher bonita. Mas não era, nem um pouco. Nicole usava sapatos plataforma e um vestido muito curto, embora suas pernas fossem grossas e sem qualquer formosura. Sua testa era alta demais, e Evelyn juraria que aqueles cabelos castanhos e lisos eram uma peruca. Não era possível nem mesmo compará-la à esposa de Teddy. Era somente mais uma parte de toda essa situação inacreditável que não fazia nenhum sentido.

Evelyn pediu que entrassem. Por dentro ela estava gritando, berrando, esgoelando com a raiva. Mesmo assim, tudo que disse foi:

— Deixem-me cuidar dos seus casacos.

Era estonteante, para ela, perceber como a aparência exterior poderia ser diferente daquilo que alguém sentia por baixo da pele. Chegava até mesmo a imaginar como uma pessoa poderia ter certeza dos sentimentos verdadeiros de outra. Ou talvez fosse apenas o que ela imaginava. Outra mãe poderia simplesmente agarrar o garoto pelos ombros e chacoalhá-lo até que seus ouvidos começassem a sangrar.

— É um prazer conhecê-la — disse Nicole, com os olhos indo do tapete até o carrilhão, ao mancebo para os chapéus e à mesa, como se fosse uma ladra avaliando o valor do lugar. — Uau, esta casa é incrível! Sinto-me como se estivesse em um museu.

Na primeira vez em que Evelyn estivera na casa da família de Gerald, ela também ficara abismada com toda a riqueza que eles ostentavam, mas tinha o refinamento necessário para não demonstrar seu choque. O mesmo acontecera com Julie, que passara a infância em uma pequena fazenda no Estado de Oregon, e ainda assim tinha os modos de uma garota que fora educada num colégio interno para meninas, como o Miss Porter's, em Connecticut.

— Nós trouxemos flores — disse Teddy, estendendo-lhe o pacote ensopado.

Evelyn o pegou sem olhá-lo nos olhos. Aquele "nós" lhe doeu como se fosse uma flechada. Queria que eles fossem embora. Queria que Julie e as meninas estivessem ali para o jantar de domingo, conversando e rindo enquanto seu filho ficava na sala ao lado assistindo à televisão com Gerald.

— Obrigado, querido. Muito gentil.

Seu marido descia as escadas agora, usando blazer xadrez e calça social.

— Teddy! — disse ele num tom amistoso, cumprimentando o filho com um aperto de mão e dando-lhe tapinhas nas costas. Não parecia estar nem um pouco surpreso com a presença da mulher.

— Esta aqui é Nicole — disse Teddy.

— É um prazer conhecê-la — respondeu Gerald.

A tranquilidade do marido a irritava. Deviam estar dificultando as coisas para Teddy. Sentiam-se desconfortáveis, e ele deveria sentir o mesmo. Ela não gostava de pensar desse jeito, mas, no caso presente, seria pelo bem da família. Ele tinha de compreender que seus pais não aprovavam aquilo e nunca o fariam.

— Por que vocês não se sentam na sala de estar enquanto coloco estas flores num vaso com água? — disse ela. — Teddy, você conhece a casa.

Ela foi até a cozinha e Gerald veio logo atrás.

— O que ela está fazendo aqui? — sussurrou ela.

— Não faço a menor ideia.

A tristeza a consumia. Ele não cumpriu a promessa de que mudaria de ideia. A decisão já estava tomada.

— São horríveis — disse Evelyn, olhando para o ramalhete de cravos. — Estão praticamente mortas. Por que ele me trouxe estas flores?

— Basta colocá-las sobre a mesa. Não estão tão ruins — disse Gerald.

— Não estou falando só das flores — disse ela. — Eu devia saber que havia algo mais quando ele disse que queria vir aqui para celebrar sua aposentadoria. Como se ele fosse capaz de pensar em qualquer pessoa além de si mesmo.

— Está tudo bem.

— Não, não está. Ele devia ter me avisado que ela viria.

— Ele provavelmente sabia que você nunca concordaria com a ideia.

— Bem, isso é verdade. Eu não concordaria. Não sei se posso fazer isso.

— Pode, sim.

Ele disse em voz alta, na direção da sala de estar:

— Crianças? Querem algo para beber?

— Um uísque com limão para mim — respondeu Teddy. — E vodca com tônica para a dama.

Gerald preparou as bebidas e as levou para a outra sala. Evelyn cortou os caules das flores. Colocou-as em um vaso bojudo, arrancando algumas pétalas mortas. Começou a chorar, mas fechou os olhos com força para tentar afastar as lágrimas. *Nada disso, agora*. Pegou um prato de bolinhas de queijo na geladeira e o levou até a sala de estar, colocando-o sobre a mesa de centro. Colocou as flores no tampo de um baú que estava no canto. O móvel estava coberto com porta-retratos das suas netas: a apresentação de balé de Melody e a peça de teatro na escola de June. As duas fantasiadas como sereias para o Halloween. Sentadas sob a árvore de Natal com camisolas de flanela e um mar de papel de embrulho prateado espalhado por todos os lados. Esperava que seu filho olhasse naquela direção e sentisse uma pontada de constrangimento ou saudade, mas ele não estava prestando atenção.

— Como foi o voo? — perguntou Gerald.

— Ótimo — disse Teddy. — Bebemos champanhe e suco de laranja e um café da manhã excelente, com coquetel de frutas, panquecas, linguiça moída e ovos mexidos. Viajar de avião é um luxo. Depois que entro no avião, não tenho mais vontade de sair.

— Não acho que seja tudo isso — disse Nicole. — Acho bem divertido, mas começo a ficar incomodada se ficar sentada no mesmo lugar por muito tempo.

— Nicole é corredora de longa distância — disse Teddy, tomando-lhe a mão.

O gesto causou um calafrio em Evelyn. Parecia uma traição tão grande quanto se Teddy houvesse acabado de beijar outra mulher, de língua, na mesa de jantar.

— Ah, eu não diria isso — comentou Nicole. — Apenas gosto de fazer uma corridinha no fim do dia. Isso me relaxa.

As mãos unidas dos dois pousaram sobre o colo da mulher, até que Teddy moveu a mão e começou a lhe massagear a nuca com os dedos. Evelyn sentiu um aperto no peito ao ver aquilo. Como era possível permitir algo assim? Esperava que alguém pudesse intervir e obrigá-lo a parar com aquilo. Mas quem o faria senão ela?

— Procure-a nas Olimpíadas algum dia, pai — disse Teddy. Ele pegou uma das bolinhas de queijo e a comeu de uma só vez.

— Não venha me falar das Olimpíadas — disse Gerald. — Os jogos deste verão foram os piores para nós em termos de medalhas de ouro em toda a história dos jogos.

Evelyn sempre ficava maravilhada com o quanto seu marido podia ficar agitado quando alguém falava sobre esportes. Quando os Red Sox perderam um jogo importante no começo do seu casamento, Gerald se trancara em seu escritório e (embora nunca admitisse o fato) chorara durante quinze minutos. Ela o ouvira lá dentro, choramingando como uma criança. Evelyn gostava de assistir às transmissões esportivas, mas nunca conseguira se entristecer por causa do resultado. Era apenas um jogo.

— Mas isso aconteceu por causa dos juízes — disse Teddy. — Tirar as medalhas de dois homens porque eles estavam rindo e conversando no pódio?

— Bem, foi uma desgraça — disse Gerald. — Eles estavam agindo como uma dupla de marginais.

— Ah, deixe disso. Se aqueles dois fossem brancos, ninguém diria nada. Tudo o que acontece agora se resume a um monte de países lutando por suas ideologias em nome do esporte. É uma piada. Acho que deveríamos espalhar mais as Olimpíadas. Promovê-las em vários países ao mesmo tempo, para que não sejam um alvo tão fácil para a violência.

Gerald franziu a testa.

— Não sei se isso daria certo.

Um mês antes, onze membros da equipe olímpica de Israel haviam sido assassinados por terroristas árabes na Alemanha Ocidental durante os jogos. Essa tragédia a fez lembrar de muitas tristezas particulares, o amontoado de surpresas tristes que resumia os primeiros dias do seu relacionamento. A ocasião em que todos foram para Lake Placid, pouco antes do acidente de Nathaniel, ingenuamente pensando que aquilo seria apenas o começo. Uma vida jovem, interrompida tão rápido. Em seguida, sua família ficara temporariamente separada quando Gerald partira para a guerra. Ele estava orgulhoso por se alistar e lutar, mas mesmo naquela época já era velho para ser soldado. Evelyn passara várias horas inúteis cuidando do seu jardim, perguntando-se se Deus seria tão cruel a ponto de lhe tirar mais um amor, embora, até onde ela soubesse, Deus não controlasse esse tipo de coisa.

— O mundo enlouqueceu — disse Nicole. — Tudo está desmoronando.

— Quando você chegar a uma certa idade, vai perceber que o mundo sempre foi louco — disse Gerald. — Tudo sempre está desmoronando, mas as coisas nunca chegam realmente a desabar.

— Balançam, mas não caem — disse Teddy, e ele e Nicole riram. Ele agia como um adolescente, não como um homem com uma esposa e filhos que confiavam nele. Evelyn já sabia que concordar com esse jantar fora um erro. Ela e Gerald estavam deixando que todo aquele absurdo continuasse a acontecer, quando deveriam pôr um fim nele.

— O que aconteceu foi uma atrocidade — disse Gerald. — Certamente não era o que os alemães tinham em mente. O objetivo principal do evento era fazer o mundo esquecer aquela horrível Olimpíada nazista de 1936. E agora, bem... quem consegue pensar em outra coisa?

— A Alemanha não merecia receber as Olimpíadas, na minha opinião — comentou Nicole.

Evelyn fechou os olhos. Concordava com aquilo, na verdade, mas não gostava de falar sobre assuntos desagradáveis durante reuniões sociais. Logo eles estariam falando sobre a guerra do Vietnã ou os tratamentos à base de eletrochoques feitos por Thomas Eagleton, quando o verdadeiro motivo por estarem ali era o fato de que seu filho havia cometido um erro horrendo. Precisava falar com ele a sós. Talvez pudesse pedir que Teddy a acompanhasse em um passeio pela propriedade depois do almoço, apenas eles dois. Quanto mais rápido terminassem de comer, mais cedo ela teria a oportunidade de fazer aquilo.

— Por que vocês não vão até a sala de jantar? — disse ela, abruptamente. — Gerald, pode me ajudar na cozinha por um minuto? Preciso que você corte o assado.

— Mas já?

— Sim.

Gerald se levantou da poltrona.

— Mais coquetéis?

— Claro, por que não? — respondeu Nicole, animada.

Evelyn olhou para os copos vazios e ficou surpresa ao ver que os dois haviam esvaziado tão rápido. Ela acreditava que tudo fazia bem, desde que em moderação. Vivera durante a época da Lei Seca, e talvez fosse apenas um efeito da idade que tinha na época, mas hoje ela via mais pessoas exagerando na bebida do que em qualquer outro momento da sua vida. Contudo, havia algo na tranquilidade com que a garota encarava o álcool que intrigava Evelyn. Será que seu filho iria se tornar um bêbado novamente, junto com tudo o que já estava acontecendo?

Na cozinha, Gerald disse:

— Ela parece ser uma boa pessoa, pelo menos.

Evelyn arregalou os olhos.

— Ficou maluco?

— Você não está nem dando uma chance para a garota.

— E por que eu deveria? Ela é a vadia que destruiu as nossas vidas. Ou você já se esqueceu?

— Evie! Escute o que está dizendo!

Ele sorriu e se aproximou para abraçá-la, em uma tentativa de estabelecer uma trégua. Mas, desta vez, Evelyn não conseguiu ceder.

— Tenho que preparar as saladas — disse ela, dando as costas para o marido. — Imaginei que haveria três pessoas, não quatro. Terei que montá-las em porções menores agora.

— Vou colocar mais uma peça do jogo americano na mesa, junto com a louça e os talheres — disse ele, beijando-lhe o rosto.

Enquanto comiam a entrada, Nicole fez comentários sobre todos os objetos que havia na mesa: adorou as taças de água, os talheres pesados de prata e os pratos. Adorou também o lustre de cristal.

Quando Evelyn trouxe o assado e o colocou na mesa, Nicole agarrou sua mão esquerda.

— Ah, meu Deus, olhe esse anel de diamantes! — Ela olhou para Teddy. — Ted, é maravilhoso.

Como se estivessem olhando para um mostruário de joias na Tiffany. Como se a mão de Evelyn, ou mesmo Evelyn como um todo, não tivesse qualquer importância.

— Pertencia à minha mãe — disse Gerald.

Evelyn pegou uma fatia do rosbife antes de passar a travessa de carne para Evelyn. Geralmente ela esperaria até que os convidados se servissem, mas, de repente, não via qualquer motivo para demonstrar cortesia.

— É realmente o anel mais bonito que eu já vi — disse Nicole.

Provavelmente ela imaginava que algum dia aquele anel seria seu. O simples fato de pensar naquilo lhe dava vontade de sair correndo pela porta e jogar o anel no lago, apenas para se certificar de que essa mulher nunca o usaria, nem mesmo por um segundo. Evelyn pensou brevemente em dá-lo para Julie, independente de haver um divórcio ou não. Mas ela certamente o recusaria, mesmo que Evelyn tentasse convencê-la a guardar o anel para as meninas.

— Minha melhor amiga ganhou um diamante enorme do namorado. Bem, acho que seria correto dizer que ela o ganhou do noivo, agora! — Nicole sorriu. — O coitado passou um tempo enorme economizando para comprar aquele anel. Provavelmente a teria pedido em casamento bem antes, se ela não fosse uma pessoa com gostos tão caros.

Evelyn achava que a obsessão atual por diamantes era uma coisa vulgar. Quando era mais nova, apenas pessoas que vinham de famílias como a de Gerald os usavam. Ninguém tinha de esperar anos e anos para que sua vida passasse por uma mudança tão grande apenas por causa de uma joia.

Agora, Nicole percebeu outra coisa na sala sobre a qual podia comentar.

— Aquela pintura com os cachorros no veleiro é maravilhosa — disse ela.

Evelyn levou um pedaço de carne até a boca para que não fosse compelida a falar. Sorriu por entre as mastigadas. A pintura dos cães em um veleiro sempre fora um ponto de discórdia, especialmente quando seu marido insistira em pendurá-la na sala de jantar, diretamente diante de um Antonio Jacobsen original que estava na família desde 1898.

— Evie odeia esse quadro — disse Gerald. — Eu o ganhei num sorteio. Tirei o segundo lugar. O primeiro prêmio era um veleiro de verdade.

— Não acredito! — disse Nicole, entretendo-o como se ele fosse um velho tolo, embora Gerald não parecesse se importar. — É uma diferença enorme entre os dois prêmios.

— É assim que as coisas são — disse Gerald. — Certa vez eu fui o segundo colocado em um sorteio patrocinado pela Rolls-Royce. O vencedor levou um Silver Cloud para casa, junto com dez mil dólares para contratar um chofer. Eu ganhei um caixote cheio de latas de óleo para motor.

Nicole riu.

— Mas que azar!

— Conquistar até mesmo o terceiro lugar é um milagre — disse ele. — É quase impossível ganhar alguma coisa quando há uma grande empresa patrocinando o sorteio. Considere a *Go America Sweepstakes*, da Coca-Cola, por exemplo. Eles recebem nove milhões de inscrições todos os anos.

— E eles competem para ganhar Coca-Cola?

— Ah, não. O vencedor ganha algo em torno de vinte mil dólares, um ou dois carros, um barco a motor, equipamento para acampar...

— E tem que pagar imposto de renda sobre os prêmios — disse Teddy. — Aconteceu com uma pobre dona de casa há alguns anos, que venceu o concurso mas ficou devendo ao fisco mais do que podia pagar.

— Bem, isso nunca aconteceria com o seu pai — disse Nicole. — Tenho certeza de que ele á capaz de pagar os impostos e ainda sobra dinheiro.

Evelyn sentiu o corpo ficar tenso. Imaginou se Teddy iria destruir a família apenas porque se encantara com uma vigarista. Nos dias em que ainda lecionava, ela gostava mais dos garotos pobres e sonhadores que queriam vencer na vida. Seu filho, por outro lado, se contentava em viver à custa do dinheiro de Gerald e do nome pomposo da família.

Diziam que não era possível levá-lo consigo, e isso certamente era verdade. Evelyn não queria fazer isso. Mas esperava poder passar tudo para as suas netas e para Julie. Não iria se perdoar se tudo fosse para esses dois, que não sabiam a diferença entre o certo e o errado.

Nicole continuou.

— O que é preciso para ganhar uma coisa dessas, então? Que habilidades são necessárias?

— Não é preciso ter nenhuma habilidade. Você está falando de uma competição — disse Gerald, feliz como um cãozinho com sua plateia cativa. Seu marido adorava conversar, e adorava ainda mais ser objeto de atenção. Tinha a sensação de que ele a estava traindo, tratando essa ocasião como apenas mais um jantar social com um casal jovem que havia se mudado para uma casa naquela rua.

— É algo bem diferente — continuou ele. — Um sorteio é determinado pelo acaso. Uma competição requer algum talento, como compor um jingle, por exemplo. Mas isso está meio fora de moda. Eu era assinante da revista *Contest Worksheet* e a usava para melhorar minha redação, mas essa publicação acabou mudando com o passar do tempo. Hoje em dia, ela simplesmente reúne informações sobre todos os sorteios que estão acontecendo por aí.

Evelyn gemeu, pensando nos textos de vinte e cinco palavras que ele escrevia sobre misturas para bolos, e todos os jingles horríveis que ele compusera. Mesmo depois de vários anos de sua ideia ter sido rejeitada, Gerald ainda caminhava pela casa cantando orgulhosamente: *Tenho pneuzinhos! Tenho pneuzinhos! E, se você quer mesmo saber, meus pneus são da Goodyear!*

— Isso não seria uma forma socialmente aceitável de praticar jogos de azar? — perguntou Nicole.

— Eu não diria isso — respondeu Gerald. — Não é necessário comprar nenhum produto. Tudo fica às claras. Em termos práticos, é apenas um investimento em propaganda. Suponha que a fábrica dos amendoins Skippy decida promover uma competição e...

Sim, a Skippy fizera isso, e o primeiro prêmio era uma viagem de quatro semanas ao redor do mundo de avião para duas pessoas. Gerald não vencera.

— Bem, eles conseguem colocar estandes em todos os supermercados. Você tem que ir lá para pegar os cupons de participação. E, como você está diante de um estande enorme, talvez acabe levando um pote de Skippy enquanto está por lá.

— E você faz isso? — perguntou Nicole.

— Se eu faço o quê?

— Compra o Skippy.

Na verdade, Gerald nunca entrava em um supermercado. Pedia a Evelyn que pegasse os cupons de inscrição enquanto estava lá, ou mandava que sua secretária o fizesse.

Certa vez, ela o obrigara a recusar um prêmio. Era uma competição patrocinada por uma empresa que fabricava ração para cães, e Gerald ganhara um terrier escocês, que eles teriam de ir buscar em Edimburgo, com todas as despesas pagas. Quando Evelyn dissera que nunca expressara qualquer desejo de ter um cachorro em casa, ele ficara tão decepcionado como uma criança ao ouvir o "não" da mãe. Ficara vários dias acabrunhado, contando histórias sobre o doce terrier que sua bisavó tinha quando ele era menino.

Era isso que ela mais detestava no passatempo de Gerald: aquelas competições faziam uma pessoa pensar que precisava de algo que, se não estivesse sob a influência da propaganda, nem mesmo queria ter.

— Já assistiu à nova versão do *Price is Right* na televisão? — perguntou Gerald. — Você adivinha os preços de produtos do dia a dia, como eletrodomésticos e milho em lata. Acho que eu me daria muito bem nesse programa. Às vezes eu testo a mim mesmo com as coisas que encontro nos armários da cozinha. Estou estudando para vencer!

Evelyn enterrou a cabeça nas mãos, imaginando Gerald participando daquele programa de TV.

— Não vou fazer isso, Evie. Não se preocupe.

Ele olhou para Nicole.

— Minha esposa é uma mulher séria. Uma pessoa muito inteligente e elegante. Está condenada a passar a vida inteira com um marido palhaço.

Evelyn revirou os olhos.

— Não seja dramático. Não sou tão séria assim.

Gerald ergueu um dedo em riste.

— Percebam que ela não disse que eu não sou um palhaço.

— Como vocês se conheceram? — perguntou Nicole.

— Na faculdade — disse Evelyn, lacônica. Contaria toda a história a várias pessoas sem se incomodar, mas Nicole não estava entre essas pessoas.

Nicole exibiu uma expressão de tristeza no rosto, fazendo com que Evelyn imaginasse se Teddy já havia lhe contado.

— E vocês? — perguntou Gerald. Talvez houvesse se esquecido de quem eram as pessoas com quem estava falando.

Evelyn lançou um olhar ácido para o marido, e ele pareceu perceber que havia passado dos limites. Mas já era tarde demais. Ela prendeu a respiração.

— Nós nos conhecemos num bar — disse Nicole, alegremente. — No hotel em que ele estava hospedado durante uma viagem de negócios. Havia uma velha amiga minha hospedada lá também, e nós combinamos de nos encontrar para tomar uma bebida. Um rapaz na mesa ao lado atraiu a minha atenção porque, no meio de um bar lotado, ele estava lendo aquela revista enfadonha de viagens... vocês sabem, aquela com a capa amarela e as fotos de mulheres nuas na África. Então eu me inclinei na direção dele e disse: "Com licença, mas eu acho que o meu avô é o único outro homem que eu já vi lendo isso aí em público".

Evelyn apertou a coxa até sentir a carne doer. No dia seguinte ela estaria com um hematoma da cor de uma ameixa. Lembrou-se do Natal passado, quando Julie estava tentando pensar no que iria dar de presente a Teddy. Evelyn dissera que estava pensando em dar uma assinatura da *National Geographic* a Gerald. Por que Julie não fazia o mesmo para Teddy? Talvez isso inspirasse seus maridos a levá-las para uma viagem ao redor do mundo.

Ela detestava o fato de que só é possível conectar as peças da vida depois que elas começaram a se mover. Se não houvesse sugerido a revista, talvez Nicole não o notasse no bar do hotel.

Nicole continuou.

— Nós três começamos a conversar. E, depois de algum tempo — disse ela, com uma risadinha —, minha amiga finalmente percebeu o que estava havendo e foi embora. Daquele ponto em diante, ficamos só nós dois.

Evelyn os imaginou em um lounge cheio de fumaça e à meia-luz, com música tocando ao fundo, flertando, rindo e bebendo, enquanto, a dois mil e quinhentos quilômetros dali, Julie preparava o jantar para as crianças, as ajudava a terminar a lição de casa e as colocava na cama. Ou como, ao terminar as tarefas de casa, tentara ligar para o hotel de Teddy e fora informada de que ninguém atendia o telefone no seu quarto.

— Mostrei a praia para ele e fizemos um longo passeio.

— Você mora perto da praia? — perguntou Gerald, já abalado, e Evelyn percebeu que ele tinha de se esforçar para agir de maneira agradável. Aquilo tudo foi demais até mesmo para ele.

— Fica apenas a alguns minutos do nosso apartamento — disse ela. — Vocês precisam vir nos visitar.

Quer dizer, então, que os dois estavam morando juntos. Evelyn sabia que não devia se sentir surpresa, mesmo assim, era a sensação que tinha. Teddy nunca lhe dissera onde estava morando, e ela apenas esperava que nada de ruim lhe acontecesse. Em anos recentes, em algumas ocasiões, ela esbarrara em um de seus ex-alunos que não havia se casado, com um namorado ou namorada que ela não conhecia. Embora nenhum deles cometesse a grosseria de dizer em voz alta, no decorrer da conversa ela percebia que aqueles jovens solteiros dividiam uma casa e a cama, algo que a deixava assustada todas as vezes. Ficara muito aliviada por Teddy e Julie terem o bom senso de esperar até que estivessem casados, mas agora ela supunha que a única pessoa que tivera bom senso nessa história toda fora Julie.

— Com licença — disse Evelyn suavemente, enquanto se levantava da cadeira. Ela saiu da sala de jantar sem esperar uma resposta, andou pelo corredor, passou pela cozinha e saiu pela porta dos fundos, chegando ao quintal.

Ela ouviu passos que se aproximavam por trás dela e imaginou que pertenciam a Gerald. Mas, quando olhou para trás, era Teddy que estava ali, com os braços cruzados.

— Você está bem? — perguntou ele.

Ela sentia lágrimas de ódio se formando nos olhos.

— Não, não estou bem — disse ela. — Como você foi capaz de fazer isso, Teddy? O que lhe deu na cabeça?

Ele teve a audácia de parecer surpreso. Aquilo a deixou no chão.

— Olhe, eu não fui para a Flórida esperando me apaixonar. Simplesmente aconteceu — disse ele. — O que eu podia fazer?

Ela fechou os olhos com força, e disse, sem abri-los:

— Você podia ter se afastado. Podia ter voltado para casa, para a sua esposa. Nunca deveria ter se colocado naquela posição, em primeiro lugar.

— Sei disso — disse ele, com a voz um pouco mais gentil do que antes. — Mas, agora que isso aconteceu...

— Não é tarde demais para consertar as coisas — disse ela. — Estou falando sério. Sei que Julie está disposta a perdoá-lo. E as meninas precisam ter o pai por perto. Por favor.

— Mãe — disse ele, abrindo um sorriso pesaroso. — Nicole e eu estamos fazendo planos bem maiores. Vou pedi-la em casamento.

Evelyn enrijeceu o corpo.

— Aquela garota... ela é...

— Ah, não seja esnobe — disse ele. — Você não sabe o quanto é difícil para uma pessoa assimilar tudo isso.

Como se ele fosse um homem do povo. Era o único na família que nunca conseguira manter um emprego de verdade.

— Julie lhe deu tudo — disse ela. — Ela lhe deu as suas filhas.

— Eu nem mesmo queria ter filhos — disse ele. — Desculpe se isso parece cruel, mas é verdade. Ninguém me perguntou. Você se casa e, subitamente, forma-se todo tipo de expectativa, e você tem que aceitar tudo. Agora eu tenho outra chance. Queremos viajar, queremos aventuras.

Ela deu as costas e se afastou do filho, indo na direção do lago. Podia ouvir as botas dele amassando as folhas, e acelerou o passo.

— Volte para dentro — gritou ela. — Afaste-se de mim. Você perdeu a cabeça.

Ele a agarrou pelo cotovelo e puxou-a para que ficasse frente a frente com ele outra vez.

Ele se parecia muito com Gerald quando ele era mais novo. Certa vez, Evelyn pensara que Julie seria para Teddy aquilo que ela fora para Gerald — ressaltaria o que havia de melhor no marido e atenuaria as arestas mais rudes e infantis. Mas agora ela via que, mesmo quando Gerald era um piadista jovem, como ele mesmo se definia, ainda tinha bondade no coração. Teddy não tinha nada em comum com o pai.

— Você fez votos — disse ela. — *Até que a morte os separe*. Não pode simplesmente virar as costas para isso.

— Os tempos estão mudando. Votos como esse faziam muito mais sentido quando a expectativa de vida das pessoas era de trinta e cinco anos. — Ele sorriu. Estava tentando fazer graça. — Julie e eu já tínhamos problemas antes da minha viagem para a Flórida. Ela é uma pessoa muito crítica, se você quer saber a verdade.

— Que tipo de problemas?

— Acabei exagerando um pouco nas minhas noites de jogatina. Nada que não pudesse resolver. Mas ela fazia um escândalo.

Evelyn pensou no dinheiro que ele pegara emprestado de Gerald antes de partir. Uma nova oportunidade de negócios, dissera ele na ocasião.

— Nada que o seu pai não pudesse resolver por você, eu diria — disse ela. — Ah, Teddy. Quando é que você vai crescer?

— Já cresci, mãe.

Ela sabia que aquela era a verdade dura, e ainda assim disse firmemente.

— Você não vai se divorciar. — Como se ele voltasse a ter sete anos e ela estivesse lhe dizendo por que não deveria roubar doces da confeitaria.

— Vou, sim — disse ele. — Conversei com meu advogado hoje de manhã e já agendamos a data no tribunal. Está resolvido.

Evelyn sentiu o ar ser arrancado do peito.

— Estou percebendo.

— Lamento decepcioná-la — disse ele.

— Ah, lamenta mesmo?

— Sim! A principal razão para eu me casar com Julie foi saber que ela era exatamente o tipo de garota com quem você queria que eu me casasse.

— Ah, não me venha com essa.

— É verdade. Acha que não vi o quanto você gostava dela? Ela é a sua reencarnação na Terra. Escute, ela é uma pessoa excelente, mas as coisas nunca funcionaram bem entre nós. Nicole é a minha cara-metade. Talvez não seja tão pura e perfeita quanto Julie, mas eu também não sou. É isso que estou tentando lhe dizer.

— Você está fazendo algo muito errado — disse ela. — Se você levar isso adiante, eu juro por tudo que é mais sagrado que você nunca terá paz na vida.

— Desculpe, mas não acredito nisso.

— Julie está arrasada. Consegue entender isso?

— Você a ama mais do que a mim — disse ele. — Admita.

— Sim. Eu a amo mais do que amo você.

Assim que Evelyn disse aquilo, sentiu o arrependimento. Não porque havia mentido, mas porque fora totalmente sincera. Se pudesse escolher apenas um deles, seria Julie. Mas Julie não queria ser escolhida, não por ela, e não depois do que Teddy fez.

— Estamos indo embora — disse ele. E começou a andar de volta para a casa.

— Acho que é o melhor a fazer — disse ela, em pé diante do lago, observando-o enquanto ele se afastava.

2012

Ava, May e Olívia estavam fazendo os penteados em um salão chamado Gabriella's. Mona e Kate esperavam sua vez em duas cadeiras plásticas que ficavam no meio da sala. Já estavam se embonecando havia quase duas horas, após passarem pelas manicures. May organizara todo aquele passeio. Quando perguntara a Kate se ela conhecia bons lugares nas redondezas, ela não conseguiu responder. Não ia a uma manicure profissional desde a formatura do ensino médio. Assim, May procurara por um salão na internet e encontrara esse instituto de beleza campestre onde Frank Sinatra cantava nos alto-falantes e uma mulher com uma enorme cabeleira e suas duas filhas trabalhavam lado a lado, com os sapatos de salto estalando ao baterem no linóleo amarelo do piso. Uma das filhas, Lulu, estava no sexto mês de gravidez. Kate se sentia mal por fazê-la passar a tarde inteira em pé, mas Lulu disse que se sentia bem.

Kate observou Ava, mergulhada em um roupão que era cerca de sete tamanhos maior do que o seu manequim, sentada em uma cadeira que fazia com que seus sapatos balançassem a quase um metro do chão. Sua filha se sentia no paraíso enquanto Gabriella torcia os poucos cabelos que a menina tinha para formar uma trança. Ninguém além de Kate já havia cortado os cabelos de Ava. Na primeira vez que ela fez isso a menina chorou, observando os cachos castanhos caindo no chão.

— Está pronta para mais uma dose de laquê? — perguntou Gabriella.

— Sim, por favor — disse Ava, com um tom de voz que dava a impressão de que ela estava ganhando algo que queria muito, como se a mulher perguntasse se a menina queria que ela despejasse uma lata de chantilly direto em sua boca.

Kate fechou os olhos e tentou fingir que isso não estava acontecendo.

Desde que chegaram ao salão, o único tópico que parecia valer a pena ser discutido eram casamentos. As cinco eram as únicas clientes no lugar, e a sala espelhada havia se tornado um repositório de tudo que se relacionava a matrimônios.

Tudo começou quando elas entraram pela porta e a outra filha de Gabriella, batizada com o nome esquisito de Rue, perguntou:

— Alguma ocasião especial?

— É o casamento do nosso primo — disse May, rapidamente.

— Uau! Eles escolheram um dia ótimo para isso. Devia estar escrito nas estrelas.

— Eu vou ser a daminha de honra! — disse Ava, orgulhosamente.

— Daminha de honra? Bem, então é melhor fazermos algo superespecial para você.

Kate percebeu o ciúme no rosto da sobrinha. Sentia-se um pouco mal por Olívia.

Agora, Lulu perguntava:

— E então, como foi que o casal feliz se conheceu? Eu conheci o meu marido no Match.com. Sabia que um em cada cinco casais casados se conhece pela internet hoje em dia? Tentei usar o eHarmony também, mas nesse aí eu só consegui encontrar um monte de homens cristãos esquisitos que ainda moravam com suas mães.

— Lulu! — disse Gabriella. — Desculpe. Ela não sabe a hora de parar de falar.

— Bem, é verdade. O Match funcionou melhor para mim. Os rapazes ficavam piscando para mim da manhã até a noite! É assim que eles chamam, *piscar*. Você basicamente clica num botão e o site automaticamente diz a uma pessoa que você piscou para ela. Nunca respondi para nenhuma dessas piscadas. Um macaco é capaz de apertar um botão. Um homem de verdade, quando está interessado, escreve um e-mail, como o meu Robby fez. Uma mensagem doce e divertida, mas não exagerada. É pior quando eles se empolgam logo de cara e começam a contar suas histórias de vida. Nós nos casamos seis meses depois que nos conhecemos. Este é o meu segundo casamento, que, de maneira geral, creio que geralmente acaba sendo melhor do que o primeiro. — Ela ergueu a mão. — Ah, talvez eu não devesse dizer isso se vocês ainda estão com os seus M-O's

— M-O's? — perguntou Kate.

— Maridos Originais.

Kate abriu a boca para responder, mas May disse:

— Estamos sim, mas sabe, de maneira geral, acho que você tem razão. Nosso pai, por exemplo, está muito melhor na vida com Jean, aquela velha desmazelada, do que esteve com a nossa mãe. Sem ofensa, mãe.

Mona deu de ombros.

— Não me ofendo com isso.

Jean era desmazelada? Kate nunca pensou que fosse.

— Não tive filhos no meu primeiro casamento, graças a Deus — disse Lulu. — Eu tinha vinte e três anos e ele durou apenas um ano. Chamam isso de "casamento test-drive". É bem popular hoje em dia. Eu realmente acho que a internet é a melhor coisa já inventada para ajudar as garotas solteiras. Claro, não é tão boa para pessoas casadas, com toda aquela pornografia e as traições que acontecem pelo Facebook. Conheço uma quantidade enorme de mulheres cujos maridos foram adicionados por uma namoradinha do tempo da escola. Depois de algum tempo, o cara sai para uma viagem de negócios e logo está pedindo o divórcio.

Ela fez um gesto indicando aspas com os dedos quando disse "viagem de negócios". Em seguida, continuou:

— Se você pensar no caso, provavelmente esta é a primeira vez na história em que cada um dos membros de um casal tem seu próprio mundo privado, do qual a outra pessoa não sabe nada. Todo mundo tem um telefone celular e um e-mail. Trair é mais fácil do que jamais foi.

Kate achava que aquela era uma observação interessante, mas Gabriella parecia estar preocupada com o falatório da filha.

— Por que a noiva não veio com vocês? — perguntou ela, mudando de assunto. — Quem está cuidando do cabelo dela?

— Não há noiva — disse Kate. — São dois noivos.

— Ah, sim — disse Gabriella, absorvendo a informação. Parecia estar procurando as palavras, até que finalmente encontrou. — Onde será a cerimônia?

— No Crate & Barrel e depois no Sur La Table — disse May. — Eles têm um gosto excelente. A página deles no Knot é incrível.

Kate não a viu, mas lembrava-se daquela noite, alguns anos antes, em que Caroline, sua amiga do tempo da faculdade, ligou para ela sem fôlego.

Acabei de ver a página de Evan no Knot.com, disse ela.

Evan era o namorado de Caroline na UVM, seis anos antes.

Aquela vaca com quem ele vai se casar pediu porcelana inglesa Spode. Que diabos, será que ela acha que tem cem anos de idade? E... ah, meu Deus, lençóis com estampa de zebra. Estão montando uma casa ou um bordel?

May estava dizendo:

— Eu me casei com vinte e seis anos. Nenhum dos meus amigos tinha dinheiro. Ganhei os piores presentes de todos os tempos.

— May! — disse Mona. — Isso é algo horrível de se dizer.

— Mas é verdade! Se você soubesse o quanto eu gastei com as pessoas que foram inteligentes o bastante para esperar e se casar depois dos trinta, não diria isso. Acabei de comprar uma batedeira KitchenAid para Liz, por Cristo. E as festas de despedida de hoje?

— Por favor, não diga isso. Me dá vontade de vomitar — disse Kate.

— Despedidas de solteira — disse May. — As sete damas de companhia de Marlena a levaram para passar uma semana inteira nas ilhas Turks e Caicos! Tudo que eu ganhei foi uma noite nas Poconos.

— Se essas pessoas querem tanto se casar, por que precisam de toda essa libertinagem? — perguntou Kate. — Não seria melhor poupar os presentes e as viagens para quando nossos amigos realmente precisam delas? Digamos, quando alguém perde o emprego ou quando o cachorro morre.

May olhou para a irmã sem acreditar, e não disse nada.

— É outra coisa interessante dos segundos casamentos — disse Lulu. — As cerimônias simplesmente são melhores. Na primeira vez você tem que fazer tudo que os outros querem. Na segunda vez eles já perderam a esperança, então fica tudo nas suas mãos.

O celular de Rue vibrou no balcão que ficava diante da sua cadeira.

— Importa-se se eu atender? — perguntou ela a May, e depois correu para fora do salão antes de ouvir uma resposta.

— Lamento por isso — disse Gabriella. — Não foi uma atitude muito profissional.

— Não tem problema — disse May, mas Kate percebeu que ela estava pensando que algo assim jamais aconteceria no salão elegante que ela frequentava em Nova Jersey.

Lulu apontou na direção em que sua irmã saiu.

— Bem, aí está um caso muito triste — disse ela. — Rue se apaixonou por um assassino. Viu o caso dele no noticiário e ficou com pena. Depois, escreveu-lhe uma carta e ele respondeu. Um ano depois, vão se casar. O problema é que ele não tem permissão para sair da cadeia, então o nosso primo precisa assumir o lugar dele no tribunal. Ela saiu correndo para atender o telefonema dele porque ele só pode ligar uma vez por dia. É patético.

— Chega disso! — disse Gabriella.

— Eles nunca se tocaram! — disse Lulu rapidamente, como se precisasse extrair uma última pérola de informação para não explodir.

— Lulu!

Kate queria saber mais. Era muito estranho. E fascinante.

May pensava que seria justo retribuir com um segredo da sua própria família.

— Minha irmã, ali naquela cadeira, deveria levar os anéis de diamante para a cerimônia esta noite, mas já conseguiu perder um deles.

As mulheres soltaram um gemido exasperado.

— Não é possível — disse Lulu, cobrindo o rosto com as mãos.

— Muito obrigada — ironizou Kate ao responder para May.

— Tenho certeza de que você vai encontrá-lo — disse Gabriella.

Ficaram todas em silêncio. Kate abriu uma revista, e a primeira página que viu em sua frente exibia um anúncio de anéis de diamante.

O universo está fazendo uma conspiração cruel contra mim, pensou ela.

O anúncio mostrava uma modelo de pernas bonitas que usava um vestido justo, ao lado das palavras:

Sua mão esquerda vê a cor vermelha e pensa em rosas.

Sua mão direita vê a cor vermelha e pensa em vinho.

Sua mão esquerda acredita num cavaleiro de armadura reluzente.

Sua mão direita acha que cavaleiros são coisas de contos de fadas.

Sua mão esquerda diz: "Eu amo você".

Sua mão direita diz: "Eu amo a mim mesma, também".

Mulheres do mundo, ergam a mão direita.

A mão direita, a do anel de diamante.

Saiba mais em umdiamanteeparasempre.com

— Eca — disse Kate, fechando a revista. — Anéis na mão direita? Quer dizer que, agora, comprar diamantes para nós mesmas é um sinal de poder?

— Ah, claro que é — disse Lulu. — Já faz algum tempo que isso está na moda. Claro, ainda queremos ganhá-los dos nossos homens, também. Não é mesmo?

Ela olhou para a mão de Kate e rapidamente desviou o olhar.

— Minha irmã é a última pessoa do mundo que você levaria consigo para comprar diamantes. Pode acreditar no que eu digo. Experiência própria.

Elas saíram para olhar anéis de noivado para May quando ela e Josh estavam namorando. Aos vinte e dois anos de idade, Kate já namorava Todd, que conheceu na faculdade, três anos antes. May e Josh estavam juntos fazia apenas nove meses. Mas May fez questão de lembrá-la de que era quatro anos mais velha e que já estava pronta para se casar. Foi até a joalheria levando fotografias. Kate observou quando sua irmã declarou seus desejos para o velho joalheiro que estava do outro lado do balcão:

— Um diamante redondo de um quilate ou um quilate e meio, com o corte ideal ou, pelo menos, um corte muito bom, e muito poucas inclusões, do tipo VVS1 em um mundo perfeito, embora uma VS1 não ficaria ruim. E um anel de platina, talvez com algumas outras pedras na parte de cima. Temos cerca de oito mil dólares e podemos chegar a dez mil, no máximo. Não quero que ele gaste mais do que isso.

Kate olhou para a irmã como se alguma força alienígena houvesse dominado o seu corpo. Aquela era May, cuja joia mais cara era um pequeno pingente de ouro que ganhara como presente de formatura. May, que comprava todas as suas roupas na Banana Republic. Era bizarro ver essa parte oculta da sua personalidade ser subitamente revelada. Será que a maioria das mulheres agia dessa maneira? O homem atrás do balcão não parecia estar surpreso. Na verdade, parecia até mesmo contente.

— Verei o que posso fazer — disse ele. — Vou trazer algumas pedras para que você as veja.

Ele foi até uma sala nos fundos da loja e elas o esperaram diante de uma longa vitrine de vidro onde havia centenas de anéis, empoleirados em seus suportes, cada um com um buraco imenso como se fosse a boca de uma criança que perdeu um dente. Cada um dos buracos esperava ser preenchido com um diamante. Kate imaginava que os anéis já estariam montados. Tudo aquilo parecia ser impessoal demais.

— Isso me lembra daquele lugar no shopping onde você monta a sua própria pizza — disse ela.

May não estava prestando atenção. Olhava para a vitrine como se o seu bebê recém-nascido estivesse do outro lado.

O homem retornou com quatro pequenos envelopes. Ele agitou as pedras soltas e alinhou alguns anéis diferentes no balcão. May experimentou todos, perguntando a Kate o que achava de cada um deles. Suas respostas iam de "Arram" a "Bom".

— Quer experimentar um? — perguntou May.

— Eu? Não, obrigada.

— Ela acha que não vai querer um diamante — disse May ao homem, que olhava para Kate como se ela houvesse acabado de dizer que não queria continuar a viver. Durante a vida inteira ela se sentiu deslocada quando estava em uma loja. Sua mãe e a irmã compensavam aquilo fazendo comentários a seu respeito para os balconistas como se ela não estivesse bem diante deles. *(Ela acha que fica feia quando usa trajes de banho. Ela acha que há algo errado com couro...)*

May voltou a prestar atenção em si mesma.

— Gostei muito da gravação neste anel, mas acho que os corações parecem um pouco exagerados. Será que uma pedra de um quilate não seria muito grande para ele?

— São todos feitos a mão por dois irmãos que moram em Cincinatti — disse ele. — O metal é muito maleável. Eles podem facilmente limar os corações e derreter as garras para deixá-las num formato melhor.

May concordou com um aceno de cabeça.

— Ah, que ótimo.

Depois de duas das horas mais longas que Kate já esperou na vida, May tomou sua decisão. O homem escreveu tudo em uma folha de papel e arquivou-a com o nome da cliente, dizendo que ela deveria conversar com Josh para vir até aqui e conversar com Hank quando estivesse pronto.

— É realmente assim que essas coisas funcionam? — perguntou Kate.

— Para dizer a verdade — comentou o joalheiro, em voz baixa —, na metade das vezes um homem chega sozinho e escolhe algo. Eu prefiro o jeito que vocês, garotas, estão fazendo. Se vierem com sua mãe ou uma amiga e decidirem por conta própria, terão exatamente o que querem. É uma atitude mais moderna e que dá uma sensação maior de poder.

— O direito de uma mulher escolher o que quiser! — disse Kate.

— Exatamente — respondeu o homem.

Sua irmã a olhou com uma expressão fechada.

De volta ao carro, May comentou:

— Por que você veio comigo se ia agir daquele jeito?

— Agir como?

— Você sabe do que eu estou falando.

— Eu simplesmente não estava preparada para toda aquela intensidade — disse Kate. — Você achou que estava tomando a maior decisão da sua vida, quando, na verdade, só está comprando uma joia.

— O anel que você escolhe é uma decisão tremenda — disse May. — Só a forma já diz muito a seu respeito.

— Como o quê, por exemplo?

— Bem, por exemplo, um corte em forma de almofada diz que você é uma mulher à moda antiga. Uma pedra redonda indica que você é clássica, mas que acompanha as tendências.

— Como você sabe disso?

— Todo mundo sabe. Tenho amigas que se arrependem muito porque escolheram o anel errado, ou que cedem à pressão e aceitam um anel que não é bom o bastante. É muito raro encontrar alguém que tem a certeza absoluta de que encontrou o anel certo.

— Acho que, se você trocar a palavra "anel" pela palavra "homem" no que acabou de dizer, talvez possamos entrar em acordo.

— Isso é sério, está entendendo? Simboliza uma coisa importante.

— Sim, é o melhor exemplo de consumismo que já vi. Olhe, eu simplesmente não sabia dessa sua obsessão secreta por diamantes. Só isso.

— Saber o que você quer não é igual a obsessão — disse May. — Não seja tão dramática.

— Você tem noção do motivo pelo qual quer esse diamante? — perguntou Kate.

— Sim. Porque é bonito.

— E isso é razão o suficiente para...

— Para quê? — disse May em tom de provocação, desafiando-a a continuar.

Kate começou a ficar de mau humor. Achava que merecia algum crédito por chegar até esse ponto sem mencionar o óbvio. Mas, agora, decidiu colocar todas as cartas na mesa.

— Para ser cúmplice nos estupros e assassinatos de africanos inocentes por regimes brutais, apenas para que você possa usar uma coisa brilhante e bonita pelo resto da vida.

— Você é uma estraga-prazer — disse May, dando um tapa no volante para enfatizar o que dizia. — Eu devia ter trazido Kim ou a nossa mãe. Ou podia ter vindo sozinha mesmo.

— Bem, por que você me pediu para vir junto, então?

— Nossa mãe pensou que, se eu convidasse você, talvez pudesse lhe inspirar e mudar sua mentalidade em relação ao casamento.

— Ah, meu Deus.

Elas haviam planejado jantar juntas, mas, em vez disso, May a deixou na estação de trem sem se despedir.

O casamento de Josh e May aconteceu no ano seguinte e contou com uma banda de blues de Memphis, uma fonte de champanhe e (junto com o bolo de três andares) um bar que servia sundaes. Os sorvetes eram servidos em pequenas vasilhas em formato de boné de beisebol: metade eram dos Marlins, para homenagear a família de Josh na Flórida, e a outra metade era do time dos Mets. May contratou uma cerimonialista chamada Debra, cuja única função parecia ser lembrá-la de que este era *o dia mais importante da sua vida* toda vez que May começava a se preocupar com os gastos. Embora o evento tenha custado mais de quarenta mil dólares, May insistia em dizer a todos que o tema escolhido era "divertido e despojado!". Ela deu blusões de moletom cor-de-rosa reluzentes às suas madrinhas, com as palavras ESTOU COM A SRA. ROSEN bordados nas costas. No fim da noite, todos receberam uma lata de Budweiser Light em um invólucro térmico de isopor com as palavras "MAY E JOSH, 30 DE SETEMBRO DE 2000: PARA TOMAR, GUARDAR E MANTER A SUA CERVEJA GELADA!".

Daquele momento em diante, sempre que Kate via o anel da sua irmã, sentia-se incomodada. Detestava o fato de que aquilo devia simbolizar o amor e a perfeição, uma ideia que parecia estar muito distante da natureza do casamento em si, que mesmo nos melhores casos era algo complicado e mundano. Não suportava a noção de que um relacionamento era perfeito apenas porque duas pessoas se casavam. Quando May e Josh estavam namorando, Kate e May discutiam coisas entre eles o tempo todo. May lhe falava sobre todas as suas dúvidas e medos, sobre a ocasião em que pegou Josh ao telefone falando com sua ex e o fato de que pensava que ele era preguiçoso e sem ambição. Mas esses assuntos nunca voltaram a ser discutidos depois que os dois ficaram noivos. O anel e a cerimônia pareciam ser uma forma de suborno para que ela calasse a boca.

Agora, Kate estava agitada em sua cadeira de plástico. Queria apenas poder ir embora do salão e voltar para casa, mas percebeu que provavelmente ainda passaria mais uma hora ali. Folheou outra revista apenas para se ocupar com alguma coisa.

Quando chegou à última página, recebeu uma mensagem de texto de Jeffrey: *Acho que não vou conseguir fazer isso.*

Ele estava bem calmo algumas horas antes, mas Kate não ficou surpresa. O momento de dúvida parecia ser uma parte inevitável da jornada, tanto quanto decidir a aparência e o formato do bolo, ou debater se seria melhor contratar um

DJ ou uma banda. E geralmente era a pessoa que sentia a dúvida quem ligava para ela. Kate gostava de achar que isso acontecia porque sabia ouvir as pessoas, mas, na realidade, sabia que na maioria das vezes isso acontecia porque ela era uma pessoa do contra — a única que não se casou e que nunca se casaria. A pessoa em dúvida poderia lhe dizer qualquer coisa e ela nunca se sentiria ofendida.

Os homens estavam jogando golfe no Fairmont. Ela nunca soube que Jeff e Toby jogavam golfe, mas estavam prestes a se casar agora e jogavam golfe, da mesma maneira que registravam seus casamentos, faziam dietas e tinham dúvidas.

Vou buscar você, respondeu ela.

— Preciso ir — disse ela a May, cujo cabelo estava sendo torcido num penteado *chignon* por Rue, que havia retornado após terminar o telefonema.

— O quê? — perguntou May. — Por quê?

— Jeffrey está com dúvidas.

— Ahh — disse May. Ela já fora dama de honra cinco vezes e sabia aquilo de cor. — Mas e o seu cabelo?

Kate tentou explicar a elas havia várias semanas que não precisava arrumar o cabelo em um salão de beleza. Em vez de repetir o que dissera, ela simplesmente respondeu: — Meu cabelo não vai importar tanto assim se um dos noivos faltar ao casamento.

— Vai ficar tudo bem — disse May. — É normal.

— Eu sei. Mesmo assim, é melhor eu ir até lá. Pode levar Ava de volta para casa?

— É claro.

— Fique com a tia May e a vovó, certo? — perguntou Kate.

— Arram — disse Ava, como se isso fosse algo que ela fizesse todos os dias.

Kate pensou no cuidado que ela e Dan tiveram para cultivar um certo tipo de vida para a sua filha, e a menina tinha apenas três anos: o ar puro do interior, frutas e legumes orgânicos, uma escola que ensinava de acordo com o método Montessori a partir do ano seguinte, a qual ela ainda não sabia como iriam pagar, e brinquedos que não tinham diferenciação por gênero, perfeitos para mostrar a uma menina que ela poderia fazer tudo o que quisesse. Por outro lado, Ava nunca esteve tão abundantemente feliz como agora, com suas unhas pintadas de rosa-choque e o cabelo cheio de laquê.

Kate balançou a cabeça e riu enquanto ia até o carro. Ela se preocuparia com isso outro dia.

Quando atravessou os portões principais do Fairmount, vinte minutos depois, Toby estava diante da porta. Ela se aproximou dele e baixou a janela do lado do passageiro.

— Obrigado por vir aqui — disse ele.

— Foi você que me mandou a mensagem de texto? — disse ela. — Pensei que fosse Jeff.

— Fui eu — disse ele. — Eu estava tentando mandar uma mensagem rápida, de modo que ninguém percebesse, e acidentalmente peguei o telefone errado.

— Ah. Eles ainda estão jogando?

— Sim.

— O que disse a eles antes de sair?

— Eu disse que recebi uma mensagem da floricultura dizendo que havia um problema com as flores de cerejeira.

— Boa ideia. Bem, vamos lá. Entre.

Ele se sentou ao lado de Kate e ela sorriu. Seu primo Jeff conheceu Toby dez anos antes, pouco depois que Todd a dispensou. Jeff e Toby estavam no processo de se apaixonar, o que, em circunstâncias normais, envolvia uma boa dose de egoísmo, isolamento e a sensação de que não há ninguém no mundo além dos dois. Mas, como ela estava magoada, eles vinham ver como ela estava o tempo inteiro. Os dois a levavam para jantar nas noites de sábado para que Kate não ficasse sozinha. Apresentavam-na a outros homens, sendo que os únicos critérios eram que o rapaz em questão deveria ser solteiro e heterossexual. A maioria dos encontros resultou em fracassos enormes, mas ainda assim ela os agradeceu pelo esforço.

Depois de quatro anos ela conheceu Dan, e os quatro começaram a sair juntos por toda Nova York. Quando decidiram se mudar para o interior do Estado, uma de suas maiores objeções foi o fato de ter que ficar longe de Toby e Jeff. Mas os rapazes vinham visitá-los a cada dois meses. Vinham para celebrar aniversários e o dia da independência, e para fazer piqueniques nas montanhas durante o verão. Depois de uma década, Toby era tão precioso para Kate quanto Jeff.

— Eu conheço um lugar ótimo.

O bar era uma velha casa feita com troncos de madeira à beira de uma estrada secundária. Se o motorista estivesse dirigindo rápido demais, acabaria passando pelo lugar sem perceber. Kate e Dan pararam ali para tomar uma cerveja no dia em que foram olhar aquela que seria a sua casa pela primeira vez. O bar estava quase vazio na ocasião, assim como estava agora, com exceção do *bartender* e dois rapazes das redondezas sentados no canto, ao lado de um luminoso de neon laranja da Bud Light em formato de chapéu de caubói encimando outro luminoso com a assinatura de George Strait. Geralmente se imaginava que os moradores mais antigos como aquelas pessoas odiavam yuppies como ela, que estavam se espalhando por todo o vale.

— Dois uísques — disse ela ao *bartender*. E olhou para Toby. Os olhos dele estavam úmidos pelas lágrimas. — Querido, o que houve?

— Minha mãe não vai vir.

— O quê?

— Sabíamos que isso podia acontecer, mas está tudo bem. Ela me disse há algumas semanas que estava rezando enquanto pensava na ideia, e que não tinha certeza de que seria correto aceitar um ato que, pelo que ela pensa, vai me mandar para o inferno. Falei com ela ontem à noite e ela disse que viria. Mas, depois, recebemos notícias dela, logo depois que o seu avião partiu hoje de manhã. Ela disse que não teve coragem de entrar no avião.

— Lamento — disse Kate.

— Não é bem isso, na verdade — disse ele. — Para ser honesto, será mais fácil sem ela.

— Então, o que houve de errado?

Ele falou em voz baixa e pausadamente, algo que não tinha nada a ver com o seu jeito habitual.

— Como vou dizer isso? Bem. Quando me mudei para Nova York, no final dos anos 80, sempre que alguém morria de AIDS, o *Times* dizia que ele deixou um companheiro de muitos anos e coisa e tal. Nunca dizia marido ou parceiro, apenas "um companheiro de muitos anos". Lembro-me de falar sobre isso com Jeff uma vez, pouco tempo depois que nos conhecemos. Aquilo o irritou. Ele achou que esse tipo de atitude menosprezava a realidade, e que eles deveriam dizer algo que tivesse mais peso, como parceiro ou namorado. No meu caso, eu simplesmente não conseguia acreditar que todo mundo aceitava aquilo de uma forma tão tranquila. Mesmo que estivessem usando eufemismos, estavam admitindo a situação em pleno jornal e o mundo não acabou por causa disso.

— Certo — ela disse.

As bebidas chegaram e cada um tomou um gole.

— Quando criança, eu achava que era doente e que nunca seria uma pessoa normal. Olhava para os meus pais, meus avós, minhas tias e tios. No ensino médio, eu via as pessoas começando a formar casais, e sabia que eu seria eternamente um solitário. Sozinho até morrer, e depois iria direto para o inferno. Em Nova York, o inferno é só um conceito. Na cidade onde eu cresci, é um lugar verdadeiro. Inferno com I maiúsculo, como se fosse um Estado, como Connecticut. Eu ficava deitado na cama, à noite, pensando nisso. Algumas vezes cheguei até a pensar em me suicidar. As outras crianças me provocavam sem qualquer piedade, talvez por perceberem que eu era diferente.

Kate colocou o braço ao redor dele.

— Nosso pastor era um homem obcecado. Quando penso no que aconteceu, tenho quase certeza de que ele morria de vontade de sair do armário. Mas ele subia ao púlpito e não falava nada de guerras, crime, fome ou pobreza. De acordo com ele, a pior coisa que havia neste mundo era a homossexualidade. Falava sobre como tudo isso era culpa do diabo querendo provocar tentações nos homens e fazer com que agissem de forma hedionda, querendo que pecássemos. Dizia que qualquer um poderia ser afetado por esses sentimentos, mas que era preciso lutar contra eles. Para ele, parecia que toda a Bíblia se resumia a Sodoma e Gomorra. Deus odiava os gays e destruiu cidades inteiras para provar isso. Meu pai ficava furioso sempre que o assunto surgia. Você podia até pensar que as paredes da nossa casa estavam apinhadas de gays pelo tanto que ele falava a respeito. Sempre achei que isso era engraçado, considerando que ele não conhecia realmente nenhum gay. Mas foi então que eu percebi: ele sempre desconfiou de mim. Ele me batia de cinto quando eu era bem novo, e é claro que eu chorava. Que criança não choraria? Ele continuou a me bater até que eu parasse. Disse que era a única maneira de ter certeza que eu não viraria um afrescalhado.

— Jesus! E o que a sua mãe fazia?

— Às vezes ela começava a chorar e o mandava parar. Mas geralmente ela apenas ignorava o que estava acontecendo. Bem, você precisa ter em mente que, naquela época, eu não era o Toby que você conhece e gosta tanto. Eu era um bom garoto cristão e queria muito que meus pais gostassem de mim, então eu odiava os gays também. Achava que eles mereciam morrer, mesmo sabendo que, de certa forma, eu também era um deles. Até que, quando eu tinha quinze anos, dois dos rapazes da cidade foram presos uma noite porque estavam fazendo sexo dentro do carro. Na manhã seguinte, todos sabiam. Um deles só estava de passagem pela cidade, mas o outro era o filho do dentista da cidade, um homem que frequentava a igreja com os meus pais. O rapaz tinha vinte anos, e eles o mandaram para uma espécie de reformatório na Flórida para que o consertassem. Ele voltou um ano depois, casou-se com uma menina pobre e eles tiveram dois filhos.

— Puta que pariu — disse Kate. Ele nunca havia lhe contado nada disso, e seu primo também não. — Jeff sabe disso tudo?

Toby fez que sim com a cabeça.

— Quando aquele cara foi mandado para a Flórida, meu pai entrou em parafuso. No meu aniversário de dezesseis anos ele disse que iria me levar para jantar em uma churrascaria. Eu adorava o meu pai. Assim, mesmo com dezesseis anos, quando eu provavelmente devia pensar que ele era um idiota, um fracassado, eu fiquei muito orgulhoso por receber toda aquela atenção especial.

Kate assentiu e tomou a sua bebida. Fez um gesto para o *bartender*, pedindo outras duas. O homem estava assistindo a *Cheers* numa TV que ficava pendurada no teto e que Kate achou engraçada. Ela pensou em chamar a atenção de Toby para o fato, mas, em vez disso, simplesmente disse a ele para prosseguir.

— Me arrumei todo e meu pai me levou para a tal churrascaria. Ele pediu muita bebida, bourbon, tequila e doses de vodca. Nós bebemos tudo. Isso quando a idade mínima para beber era dezoito anos. Eu parecia ser mais velho, mas ainda assim era algo totalmente proibido. Eu estava num lugar público bebendo com o meu pai! Durante o tempo todo eu estava pensando *Uau, meu velho finalmente está me vendo como se eu fosse igual a ele*. Chegando ao final da refeição, ele começou a dizer que as *bichas* são isso e as *bichas* são aquilo. Lembro que ele me disse que os veados deviam ser mortos a tiros assim que alguém os visse. Não me importei tanto com isso, porque aquele era o meu pai. Depois que saímos do restaurante eu fui para o carro. Mas meu pai disse: "Não, não, nós vamos para o outro lado". Eu não fazia a menor ideia do lugar aonde ele estava me levando. Mal conseguia enxergar direito. Mas não fiz nenhuma objeção. Caminhamos uns quinze, talvez vinte quarteirões, até que chegamos a um prédio velho. Meu pai tocou o interfone de um dos apartamentos e a porta abriu, e ele disse para mim que voltaria logo. Alguns minutos depois ele saiu e disse: — Já está tudo pago. Vou esperar aqui.

Kate sentiu o estômago bater no chão como se estivesse numa montanha-russa em alta velocidade, em queda livre depois de subir até o ponto mais alto.

— Seu pai pagou uma prostituta para você?

Ele fez que sim com a cabeça.

— E o que você fez?

— Eu estava morrendo de medo. Acho que estava chorando. Nunca havia nem beijado alguém antes, e tudo aquilo era confuso demais. Sexo antes do casamento também era um pecado, afinal de contas. A mulher provavelmente já tinha quase quarenta anos, e a expressão em seu rosto quando entrei no apartamento foi de espanto total. Fico me perguntando como é que meu pai conhecia aquela pessoa, e ela provavelmente estava se perguntando por que diabos ele me mandou entrar ali. Ou talvez ela soubesse.

— Você fez sexo com ela? — perguntou Kate.

Ele assentiu.

— Eu tinha medo do que poderia acontecer se não fizesse. Depois, meu pai e eu voltamos para casa e nenhum de nós falou uma palavra. Nunca mais tocamos no assunto.

— E ele queria ter certeza de que isso faria que você fosse um heterossexual? — perguntou ela.

Toby riu, sem conseguir acreditar.

— Aparentemente, sim. Depois disso, frequentei uma faculdade cristã durante dois anos, como você sabe, e namorei algumas garotas, nunca por mais de um ou dois meses. Fazia questão de levá-las para a minha casa após alguns encontros para mostrar aos meus pais que eu era normal. Mas, de maneira geral, eu me sentia sozinho. Eu era a pessoa mais solitária do mundo. Mudei-me para Nova York aos dezenove anos e foi isso que me salvou. Não acho que seja exagero. Nova York me salvou. Ah, meu Deus, eu era muito irritante. Era um amontoado de clichês: dormia na casa de qualquer um, passava a noite inteira dançando em boates gays e usava camisetas superjustas. Uma criança solta na confeitaria, como eles costumam dizer. Era um exagero, mas a razão para isso era que o meu eu verdadeiro passou muito tempo reprimido e sufocado. De repente, estava livre. Sempre senti que eu tive duas vidas: antes e depois de Nova York. Dois Tobys totalmente diferentes. Mas ainda não me recuperei do "antes". É isso que estou percebendo agora.

— Não tenho certeza de que alguém se recupera da infância — disse Kate. — Simplesmente reagimos a ela.

— Eu disse a Jeff o tempo todo que não queria um casamento muito grande, mas você sabe como ele fica empolgado com essas coisas. E o dia também é dele. Queria que ele tivesse o que sempre quis. Mas tudo isso, tudo parece bom demais para ser verdade. Quando vejo aquela gente preconceituosa na televisão falando sobre como o casamento entre pessoas do mesmo sexo é a antessala da poligamia, ou que é ruim para as crianças, ou seja lá o que for, eu dou a mesma resposta que usei na época em que o *Times* escrevia sobre os *companheiros de longa data*. Não consigo acreditar que estão falando sobre casamento entre pessoas do mesmo sexo na TV. Isso é sinal de progresso!

— Sim! — disse ela. — Mas então, qual é o problema, meu bem? Tudo isso não é ótimo?

— Sim. Mas já faz muito tempo desde a última vez que fui à igreja e eu realmente pensei que já havia superado tudo isso. Mas ainda há uma vozinha na minha cabeça que diz que o que estou fazendo é errado. Claro, eu sabia que meu pai não estaria aqui hoje. E havia me preparado para a possibilidade de que a minha mãe também não viria. Mesmo assim, quando ela me ligou, a conversa que tivemos me afetou de uma maneira diferente. Essa questão pesou para mim, bem mais do que eu gostaria de admitir. Houve muito progresso, mas, se nós voltássemos para a minha cidade natal no Alabama hoje e andássemos pelas ruas de mãos dadas, seríamos mortos. Será que realmente podemos nos considerar casados quando tantas pessoas ainda não acreditam nisso? Existe uma parte de mim, aquela que me despreza, que ouve as pessoas defendendo um casamento tradicional e quase chega a concordar com elas. Não posso dizer isso a Jeff, porque ele diria que eu estou agindo como um louco, e eu sei que estou, mas como isso pode me ajudar?

— Toby... hoje eu conheci uma mulher que vai se casar com um homem que está preso. Eles nunca chegaram a se tocar. Ele não pode nem estar presente para o casamento. Você diria que isso é tradicional apenas porque ele tem um pênis e ela tem uma vagina? Isso é mais real do que aquilo que você e Jeff têm?

Ele soltou uma gargalhada estrondosa, um som profundo e alegre que ela adorava.

— Em que tipo de lugar você andou se metendo?

— No salão de beleza.

— Ah. Eu devia saber. — Ele balançou a cabeça negativamente. — Obrigado por vir falar comigo. Eu me sinto melhor apenas por poder sair de lá.

— Não há de quê.

— Jeff está obcecado para fazer com que o dia de hoje seja perfeito. Mas quando você visualiza as flores perfeitas, a comida perfeita, a área perfeita ao ar livre e o tempo perfeito, você esquece que não pode alugar a família perfeita que concordará com tudo. Precisa aceitar a família de merda que já tem.

Kate pegou em sua mão.

— Eu também sou a sua família, sabia? E vou deixar a minha filha se vestir como uma princesa, apenas desta vez, mesmo que isso me dê vontade de vomitar. E tanto May quanto Mona vão passar duas noites hospedadas na minha casa. Isso representa o quanto eu amo vocês.

Ele sorriu.

— Agradeço muito por isso. De verdade.

Ela já sentia o uísque amortecendo as partes mais rígidas dos seus pensamentos. Teve uma ideia, e sabia que provavelmente era algo ruim, mas resolveu seguir em frente assim mesmo.

— Quer que eu lhe diga algo que vai fazer você parar de pensar nisso que está pensando? — perguntou ela.

— Sim, por favor.

— Certo, mas perceba que eu só vou lhe dizer isso porque não existe a menor possibilidade de que você conseguirá pensar em outra coisa quando eu lhe disser o que estou guardando.

— Parece ótimo. Vá em frente.

— Eu perdi um dos anéis que vocês iriam trocar no casamento.

Os olhos dele se arregalaram.

— De todas as coisas que eu imaginei que você poderia me dizer, essa definitivamente não era uma delas. Merece nota 10 pelo elemento surpresa, admito. E você sabe que Jeff vai querer matá-la, não é?

Ela ficou muito aliviada pelo fato de que ele estava sorrindo.

— Você não está bravo?

— Não. O anel vai acabar aparecendo, não é? Você olhou no bolso do casaco? Será que experimentou o anel escondido e depois esqueceu onde o deixou?

— Ha-ha, muito engraçado. Não. Eu estava com os dois anéis em suas caixas, na sacola da joalheria, e estava na cozinha. Quando fui buscá-los nesta manhã, uma das caixas havia desaparecido.

— Salpicou o balcão com talco para encontrar as impressões digitais?

— Não, mas tenho minhas suspeitas.

— Olívia, não é?

— Exatamente.

— Eu disse a Jeff que deveríamos trazer as filhas de May para o casamento se Ava estivesse lá. Apenas para sermos justos. Mas, você sabe... May. Ele não queria ter que lidar com ela.

— Entendo perfeitamente. Tem certeza de que não está bravo comigo?

— Os anéis significam muito para Jeff — disse ele. — Para mim, nem tanto. Eu queria apenas comprar algo no Blue Nile e pensar em coisas mais importantes.

— O que é o Blue Nile?

— Um site onde você pode comprar diamantes com ótimos descontos. Na verdade, eu nem mesmo queria usar um anel de diamante.

— Que bom para você.

— Não por qualquer razão humanitária. Apenas porque acho que são cafonas.

Ela riu.

— Não há nada de especial neles. Até mesmo as mulheres que trabalham no McDonald's usam anéis desse tipo.

— Quando foi a última vez que você esteve num McDonald's?

Ele sorriu.

— Ou qualquer outro lugar. E, de qualquer maneira, somos homens. Nunca ouvi falar de um homem que usasse um anel de diamante. Mas Jeff diz que está na moda. Diz que, em cinco anos, todos os homens vão querer um.

— Hummm.

— É possível comparar diamantes que não vêm de zonas de conflito, sabia? — disse ele. — Há minas no Canadá. Os diamantes vêm com uma gravação microscópica a laser no formato de um urso polar ou uma folha de plátano.

— Sim, mas eu ouvi dizer que até menos algumas das minas canadenses pertencem à De Beers também — disse ela.

— Ah. Bem, há diamantes artificiais, também. São feitos em um forno industrial com micro-ondas. Há até mesmo uma empresa que consegue criar diamantes a partir das cinzas de uma pessoa cremada.

— Essa é a coisa mais bizarra que eu já ouvi.

— Eu sei! Jeff realmente quis que criássemos nossos próprios anéis. E foi isso que fizemos. Ele queria que fossem peças únicas.

Kate assentiu. Queria poder mudar de assunto.

— Você está bem? — perguntou Toby.

— Sim, estou ótima. Só um pouco bêbada.

— Não, eu quis dizer de maneira geral. Faz tempo que quero lhe perguntar isso. No começo eu achei que era apenas uma questão de ajuste, já que vocês se mudaram para este lugar e tudo mais. Mas agora não tenho tanta certeza.

— Eu adoro este lugar — disse ela. — E, é claro, amo Dan e Ava. Mas realmente me sinto um pouco perdida. Sinto falta do meu trabalho. Sinto como se tivesse virado as costas para todas as causas com as quais me importava.

— Você quer voltar a morar no Brooklyn?

— Uma parte de mim quer, mas Dan está muito mais feliz aqui.

Ela sempre ficava surpresa quando as pessoas saíam de Nova York. Quando ainda morava por lá, seus amigos falavam o tempo todo sobre como a vida seria melhor se pudessem morar em outro lugar. Ela sempre entrava de cabeça naquelas conversas: *Em Austin, no Texas, você nunca mais precisaria se importar com o tempo frio! Poderia alugar uma casa por um dólar ao mês! Em Portland, no Maine, você pode acordar e ver o oceano todas as manhãs!*

Mas, quando alguém parava de falar sobre ir embora e realmente partia, aquilo nunca lhe parecia certo. Sim, Nova York era um pé no saco, mas também era Nova York. Ela suspeitava que visitar outros lugares como nova-iorquina era algo totalmente diferente de residir nesses lugares e chamá-los de lar. Sua ex-chefe morava em uma região conhecida pelos ranchos de criação de cavalos em Nova Jersey e vinha para Nova York todos os dias. Ela disse a Kate que chegaria um momento em que ela ficaria farta da cidade. Kate esperou pelo momento. Um mendigo a empurrou na calçada pouco tempo depois que ela soube que estava grávida. Ela conseguiu manter o equilíbrio antes de cair, mas foi um incidente terrível, e, por alguns dias, ela se perguntou: *Será que é isso? Será que já estou farta de Nova York?* Mas, em seguida, ela continuou com a sua vida, da mesma maneira de sempre. Um ano antes, em uma tarde tórrida de agosto, ela viu uma adolescente desmaiar e cair nos trilhos do metrô, sendo atropelada pelo trem da linha 6. As pernas de Kate fraquejaram. Chegando em casa, chorou nos braços de Dan.

— Não aguento mais. Não suporto mais morar em cima de todas essas pessoas e compartilhar toda a dor deles. — Mas, na manhã seguinte, suas lágrimas haviam secado e ela tomou o trem como sempre fizera.

No fim das contas, não foi o momento que decidiu as coisas. Dan queria outro bebê. Queria árvores, campos e espaço. E queria que sua vida juntos fosse mais tranquila do que era no Brooklyn. Queria que ela não se deixasse consumir por tragédias, e sim por prazeres simples. Kate queria o mesmo, em teoria, mas às vezes ela pensava que não foi feita para ficar em paz. Sempre procuraria conflitos, pois sempre haveria jornais e sites para preencher as lacunas em seu conhecimento.

— Não pode falar sobre isso com Dan? — perguntou Toby, agora. — Vocês dois são o casal mais unido que eu conheço, e você pode dizer qualquer coisa para ele.

— Não é isso — disse ela. Sabia que podia dizer a Dan exatamente o que queria, e talvez ele até mesmo conseguisse ajudá-la a fazer com que as coisas entrassem nos eixos. Mas era muito diferente dos desejos que o próprio Dan tinha. Um deles teria de fazer sacrifícios. Essa era a parte mais difícil em um casamento, ou num relacionamento como o deles: as esperanças, medos e felicidades de um sempre dependem de outra pessoa. Quando alguém para de pensar que as coisas devem ser assim, acaba se tornando como os pais de Kate, amargurados, irritados e distantes.

— Eu amo Dan, mas você nunca foi o tipo de pessoa que deixou que as expectativas das outras pessoas ditassem os termos da sua vida — disse Toby. — Não comece agora.

Ela sorriu.

— Estamos em 2012 — continuou ele. — Não pode trabalhar a distância ou ir à cidade duas vezes por semana quando Ava começar a estudar, ou algo do tipo? Eu sei o quanto você adorava aquele emprego. Não acha que desistiu dele um pouco cedo demais?

Kate ficou assustada com aquelas palavras, e emocionada que, no dia que deveria ser o mais importante da vida de Toby, ainda assim ele estava pensando nela.

— Talvez você tenha razão — disse ela, apertando-lhe a mão.

2003

Seu celular tocou às onze em ponto.

Delphine reconheceu o número.

O nome do homem era Paul Lloyd. Parecera bem amistoso quando conversaram alguns dias antes. Respondera ao anúncio que ela postara na internet, dizendo que ele e sua esposa moravam em Madison, Connecticut, a pouco mais de duas horas dali, em uma casa a três quarteirões do oceano e com cerca de dois mil metros quadrados de área livre no quintal. Tinham dois gêmeos de seis anos de idade que estavam muito tristes com a morte da sua basset, Lucky Penny, que falecera recentemente aos quatorze anos de idade.

— O seu Charlie se parece com ela — dissera Paul Lloyd, com uma voz que indicava que ele também estava entristecido pelo ocorrido.

O anúncio incluía uma fotografia de Charlie e uma breve descrição, dizendo que ele tinha quatro anos de idade, comportava-se bem e seria entregue gratuitamente a um lar onde as pessoas o amassem.

— Importa-se se eu perguntar por que deseja doá-lo? — dissera o homem ao telefone.

— Sou muito alérgica — dissera ela, e, se ele tinha outras perguntas, guardara-as para si.

Agora, quando ela atendeu, ele disse que estava no carro e que chegaria em aproximadamente dez minutos. Ela disse a ele para encontrá-la na esquina da rua 72 com a Central Park West.

Delphine pegou uma sacola de pano grande no closet do corredor e a encheu com os brinquedos favoritos de Charlie, seu cobertor e suas vasilhas decoradas com monogramas, e o que restava da ração orgânica que P.J. comprava a cinquenta dólares por pacote. Em seguida, foi ao banheiro e prendeu a guia do cão na sua coleira.

— Vamos lá — disse ela. — É hora do seu passeio.

Ele olhou para Delphine, cético.

— O que foi? — disse ela. Afinal, eles moravam neste apartamento havia mais de um ano e nunca saíram para passear sozinhos. Talvez fosse um exagero dizer que moravam juntos. Cada um deles morava com P.J. e procurava ignorar completamente a existência um do outro.

Charlie deitou-se sobre o piso de azulejos do banheiro e ficou ali como se fosse um monte de roupa suja.

— Vamos lá — disse ela, puxando-o. Ele soltou um latido de protesto, mas colocou-se em pé depois de um minuto e a acompanhou pelo corredor, entrou no elevador e passou pelo saguão, onde o velho porteiro irlandês havia tomado o lugar do jovem russo.

— Olá, garoto! — disse ele, com um sotaque carregado.

Caminharam por três quarteirões com uma lentidão que quase chegava a doer. Charlie ficava para trás, resfolegando no calor. Os sapatos de salto de Delphine estalavam ao bater na calçada. Uma brisa quente roçava na pele nua por baixo do seu vestido.

Quando chegaram ao parque, ela viu um SUV com placas de Connecticut diante do ponto de ônibus. Paul Lloyd desceu do veículo e era do jeito que ela imaginava que seria — tinha a estrutura grande e corpulenta típica de um pai de classe média de uma sitcom da TV. Usava as bermudas longas que todos os homens americanos adoravam usar e tênis com meias brancas que lhe cobriam os tornozelos. Na França, os homens que ela conhecia queriam continuar sendo atraentes mesmo depois que se casavam. Seus corpos, suas roupas, o cheiro que tinham — tudo era tão perfeito que ela nem se apercebia mais daqueles detalhes. Os americanos, por sua vez, bebiam muita cerveja e acabavam engordando. Suas esposas não pareciam se importar. Depois de alguns meses morando juntos, até mesmo P.J. começara a exibir uma barriguinha, e ela percebera que estava com a mente fixa naquilo — o jeito como ele simplesmente relaxava o abdômen quando ela estava por perto e como o contraía a cada vez que se olhava no espelho ou que subia ao palco. Quando urinava de manhã, deixava a porta do banheiro aberta. Delphine lhe dissera que achava esse hábito asqueroso, mas ele alegava que era um sinal positivo. Sentia-se totalmente confortável na presença dela. Ela pensou em Henri, que em seis anos de casamento nunca deixou de fechar a porta do banheiro.

O semáforo mudou e ela caminhou na direção de Paul Lloyd, acenando para ele.

— Esse deve ser o Charlie! — disse ele quando ela se aproximou.

O cão olhou para ele, aceitando uma esfregada vigorosa atrás das orelhas. E abanou o rabo.

— Ah, olhe só para ele. Cara, meus filhos vão se apaixonar. Não dissemos nada a eles, pois não queríamos lhes dar esperanças caso não conseguíssemos levar Charlie.

Delphine sorriu.

— Tenho certeza de que vocês lhe darão uma vida ótima.

Ele olhou para Charlie, agachando-se e falando diretamente com o cão.

— Stephanie está na Petco agora mesmo, comprando a sua caminha e alguns dos brinquedos que Lucky Penny adorava, e também uns petiscos. — A voz de Paul Lloyd assumiu um tom infantilizado e ligeiro. — *Petisco petisco petisco.* Gosta de petiscos? Adora petiscos? Ah, gosta sim, você gosta sim!

Ele se levantou outra vez e alisou a camiseta. Sua voz voltou ao normal.

— Tirei o dia inteiro de folga. Vamos buscar os garotos na escola com Charlie no banco traseiro. Mal posso esperar. Trouxe um pouco de bacon. Posso dar para ele?

— É claro — disse ela. — Ele é seu agora.

Ele tirou um saco do bolso de trás da bermuda e pegou uma tira de bacon tostado.

— Pode sentar? — perguntou ele.

Charlie se sentou.

— Ah, que bom garoto! Que bom garoto!

Em Paris, havia cães por toda parte — deitados aos pés dos seus donos nos cafés ao ar livre, trotando obedientemente atrás deles pelas ruas e sem coleira e caminhando pelos corredores das butiques elegantes. Mas os franceses não tratavam os cachorros como bebês como os americanos faziam. Demonstravam mais respeito. Aqui, havia playgrounds reservados exclusivamente para os cães e homens que saíam para levar grupos de dez cães para passear durante a tarde em troca de dinheiro. Ela quase imaginou que Paul Lloyd colocaria uma touca na cabeça de Charlie e uma chupeta em sua boca. E o estúpido Charlie, americano que era, adorava cada momento.

Ela temia que haveria alguma briga ou conflito quando se desfizesse do cão, mas, quando Paul Lloyd abriu a porta do carro, Charlie saltou para dentro do veículo.

— Oops, vamos afivelar o cinto de segurança da cadeirinha do cachorro — disse ele, levando as mãos ao banco traseiro. Delphine ergueu uma sobrancelha.

Antes de ir embora, ele usou as duas mãos para apertar a de Delphine.

— Muito obrigado — disse ele. — Você não faz ideia do quanto isso significa para nós.

Parecia que ela havia acabado de doar um de seus órgãos vitais.

— Precisa de um momento a sós com ele para se despedir? Eu posso dar uma volta enquanto isso.

Delphine negou com um movimento de cabeça.

— Ah, não. Já nos despedimos.

Ele parecia confuso. Provavelmente estava pensando que ela era uma francesa sem coração. O que se podia esperar?

Seria aquilo um ato de uma pessoa sem coração? Ela sabia que aquilo magoaria P.J. mais do que qualquer coisa que ela pudesse lhe fazer. Mas não era cruel. Cruel seria amarrar um tijolo ao redor do corpo do cachorro e jogá-lo no rio East. Charlie iria adorar viver em uma casa enorme perto do mar, e seria adorado. E nenhuma vingança poderia chegar aos pés do que ela sentiu depois do que P.J. lhe fizera.

Sabia que não podia esperar qualquer simpatia. Havia traído o marido, e agora ela mesma acabou sendo traída. Uma pessoa que analisasse a situação friamente diria que ela teve o que merecia. E, mesmo assim, não faz parte da natureza humana esperar que você seja a exceção à regra? Esperar que o mundo consiga entender seus motivos, mesmo quando você mesma não consegue?

Ela ficou de costas para o prédio e acendeu um cigarro. Uma mulher que andava de mãos dadas com uma menininha a poucos metros de distância estava fazendo todas as coisas que as mães de Nova York fazem — ensinando montes e montes de coisas aos seus filhos, constantemente, porque eles têm de ser os melhores! E não somente isso, mas todas as pessoas que estão em volta precisam saber disso!

— O que você está vendo, Ella? — perguntou a mulher em voz alta.

— Uma joaninha.

— Certo! E qual é a cor dela?

— Vermelha.

— E?

— Preta.

— Muito bem!

Essas crianças de Nova York provavelmente nunca teriam um momento sossegado e contemplativo até saírem da casa dos pais e irem para a faculdade.

Quando Delphine passou, a mulher se virou para lhe dar um olhar ferino, olhando para o cigarro que ela fumava. Os nova-iorquinos eram incrivelmente severos em relação ao fumo, como se não estivessem matando a si mesmos com a mesma velocidade com o amor que nutriam por refrigerantes dietéticos, coquetéis e carboidratos. Delphine retribuiu com um sorriso ácido.

Ver uma mãe durante a semana era uma raridade. A maioria das crianças desse lugar era branca e tinha uma babá negra que a empurrava em um carrinho, com expressão de tédio e falando o tempo inteiro no celular. Na França, as pessoas tinham acesso a um sistema de creches maravilhoso. Ela nunca pensara naquilo até vir para os Estados Unidos, mas era algo digno de orgulho.

— Tenha cuidado — disse a mulher, puxando a filha para perto de si como se Delphine estivesse prestes a abrir um buraco na menina.

As mães aqui tinham medo de tudo. *Tenha cuidado!* Ela as ouvia gritando no parque, na calçada, quando desciam do ônibus. *Cuidado, cuidado, cuidado!*

Diziam isso com uma voz desesperada, como se toda a sua vida fosse um desastre esperando o momento de acontecer.

Quando chegou ao Wilfred, ela se preparou para ouvir uma pergunta do porteiro, mas ele não perguntou sobre Charlie. Talvez pensasse que ela o havia levado ao veterinário, ou ao pet shop, ou para alguma aula particular. Os cães nesse bairro tinham quase tantas obrigações sociais quanto as crianças.

Ela entrou no elevador. Sem nada para fazer além de olhar para o próprio reflexo, ficou surpresa ao ver que os ossos das maçãs do rosto estavam salientes e as olheiras, escuras sob os olhos. Perdeu cinco quilos sem ter a intenção de fazer aquilo, e parecia doente agora.

Conforme os números se iluminaram sobre as portas — *terceiro andar, quarto andar, quinto, sexto* — ela imaginou o que P.J. pensaria quando voltasse para casa. Será que ele imaginaria no início que fora roubado, já que cães gordos e flatulentos eram um alvo muito popular entre os ladrões hoje em dia? Quanto tempo levaria até que ele descobrisse a verdade? Teria de descobrir os detalhes com o porteiro, ou talvez soubesse intuitivamente.

Ela baixou os olhos e olhou para o anel. Tirou-o do dedo por um momento e colocou-o na palma da mão. Pela primeira vez, avaliou-o como se fosse meramente uma joia. Era muito bonito. Delphine achou que podia ser uma peça eduardiana, ou até mesmo vitoriana. Ao todo, as pedras provavelmente tinham uns três quilates, no mínimo. Na França, nenhuma mulher usaria um diamante menor do que um quilate. Se não tivesse dinheiro suficiente para uma pedra dessas, você simplesmente escolheria outra que fosse mais em conta. Há alguns anos as safiras foram populares. Mas, na América, todas as mulheres usavam diamantes, e eles existiam em todos os tamanhos, desde bolas de golfe até partículas minúsculas de poeira.

Ela pensou muito sobre qual seria a melhor opção e decidiu que deveria devolver o anel ao seu verdadeiro dono. Pensou no Stradivarius, em como ele talvez tenha sido roubado e ficara desaparecido durante todos aqueles anos. As duas peças, o anel e o violino, estavam conectados em sua mente: dois objetos de enorme valor sentimental que não deveriam ter deixado suas famílias. De qualquer maneira, o anel pertencia à mãe dele. E a mulher nunca quis que Delphine o usasse.

Depois que P.J. lhe dera o anel, Delphine se perguntara por que a mãe dele estava disposta a se separar de uma joia tão encantadora, aquele que fora o seu anel de noivado. Mas ela nunca perguntara isso a P.J., e quando finalmente descobrira a verdade, desejara poder continuar sem saber.

Eles chegaram a Nova York após saírem de Paris, em meados de agosto. O calor era opressivo. Delphine nunca transpirara tanto. Aquilo a fizera lembrar dos trópicos, um lugar úmido e implacável. P.J. dissera que ela se acostumaria.

Ele teria o restante do mês de folga, com exceção de uma ou duas apresentações no verão. Eles passaram o tempo explorando a cidade e fazendo passeios aos finais de semana, indo a Tanglewood, onde ele encantava as plateias com a sua interpretação do Concerto para Violino nº 2 em Mi Maior de Bach. Um crítico escrevera que escutar a música que ele tocava no Stradivarius era "uma experiência tão incrivelmente perfeita que nenhuma outra alegria na vida seria capaz de superá-la".

A empresária de P.J. estava tentando conseguir toda a publicidade gratuita possível com a história do Stradivarius. Queria que ele desse duas ou três entrevistas por telefone todos os dias, para jornais, sites especializados em música e a Rádio Pública Nacional. Delphine saía da sala quando ele fazia isso, depois que o ouvira dizer em uma ocasião que "O proprietário anterior era um colecionador francês". Henri. Aquela informação apunhalava o seu coração como se ela houvesse acabado de saber a verdade, naquele mesmo instante.

Quando P.J. saía do apartamento com o Strad em um estojo simples em formato de mochila, ela sentia uma combinação estranha de medo e euforia a preencher por dentro. Henri o tratava como uma peça de museu, mas P.J. o via apenas como um belo instrumento musical, feito para ser tocado.

Ele voltava das suas viagens com as histórias mais engraçadas, rindo de qualquer inconveniência. Uma comissária de bordo na Alemanha insistira em colocar o Strad no compartimento reservado para as bagagens de mão, cobrindo-o com malas esportivas e notebooks. No Japão, ele fora obrigado a pagar uma segunda passagem para o instrumento.

— Isso é um absurdo! — dissera ela, mas P.J. simplesmente dera de ombros.

— As coisas são mais fáceis para os violinistas. Os violoncelistas sempre precisam comprar uma passagem para os seus instrumentos. Um contrabaixista não pode nem mesmo levar o seu, pois é grande demais.

— Como fazem, então? — perguntara ela.

— Eles precisam alugar um contrabaixo em todas as cidades onde vão tocar. Dá para imaginar?

Certa vez ele ficara detido durante três horas pelos seguranças do aeroporto na Polônia. Disseram que ele deveria ter trazido provas de que era o proprietário do Strad. Mas, depois de algum tempo, outro guarda que o vira se apresentar com a Filarmônica de Varsóvia na noite anterior o reconhecera.

— Ele pediu o meu autógrafo e me liberou — dissera P.J. quando chegara ao apartamento naquela tarde. — Provavelmente eu ainda estaria preso naquele lugar infernal se não fosse por ele. Acho que é melhor começar a levar os documentos do Strad comigo, de agora em diante.

— É melhor, mesmo — dissera ela. — Há muitos exemplos tristes do que acontece quando a documentação é extraviada.

— Sério?

Ele estava olhando a correspondência espalhada na pequena mesa no foyer.

— Você sabe alguma coisa sobre a história dos nazistas que tiraram violinos como o seu dos proprietários?

Ao ouvir isso, ele erguera os olhos.

— Não.

Ela lhe contara a história da mulher que viera até a loja, e, quando terminara, P.J. franzira as sobrancelhas:

— Que coisa horrível. — Mas não ligara a história a si mesmo, até onde Delphine percebera.

— Já ouviu falar de Rose Valland? — perguntara ela.

— Não. Quem é ela?

O cachorro estava aos seus pés, querendo atenção. P.J. sentara no chão e começara a esfregar a barriga do cão.

Delphine não prosseguira com a explicação. Sabia que ele não estava prestando atenção.

Depois disso, ele continuara a tocar o Stradivarius sem o menor indício de culpa ou hesitação. Delphine perguntava a si mesma por que aquilo a incomodava tanto, já que ninguém mais parecia dar qualquer importância à história.

Em setembro, quando a agenda de apresentações de P.J. voltara a ficar movimentada, Delphine passava duas ou três noites por semana sozinha. Ela caminhava pelas ruas ou ficava em casa lendo um livro, tentando se manter ocupada. Lembrava a si mesma que havia muito a descobrir: museus, teatros e as butiques do SoHo. Queria pensar que Nova York era uma aventura nova e arrojada. Sempre sonhara vir até aqui. Mas achara a cidade insossa quando comparada a Paris.

Toda Paris era uma obra de arte. Delphine não tinha a verdadeira noção disso até agora. A arquitetura, as floreiras nas janelas transbordando com gerânios em junho, as venezianas altas e brancas. Tinha vontade de poder estar diante de uma das milhares de portas pesadas de madeira maciça pintadas de azul, vermelho ou verde, entradas privée que disfarçavam pátios de pedra e jardins exuberantes. Um tesouro escondido atrás de cada uma delas.

Em Paris, as pessoas eram únicas. Aqui, todas usavam os mesmos sapatos, carregavam as mesmas bolsas, liam os mesmos livros e tomavam o mesmo café. Ela já havia ouvido falar da Saks na Quinta Avenida, mas, quando fora até lá fazer compras, tivera a impressão de que era igual a qualquer outra loja de departamentos. Sentia falta da bela e grandiosa Galeries Lafayette, com seus balcões folheados a ouro e o teto abaulado e decorado com vitrais coloridos.

As conversões simples do dia a dia a deixavam exausta. Quando via um luminoso de neon exibindo o horário e a temperatura do lado de fora de um banco, tinha de convertê-la de Fahrenheit para Celsius em sua cabeça. Os mapas do metrô pareciam ter sido criados para confundir, e, quando ela acidentalmente fora na direção da periferia, em vez de voltar ao centro, descobrira que frequentemente não havia uma maneira fácil de voltar ao trem que deveria tomar. Ela tivera de sair da estação, atravessar a rua e comprar um novo tíquete. Tinha uma pequena sensação de vitória quando conseguia fazer algo do jeito certo, mas geralmente isso se apagava após cometer outro erro frustrante depois de algumas horas.

Certa manhã ela decidira surpreender P.J. com ingressos para assistir Shakespeare no Central Park. Lera no jornal que os ingressos eram gratuitos e que poderia retirá-los a partir das onze horas. Chegara às onze e quinze e descobrira que não havia mais nenhum ingresso.

— Pegaram todos os ingressos em quinze minutos? — dissera ela ao homem atrás do balcão.

— As pessoas começaram a formar fila às sete horas — explicara ele, como se o fato de formar fila e ficar quatro horas sem qualquer necessidade naquele calor escaldante fizesse sentido.

No dia seguinte ela tomara um táxi para ir até Greenwich Village fazer compras. Tivera uma conversa longa e bastante agradável com o motorista sobre a lua de mel que ele e a esposa desfrutaram em Nice. Quando ela lhe pagara o valor exato que apareceu no taxímetro, arredondado para cima, ele ficara frio.

— Vá se foder, senhora — dissera ele, e ela ficara chocada. Fora somente quando contara a história a P.J., mais tarde, que se lembrara de que neste lugar se esperava que os passageiros pagassem uma gorjeta de 15 a 20% acima do valor da corrida.

Rapidamente, ficara bastante claro que, para ela, Nova York se resumia apenas a uma pessoa, e sem ele a cidade não tinha qualquer importância. Quando P.J. estava em casa, ela se sentia cheia de vida. Faziam amor de maneira febril todas as noites, com uma paixão que ela nunca conseguia imaginar com Henri. Enquanto P.J. estava trabalhando, ela guardava histórias para contar a ele e se ocupava arrumando o apartamento para que estivesse perfeito quando ele voltasse. Embelezava as mãos, os pés e o rosto em um salão administrado por mulheres chinesas que não falavam nenhuma palavra em inglês. Em Paris, ela cortara e tingira os cabelos no mesmo lugar regularmente durante os últimos dezoito anos, mas aqui não conseguira encontrar um salão de que gostasse. Tentara racionar suas loções e cosméticos, sabendo que, quando acabassem, ela teria dificuldade para comprar os mesmos produtos. Tinha um frasco de Avène Hydrance Optimale, seu creme favorito, e prometera a si mesma que não abriria o lacre da embalagem enquanto conseguisse resistir.

No início ela preparara para P.J. as refeições que cozinharia em Paris, mas, quando ele as recusava, dizendo que eram gordurosas demais ou estranhas de mais — eram sempre *alguma coisa* demais —, Delphine começara a fazer experiências com a culinária americana, receitas parecidas com aquelas que sua mãe preparava quando ele era criança: espaguete à bolonhesa, panquecas com bacon, macarrão instantâneo e queijo ralado. Ela nunca ficava feliz com o resultado, mesmo que ele dissesse que estava delicioso. Delphine, por sua vez, evitava aquelas coisas e tentara continuar a comer como sempre fizera: três refeições por dia e nada mais. No jantar, comia alguns legumes e um pedaço pequeno de carne; algo básico e simples, embora nunca conseguisse fazer com que tivessem o mesmo sabor que teriam na França.

— Queria poder encontrar ingredientes franceses — dissera ela, exasperada, certa noite.

— Diga somente "Sinto falta dos ingredientes franceses" — corrigira P.J. — Senão, as pessoas vão achar que você os perdeu.

Ele lhe dissera para ir à Fairway se quisesse ficar impressionada. O lugar tinha uma boa variedade de produtos, mas, para ela, ir à Fairway era como ir à guerra — os clientes eram muito truculentos e os homens na rotisserie gritavam *Próximo! Próximo! Próximo!* antes que ela conseguisse decidir o que queria comprar ou encontrar as palavras certas.

Tudo em Nova York acontecia rápido demais. Ela sentia que toda aquela velocidade a oprimia.

Pensara que as coisas poderiam ser diferentes se tivesse amigos. Considerara a ideia de ir até a embaixada e tentar descobrir se havia grupos de franceses expatriados aos quais pudesse se juntar. Mas Delphine nunca fora o tipo de pessoa dada a participar de grupos. Não saberia o que dizer ou como agir. Parecia um ato desesperado, de qualquer maneira. O que restava era o círculo de amizades de P.J.: seus amigos do tempo da escola eram músicos jovens. Alguns tinham dificuldade para pagar suas contas, outros eram bem-sucedidos, mas nenhum tinha uma vida tão boa quanto a dele. Todos tinham treinamento clássico, mas, entre eles, apenas P.J. era o mestre da interpretação. Ela percebia que os amigos o invejavam, embora ele negasse. Um deles, um rapaz que chamavam de Clams, passava o dia inteiro sentado em casa fumando maconha. P.J. lhe pagava para levar o cachorro até o seu apartamento no Brooklyn quando estava viajando.

Ela lhe dissera que não se incomodaria em cuidar de Charlie, mesmo que não quisesse realmente fazer aquilo, mas P.J. dissera que se preocupava com o amigo e que preferia ter um pretexto para dar algum dinheiro a Clams.

Às vezes ela viajava com P.J., mas não queria voltar à Europa. Pelo menos, não agora. Sentia-se desconfortável sempre que o seu novo mundo a dois se mesclava ao seu mundo antigo. Em uma festa depois que ele se apresentara com a Orquestra de Montreal, o principal oboísta se aproximara dela e dissera:

— Tenho certeza de que já fomos apresentados. — Realmente já haviam sido, em um jantar em seu apartamento em Paris. Mas Delphine simplesmente dera de ombros e dissera que não conseguia se lembrar dele.

Em Paris, ela e Henri chegaram a desfrutar de certa fama, e todos que socializavam com eles os reconheciam por isso. Mas, agora, ela não era muito mais do que um apêndice de P.J. Quando viajavam juntos, a única coisa que ela ouvia era "Você deve estar muito orgulhosa dele". Quando lhe perguntavam "No que você trabalha?", ela dizia que estava no ramo de imóveis, e percebia as expressões de desinteresse que se formavam a seguir.

Havia uma ou duas musicistas que ela conhecera e com quem simpatizara. Uma delas, Jennifer, tinha mais ou menos a mesma idade de Delphine. Vinha da Califórnia, era filha de um renomado violoncelista e agora também já havia se estabelecido como renomada violoncelista. A outra, Natasha, era um pouco mais velha, alta e bonita, nascida e criada em Manhattan. Era flautista da Filarmônica de Nova York. Delphine convidara-as, juntamente com seus maridos, para jantar duas vezes. Em cada ocasião ela preparara uma refeição francesa tradicional completa de sopa de abóbora caseira, salada, carnes, uma bandeja de queijos e sobremesa. Todos pareceram se divertir muito. Natasha enviara flores após a primeira visita e um belo cartão escrito a mão após a segunda. Mas os convites nunca foram retribuídos. Delphine dissera a P.J. que ficara magoada com aquilo. Imaginava que pudesse ter feito algo de errado.

— Não seja boba — dissera ele. — As pessoas aqui em Nova York não recebem os amigos para jantar em casa com tanta frequência. Tenho amigos que conheço há dez anos e nunca estive em seus apartamentos.

Ela achava que aquilo era estranho. O que havia com os americanos, aparentemente tão entusiasmados e afáveis na superfície, quando, na realidade, não queriam compartilhar nada sobre si mesmos? Ela imaginara que se mudar para a América não seria mais difícil do que sair de Montmartre e ir morar no *bourgeois quartier* de Henri na Rive Gauche, mas agora percebia que aquela ideia fora uma tolice.

Quando P.J. a levava para festas em Nova York, todos conversavam tão rápido que, na metade do tempo, ela não fazia a menor ideia do que estavam dizendo. Durante anos ela trabalhara com americanos e se orgulhava do inglês que falava. Mas, agora, ela percebera que naqueles diálogos os dois lados haviam concordado em ir devagar e chegar a um ponto de equilíbrio. Aqui, eles simplesmente esperavam que ela desse um jeito de acompanhar a velocidade da conversa.

Nos jantares sociais parisienses, todas as pessoas que estavam à mesa contribuíam com a conversa. Em Nova York, geralmente acabavam se agrupando em pares e conversando apenas com outra pessoa, geralmente alguém do mesmo sexo. Ela achava isso incrivelmente tedioso. Em sua maioria, as mulheres lhe perguntavam sobre Paris. Queriam falar sobre as férias que passaram lá, e perguntar quais eram as principais diferenças entre a França e os Estados Unidos, em sua opinião. Queriam saber como as mulheres parisienses conseguiam ficar tão magras apesar de todos aqueles doces, salgados, queijos e vinhos, e qual era a marca do hidratante que ela usava antes de se deitar.

As mulheres de Nova York tinham obsessão pelas francesas, embora também fossem bonitas. Parecia-lhe que o objetivo das americanas era a perfeição: as roupas perfeitas, o corpo perfeito, o cabelo perfeito. Em Paris, as mulheres não eram perfeitas — os dentes poderiam não ser tão simétricos, a maquiagem podia não estar aplicada com exatidão —, e mesmo assim tinham a autoconfiança e elegância que faltavam a essas mulheres. Mas, é claro, não se podia dizer isso a elas!

Ela ficava chocada quando uma americana que mal conhecia se aproximava num desses eventos sociais e se jogava nos braços de Delphine para cumprimentá-la. Ela tinha a tendência natural a beijar as pessoas nas duas bochechas quando as encontrava, mas, como sabia que essa não era a norma aqui, ponderava o que devia fazer caso a caso. P.J. dizia que os nova-iorquinos achavam isso encantador, e tipicamente francês. E era exatamente essa a situação, na verdade. Aqui ela usava sua nacionalidade como se fosse uma fantasia. Era a primeira coisa que as pessoas viam nela, a única característica que a tornava especial. Ninguém se importava se ela era engraçada, inteligente ou uma bêbada horrível e irritadiça. Era francesa e pronto.

No decorrer do outono e início do inverno, ela passava os dias mobiliando e decorando o apartamento com um fervor que encantava P.J. às vezes, quando ela pendurava cortinas ou desembalava talheres de uma caixa, ele tocava o violino na sala ao lado e Delphine sentia seu coração pesar com tanto amor. Tentava deixar que a sensação a envolvesse, usando aquilo para afastar quaisquer dúvidas. Sua situação era permanente e continuaria a ser assim mesmo que ela conseguisse terminar de decorar o lugar, obtivesse o visto americano e abrisse uma conta bancária. Por enquanto, Delphine ainda usava o seu cartão de crédito francês e, quando precisava de dinheiro vivo, tinha de pedir a P.J. Ele guardava uma pilha gorda de notas de cem dólares na gaveta de meias, e dissera a ela que pegasse o quanto precisasse, mas Delphine sentia certa estranheza com aquilo. Após algum tempo ela conseguiria um emprego, talvez como tradutora. Isso poderia ajudar um pouco, também.

No começo ela não se incomodava com a programação de viagens dele. Quando se reencontravam, ela sentia a empolgação, e, durante muitos anos, ela não desfrutara do prazer de estar sozinha. Mas, conforme as festas de fim de ano se aproximavam, ela começara a sentir solidão. Delphine havia se acostumado a ter Henri por perto, e às vezes se apanhava conversando com ele em sua cabeça. Perguntava a si mesma o que ele faria no Natal, se ficaria sozinho em casa ou se enfrentaria o final de semana na Bretanha com seus pais, que, sem dúvida, o tratariam como um bebê, empanturrando-o com *bûche de Noël* e *lait de poule*, tentando encobrir sua tristeza com creme e açúcar. Na véspera de Natal, a mãe de Henri iria pedir licença para ir chorar e fumar seus cigarros Gitanes e olhar os velhos álbuns de fotografia de Josephine, a filha que morrera havia mais de cinquenta anos. Henri e seu pai iriam ficar por perto, inquietos, desconcertados, sem saber o que fazer com aquela enorme tristeza.

Na única vez em que discutiram a possibilidade de ter filhos, P.J. dissera que isso não era uma prioridade para ele. Mas Delphine sabia que ele era jovem, e imaginara se acabaria se arrependendo da escolha mais tarde. Pensara em Henri, que queria sua própria Josephine. Seria melhor ou pior se tudo isso houvesse acontecido e a criança estivesse com ele?

Delphine só recebera notícias dele três vezes, por e-mail. O primeiro fora bem frio e profissional, perguntando se ela sabia onde estavam alguns documentos importantes da loja. O segundo fora mandado às três horas da manhã no horário de Paris, e, na mensagem, ele implorara a ela que voltasse para casa. Como Delphine não respondera, ele escrevera outra vez, desta vez para dizer a ela que assistira a uma apresentação incrível na Ópera de Paris, uma mensagem tão casta que poderia ser algo que ele enviaria a sua avó.

Depois de alguns meses nos Estados Unidos, ela acordara numa manhã com uma sensação de pavor em relação à sepultura do seu pai.

— Não vai acontecer nada com ela — dissera P.J. — Não se preocupe.

— Se ninguém for cuidar da sepultura por muito tempo, eles vão exumá-lo e levar o corpo para uma cripta anônima — dissera ela.

— Meu Deus, isso é um crime — ele respondera.

Ela dera de ombros. Era assim que as coisas aconteciam.

Aquela imagem dominara seus pensamentos durante vários dias, até que ela escrevera para Henri e perguntara se ele poderia visitar o cemitério e colocar algumas flores sobre a lápide. Ele dissera que já havia feito isso, e Delphine sentira vontade de cobrir seu rosto com beijos de gratidão.

Toda vez que o telefone tocava ela esperava que fosse Henri, embora, é claro, ele não soubesse como poderia entrar em contato com ela. Delphine comprara um celular americano pouco tempo depois de chegar a Nova York, mas não tinha ninguém para passar o seu número. Apenas P.J. ligava para perguntar sobre o seu dia.

Em meados de dezembro, Delphine fora ouvir uma apresentação da Filarmônica na qual P.J. seria o solista convidado. Quando ele subira ao palco, ela se inclinara para a frente com o queixo sobre as mãos e fechara os olhos para ouvir cada uma das notas. O som era celestial. Havia algo inebriante no fato de ouvi-lo ensaiar aquela obra durante várias semanas, e agora o mundo inteiro podia ouvir o que pertencera somente a ela. Ela queria dizer aos estranhos que estavam ao seu lado que ela preparava sanduíches de queijo tostado para aquele homem várias vezes, tarde da noite, após os ensaios, e ficava sentada diante dele usando apenas um négligé enquanto ele os enfiava sem cerimônia numa lata de sopa Campbell de tomate.

P.J. andava por todo o palco, enquanto todos os outros músicos permaneciam parados no mesmo lugar.

— Não é muito convencional, na minha opinião — ela ouvira um homem dizer à sua esposa enquanto saíam do teatro, e Delphine rira consigo mesma. Achara que tinha sido brilhante.

Na última vez que saíram juntos do país, os dois viajaram rumo a Montreal no início de outubro, o que significava que a permissão de noventa dias para permanecer em solo americano estava quase expirando outra vez. Passaram o Natal numa praia no México, tomando piñas coladas doces em uma cabana pintada com listras verdes e brancas. Ele dissera que não estava com vontade de voltar para casa, e preferia simplesmente passar seu tempo de folga com ela. Por um momento Delphine receara que P.J. não iria querer apresentá-la à sua família, mas afastara aquela ideia. Haviam planejado fazer uma viagem à sua cidade natal para celebrar o aniversário do seu pai na primavera. Além disso, voltar para casa talvez tivesse outro significado neste país. P.J. dissera que houvera vários anos em que ele evitara a loucura dos feriados em família para relaxar e recarregar as baterias sozinho. Delphine não sabia se ele realmente estava sozinho ou se estava com alguma mulher nessas ocasiões, mas não perguntara.

Na manhã de Natal ele lhe dera um bracelete de esmeraldas da Tiffany. Guardara a caixa azul em uma meia natalina de feltro vermelho que deixara pendurada no canto da gaveta de uma cômoda. Ela já havia visto meias natalinas em filmes americanos, mas nunca ganhara uma. Na França as pessoas deixavam suas sandálias ao lado da lareira para que o Père Noël enchesse de guloseimas.

Ficaram sentados diante da piscina e cantaram músicas festivas um para o outro. Ele a ensinara a cantar "Jingle Bells" e ela rira, reconhecendo as notas.

— Nós cantamos "Vive Le Vent" com essa mesma melodia — dissera ela.

— O que significa?

— Vida longa ao vento.

P.J. franzira a testa.

— Não parece muito festivo, comparado ao bater dos sinos. Quem vai querer que o vento continue soprando?

Ela rira.

— Eu conheço uma mais doce, que acho que você vai gostar.

Com a voz suave, ela cantara "Il Est Né, le Divin Enfant". Não tinha uma voz muito boa para cantar, mas se lembrava de uma ocasião em que ela e Henri foram até Notre Dame ouvir o coral das crianças cantar aquela canção. A simples lembrança daquelas vozes meigas e doces a fizera chorar.

Ela pensara na maneira como decoravam a loja em todo Natal, com neve artificial fofa cobrindo a vitrine da frente.

— O que há de errado? — perguntara P.J.

— Estou só um pouco triste.

— Por quê?

— Estava pensando em Henri. É bobagem.

Delphine esperara que P.J. a reconfortasse, mas percebera que ele ficara incomodado. Queria lhe dizer precisamente o que sentia — que o amava de uma maneira que nunca pensara ser possível, mas que não era capaz de simplesmente esquecer sua vida antiga. Preocupava-se com o que fizera com Henri, imaginava por que aceitara se casar com ele em primeiro lugar, e suspeitava do pior em relação a si mesma — ele surgira em sua vida logo depois que seu pai desaparecera do mundo, e ela trocara um pelo outro, como se fossem peças intercambiáveis em vez de homens de carne e osso. Mas não era capaz de explicar isso sem irritar P.J. Ele parecia desconfiar da complexidade dos sentimentos dela.

— Eu estava ouvindo aquela rima na televisão há uns dias — dissera ela. — *Bem me quer, mal me quer*.

— "Eu ouvi aquela rima" — corrigira ele.

— Você ouviu?

— Não. Essa é a maneira certa de... ah, deixa pra lá. O que você ia dizer?

Ele parecia irritado, e ela imaginara se seria melhor esquecer o assunto. Mas Delphine prosseguira.

— Na França a rima é diferente. As menininhas que puxam as pétalas da flor dizem: *Il m'aime un peu, beaucoup, passionnément, à la folie, pas du tout*. A tradução seria mais ou menos assim: *Ele me ama um pouco, muito, apaixonadamente, loucamente, nem um pouco.* Aqui na América tudo é muito extremo, ou preto, ou branco. Consegue entender?

A expressão no rosto de P.J. indicava que, na verdade, ele não conseguia. E pediram mais dois coquetéis.

Delphine havia subestimado o quanto seria difícil amar alguém que não conhecia sua língua natal. Sentia-se frustrada pela linguagem o tempo todo. Seu inglês era fluente e ficava cada vez melhor com o uso, mas havia sutilezas nas frases que apenas um americano conseguiria entender. Não conseguia dizer tudo que queria. Delphine traduzia cada frase em sua cabeça antes de pronunciá-la. Às vezes ia ao cinema sozinha para assistir a filmes franceses durante o dia e se refestelava na sensação de compreender todas as palavras outra vez. Ainda pensava em francês e sonhava na sua língua-mãe; o sono era um doce alívio de ter de pensar com o dobro da intensidade de antes. P.J. a provocava por falar durante o sono. Dizia que eram os únicos momentos em que conseguia ouvi-la falar francês por um bom tempo. E achava que aquilo era sensual.

Mas ele sempre estava corrigindo o que ela dizia. Delphine dizia algo como "Hoje eu fui a pé até a rua um dois cinco", e ele ria gentilmente antes de dizer: "É cento e vinte e cinco". De certa maneira, ela até gostava daquela ajuda. Mas, às vezes, acabava ficando irritada com ele, também. P.J. nunca aprendera a falar francês além de algumas palavras e frases simples. Gastara quinhentos dólares na Virgin Megastore para comprar um conjunto de CDs chamado "Rosetta Stone", que garantia que iria ensiná-lo a falar francês fluente em apenas alguns meses. Mas P.J. nem chegara a tirar os CDs da caixa.

Enquanto isso, ela se esforçava bastante. Obrigava-se a ler o *The New York Times* em inglês. Tentara ler romances americanos também, embora suspeitasse de que estava deixando passar algumas sutilezas. Sabia que não era justo fazer comparações, já que ele tinha uma vida profissional movimentada e extenuante enquanto ela precisava procurar maneiras de preencher seu tempo.

A intensidade e o fogo do sexo nunca diminuíram, como se os dois soubessem que essa era a única maneira certeira e perfeita de compreender um ao outro. Quando faziam amor, ela ficava em paz. Ele pertencia a ela, esse belo gênio da música. Ele a amava e a fazia rir. Todo o restante acabaria melhorando com o tempo.

Uma semana depois do Ano-Novo, em uma noite anormalmente quente de quarta-feira, Delphine saíra para dar um passeio enquanto P.J. estava em Londres a trabalho. A poucos quarteirões do apartamento ela vira um lugar chamado Brasserie Montmartre. Nunca havia percebido aquele lugar antes. Com lâmpadas amarelas cálidas contornando o letreiro sobre a porta e baguetes empilhadas na janela, parecia com qualquer outro das várias dezenas de bistrôs franceses fajutos em Nova York. Ela nunca ia àqueles lugares, pois suspeitava que não tinham qualquer relação com os verdadeiros restaurantes parisienses, da mesma forma que o Restaurante Chinês do Sr. Chan na rua 73 não se comparava a um jantar em Hong Kong. Mas o nome a fizera sorrir, e ela decidira entrar para tomar uma taça de vinho.

O salão do lugar estava à meia-luz. Vários casais jantavam à luz de velas no fundo do salão. A maioria dos restaurantes americanos era tão barulhenta que às vezes não era possível ouvir a pessoa que estava na mesma mesa. Mas esse lugar era mais parecido com Paris, suave e silencioso.

O bar na parte da frente tinha banquetas altas e paredes espelhadas pintadas com um contorno da Torre Eiffel. Ela se sentara em uma das banquetas e atraíra o olhar da *bartender*, uma loira bonita que parecia ter vinte e poucos anos.

— O que posso lhe trazer? — dissera a mulher, e Delphine percebera, com um leve tremor no coração, que ela era realmente francesa.

— *Un petit rouge, s'il vous plaît.*

— Temos um belo Côtes Du Rhône esta noite.

Delphine assentira com alegria. Era muito bom ser compreendida.

— Já jantou? — perguntara a mulher. — Não deixe essa decoração cafona enganá-la. A especialidade da casa é um *confit de canard* ao ponto, tão bom quanto qualquer um que você poderia encontrar na França.

Delphine sorriu.

— Ah, *oui, merci*.

— Você está visitando Nova York ou morando aqui? — perguntara a mulher enquanto servia o vinho. — Sei que não a vi por aqui antes.

Delphine lhe dissera que era noiva de um americano, e que havia se mudado para os Estados Unidos cinco meses antes. Parecia que já estava aqui havia muito mais tempo.

— Moro aqui há dez anos.

Seu nome era Marie-Hélène. Vinha de Marselha. Tinha trinta e um anos, mas parecia ser mais velha. Não era realmente a *bartender* do lugar. Estava apenas cobrindo a falta de alguém que ficara doente. Era uma das sócias do estabelecimento e gerente do turno da noite, dissera ela, responsável por todos os aspectos da empresa, já que os outros proprietários — um casal de americanos em Nova Jersey — estavam interessados no restaurante apenas como forma de investimento. Dissera que colocara até o seu último centavo no lugar e dividia o apartamento com duas outras pessoas, mas, até agora, o restaurante vinha tendo bons resultados.

— Faça uma lista de tudo que você odeia em Nova York — dissera ela depois que Delphine pedira uma segunda taça de vinho.

Delphine rira.

— Não odeio este lugar.

— Ah, não se faça de boba. Todos nós odiamos isto aqui no começo.

— Tenho muito a aprender sobre a América.

Marie-Hélène erguera um dedo para corrigi-la.

— Nova York não é a América. Lembre-se disso.

Delphine concordara com um aceno de cabeça. Passara a falar em francês.

— Detesto a maneira como todos se transformam em escravos das academias de ginástica. E são tão orgulhosos disso! Você os ouve falar sobre as máquinas e aulas de treinamento militar como se fosse uma religião. Parece que os americanos sofreram uma lavagem cerebral e foram forçados a acreditar que é preciso praticar esportes para sobreviver.

— E foram mesmo.

— Por que não podem simplesmente sair para caminhar ou jogar uma boa partida de tênis?

— Eu jogo todas as terças e sextas — dissera Marie-Hélène. — Você poderia vir jogar também.

— Eu adoraria.

As mulheres do sul da França eram meio parecidas com as nova-iorquinas. Faziam amizade rapidamente, amizade de conveniência. No norte do país era mais difícil conhecer pessoas, mas Delphine acreditava que as conexões eram mais fortes. Em Paris, talvez ela acabasse dispensando a intensidade de Marie-Hélène, mas, neste lugar, ela se sentia aliviada por toda aquela gentileza.

— De que aspecto da França você sente mais saudades? — perguntara Marie-Hélène. — Eu gosto de encarar isso como uma espécie de jogo, tentando encontrar todos os tesouros franceses aqui. Pergunte o que quiser.

Delphine pensara naquilo. Havia muitas coisas.

— Sinto falta das minhas revistas francesas de moda e dos tabloides. Especialmente a *Elle*. Sinto falta até mesmo da *Paris Match*.

— A Universal News, na esquina da Broadway com a Broome, tem o que você quer — dissera Marie-Hélène. — E eles deixam você se sentar e tomar seu café enquanto lê. O que mais?

Delphine sentira seu rosto se enrugar com o sorriso que abrira. Era algo muito pequeno, mas parecia uma dádiva.

— Faz três meses que não corto o cabelo. Tenho medo de ir a um lugar qualquer. No único lugar em que fui, saí de lá com um corte bizarro.

— Vá até o salão de Serge Bertrand, no distrito de Meatpacking — instruíra Marie-Hélène. — Mas você tem que falar diretamente com o dono, e às vezes é preciso esperar algumas semanas ou mesmo meses para conseguir um horário com ele. Ligue para lá amanhã e diga que você pode ir assim que Serge puder recebê-la. Não é como em Paris, onde você pode simplesmente entrar em qualquer salão e ter a certeza de que o serviço será bem executado.

— Igual aos supermercados — dissera Delphine em voz alta, antes de perceber que isso não faria nenhum sentido.

Mas, para a sua surpresa, Marie-Hélène respondera:

— Exatamente.

— Sinto saudades da comida — prosseguira Delphine. — Coisas simples, como um *éclair au chocolat* da pâtisserie na minha rua. Pelo menos a textura do chocolate na França.

Marie-Hélène fizera um sinal negativo com a cabeça.

— Eu sei. Você não vai conseguir encontrar isso aqui, nem mesmo nas lojas especializadas do Brooklyn. É uma pena. Eles simplesmente não sabem fazer direito. É o leite, ou algo do tipo. E você também não vai achar bons cosméticos, nem mesmo das marcas que você encontra na França. Tudo que é bom tem que vir de um médico, pois as farmácias daqui são um horror. La Roche-Posay, Avène ou Vichy, você precisa ter alguém que as traga da França. Tenho um primo em Paris que vem para cá a negócios três vezes por ano. Se não fosse pelas coisas que ele me traz, eu acho que morreria.

Delphine pensou no seu precioso frasco de Hydrance Optimale. Foi uma boa ideia não abri-lo.

Elas conversaram por mais de uma hora, e a sensação era um pouco parecida com a de um primeiro encontro maravilhoso. Delphine voltara para casa sentindo-se leve. Começara a ir à brasserie sozinha para jantar duas ou três vezes por semana. Sentava-se no balcão do bar. Marie-Hélène sentava-se e conversava com ela, independentemente da lotação do lugar.

Na França elas provavelmente não seriam amigas. Tinham uma diferença de idade de dez anos e nada em comum além do país de origem. Mas aqui isso era o bastante para estabelecer uma amizade. Elas riam dos costumes americanos e falavam em francês enquanto todos à sua volta tentavam imaginar o que diziam.

Depois de mais ou menos um mês, Marie-Hélène convidara-a para fazer compras. Na avenida Lexington, entre as ruas 82 e 83, havia uma butique chamada Ludivine que pertencia a uma mulher da Provença. Ela vendia grifes que Delphine pensou que seriam impossíveis de encontrar aqui — Maison Michel, Denis Colomb. Delphine comprara duas calças jeans por duzentos e sessenta dólares cada, uma blusinha Carven e um par de botas.

Elas tomaram um táxi para a rua 57, até o L'Institut Sothys. Delphine nem fazia ideia de que o salão de beleza era ali. Ela estivera no original, na rue du Fauburg Saint-Honoré, um presente que dera a si mesma ao completar trinta anos. As duas receberam esfoliações desintoxicantes com sais e body wraps por uma hora. Depois, foram ao La Grenouille, que Marie-Hélène considerava o melhor restaurante francês em Nova York. Pediram o blanquette de veau e um suflê Grand Marnier. A casca era delicada como a neve. Quando o garçom quebrara a superfície e despejara conchas de sabayon na abertura fumegante, Delphine prendera a respiração, em êxtase.

— Muito obrigada mesmo — dissera ela a Marie-Hélène, sentindo que podia até mesmo começar a chorar. — Obrigada por tudo.

Durante a sobremesa, Delphine lhe contara como conhecera P.J., e como havia abandonado o seu marido. Marie-Hélène não parecera ficar nem um pouco escandalizada. Dissera que já havia desistido dos homens, exceto para fazer sexo. Já havia tido experiências muito ruins com romances e resolvera não buscar mais aquilo em sua vida.

— Era exatamente assim que eu me sentia antes de conhecer Henri — dissera Delphine. — E nós acabamos nos casando.

— Mas se descasaram depois.

Delphine rira.

— É verdade.

Ela pagara a conta no restaurante, assim como fizera no salão de beleza, sabendo que sua nova amiga estava, como diziam por aqui, um pouco curta de grana.

Às vezes P.J. ia à brasserie com ela. Pedia steak frites ou croque monsieur e uma cerveja. Delphine tentara fazer com que ele provasse o fígado de novilha em molho de vinho tinto ou as batatas cozidas em gordura de pato, mas ele agia como uma criança em relação à comida, pedindo apenas o que já lhe fosse familiar.

Por volta da meia-noite, na maioria das noites, Marie-Hélène dispensava os funcionários e as duas ficavam a sós no restaurante, rindo e conversando. Um cozinheiro chamado Erwan, um rapaz de Marselha, às vezes ficava com elas também. Erwan tinha só vinte anos. Parecia que eles estavam formando uma espécie de família, uma pequena parte da França bem aqui, na América.

Delphine sentia que sua vida finalmente estava completa. Estava apaixonada e tinha uma amiga de verdade pela primeira vez em vários anos.

Em uma tarde congelante de domingo no meio de fevereiro, o dia de folga de Marie-Hélène, as duas estavam tomando vinho em um bar no centro da cidade.

— *Il fait un froid de canard* — dissera Delphine, tremendo sempre que alguém abria a porta. O casaco para o inverno que usava na França não fora suficiente para o frio que começara a fazer em novembro. Ela nunca havia usado luvas pesadas ou uma touca forrada, mas agora usava aquelas peças todos os dias.

— Dê uma olhada nisto — dissera Marie-Hélène, apontando para a televisão no canto do bar que transmitia a programação da CNN.

Delphine já sabia a respeito pelos jornais.

Um dia antes houvera protestos em todo o mundo contra uma possível invasão no Iraque. Centenas de milhares de pessoas se reuniram em Manhattan, tomando vinte quarteirões. Havia outros milhões em Roma e cem mil em Paris. Na tela, a câmera exibia a multidão do lado de fora do prédio das Nações Unidas — mulheres em casacos de pele e homens que usavam ternos, apinhados ao lado de universitários, pais jovens e mulheres idosas apoiadas em andadores. Seguravam cartazes com dizeres como FAÇA AMOR, NÃO FAÇA GUERRA, NÃO EM NOSSO NOME e BUSH É MAIS CRUEL DO QUE BIN LADEN.

— Maldito George Bush — dissera Marie-Hélène. — Ele nunca vai conseguir o que quer.

A porta se abrira outra vez. Mais uma lufada de ar gelado.

Marie-Hélène se levantara. Ela correra na direção do vento frio e Delphine girara o pescoço assim que sua amiga colocara as mãos em uma criatura jovem e bonita que usava um blusão com capuz.

— Este aqui é Pete — dissera ela, puxando-o para a mesa. — Pete, quero que você conheça Delphine.

Delphine nunca vira aquele rapaz antes, mas isso não era surpresa. Marie-Hélène parecia encontrar alguém novo por quem se apaixonava toda sexta-feira à noite. Ele a cumprimentara com um aceno de cabeça e murmurara algo que ela não conseguira entender.

Em março, as tropas americanas foram mandadas para invadir Bagdá. Outros países fizeram o mesmo. Delphine sentira orgulho quando a França se recusara a fazer o mesmo. Tivera vontade de dizer a todas as pessoas que haviam se reunido nas manifestações que sua pátria estava com eles.

Mas, pouco tempo depois que a guerra começara, ela vira uma notícia na internet certa manhã. A nota dizia que a Câmara dos Representantes havia decidido remover a palavra "francês" do cardápio da sua cafeteria, substituindo-a em todas as suas instâncias pela palavra "liberdade". Não haveria mais torradas francesas, batatas francesas ou pão francês.

— Mas que diabo é isso? — ela dissera a P.J., repetindo a expressão que ele usava o tempo inteiro.

P.J. dera de ombros.

— As pessoas estão irritadas. Acham que vocês estão agindo como um bando de covardes e deixando todo o trabalho pesado para nós, como sempre.

Ela sentira o sangue lhe subir à cabeça.

— "Vocês"? — repetira ela, olhando para trás como se estivesse procurando por algum grupo de pessoas do qual não sabia que fazia parte até agora. — "Como sempre"?

— Você sabe do que eu estou falando — dissera ele, em voz baixa. — Os franceses.

Ela se sentira arrasada, mas apontara para um parágrafo no mesmo artigo que discutia como os americanos fizeram o mesmo com os alemães na Primeira Guerra Mundial.

— Olhe isto aqui! — dissera ela, tentando aliviar um pouco a situação. — Vocês começaram a chamar hambúrgueres de "bifes de Salisbury", seus loucos. Pararam de falar "sarampo alemão" e chamaram a doença de "sarampo da liberdade".

Ela riu, mas se deteve quando viu a raiva no rosto dele.

— Você não estava aqui quando as torres caíram. Não teve que passar por aquilo quando tudo aconteceu.

Delphine resistira ao impulso de dizer que não, não estava ali. Havia visto tudo pela televisão na França, assim como ele havia visto aquilo na televisão enquanto malhava no New York Sports Club, na rua 76.

— Isso não tem relação com as torres.

— Bobagem — dissera ele. — Você sabe quantos dos meus amigos da minha cidade natal estão combatendo no Iraque, protegendo o mundo livre dos terroristas, assim como os nossos avós fizeram na Segunda Guerra Mundial? Enquanto isso, os franceses ficam saltitando de um lado para outro e dizem que não vão se envolver.

Ela nunca o ouvira falar daqueles amigos antes, e subitamente não tinha mais qualquer vontade de ser gentil com ele.

— Seus amigos vão morrer a troco de nada — dissera ela.

— Foda-se — concluíra ele, antes de entrar no quarto e bater a porta.

E foi assim que ela aprendeu que não poderia falar com ele sobre a guerra. Era incapaz de pensar naquilo de maneira sensata. Acabaram fazendo as pazes algumas horas depois, e ele quase chegara a se desculpar.

— Olhe, toda essa onda patriótica é novidade para mim — dissera ele. — Mas desde o onze de setembro eu fico muito irritado pelo que aconteceu. Acho que eu tinha a ideia de que a América era invencível, e agora essa imagem foi destruída.

— Eu entendo — respondera. — Entendo mesmo. Mas, agora, mais vidas serão perdidas. E por que motivo?

— Vingança — dissera ele, como se fosse a coisa mais óbvia do mundo. Como se ele fosse um assassino brutal e não um músico com sensibilidade.

As coisas prosseguiram como sempre depois daquele episódio. Ela dizia a si mesma que talvez fosse bom terem brigado. Talvez fosse saudável. Mas, pela primeira vez, ela começara a pensar se havia acompanhado P.J. apenas por causa de uma fantasia, ou se realmente estava apaixonada por ele.

A única pessoa com quem ela conseguia conversar sobre a guerra era Marie-Hélène, e o assunto preenchia várias das suas conversas. Na França, a TV mostrava soldados americanos mortos e capturados, mas não na América. E, a julgar pela mídia noticiosa, todos os americanos agora odiavam os franceses. Marie-Hélène dissera que alguém havia colado um adesivo em uma das cabines do banheiro das mulheres que dizia PRIMEIRO O IRAQUE, DEPOIS CHIRAC. Elas riram daquilo, mas pouco tempo depois Marie-Hélène chegara ao trabalho, certa noite, e vira que seus sócios no restaurante haviam pendurado uma enorme bandeira americana na fachada do prédio.

— O restaurante não teve tanto movimento ultimamente, mas eu não sabia o motivo — dissera ela quando Delphine chegara para jantar naquela noite. Estava bebendo pastis com alguns cubos de gelo, o que causara um choque em Delphine — ela nunca havia visto Marie-Hélène beber durante o horário de trabalho.

— Estão boicotando tudo que é francês — dissera Marie-Hélène. — Aparentemente, está acontecendo por toda a América.

— Mas Nova York não é a América! — dissera Delphine. — Foi você mesma que me disse. E o que houve com os manifestantes que vimos nas ruas?

— Eles não queriam a guerra, mas, agora que ela começou, precisam de alguém que possam odiar. — Marie-Hélène apoiara a cabeça nas mãos. — Primeiro foi a proibição ao fumo, e agora isso. O restaurante está perdido. Terei sorte se conseguir um emprego na Au Bon Pain.

— Você está sendo ridícula — dissera Delphine, mas várias noites seguiram nas quais elas eram as únicas pessoas no restaurante. Ela pensara em como ela e Henri tiveram dificuldade para manter sua loja aberta após o onze de setembro. Seria muito fácil vê-la desaparecer por entre seus dedos se não fosse o Stradivarius.

Delphine e P.J. tentaram animar Marie-Hélène. Deram-lhe ingressos para a Filarmônica e ela trouxera consigo um belo ator jovem que conhecera em uma festa. Quando um colega de P.J. quisera comemorar seu quinquagésimo aniversário, P.J. o convencera a fazer o evento na Brasserie Montmartre, e o lugar ganhara mais dinheiro em uma única noite do que nas duas semanas anteriores.

— Foi muito gentil da sua parte pensar nisso — dissera Delphine.

— Ela é uma amiga muito boa para você — respondera ele. — Conseguiu tirá-la da daquela melancolia.

Delphine ficara emocionada ao saber que ele havia percebido como ela se sentia naqueles meses. Com Henri, sua tristeza geralmente acabava eclipsada pela do marido, e ela era forçada a abrir uma expressão de alegria no rosto. De algum modo ela acabava se sentindo confortável com aquela dinâmica; era muito similar ao que acontecia entre ela e o pai. Mas agora, finalmente, ela encontrara um homem que realmente a compreendia.

Certa noite, P.J. levara Marie-Hélène a um jogo de basquete dos New York Knicks, e os dois foram sozinhos. Marie-Hélène adorava basquete, mas Delphine não quisera ir. Ficara em casa sozinha, lendo, e as duas pessoas com quem mais conversava ficaram ocupadas uma com a outra. Se aquela ideia a deixara inquieta por um momento, fora apenas por um momento. Sentia-se feliz porque os dois gostavam um do outro. Quando P.J. lhe enviara uma mensagem de texto dizendo que sentia saudades e que estava sonhando com as novas meias de seda preta que ela havia comprado, ela fora direto até o armário e as vestira.

Duas semanas depois, mais de mil pessoas do ramo de restaurantes se reuniram no Le Cirque para uma coletiva de imprensa, pedindo aos nova-iorquinos que dessem um fim ao boicote. O *Times* publicara uma fotografia e Marie-Hélène aparecera em segundo plano, com o rosto tomado pela frustração.

Na metade de maio os outros proprietários da Brasserie Montmartre votaram por fechar o bistrô e transformá-lo em restaurante mexicano. Pediram desculpas a Marie-Hélène e disseram que gostariam muito que ela ficasse para administrar o lugar durante essa nova fase. Ela recusara. Delphine dissera a P.J. que estava preocupada. Sentia-se como se fosse uma irmã mais velha, imaginando o que poderia fazer.

— Sinto muito por Marie-Hélène, mas ela não devia ter dispensado o emprego sem ter outra oportunidade já acertada — comentara ele. — Seria melhor aceitar trabalhar no restaurante mexicano. Afinal, qual é a diferença?

Delphine tentara explicar que ela não teria a menor condição de continuar trabalhando ali.

— Um restaurante mexicano? Ela ficaria humilhada. A Brasserie era o seu sonho.

— Os outros proprietários não parecem estar se sentindo humilhados — dissera ele. — Por que ela se sente assim?

— Os outros proprietários nem são franceses — retrucara ela. — Estão vindo de Nova Jersey.

— Diga somente que eles são de Nova Jersey — dissera ele, irritado.

Ela suspirara. Não conseguia entender por que ele estava agindo assim.

— Tudo bem. Eles são de Nova Jersey. Melhor assim?

— Sim.

Quando Delphine e P.J. foram visitar os pais dele, disseram a Marie-Hélène que ela podia ficar hospedada em seu apartamento, se quisesse se distanciar um pouco dos seus colegas de quarto. Delphine fora até a Henri Bendel comprar sabonetes de alfazema, creme Chanel para os olhos e velas Diptyque, e montou um pequeno spa no banheiro, na esperança de que aquilo serviria para rejuvenescer Marie-Hélène e lhe deixar um pouco mais animada. Pegara o seu frasco de Avène Hydrance Optimale que ainda estava lacrado no armário das toalhas e o colocara na beirada da pia.

A viagem à casa dos pais de P.J. não ocorrera como ela esperava. Delphine ouvira uma discussão entre P.J. e sua mãe, e o relacionamento dos dois era o ponto de discórdia. Ficara claro que a mãe de P.J. não gostava dela e não aceitava o relacionamento dos dois. E Delphine temera que a opinião da mulher acabaria se enraizando nele.

No caminho de volta para casa, enquanto o carro avançava lentamente por um congestionamento na West Side Highway, ela dissera:

— Gostaria que você conhecesse um rapaz ótimo que pudéssemos juntar com Marie-Hélène. Ela está muito deprimida. Precisa se distrair um pouco.

Mas o próprio P.J. estava distraído.

— O que você disse?

— Deixa pra lá.

Certa noite, pouco tempo depois, ele a acordara depois de um sonho e dissera:

— Você gritou em inglês!

Ela se lembrava do sonho, e ele tinha razão. Tudo aquilo acontecera em sua segunda língua como se fosse a primeira. P.J. rira, mas, quando ela pensava naquela ocasião, percebera que fora a partir daquele momento que tudo mudara.

No dia seguinte, ele dissera casualmente durante o café da manhã:

— Espero que você não tenha vindo até aqui apenas por minha causa.

Delphine tivera a certeza de que não compreendeu direito o que ele disse.

— Como é?

— Para a América. Espero que eu não seja a razão pela qual você fez essa mudança dramática na sua vida.

Ela sentira algo duro e pesado cair dentro do seu corpo. Vira que uma parte dele estava perdida para ela, agora. Imaginara se poderia recuperá-la, e quando isso aconteceria.

— É claro que você é — dissera ela. — Por que outro motivo eu estaria aqui, se não por sua causa?

— Porque você ama Nova York?

Ela soltara um muxoxo zombeteiro, mais direcionado a ele do que à frase.

— Nova York não chega aos pés de Paris.

— Ah, Paris, Paris, Paris — dissera ele, com a voz típica de uma criança zombando de outra no playground. — Sua cidade perfeita só continuou a ser perfeita porque vocês se renderam aos nazistas. Se não fosse pela América, quem iria libertá-los? Londres é uma cidade muito mais honesta. Lá eles exibem seus princípios na arquitetura do tempo da guerra, com os buracos das bombas.

Ela tinha certeza de que ele ouvira aquilo em algum lugar. Não era inteligente o bastante para concluir aquilo sozinho.

— E vocês deixam seus cães cagarem por toda parte. Como se vocês fossem bons demais para limpar o cocô que eles deixam para trás.

Ela sabia que esse precioso fragmento de informação vinha realmente dele. Ele dormira no sofá naquela noite, mas, na manhã seguinte, estavam constrangidos na presença um do outro, educados, como dois hóspedes em um hotel onde não havia mais ninguém, que haviam jantado juntos certa vez e que tinham certa afeição mútua. Ele se oferecera para colocar as roupas dela na máquina de lavar e ela lhe preparara uma tigela de iogurte grego com mirtilos frescos e mel.

Mesmo assim, ela sabia que as coisas entre eles ainda não haviam voltado ao normal. Ele parecia estar mais fechado em si mesmo, distraído. Geralmente os dois jantavam juntos na mesa, mas agora ele pegava o seu prato e ia comer sozinho diante da televisão. Eles sempre saíam para passear juntos com o cachorro após o jantar porque P.J insistia, mas agora ele levava Charlie para passear sozinho. Dizia que precisava arejar a cabeça. Às vezes passava uma ou duas horas fora, falando que estava andando pelas ruas de Nova York ou pelas trilhas do Central Park, onde diziam que ninguém estaria em segurança após o escurecer. Ela o imaginava morto na rua em algum lugar, e quando retornava ela ficava tão aliviada que não mencionava o álcool em seu hálito.

Depois que o restaurante fechara, Marie-Hélène passara a vir ao apartamento deles algumas vezes por semana. Geralmente ela chegava ao meio-dia e começava a beber pastis logo depois. Delphine gostava da sua companhia. Era verão, uma época para relaxar e refrear o ritmo da vida, algo que a maioria dos nova-iorquinos não tinha qualquer intenção de fazer. Até mesmo a bebida a fazia lembrar do verão. Tomava uma taça ou duas em vários fins de semana no sul da França, servido sobre dois cubos de gelo.

A única coisa que desejava era que sua amiga conseguisse parar depois de um ou dois copos. Mas, no final da tarde, na maior parte dos dias, Marie-Hélène estava bêbada, com as pálpebras caídas e a irritação cada vez maior. Estava dormindo com três homens — um cliente casado da Brasserie Montmartre, um *bartender* com quem ela havia trabalhado havia uma década, que entrava e saía de sua vida com alguma frequência, e um pintor que morava e trabalhava em uma quitinete em Williamsburg. Se qualquer um deles se atrevesse a não responder suas ligações rápido o bastante ou se recusasse a aparecer em sua porta quando ela o chamava, Marie-Hélène gritava, arremessava coisas e ameaçava se jogar da ponte do Brooklyn. Delphine detestava ouvi-la chorar e gritar ao telefone. Subitamente, sentia medo daquela mulher que passara a chamar de amiga. Marie-Hélène raramente parecia gostar de qualquer um dos homens em sua vida, preferindo a força da sua fúria em vez da felicidade.

As coisas podiam acabar ficando muito tensas quando P.J. estava em casa. Ficara claro que ele e Marie-Hélène eram duas pessoas completamente opostas na área da política, o que causara mais do que apenas algumas discussões acaloradas. O carinho entre eles desaparecera. Ele insistia em chamá-la de Mary Helen, e, é claro, ela detestava quando ele fazia isso.

— Você está na América agora — dizia ele.

Depois que ela ia para casa, à noite, ele dizia coisas como "Ela é meio pirada. Acho que seria melhor vocês pararem de passar tanto tempo juntas".

Delphine achava que ele poderia ter razão, mas Marie-Hélène precisava dela.

Não conseguia se imaginar virando as costas para a amiga. E sentia-se alarmada pelo patriotismo cego e ingênuo de P.J. Quando se conheceram, ela gostara do fato de que ele era relativamente imaturo, e certamente não era um intelectual. Mas, desde que a guerra começara, as coisas que ele dizia a assustavam.

Durante a primeira semana de agosto, Marie-Hélène fora a Montauk com um homem novo que conhecera, e Delphine se sentira aliviada com aquele intervalo. P.J. estava em casa, mas passava os dias ensaiando com a Filarmônica para uma gravação. Durante toda a manhã e a tarde ela tinha sossego e tempo para se ocupar com os próprios pensamentos, embora não soubesse o que fazer em relação ao humor de cada um deles. Talvez aquilo ocorresse por causa do calor, ou pelo fato de que muitas coisas haviam acontecido ao mesmo tempo: a decepção de Marie-Hélène, saber que a mãe de P.J. não aprovava o relacionamento e toda essa bobagem em relação aos americanos e a raiva que sentiam pelos franceses.

Na quinta-feira ela fora ao supermercado comprar os ingredientes para uma salada de macarrão, e ali, enquanto apertava os abacates no corredor dos hortifrutigranjeiros, estava Natasha, a flautista da Filarmônica, que esteve em sua casa para um jantar alguns meses antes. Delphine ficara surpresa ao vê-la, e dissera exatamente isso.

— Estamos de folga agora, e as coisas ainda vão ficar sossegadas por algum tempo — dissera Natasha. — É uma maravilha. Carl está tentando me convencer a viajar para a região da Nova Inglaterra, mas eu prefiro ficar em casa lendo. Não é um problema tão grande, não acha? Ah, é tão bom reencontrá-la. Precisamos jantar juntas um dia desses.

Delphine sentira um aperto no coração. P.J. já havia lhe mandado uma mensagem de texto explicando o que estava acontecendo no ensaio. Havia digitado uma história inteira: durante a parte lenta e suave do Concerto para Violino nº 5 de Vieuxtemps, quando ele estava tocando sem qualquer acompanhamento, o celular de alguém começara a tocar. O maestro tivera um acesso de fúria e jogara o celular nas coxias.

Talvez ela não houvesse entendido a situação da maneira certa. Talvez os ensaios fossem apenas para os instrumentos de cordas.

Ela não dissera nada quando ele chegara tarde naquela noite, reclamando mais do que de costume sobre a quantidade de trabalho do dia. Na manhã seguinte ela o seguira quando ele saíra do prédio. Geralmente ele caminhava até o Lincoln Center, mas hoje ele entrara no metrô que ia rumo ao centro. Delphine sentira o corpo começar a tremer. Voltando ao apartamento, ela começara a revistar os bolsos das roupas dele, mas não encontrara nada que levantasse suspeitas.

Marie-Hélène voltara no domingo, no trem matinal. Ao meio-dia ela estava sentada na sala de estar de Delphine, tomando seus pastis sem gelo.

— Dizem que os americanos reduziram suas viagens à França em oitenta e cinco por cento, comparados ao verão do ano passado — dissera Marie-Hélène. — Aqui, dizem que os franceses estão cuspindo nos americanos nas ruas, e que você tem que usar um broche com a bandeira do Canadá quando viaja para lá se não quiser ser assassinado. Enquanto isso, os franceses estão preocupados com a falta do dinheiro que o turismo trazia.

Delphine pensara em Henri e tentara imaginar o que estaria acontecendo com a loja. Cinco turistas americanos gastavam o mesmo que cem europeus. E ele nunca tivera muito talento para lidar com os turistas.

— *C'est stupide* — continuara Marie-Hélène. — Dizem que Saint-Tropez não foi afetada, é claro. Porque os ricos não são tão imbecis. Enquanto isso, todos estão percebendo aquilo que os franceses já diziam há seis meses sobre o Iraque.

P.J. sentara-se com elas no sofá e trocara o canal da televisão para a transmissão de um jogo de beisebol. Bebera várias cervejas, e Delphine começara a ficar preocupada. Queria que ele saísse dali, que lhe desse tempo para contar à amiga sobre a maneira como o noivo vinha se comportando e o que Natasha lhe dissera no supermercado. Por volta das quatro horas, eles ligaram para um restaurante indiano e pediram comida. Quando o entregador chegara, P.J. descera até o térreo para buscar o pedido. Ela aproveitara para resumir rapidamente a situação para Marie-Hélène.

— Eu não me preocuparia com isso — dissera ela. — Provavelmente você não entendeu direito. Talvez as cordas e os sopros ensaiem em dias diferentes.

Não era comum que Marie-Hélène saísse em defesa de P.J., e Delphine percebera isso, pensando que era um bom sinal para o seu relacionamento. Depois de comerem, ela caminhara até ao mercadinho na esquina para comprar mais vinho, dizendo a si mesma que tudo ficaria bem.

O proprietário do mercadinho havia fechado as portas antes do horário habitual, e, ao ver as luzes do estabelecimento apagadas, Delphine suspirara e voltara para casa. Quando entrara no apartamento, ali estavam os dois, seu noivo e sua melhor amiga, envolvidos em um abraço no sofá, com as bocas loucamente pressionadas uma contra a outra.

O que acontecera a seguir se transformara em um borrão na sua memória agora, como acordar de um pesadelo e lembrar-se apenas de alguns fragmentos: Marie-Hélène saltando do sofá e gritando como se Delphine fosse uma intrusa em vez de uma mulher que entrava em sua própria casa. P.J. mandando Marie-Hélène ir embora. Em seguida, o pedido de desculpas patético, surgindo em uma sequência de frases que não fazia o menor sentido para Delphine.

— Fiquei com medo — dissera ele. — De repente, eu me dei conta do que havia feito, arrancando você da sua vida. — E também: — Fiquei em pânico. Eu sabia que era errado ficar com ela, mas eu sou um idiota, Delphine. Por favor, me perdoe.

Ela pensara momentaneamente, desesperadamente, que isso havia sido apenas um deslize e que eles conseguiriam deixar o episódio para trás. Mas logo em seguida ele emendara:

— Estou preso entre dois mundos. Em Paris, e mesmo aqui em Nova York, tudo parecia estar bem. Você era a mulher perfeita para mim. Mas a expressão nos olhos da minha mãe me fez perceber que ainda sou o mesmo garoto de antes. Eu sei que você tem que me deixar, eu entendo completamente. Mas, por favor, prometa que não vai me odiar.

Ele não queria o perdão; talvez fosse essa a razão pela qual ele escolhera Marie-Hélène em primeiro lugar. Queria que Delphine pusesse um ponto-final no relacionamento. Ele a fizera lembrar dos covardes que cometem um crime violento e hediondo e forçam a polícia a disparar contra eles, quando deveria simplesmente ter evitado causar tanta dor às pessoas e simplesmente se matado logo no início.

— Mas você a detesta — dissera ela. Em seguida, emendara: — Está apaixonado por ela?

— Não — respondera ele. — Estou apaixonado pelo fato de que ela não quer ser amada. Nós dois somos duas cascas vazias. Merecemos um ao outro.

Delphine sabia que aquilo era mentira, pelo menos no que se referia ao próprio P.J. Ele estava transbordando com amor e sentimentos românticos; simplesmente havia decidido que Delphine não seria mais a pessoa que receberia aquela afeição.

— Há quanto tempo isso está acontecendo? — perguntara ela. — Desde que vocês dois foram assistir àquele jogo de basquete no inverno?

— Não — dissera ele. — Somente desde que voltamos da casa dos meus pais, há algumas semanas.

— Você dormiu com ela?

Ele fechara os olhos, apertando-os como se também estivesse acabando de receber a notícia.

— E durante toda a semana passada? Você estava com ela?

— Desculpe.

Delphine começara a chorar, suavemente no início. Mas logo estava soluçando com tanta força que todo o seu corpo tremia. Começara a andar pelo apartamento, enfiando seus pertences na mala que trouxera de Paris tantos meses antes. Enquanto tirava os vestidos do cabide, lembrara-se de como ele havia insistido em sair para passear sozinho com o cachorro a cada noite. E gritara outra vez.

Ele implorara a ela que ficasse. Não para que continuasse com ele, apenas para que não saísse do apartamento. Ele poderia ficar na casa de algum amigo. *Um amigo*. É claro.

Finalmente, Delphine parara por um momento e olhara nos olhos dele.

— Você acabou com a minha vida.

Ele abrira os braços, como se quisesse abraçá-la.

— Não vou conseguir viver com você me odiando. Você tem que dizer que vai encontrar uma maneira de continuar a ser minha amiga.

No ápice da sua obsessão por decorar e organizar o apartamento para que ficasse perfeito, Delphine se deixara seduzir por um conjunto de facas de cozinha top de linha que vira em uma loja em Greenwich Village. Aquelas facas, pelo que o vendedor lhe dissera, eram apenas para as pessoas comprometidas com a perfeição culinária. Eram difíceis. Precisavam ser afiadas a cada três meses e não podiam ser guardadas em um lugar onde a temperatura fosse muito alta. ("Ah, como em uma cozinha, por exemplo?", perguntara P.J. na época. "Não tem problema. Vamos guardá-las ao lado da nossa cama.")

A maior faca do conjunto, a mais afiada, nunca havia sido usada, até onde Delphine sabia. Ela a tirou do cepo e foi até a sala de estar. Lá, enfiou a faca em cada uma das almofadas cinzentas do sofá, puxando o enchimento branco com a mão livre, imaginando que estava arrancando o coração de P.J. e largando-o no chão para que apodrecesse. Começou a chorar, como se houvesse algo se esvaindo de dentro dela também.

Era meio-dia. Hora de ir embora. Ele logo estaria de volta a casa.

Ela precisava cuidar de algumas coisas antes de partir.

Ela foi até a pia da cozinha e a banheira. Abriu as torneiras ao máximo. Se tivesse sorte, o lugar estaria inundado quando ele voltasse. Ela foi até o corredor e jogou as chaves do carro de P.J. na calha do lixo. O notebook dele estava sobre a mesinha de centro da sala. Ela fechou a tela do aparelho discretamente e mergulhou-o na banheira.

No canto da sala de estar, o Stradivarius repousava em seu suporte, imponente, ainda mais perfeito em meio a todo o caos que ela havia causado. Lembrava um corpo minúsculo com todas as curvas delicadas de uma mulher. Provavelmente ela nunca voltaria a ouvir P.J. tocá-lo.

Delphine encontrou o estojo no corredor e colocou o violino dentro dele. Deixou a porta do apartamento escancarada. Com o violino em uma das mãos e a mala na outra, ela desceu pelo elevador, caminhou pelo corredor de mármore pela última vez e sentiu o ar úmido da tarde lhe tocar o rosto. O porteiro sequer tirou os olhos do jornal que lia.

Dois dias antes, ela telefonara para o escritório de Helena Kaufman em Bruxelas passando-se por Marcy, a empresária de P.J. Dissera que tinha notícias excelentes. P.J. havia decidido doar o Salisbury Stradivarius ao Congresso Judaico Internacional. Combinaram que ela levaria o instrumento ao escritório que a organização mantinha em Nova York ao meio-dia e meia. Ela faria o anúncio oficial às quatro da tarde, emitindo um comunicado à imprensa e divulgando fotografias. Com sorte, conseguiriam aparecer em uma reportagem especial do programa *60 Minutes* no fim de semana seguinte.

As declarações de P.J. no comunicado à imprensa foram fortes, criticando qualquer pessoa que não concordasse que os verdadeiros proprietários daqueles instrumentos fossem os descendentes das pessoas que os possuíam antes da guerra.

Quando ele finalmente soubesse o que havia ocorrido, nunca teria coragem de dizer que aquilo não fora exatamente o que havia planejado. E, nesse momento, ela já estaria dentro de um avião, voando alto e longe, para sempre.

1987

Maurice só recebeu seu cheeseburger à uma da tarde. James pediu o especial de rosbife.

Mal haviam começado a comer quando receberam outro chamado. Desta vez teriam de ir até Rindge Tower, número 364.

Sempre havia algum tipo de caos nas torres. Aqueles dois prédios altos e feios abrigavam duas mil famílias, e muitas delas eram de imigrantes. Se alguém perguntasse a James, era uma estupidez manter tantas pessoas pobres empilhadas umas sobre as outras em um único lugar.

Duas vezes por mês, quando recebiam alguns mantimentos fornecidos pelo governo — manteiga, farinha e leite —, era inevitável que algum imbecil resolvesse pegar um saco de farinha e jogá-lo pela chaminé do incinerador do prédio, esperando causar uma explosão que acabaria derrubando uma porta ou duas.

Dependendo do dia, os paramédicos poderiam se recusar a entrar no prédio, a menos que estivessem acompanhados por um policial armado.

Havia três elevadores no número 364 da rua Rindge. Hoje, quando entraram no prédio carregando a maca, o elevador que ficava à esquerda já estava aberto. Maurice, que ia na frente, foi na direção da porta antes de rapidamente recuar.

— Porra! — gritou ele.

Alguém havia defecado por todo o maldito elevador.

James balançou a cabeça negativamente e apertou o botão SUBIR.

Se algum dia ele morresse neste lugar infernal, por quanto tempo Sheila ficaria de luto? Cinco anos? Dez? Ele conseguia até mesmo imaginar Debbie tentando fazer com que ela começasse a namorar algum homem divorciado que frequentava a sua igreja. *Você tem que voltar a viver! Jimmy nunca foi bom o bastante para você, querida. Tente encarar isso como uma bênção.* Parker e Danny odiariam o cara novo no começo, mas após alguns anos perceberiam que ele não era tão ruim, e, mais tarde, começariam a chamá-lo de papai.

Quando o próximo elevador chegou, os painéis que revestiam as paredes pareciam ter sido derretidos havia pouco tempo, e as paredes estavam chamuscadas. O cheiro enjoativo de plástico queimado os atingiu assim que as portas se abriram. No piso havia um enorme saco de lixo no qual alguém havia tocado fogo, que agora estava quase apagado conforme o material se derretia sobre o carpete.

As duas crianças saíram em disparada pela porta corta-fogo para examinar o resultado do seu trabalho. Deram uma olhada em James e Maurice e voltaram correndo por onde vieram.

— Que merda, é a polícia — James ouviu um deles dizer.

— Cara, são motoristas de ambulância, não a polícia.

Motoristas de ambulância. Odiavam quando as pessoas os chamavam disso.

— Vamos subir pela escada — disse Maurice.

No sétimo andar, cheiros estranhos de comida sendo preparada emanavam por baixo das portas, fazendo com que o estômago de James revirasse. No apartamento 7F, um rapaz haitiano estava deitado em um sofá, inconsciente. Sua esposa não falava inglês, mas havia chamado um primo que conhecia algumas palavras e expressões. Conversando com ele, James determinou que o homem havia chegado em casa cedo na noite anterior, reclamando de dor de cabeça, e que havia caído da cama por volta das seis da manhã. Não voltou a acordar desde então.

— Algum problema de saúde? — disse James.

O primo fez que não com a cabeça e deu de ombros, sem entender direito qual era a pergunta.

— Pressão arterial? — perguntou James.

Ele assentiu, com os olhos se arregalando alegremente, como se houvessem acabado de resolver o problema e agora todos pudessem ir para casa.

— Pressão alta — disse o primo.

— Ele toma algum medicamento para a pressão? — perguntou James outra vez. — Remédio? — Em seguida, tentou fazer mímica, como se estivesse tomando uma colherada de alguma coisa e depois engolindo o que quer que fosse. Esperava que eles houvessem entendido. — Remédio — disse ele outra vez, quase gritando, como se o problema fosse o volume da voz.

O rapaz disse algo à mulher, e ela pareceu ficar confusa. James assobiou, tentando disfarçar a frustração. Sentia dó das famílias de imigrantes com quem precisava lidar. Algumas tinham medo de ligar para o serviço de emergência, temendo ser deportadas. Talvez fosse por isso que as pessoas esperassem tanto tempo. Outras vinham morar nos Estados Unidos, mas não interagiam com ninguém que fosse de fora da sua própria cultura, sem confiar ou compreender os maneirismos e hábitos dos americanos.

A linguagem era uma barreira imensa. A cidade vinha contratando profissionais de saúde bilíngues há alguns anos. Mas mesmo os imigrantes que falavam inglês eram diferentes. Os irlandeses nunca gostavam que alguém soubesse sobre suas vidas privadas. Ficar doente era um sinal de fraqueza, e eles guardavam isso para si até o último minuto. Frequentemente, quando enfim revelavam o problema, já era tarde demais.

Maurice prendeu o aparelho ao redor do braço do paciente.

— Vinte e cinco por doze — disse ele.

Provavelmente uma hemorragia cerebral.

— Ele vai ficar bem? — o primo insistia em perguntar, várias e várias vezes. A mulher falava rápido, gesticulando e mandando que ele traduzisse. — Ela disse que ele tem que ir trabalhar às seis.

Os dois eram apenas alguns anos mais velhos do que James. Ele viu alguns desenhos de crianças presos à geladeira e uma pequena árvore de Natal de plástico montada sobre o tampo de uma mesa dobrável.

Mesmo que tivessem uma linguagem em comum para se comunicar, ele nunca poderia contar a verdade àquela mulher. Se ela houvesse ligado no momento em que percebera o problema, seu marido poderia ter sobrevivido. Mas ela esperou tempo demais para que houvesse qualquer esperança. James preferiu deixar que os médicos do pronto-socorro explicassem. Eles que fizessem por merecer os gordos salários que recebiam.

Para aliviar a preocupação da mulher, os dois fizeram uma boa encenação, removendo o paciente e levando-o para o hospital geral.

James percebeu, quando voltaram à ambulância, que havia esquecido de anotar o sobrenome do homem. Agora o formulário estava no alto da pilha, incompleto, enquanto James tentava descobrir uma maneira de explicar a situação para o seu chefe. Era um erro estúpido, algo que ele nunca teria cometido se não estivesse tão exausto. Precisava arejar a cabeça. Precisava dormir.

Durante as últimas horas, suas pernas tremiam toda vez que ele se levantava. De vez em quando seus pensamentos começavam a entrar em parafuso e a sufocá-lo. Antes dos haitianos, houvera o caso do homem de vinte anos que perdera dois dedos nas pás de um veículo removedor de neve, quando ele enfiara a mão dentro do motor para remover um objeto alojado ali sem desligar o motor.

Enquanto levava o rapaz para o hospital, James começou, por algum motivo qualquer, a pensar nos McGuires, seus vizinhos. Era uma casa geminada. Eles viviam em uma das metades e alugavam a outra para dois outros rapazes, que eram boa gente mas sempre pareciam estar drogados. *Por que diabos há tanta coisa empilhada na porta da frente deles? Móveis de jardim enferrujados, animais de pelúcia velhos, roupas, sapatos e jornais ensopados. Era como aqueles birutas dos Clampetts mais adiante. Teria de ter uma conversa de homem para homem com Ted MacGuire e confrontá-lo com os fatos. Esse tipo de merda era ruim para o bairro. Alguns dias antes, o gramado deles estava cheio de baterias e pilhas usadas. Pilhas!*

O caminhão tremeu com um solavanco violento. Sem perceber como, ele havia batido com as rodas no meio-fio.

— McKeen, vá mais devagar — ele ouviu a voz de Maurice vindo do compartimento traseiro.

James olhou para o velocímetro. Estava indo a quase cento e quarenta quilômetros por hora.

— Desculpe, cara.

Pilhas. Agora, imagine se um dos seus filhos pegasse uma pilha do jardim e a engolisse. Talvez essa possibilidade fosse remota, mas ninguém poderia garantir.

Será que Sheila comprou as pilhas para o robô de Parker? Todo ano eles esqueciam de comprar pilhas, e passavam metade da manhã de Natal tirando pilhas velhas dos despertadores, dos detectores de fumaça e do controle remoto do videocassete. Uma pessoa completamente normal e equilibrada simplesmente deixaria um pacote de pilhas AA sobre a mesa de centro quando os presentes fossem desembrulhados. Por alguma razão, eles nunca conseguiam se lembrar de fazer aquilo.

No ensino médio havia um garoto que chamavam de Palito, porque ele era magro como uma pilha palito. Um apelido idiota, na verdade. Um apelido idiota para um garoto que nem era tão inteligente. Em uma bela tarde de verão, um bando deles foi até a pedreira atrás de Cunningham Park. Estavam tomando cerveja, nadando e se divertindo, quando Palito resolveu pular na água. Mas ele fez isso em um lugar onde todos sabiam que ninguém devia pular: um lugar onde o rebordo se estendia demais e onde a água não era funda o suficiente. Todos ouviram quando seu corpo bateu no rebordo antes de cair na água. Todos ficaram ali olhando, embasbacados. Connelly, Big Boy, Sean Fallon, Mike Sheehan. Se James não houvesse pulado na água para salvar o garoto, o resto da turma provavelmente imaginaria que ele havia simplesmente morrido. Foi uma experiência memorável.

James acionou a seta do veículo e estacionou no pátio das ambulâncias do pronto-socorro Beth Israel. Colocou o veículo em ponto-morto.

— McKeen! Que diabos você está fazendo? — gritou Maurice. — Nós vamos levá-lo para o Brigham! Ande logo com isso, cara! Temos dois dedos no gelo aqui atrás!

Maurice raramente se irritava, mas James percebeu que ele estava muito bravo, e com razão. Ele também ficaria.

Agora já eram quatro e meia. Não tiveram uma única pausa durante toda a tarde. Maurice estava em uma cozinha em Inman Square, a casa de uma mulher com cinquenta anos que reclamava de dores no peito. Uma enfermeira filipina o ajudou a compilar uma listagem de todos os remédios que ela tomava enquanto um grupo de idosos, em sua maioria senhoras, permanecia ao redor deles como se estivessem assistindo a uma peça de teatro. Um dos dois homens que estava no grupo era mais jovem que o restante, mas tinha os sinais típicos de alguém com AIDS — as lesões na pele e a clavícula saliente por baixo do blusão, mostrando o quanto havia emagrecido. Era comum ver várias pessoas como ele em Cambridge nos últimos dois ou três anos.

James lembrou-se da ocasião em que Rock Hudson confirmara que tinha a doença logo antes de morrer, em 1985. Nunca imaginara que Hudson pudesse ser gay.

— Vocês acham que Doris Day sabia? — sussurrara sua mãe quando a notícia fora divulgada, e James e Sheila soltaram uma gargalhada.

Mas, desde então, as pessoas tinham medo. Sheila lhe dissera para ter cuidado quando estava às voltas com sangue, sabendo que eles nunca usavam luvas quando estavam dentro da ambulância e não tomavam muitas precauções para se proteger. Era uma mentalidade totalmente nova e ainda não arraigada na comunidade dos paramédicos e profissionais de saúde especializados em emergência. Como isso seria possível, já que a maioria dos homens que trabalhavam na mesma empresa de James achava que era um sinal de honra andar pelo hospital cobertos de sangue? Havia até mesmo um ditado: *Quem estiver coberto por mais sangue no final do dia vence.* Era impossível mudar um comportamento como aquele em pouco tempo.

O apartamento onde estavam agora era uma cobertura ampla e bem iluminada, com pé-direito alto. A enfermeira havia praticamente se mudado para um pequeno quarto ao lado do corredor. Suas malas estavam abertas no pé da cama e as roupas estavam espalhadas pelo carpete.

James estava junto com os bombeiros no quarto ao lado, ao redor de uma mulher que mais parecia um pássaro, deitada tranquilamente em sua cama, usando um vestido de seda e sandálias. Uma mulher com mais ou menos a mesma idade estava sentada ao seu lado, acariciando-lhe a mão. Uma fileira de retratos em preto e branco estava pendurada na parede, todos exibindo a mesma garota bonita de cabelos negros.

— Aquela sou eu, como sabem — disse a paciente. — Eu fui atriz. Vocês são jovens demais para se lembrar disso, rapazes, mas é verdade.

— É verdade — disse a sua amiga. — Jinx Murray. Podem pesquisar a respeito.

— Jinx? — perguntou James.

— Um apelido. O nome verdadeiro é Angela Morris — disse a mulher-pássaro. — Os estúdios reinventavam as pessoas naquela época.

Ele não conseguiu saber se as duas estavam mentindo. O lugar era suficientemente agradável e chique, indicando que ela podia ter sido uma estrela. Mesmo assim, ela podia ter simplesmente se casado com um cara rico. James pensou em dizer o nome para a sua mãe mais tarde. Jinx. Não seria difícil de lembrar.

— Passei por uma cirurgia cardíaca há duas semanas — disse ela. — Vocês precisam me levar ao hospital geral. Meu cardiologista é o Doutor Warner.

James olhou os bombeiros corpulentos do outro lado da cama. Pareciam muito deslocados aqui, entre os frascos delicados de perfume e as cortinas de renda rosada.

— Curley, pode me ajudar a colocá-la na maca? — pediu ele a um dos bombeiros. Curley assentiu e, juntos, os dois a ergueram e a transferiram para a maca. Parecia que ela não pesava nada, apenas ar nas mãos de James. Ele temeu que ela pudesse acabar se quebrando.

Eles empurraram a maca com rodinhas pelo corredor e passaram por uma enorme sala de estar, onde a maior árvore de Natal que James já vira se erguia por cima de um piano de cauda. Os presentes espalhados ao redor foram embrulhados tão metodicamente que tudo aquilo parecia uma fotografia em uma revista. James se oferecera para embrulhar os presentes das crianças este ano, mas Sheila simplesmente rira daquela oferta, como se a tesoura e a fita adesiva fossem aparelhos complexos demais para poderem ser confiados a ele.

Não trocavam presentes entre si havia anos. James conhecia dolorosamente bem os anúncios de joias para mulheres na televisão, que pipocavam às dúzias nesta época do ano. A mensagem implícita em todos eles parecia ser: *Se você é um homem com H maiúsculo, vai comprar um maldito par de brincos para ela*. No passado ele quisera fazer isso, e quase lhe doía o fato de que Sheila o conhecia tão bem, incluindo todas as partes mais sombrias e ruins. Provavelmente as coisas eram melhores antigamente, quando os homens controlavam as finanças e as mulheres não faziam a menor ideia do que havia na conta bancária da família. Ele não conseguia surpreendê-la, não importava o que comprasse. Quando ela olhava o que havia na caixa, não via nada além do fato que ele havia cavoucado um pouco mais o buraco financeiro onde se encontravam, tirando dele mais algumas centenas de dólares.

Mas esse ano James estava determinado a lhe dar um novo diamante. Connelly dissera que, hoje em dia, um homem precisava gastar cerca de dois meses de salário numa pedra, ou corria o risco de dar a impressão de ser mão de vaca. Quando James se concentrava naquela ideia, tinha a impressão de que o dinheiro não era algo real, apenas um obstáculo imaginário que ele poderia superar com a força do pensamento.

Ele passara semanas ponderando o que iria fazer. O cartão de crédito não era uma opção; ver a despesa descrita na fatura mensal a deixaria irritada e estragaria toda a surpresa. James pensara em tentar conseguir outro cartão, um a cujo respeito ela não viesse a saber, mas isso se parecia muito com mentir. Considerara algumas ideias malucas: registrar-se para testar novos medicamentos, doar esperma (Sheila o castraria apenas por considerar a opção, se soubesse). Ele ouvira o irmão de Dave Connelly contar uma história sobre como ganhara montanhas de dinheiro após o estaleiro Fore River fechar com um esquema de pirâmides. James pensara um pouco naquilo. Mas, no final das contas, acabara vendendo o Ford Coupé Flathead V8 1949 do seu pai.

Connelly passara anos perturbando-lhe por causa do carro.

— Essa chaleira saiu direto do *Happy Days*. Não vou entrar nela — dizia ele, mas sempre entrava, e eles sempre se divertiam pilotando o carro pela cidade.

O cara que comprara o carro parecia ter saído diretamente do início dos anos 1970, com costeletas no rosto e óculos escuros enormes. Dissera que era colecionador. Enquanto ele ia até o banco buscar o dinheiro, James ficara sentado no banco do motorista por meia hora, respirando fundo, tentando guardar uma parte do veículo consigo.

Connelly tentara fazer com que ele se sentisse melhor sobre a situação.

— Ei, sabe o que significa FORD? "Falha Ordinária na Roda Direita". Sabe o que significa FORD? "Faltou Olhar o Radiador Demoradamente".

Quando James pensava no fato de que o carro não era mais seu — e que quando a primavera chegasse ele não iria mais dirigir pelo litoral com o rádio no volume máximo e o vento soprando em seu rosto —, quase sentia um vazio nauseante provocado pela perda. Mas não havia outra maneira. Se não colocasse as necessidades da família à frente das suas, que tipo de homem ele seria?

Com a venda do carro, ele garantira que Sheila não teria de se preocupar em reembolsar ninguém. Poderia simplesmente ser feliz.

Quando fora buscar o anel na joalheria, alguns dias antes, ele estava transbordando de felicidade, mas saíra da loja se sentindo frustrado. O anel fora feito exatamente de acordo com as especificações do original, mas parecia menor agora, como se fosse um brinde de uma máquina de vender chicletes. O rapaz do outro lado do balcão tentara convencê-lo a gastar mais — *Depois de tantos anos de casamento, vários homens compram uma pedra maior*, dissera ele. James não tinha condições de comprar nada mais caro, mas, quando vira o anel, desejara que tivesse pedido uma pedra mais cara mesmo assim.

Queria poder trazer Sheila e os garotos para esta cobertura no alto do prédio, e que os quatro pudessem se mudar para lá e aproveitar tudo que o apartamento oferecia — os móveis bonitos, os presentes e a lareira crepitante.

As amigas da mulher doente estavam preocupadas, mas também pareciam estar animadas pela surpresa da reviravolta. Uma delas cobrira as pernas nuas com um casaco de pele de arminho, toda empolgada.

— Vamos esperar por vocês aqui! — disse ela, empurrando a enfermeira gentilmente. — Vocês podem ir na frente com ela.

James e Maurice fizeram a maca deslizar até um elevador e desceram os quinze andares, com os bombeiros apinhados ao seu redor como se estivessem todos em uma gigantesca lata de sardinhas.

Do lado de fora do prédio, a neve caía em rajadas, fazendo com que fosse impossível enxergar o que havia a mais de alguns metros de distância. Ele esperava que Sheila não tentasse ir a lugar nenhum. O Toyota que ela dirigia tinha tração traseira, um pesadelo para dirigir em uma nevasca como essa. O motor vibrava e rateava quando tentavam dar a partida no inverno, e continuava rateando por vários minutos. Era preciso deixar o motor esquentar, ou o carro ficaria difícil de guiar. Mas Sheila nunca tinha paciência para esperar.

Debbie, a sua irmã, dirigia um Volvo atualmente.

— O carro tem uma célula de proteção de metal de verdade no interior — dissera ela a Sheila em uma visita recente. — Achei que isso era caro demais, mas Drew disse que não discute o preço quando o assunto é a minha segurança.

A caminho do hospital, a enfermeira filipina sentou-se no banco do passageiro da ambulância e chorou discretamente. James se perguntou por que ela estava chorando; só conhecia a mulher havia duas semanas. Estaria com medo de perder o emprego? Será que a sua vida inteira dependia da saúde da estranha que morava no quarto ao lado? Passar os dias morando na casa de outras pessoas devia ser uma existência bastante estranha.

A paciente era mais pragmática.

— Ligue para o meu filho em Washington quando chegarmos, por favor — ela instruiu à enfermeira. — Diga a ele o que está acontecendo.

James sentou-se ao seu lado e perguntou quando as dores no peito começaram.

— Eu estava sentada ao piano — disse ela. — Convidei algumas amigas do meu tempo de atriz para cantar músicas natalinas e tomar um pouco de eggnog. Estávamos nos divertindo muito. E, de repente, comecei a ter a sensação de que havia um elefante sentado no meu peito.

— Quantos copos de eggnog você tomou?

— Nem uma gota! Ordens médicas.

— Comeu algo muito picante?

— Não — disse ela. — E tenho tomado todos os meus remédios regularmente.

Maurice ligou para o médico e pediu permissão para iniciar o procedimento para uma aplicação intravenosa.

— Abra a boca para mim — disse James. Ele colocou o comprimido debaixo da língua da mulher.

Passaram por Kenmore Square. Parecia uma cidade fantasma no meio da neve. James fez um torniquete na parte superior do braço da mulher antes de inserir a agulha da intravenosa, caso precisasse de mais medicamentos antes de chegarem ao hospital.

— Eu estudei na escola de arte dramática da Universidade de Boston, que fica nesta mesma via, mais adiante — disse a mulher. — Faye Dunaway estava na minha turma. Nós a chamávamos de Duna Fade-away. Pensávamos que ela não teria uma carreira muito longa. Quando penso nisso, acho realmente que muitas de nós eram bem mais talentosas do que ela. Mas era ela a pessoa que mais se empenhava.

James fez que sim com a cabeça. Talvez o mesmo pudesse ser dito dele e da sua carreira na música. Talvez não houvesse se empenhado bastante. Ele pensou na possibilidade de dizer aquilo em voz alta, mas se deteve.

Tinha quase certeza de que foram os Beatles que arruinaram a sua vida. Tinha onze anos quando o álbum "Meet the Beatles" fora lançado. Seu irmão Bobby, quatro anos mais velho, comprara o disco no dia em que ele chegara às lojas. James se lembrava de ficar sentado ao seu lado, assistindo à primeira apresentação do grupo no programa de Ed Sullivan, sentindo-se incrivelmente adulto. Seu irmão nunca o queria por perto, e James prendera a respiração, tentando afundar no sofá, com medo de quebrar o encanto. Depois de "I Want to Hold Your Hand", Bobby se virara para ele, transfixado, e dissera:

— Puta que pariu, hein?

— É isso aí — dissera James, assentindo, maravilhado. Até hoje ele achava que aquele fora um momento marcante.

Ele guardava a sua mesada para comprar figurinhas dos Beatles e revistas feitas para os fãs, além de um blusão e um suporte para colocar o ovo cozido que comia no café da manhã. Pagara três dólares por uma peruca dos Beatles na Woolworth's e fora à escola com ela na cabeça, mas fora mandado de volta para casa com um bilhete do diretor.

Quando James tinha doze anos e Bobby, dezesseis, sua mãe conseguira comprar ingressos para ver os Beatles tocarem no Boston Garden. Era quase impossível ouvir as músicas. As garotas gritavam tão alto que encobriam o som. Mas não havia mais jeito. James estava encantado. Aqueles quatro rapazes pareciam muito tranquilos, felizes e despreocupados, como se houvessem conseguido transformar um sonho louco em realidade e qualquer pessoa conseguiria fazer o mesmo.

Alguns anos depois, quando soubera que Bobby fora chamado para servir no exército, James ficara imóvel na cama, tentando sentir alguma coisa. Sabia que era cruel, mas, em parte, ele se sentira aliviado. Imaginara-se revirando as gavetas de Bobby sem medo de ser apanhado, roubando seus discos, suas roupas e seus cigarros. Seu irmão gostava de lhe surrar, e agora James ficaria livre disso. Mas, naquela noite, durante o jantar, quando vira que Bobby havia raspado seus longos cabelos oleosos e as costeletas, James sentira tudo de uma vez só: uma descarga súbita de seriedade, uma compreensão de que tudo iria mudar. Ele voltara correndo para o quarto e batera a porta, colocando "Sgt. Pepper's" no toca-discos e aumentando o volume até o ponto em que a mobília começara a tremer.

Nunca surgira alguém que pudesse substituir os Beatles. Toda vez que uma nova banda caía no gosto popular, mesmo décadas depois, o maior elogio que se podia fazer era chamá-la de "os novos Beatles". Continuavam a ser o padrão-ouro, os melhores dentre todos.

Seu filho Parker era um bebê quando John Lennon fora morto. James nunca esquecera aquela noite. Sheila levara o bebê para a casa dos pais. Ele ficara em casa assistindo ao jogo dos Patriots, quando, repentinamente, Howard Cosell dissera:

— Lembrem-se de que isso é apenas um jogo de futebol americano, não importa quem vença ou quem perca.

James ainda se lembrava do nó que sentira se formar na garganta. Se Cosell estava dizendo aquilo, então algo imenso e terrível devia ter ocorrido. Mas, dentre todas as tragédias que poderia imaginar, James nunca pensara que seria justamente esta:

— John Lennon, diante do prédio onde morava no West Side de Nova York, talvez o mais famoso dos Beatles, recebeu dois tiros nas costas. Foi levado às pressas ao hospital Roosevelt, mas morreu antes de chegar.

Ele sempre detestara Howard Cosell. Mas, depois daquela noite, embora o locutor estivesse apenas fazendo o seu trabalho, James mal conseguia ouvir a voz do homem. Só assistia os jogos do *Monday Night Football* com o volume abaixado.

Às vezes, quando Sheila estava no trabalho, ele pegava o seu velho violão e tocava para os meninos. Danny ainda era jovem demais para se importar com aquilo, mas Parker adorava "Help!" e "Rubber Soul" quase tanto quanto o próprio James. Ele ficava impressionado com o timbre de Parker e sua memória para as letras — o garoto tinha apenas sete anos e já era capaz de cantar uma versão de "Yesterday" que faria qualquer um chorar. James lhe ensinara alguns acordes no violão e ficara impressionado ao descobrir que, uma semana depois, Parker ainda se lembrava de como fazê-los.

Na terça-feira anterior ocorrera o concerto de Natal da escola de Parker. James conseguira trocar o seu horário por uma escala no domingo para poder estar ali. Todas as crianças fariam um solo — apenas algumas palavras para os mais novos. Aquilo deveria fazer com que se sentissem especiais e aumentar sua autoestima, embora James não tivesse certeza de que alguém conseguiria se sentir especial quando todos recebiam o mesmo tratamento. O solo de Parker viera logo no início de "Noite Feliz": *Oh, Senhor, Deus de amor*. E fora isso. Cinco palavras e James sentira as lágrimas arderem no canto dos olhos. Faria tudo que fosse necessário para ter certeza de que seu filho pudesse ser alguém importante em vez de se transformar em outro fracassado na vida.

— Precisamos colocá-lo em uma escola de música — sussurrara James para Sheila antes que as luzes se acendessem.

— Ele já faz aulas de música na escola — dissera ela.

— Estou pensando em algo melhor do que isso. Ele realmente tem talento. Acho que ele vai longe.

Sheila acariciara-lhe a mão.

— Calma, Jimmy. Ele é só uma criança.

A noite da véspera do Natal estava mais movimentada do que ele imaginava, especialmente com uma nevasca como esta. Um garoto arrebentara a cabeça quando seu trenó batera numa árvore; uma moça havia engolido um pote inteiro de comprimidos, algo bastante comum nesta época do ano. Outra acabara com uma bola de pingue-pongue presa no ânus enquanto fazia alguma coisa sexual com o namorado, o que também era relativamente comum.

Eles levaram o casal ao Cambridge Hospital. Dentro do pronto-socorro, enquanto Maurice assinava o prontuário da moça, James deu uma olhada no mendigo que haviam trazido até ali no começo da manhã por uma abertura na cortina. Estava enrodilhado ao redor de si mesmo sobre os lençóis em uma cama estreita, usando apenas uma camisola cirúrgica. Parecia uma criança, e James sentiu vontade de ir até ele. Perguntou-se quem seria a mãe do rapaz. Será que algum dia ele já teve uma manhã de Natal de verdade? Se fosse assim, a lembrança daquilo iria melhorar ou piorar sua vida?

— Uma bola de pingue-pongue. Uau — disse Maurice quando eles saíram do pronto-socorro.

— Pois é.

Os dois começaram a rir, e levaram dez minutos para conseguir parar.

Todos os pronto-socorros da cidade tinham uma "caixa das bundas", onde os médicos guardavam vários objetos que, em algum momento, chegaram a residir na bunda de alguém. James já havia visto um raio X de uma garrafa de cerveja dentro do reto de um cara, e um rato vivo dentro da bunda de outro. Havia um processo chamado de piscada anal, que basicamente significava que, uma vez que um objeto passava pelo esfíncter, era absorvido para dentro do corpo e ali permanecia. Nenhum daqueles imbecis parecia ter ouvido falar do fenômeno até acontecer com eles.

James pensou que provavelmente iria preferir morrer antes de convidar os paramédicos para examinar sua vida sexual de perto.

No ano passado, Sheila sugerira que eles tentassem algumas brincadeiras e fantasias para apimentar um pouco as coisas no quarto. Aparentemente, sua amiga Kathy Dolan tentara fazer o mesmo com o marido e adorara a experiência.

Quando Sheila mencionara a ideia pela primeira vez, James perguntara:

— Ah, tipo... usar uma fantasia de enfermeira?

— Ah, é claro, querido. É isso que me deixa excitada, usar um uniforme de enfermeira. A mesma coisa que faço todos os dias — ironizara ela.

— Bem, não sei. — James ficara surpreso ao perceber o quanto aquela ideia o constrangia. E gostava do fato de que ainda havia algo em Sheila que o fazia se sentir nervoso e incerto.

Ela queria fingir que ele era um mecânico de carro e ela era uma cheerleader do time de alguma escola, com o carro quebrado na beira da estrada. Aparentemente, essa era uma grande fantasia que ela tinha. James acabara topando. Eles se divertiram. Mesmo assim, ele nunca mais a deixara levar o carro para a oficina quando precisava de algum conserto.

Assim que ele e Maurice entraram na ambulância outra vez, o código deles surgiu no rádio novamente.

— Deus do céu, será que não tem mais ninguém trabalhando em toda a cidade de Cambridge? — disse James quando pegou o microfone. — Nona, você está me matando aqui.

— Houve um acidente feio — disse ela. — Um carro caiu no rio na ponte da avenida Mass. Vocês vão chegar lá junto com os bombeiros.

Eles tiveram de esperar na ponte enquanto os mergulhadores da equipe de resgate do corpo de bombeiros resgataram o paciente da água. De acordo com a carteira de motorista, seu nome era Liam Stone. Morava em Somerviller. Dezoito anos.

Seu rosto estava desfigurado, as pernas apontavam para a direção errada e sua pelve estava estraçalhada.

Para a enfermeira que os recebeu no pronto-socorro do hospital geral, James disse:

— Coitado do garoto.

A enfermeira deu de ombros.

— Provavelmente ele estava bêbado e voltava para casa depois de alguma festa de Natal. Teve sorte de não matar ninguém.

— Ou pode ter sido o mau tempo — disse ele. — Feliz Natal.

Até mesmo Sheila concordava que havia enfermeiras boas e angelicais, e também as enfermeiras ruins. Era raro haver um meio-termo. James detestava ter de deixar o garoto nas mãos dessa aí, mas não tinha escolha.

James tinha quase certeza de que Liam Stone não conseguiria sobreviver. Sentiu-se aliviado por não ter de estar no hospital quando os pais fossem informados. Ele imaginou como seria a situação: em um minuto você está sentado em casa brindando ao feriado, esperando que seu filho volte do shopping. No minuto seguinte, a vida que você conhecia até aquele momento acaba. James sentiu vontade de ir para casa e abraçar os filhos.

Ele imaginava que os operadores de rádio lhe dariam algumas horas de tranquilidade, de qualquer forma. Eles foram até a sala de descanso do hospital de Cambridge, onde os hambúrgueres órfãos de Maurice estavam largados sobre a mesa junto com alguns sanduíches, uma Coca-Cola de dois litros e um prato de brownies caseiros feitos por Cathy, da cantina. Era uma boa garota.

James pegou um brownie e foi até o telefone público do corredor ligar para casa.

— Oi — disse ele quando Sheila atendeu.

— Ah. Oi. — Parecia que ela estava esperando que outra pessoa telefonasse. — *Parker, eu já disse para parar com isso!*

— Como estão as coisas?

— Eles estão pulando de um lado para o outro. Fomos até a casa da sua mãe há algumas horas entregar as compras que ela fez, e ela me deu meio quilo de creme de chocolate que um dos vizinhos fez. Acho que já comemos metade. Minha irmã veio com os filhos para decorar e assar alguns biscoitos, mas a neve ficou tão forte que eles tiveram que voltar para casa antes que pudéssemos tirar os biscoitos do forno. Aliás, parece que o forno não está ligando todas as vezes que tentamos usá-lo. Vamos precisar de um novo.

Quanto custa um forno elétrico? Ele tentou imaginar um valor, mas nunca havia comprado um. O forno já estava na casa quando se mudaram para lá.

— Biscoitos! — gritou Parker ao fundo.

Sheila bufou.

— Sim, porque eles claramente precisam de mais açúcar.

James ouviu a tensão na voz de Sheila. Não apenas a frustração costumeira com os garotos, mas algo pior. Uma briga estava por vir. Ela não queria que ele trabalhasse no feriado, e agora estava enfurnada em casa com os garotos, bem no momento em que estavam mais endiabrados.

— Prometo que vou cuidar deles o dia inteiro amanhã — disse ele.

— Ah, é claro que vai. Você já vem agindo como um zumbi nos últimos dias — disse ela. — Você precisa dormir. Como está indo o seu dia?

Ele pensou em contar a ela o que acontecera com Liam Stone, mas não havia motivo para lhe colocar aquele fardo sobre os ombros.

— Corrido — disse ele. — Socorremos uma mulher que disse que...

— Danny, sente essa bunda na cadeira, ou eu juro por Deus que... — gritou ela. — Desculpe. Continue.

Ele imaginou quantos anos os filhos precisariam ter até que você conseguisse ter uma conversa sem interrupções na presença deles. Quando foi a última vez que ele e Sheila conversaram por mais do que alguns minutos sem que os meninos estivessem por perto?

Ela fungou.

— Está chorando? — perguntou ele.

— Não.

— Ficando doente?

— Com a sorte que eu tenho, provavelmente estou — disse ela.

— O que houve?

— Você vai descobrir quando chegar aqui.

Parecia uma ameaça. Ele a imaginou com as malas prontas ao lado da porta e as crianças sentadas no banco traseiro do carro, prontas para ir embora.

— Credo, Sheila. Você está me assustando.

Ela suspirou.

— Prometi a mim mesma que não iria lhe contar enquanto você está trabalhando, mas tudo bem. Logo depois que a minha irmã saiu, eu estava sentada na sala com os meninos e ouvimos o som de algo se quebrando na cozinha. Fui até lá e uma parte do teto havia desabado. Lembra do lugar onde a pintura estava descascando? O tamanho do buraco, Jimmy... é enorme. Você consegue enxergar o banheiro do andar de cima. Parker estava lá apenas trinta segundos antes de o teto desabar. Ele podia ter morrido.

James não conseguiu pensar direito. Os meninos estavam a salvo, e isso era um alívio, mas ele ainda sentia certo pânico.

— Mas todo mundo está bem? O cachorro está bem?

— Você está de brincadeira? Sim, o seu precioso cachorro está ótimo.

— Vamos dar um jeito nisso — disse ele, tentando parecer calmo diante dela.

Aquela parte do teto estava para desabar havia cerca de um ano e ele não fizera nada a respeito. Não tinha condições de pagar o conserto. Agora, um dos seus filhos podia ter sido esmagado pelos destroços. Ele queria acertar alguém com força, ou que alguém se aproximasse por trás dele e o espancasse até deixá-lo inconsciente. *Comecei a ter a sensação de que havia um elefante sentado no meu peito*. Não foi isso que a mulher disse?

— Deveríamos ter saído dessa pocilga há um ano — sussurrou ela, irritada. — Este lugar é perigoso, Jimmy. Eu tentei lhe dizer isso. Por que você nunca me escuta?

— Estou indo para casa — disse ele, embora soubesse que não poderia fazer aquilo.

— Você não pode sair do trabalho até o seu turno acabar — disse ela. — Está tudo bem agora. Eu varri o entulho da melhor maneira que consegui e os meninos sabem que a cozinha é território proibido a partir de agora. Estamos bem sem você.

— Obrigado.

Ela suspirou.

— Você sabe o que eu quis dizer.

— Talvez seja melhor irem passar a noite na casa dos seus pais — disse ele. E imaginou toda a casa desabando sobre eles. Imaginou que voltaria para casa e encontraria sua família destruída.

— Meu pai disse que não há perigo. Mas não sei como vamos pagar o conserto.

Ele sabia agora que ela ficaria muito irritada por causa do anel, mesmo que ele não houvesse pedido dinheiro emprestado a ninguém. Se realmente fosse vender o carro, deveria ter usado o dinheiro com algo que eles realmente precisassem.

Provavelmente isso era verdade. Mas Sheila nunca ganhava nada, e quem poderia dizer que o anel não era tão necessário quanto o teto sobre as suas cabeças?

Ao fundo ele conseguiu ouvir Parker falando sobre o Papai Noel e Rolly, o Robô. Queria poder estar junto com eles, aconchegado sob um cobertor com a esposa e os filhos, descansando diante da TV, todos rindo, criando lembranças e pendurando as meias natalinas antes de se deitar para dormir.

— Não parece que estamos na véspera de Natal sem você por aqui — disse ela, com a voz mais suave.

— Desculpe deixá-la colocar os dois na cama esta noite. Parece realmente ser um trabalho para duas pessoas.

Ela riu.

— No mínimo.

— Querida? — disse ele.

— Sim?

— Amo você. Desculpe não estar aí.

James começou a chorar. Nunca estava em casa nos momentos importantes. Não era melhor do que o inútil do seu pai.

— Eu também amo você — disse ela. — Não chore. Está tudo sob controle.

— Tudo bem. Coloque Parker no telefone por um momento.

Ele ouviu uma boa quantidade de ruído e estática do outro lado da linha, e em seguida veio a voz urgente do filho.

— Oi, pai! Ficou sabendo do buraco no teto? Eu posso ir ao banheiro e espiar o que a mamãe está fazendo na cozinha por ele. É muito legal.

— Foi o que ela me disse — comentou ele. — Agora escute aqui, meu chapa. Sei que você está animado pelo dia de amanhã, mas quero que prometa para mim que será bonzinho com a sua mãe esta noite, está bem?

— Prometo.

— É isso aí, garoto. Desculpe por não estar aí com você e por não colocá-lo na cama. Já terminou sua carta para o Papai Noel?

— Sim. E escrevi também um bilhete pelo Danny, também, porque ele ainda não sabe escrever.

— Muito gentil da sua parte. Você sabe que o Papai Noel não vai chegar até você estar dormindo, não é?

— Sei, sim.

— E que ele vai saber se você estiver fingindo.

— É mesmo, pai?

— Com certeza.

O turno estava programado para terminar às sete da manhã.

Eles não receberam nenhum chamado entre a uma e as seis da manhã, e imaginaram que provavelmente não receberiam mais. A neve continuou a cair durante a noite inteira. Todas as lojas estavam fechadas. Por toda a cidade, crianças ricas e pobres estavam implorando aos pais para que saíssem da cama e deixá-los abrir os presentes. Parker e Danny tinham ordens estritas para não desembrulhar nada até que James chegasse em casa. Podiam pegar o que houvesse nas meias natalinas, mas nada além disso.

Ele não dormiu, embora os dois estivessem na sala de descanso desde a uma hora. Enquanto Maurice roncava na cama do outro lado da sala e alguns outros rapazes assistiam a um velho filme de faroeste na TV, James simplesmente ficou deitado ali, pensando no dia seguinte. Pararia na casa da sua mãe antes de voltar para a sua própria casa e depois tomaria café com Sheila enquanto os garotos rasgavam os embrulhos dos presentes. Ao meio-dia iriam à missa e depois para a casa da mãe de Sheila para a ceia.

Ele queria se sentir feliz ao pensar naquilo tudo, deveria se sentir feliz. Mas, em vez disso, sentia-se culpado e exausto. Viu que nada que fizesse hoje mudaria as coisas. Parker adoraria o seu robô, mas, dali a uma semana, já estaria interessado em outra coisa. Os presentes maiores seriam impossíveis. Nunca conseguiria pagar a sua faculdade ou ajudá-lo a comprar uma casa. O garoto ainda estava na segunda série, e, por enquanto, idolatrava James. Mas quanto tempo levaria até que Parker percebesse que o seu pai era um fracassado?

E Sheila. James vendera o seu velho Ford para lhe comprar o anel, mas agora estava de volta à estaca zero. Não tinha mais dinheiro. Precisariam de dinheiro para consertar o buraco no teto e o forno que estava nas últimas, além da transmissão do carro e sabe-se lá mais o quê.

James pensou no garoto que a assaltara. O que será que ele fizera com o anel? Será que o penhorara em alguma loja ou o dera para alguma garota que achara que amava? James imaginara a cena como fez várias vezes antes: sua esposa, tentando equilibrar o carrinho de bebê e as compras, incapaz de ouvir os passos que vinham por trás. Gostaria de encontrar o garoto e lhe dar um tiro na cabeça, à queima-roupa, bem diante de toda a família dele, em plena manhã de Natal.

Quando Maurice sugeriu que eles deviam começar a limpar a ambulância para não terem de ficar no hospital depois que o expediente terminasse, James pensou que aquela era a melhor ideia das últimas semanas. Eles saíram do hospital, voltaram à base e começaram a reabastecer os consumíveis do veículo. Um a um, James foi marcando os itens da lista, como fazia ao fim de cada turno. Quinze toalhas limpas, uma caixa de lenços de papel, amarras, ventosas, kit para tratar queimaduras, eletrocardiograma, desfibrilador, Phisoderm. Estava quase terminando quando ouviu o código da sua ambulância pelo rádio. Faltavam quarenta e cinco minutos para o fim do expediente e teriam de sair outra vez.

Quando ele atendeu, a operadora de rádio mencionou Belmont.

— Mas que diabo é isso?

— Pedido de ajuda mútua — disse ela.

De tempos em tempos, se alguma comunidade circunvizinha estivesse sobrecarregada, a unidade de James e Maurice poderia ser chamada para dar apoio. Mas não era comum terem de ir até Belmont. Era um percurso que levava de dez a quinze minutos num dia de trânsito bom e sem neve no asfalto.

— Você está brincando comigo, não é?

— Eles só têm uma ambulância em serviço e ela está dando apoio a um incêndio. Desculpem. Foi azar.

— Não vamos chegar lá a tempo — disse ele.

— É apenas uma verificação de rotina — respondeu a operadora do rádio. — Não precisam se apressar.

— Se não há pressa, então esperem até que a ambulância de lá consiga chegar ao local — disse Maurice.

— Acabamos de receber a chamada e temos que enviar alguém.

Ela lhes disse que a paciente tinha oitenta anos. Foi a nora da mulher, que vivia na Flórida, quem ligara para a emergência. Estava tentando conversar com a velha havia dois dias e não conseguia obter resposta.

— Ela mora sozinha — disse a operadora. — Aparentemente ela tem boa saúde, ou tinha, até agora. Acho que seu marido morreu há alguns anos e ela se recusa a contratar um cuidador. Seu nome é Evelyn Pearsall.

James anotou o nome rapidamente. Não queria esquecê-lo outra vez.

— Parece que você passou um bom tempo no telefone.

— Sim. Bem, parece que a mulher se sentia culpada por não estar com ela no Natal.

James pensou em sua própria mãe.

— E deveria se sentir assim mesmo.

— Ela me disse até mesmo que eles estavam planejando visitá-la na semana que vem.

— Parece que terão que vir mais cedo do que esperavam, agora — disse ele.

Maurice pulou para o banco do passageiro e acionou a sirene do veículo para indicar a urgência. O som pareceu ainda mais melancólico do que o habitual.

James estendeu a mão e pegou o pote de Advil que estava guardado no porta-luvas. Torceu a tampa e jogou dois comprimidos na boca.

Maurice o encarou, intrigado.

— Você sabe que essa porra não é igual a bala de coco, não é?

— Minhas costas estão me matando.

As estradas estavam escorregadias, mas a neve que cobria a Rota 2 já havia sido removida, e a estrada estava vazia agora. James acelerou a cento e trinta por hora, sem se importar com a velocidade. Se Maurice percebeu, não falou nada. Também queria voltar para a sua família.

— Sheila vai me matar — disse James. — Os meninos já estão acordados agora e devem estar loucos para abrir os presentes.

— Sei como é. Cindy já falou um monte no meu ouvido por trabalhar na véspera do Natal.

— Comigo aconteceu o mesmo.

— Uma briga horrível — continuou Maurice, balançando a cabeça como se a lembrança da ocasião fosse o bastante para derrubá-lo. James teve vontade de pedir detalhes. Seria muito bom poder ter uma noção sobre o casamento de outra pessoa e descobrir se o seu próprio casamento era normal.

— O que está acontecendo com as suas mãos? — perguntou Maurice.

— Hein?

— Suas mãos estão tremendo.

James olhou para as mãos. Nem havia percebido.

— Estou preocupado com você, cara — disse Maurice. — Você precisa descansar.

— Vou descansar quando estiver morto — disse James.

— Uma atitude muito positiva.

Eles ficaram em silêncio quando saíram da rodovia, e depois fizeram uma curva acentuada à esquerda na rua Pleasant sem esperar que o semáforo mudasse do vermelho para o verde. As concessionárias e os quarteirões comerciais deram espaço a casas em estilo vitoriano cobertas de branco, com luzes minúsculas de Natal piscando aqui e ali.

Tiveram de usar um mapa para encontrar o endereço. Subiram por uma colina íngreme, com árvores de ambos os lados. A neve naquela via não fora tocada, e o asfalto estava escorregadio. Ele diminuiu a marcha, avançando bem lentamente. Havia casas antigas e bonitas ao redor.

Quando chegaram a uma caixa de correio que exibia o número 63, Maurice disse:

— Puta merda.

Uma mansão de tijolos se erguia ao longe, separada da estrada por um gigantesco gramado. Era possível jogar uma partida de futebol americano naquele gramado com os times completos. A via de acesso tinha oitocentos metros.

Pensando em sua própria casa, uma propriedade que parecia ter sido largada em uma esquina movimentada, James às vezes se perguntava se as pessoas passavam por ali e se pensavam: *Quem é que mora nesse lugar?* Talvez pensassem a mesma coisa sobre esta mansão, mas pelo motivo oposto.

Eles estacionaram diante da porta. Quando desembarcaram, o lugar estava em silêncio.

— Até mesmo o cheiro deste lugar é melhor — disse Maurice.

James desejou que pudessem ter ficado no jardim, sem precisar descobrir qual era a situação triste que existia do outro lado daquela porta. Uma verificação de rotina geralmente significava que a pessoa em questão havia morrido, mas havia exceções. Quase conseguiu ouvir a voz doce do seu filho: *Oh, Senhor, Deus de amor*.

Tocaram a campainha uma vez, duas vezes. Sem resposta. James se preparou mentalmente para derrubar a porta, mesmo que suas costas estivessem realmente doendo muito e não tivesse certeza de que teria a força necessária para fazer aquilo. Mas, quando Maurice girou a maçaneta, a porta se abriu sem dificuldade.

O lugar parecia ainda maior quando eles entraram. Parecia mais um museu do que a casa de alguém. Os dois paramédicos se viram em um enorme hall de entrada, com tetos tão altos que só podiam ser comparados aos que ele já viu em uma igreja, um espelho enorme em uma das paredes e um carrilhão no canto da sala que estava parado no horário das onze e trinta.

— Olá! — chamaram eles. — Evelyn? Evelyn, estamos aqui para ajudá-la!

As palavras ecoaram pela casa e voltaram até onde James e Maurice estavam, mas não houve resposta. Caminharam rapidamente pelos cômodos, ainda chamando por ela. James acendeu uma luminária em uma sala de jantar que era tão grande quanto todo o primeiro piso da casa onde ele morava. O lugar estava imaculado e decorado como se fosse um dos cenários do seriado *Dynasty*, com uma mesa imensa e um candelabro de cristal no teto. Em uma das paredes havia uma pintura que retratava dois cachorros em um veleiro. Em outra, um quadro mais formal de um navio em uma moldura dourada. Uma camada de poeira cobria todas as superfícies, como se ninguém entrasse naquele cômodo havia vários anos. Ele deslizou o dedo pelo tampo da mesa, deixando para trás uma linha reta e limpa. Caminhou pela cozinha, onde um cacho com bananas de casca escura apodrecia no balcão, exalando um odor adocicado e podre que o fez cobrir o nariz.

— Evelyn? — disse ele, embora soubesse que ela não estava ali.

Em seguida, ele entrou em um escritório com um diploma de Harvard emoldurado e pendurado ao lado da porta. Já devia saber.

Ainda assim, James esperava que houvesse alguma explicação bela e improvável, o tipo de final feliz de uma história que ele contaria aos filhos na hora de dormir. *Abandonada em sua casa no dia de Natal, Evelyn Pearsall decidiu viajar para o Havaí e para praticar o mergulho pela primeira vez em sua vida! (...) Às vezes, Evelyn Pearsall gostava de subir até o sótão com um Walkman e uma fita dos Rolling Stones, e simplesmente se afastar do mundo inteiro por vários dias (...) O que a nora de Evelyn Pearsall nunca soube era que a mulher tinha um amante de vinte e quatro anos que morava na rua Newbury, e que havia decidido passar as festas do fim de ano com ele.*

E naquele momento Maurice o chamou.

— Ela está aqui.

James foi até a sala, onde a idosa estava deitada no chão, inconsciente. Usava uma camisola de algodão estampado com flores cor-de-rosa, o mesmo tipo que a mãe de James usava. Provavelmente estava confinada apenas a este quarto. Havia roupas passadas e dobradas em um sofá, e a grande mesa de centro estava coberta por jornais e cartões de Natal, centenas deles. Havia um baú coberto de porta-retratos com fotografias da família. Na mesinha de canto havia um porta-joias aberto, exibindo todo tipo de pedras preciosas reluzentes, jogadas sem qualquer cuidado dentro da caixa. Ao lado, um copo plástico para a sua dentadura, uma escova de dentes com as cerdas gastas, um frasco de loção e uma pilha de livros de capa dura.

Ele já havia visto aquilo várias vezes: uma senhora idosa que morava em uma casa enorme, mas que vivia em apenas um ou dois cômodos. Às vezes elas tinham medo de subir as escadas, mas, geralmente, aquilo acontecia porque não suportavam as lembranças dos maridos que já haviam falecido. Não queriam ir para a cama sem eles ou abrir um armário e ver os paletós limpos e passados dos maridos nos cabides. James se lembrou de que haviam encontrado a porta da frente destrancada. Ela estava muito vulnerável ali, completamente sozinha.

— Acho que ela está morta, cara — disse Maurice. — Olhe a cor da pele. Uma bela maneira de começar o Natal.

James se agachou ao lado da mulher e sentiu-lhe o pulso. A pele estava gelada. Mas ele pensou haver detectado uma pulsação fraca.

Ele sabia que a mulher não tinha nada a ver com sua mãe. Esta mulher provavelmente era o tipo de dondoca rica que não valeria mais do que alguns minutos da atenção de Mary McKeen. Mesmo assim, era o dia de Natal, ela era a mãe de alguém e estava sozinha. James queria salvá-la. Desejou ser capaz de reunir todas as almas perdidas daquele dia e levá-las para a sua casa. Imaginou-se chegando na casa dos sogros para a ceia do Natal: *Oi, Tom e Linda. Quero que vocês conheçam a turma: tem o mendigo louco e racista, a esposa da vítima de AVC que não consegue entender uma palavra do que vocês dizem, o aluno de Harvard que veio da Índia e que provavelmente será o dono de tudo isso aqui em dez anos. Aqui estão os pais do saudoso Liam Stone. E por último, mas nem por isso menos importante, Evelyn.*

— Vamos ver o que dá para fazer — disse James. — Vou na parte de trás com ela.

Eles a colocaram na maca e a levaram para fora da casa. Maurice começou a dirigir e ligou para o médico para obter permissão, mas antes que ele atendesse, James já havia ligado o monitor cardíaco. A mulher estava respirando apenas quatro vezes por minuto e o coração batia vinte vezes. Provavelmente iria dar o seu último suspiro.

James inseriu a agulha da intravenosa. Tentou açúcar e Narcan para acordá-la, mas nada funcionou. Teve de se esforçar para entubá-la pela garganta. Precisou tentar cinco vezes. Mas ele finalmente conseguiu e começou a auxiliar a sua respiração. Sentiu uma onda de esperança lhe preencher, mesmo que soubesse que toda a movimentação e as tentativas de reanimá-la eram mais do que o corpo da mulher conseguiria aguentar. Não havia mais nada a fazer, a não ser rezar. Entoou uma ave-maria, como sabia que sua mãe faria em uma ocasão como aquela, e observou o monitor conforme os batimentos cardíacos de Evelyn Pearsall caíam para dez batidas por minuto, até se estabilizarem em zero.

Quando teve certeza de que a havia perdido, James começou a chorar. Suavemente, para que Maurice não ouvisse. James falhou. Era um fracasso como paramédico.

— Ela expirou — disse ele, finalmente.

James ouviu o parceiro comunicar pelo rádio:

— Tivemos um súbito.

Começou a pensar na casa de Evelyn: os móveis elegantes e a caixa cheia de joias. Aquela nora ingrata, a mulher que deixara uma senhora idosa sozinha na casa durante o Natal, herdaria tudo.

Pensou em sua esposa, tão devotada à mãe de James quanto à sua própria mãe. Sheila merecia tudo, e geralmente não ganhava nada. Como a vida podia ser tão injusta? Por que algumas pessoas tinham de batalhar tanto, enquanto para outras as coisas eram tão fáceis?

James se sentou e tentou recuperar o fôlego, percebendo pela primeira vez o anel que a mulher usava. Era enorme, com dois diamantes imensos lado a lado, e cada um deles tinha quatro vezes o tamanho da pedra que ele comprara para Sheila. Havia vários diamantes menores ao redor, caso os dois enormes não fossem suficientemente impressionantes. Ele sabia o quanto havia pago pelo anel de Sheila. Provavelmente conseguiria ganhar dez vezes mais se vendesse este. Seria o bastante para pagar pelos reparos do teto e o forno novo, e ainda sobraria.

No passado, ocasionalmente, ele achava que seria muito fácil roubar os pertences dos seus pacientes, mas a ideia lhe causava náuseas. Sentia-se da mesma maneira agora, mas não com a mesma intensidade. Quem lhe dava alguma importância enquanto ele ficava ocupado, tentando salvar as outras pessoas e fazer a coisa certa? Um moleque de merda havia assaltado a sua esposa. Mac Kelly o deixara assumir a culpa. Quem é que ele estava tentando impressionar, afinal de contas?

Ele pensaria no que aconteceu a seguir pelo resto da vida. Quando James se lembrava do episódio, parecia que uma parte fundamental do seu ser havia se afastado quando ele estendeu a mão e tirou o anel da mão da mulher. Fazia muito frio, e o anel se soltou facilmente. Ele acreditava que, se aquilo houvesse ocorrido durante o verão e houvesse qualquer indício de resistência, ele nunca levaria o plano a cabo.

O letreiro do pronto-socorro estava aceso mais adiante.

Seu coração batia com força. O suor lhe escorria pelo rosto. Enfiou o anel no bolso quando a ambulância entrou no estacionamento.

James olhou para a mão nua da mulher, cheia de rugas e veias que se entrecruzavam como um mapa rodoviário. Na parte de cima do anular havia uma marca pálida na pele, bem no lugar onde o anel estava.

Um Diamante É Para Sempre

Mary Frances Gerety, 1947.

1988

O evento de gala desta noite prometia ser muito luxuoso. Duzentas pessoas no salão de baile de um clube privado de Londres, jantar e dança, e discursos de todos os figurões da De Beers. Frances nunca havia se encontrado ou conversado com nenhum daqueles homens antes desta semana, apesar de passar décadas trabalhando para eles. Eram exatamente como ela esperava — corteses e respeitáveis, mas relativamente distantes, e praticamente transpirando riqueza.

A semana passara rapidamente. Havia muitas novas pessoas da Ayer que ela não conhecia, assim como alguns dos velhos talentos, incluindo Warner Shelley, que estava quase completamente cego. Tinha um acompanhante pago pela empresa — assim como a própria Frances — incumbido de levá-lo ao seu quarto todas as noites e se certificar de que ele era capaz de encontrar o buraco da fechadura.

Não havia como disfarçar o fato de que todos eles já tiveram dias melhores, mesmo a própria Ayer. Durante o jantar, na noite anterior, ela observara um jovem executivo que ainda não havia completado trinta anos se virar para a namorada e dizer:

— O Senhor Young e o Senhor Rubicam vieram da nossa agência, como você sabe.

A garota não parecia estar impressionada com aquilo.

Agora, Frances estava sentada em sua luxuosa suíte no Dorchester, empoleirada no canto da cama, fumando.

Tomou um gole do seu martíni.

Havia pedido o drinque e nada mais ao serviço de quarto, havia dez minutos. Um belo britânico que vestia um smoking impecável trouxe a bebida em uma bandeja de prata. Aquilo lhe pareceu decadente e incrivelmente tolo. Mas Lou Hagopian lhe disse para pedir o que quisesse, e, na sua idade, finalmente estava disposta a aceitar instruções como aquela. Despertar daquele mundo seria complicado quando ela tomasse o avião de volta à Pensilvânia na manhã seguinte e voltasse aos cômodos escuros da sua casa e ao seu cachorro, que provavelmente estaria se perguntando para onde diabos ela fora. Ela nunca o abandonara antes, nem por uma noite.

— Queremos que você se sinta como Cinderela — dissera Hagopian ao telefone, depois que ela aceitara o convite para participar da celebração.

Uma Cinderela velha e caduca, sem qualquer esperança de encontrar um Príncipe Encantado, pensara ela consigo mesma. Mas tudo que dissera em resposta fora:

— Bem, muito obrigada.

Ela ria agora, apesar do seu estado de nervos. Se tivesse de imaginar algo assim dois meses antes, ela diria que as grandes aventuras da vida estavam inteiramente no passado. Mas aqui estava ela, vivendo como a realeza. Haviam lhe dado uma limusine com chofer durante toda a semana. Havia almoços incríveis todos os dias, festas todas as noites e compras e passeios turísticos entre as obrigações sociais.

Desejou que seu pai ainda estivesse vivo para ver tudo aquilo. Ele ficaria muito orgulhoso. E sua velha amiga Dorothy Dignam, do escritório — imagine se as duas pudessem ter vindo até aqui juntas! Dorothy falecera havia menos de um ano. Seu obituário dissera que ela tinha noventa e dois anos. Como acontecia com várias mulheres, as pessoas só souberam qual era a sua verdadeira idade no dia em que ela morrera.

Frances pensara nela naquela manhã enquanto elas conheciam o escritório central da De Beers.

— Olhem ali — dissera um dos rapazes do departamento de relações públicas quando chegaram ao prédio.

Sua visão não era das melhores, mesmo com os óculos, mas Frances conseguira identificar as palavras entalhadas em pedra sobre as portas imensas: UM DIAMANTE É PARA SEMPRE.

— Você deve estar muito orgulhosa — dissera ele. — É considerado um dos maiores slogans da história da publicidade.

— Eu sei que é — dissera ela. — E fico feliz por isso.

Uma semana com o mesmo elogio, várias e várias vezes, e ela ainda não havia conseguido pensar numa resposta melhor que aquela. Desde que chegara à Inglaterra, os funcionários e executivos da De Beers lhe diziam que o trabalho que ela desenvolvera para eles significava muito. Ela ficara muito contente por ser homenageada, especialmente a esta altura do campeonato, mas, de algum modo, quase lhe dava a sensação de que estava trapaceando. O slogan não significara tanto assim na época. Era uma frase muito interessante, mas ninguém dera saltos de alegria. Tinham exatamente o que precisavam para assinar os anúncios. Ela estremecia ao pensar no que poderia ter acontecido se houvessem pedido um grande slogan: todos os redatores no departamento criariam centenas de ideias, e a melhor seria simplesmente jogada no lixo, como acontecera com o Edsel.

Ao final do programa desta noite eles exibiriam um curta-metragem sobre o sucesso da campanha, e em seguida ela faria o seu discurso. Mary Frances Gerety teria a última palavra. Pelo menos nesta noite.

O jantar ainda demoraria duas horas. Sentiu uma vontade desesperada de tirar uma soneca. Mas ainda não havia decidido o que iria dizer quando estivesse no palco. Quando ainda estava em sua casa, Frances fizera várias tentativas de redigir o seu discurso, mas sempre havia alguma coisa que a distraía. A campainha tocava ou uma notícia interessante surgia na TV, e subitamente ela se esquecia totalmente da De Beers. Claro, era assim que ela sempre trabalhara. Sua criatividade chegava ao ápice quando esperava até o último segundo — uma mistura de medo e necessidade que sempre lhe servira muito bem.

Talvez usasse aquilo para abrir o discurso. Diria que, se não fosse a rainha da procrastinação durante toda a sua vida, a ocasião que estava sendo celebrada nesta noite talvez nunca aconteceria.

Frances se levantou. Seu corpo todo estava dolorido após todas as caminhadas que fizera. Foram ver a Torre de Londres, a rua Oxford, o Museu Britânico, a Catedral de Saint Paul e o Palácio de Westminster. Ontem ela tomara um trem que a levara a Bath, a cidade que tinha em Jane Austen sua residente mais famosa e celebrada. Mesmo assim, Frances tivera a impressão de que Austen só vivera ali por cerca de três minutos.

Frances fora atlética durante toda a sua vida. Enquanto passeavam pela cidade, seu orgulho não lhe permitira dizer que, hoje em dia, ela raramente caminhava por distâncias maiores que aquela que havia entre a porta da sua casa e a calçada. Mas agora estava pagando o preço. E, de algum modo, teria de encaixar os pés naqueles sapatos de salto hoje à noite. Eram aparelhos de tortura, isso sim. Frances não fazia ideia de como as mulheres conseguiam trabalhar e usar sapatos de salto ao mesmo tempo. Para ela, era impossível elaborar um pensamento claro e conciso enquanto estava na ponta dos pés.

Lembrou-se de Marilyn Monroe ainda jovem, que profetizou essa sina para as idosas. Marilyn, que nunca teve a oportunidade de envelhecer. Ou que nunca *teve* de envelhecer, dependendo de como alguém analisasse a sua vida.

Ela se deixou cair em uma cadeira diante da escrivaninha de mogno e olhou pela janela, admirando as folhagens verdes das árvores do Hyde Park. Apoiou o queixo sobre as mãos e os cotovelos na mesa, a posição em que sempre ficava quando estava perto do final do prazo.

A De Beers era uma das poucas campanhas que inventaram uma necessidade que não existia anteriormente. Ela fez uma anotação. Geralmente, quando se redigia o texto de um anúncio, era importante destacar que algo novo e melhor estava surgindo. Mas, com a De Beers, era o oposto: não somente eles queriam incutir nas mentes dos homens e mulheres comuns — especialmente os homens! — que os diamantes agora eram algo obrigatório para a instituição do casamento, mas queriam também que as pessoas pensassem que tudo sempre foi assim. Antes que eles começassem a fazer suas campanhas, os diamantes eram um artigo reservado exclusivamente aos ricos. Mas agora praticamente todas as pessoas — e suas mães — os usavam.

Eles fizeram o mesmo alguns anos depois com *Um Interurbano É Quase Tão Bom Quanto Estar Lá*. A campanha fizera os lucros da AT&T decolarem. Até aquela chamada chegar ao mercado, ninguém fazia ligações interurbanas. Era caro demais. Mas os anúncios nas revistas e jornais tocaram o coração das pessoas, e após algum tempo e os spots de televisão com o slogan *Ligue Para Emo-*

cionar Alguém fizeram tudo ficar ainda maior, com a música piegas e melancólica e o comercial de bebês conversando com seus avós a cinco mil quilômetros de distância, amantes dizendo um ao outro o quanto sentiam falta de estarem juntos e o soldado que ligava para casa quando ainda estava no campo de batalha.

Seja Tudo Que Você Pode Ser fora outro caso de sucesso. Com esse slogan a Ayer criara um exército voluntário, embora desse a impressão de que aquilo era uma tradição do povo americano.

Frances não achava exagero dizer que a De Beers era maior do que aqueles dois em termos de inventar algo sem o qual ninguém poderia sobreviver. Claro, parecia que estava se gabando de tudo aquilo. Ela riscou tudo que havia escrito.

Talvez fosse melhor se vestir, em primeiro lugar.

Ela decidira usar um vestido de tafetá azul com uma saia longa e bufante, adornado com um xale incrustado com joias. O conjunto estava pendurado atrás da porta do banheiro. Frances foi até lá e deslizou os dedos pelo tecido. A cada noite desta semana, enquanto colocava algum outro vestido, ela pensava na mulher a quem a peça pertencia. Havia guardado o de Meg especialmente para esta noite.

Antes que Ham morresse, Meg dissera que algum dia os dois fariam uma longa viagem pela Europa. Depois, todos a encorajaram a viajar sozinha. Mas Meg não era do tipo que gostaria de viajar desse jeito.

Frances ergueu a taça de martíni diante do vestido.

— Saúde, querida — disse ela, e bebeu todo o conteúdo.

E pensou que talvez fosse melhor chamar o rapaz do serviço de quarto e pedir outro.

As sete horas da noite chegaram no que pareceu ser uma questão de segundos, e Frances estava a caminho do hotel na sua limusine particular. Havia um telefone no banco de trás, ao lado de um balde de gelo que abrigava uma garrafa de champanhe. Ela estava levemente embriagada e sentiu vontade enorme de ligar para alguém, mas para quem?

Em vez disso, ela juntou as mãos sobre o colo e fez força para que elas não voltassem a se afastar. Era quase como se não pudesse confiar nelas.

Quando chegaram ao clube e o chofer, Richard, correu para lhe abrir a porta, ela teve de se apoiar com força no braço do homem para desembarcar. Sim, Frances era uma velharia, mas ainda se sentia como se fosse uma estrela nesta noite. Cumprimentou os porteiros, que agradeceram com um aceno silencioso de cabeça. Frances perguntou a si mesma se alguém os havia instruído a não dizer nada, como os soldados que montavam guarda diante do Palácio de Buckingham.

O salão de jantar era magnífico, com candelabros de cristal e arranjos de orquídeas e rosas brancas em todas as mesas. Parecia a cerimônia de entrega do Oscar.

Ela encontrou sua cadeira, na mesma mesa de Warner e alguns outros funcionários da Ayer. Tentou aproveitar os coquetéis, o frango e o pudim de Yorkshire, mas a única coisa em que conseguia pensar era o fato de que logo teria de estar no palco e ainda não fazia a menor ideia do que iria dizer.

Ninguém sabia que ela iria falar. Aquele era um segredo compartilhado apenas por ela, Hagopian e mais uma ou outra pessoa. Lou Hagopian parecia estar encarnando o espírito de Tony Bennett. Adorava ficar sob os holofotes, e o fazia com tanta naturalidade que parecia que todas as suas palavras faziam parte de um roteiro escrito previamente. Seria ótimo se a pessoa que escrevia os discursos dele pudesse haver redigido o de Frances também.

Houve vários discursos incríveis. O diretor da De Beers chegou até mesmo a lhe homenagear! Ela ficou completamente emocionada.

Em seguida eles mostraram um vídeo, uma criação de Bob e Deanne Dunning, o casal que deixou a Ayer e abriu sua própria empresa em algum momento da década de 1970.

O vídeo iniciou com uma cena de "*Casablanca*". Ingrid Bergman disse:

— Cante, Sam.

Em seguida veio a canção. "As Time Goes By". As notas da canção tocaram enquanto dúzias de anúncios criados por Frances surgiram na tela.

Um locutor anunciou:

— O relacionamento da Ayer e da De Beers começou em 1938, com uma carta postada no Victoria Hotel, em Johanesburgo, na África do Sul.

Dali por diante a história foi contada, do começo ao fim: as prospecções geológicas que fizeram na década de 1930, a queda do avião de Gerry Lauck na primeira vez em que viajara para a África do sul, os avanços que fizeram de uma década para a outra. A apresentação culminou com uma coisa tola que os profissionais de criação mais recentes haviam feito, um anúncio da De Beers que tinha o formato de videoclipe. Uma banda de roqueiros cabeludos parecia estar séria e ameaçadora no início, mas, ao final do comercial, o vocalista da banda pedia a namorada em casamento com um anel de diamante.

Assim que a canção terminasse, seria a sua vez.

Frances nunca se sentira tão nervosa em toda a sua vida. Ouvia o coração batendo dentro da cabeça. Por um momento, permitiu-se pensar no pior: ela subiria ao palco e tombaria sem vida. Sua única chance de ter o trabalho reconhecido chegaria ao fim.

Mas ela tentou manter a calma. Lembrou a si mesma de que sempre fizera seus melhores trabalhos quando estava sob pressão.

A cortina se abriu e ela não teve escolha a não ser subir ao palco.

Quando as pessoas a viram andar rumo ao palanque e seu nome surgir na tela, todos ficaram em pé. O som dos aplausos encheu a sala enquanto Frances colocava para fora a primeira das muitas palavras que diria naquela noite.

— Obrigada — começou ela.

Parte 5

1972

Depois que eles foram embora, Evelyn deitou-se na cama. Estava lá havia trinta minutos. Certa vez ela lera que Edith Wharton escrevera seus livros enfiada debaixo das cobertas, com seus cães ao redor. Parecia uma forma meio deprimente de passar os dias. A cama era um lugar para o sono e para a doença, ou, ocasionalmente, para a tristeza.

Não sabia quanto tempo levaria até conseguir ver seu filho outra vez. Sabia que ele realmente levaria o divórcio adiante, e, quando imaginava o que aquilo significava, tinha vontade de cair num sono profundo: Julie partiria e levaria as meninas consigo. Nos feriados, ela e Gerald fariam as refeições sozinhos em sua longa mesa de jantar, com espaço para dezesseis pessoas. Suas netas cresceriam sem o pai. Ela e Gerald podiam lhes enviar dinheiro, se Teddy se recusasse, mas nenhuma quantia no mundo poderia compensar a sua ausência.

Quando ouviu o marido subir as escadas, ela prendeu a respiração. Assim que Teddy foi embora, ela passara pelo marido sem dizer qualquer palavra e fora para o quarto. Fora algo tão pouco característico que Gerald sorrira. Isso fora um erro enorme, e ela soubera que ele percebera o que fizera assim que seus olhares se cruzaram e ele vira a expressão no rosto da esposa. Agora que meia hora já havia se passado, ela estava constrangida por ter agido daquela maneira. Fora um pouco dramático, com certeza. Mas ela realmente ficara lívida. Esta era uma das poucas vezes que ela se lembrava em toda a sua vida, e certamente a mais importante, em que a reação de Gerald a alguma coisa fora tão diferente da sua. Se ao menos ele não a houvesse convencido a receber Teddy para o almoço. Se ao menos ele houvesse viajado para a Flórida logo depois que Teddy conhecera Nicole. *Se. Se. Se.*

Ele entrou com uma caneca na mão e a colocou sobre o criado-mudo.

— Fiz um chá para você.

Ela não se lembrava de outra ocasião em que ele fizera isso, exceto nas vezes em que estava gripada.

— Obrigada — disse ela.

— Imagino que você ainda esteja brava comigo — ele falou.

— Sim.

Sentia-se como se fosse uma atriz em um espetáculo de teatro. Em quatro décadas, tiveram muito poucas oportunidades para brigar. Não eram muito bons nisso.

— Vou dizer isso só mais uma vez — começou ela. — E vou tentar ser tão clara quanto puder. Acho que nunca vou entender por que você não tentou fazer com que ele mudasse de ideia quando teve a oportunidade.

— Essa responsabilidade não é minha, Evie.

— Mas por quê?

— Ninguém tem o direito de opinar sobre a maneira pela qual outra pessoa se apaixona.

Ela sentia que estava conversando com um estranho.

— Faça-me o favor! — disse ela. — Essa filosofia é muito bonita como abstração, mas estamos falando do nosso filho. Você sabe que ele está errado, Gerald. Por que não diz isso a ele?

Ele balançou a cabeça negativamente.

— Tenho minhas razões. Não precisamos levar isso adiante.

— É claro que precisamos levar isso adiante.

— Bem, há algo que eu nunca lhe disse, porque não queria que você se irritasse — começou ele, e Evelyn sentiu um aperto no peito. Não sabia se conseguiria viver com mais segredos.

— O quê?

— Meus pais eram totalmente contra o nosso casamento.

Embora os dois tivessem morrido mais de vinte anos antes, Evelyn sentiu-se indignada e ofendida, pensando em si mesma quando era mais jovem.

— Eles não gostavam de mim? — perguntou ela, e depois sorriu ao perceber o tom infantil na sua voz.

— Eles adoravam você — disse ele. — Achavam que você era um estouro. Todos pensam assim. Não queriam que eu me casasse com você porque achavam que era errado. Disseram que você não poderia me amar. Que estava apenas tentando manter Nathaniel vivo, e eu também.

— Mas isso não é verdade — disse ela.

— E, com o passar do tempo, eles perceberam que não era. Pelo menos espero que tenham percebido. É isso que estou tentando dizer. Ninguém pode saber o que realmente acontece na intimidade de um casal. É um assunto estranho.

— Você não pode comparar o que Teddy está fazendo com o que nós fizemos.

— Por que não? Eu me casei com a namorada do meu melhor amigo. Para a maioria das pessoas, é o pior que alguém pode fazer.

Ela ficou assustada com aquelas palavras. Talvez fosse surpreendente o fato de que ela e Gerald tivessem se unido daquela maneira, mas, desde então, o seu casamento estivera entre os mais naturais e ordeiros de todos. Talvez a maneira pela qual se conheceram fosse a sua característica mais interessante, mas isso havia acontecido muito tempo antes. Desde então, Gerald fora soldado em uma guerra e voltara incólume, pronto para se tornar um dos principais homens da empresa em que trabalhava. Ela lecionara para centenas de alunos. Tiveram um filho e duas netas.

De tempos em tempos ela imaginava como seria a sua vida se Nathaniel houvesse sobrevivido. Teriam sido felizes. Talvez tivessem mais dificuldades com o dinheiro, algo no qual ela e Gerald nunca precisavam pensar a respeito. Conversariam sobre livros e assistiriam menos à televisão do que Gerald. Talvez ela tivesse tido mais filhos, embora não soubesse realmente como isso funcionava, se era decidido pela biologia da mãe ou pela do pai, ou apenas pela Divina Providência.

Quando ela deixava sua mente devanear daquele jeito, imaginava o seu Gerald — sozinho, ou casado com a mulher errada, alguém que só conseguiria ver sua superfície. E sua imaginação parava por ali, pois pensar em um sem o outro era algo simplesmente impossível.

— É de partir o coração saber que você vem carregando isso durante todos esses anos — disse ela. — Querido, você precisa saber que não fez nada de errado.

— Por um lado, você tem razão — disse ele. — Mas, por outro, eu já me perguntei o que ele dirá quando nos encontrarmos do outro lado. Será que vai ficar bravo? Será que vai me odiar por toda a eternidade?

— Não creio que haja rivalidades após a morte — consolou ela.

— Talvez não.

— O que faremos em relação a Teddy?

— Estamos nos perguntando isso há trinta anos. Teddy tem quarenta. Não acho que ainda haja algo que possamos fazer por ele.

— Mas somos os pais dele.

Gerald não disse nada.

— E aquela mulher, Nicole... Eu não suportei o jeito como ela olhava para esta casa. Como se estivesse apenas esperando nós morrermos para que tudo isto possa ser dela. Ela é horrível.

Gerald não respondeu, e Evelyn acrescentou:

— Ela é cafona.

— Ele também é — disse Gerald.

Evelyn riu. Seu marido sempre conseguiu fazê-la rir, mesmo quando isso parecia impossível.

— Aposto que ela não vai durar um ano — disse Gerald.

— Mas o problema não é ela. Daqui a um ano, seja lá o que aconteça, o estrago já estará feito. Não posso me afastar das meninas — disse Evelyn. — E se Julie realmente as levar para longe?

— Então você vai escrever cartas. Nós vamos visitá-las, e elas virão nos ver também. Você é a avó delas. Nada que Teddy faça ou deixe de fazer vai mudar isso.

Ela se perguntou se ele estaria certo. Esperava que sim.

— Vai dar tudo certo, você vai ver — afirmou ele. — Por que não vamos dar um passeio até Cape Cod amanhã? Sei que você adora o oceano no outono. O que me diz?

— Tudo bem — respondeu ela, sentindo-se fraca. Não conseguia se sentir animada, mas ficou contente por ele estar tentando animá-la. Já era alguma coisa, pelo menos.

— Sorria, garota — pediu Gerald. Ele lhe estendeu a mão e ela a segurou. — Vamos lá, Evie. Vamos dar uma volta lá fora antes que fique muito tarde.

2003

O trajeto de táxi até o aeroporto JFK nunca era o mesmo das outras vezes. Delphine o percorrera cinco vezes no ano anterior com P.J., e a cada vez ela passara alguns minutos imaginando se estaria sendo sequestrada. Nenhum dos dois sabia dizer onde estava.

Hoje não foi diferente. O motorista era africano. Estava com as janelas baixadas e o ar-condicionado desligado. Falava ao celular em um idioma estrangeiro, gritando com a pessoa do outro lado da linha.

O celular de Delphine se iluminou. P.J. estava ligando. Ela o ignorou.

— Qual empresa aérea? — perguntou o motorista.

— Air France.

Quando Delphine descobrira a verdade sobre P.J., mudou-se imediatamente para um hotel. Não conseguira suportar a ideia de passar mais uma noite no apartamento dele. Passara duas semanas deitada na cama, sem comer ou conversar com ninguém, sentindo-se despedaçar. Era uma mulher de meia-idade, e mesmo assim sentia-se como uma criança, como se pudesse gritar por seu pai a qualquer momento e ser salva.

Seu telefone tocou mais uma vez, e novamente ela o ignorou.

O táxi diminuiu a velocidade ao se aproximar de um sinal vermelho. Estavam em um bairro étnico que ela não reconhecia, apinhado de prédios baixos e lojas que haviam sido transformadas em igrejas. Os hidrantes foram acionados. Crianças brincavam em meio à água.

O telefone vibrou sobre o seu colo. Uma mensagem de texto. *O que você fez com o meu apartamento? ONDE ESTÁ CHARLIE, sua puta louca?*

Ela desligou o telefone e o guardou no bolso externo da mala.

Dentro do aeroporto, alguns minutos depois, Delphine passou por uma mulher muçulmana coberta com um véu e sorriu. Pensou em quantos americanos provavelmente a odiavam ou desconfiavam dela quando a viam. Teve vontade de dizer a ela: *Eles me odeiam também, assim que eu abro a boca.*

Ela pegou o bilhete em uma das estações de autoatendimento e entrou na fila que passaria pela segurança do aeroporto. A maioria dos outros viajantes usava moletom ou calça de pijama. Delphine alisou a parte da frente do seu vestido azul.

Um homem uniformizado gritava:

— Tirem os sapatos, joias e cintos. Tirem os sapatos, joias e cintos. — Sem parar. Parecia gostar muito de dar ordens às pessoas.

Delphine tirou o relógio do pulso. Ao afastar a mão, percebeu com uma sensação de enjoo que o anel não estava mais ali.

Ela saiu da fila e refez o trajeto desde a porta do aeroporto, com os olhos no chão. Nada. Sentou-se em um banco do lado de fora e abriu a mala, embora soubesse que o anel não estaria lá. Procurou em toda a sua bagagem e enfiou os dedos no bolso externo onde havia guardado o telefone. Sentiu os dedos tocarem num metal frio, e, junto com isso, uma onda de alívio, mas quando retirou o objeto, era apenas uma moeda de um centavo.

Delphine ficou inquieta, procurando no chão mais uma vez, chegando a ficar de joelhos diante da máquina que emitia os bilhetes.

Talvez o anel nem estivesse no aeroporto. Talvez o houvesse perdido antes.

Tentou se lembrar da última vez em que o vira. Fazia algumas horas, provavelmente. Será que ela o jogara pela calha do lixo? Ou na lareira? Seus dedos estavam tão magros que o anel poderia ter escorregado em qualquer lugar. Permitiu-se ponderar cenários improváveis, nos quais todos eram suspeitos. *O porteiro foi mais amigável do que de costume. Talvez o pai que disse vir de Connecticut fosse um batedor de carteiras e o tivesse tirado da sua mão quando ela entregara a coleira de Charlie.*

— Perdi meu anel — disse ela a uma mulher que pressionava os botões da máquina, mas ela nem lhe deu atenção.

Na versão de justiça de Delphine, todas as partes inocentes sairiam da situação com aquilo com que haviam contribuído: os judeus ficariam com o violino e a família de P.J. receberia o anel de volta. Agora ela o havia perdido, e o que pertencia a eles iria desaparecer. Delphine sentiu pena da mãe de P.J., mas sentiu ainda mais pena do pai dele, que economizou todo aquele dinheiro para comprá-lo, tantos anos antes.

Enquanto visitava os pais de P.J. em Ohio algumas semanas antes, na viagem que precipitara o fim do relacionamento, ela aprendera mais sobre ele em dois dias do que poderia aprender em um ano. Seus pais, James e Sheila, eram pessoas perfeitamente gentis, mas Delphine tinha pouca coisa em comum com eles. Eles não tinham livros na casa. Deixavam a televisão ligada o dia inteiro, com as vozes de comentaristas conservadores no noticiário e locutores esportivos fazendo um pano de fundo constante em todas as conversas. Bebiam quantidades enormes de refrigerante diet e comiam salgadinho direto do saco. Haviam votado em George W. Bush.

Ela não queria parecer esnobe, mas a decoração da casa era incrivelmente cafona: bibelôs e objetos artesanais em todas as superfícies, miniaturas de porcelana em forma de sapo e flores e crianças cobertas de neve e, é claro, bassets. As paredes eram contornadas por tulipas e balões feitos com estêncil.

Sheila era uma mulher enorme que parecia ter desistido de cuidar da aparência. Seus cabelos castanhos, que chegavam à altura dos ombros, tinham várias mechas grisalhas, como a gordura entremeada em um filé. Ela o prendia com uma presilha plástica num rabo de cavalo. Pariu cinco meninos em quatorze anos, mas mantinha a esperança de que algum dia teria uma menina. Não pretendia mais ter filhos, mas sua barriga nunca voltara ao normal. Seus braços eram largos e gordos. Usava um jeans folgado e uma camiseta dos Red Sox quando estava em casa. Era possível perceber que ela já fora muito bonita. Tinha olhos grandes e azuis e um sorriso carinhoso. Mas trabalhava quarenta horas por semana como enfermeira e ainda tinha três filhos vivendo sob o seu teto, respectivamente com dez, treze e dezesseis anos. Os meninos eram bagunceiros e viviam gritando. A varanda por onde entraram estava cheia de equipamentos de hóquei e cheirava a suor e a bolor.

Seu marido, James, era um homem esguio, bem mais baixo do que P.J. Trabalhava com ambulâncias, como operador de rádio para uma empresa de paramédicos na cidade. Não tinha curso superior. Ninguém naquela família tinha, com exceção de P.J. e de um tio que todos pareciam odiar.

A mãe de James, uma mulher frágil de oitenta e tantos anos, morava com eles. Durante quase todo o fim de semana ela ficava em uma sala envidraçada que permitia entrar a luz do sol, assistindo a programas religiosos na televisão.

— Como está Nana? — sussurrara P.J. para Sheila, olhando para a avó pela porta entreaberta.

Sheila dera de ombros.

— Como sempre. Toda manhã, quando acorda, ainda tem seis meses de vida.

Delphine não sabia exatamente o que aquilo queria dizer. Parecia sério, mas Sheila rira ao concluir a frase.

Na noite de sexta-feira, antes do jantar, eles se sentaram na sala de jantar. Sheila trouxera uma travessa de salsichas empanadas em miniatura.

— Tenho alguns miniquiches no freezer também, se vocês quiserem — dissera ela. — Leva só cinco minutos para esquentar.

— Estamos bem.

A sala era como um santuário dedicado a ele. Havia uma enorme mesa cheia de globos de vidro com paisagens nevadas que ele enviava para casa sempre que viajava pelo mundo. Pôsteres emoldurados que exaltavam suas conquistas forravam as paredes: as listas das paradas de sucesso quando seu álbum ia direto à primeira posição, uma performance solo em Dublin com as palavras INGRESSOS LIMITADOS: ESGOTADOS impressas em vermelho, e resenhas de jornal com as sentenças mais elogiosas destacadas com marca-texto amarelo fosforescente. "McKeen tirou tudo que um ser humano é capaz de extrair do seu instrumento. Sua performance foi magistral, brilhante, inacreditável" — *The New York Times*. "Esta noite, McKeen não foi somente um mestre violinista, mas também um coro inteiro de cantores, desde um soprano de ópera até um cantor *country*" — *The Dallas Morning News*.

Sheila fizera inúmeras perguntas a P.J. sobre o seu trabalho, e Delphine percebera que isso o deixara um pouco desconfortável. James continuara estranhamente em silêncio durante a maior parte da noite, como se também estivesse esperando que o assunto mudasse.

P.J. havia dito a Delphine que seus pais não entendiam que, embora sua fama fosse motivo de orgulho para os dois, não era muito mais do que um emprego, na realidade. Dissera que eles não o viam mais como antigamente, como seu filho. Agora ele era uma ideia para eles, não uma pessoa. Era a coisa que o casal fizera que dera certo, a promessa ao redor da qual eles construíram seu mundo, e ele se ressentia por isso.

Delphine se perguntara se eles sabiam quanto dinheiro o filho ganhava. P.J. era generoso com eles. No Natal, ele mandara um par de brincos de safira para Sheila e uma TV enorme para James. Ela imaginara que ele provavelmente os tivesse ajudado a comprar a casa. P.J. mencionara, certa vez, que os dois estavam afundados em uma dívida enorme, como quase todo mundo na América, mas, até onde sabia, ele nunca tentara ajudá-los a pagar o que deviam.

Claramente, P.J. era o orgulho da família. O outro filho adulto, Danny, era um encanador que morava em Columbus. Ganhava um salário decente, mas não podia se comparar a P.J.

Eles o chamavam pelo nome verdadeiro, Parker. Aparentemente, as iniciais foram algo que ele adotara no final do ensino fundamental, quando os outros meninos que estudavam música durante as férias começaram a zombar dele por ter um nome de gente rica apesar de vir de uma família de classe média.

— Qual é, cara? Sua mãe ouviu esse nome em alguma novela? — perguntara algum moleque, e, quando as aulas da escola recomeçaram, Parker havia virado P.J.

Quando se conheceram, Delphine gostara do nome abreviado, mas, com o tempo, passara a achar meio infantil. Pensava que ele devia voltar a ser Parker. Às vezes imaginava que ele estava enfatizando demais a sua juventude. Toda vez que era mencionado em um jornal, o articulista fazia questão de comentar que ele tinha "apenas vinte e quatro anos". Vinte e quatro quase não podia mais ser qualificado como jovem no mundo dos prodígios musicais. Mas os jornais escreviam isso a seu respeito desde que ele tinha apenas dezessete anos, apenas dezoito anos, apenas dezenove anos. Quando ele conseguiria chegar a uma idade em que seu talento falaria por si?

Algum tempo antes, ela ficara encantada pelo que via como certa crueza nele, sua honestidade e a maneira pela qual aquelas características influenciavam sua música. Mas não pensava mais que ele era tão talentoso quanto as pessoas diziam. E também não era cru. Tudo o que ele fazia era premeditado — desde os ocasionais concertos beneficentes que aceitaria fazer apenas se o evento fosse coberto pela imprensa à muralha que ele construíra entre si mesmo e a família.

James e Sheila moravam nos arredores de Cleveland, em uma casa com um quintal imenso, no qual uma piscina instalada em uma plataforma ocupava mais espaço do que parecia ser necessário. A casa tinha um bom tamanho, mas era pequena demais para seis pessoas, já que tinha apenas quatro quartos. Delphine e P.J. dormiram em um sofá-cama na sala de estar.

No jantar, James perguntara a ela:

— E então, como é viver na França?

Será que ela poderia resumir tudo aquilo em uma única palavra, ou uma única frase? O que ele diria se ela perguntasse como é viver na América?

Ele prosseguira.

— As pessoas lá são realmente tão loucas quanto dizem por aí a respeito de Jerry Lewis?

— Pai, fique quieto — dissera P.J. gentilmente, embora parecesse estar constrangido. — Você sabe que isso é só um estereótipo bobo, não é?

— Foi uma piada — dissera James.

— Está tudo bem — falara Delphine. — Quase tudo que eu sei sobre a América aprendi assistindo *I Love Lucy*.

Eles riram, relaxando um pouco a tensão.

Sheila comentara:

— O anel ficou bonito em você. Você tem dedos longos e finos.

Delphine olhara para a joia, sentindo-se constrangida. Na realidade, era o anel de Sheila.

— Você sente que ele acaba se prendendo nas coisas? — perguntara Sheila. — Eu tive que parar de usá-lo, porque ele sempre acabava se enganchando.

— Sim! — dissera Delphine. — Eu sou uma escritora canhestra, então uso muito essa mão.

— O correto é "canhota" — dissera P.J.

James sorrira e balançara negativamente a cabeça, como se ela fosse uma criança adorável, mas burra.

— Escritora canhestra — repetira ele.

Todos beberam muito. O vinho era horrível, mas ela o engolira como se fosse o melhor que já tomara na vida.

Sheila começara a tirar os pratos e P.J. se levantara para ajudá-la. Delphine não sabia se deveria ajudá-la. Ela se levantara, mas Sheila dissera:

— Você é a nossa convidada! Sente-se!

Delphine fizera o que ela mandara, ainda se perguntando o que se esperava que ela fizesse enquanto os observava levar os pratos para a cozinha. Os americanos tinham o hábito de dizer uma coisa querendo dizer outra.

James estava falando que o seu cachorro, Frank, passara a semana inteira apático.

— Mais do que o normal para um basset — dissera ele, rindo. — Acho que vou levá-lo ao veterinário amanhã.

Delphine assentira, mas seu ouvido estava atento à conversa que se desenrolava na cozinha. Era capaz de ouvir as vozes, mas não as palavras. Até que, subitamente, o volume do diálogo aumentou o suficiente para que ela conseguisse perceber que Sheila dizia:

— Eu dei aquele anel para que você o entregasse a Shannon. Não para uma estrangeira que você conheceu há cinco minutos. E se ela voltar para o marido e levar o anel para fora do país?

— Você me deu o anel para que eu o entregasse à mulher com quem quero me casar, e essa mulher é Delphine — dissera ele. — Por que está tão irritada? Você nem gostava daquele anel.

— Não é isso. Não é somente pelo anel.

— Por quê, entao?

— É o fato de ela ter um marido — sibilara a mãe de P.J. — Não quero que você tenha que passar o resto da vida sabendo que destruiu um casamento. Você é só um garoto. Não entende o que isso significa.

Um momento depois, ela passara pela porta com um enorme sorriso no rosto e oferecera uma fatia de bolo de sorvete a Delphine.

Quando eles se deitaram naquela noite, ela perguntara:

— Por que você disse à sua mãe que eu era casada?

— Não sei. Porque você era. Ou é. Provavelmente foi uma bobagem achar que ela aceitaria isso.

— Você nunca me disse que a sua mãe lhe deu o anel para que você o entregasse a outra pessoa.

— E daí? Eu o entreguei a você.

— Bem, por que ela mesma não o usa? Não entendo.

— Meu pai deu o anel para ela querendo provar algo a si mesmo. Foi uma estupidez gastar dinheiro em uma coisa tão cara quando eles não tinham nada. Minha mãe sempre pensou assim. Ele vendeu um carro antigo para comprar o anel. Ela o usava porque achava que faria bem para ele, que o faria se sentir mais homem. Quando eram crianças, meu pai lhe deu um anel que não valia nada, sem qualquer enfeite, e era um anel que ela podia usar quando estava trabalhando no hospital. Era esse o anel que ela amava. Este outro anel é para uma mulher totalmente diferente. Alguém como você.

Ela percebera que P.J. se sentia bem dando a ela um anel que devia ser entregue a outra pessoa, porque ele o via apenas como um objeto. Era a mesma razão pela qual ele fora capaz de comprar o Stradivarius, sem nunca imaginar se os nazistas haviam matado alguém por causa dele.

Eles ficaram deitados na cama, sem se tocar. Delphine não conseguia dormir. Olhava fixamente para uma foto na parede, em uma moldura com as palavras LAR, DOCE LAR contornando o rebordo. A imagem mostrava uma casa pequena e cinzenta na esquina de uma rua movimentada. No fundo, havia um carro colocado sobre blocos de cimento, deixado sobre o gramado da casa vizinha.

Por volta das duas da manhã, ela se levantara para tomar água. James estava assistindo à televisão na sala de estar, com as luzes apagadas. Quando ela o vira ali, ela se virara para voltar por onde viera, mas ele a vira também e dissera:

— Entre.

Havia cinco garrafas de cerveja vazias enfileiradas como soldadinhos de chumbo na base da sua poltrona. Ele estava com mais uma na mão.

P.J. lhe dissera que seu pai sempre bebera, desde as suas primeiras lembranças. Não era exatamente um alcoólatra, de acordo com ele. Mas estava quase lá.

— Sente-se — dissera James.

Ela se sentara no sofá e olhara para a TV.

— *Frasier* — dissera ele. — É o nome do seriado. Passa-se em Seattle. Já esteve lá?

— Não — respondera ela.

— Nem eu. Dizem que é o melhor lugar do mundo para se ter um ataque cardíaco. Procedimentos de reanimação cardiorrespiratória são matéria obrigatória no ensino médio.

— Ah.

— Lá, ou então em um cassino — dissera ele. — Nos cassinos, você é vigiado por câmeras e sempre tem alguém de olho, a cada segundo. Se você cair no chão, alguém vai perceber.

— Ah, sim.

— Desculpe. Conversa chata de paramédico.

— Não é chata.

— Fiz parte da primeira geração. Mas muitas das coisas que fazíamos naquela época eram erradas. Nós entubávamos pacientes com parada cardíaca. Hoje, dizem que é a pior coisa que se pode fazer. Os procedimentos de reanimação cardiorrespiratória eram completamente diferentes. Havia muito mais ventilação. Em alguns casos, estávamos hiperventilando as pessoas. É algo que não sai da sua cabeça se você começa a pensar muito no assunto. Todos os pacientes que você achava que estava salvando, mas que, na realidade, não estava.

— Você deve ter visto muitas coisas horríveis — dissera ela. — Não havia alguma maneira de ajudá-lo a lidar com tudo aquilo?

— Hoje em dia há terapeutas na equipe para conversar com os rapazes. Mas, quando eu estava na ambulância, o que fazíamos era ir ao bar do Ground Round depois que o turno terminava e enfiar a cabeça em uma caneca de cerveja.

Eles ficaram sentados em silêncio, até que um comercial de creme para dentaduras surgira na tela.

— Espero que este não seja o ano em que vou precisar começar a usar esse treco — dissera ele.

— Como é?

— Hoje é o meu aniversário.

— Ah, é verdade. Já passa da meia-noite! — dissera ela. — Feliz aniversário.

Ele gesticulara de maneira modesta, como se não houvesse sido ele quem mencionara o assunto.

— Odeio aniversários — dissera ele. — Cinquenta anos. Jesus Cristo!

Delphine ficara chocada ao saber da idade do homem. Era seis anos mais novo do que Henri.

Havia um jornal sobre a mesa de centro, e ele apontara a garrafa de cerveja na direção do periódico.

— Guardei isso para você — dissera ele. — Há um artigo sobre Parker na seção de artes. Foi publicado há alguns meses. Eles nos ligaram para que disséssemos algumas coisas.

— Vocês devem estar muito orgulhosos — comentara ela. A mesma coisa que as pessoas sempre diziam a ela.

Ele engolira em seco e assentira.

— Você tem filhos? — perguntara ele, e, embora não fosse impossível, a questão parecera estranha a Delphine.

— Não.

— Um pai sempre quer que seus filhos tenham uma vida melhor que a dele. É isso que o Sonho Americano representa. Mas é duro quando eles deixam de depender de você. Dói demais.

Delphine não sabia o que deveria dizer.

— P.J. o ama muito — dissera ela.

— É claro que ama — respondera James. — Ninguém falou nada sobre amar. Amar é a parte fácil. O problema é que ele não aguenta ficar perto de nós.

— Não! — protestara ela.

— Nós não o víamos há um ano.

— Ele é uma pessoa muito ocupada. Eu moro com ele, e nós mal conseguimos nos ver.

James fizera que sim com a cabeça, mas não parecia estar convencido.

— Quando os meninos mais velhos eram pequenos, eu os levava para vender latinhas em um estacionamento. Isso quando ainda vivíamos em Massachusetts. Eles adoravam. Os dois dividiam os trocados que ganhavam. Parker começou a ir a Boston para estudar violino quando tinha oito anos, e, dois meses depois, achava que era bom demais para vender as latinhas. Ele se escondia no banco traseiro do carro enquanto eu e Danny falávamos com o balconista.

Ela franzira a testa.

— Essas crianças — dissera.

— Isso não é nada. Sabia que ele apareceu no programa do Johnny Carson quando tinha doze anos? Depois disso, tudo começou a acontecer muito rápido. Ele nunca queria que estivéssemos por perto, na verdade. Nós o envergonhávamos.

— Tenho certeza de que isso não é verdade — dissera ela.

— A pior parte foi que, ao mesmo tempo em que ficava constrangido pelas suas origens, ele começou a nos usar como uma história que pudesse contar. Um garoto pobre que veio de uma família ruim e conseguiu vencer na vida.

— Eu sei que não é assim que ele pensa — argumentara ela. — Se há algum culpado na história, essa pessoa é Marcy, a empresária dele, que fica insistindo nessas coisas.

— Ah, sim. A empresária. Esses figurões vieram e tomaram conta de tudo. E nós deixamos que o fizessem. Pensamos que seria o melhor para ele. Quando ele era muito pequeno, eu sonhava vê-lo se tornar alguém importante algum dia. Agora que ele se tornou importante, eu sonho com aquela época, quando ele era apenas um bom menino que adorava o seu pai.

— Todos têm que crescer — dissera Delphine.

— Com certeza. Mas deixe eu lhe fazer uma pergunta: o que você diz ao seu filho depois que ele se apresenta para o imperador do Japão, sendo que você nunca conseguiu nem mesmo viajar à Califórnia?

Ele engolira o que restava na garrafa, e depois se levantara.

— Desculpe. Não sei por que comecei a falar sobre isso. Não devia.

— Está tudo bem.

— Não, não está — dissera ele. — É por isso que eu odeio aniversários. Fazem você começar a pensar demais na vida. Eu sei que ele teve que desistir de vários sonhos, mas o que sobrou para nós? Minha esposa e eu crescemos em uma cidade perto de Boston. Todos os nossos amigos estão lá, e também a família de Sheila. Viramos nossa vida de cabeça para baixo e viemos para cá para que ele pudesse estudar em uma escola de prestígio, com o professor que o escolheu. Eu, em Cleveland? É quase como se... bem, talvez seja como você, em Cleveland.

Ela sorrira.

— Por que não voltaram para Massachusetts depois que ele saiu de casa?

— A vida é meio estranha. Você acaba se apegando a certas coisas, mesmo quando não quer. Os meninos mais novos não conhecem outro lugar além deste. Temos bons empregos aqui. — Ele deixara a frase morrer no ar. — Vou pegar mais uma cerveja antes de deitar. Quer alguma coisa?

— Não, obrigada. Acho que estou pronta para voltar para a cama.

— Tudo bem. Até amanhã de manhã, então. E não se preocupe com Sheila. Ela é um pouco superprotetora, só isso. Tenho certeza de que vocês serão um ótimo casal.

Delphine finalmente adormecera por volta das quatro da manhã. Acordara várias horas depois, ouvindo o som de uma gritaria que vinha de fora da casa.

P.J. abrira os olhos devagar.

— Mas que diabos...?

Eles olharam pela janela para investigar, com os problemas da noite passada evidentemente deixados para trás. Diante da garagem, James abraçava Sheila e a levantava no ar, sem se importar com o fato de que ela devia pesar quase vinte quilos a mais do que ele. Estavam diante de um enorme carro vermelho que parecia ter saído diretamente de um filme americano ambientado na década de 1950.

P.J. falara das brigas feias que houvera entre seus pais, mas eles pareciam felizes juntos, ainda apaixonados após tantos anos. Talvez fosse essa a razão pela qual ele frequentemente lhe falava de maneira ríspida. No mundo dele, as palavras não tinham peso.

— Meu Deus — dissera P.J., olhando para eles. — Parece exatamente o carro que ele teve que vender, o mesmo de que eu lhe falei ontem à noite.

Eles logo viriam a saber que era exatamente o mesmo carro. Sheila conseguira descobrir o seu paradeiro e o comprara de volta para o marido, dando-lhe o veículo como presente de aniversário. P.J. lhe falara sobre a dívida que os seus pais tinham no cartão de crédito. Delphine se perguntara se eles teriam condições de comprar o carro, mas preferira não perguntar a respeito.

— É muito romântico — fora tudo o que ela dissera enquanto discutiam o assunto durante o café da manhã.

James beijara a esposa na bochecha, parecendo jovem e feliz.

— É o melhor presente que ganhei em toda a minha vida.

No caminho de volta a Nova York, Delphine cometera o erro de contar a P.J. o que o seu pai havia dito na noite anterior.

— Deveríamos tentar vir vê-los mais vezes — dissera ela. — Acho que eles sentem muito a sua falta.

P.J. bufara.

— Foi isso que ele disse, hein? Engraçado. Ninguém reclamou quando eu lhes comprei aquela casa.

— Acalme-se — pedira Delphine.

Ela estava pensando tanto no seu pai quanto em James. Havia um distanciamento entre ele e P.J. que, aparentemente, ambos decidiram aceitar. Mas, enquanto estivessem vivos, sempre haveria uma oportunidade para reatar os laços. Por que deixar isso passar?

— Minha lembrança mais antiga é o meu pai cantando para mim — dissera ele. — Ele tentou me ensinar a tocar violão. Depois, viu um programa na televisão sobre crianças que aprenderam a tocar violino pelo método Suzuki, e decidiu que eu devia tentar fazer aquilo. E descobrimos que eu era muito bom. Eu conseguia ler as partituras com muita facilidade. Nos Estados Unidos, todos começam pelo método Suzuki. Você aprende tudo de ouvido, escuta uma gravação e tenta repeti-la. Um bom professor faz com que você leia a partitura e as notas. Na primeira aula que frequentei, fomos ensinados a olhar para as partituras. Na aula seguinte, uma semana depois, eu já havia memorizado tudo. O professor percebeu que eu tinha algo a mais. Indicou-me para uma escola em Boston que os meus pais não tinham condições de pagar. Mesmo assim, eles me matricularam lá.

— Eles queriam o melhor para você — dissera ela.

— Eu ensaiava cinco horas por dia — continuara ele. — Não tenho uma vida normal desde os oito anos de idade. Está entendendo? Eu não conseguia mais conversar ou conviver com os garotos do meu bairro, e era totalmente diferente dos garotos com talento para a música que conhecia. A maioria deles era filho ou filha de professores asiáticos do MIT. Meu pai era motorista de ambulância. Ele me mandou para fora de casa quando eu tinha doze anos. Vim para Cleveland estudar com George Sennett, e, até onde eu percebo, ele foi um pai melhor para mim do que o meu próprio pai jamais conseguiu ser. Quando eles finalmente decidiram se mudar para cá, dois anos depois, eu não precisava mais deles.

Delphine esperou até o último minuto para passar pela segurança do aeroporto, como se esperar, de algum modo, pudesse fazer o anel surgir. Quando embarcasse naquele avião, a possibilidade de encontrá-lo teria sumido para sempre.

Mas, após algum tempo, o momento chegou e ela se foi.

No avião ela pensou nas opções que não havia considerado. Estava sozinha outra vez, e podia fazer qualquer coisa — ir para o oeste e abrir um salão de beleza parisiense, ir para a África e lecionar em algum vilarejo remoto. Mas nada tão audacioso havia surgido em sua mente com muita seriedade. A única coisa que ela conseguia pensar em fazer era voltar para Henri e fechar o coração para esse ano, como se ele nunca houvesse acontecido. Uma parte dela queria retornar — para a loja, para a sua rotina simples, para a cidade que ela amava, para o homem que a amava.

A aliança de ouro que ele lhe dera no dia em que se casaram ainda estava na sua bolsa, desde o dia em que ela saíra da França. Delphine o buscou enquanto sobrevoava um ponto qualquer do oceano Atlântico e o colocou no dedo.

Ela nunca chegou a pedir o divórcio. No início, parecia que teria de fazê-lo imediatamente. P.J. falava o tempo todo que queria se casar com ela. Mas logo parou de tocar no assunto, e Delphine se sentiu estranhamente aliviada. Eles estavam noivos e isso era o suficiente. Ao relembrar aquilo, ela se perguntou qual foi o momento em que ele soube que o relacionamento não teria um final feliz.

Se ela houvesse iniciado o processo de divórcio, se houvesse contratado advogados e o patrimônio do casal houvesse sido dividido, ela não saberia como Henri iria reagir quando ligasse para ele, ainda no quarto do hotel, para dizer que estava voltando para casa.

Quando Delphine ligou, ele pareceu aliviado e não muito surpreso ao ouvir sua voz. Disse que iria encontrá-la no aeroporto quando seu voo chegasse.

Do lado de fora do aeroporto Charles de Gaulle, o Mercedes de Henri estava parado rente à calçada, com o motor ligado. Ela percebeu que ele não entrou no aeroporto para ajudá-la com a bagagem, e não saiu do carro quando a viu. Abriu o porta-malas automaticamente apertando um botão, e ela colocou a mala no compartimento. Ao sentar-se no banco do passageiro, ela buscou a mão de Henri. Sem olhar para ela, ele aceitou o toque, e até mesmo fechou os dedos com firmeza ao redor dos dela. Henri começou a dirigir.

— Você está mais magro — disse ela.

Ele não respondeu. Ela perguntou:

— Como vai a loja?

— Ruim como estava antes. Os americanos não estão viajando. A cotação do dólar está caindo, eles estão com medo de viajar de avião e acham que os franceses estão mancomunados com Saddam Hussein. Tenho certeza de que já teria perdido a loja se não fosse pelas minhas economias.

Eles ficaram em silêncio, ambos pensando na fonte daquelas economias, presumiu ela. Quando chegaram à casa, ele foi dormir no quarto de hóspedes, sem alongar o diálogo. Delphine acordou sozinha na manhã seguinte, ouvindo o toque do despertador dele através da parede.

Ela o encontrou na cozinha alguns minutos depois, preparando tartines e café au lait.

— Precisamos conversar — ela disse, gentilmente.

— Há muitas coisas a fazer hoje — respondeu ele.

Ele havia acabado de reabrir a loja depois de passar três semanas no campo.

Henri abriu o jornal e começou a falar sobre as manchetes, especialmente do *canicule* recente, uma onda de calor intenso que havia matado treze mil franceses em suas casas no mês de agosto. Houve máximas constantes de 37 a 40 graus desde junho, o que causou incêndios florestais e uma seca que seria desastrosa para os fazendeiros. O pior eram as histórias de milhares de pessoas que haviam saído de férias e deixado seus parentes idosos sozinhos em casa, como era o costume dos franceses. Sem ar-condicionado em residências privadas e instituições para idosos, muitas das pessoas mais velhas não resistiram.

— Como essas pessoas conseguem viver consigo mesmas deixando seus parentes velhos e frágeis para trás? — perguntou Henri quando a história surgiu no rádio.

— É horrível.

Criticar a França lhe dava uma sensação boa, depois de um ano em que ela só conseguiu defender o país. Ela percebeu que Henri estava falando dela, assim como de todas as outras pessoas. Mas ela havia feito algo verdadeiramente horrível. Era normal esperar que ele encontraria maneiras de fazer com que ela se lembrasse daquilo.

O calor foi assunto constante nas primeiras páginas durante vários dias. Os necrotérios estavam cheios, então os corpos estavam sendo guardados em caminhões de entrega ou enterrados em sepulturas anônimas. O diretor-geral de saúde havia renunciado ao cargo e o povo exigia mais renúncias.

Em uma manhã Delphine leu um artigo menor, algo que ninguém chamaria de catástrofe: uma árvore de 325 anos em Versalhes, conhecida como o carvalho de Maria Antonieta, havia morrido por causa da seca, de acordo com o jardineiro do palácio. Delphine perguntou a si mesma o que aconteceria com algo tão importante quanto aquela árvore quando ela morresse, se a árvore seria enterrada, queimada ou triturada e transformada em fertilizante para alimentar as rosas. Talvez instalassem uma placa no lugar onde a árvore ficava, ou talvez a terra simplesmente ficasse nua, com uma leve cicatriz marcando o local. Talvez, com o passar do tempo, outra coisa crescesse em seu lugar.

O calor finalmente passou em setembro, e com ele toda a indignação e a especulação sobre quem seria responsabilizado, e o que o país deveria aprender com aquele fracasso moral coletivo.

Delphine também escapou do castigo. Depois de passarem três semanas dormindo em quartos separados, Henri retornou à cama deles. Ele colocou os braços ao redor dela. Na manhã seguinte ele perguntou:

— *Quelles nouvelles?* — e ela sorriu, deslizando a palma no rosto dele.

A vida voltou a ser do jeito que sempre foi. Às vezes, Delphine imaginava se Nova York não fora um sonho.

Às vezes ela pensava no anel. Mais de uma vez, chegou a sonhar que o havia encontrado e acordava imensamente aliviada, apenas para perceber a verdade. Delphine esperava ter simplesmente perdido o anel em algum lugar do apartamento e que, em uma manhã qualquer, P.J. o encontraria ali mesmo, no carpete.

Durante algum tempo ela recebeu e-mails e telefonemas dele, e ignorou todos. Mudou seu endereço de e-mail e o número de telefone, e até mesmo o telefone da loja, que era o mesmo desde que François Dubray instalara o primeiro aparelho ali, em 1972. Seu marido nunca mencionara as mudanças, ou *l'Américain*, ou o ano que passaram separados.

Onze meses depois de voltar para casa, Delphine deu à luz a sua única filha, uma menina chamada Josephine.

1987

James entrou com o carro no Boulevard Morrissey. Ligou o rádio e girou o botão sintonizador, mas todas as estações estavam tocando canções de Natal e ele não estava a fim de ouvir aquilo. Escutou alguns versos de "Feliz Navidad" antes de enfiar no aparelho uma fita cassete qualquer que estava no console.

Eram os Ides of March. "Vehicle" começou a tocar nos alto-falantes, um solo de abertura com sopros que fazia o ouvinte se sentir dez vezes mais poderoso do que jamais seria.

Ele percebeu a viatura no retrovisor antes que o policial ligasse a sirene. Quando as luzes azuis começaram a brilhar, o coração de James acelerou. Não havia outros carros por perto.

— Merda merda merda merda merda — disse ele, em voz baixa. Era o fim, então. Ele visualizou Sheila recebendo uma ligação da polícia. Ele era um ladrão agora, e fora idiota o bastante para roubar de um paciente. E isso significava que, além de ser um criminoso, ele voltaria a ficar sem emprego.

James encostou o carro à direita. Pensou que iria vomitar quando tivesse de abrir a janela e agir como se tudo estivesse normal. A viatura acelerou, aproximando-se cada vez mais até passar por ele e deixá-lo para trás.

Ele exalou. Relaxou.

Ainda estava exausto, mas sentia-se artificialmente animado. O anel era uma coisa viva em seu bolso. Podia jurar que tinha até mesmo uma pulsação.

James se sentia enojado por causa de todo aquele episódio agora. Como foi que tudo aconteceu? Talvez ele devesse enviar o anel de volta em um envelope branco e sem anotações. Mas para quem ele o enviaria? Se o penhorasse, ele receberia o dinheiro e ninguém saberia. Se ele o enviasse pelo correio, talvez conseguissem rastreá-lo e chegar até ele.

Quando chegou à casa da sua mãe, já eram quase oito horas. James tentou a maçaneta da porta e ficou aliviado ao ver que estava trancada. Ele bateu e esperou, escutando o barulho dos passos.

Ela veio até a porta, vestindo um roupão.

— Feliz Natal! — disse ela. — Venha, saia desse frio. Tire essas botas! Seu irmão já me ligou.

— Que estranho. Devem ser cinco da manhã lá onde eles moram.

— Eles acordam cedo, eu acho.

Um telefonema idiota significava muito para ela, e mesmo assim o desgraçado do seu irmão só ligava no aniversário dela e no Natal. James podia ouvir o rádio no quarto ao lado. Sentiu vontade de ficar ali. Sentia agora as atrações opostas que haviam entre a sua antiga família e a atual.

— Estou atrasado para voltar para casa e ver os meninos — disse ele. — Preciso ir andando. Quer vir comigo e observá-los abrir os presentes?

— Agora? — perguntou ela. — Ah, não, meu cabelo está um horror. Além disso, é uma ocasião apenas para vocês quatro.

Ele se sentiu aliviado.

— Tudo bem, se você tem certeza.

James pegou algo que estava embrulhado em papel-alumínio sobre a mesa de centro. Pesava quase uma tonelada. Imaginou se Doris Mulcahey havia passado por ali depois de vê-lo. Fazia apenas vinte e quatro horas que ele a vira em seu jardim, e ainda assim, parecia que já fazia alguns meses.

— A menina oriental do outro lado da rua trouxe isto — disse a sua mãe. — Não acha que foi uma gentileza?

James colocou o pacote de volta na mesa.

— O que é isso? Um tijolo?

— Bolo de frutas, eu acho.

— Ah, sim. — Ele beijou a bochecha da mãe antes de sair outra vez. — Voltarei às 11h45 para buscá-la e irmos à missa.

— Chegue às 11h30. Quero sentar bem na frente.

— Tudo bem. Feliz Natal, mãe.

Ela ficou sob o vão da porta e observou enquanto ele rapidamente tirou a neve dos degraus e abriu caminho até a calçada. Suas costas pareciam que iam se quebrar em duas, mas ele estava movido pela adrenalina pura, e o ritmo que conseguiu estabelecer para limpar a neve o acalmou um pouco. Quando entrou no carro e seguiu para casa, disse a si mesmo para relaxar. Não seria bom se Sheila começasse a se perguntar o que ele estava fazendo, bem no dia em que deveria ser todo dedicado a ela. Amanhã, a primeira coisa que ele faria seria penhorar o anel. Explicaria o dinheiro extra dizendo que ganhara um bolão de apostas esportivas no trabalho. Ela ficaria irritada ao saber que ele andara apostando outra vez, mas, se tivesse sorte, ficaria tão feliz com a quantidade de dinheiro que não se importaria.

Quando chegou em casa, Connelly já havia passado por ali e removido a neve da calçada. Quando James estacionou, viu que Parker pulava sem parar por trás da janela. E riu.

O anel que ele comprara para Sheila estava dentro da sua caixa preta de veludo no porta-luvas. Ele o pegou, como já havia imaginado cem vezes que o faria. Mas se deteve. E se ele empenhasse esse anel? Ele podia dar o anel bonito para Sheila. Finalmente ela ganharia o que merecia.

Mais tarde, ele se preocuparia com o fato de que ela ficaria ainda mais exposta a assaltos se usasse o anel pela cidade. Mas, naquele momento, ele tirou o anel mirrado da caixa e o trocou pelo de Evelyn Pearsall.

Ele subiu os degraus da varanda dos fundos, tremendo. O cachorro veio recebê-lo na porta da cozinha e James o acariciou atrás das orelhas.

— Feliz Natal, amigão — disse ele.

Sheila fez uma barreira com as cadeiras da sala de jantar sob o buraco do teto da cozinha. James olhou para cima e viu o vaso sanitário e a pia do banheiro do 1° andar.

— Meu Deus — disse ele.

A casa cheirava a café e bolinhos de canela, e, quando ele entrou na sala, os três estavam ali, a sua família. Sheila estava sentada no sofá, usando roupão e chinelos. Os garotos estavam deitados no chão diante da árvore, de pijama, balançando as caixas para tentar descobrir o que havia nelas.

Ela não mencionou o fato de que ele estava atrasado. Simplesmente se levantou e o abraçou, dizendo:

— Feliz Natal. Vou pegar um café para você. Deve estar exausto.

— Agora, papai? — disse Parker, sem fazer qualquer menção de cumprimentá-lo. — Por favor?

— Espere só um minuto. — James foi até o armário do corredor e pegou a câmera de vídeo. Seu irmão exibido havia passado no Circuit City recentemente e comprara uma câmera de vídeo de oitocentos dólares com um compartimento para inserir uma fita VHS. James tinha a versão mais barata, com as fitas menores, que ele ainda não havia descoberto como fazer para assistir. Mas, em algum dia menos movimentado, descobriria.

Sheila voltou com duas xícaras de café, e eles se sentaram lado a lado no sofá. Não havia nenhum outro lugar no mundo onde ele preferisse estar.

— Atenção, agora — disse ele.

— O que está escrito na sua mão direita, pai? — perguntou Parker.

James olhou. *Evelyn Pearsall*. Havia anotado o nome da mulher no dorso da mão. Era um ladrão de meia-tigela mesmo.

— Era nome de uma paciente minha que eu não queria esquecer — disse ele. — E então, a que horas vocês acordaram?

— Às quatro — disseram Sheila e Parker ao mesmo tempo. Ela com um toque de cansaço na voz, e ele com orgulho.

James apontou para um pacote familiar.

— Aquele ali parece ótimo. Por que você não o abre primeiro, Parker?

Sheila olhou para ele com seriedade, como se devessem ter começado com as meias e ir crescendo até chegar ao robô, mas James achava que não havia motivo para esperar. Provavelmente seria o último ano em que seu filho acreditaria em Papai Noel, quando ele tinha aquele tipo de fé que nada é capaz de abalar. Havia algo muito especial naquilo. James teve vontade de sentir a experiência outra vez por si mesmo.

Parker rasgou o papel vermelho lentamente, adicionando um toque dramático ao ato.

— Será que...? — Um pequeno rasgo. — Será que é? — Mais um rasgo, e mais outro. — Ah, meu Deus, mãe, é Rolly, o robô!

E agora ele estava dançando pela sala, agitando a caixa acima da cabeça. Danny riu, confuso.

— Eu sabia! — disse Parker, alegre.

— Ah, sabia, é? Sabia mesmo? — perguntou James.

Sheila o tocou no ombro e sussurrou.

— Esquecemos as pilhas?

Parker se aproximou e sentou-se aos pés dele.

— Pai, você pode me falar sobre aquele cinema *drive-in* de novo?

Foi no verão que ele contou a história a Parker pela primeira vez. Haviam passado perto de uma das velhas telas instaladas à beira da estrada em Braintree. O teatro havia fechado as portas alguns anos antes, mas ninguém se importara em remover a tela.

— O que é aquele quadrado branco enorme? — perguntara Parker na época, e James se sentira como se tivesse quatro mil anos de idade.

— Por que você quer saber disso? — perguntou ele agora.

— Contei do cinema para o Danny ontem à noite, uma história para ele dormir — disse Parker. — Mas eu não conseguia me lembrar como os seus primos saíram do porta-mala.

James riu.

— Bem... Eu, o tio Bobby e nossos primos Brian e Jon fomos ao drive-in. Não me lembro qual era o filme que estava passando, mas sei que Jon estava dirigindo o carro da sua avó, por alguma razão. Era preciso pagar um ingresso por pessoa, e não queríamos gastar o dinheiro, então fizemos Brian e Jon entrar no porta-mala do lado de fora dos portões. De qualquer maneira, assim que Bobby fechou o porta-mala, ele virou para mim e disse: "Vamos lá". E eu disse: "Certo. Me dê as chaves". E depois ele disse...

Parker interrompeu, empolgado.

— E ele disse que também não estava com as chaves! E foi então que você lembrou que elas estavam com o seu primo Jon!

— Isso mesmo — disse James. — Tivemos que chamar um mecânico para tirá-los de lá. Custou cinquenta dólares.

— E Jon estava chorando no porta-malas — disse Parker. Essa era a sua parte favorita.

— Isso mesmo.

— Não vou colocar Danny no porta-malas — disse Parker com um tom de voz sério, que fez James se perguntar se ele estaria considerando a possibilidade.

— Boa ideia. Não faça isso.

Meia hora depois os garotos já haviam se deitado, dormindo no meio de uma pilha de papel de embrulho e fita adesiva.

Sheila sorriu, inclinando-se para beijá-lo.

— Foi um Natal maravilhoso.

— Sim.

— Você nunca vai adivinhar o que John Travolta deu à minha irmã — disse ela. — Ela ligou antes que você chegasse em casa.

— E o que foi? — perguntou ele.

— Um telefone para o carro.

— O quê? — Ele nunca ouviu falar de uma pessoa real que tivesse um telefone no carro. Era o tipo de coisa que se via em programas como *Ricos e Famosos*.

— Que idiota — disse ele.

— É mesmo.

— Ei, acho que podemos fazer melhor do que isso.

— Hein?

— Ainda tem mais um presente.

Ela examinou o chão.

— Mais um? Onde? Ah, os baleiros PEZ? Eu os coloquei nas meias natalinas.

Ele pousou a mão sobre a dela.

— Não, não são os baleiros PEZ. — Em seguida, levou a outra mão ao bolso e pegou a caixa. — Isto aqui.

Sheila soltou um gemido.

— James McKeen, o que foi que você fez?

Ela abriu a caixa cuidadosamente, como se houvesse algo ali dentro que fosse mordê-la. Quando viu o anel, disse, com a voz séria:

— Não temos condições de pagar por isso.

— Eu vendi o Ford Coupé — revelou ele.

— O quê?

— Eu vendi o carro do meu pai e comprei. E ainda sobrou algum dinheiro.

Ele não sabia se devia ter acrescentado aquela última frase. Será que sabia o quanto o carro valia, e qual era o preço de um anel como este? Mas Sheila simplesmente parecia atordoada.

— Mas você não pode vender o carro. Você ama aquele carro.

Ela começou a chorar, e enxugou as lágrimas que lhe umedeciam o rosto.

— Está vendido — disse ele. — E então? Gostou?

Ela fez que sim com a cabeça.

— É claro que sim. Olhe só para ele. Parece algo que uma estrela de cinema usaria.

— Coloque no dedo — pediu ele.

Ela o colocou no dedo e os dois olharam para a joia. Os diamantes refletiram o brilho da luminária que estava atrás dela, e fagulhas de luz se espalharam pela parede. Era o anel que ele devia ter lhe dado na primeira vez, quatorze anos antes.

— Quer se casar comigo outra vez? — perguntou ele.

Sheila riu.

— Sim, James. Aceito me casar com você.

Durante muito tempo ele imaginava que alguém viria atrás dele, pedindo o anel de volta. Mas, depois que se mudaram, ele parou de pensar tanto naquilo. Sentia uma culpa tremenda, é claro, mas isso era de esperar. Ele poderia viver com isso. Fez o que tinha de fazer.

Foi somente dois anos depois, mais ou menos na mesma época, no Natal de 1989, que ele viu a mansão de tijolos outra vez. Dessa vez num segmento do noticiário noturno. Ele reconheceu o lugar imediatamente, e pensou naquela manhã, pensou em Maurice, que, desde então, havia assumido um cargo administrativo em Providence.

Descobriu que Evelyn Pearsall não deixara sua fortuna para o filho e a nora, e sim para as duas netas, que viviam na costa oeste. Elas vinham visitá-la todos os anos no verão e passavam um mês com a avó. Eram altas e loiras, já com seus vinte e poucos anos. Uma delas dissera que ambas haviam se tornado professoras, assim como a avó havia sido. Descreveram-na como uma das mulheres mais generosas que já viveram, alguém capaz de mudar as vidas de muitos jovens para melhor.

James sentiu lágrimas rolarem pelo rosto.

Em seu testamento, Evelyn pediu que uma boa parte do seu dinheiro fosse utilizada para construir um centro comunitário em Boston, para meninas e meninos com problemas. Pelo restante da vida, sempre que conseguia um pouco de dinheiro a mais, mesmo que apenas dez ou quinze dólares, James enviava a quantia diretamente para a Casa de Evelyn. Sheila perguntou por que fazia isso, e ele disse que Evelyn Pearsall foi uma de suas pacientes. Parecia ser uma senhora muito boa. Disse que, talvez, se tivesse alguém como ela em sua vida quando era criança, poderia ter se tornado uma pessoa importante.

Ele sabia que aquela não era toda a verdade, mesmo assim, de algum modo, era a realidade.

2012

A casa estava uma barulheira imensa, com o som brotando por todos os cantos. No banheiro do térreo, May estava com o secador ligado na potência máxima. Seus dois filhos estavam sentados na escada, brigando. No banheiro, Dan cantava uma música de um antigo desenho animado que vira certa vez no programa *Pee-wee's Playhouse*, que ele cantava sempre que alguém se casava. Era uma música infantil e grudenta, e ela sempre ficava com aquilo na cabeça por vários dias: *Todos estão se arrumando! Para o casamento!*

A pior parte do barulho vinha da filha de Kate, que estava gritando havia quinze minutos, sem parar. Teriam de estar na cerimônia em noventa minutos, e Ava escolhera este exato momento para fazer o maior escândalo da sua vida. Kate culpou May por dar Pop-tarts à menina quando estavam voltando do salão de beleza, além de nuggets de frango do McDonald's e um milk-shake de morango.

Agora a filha estava rolando no chão do quarto usando apenas uma calcinha estampada com estrelinhas, recusando-se a aceitar o vestido que estava colocado sobre a cama com os sapatos que completavam o conjunto aos pés da cama. Parecia que a pessoa que estava usando o vestido simplesmente evaporara.

— Não quero ser a daminha de honra! — disse ela por entre as lágrimas.

— Mas você estava tão animada com isso — argumentou Kate. — E você vai ficar muito bonita no vestido.

— Não quero! — gritou Ava. Ela esfregou violentamente a cabeça no carpete. Alguns dos fios de cabelo da sua trança se soltaram e ficaram armados ao redor da cabeça. Parecia uma versão em miniatura da Medusa.

Apesar de já ter sido tia três vezes antes de Ava nascer, Kate ficou surpresa com muitos aspectos da vida de mãe, as partes que alguém só consegue compreender após passar por elas. A mais difícil era o choro, os soluços histéricos. Quando Ava era bebê, Kate às vezes chorava junto com ela, mesmo enquanto tentava acalmá-la. Temia que a menina acabaria por sufocar se não parasse de chorar para tomar fôlego. Tinha medo de muitas coisas.

As coisas haviam ficado mais fáceis agora que Ava era uma pessoa completamente formada, capaz de usar palavras e de raciocinar. Mas, no momento, Kate não sabia o que fazer. Ela nunca vira sua filha tão alterada.

O efeito do uísque que ela dividira com Toby algumas horas antes já havia passado, deixando-a somente com uma leve dor de cabeça. Queria poder tirar uma soneca.

Ava estava deitada no chão, chutando-a, praticamente espumando pela boca.

— Não vou ser a daminha de honra! Não vou!

A mãe de Kate passou no corredor, vestida com um conjunto de terno, saia e sapatos altos cor de berinjela, com um celular junto ao ouvido. Ela olhou para Kate com olhos julgadores, como se Ava estivesse fazendo aquela cena toda no meio do escritório de Mona durante uma reunião com os diretores da empresa, e não no seu próprio quarto.

Kate mostrou a língua, e fez com que Ava parasse de espernear.

— Mamãe, você mostrou a língua para a vovó?

— Mostrei, sim.

Kate pegou Ava e a trouxe para o seu colo antes que ela resolvesse abrir o berreiro outra vez. As bochechas da menina estavam vermelhas de tanto chorar, e Kate pressionou os dedos frios na pele da filha.

— Meu bem, por que você não quer ser a daminha de honra?

Kate imaginou que ela iria dizer algo muito profundo. *Não gosto da ideia de que as meninas tenham que usar vestidos bufantes e cor-de-rosa.* Ou algo como *Decidi que os casamentos não são para mim*.

Mas Ava choramingou e declarou, entristecida:

— Olívia disse que isso é coisa de bebezinho.

— Ah, sim. Entendo.

Kate sentiu uma forte vontade de agarrar sua sobrinha e puxá-la até o andar de cima, exigindo que se desculpasse. Isso era algo que ela nunca faria com uma criança, mas que sua irmã May não teria qualquer problema em fazer. Respirou fundo e tentou ficar calma.

— Olívia está com inveja, querida. Eu acho que ela queria ser a daminha de honra.

Ava parecia estar desconfiada.

— Ela queria mesmo?

— Você pode fazer o que quiser hoje à noite, e não precisa usar o vestido. Mas o tio Jeff estava muito empolgado, e, se você não for a daminha, acho que ele vai ficar magoado.

Ela percebeu que havia atraído a atenção da filha agora. Kate foi até a cômoda e pegou o macacão preferido de Ava. Era feito de veludo sintético verde e tinha um rasgo sobre o joelho esquerdo, que Kate havia remendado com um retalho de tecido estampado com borboletas.

— Você pode usar o macacão, se quiser — disse ela. — O que acha?

Ava fez que não com a cabeça. Foi até a cama e pegou o vestido de daminha de honra. — Quero usar isto aqui.

Kate respirou fundo. A crise fora contornada. Claro, ainda havia a questão do anel. Ela tinha ainda mais certeza agora de que Olívia o havia surrupiado. Será que sua sobrinha estava tentando castigá-la? Será que iria devolvê-lo no último minuto? Ou será que já havia feito alguma loucura, como engolir o anel ou jogá-lo no mato?

A mãe de Kate colocou a cabeça pela porta do quarto.

— Acabei de falar com Carmen. Ela disse que vamos encontrar o anel na escola.

— Quem é Carmen?

— Minha consultora sensitiva em Newark — respondeu sua mãe, como se aquilo fosse óbvio.

— Qual escola? — perguntou Kate.

— Não sei. A escola de Ava, eu presumo.

A única escola que Ava frequentava era uma sessão chamada "Mamãe e Eu", que se reunia duas vezes por semana no subsolo do salão de Mason Hall.

— Ah, claro. Se Carmen falou isso, vou correndo até lá pedir para abrirem o lugar em pleno sábado à noite.

— Não deboche, ela geralmente acerta tudo — disse Mona. — Você vai vestida assim?

Kate olhou para o jeans e a camiseta que estava usando.

— Sim, vou ao casamento com uma calça jeans.

— Bem, é melhor andar logo!

— Só preciso de cinco minutos para me aprontar.

— Hummm.

Aquele *hummm* dizia muita coisa. Dizia *Sim, você só precisa de cinco minutos para se arrumar, e todo mundo percebe*. Kate se lembrou de, quando ainda era criança, observar a mãe enquanto ela se maquiava — em pé diante do espelho do banheiro ou atrás do volante do carro, em algum congestionamento, aplicando camada após camada de maquiagem sobre sua pele, que já era perfeita. Toda aquela rotina levava uns trinta minutos. Não conseguia conceber precisar de tanto tempo a cada dia para passar algo que seria lavado e removido oito horas depois.

Kate ajudou Ava a se vestir e escovou gentilmente os seus cachos, que ficavam mais bonitos ao natural do que naquele penteado idiota. O cabelo de Ava ainda estava endurecido em alguns lugares onde o laquê fez os fios grudarem uns nos outros. Kate mal podia esperar para dar-lhe um banho e observar tudo aquilo escorrer pelo ralo.

— Quer prender uma magnólia atrás da orelha? — perguntou ela.

Ava fez que sim com a cabeça. Kate a pegou pela mão.

— A árvore no quintal está florida — disse ela. — Vamos lá.

No caminho elas passaram pelos meninos, ainda brigando na escada, vestindo seus ternos escuros.

— Me dá! — gritou Leo.

— Não, é meu! — disse Max.

— Cabeça de peido!

— Cara de cachorro.

— Cuidado, vocês dois. Não vão cair — disse ela.

Meninos eram sinônimo de problemas. Ela teve muita sorte por ter uma menina. Esperava que Dan pudesse ouvi-los também, e que o barulho curasse seu desejo de ter mais um filho.

Olívia estava sentada na varanda dos fundos usando um vestido florido de festa e brincando com suas Barbies. Apesar do que ela havia dito para Ava, Kate sentia pena da sobrinha. Talvez devesse ter perguntado a Jeff se as duas poderiam ser as daminhas de honra. Ela era mãe; devia ter sido mais sensível a respeito. Seu coração ficaria despedaçado se Ava tivesse sido preterida.

Kate se sentou ao lado da sobrinha sobre o piso de madeira, e Ava deixou o corpo cair também.

— O que é isso? — perguntou Ava.

Olívia parecia estar escandalizada com a ignorância da priminha.

— Barbies! — disse ela.

Ava pegou uma e acariciou o seu cabelo de plástico.

— Vou ganhar Barbies quando eu crescer? — perguntou ela.

— Você pode brincar com as Barbies de Olívia sempre que ela vier nos visitar — disse Kate, embora quisesse dizer *Não, de maneira nenhuma, você nunca terá uma Barbie enquanto eu ainda estiver respirando*.

Mas o problema não era apenas Olívia. Dentro de pouco tempo Ava estaria na escola com todo tipo de crianças cujos pais e mães os deixavam fazer, dizer e comer todo tipo de coisa. O tempo que Kate tinha para protegê-la dos perigos do mundo estava se esgotando. Às vezes ela tinha vontade de colocar a filha de volta no útero, protegê-la de todo tipo de mal.

Kate sempre teve medo da gravidez, mas a sua fora tranquila, pelo menos se comparada a outras gestações. Optou por ter a filha em casa com uma parteira, depois de assistir a um documentário sobre partos em hospitais. A parteira trouxera uma piscina inflável, a enchera com água e a prendera entre o sofá e a TV. Kate não gostara de sentir sua barriga boiando ali, e logo elas a levaram para a cama.

Dezesseis horas mais tarde, logo depois do nascer do sol, enquanto olhava pela janela do quarto para os prédios familiares e o toldo azul do bar do outro lado da rua, Ava veio ao mundo. Sim, foi dolorido, mas em seguida Kate teve aquela onda de alegria que dizem que nunca é possível ter com uma anestesia epidural. A parteira colocou a filha de Kate sobre o seu peito nu, e Kate foi tomada por um sentimento de gratidão. Era a mesma cama onde Ava fora concebida, e havia algo de muito profundo naquilo. Kate discutiu a questão com várias amigas do Brooklyn e todas elas entenderam. Sua irmã e sua mãe achavam que ela estava louca.

— Dar à luz em casa, sem remédios, é como esfregar dois pauzinhos todas as noites para conseguir ferver a água para fazer o jantar, enquanto há uma cozinha industrial no quarto ao lado — dissera May, que havia feito três cesarianas.

— Ei, Olívia — disse Kate. — Por falar em pegar coisas emprestadas, eu queria saber se você pegou emprestado o anel que estava no peitoral da janela da cozinha. Se você pegou, não há problema. Eu só queria poder pegar o anel de volta para usá-lo no casamento.

— Eu não peguei o anel! — disse Olívia, indignada. Com certeza já havia sido interrogada por May e possivelmente por Mona, também.

— Certo, certo — disse Kate, erguendo a cabeça. — Eu acredito em você.

Só havia mais uma possibilidade neste momento.

— Esperem aqui, garotas. Eu já volto.

Ela voltou para dentro da casa e encontrou o cartão da joalheria no fundo da sacola vermelha. Kate tinha quase certeza de que não havia deixado o anel na loja, mas imaginou que um telefonema não faria mal. E, se a situação fosse simplesmente aquela, ele atenderia e diria que sim, que estava guardando o anel para ela, era só ir buscá-lo.

Quando ele atendeu, Kate se apresentou.

— Falei com você há alguns dias — disse ela. — Sou a prima de Jeff e Toby.

Agora, desejava ter sido mais amigável na ocasião, mas ele parecia suficientemente contente com o telefonema.

— O que posso fazer por você? — disse ele.

— Um dos anéis não está aqui — ela explicou.

— Não estava na caixa?

— Não. Aliás, o que quero dizer é que a caixa também não está aqui.

— Mas você levou duas caixas quando saiu.

— Levei? Ah, certo. Eu acho que o anel está perdido, então.

Ele hesitou. Kate imaginou-o debatendo consigo mesmo se ela seria uma ladra ou simplesmente louca.

— Lamento ouvir isso — disse ele. — O casamento não é hoje?

— Sim.

— Espero que o anel apareça — desejou o homem. — Na verdade, é estranho. Esse anel já foi perdido antes.

— Como assim?

— Bem, tudo que há na minha loja são peças de espólio. Eu compro as peças de espólios que são colocados à venda e também de coleções particulares, e às vezes de leilões promovidos pela polícia. O anel do seu primo veio de um desses leilões.

Kate não sabia por que ele estava lhe contando isso.

— Não se preocupe — consolou ele. — Não compro nada que esteja relacionado com um crime horrível ou coisa do tipo. O anel dele simplesmente foi deixado em um táxi e ninguém nunca apareceu para buscá-lo. Pensando bem, não diga ao seu primo que eu lhe contei. Pode acabar arruinando a magia.

Ela imaginou se ele havia confundido Jeff com algum outro.

— Foi você que fez os anéis deles — disse ela, tentando reavivar a memória do joalheiro.

— Sim.

Kate balançou a cabeça.

— Obrigada. Tenha um bom fim de semana.

De volta à varanda, as meninas estavam cochichando.

— O que vocês estão conversando? — perguntou Kate.

— Acho que eu sei onde o anel está — disse Olívia, em voz baixa. — Mas não diga nada à minha mãe, porque é segredo.

Kate sentiu um aperto no peito. Estava com ela, então. *Nada de movimentos bruscos*, pensou ela, como se Olívia estivesse portando armamentos pesados.

— Onde ele está? — perguntou Kate, com a voz em tom casual, como se estivesse perguntando sobre qualquer outra coisa.

— Não sei.

Kate fechou os olhos com força e contou até dez.

— Por favor — disse ela.

Estava implorando para uma menina de cinco anos.

— Estou falando a verdade, eu não peguei o anel — disse Olívia. Ela voltou a olhar para as suas bonecas.

Kate considerou suas opções. Não tinha outra escolha senão chamar reforços. Mas não conseguia suportar a maneira cruel como sua irmã tratava os filhos quando eles se comportavam mal. E detestava ter de testemunhar aquilo.

De dentro da casa veio um estrondo que pareceu durar para sempre, seguido pelo som do choro de Max.

No banheiro, o secador de cabelos ficou em silêncio. Kate se preparou para o pior quando ouviu a porta abrir e May gritou:

— Mas que diabos foi isso? Leo!

Sua irmã avançou contra os meninos, pisando duro. Kate sentiu todo o corpo se retesar, como se ela fosse a pessoa encrencada. Ela entrou e as meninas a seguiram. Ao pé da escada, Leo e Max estavam deitados um sobre o outro, engalfinhados.

Mona apareceu no alto da escada.

— Mas o que é isso? — disse ela.

— Vocês caíram? — perguntou Kate.

— Ele me empurrou! — disse Max.

— Leo! — May o levantou bruscamente, agarrando-o pela camisa. — Vá esperar no carro até que chegue a hora de irmos para o casamento!

Leo começou a chorar também.

— Max me puxou para baixo — disse ele. — Eu o empurrei, mas ele agarrou a minha perna e me puxou junto com ele.

— Por acaso nós devemos sentir pena de vocês? — esbravejou May. — Eu teria puxado você para baixo também, se você me empurrasse. Por que você o empurrou? Você é o mais velho. Devia dar o exemplo.

Leo bateu o pé. Kate sentiu o coração acelerar. Sua irmã era péssima para acalmar a tensão. Tudo o que conseguiu foi deixá-los ainda mais agitados. May tinha estatura mediana, e, assim como Kate, pesava cinquenta e três quilos. Mas seus filhos a temiam como se fosse o diabo. Até mesmo Leo, que provavelmente estaria maior do que ela dentro de alguns anos.

— Eu queria experimentar a armadilha de dedo da Mongólia uma vez, e ele não queria deixar.

— Mas que diabos é uma armadilha de dedo da Mongólia? — disse May.

— Mostre — ordenou Leo.

— Não! — disse Max. Ele olhou para May com a expressão mais meiga do mundo nos olhos e disse, inocentemente: — É só a minha imaginação.

— Mentiroso! — gritou Leo, e olhou para a irmã. — Olívia, você sabe o que é uma armadilha de dedo da Mongólia?

Ela assentiu, com uma expressão sombria no rosto.

— Max quase quebrou o meu dedo com isso hoje de manhã. — Ela levantou o dedo indicador, que parecia estar em perfeitas condições.

May olhou para o teto.

— Tudo bem, deem essa coisa para mim. Deem agora mesmo, ou vocês três vão ficar um mês sem assistir TV.

— Não! — disse Olívia, e começou a chorar. Ava se juntou a ela em solidariedade.

Max suspirou.

— Estou sentado em cima dela.

— Então levante! — gritou May, exasperada.

Ele obedeceu. No chão estava a caixa aveludada do joalheiro. Kate sentiu seu peito se expandir com o alívio, enchendo-se até o ponto em que parecia que iria explodir.

Ela correu na direção do sobrinho e apanhou a caixa do chão, como se ela estivesse a ponto de desaparecer.

May soltou um grito.

— Max Rosen! — disse ela. — Agora você está encrencado. Mais encrencado do que jamais esteve em toda a sua vida. Josh! Venha aqui!

Mona desceu pela escada, estalando os dedos enquanto descia.

— Carmen tinha razão! O anel estava com as crianças e elas estavam brigando. Na prática, em uma escola.

Kate revirou os olhos.

May levou a mão à testa.

— Você tem noção de que passamos o dia inteiro procurando por esse anel? Sabia disso? Você vai ficar de castigo em casa até o dia em que passar na faculdade, está entendendo? Isso é roubo, Max. Você podia ir para a cadeia!

— Eu ia devolver — disse ele, com a voz mansa.

— Peça desculpas à sua tia agora mesmo.

— Desculpe, tia Kate.

— Está tudo bem — disse Kate. Sabia que provavelmente deveria estar zangada, mas, em vez disso, sentia-se alegre.

— Você tem sorte por não chamarmos a polícia — disse May.

Kate suspirou. Sua irmã nunca perdia uma oportunidade de exagerar as coisas até que explodissem.

— Como funcionava essa coisa, então? — perguntou Kate.

Max se aproximou dela cautelosamente e pegou a caixa. Ele abriu a tampa. O anel estava encaixado um pouco mais alto do que ela se lembrava de ter visto.

— Você chega até alguém e pergunta: Ei, por que não coloca o dedo neste anel? — Max falava rapidamente, provavelmente sabendo que May podia explodir a qualquer momento.

— Quando a pessoa coloca o dedo no anel, *pou!* — Com isso, ele fechou a caixa com força. — Seu dedo agora é meu!

Kate riu, mesmo sabendo que não devia. Na verdade, era algo bem criativo. De agora em diante, ela decidiu que chamaria todos os anéis de noivado de armadilhas de dedo da Mongólia.

May tirou a caixa da mão do filho e disse:

— Preciso de uma bebida. A tia Kate e eu vamos até os fundos por um minuto, e não quero nenhum de vocês lá. Se quiserem alguma coisa, peçam para os seus pais.

Pelo menos uma vez na vida, Kate concordou com a irmã.

Elas pegaram uma garrafa de vinho na geladeira e duas taças. May sentou-se em uma espreguiçadeira de madeira e colocou a caixa aveludada na mesa, ao lado do drinque. Sua mãe logo chegou à varanda e sentou-se entre elas.

— Quer que eu busque um copo para você, mãe? — perguntou May.

— Não. Se eu quiser um copo, eu mesma vou buscá-lo.

— Lamento muito por isso — disse May. — Esses meninos são o diabo. Você não faz ideia.

— Está tudo bem — disse Kate. — Sinto-me culpada por suspeitar de Olívia.

— Ah, eu acho que todos nós suspeitamos de Olívia — disse May.

— Tudo está bem quando acaba bem — disse Kate. — Não acredito que Jeff vai se casar hoje.

— Não acredito que ele vai se casar antes de você — disse May. — Algo que eu não conseguiria nem imaginar há sete anos.

Kate resmungou.

— O casamento é diferente hoje em dia, você sabe — disse May. — Você não pode julgá-lo nesses termos.

— Quais termos?

May deu de ombros. Pegou a caixa de veludo novamente e ergueu a tampa.

— Hummmm. O desenho é bem gay, mas a pedra é maravilhosa.

— É mesmo?

Sua irmã fez uma careta familiar que ela demorou alguns momentos para identificar. A mesma cara que Olívia fez quando Ava perguntou o que eram Barbies.

— Acho que Jeff disse que cada um deles tem pouco mais de um quilate — disse Kate.

May olhou para o seu próprio anel.

— Vou precisar de um anel novo em breve. Várias mulheres no nosso bairro ganham anéis novos no décimo aniversário de casamento. A pedra original é lapidada no formato de um retângulo, e depois eles adicionam uma bem maior no meio, e uma segunda pedra, menor, do outro lado.

— É algo bem inteligente — disse Mona.

— Eu adoraria fazer a cerimônia do meu casamento outra vez — disse May. — Faria tudo diferente agora. Mas não invejo as pessoas que estão no primeiro ano de casadas. O primeiro ano é o mais difícil.

— É mesmo? — perguntou Kate. Ela nunca ouvira ninguém dizer isso antes.

— Ah, sim. É assustador pensar que você acabou de se comprometer a passar a vida inteira ao lado de outra pessoa — disse May. — Fico imaginando se Jeff e Toby assinaram um acordo pré-nupcial.

— É claro que não! — disse Mona.

— Não seja tão antiquada, mãe — repreendeu May. — Vários casais fazem esses contratos hoje em dia. Se você ganha um bom dinheiro e pretende ganhar ainda mais no futuro, é uma ótima ideia. O divórcio é sempre um problema. Você sabe bem disso.

— Não vamos falar de divórcios no dia em que eles estão se casando — disse Mona.

Kate olhou para o céu azul e tomou um longo gole da taça de vinho.

Eles chegaram ao Fairmount às seis e quarenta e cinco. Jeff e Toby estavam sob uma tenda montada ao ar livre, adjacente ao jardim cerimonial. Os pais de Jeff estavam por perto. Enquanto o restante da família se sentou, Kate e Ava foram até onde os rapazes estavam.

Estavam lindos como jamais estiveram, lado a lado com seus ternos e gravatas, de mãos dadas.

— Ava! — gritaram os dois a uma só voz quando a viram com seu vestido.

Seriam pais maravilhosos, pensou Kate. E, quando tivessem filhos, talvez ela se sentisse menos deslocada nessa nova maneira de viver.

— Você parece uma princesa! — disse Jeff. Ele olhou para Kate, já antevendo sua desaprovação. — Desculpe, mas ela parece uma princesa mesmo.

Ava foi chamada pela tia-avó, que a adorava, e saiu saltitante pelo jardim para receber mais elogios.

Kate abraçou Toby e Jeff.

— Como estão as coisas? — perguntou, sentindo-se animada apesar de toda aquela situação.

— Tudo ótimo — disse Toby.

— Ele está mentindo — sussurrou Jeff. — Você soube que a vaca da mãe dele não vem ao casamento? Ela iria acompanhá-lo pelo corredor, e agora nós não sabemos o que fazer.

— Querido! — suspirou Toby. Ele olhou para Kate. — Nós havíamos planejado fazer as coisas de modo que os pais de Jeff o acompanhariam até o altar, e a minha mãe iria comigo. Mas está tudo bem. Vou para o altar sozinho. E prefiro que seja assim. É como eu realmente sou, uma pessoa independente, prestes a se unir a outra pessoa independente. Algo mais maduro.

— Que besteira — disse Kate. — Deixe que eu o levo até o altar.

Os dois homens arregalaram os olhos.

— Você? A pessoa que mais se opõe a casamentos? — exclamou Jeff, mas estava sorrindo. — Você não vai transformar isso num evento do tipo "noiva em fuga", não é?

Toby segurou sua mão com força.

— Obrigado.

— É uma honra — respondeu Kate.

— Certo, chega dessa rasgação de seda — reclamou Jeff. — Me dê os anéis para que eu possa levá-los até o ministro.

Ela tirou as duas caixas da sacola vermelha. Toby olhou para ela surpreso, mas não disse uma palavra.

Pouco tempo depois, eles se alinharam para a procissão. Kate deu o braço a Toby e ele sussurrou:

— Graças a Deus, você conseguiu encontrar o anel. Foi Olívia que o pegou?

— Não. Max.

Ele ergueu uma sobrancelha.

— Você não sabe o quanto eu fico feliz por saber que um dos filhos de May tem bom gosto para joias.

— Não é bem assim — retrucou ela.

— Ah, que lástima. Obrigado por fazer isso por nós — disse ele. — E pelo que fez hoje cedo. Você salvou a minha vida.

Antes que ela tivesse tempo de responder, a música começou, e eles estavam andando pelo corredor da tenda, com Ava liderando a fila, jogando pétalas de rosa por toda parte.

O coquetel que seguiu a cerimônia foi mais sofisticado do que qualquer evento black-tie beneficente que Kate já participara em toda a sua vida. Em um campo cercado por montanhas, havia uma bela tenda de tecido com três colunas de sustentação, o tipo de estrutura que seria visto em um circo à moda antiga. Havia um cordão com pequenas lâmpadas estendido pelo perímetro, dentro de lanternas japonesas brancas. Ela soubera, em uma de suas várias conversas com Jeff, que as lanternas estavam conectadas a um dimmer, que seria utilizado durante toda a festa para criar várias atmosferas diferentes.

Kate estava ao lado da irmã e do cunhado, e Dan, que segurava Ava nos braços, apoiando-a contra o quadril. Garçons trajados com smoking passavam por eles como se deslizassem sobre patins, oferecendo bandejas de champanhe, canapés de carne de caranguejo, bolinhos, espetinhos de frango e mais uma centena de outras coisas.

Quando a escuridão começou a cair, ela viu que Jeff estava por perto e os dois se entreolharam. Ele sorriu.

— Eu já volto — disse ela, beijando Dan no rosto.

Kate atravessou a multidão. Ouviu fragmentos de conversas, que ficavam engraçadas fora de contexto. *Sem glúten é a onda que está substituindo o veganismo, mas, se você me perguntar, acho que estão tentando disfarçar alguma disfunção alimentar... Mas até mesmo FDR não era FDR. Não foi o New Deal não salvou a economia, e sim a guerra. E os nossos dias da indústria da guerra terminaram. E agora? ... Ela não foi aceita no grupo inicial, então temos que esperar mais dois meses como qualquer outro...*

Quando chegou até o seu primo, os dois se abraçaram. E se afastaram um pouco da tenda para conversar melhor.

— Vocês conseguiram — cumprimentou ela.

— Sim.

Jeffrey estendeu a mão esquerda, como se fosse a única prova daquela união.

— Já lhe contei como os nossos anéis foram feitos? — perguntou ele.

— Não.

Ela se perguntava o quanto iriam esperar para contar a Jeff que o seu anel passou a maior parte do dia desaparecido. Provavelmente demoraria mais um ou dois drinques.

— Estávamos procurando dois anéis masculinos diferentes naquela joalheria que mandamos você visitar em Stockbridge — disse ele. — Mas eu acabei me apaixonando por um anel feminino. Era meio incomum, pois tinha dois diamantes grandes, iguais em forma e tamanho, assim como várias pedras menores ao redor. Acho que foi feito para se parecer com uma abelha ou coisa assim. De qualquer forma, eu me apaixonei pela ideia de que cada um de nós usaria uma parte daquele inteiro. Assim, o joalheiro derreteu o metal, separou as duas pedras e confeccionou dois anéis idênticos. Legal, não é?

Ela concordou com um aceno de cabeça.

— Este diamante provavelmente tem mais de cem anos. Dá para acreditar nisso? Olhe como ele ainda reluz. Às vezes eu me pergunto quem o usou antes de mim. Toby e eu discutimos a possibilidade de que um anel usado pudesse ter alguma vibração ruim. Sabe como é. E se o outro casal, ou casais, que compraram essa coisa acabaram se odiando? E se os seus casamentos foram uma merda?

Ela pensou no que o joalheiro lhe dissera sobre o anel ter sido encontrado no banco traseiro de um táxi. Ela nunca diria aquilo a Jeff.

Era o dia do seu casamento e ela o amava. Assim, Kate respondeu:

— Creio que seus casamentos foram muito bons. Acho que este anel vai trazer boas vibrações amorosas que foram transportadas através das eras.

Ele a beijou na testa.

— Eu também acho — respondeu.

Kate olhou para o diamante. Perguntou-se por um momento de onde ele viera, indo ainda mais longe do que a imaginação de Jeffrey o permitiria ir. De que lugar da Terra ele fora extraído, e por quem? Quantos dedos ele decorara no último século? A maioria dos seus donos provavelmente já não estava mais viva, e seus amores eram tão efêmeros quanto qualquer outro. Ela fez uma oração silenciosa desejando que todos houvessem sido felizes, tão felizes quanto qualquer pessoa pudesse ser. Pegou a mão do seu primo e eles voltaram juntos para a festa. A lua cheia pairava sobre o jardim, iluminando a noite.

Nota da Autora

Em 1995, a empresa De Beers Consolidated Mines rompeu seus laços com a N.W. Ayer após cinquenta e sete anos, levando seus negócios para a agência J. Walter Thompson. A Ayer não teve sucesso em suas tentativas subsequentes de registrar os termos "4 Cs", "Anel de Diamante do Aniversário" e "Um Diamante É Para Sempre". A agência fechou as portas em 2002.

Mary Frances Gerety morreu em 11 de abril de 1999, aos oitenta e três anos. Duas semanas antes da sua morte, a revista *Advertising Age* elegeu "Um Diamante É Para Sempre" o slogan do século. E a frase ainda é usada ao redor do mundo nos dias de hoje.

Agradecimentos

Preciso começar agradecendo duas mulheres incríveis, as quais tenho muita sorte por ter em minha vida: minha editora, Jenny Jackson, e minha agente, Brettne Bloom. As duas leram várias versões deste livro, com a visão e a generosidade que fazem parte dos sonhos de qualquer escritor.

Propus-me escrever um romance sobre mundos que eram desconhecidos para mim — o mundo dos paramédicos, o mundo da música clássica, o mundo da publicidade e da propaganda na década de 1940 e assim por diante. Para conhecê-los bem, entrevistei dezenas de pessoas. Durante todo o processo, fiquei incrivelmente surpresa e grata pelas histórias e conhecimento compartilhados tão gentilmente por muitas pessoas.

A relação entre a De Beers e a N.W. Ayer and Son entrou no livro depois que eu li um artigo muito bom da revista *Atlantic Monthly* de 1982, escrito por Edward Jay Epstein, intitulado "Você Já Tentou Vender um Diamante?"

A primeira vez que vi o nome de Frances Gerety foi no excelente livro de Tom Zoellner chamado *The Heartless Stone.* Tom foi muito generoso com seu tempo e conhecimento. Algumas porções do seu livro também deram informações sobre o trabalho que Kate e seus colegas fazem sobre as minas africanas de diamantes e o Processo Kimberley.

Muitas pessoas me ajudaram a criar um retrato de Frances Gerety. Sou grata aos seus ex-colegas da Ayer que compartilharam essas lembranças, tanto da mulher quanto da agência. Obrigada a Howard e Hana Davis, Deanne Dunning, Peter Elder, Jeff Odiorne, Margaret Sanders, Tricia Kenney e Mary Lou

Quinlan. E a Ted Regan e Chet Harrington, que me convidou para conhecer o Merion Golf Club a fim de que eu pudesse ver onde Frances passou muito do seu tempo livre. Sempre que possível, procurei usar os nomes verdadeiros dos funcionários da Ayer, com a permissão deles.

Algumas palavras de Frances foram extraídas de uma entrevista que ela deu a Howard Davis. Uma gravação e a transcrição dessa entrevista estavam disponíveis na Smithsonian Institution, junto com outros documentos oficiais sobre a Ayer e a De Beers, e cópias coloridas de todos os anúncios da De Beers a partir de 1938. A Coleção Dorothy Dignan na Biblioteca Schlesinger no Instituto Radcliffe de Estudos Avançados estava cheia de informações pessoais e profissionais, incluindo os textos originais das perguntas diárias que Dorothy recebia de homens, todas as cartas que escreveu para família e artigos que ela escreveu sob o pseudônimo "Diamond.Dignam". O livro *The History of an Advertising Agency*, de Ralph Hower, e o DVD *Celebrating 50 Years of Ayer and De Beers*, criado por Robert e Deanne Dunning para a celebração de 1988 em Londres, contribuíram com mais informações.

Phil Trachtman me deu informações sobre a época em que Frances Gerety estudou na Charles Morris Price School. E Richard DiNatale me ajudou a descobrir como conseguir acesso a registros vitais quando eu ficava empacada.

Quando eu estava terminando a primeira versão do livro, um presente caiu no meu colo, cortesia de Susan Christoffersen, que comprou a casa de Frances Gerety em Wayne quando ela saiu de lá. Durante dois anos eu havia procurado pelos relatórios anuais e circulares que a Ayer criou para a De Beers. Se eu tivesse pensado em olhar na garagem de Susan mais cedo... Essa descoberta fortuita melhorou a história nos últimos minutos, e eu serei eternamente grata por isso. Susan também me ofereceu as fotografias de família de Frances e um passeio pela casa. Leslie Post, vizinha de Frances por anos e anos, juntou-se a nós para tomar chá com biscoitos e compartilhou suas lembranças também.

Tenho uma dívida de gratidão com a grande violinista e solista Anne Akiko Meyers, que passou uma boa parte do seu tempo precioso respondendo às minhas perguntas. Sua bela música serviu de inspiração diária enquanto eu escrevia.

Quando comecei a escrever sobre paramédicos, recebi a ajuda de vários especialistas. Agradeço a Chris Kerley e a todas as pessoas do Pro EMS, em Cambridge, Massachusetts, por me receberem tão bem e me ensinarem sobre o seu treinamento. A Adam Shanahan e Nick Navarrett, por me levarem na sua ambulância. A Sara Stankiewicz Pitman, Linda Stankiewicz e Justin Pitman, por me apontarem a direção certa e me darem diversas informações importantes ao longo do caminho. E obrigada especialmente a Will Tollefsen e Bill Mergendahl, que me salvaram de mim mesma mais vezes do que eu gostaria de admitir.

O ex-prefeito de Cambridge, Michael Sullivan, o chefe do Corpo de Bombeiros de Cambridge, Gerry Reardon, e o administrador urbano de Cambridge, Robert Healy, me ensinaram muito sobre como sua cidade mudou no decorrer dos anos. Richie Sullivan me deu detalhes adicionais sobre ruas de mão única e o especial de rosbife no restaurante Elsie's.

Recebi noções sobre as vidas das mulheres francesas em Paris e Nova York da minha editora francesa, Marie Barbier, e também de Sandrine Cullinane, Pascale e Ludovic Blachez, Nina Sovich e Marie Delecourt, cujo blog *Paris in New York* também ofereceu informações maravilhosas. Brad Newfield, o guia de uma empresa chamada Paris Walks, passou várias horas comigo, atravessando a cidade a pé e ajudando-me a criar a história pessoal de Delphine — desde o lugar exato da casa onde passou a infância, em Montmartre, até o apartamento que Henri herdou e o Jeu de Paume. Depois que voltei a Nova York, descobri que tinha mais perguntas e Brad respondeu a todas.

Obrigada a David e Brenda Troy pelas informações sobre Boston, a Charlie McCarthy pela aula sobre a geografia de Quincy e a Delia Cabe, que generosamente foi até a Sociedade Histórica de Belmont no meu lugar.

Maggie Mertens, uma pesquisadora extraordinária, aceitou a incumbência de pesquisar cada década a partir de 1910 e executá-la perfeitamente, em vez de simplesmente sair correndo. Cem anos de artigos de jornal escolhidos a dedo me ajudaram a criar as vidas de cada personagem.

O livro *Marriage, a History,* de Stephanie Coontz, me ensinou muitas coisas sobre essa instituição e como ela mudou através dos séculos. E o panfleto de 1970 da Associação de Pais e Professores "Como Saber se o Seu Filho É um

Hippie em Potencial, e o Que Você Pode Fazer a Respeito", de autoria de Jacqueline Himelstein, foi um belo adendo à história de Evelyn.

Do segundo grupo de leitores que analisaram as primeiras versões do livro, que ajudaram a obra a ficar melhor de maneiras grandes e pequenas, agradeço a Kevin Johannesen, Hilary Black, Jennifer Kurdyla e aos meus pais, Joyce e Eugene Sullivan.

Agradeço a Kathryn Beaumont Murphy e Ike Williams por todas as suas orientações; a Dana Murphy, por me ajudar com as pesquisas, a Danny Baror e Heather Barror-Shapiro, por levar este livro para outros países ao redor do mundo, a Josie Freedman, na ICM, por cuidar dos direitos da adaptação para o cinema e a todos na Knopf and Vintage, especialmente Abby Weintraub, Sara Eagle, Kate Runde, Alex Houstoun, Jenna Meulemans, Maria Massey e Andrea Robinson.

Finalmente, muito obrigada ao meu companheiro de escritório, Landon Sullivan Johannesen, que se aconchega debaixo da minha escrivaninha todos os dias e nunca protesta quando leio meus manuscritos chatos em voz alta.